CLAUDIA WINTER

Wie sagt man
ich liebe dich

Claudia Winter

Wie sagt man ich liebe dich

Roman

GOLDMANN

Originalausgabe

Sollte diese Publikation Links auf Webseiten Dritter enthalten,
so übernehmen wir für deren Inhalte keine Haftung,
da wir uns diese nicht zu eigen machen, sondern lediglich auf
deren Stand zum Zeitpunkt der Erstveröffentlichung verweisen.

Dieses Buch ist auch als E-Book erhältlich.

Das Zitat auf S. 257 sowie das Motto stammen von Fernando Pessoa,
»Das Buch der Unruhe des Hilfsbuchhalters Bernardo Soares«,
herausgegeben von Richard Zenith, aus dem Portugiesischen
von Inés Koebel, Nachwort von Egon Ammann.
Abdruck mit freundlicher Genehmigung des S. Fischer Verlags.

Verlagsgruppe Random House FSC® N001967

1. Auflage
Taschenbuchausgabe Juni 2020
Copyright © der Originalausgabe 2020
by Wilhelm Goldmann Verlag, München,
in der Verlagsgruppe Random House GmbH,
Neumarkter Str. 28, 81673 München
Dieses Werk wurde vermittelt von der Literaturagentur erzähl:perspektive, München.
www.erzaehlperspektive.de
Umschlaggestaltung und -motiv: www.buerosued.de
CN · Herstellung: kw
Satz: Uhl + Massopust, Aalen
Druck und Bindung: GGP Media GmbH, Pößneck
Printed in Germany
ISBN: 978-3-442-49083-7
www.goldmann-verlag.de

Besuchen Sie den Goldmann Verlag im Netz

Für Mama und Papa.

Wenn der liebe Gott sich im Himmel langweilt,
dann öffnet er das Fenster
und betrachtet die Boulevards von Paris.

Heinrich Heine

Und kein Blumenstrauß hat für mich je
die farbige Vielfalt Lissabons
im Sonnenlicht.

Fernando Pessoa

Prolog

PARIS, IM DEZEMBER 2018.

Das Alter braucht den Winter nicht, um einen Menschen Demut zu lehren. In diesem Spruch lag eine Wahrheit, die er heute in jedem Knochen spürte. Mit einem verkrampften Lächeln sank Eduardo auf den Eisenstuhl und ließ die Papiertaschen und Plastiktüten achtlos zu Boden gleiten. Es gab keinen Anlass, sich Gedanken um Taschendiebe zu machen. Die Tische auf dem Gehweg vor der Brasserie Au Clairon des Chasseurs an der Place du Tertre waren verwaist, trotz der Heizstrahler, die müde Touristen herbeilocken sollten.

Warum keiner hier sitzen wollte, konnte er nicht wirklich nachvollziehen. Er fand die Bistrotische recht einladend, so wie sie sich in ihren karierten Mänteln aneinanderschmiegten, als müssten sie sich an diesem winterlichen Spätnachmittag gegenseitig wärmen. Ihm dagegen war schon seit einer halben Stunde nicht mehr kalt. Er schwitzte unter dem Hut, seine Hüfte zwickte. Das war dann wohl die gerechte Strafe für die Schnapsidee, ausgerechnet den höchsten Hügel von Paris zu Fuß erklimmen zu wollen, statt die Montmartre-Seilbahn zu besteigen oder gleich ein Taxi zu nehmen.

Eduardo de Alvarenga seufzte. Dass er bereits vierundsiebzig Jahre alt war, konnte er mitunter selbst kaum glauben, aber so stand es in seinem Pass, der mit der Geldbörse in seinem Bauchgürtel steckte. Er betastete ihn automatisch, während er sich nach einer Bedienung umsah. Der Kellner stand rauchend im Türrahmen des Restaurants und weckte bei Eduardo einen Anflug von Sympathie. Die Situation der jungen Leute war heutzutage überall gleich schwierig, ob in Paris oder Lissabon, seiner Heimatstadt. Er vermutete, dass der Bursche die Schiebermütze und das alberne rote Halstuch nur aus einer Notwendigkeit heraus trug, die ihm ein Zimmer in irgendeiner schäbigen Studentenbude sicherte. Was dem Burschen an Stolz geblieben war, fand Ausdruck in den gemächlichen Rauchfahnen, die sich in der Dezemberluft mit dem Geruch von Schnee und verkohlten Maronen mischten. Er war ihm vertraut, dieser Duft. Auch in seiner Stadt wurden in den Wintermonaten Esskastanien verkauft.

Eduardo wartete geduldig, nicht nur, weil er dem Jungen die Zigarettenlänge Rebellion gönnte. Er kam aus einem Land, wo man Leute, die es eilig hatten, mit einem verständnislosen Kopfschütteln bedachte. Eigentlich war er dem Kellner sogar dankbar für seine Ignoranz. Sie verschaffte ihm Gelegenheit, sich über die Preise auf der Getränkekarte zu wundern und die mit Lichterketten geschmückten Bäume und Holzbuden zu betrachten, an denen Crêpes und weihnachtliche Souvenirs feilgeboten wurden.

Es überraschte ihn nicht, dass ihm dieser Ort fremd vorkam. Fünfzig Jahre waren eine lange Zeit, und die Bilder in seinem Kopf waren fünfundzwanzig Grad wärmer und trugen die Farben des Sommers. Doch je länger Eduardo die vermummten Gestalten vor den Staffeleien musterte, desto stärker wurde die undefinierbare Sehnsucht, die ihn seit Monaten umtrieb und letztendlich zu dieser Reise gedrängt hatte. Zu Hause ahnte niemand, dass er die Weihnachtseinkäufe bloß vorgeschoben hatte, auch sein braver Butler Albio

nicht, der ihn bescheiden um ein paar antiquarische Post-
karten für seine Sammlung gebeten hatte. Eduardos liebe
Familie hingegen war ganz wild auf luxuriöse Seifen, Seiden-
tücher und Süßigkeiten. Eduardo fand, er habe seine Pflicht
mehr als ausreichend erfüllt – gemessen am Gewicht der Taschen, die er, der alte Narr, durch halb Paris schleppte, statt
einen Zwischenstopp im Hotel einzulegen.

Es war eine spontane Idee von ihm gewesen, herzukom-
men. Eine Idee, die auf einer alten, verblichenen Erinnerung
gründete, die auch noch nach fünfzig Jahren ein Ziehen in
seiner Brust verursachte. *É insano* – verrückt war das. Oder,
wie sein Gärtner beim Anblick einer unerwartet aufgeblüh-
ten Pflanze auszurufen pflegte: »*Caramba!*«

Caramba. Jetzt saß er also tatsächlich an der Place du
Tertre, vor der Brasserie, die sogar noch dieselbe von damals
war, und fragte sich, was zum Teufel er hier suchte, rund
zweitausend Kilometer von zu Hause entfernt.

Der Kellner schnippte den Filter aufs Trottoir und wischte
im Gehen auf seinem Mobiltelefon herum. »*Putain!*«, sagte
er verächtlich und wandte sich endlich Eduardo zu. Was er
von dem weißhaarigen Herrn hielt, dem Nadelstreifenanzug
und der rosafarbenen Krawatte, die zwischen dem Revers des
Kaschmirmantels hervorlugte, blieb, wo es hingehörte: in seinem Kopf.

Eduardo bestellte *un café*, der mit vier Euro sechzig zu
Buche schlug, und bekam dafür einen tiefschwarzen herrlich duftenden Espresso serviert. Zumindest das hatten die
Franzosen mit den Portugiesen gemein, sie wussten, wie man
vorzüglichen Kaffee machte. Zufrieden grunzte Eduardo in
seinen Bart und rührte drei Löffel Zucker in das Tässchen.
Warum er mitten in der Bewegung innehielt, konnte er zu-

nächst nicht mit Bestimmtheit sagen. Er nahm die Lesebrille ab und blinzelte zu den Staffeleiplätzen hinüber, bis sein Blick an einem gelben Fleck hängen blieb, der sich Sekundenbruchteile später als junge Frau entpuppte.

Eine junge Frau in einem senfgelben Mantel.

Er spürte, wie sein Herz aus dem Takt geriet. Das Tässchen klirrte auf dem Unterteller, als er versehentlich gegen das Tischbein stieß, eine der Einkaufstaschen kippte auf den Bürgersteig. Er lockerte die Krawatte und wusste, dass seine Reaktion überzogen war. In den letzten Jahrzehnten hatte er unzählige Frauen in einem solchen Kleidungsstück gesehen. Ihm war bewusst, dass es in der Mode nichts gab, das nicht schon hundertmal neu erfunden worden wäre. Dass ihm jedoch ausgerechnet hier ein solcher Mantel unterkam, war … *Caramba*, das war gruselig.

Eduardo verengte die Augen. Obwohl er eine Lesebrille brauchte, funktionierte seine Fernsicht einwandfrei. Leider dämmerte es bereits, und sie war zu weit entfernt, als dass er ihr Gesicht erkennen oder gar ihr Alter hätte schätzen können. Aber die Art, wie sie sich bewegte … Wie sie einer Frau nach der Verabschiedung reglos hinterherschaute und danach die rote Wollmütze tiefer in die Stirn zog … Wie sie die Malutensilien verräumte, als beanspruchte jeder Pinsel einen festen Platz in dem Holzkasten … Er vermutete, dass sie kaum älter als dreißig war. So alt wie seine Enkelin Angela.

Eduardos Gaumen zog sich zusammen, als die bittersüße Flüssigkeit seine Geschmacksknospen traf. Mit geschlossenen Lidern schimpfte er sich einen senilen Dummkopf und erwartete, dass sich in wenigen Sekunden bestätigte, dass das Mädchen eine Halluzination war. Zur Sicherheit bekreuzigte er sich und zählte stumm bis zehn, bevor er die Augen öffnete.

Sie ist fort. Natürlich ist sie das.

Er atmete aus, halb erleichtert, halb enttäuscht. Doch dann erstarrte er, als er die Frau auf dem Gehsteig entdeckte. Sie ging schnell und hielt den Oberkörper wegen des Gewichts der Staffelei leicht zur Seite geneigt. Zu seinem Schrecken steuerte sie geradewegs auf ihn zu.

Instinktiv griff Eduardo nach der Karte und musterte sie angestrengt, als wären *café double, noisette* und *chocolat chaud* verschlüsselte Codewörter, die der französische Geheimdienst unter das gemeine Volk geschmuggelt hatte. Das Blut rauschte ihm in den Ohren und mischte sich mit dem herannahenden Klackern der Stiefelabsätze und der Leierkastenmelodie zu einer unerträglichen Kakofonie. *Mon beau sapin* – »O Tannenbaum«, ein Weihnachtslied, das zu Hause *Ó pinheirinho* hieß, ertönte krumm und schief.

Er hielt es nicht länger aus. Langsam senkte er die Karte – und sah in ein zartes Gesicht mit braunen Locken, die in dem Mantelkragen lagen wie in einer senfgelben Schale. Auch wenn sie müde aussahen, waren ihre Augen betörend, porzellanblau wie polierte Azulejo-Kacheln. Eduardo fühlte sich, als werfe er einen Blick in die Vergangenheit.

Sie sieht aus wie sie. Aber sie ist es nicht, dachte er und stöhnte innerlich auf, als ihr Blick den seinen berührte und ohne ein Erkennen aufs Trottoir fiel. Sie blieb stehen und zögerte unmerklich, bevor sie sich samt ihrer Last bückte, Eduardos entwischte Einkaufstüte aufhob und zu den anderen neben seinen Stuhl stellte.

Verwirrt versuchte er sich an einem »*Merci mille fois, Mademoiselle.* – Tausend Dank, Fräulein«, aber die Wörter gingen irgendwo in seinem Mund verloren. Zu sehr strengte er sich an, ihre abgespannten Züge mit dem fröhlichen Gesicht aus seiner Erinnerung abzugleichen, das ihm beim Sortieren des Bibliothekschranks als Polaroidfoto in die Hände gefallen war. Seitdem hockte das Bild in seinem Kopf. Und es flüsterte unentwegt.

Die junge Frau schien kein Dankeschön zu erwarten. Stattdessen neigte sie den Kopf und brachte ein Lächeln hervor, das ausreichend lang für eine Höflichkeitsbekundung, aber kurz genug für einen Fremden war. Damit wandte sie sich ab und setzte ihren Weg fort.

Fassungslos starrte Eduardo dem gelben Mantelrücken mit dem Rucksack hinterher. Nicht wegen der so typischen Kinnbewegung, die ihn an ein Kind erinnerte, das Königin spielt und dabei nur mühsam ernst bleiben kann. Nein. Weitaus mehr schockierte ihn die Brosche, die er am Revers des Mantels entdeckt hatte. Eine Sardine. Kupfern. Kaum größer als sein Daumen.

Fico maluca. Ich werd verrückt. Das kann kein Zufall sein! Seine Gedanken überschlugen sich. Diesmal benötigte er nur einen Augenblick für die einzige Reaktion, die jetzt noch für ihn infrage kam.

»*Mademoiselle!* Warten Sie!« Mit zittrigen Fingern öffnete Eduardo den Bauchgürtel und schob den letzten Schein aus dem Portemonnaie unter die Espressotasse. Hektisch raffte er seine Weihnachtsgeschenke zusammen und nahm die Verfolgung auf, ein erfreutes »*Putain!*« im Rücken.

Die steilen Treppen und engen Gassen forderten seine ganze Aufmerksamkeit. Den Blick fest auf den gelben Mantel gerichtet, der bereits die nächste Querstraße erreicht hatte, eilte er die Rue des Abbesses hinunter. Das Pflaster glänzte feucht von geschmolzenen Schneeflocken, er musste höllisch aufpassen, dass er nicht ausrutschte.

Meu Deus, er war wirklich keine zwanzig mehr. Schon nach fünfzig Metern bekam er Seitenstechen, nach hundert Metern hätte er am liebsten einem entgegenkommenden Radfahrer den Drahtesel entrissen. Tapfer rannte er weiter, durch das Schneegestöber, an Cafés und fremden Gesichtern vorbei. Er entschuldigte sich in einem fort, umschiffte Kreidetafeln, parkende Motorroller und einen Bistrostuhl, der wie ein vergessenes Umzugsstück auf dem Gehweg stand. Je mehr er sich dem Boulevard de Clichy näherte, umso mühsamer kam er zwischen den Fußgängern voran.

Kurz entschlossen bog Eduardo in die nächstbeste Seitenstraße ein, was er auf gut Glück und ohne konkreten Anhaltspunkt tat, denn er hatte den gelben Mantel längst aus den Augen verloren. Schwer atmend verringerte er das Tempo, bis er sich kaum noch von den flanierenden Touristen unterschied, die alle paar Meter vor einer Boutique oder einem Souvenirladen verweilten. Herzrasen, Knieschmerzen. Eduardo sah ein, dass der Mauervorsprung unter dem Schaufenster einer antiquarischen Buchhandlung das ideale Plätzchen für eine kurze Verschnaufpause bot.

Ächzend sank er auf den handtuchbreiten Absatz, stellte die Taschen auf den Boden und legte die Hände auf die Knie. Über ihm, im ersten oder zweiten Stock, wurde helles Frauengelächter hinter einer herunterratternden Jalousie eingesperrt. Irgendwo schlug eine Kirchturmuhr, bellte ein Hund. Eduardo lehnte den Hinterkopf gegen das Schaufenstergitter und schloss die Augen, während Paris den Atem anhielt und unter einer dünnen weißen Decke verschwand.

Es war vorbei.

Das Mädchen mit dem senfgelben Mantel war fort.

1. Kapitel

SINTRA/LISSABON, IM MAI 2019.

António.

Wie schnell die Dinge doch aus dem Gleichgewicht geraten, dachte António, als er in halsbrecherischem Tempo die Auffahrt zum Landhaus seines Großvaters hinauffuhr und dabei einen Blick auf das Armaturenbrett warf. Zwanzig Uhr dreißig. Früh für portugiesische Verhältnisse, aber vielleicht zu spät für das, was ihn hinter den altehrwürdigen Mauern der Quinta de Alvarenga erwartete.

Que merda. Eine unbestimmte Furcht zog ihm den Brustkorb zusammen. Er hatte Vovôs Nachricht viel zu spät gesehen, weil er das Mobiltelefon im Personalraum des Hotels vergessen hatte. Zwar war er sofort ins Auto gesprungen, als seine Rückrufe erfolglos blieben, doch ausgerechnet heute hatte die Polizei die Avenida da Liberdade wegen einer Demonstration gesperrt. Auf sämtlichen Ausweichrouten in Richtung Nordwesten ging deshalb so gut wie nichts mehr. Er würde etliche Ave-Maria wegen der Kraftausdrücke beten müssen, die er in dem hupenden Autokorso gelassen hatte. Warum, verdammt, hatte er nicht den Roller genommen? Er riss das Steuer herum und brachte den Mercedes neben der schwarzen Limousine seines Großvaters zum Stehen.

17

Komm zur Quinta. Ein Notfall.

Nie hätte er gedacht, dass zwei Sätze genügen könnten, um seine Welt zum Einsturz zu bringen.

Erst als er beim Aussteigen die feuchtkühle Waldluft der Serra de Sintra auf dem Gesicht spürte, fiel ihm auf, dass er vergessen hatte, sich anzuschnallen. *Und wenn schon.* Trotzig knallte António die Autotür zu, hastete aufs Eingangsportal zu und nahm zwei Stufen auf einmal. Den bronzenen Türklopfer ignorierte er heute, was Albio ihm sicherlich verzeihen würde. Nur die Kokosmatte im Eingangsbereich benutzte er, ein Mechanismus, den er mithilfe einiger Kopfnüsse schmerzhaft hatte erlernen müssen. *Zeig Respekt vor dem Personal*, lautete das Credo dieses Hauses, damals und auch heute noch, lange nachdem Dona Sofia gestorben war.

António musterte das Gesicht seiner Großmutter, das im Foyer von einem schlichten Rahmen aus auf ihn herablächelte. Die Vorstellung, dass Dona Sofia vielleicht schon bald nicht mehr alleine dort hängen würde, verursachte ihm Gänsehaut. Ob er seine Schwester anrufen sollte? Ehrlich gesagt, hatte er keine Ahnung, wo sie gerade steckte. Kapstadt? New York? Angelas Dienstplan änderte sich ständig, seit die Fluggesellschaft sie auf Interkontinentalstrecken gesetzt hatte. Vermutlich war sie in irgendeinem Land, in dem es entweder zu früh oder zu spät für ein Telefonat war, und er würde sie sowieso nicht... António straffte die Schultern, als er die Küchentürflügel und kurz darauf Albios Schritte hörte, die immer klangen, als schleife er einen Sandsack hinter sich her.

»*Boa tarde*, Senhor António.«

»Dir auch einen guten Abend, Albio.« Er zwang sich, den gebeugten grauhaarigen Butler nicht anzustarren, der bei jedem seiner Besuche wirkte, als sei er in seinem dunkelblauen Anzug noch mehr geschrumpft. Albio hingegen begutachtete ihn ungeniert, bis António sich daran erinnerte, dass er einen Soßenfleck auf dem Hemd hatte.

»Der Türklopfer, Senhor.« Der Alte bemühte seine Mundwinkel erst gar nicht.

»Was ist damit?«

»Offenbar haben Sie es versäumt, Ihre Ankunft anzukündigen.«

»Das habe ich, Albio. Entschuldigung. Ich dachte, es eilt.«

»Oh, das tut es. Zweifellos.« Albio nickte. »Ihr Großvater erwartet Sie schon ungeduldig.«

António schloss für einen Moment die Augen.

»Ist er im Schlafzimmer?«, fragte er rau und erntete dafür einen irritierten Blick, den er sich nicht recht erklären konnte.

»Es ist gleich Zeit fürs Abendessen. Senhor de Alvarenga befindet sich in der Bibliothek. Zum Apéro.«

»Zum Apéro?« António hob die Brauen. Nur langsam dämmerte ihm, dass die Dinge völlig anders lagen, als er angenommen hatte. Beruhigend anders. Und auch wieder nicht. Er hätte es wissen müssen, schließlich war er in diesem Haus aufgewachsen. »Meinem Großvater geht es also gut, ja? Es gibt gar keinen«, er holte zitternd Luft, »Notfall?«

Der alte Butler musterte ihn stumm und fast ein wenig mitleidig. *Sie kennen ihn doch*, sagte sein Blick, dann wandte er sich der Treppe zu, die er kummervoll betrachtete, bevor er den Fuß auf die erste Steinstufe stellte.

»Ich sage ihm, dass Sie angekommen sind.«

»Nicht nötig. Das erledige ich heute selbst.« Entschlossen drückte António sich an Albios Anzugrücken vorbei, der kaum breiter als der eines Kindes war.

Im ersten Stock angekommen stürmte er in Richtung Bibliothek, am Speisezimmer vorbei, wo Rosária, die junge Köchin, den Tisch deckte und seinen Gruß dank ihrer Handystöpsel im Ohr überhörte. Das Anklopfen unterließ er diesmal ganz bewusst.

»Bist du von allen guten Geistern verlassen, Vovô?«

Ehrlich, er hatte nicht schreien wollen. Doch die Erleichterung, den Großvater quicklebendig und Zigarre paffend in seinem Lehnsessel vorzufinden, war einfach zu groß. Falls er jedoch gehofft hatte, dass Eduardo de Alvarenga in irgendeiner Form Notiz von seinem Gemütszustand nehmen würde, wurde er enttäuscht. Der alte Mann sah von seiner Sportzeitung auf, dann verschwand sein bärtiges Gesicht in einer Wolke aus Zigarrenrauch.

»António. Da bist du ja«, sagte die Wolke in einem Ton, den Eduardo normalerweise für eine Verspätung zu einer Essenseinladung bemühte. Halb tadelnd, halb verständnisvoll. »Wir haben uns schon Sorgen gemacht.«

Fast hätte er aufgelacht. Es war doch immer dasselbe. Sein Großvater schreckte vor keinem Mittel zurück, um seine Lieben dorthin zu bringen, wo er sie haben wollte. Wahrscheinlich musste er sogar froh sein, dass Eduardo nicht auf die Idee gekommen war, Inspektor Coelho um einen Gefallen unter alten Schulfreunden zu bitten. Das hatte Vovô früher schon einmal getan, als Angela die vereinbarte Heimkehrzeit von einem Rendezvous nicht eingehalten hatte: Mit Blaulicht und Sirenen hatte er seine kleine Schwester nach Hause schaffen lassen. *Páh*, was hatte die getobt!

Die Zigarrenrauchwolke verzog sich und mit ihr sein Zorn. Auch das war nicht neu. Immer wenn er die Mario-

20

nettenfäden kappen wollte, an denen er ein gefühltes Leben lang hing, musste er einsehen, dass er es nicht konnte. Er konnte und wollte seinem Großvater nicht böse sein, weil er ihn über alles liebte.

Seufzend sank er auf den Polsterstuhl vor dem Mahagonischreibtisch und musterte das Bücherregal, in dem sich die Werke portugiesischer Literaten wie zerlesene Schulbücher aneinanderdrückten. Die Buchrücken erinnerten ihn daran, dass Fernando Pessoa und der frühe José Saramago in diesem Haus nicht nur gelesen, sondern auch oft diskutiert wurden. *Es stimmt ja*, überlegte er. Er hatte seinen Großvater schon viel zu lange nicht mehr besucht, auch wenn das nur zum Teil seine Schuld war.

»Wie war's in Brasilien? Sind alle wohlauf?«, fragte er, obwohl ihn Letzteres nicht sonderlich interessierte. Seit dem Tod der Großmutter verbrachte Vovô regelmäßig die Wintermonate bei irgendwelchen gesichtslosen Großcousins, -onkeln und -tanten, deren Namen António ständig durcheinanderbrachte. Mittlerweile war seine Familie so weit verzweigt, dass er längst den Überblick verloren hatte.

»Es war warm«, lautete die Antwort, die vom trockenen Knistern der Zeitungsseiten begleitet wurde. »Außerdem hatte ich Zeit zum Nachdenken. Viel Zeit.«

»Ist das jetzt die Stelle, an der du mir den angeblichen Notfall erklärst?« António konnte es sich nicht verkneifen, zwei ironische Gänsefüßchen in die Luft zu malen.

Statt ihm zu antworten, legte Eduardo die *A Bola* beiseite und erhob sich aus dem Sessel. António überraschte es immer wieder, wie beweglich sein Großvater war. Im Gegensatz zu Albio, der von Mal zu Mal gebrechlicher wurde, wirkte Vovô mit zunehmendem Alter agiler als je zuvor. Unruhiger war er auch, was er demonstrierte, indem er mit den Händen auf dem Rücken vor der Terrassentür hin und her ging, die sich nach Süden zu dem prächtigen Botanischen Garten in Hanglage öffnete.

»Du hast also nachgedacht«, hakte er vorsichtig nach. Bei Eduardo de Alvarenga wusste man nie genau, was einem blühte, wenn er *nachgedacht* hatte. Beim letzten Mal hatte er ihn mal eben kurz zum Hoteldirektor befördert.

Sein Nacken kribbelte, ein Zeichen dafür, dass er ungeduldig wurde. Er mochte keine Halbsätze und Andeutungen, aber dieses Gespräch richtete sich wie üblich nicht nach seinen Bedürfnissen. Sein Großvater war vor dem Barschrank stehen geblieben, einer aufklappbaren Weltkugel, die allerlei Hochprozentiges barg. Er fischte eine dunkelgrüne Flasche heraus und studierte das Etikett.

»Es gibt zwar nicht den einen Moment für ein Glas Portwein, aber sicher gibt es einen passenden Port für jeden Moment«, sagte er und zwinkerte ihm zu.

»Ich muss noch fahren, Vovô.«

»Du fährst nirgendwohin. Zumindest nicht heute.«

»Heißt im Klartext?« Misstrauisch verfolgte er, wie Eduardo den Vintage Port entkorkte. Er schenkte zu großzügig ein für seinen Geschmack, zumal es sich um einen Spitzenjahrgangswein handelte, den Vovô nur zu besonderen Anlässen herausholte. Dennoch nahm er das Glas entgegen, weil er wusste, dass sein Großvater ein Nein sowieso nicht akzeptieren würde.

»Du fliegst morgen mit der ersten Maschine nach Paris.«

António fing an zu lachen. »Ich fliege ganz bestimmt nirgendwohin. Ich habe ein Hotel zu führen.«

»Das hab ich alles schon geregelt.« Sein Großvater schnupperte an der dunkelroten Flüssigkeit in seinem Glas und prostete ihm zu. »Senhora Nascimento kümmert sich während deiner Abwesenheit um das Gloriosa.«

»Manuela?« António setzte sich auf. »Aber sie ist erst seit einem knappen Jahr meine Assistentin. Sie kennt die Abläufe noch nicht gut genug.«

»Dann lernt sie die eben kennen.«

»Vovô …«

»Senhora Nascimento wirkte recht furchtlos auf mich, außerdem bin ich auch noch da. Ich habe das Gloriosa vierzig Jahre lang geleitet und werde wohl nicht alles vergessen haben.«

Sprachlos starrte er seinen Großvater an, besann sich auf das Glas in seiner Hand und nahm einen kräftigen Schluck.

»Du meinst es ernst, oder? Du willst mich wirklich nach Paris schicken.« Hilflos hob er die Hände, der Wein schwappte gegen die Glaswand und hinterließ lang gezogene Schlieren, *lagrimas*, Tränen. »Wozu? Was um Gottes willen soll ich da?«

»Ich möchte, dass du jemanden für mich suchst. Eine Frau.« Eduardo ging zum Schreibtisch. Das Polaroid, das er António kurz darauf überreichte, war vergilbt und an den Rändern geknickt. Es zeigte eine dunkelhaarige Frau mit großen hellbraunen Augen und spitzbübischem Lächeln, die aussah, als wäre sie gerade in einen Platzregen hineingeraten. Sie war hübsch, wenn auch erst auf den zweiten Blick. Stirnrunzelnd musterte António das Datum auf der Bildrückseite. *1966.*

»Wer ist das?«

»Das tut nichts zur Sache. Es dient nur zur Orientierung. Wegen der Ähnlichkeit.«

»Zur Orientierung. Wegen der Ähnlichkeit«, echote António, der nicht wusste, ob er belustigt oder besorgt sein sollte.
Jetzt ist der alte Kauz vollkommen verrückt geworden.

»Die Frau, die ich suche, ist Künstlerin und etwa dreißig
Jahre alt«, fuhr Eduardo unbeirrt fort. »Einen Namen habe
ich nicht, aber du dürftest sie auf der Place du Tertre im
Künstlerviertel finden. Du wirst sie erkennen, wenn du sie
siehst. Dunkles Haar, ihre Augen sind blau. Blau wie Azulejo-
Kacheln. Vielleicht trägt sie einen gelben Mantel.«

»*Combinado.* In Ordnung.« António atmete aus. »Mal
angenommen, ich würde tatsächlich nach Paris fliegen, um
dir diesen seltsamen Gefallen zu tun ... Was genau soll ich
mit dieser Frau machen, wenn ich sie gefunden habe?«

»Ich will, dass du sie nach Lissabon holst.«

»Wie bitte?«

»Du hast mich schon verstanden. Du schaffst sie hierher.
Sie soll ein Gemälde malen. Ein Porträt. Von mir.«

»Ein Porträt. Von dir.«

»Bist du ein Papagei, Junge?« Eduardo schnalzte ungeduldig. »Das Mädchen ist gut, ich hab ihre Werke gesehen, als
ich im Dezember in Paris war.«

»Ach. Wieso hast du dich dann nicht gleich dort von ihr
porträtieren lassen?«

»Es gab keine passende Gelegenheit.«

»Und jetzt willst du sie einfliegen lassen. Eine dir völlig
Unbekannte. Damit sie dich malt.« António seufzte. »Lissa-
bon wimmelt von Künstlern. Warum suchst du dir nicht im
Bairro Alto einen armen Schlucker, der sich über ein paar
Scheine freut?«

»Ich will nicht irgendeinen Maler. Ich will *sie.*« Eduardo
leerte sein Glas und knallte es auf die Schreibtischplatte.

»Bist du sicher, dass deine Künstlerin nichts mit der Frau auf dem Polaroid zu tun hat? Ein Name wäre vielleicht ganz hilfreich, falls sie nicht an der Place du …«

»Das Mädchen wird dort sein.«

»Das weißt du doch gar nicht. Weihnachten ist fünf Monate her. Davon abgesehen wird sie sich kaum von einem Wildfremden überreden lassen, mal eben kurz nach Portugal zu fliegen. Porträt hin oder her.«

»Dann lass dir was einfallen. Mach ihr ein Angebot, das sie nicht ablehnen kann«, erwiderte Eduardo angesäuert, ehe seine Stimme sanft und einschmeichelnd wurde. »Tu deinem alten Vovô den Gefallen, Junge. Wer weiß, wie oft du noch Gelegenheit dazu haben wirst. Außerdem erinnere ich mich, dass du dich während deines Studiums sehr wohl in Paris gefühlt hast. Es wäre eine gute Gelegenheit, alte Freunde zu treffen, meinst du nicht?« Beiläufig legte er sich die Hand auf die Brustmitte, wo sie liegen blieb wie ein Mahnmal.

»Aber ich habe überhaupt keine Freunde in Paris«, wandte António halbherzig ein und fluchte innerlich, weil er spürte, wie er weich wurde. Seit Vovô vor zwei Jahren einen Herzanfall erlitten hatte, wusste er ganz genau, aus welchem Rohr er feuern musste, um sie alle in eine salutierende Garnisonsreihe zu stellen. Und António war immer derjenige, der ganz vorne stand. *Wer weiß, wie oft du noch Gelegenheit dazu haben wirst.* Als ob es morgen mit ihm zu Ende ginge.

Irritiert verfolgte er, wie sein Großvater mit leidender Miene und einem gekünstelten Ächzen in den Lehnsessel sank. Er war ein mieser Schauspieler. Trotzdem fand António, dass er erschöpft aussah, als ob ihm das Gespräch mehr zusetzte, als er zeigen wollte. Anscheinend war es ihm wirklich wichtig, dass diese Künstlerin aus Paris ein Bild von ihm malte. Was wäre er für ein Enkel, wenn er Vovô diesen Wunsch abschlug? Seine Schuldgefühle stellten sich so zuverlässig ein wie Albio, der mit dem Stundenschlag der Standuhr die Bibliothek betrat, um die Apéro-Schälchen mit Oliven, Käse und gesalzenen Lupinenkernen abzuräumen.

»Die Caldo verde ist angerichtet, Senhor.«

»Danke, Albio. Sag Rosária, wir kommen gleich«, antwortete Eduardo, ohne sich zu rühren. Er wartete auf eine Antwort, dabei war er normalerweise ganz verrückt nach Rosárias Grünkohlsuppe.

Antónios Hirn arbeitete auf Hochtouren. Grundsätzlich sprach nichts gegen ein paar Tage in Paris, solange die Geschäfte im Gloriosa weiterliefen – zumal er tatsächlich eine Auszeit nötig hatte. Er war überarbeitet, schlief schlecht und fand im stressigen Hotelalltag kaum ein paar Minuten für sich. Außerdem sagte ihm sein Bauchgefühl, das Vovô etwas vor ihm verbarg. Und genau dieses Etwas machte ihn neugierig.

»Wann genau geht mein Flug?«

Seine Frage schwebte einen Moment lang im Raum, ehe sich ein selbstzufriedenes Lächeln auf Vovôs Gesicht ausbreitete.

»Früh genug für ein Frühstückscroissant auf der Place du Tertre, mein Junge.«

* * *

PARIS, DREI TAGE SPÄTER.

Maelys.

Das Mädchen, das mit seinen Eltern im Garküchenbereich des marokkanischen Marktstands saß, war etwa fünf Jahre alt, hatte Sommersprossen im Gesicht und einen Kranz aus Gänseblümchen im Haar, den es fortwährend betastete. Lächelnd drückte Maelys den Schwamm im Spülbecken aus. Gerade erst heute Morgen, als sie mit dem Fahrrad zum Marché des Enfants Rouges aufgebrochen war, hatte sie überlegt, was den Frühling in Paris eigentlich so besonders machte. Da waren zum Beispiel die Petunientöpfe in Madame Vidals Küchenfenster. Oder die ausgeblichenen Sonnenschirme, die endlich wieder vor der italienischen Eisdiele in der Rue Martel standen. Im Square du Temple säumten zinkweiße, kobaltblaue und kadmiumrote Beete die Kieswege, die Luft roch nach Teichwasser und gemähtem Gras, und die Spaziergänger, an denen sie vorbeigesaust war, trugen kurze Ärmel und führten Hunde und Kinderwagen aus. Dass jedoch ausgerechnet in Hadirs Garküche die schönste Antwort auf sie wartete, schenkte ihr einen unerwarteten Glücksmoment.

Eine Gänseblümchenkrone, mitten in der Großstadt. Genau das bedeutet Frühling in Paris für mich.

Mit einem Seufzen, das irgendwo zwischen erschöpfter Zufriedenheit und einer unbestimmten Sehnsucht siedelte, zog Maelys den Stöpsel aus dem Spülbecken.

»Asil!«, rief sie und zeigte Hadirs Sohn am Verkaufstresen an, dass er ihr frisches Wasser und die nächste Ladung Geschirr bringen konnte. Dann kehrte sie gedanklich zu der

Familie am Ecktisch zurück, die sich eine späte Mittagspause gönnte – neben dem Kind die Mutter in einer cremefarbenen Leinenbluse, die Beine elegant übereinandergeschlagen. Vom Vater sah sie nur die lichte Stelle auf dem Hinterkopf und den Wolljackenrücken.

Es überraschte sie nicht, dass ihr Ruf die Aufmerksamkeit des kleinen Mädchens auf sich gezogen hatte. Neugierige Augen ruhten jetzt auf ihr, glänzend wie Flusskiesel. Maelys fand sie viel zu erwachsen für das Gesicht. *Würde ich diese Augen malen wollen, nähme ich Schwarzbraun und Byzantinischblau, dazu ein paar Tupfen Zinkweiß. Für das Licht.*

Maelys hob eine Braue, die Kleine starrte weiter, während seine Eltern keine Reaktion zeigten. So war es oft. Die Leute schauten, weil sie die Kontrolle über ihre Stimmbänder verlor, sobald sie lauter wurde oder lachte. Doch während die Erwachsenen beiseite oder auf den Boden blickten, als suchten sie nach einer verlorenen Münze, vermuteten die Kinder in ihrer natürlichen Neugierde keinen Fauxpas. Das mochte Maelys an ihnen.

Sie winkte der Kleinen, und als diese nicht reagierte, schnitt sie ihr eine Grimasse. Das Mädchen grinste und streckte ihr die Zunge heraus, woraufhin Maelys gespielt entrüstet den Finger hob. Von einem sanften Händedruck auf ihrer Schulter wurde dieser heimliche Moment unterbrochen.

»Hast du wieder *une petite amie* gefunden?«, fragte Hadir, wobei er das Wort *petite*, klein, mit Daumen und Zeigefinger und *amie*, Freundin, mit einer auf der Brustmitte kreisenden Hand gebärdete. Dabei wäre das gar nicht nötig gewesen. Ihr Chef bemühte sich stets, deutlich zu sprechen. Es war leicht, von seinen Lippen zu lesen.

»Bist du eifersüchtig?«, konterte Maelys in Lautsprache.

»*Sacrebleu.* Jetzt hast du mich erwischt.«

»Und ich dachte, du hättest genug von albernen Spielen bei acht Kindern und so vielen Enkeln, dass du sie durchnummerieren musst.«

»Für ein gehörloses Mädchen bist du verflixt schlagfertig.« Hadir schmunzelte. »Ich wundere mich immer, wie deutlich du sprichst. Meinen kleinen Großneffen versteht man kaum, wenn er redet.«

»Man muss bei allem Pech auch etwas Glück haben.« Maelys pikste ihm den Finger in den Bauch. Sie wurde nicht gern daran erinnert, dass sie bis zu ihrem dritten Lebensjahr ein normal hörendes Mädchen gewesen war. *Blöde Hirnhautentzündung.*

Der Standbesitzer musterte sie wohlwollend. Sie mochte ihn. Ihn und seine Lachfalten. Den warmen Sienaton seiner Haut, die nach Kreuzkümmel und Minztee roch.

»Was machst du noch hier, Mademoiselle Durant?«

»Ich spüle Couscousteller und Salatschüsseln. Für diesen Job bezahlst du mich.«

»Das meine ich nicht, und das weißt du. Wann gehst du zurück in deine Schule?«

Immer dieselbe Frage, jeden zweiten Tag.

»Willst du mich loswerden, Hadir?«

»Wärst du meine Enkeltochter«, antwortete der Marokkaner nach einer Pause, in der seine Stirn noch ein paar Falten mehr bekam, »würde ich dir verbieten, deine Zeit an einem Imbissstand zu vergeuden.«

»Aber ich arbeite gern bei euch.« Ihr Herz stolperte. Gelogen hatte sie nicht, nur die halbe Wahrheit gesagt. Aber es half ja nichts. Sie tat, was getan werden musste. »Das Studium läuft mir schon nicht davon.«

Hadir sah sie lange an. Zu lange.

»Gut«, sagte der Kreis, den er mit Daumen und Zeigefinger bildete. »Aber du machst jetzt Schluss. Deine Schicht ist längst vorbei.«

Seine Züge hatten sich entspannt, dennoch war sie froh, dass sie nicht hörte, was er vor sich hin brummelte. Gehorsam band Maelys die Schürze ab, was eine Weile dauerte, da sie sich das Band zweimal um den Körper geschlungen hatte.

»Du bist zu dünn, *ma fille*, sogar für eine Französin. Ich sage Asil, dass er dir zwei Portionen Hühnchen-Tajine einpacken soll. Eine für dich, eine für deine Tante.«

Sie wollte höflich ablehnen, doch Hadir hatte sich bereits abgewandt und demonstrierte damit auf seine Art, dass er in seinem Zehnquadratmeter-Königreich das letzte Wort hatte.

Der kleine Ecktisch war leer, als Maelys mit ihrem Lohn und einer viel zu großen Plastiktüte dabei war, den Marktstand zu verlassen. Obwohl ihre Arbeitszeit vorbei war, räumte sie pflichtbewusst noch die Couscousteller ab und hielt inne, als sie die Handtasche an der Stuhllehne sah. Suchend schaute sie sich um und entdeckte den hochgewachsenen Wolljackenrücken in der Menschenmenge, die zum Ausgang der Markthalle drängte.

»Warten Sie!« Rasch pflückte sie die Tasche von der Lehne und lief los, begleitet vom erschrockenen Blick einer blondierten Frau, die bei ihrem Ausruf zusammengefahren war. »Verzeihung, Madame«, warf Maelys über die Schulter zurück, dann war die vergrämte Miene der Fremden nur noch eine Erinnerung, die sich zu all den anderen Gesichtsausdrücken aus ihrer Vergangenheit gesellte.

Etwa fünfzig Meter später hatte sie die Familie auf Höhe

des Postkartenladens in der Rue de Bretagne eingeholt. Vater und Mutter, verbunden durch die Hände der Gänseblümchenprinzessin.

»Monsieur!« Atemlos berührte sie den Mann am Ärmel und bemerkte zu spät, dass er Professor Ledoux' Parfum trug. Sie zog die Hand zurück und starrte verblüfft in das eisengraue Augenpaar, von dem sie sich seit zwei Jahren wünschte, dass es sie einmal, nur ein einziges Mal wahrnahm. So wie jetzt.

Die erhobenen Brauen des Professors waren so hell, dass sie sich kaum von seiner Blässe abhoben. Doch sosehr Maelys sich auch erhoffte, in dem hageren Gesicht ein Erkennen zu finden ... Da war nichts. Sébastien Ledoux, der allseits gefürchtete Professor für Freie Malerei an der École nationale supérieure des beaux-arts, der ENSBA, hatte keine Ahnung, wer sie war.

Nur seine Frau reagierte, während das Mädchen sich, auf einmal schüchtern geworden, hinter den Beinen seiner Mutter versteckte. Mit einem erfreuten Ausruf nahm Madame Ledoux die Handtasche entgegen und sagte etwas, das ganz sicher nett gemeint war. Gleich darauf wandte sie sich hilfesuchend an ihren Gatten, weil sie begriff, dass Maelys nicht verstanden hatte. Wie auch? Der erdbeerrote Mund der Frau hatte sich beim Sprechen kaum bewegt. Normalerweise half Maelys den Menschen, die sich mit ihr verständigen wollten, klärte auf, bat freundlich um einen zweiten Versuch. Doch sie war wie erstarrt. Nicht nur taub, sondern auch stumm vor Schreck. *Er weiß nicht mal, wer ich bin.*

Ledoux sah sich um, als wäre ihm die Situation unangenehm, und der folgende Wortwechsel zwischen dem Ehepaar besaß keine Buchstaben, die Maelys lesen konnte. Schließlich beugte er sich zu seiner Tochter hinunter, nahm sie huckepack, was ihre Flusskieselaugen zum Leuchten brachte. Freundlich nickte er Maelys zu, dann legte er die Hand auf die Schulter seiner Frau und forderte sie zum Weitergehen auf.

Maelys stand noch lange mit hängenden Schultern vor dem Postkartenladen in der Rue de Bretagne. So lange, bis sie sich daran erinnerte, dass sie atmen musste.

Das zehnte Arrondissement gehörte wegen des dichten Verkehrs und seiner Nähe zum Gare du Nord nicht gerade zu den bevorzugten Wohngegenden von Paris. Maelys hatte die Rue Martel, in der sie mit Tante Valérie wohnte, anfangs überhaupt nicht gemocht. Die meisten Häuser waren schmutzig grau und graffitibeschmiert, und die Teerflickenwege luden förmlich dazu ein, Dinge, die man nicht mehr brauchte, einfach fallen zu lassen, statt sie in den nächsten Abfallbehälter zu werfen. Es hatte Zeit und viele beiläufige Hinweise von Tante Valérie gekostet, bis Maelys erkannt hatte, dass das Liebenswerte dieser Straße nicht an ihrem Aussehen, sondern an ihren Bewohnern festzumachen war – allesamt einfache Leute, die ihren Reichtum nicht am Körper, sondern im Herzen trugen.

Besonders heute war Maelys erleichtert, als sie das Fahrrad über den holprigen Asphalt lenkte, an Monsieur Pouparts Boulangerie und am Friseurladen vorbei. Sie bedachte Silvio mit einem Lächeln, der aus der Eisdiele kam, um ihr zuzuwinken. Vor der Hausnummer 1 stieg sie ab, schloss die Tür auf und bugsierte das Rad in den Flur, der nach Suppe und Madame Vidals Kernseifenlauge roch. Nachdem sie den Postkasten geleert hatte, zog sie den Rucksack und ihren Skizzenblock aus dem Hohlraum unter der ersten Treppenstufe hervor und stieg ins Dachgeschoss. Unterwegs blätterte Maelys eilig die Post durch. Keines der Kuverts war an sie adressiert, aber das hatte sie auch nicht erwartet. Maman war mit ihrem Freund im Umzugsstress, ihre Schwester Gwenaelle, die in Berlin als Redakteurin bei einer Zeitschrift arbeitete, textete lieber via Mobiltelefon. Von Pierre bekam sie schon seit einem halben Jahr keine Briefe mehr.

Wie schnell die Zeit doch vergeht. Maelys spürte einen leisen Anflug von Heimweh. Ihr fehlten das Meer und der immer zu kühle bretonische Wind, der nach Salz schmeckte und den Strandhafer unbarmherzig in die Dünen drückte. Doch Moguériec war weit weg. Sie war jetzt in Paris zu Hause und würde schon irgendwie zurechtkommen, selbst wenn nicht alles nach Plan lief. Mit zusammengepressten Lippen sortierte Maelys den Umschlag von Valéries Vermieter aus. Kaum hatte sie ihn im Rucksack verstaut, als die Wohnungstür jäh von innen aufgerissen wurde.

»Wieso kommst du nicht rein?« Tante Valérie beugte sich nach vorn und spähte an ihr vorbei in den Flur. »Steigt da draußen eine Party, zu der ich nicht eingeladen bin?«

Maelys war zu verdutzt, um auf die Frage einzugehen.

»Warst du beim Friseur?« Sie deutete auf Valéries Kopf, auf dem sich heute Morgen noch ein grau gesträhnter Dutt befunden hatte. Die Veränderung war bemerkenswert.

Valérie fasste sich in den kinnlangen Bob und drehte sich leicht zur Seite. »Gefällt's dir?«, buchstabierten die Finger ihrer rechten Hand, flink und fehlerlos, als hätten sie schon ihr ganzes Leben lang gebärdet.

»Es ist rot.« Maelys zog die Nase kraus. *Zinnoberrot. Vielleicht ein wenig gewagt für eine Vierundsiebzigjährige. Aber genau passend zum Lippenstift.*

»Rot? Nein!« Valérie riss die Augen auf.

»Doch, ist es. Wolltest du es gar nicht so?«, fragte Maelys besorgt und verzichtete darauf, wissen zu wollen, woher Valérie das Geld für einen Friseurbesuch nahm. Ganz zu schweigen davon, dass sie mit einem Gipsarm durch die Gegend spazierte, statt sich nach ärztlicher Anweisung zu schonen. Erst als ihre Tante kichernd abwinkte, begriff sie, dass Valérie mal wieder etwas gesagt hatte, das gar nicht so gemeint gewesen war. Hörende machten das oft, und sie hatte bisher nicht herausgefunden, woran genau sie festmachen sollte, wann jemand ironisch war und wann nicht.

»Meine Kleine, das Leben ist zu kurz für nur eine Haarfarbe. Außerdem war der Schnitt umsonst. Nathalie hat für ihre Meisterprüfung geübt.« Valérie strich ihr zärtlich die Locke hinters Ohr, die sich immer wieder den Platz auf Maelys' Stirnmitte zurückeroberte. »Komm rein, fleißiges Studentenmädchen, wie war's in der Schule? Ich habe uns ein raffiniertes Mittagessen gekocht, denn das Leben ist auch viel zu kurz für schlechtes Essen.«

Mit einem unguten Gefühl im Bauch betrat Maelys hinter ihrer Tante die Dachgeschosswohnung, die so winzig war, dass sie immer unaufgeräumt wirkte. Schon im Flur empfing sie das übliche Durcheinander aus Schuhen, an den Regalwänden stapelten sich Kisten mit Büchern und Klamotten für den nächsten Flohmarkt in Saint-Ouen.

Jeden Tag räumte Maelys unverdrossen von Neuem auf, stellte Valéries Pumps in Reih und Glied, hängte herabgefallene Jacken und Hüte an die Garderobe, die genauso unerschütterlich einen Teil ihrer Last wieder abwarf. Überall lagen bunte Zettel, Flugblätter von Protestaktionen und Kundgebungen, an denen Valérie Aubert so leidenschaftlich teilnahm wie andere Damen ihres Alters beim allwöchentlichen Bingoabend. Sie protestierte eben gern, laut und unbekümmert, und es war ihr meist ziemlich egal, wogegen, solange es einem hehren Zweck diente.

Ergeben folgte Maelys den Zetteln, die sich wie eine Brotkrumenspur über den Flur zogen. In der Küche bestätigte sich ihre Vorahnung: Auf dem Tisch, an dem nur zwei Holzstühle Platz fanden, stand Valéries *casserole*. Darin, in einer rötlich braunen Soße, badete ein echter Hummer.

»Ein bescheidener Gruß aus unserer Heimat. Hummer nach Art der Bretagne. Trinkst du ein Gläschen Chardonnay dazu?« Valérie strahlte wie zur Bescherung am Weihnachtstag. Sie hatte sogar das gute Porzellan aus dem Schrank geholt, das weiße mit dem Goldrand, in der hellblauen Vase stand ein Strauß Rosen.

»Aber Valérie... Wer soll das bezahlen?« Sie sank auf ihren Stuhl, wie betäubt von dem Estragon, der sich mit den süßlichen Aromen der Blumen mischte.

»Ach, bezahlen.« Sorgfältig strich Valérie ihren schwarzen Rock glatt und setzte sich ihr gegenüber. »Monsieur Thibaut hat mich anschreiben lassen. Der Mann ist so reizend, auch wenn er riecht wie ein skandinavischer Dosenfisch.« Sie schwenkte die Hummergabel wie einen Weihwasserstab. »Außerdem ist es vulgär, über Geld zu sprechen.«

Noch eine unbezahlte Rechnung also, die sich zu den Mietrückständen, überfälligen Strom- und Gasrechnungen und Arztrechnungen hinzugesellte. Da Valérie sich weigerte, im Discounter einzukaufen – »Essen ist einfach Teil unserer Kultur, *ma petite*. Kein Pariser verzichtet auf erstklassige Qualität, weil ihm ein bisschen Klimpergeld fehlt!« –, ließ sie ihr Fleisch beim Metzger anschreiben, den Fisch beim Fischhändler, den Kuchen in der Pâtisserie und das Obst und Gemüse im Gemüseladen. Vermutlich gab es im zehnten Arrondissement kein einziges Geschäft mehr, in dem sie keine Schulden hatten.

Maelys strich über ein zartes gelbes Rosenblütenblatt und warf ihrer Tante einen verstohlenen Blick zu. Valéries Gesicht sah trotz Schminke und Fröhlichkeit schmerzgeplagt aus. Die komplizierte Unterarmfraktur, die sie sich zugezogen hatte, als sie vor sechs Wochen beim Putzen in der Galerie von der Leiter gestürzt war, wollte nicht recht heilen. Und obwohl ihnen durch Valéries Verdienstausfall hinten und vorne das Geld für das ohnehin schon bescheidene Leben fehlte, das sie führten, musste die alte Dame sich beschäftigen. Das tat sie, indem sie vorgab, es gäbe kein Problem. Schon gar kein finanzielles.

Über einen gewissen Zeitraum funktionierte Valéries Täuschungsmanöver reibungslos – bis Maelys in der Altpapierkiste ein Schreiben von Valéries Vermieter gefunden hatte. Darin stand in deutlichen Worten, was ihnen blühte, wenn sie die rückständigen Mieten nicht zahlten. *Räumungsklage.* Ein hässliches Wort, das sich wie Sonnenbrand auf der Haut anfühlte, ihre Tante jedoch völlig kaltließ.

»Ach, François. Der spielt sich doch nur auf«, hatte sie mit einem Lächeln gesagt, das man allenfalls einem Vierjährigen spendiert, der sich brüllend im Supermarkt auf den Boden wirft, weil ihm die Mutter eine Tüte Bonbons verweigert. »Ich wohne seit vierzig Jahren in dieser überteuerten Schuhschachtel, und bisher hat dieser Halsabschneider seine Miete noch immer bekommen – früher oder später.« Damit war das Thema für sie erledigt gewesen, und Maelys war nichts anderes übrig geblieben, als sich selbst um das Problem zu kümmern.

»Hör auf zu grübeln, *ma chère*.« Valérie pflückte ein zinnoberrotes Haar von ihrem Blusenärmel und musterte es argwöhnisch. »Konzentrier dich auf dein Kunststudium und überlass mir das Drumherum. Iss lieber, damit dir heute Nachmittag nicht vor Entkräftung der Pinsel aus der Hand fällt. Oder du den Touristen hässliche Nasen malst.«

»Ja, Tante.« Gehorsam griff Maelys nach dem Besteck und dachte bedauernd an Hadirs Plastiktüte, die sie einem Obdachlosen im Park in die schmutzigen Hände gedrückt hatte. Ein kostenloses Essen auf Vorrat hätten sie selbst gut brauchen können, aber sie wollte nicht riskieren, dass ihre Tante von ihrem Job auf dem Markt erfuhr. Es war schon schwierig genug gewesen, Valérie zu überreden, das Geld zu nehmen, das sie mit den Touristenporträts verdiente. Ein Tropfen, der auf ihrem glühenden Schuldenstein verdampfte.

»Ich nehme nur Geld von dir, solange dein Studium nicht darunter leidet!«, hatte ihre Tante mit kantigen Gebärden gesagt, und ihr Mund war klein und spitz dabei geworden. Sie war so stolz auf ihre Nichte, die jetzt Studentin der Hochschule der Bildenden Künste war, und Maelys hätte nur zu gern ebenfalls daran geglaubt, dass ihr Stipendium ein Beweis ihrer Begabung sei. Alle hielten sie für begabt: Tante Valérie, Maman und auch ihre Schwester, die immer behauptete, sie könne selbst dann keine gerade Linie zeichnen, wenn man ihr eine Pistole an den Kopf hielte. Leider schien es, als hätten sie alle sich geirrt, denn offensichtlich wusste nicht mal ihr Professor, wer sie war.

Gedankenverloren tunkte sie den Löffel in die sämige Cognacsoße, während Valérie das Fleisch aus einer Hummerschere pulte. Ihre Miene ähnelte der von Ledoux' Gänseblümchentochter: verzückt und ein wenig ungläubig. Ein

Hummer nach einer Woche Käse und altbackenem Baguette, und für ihre Tante war die Welt in Ordnung.

Maelys lächelte, obwohl ihr eigentlich nicht danach zumute war. Zweifelsohne hatte Valéries Unbeschwertheit ihr zwei aufregende Jahre in Paris geschenkt. Aber nun brauchten sie dringend ein kleines Wunder. Vielleicht sogar ein großes.

2. Kapitel

PARIS, IM MAI 2019.

António.

An seinem dritten Tag in Paris – den er mehr oder weniger auf demselben Stuhl vor derselben Brasserie verbrachte wie die Tage zuvor – kam er zu der ernüchternden, wenn auch nicht ganz überraschenden Erkenntnis: Er taugte nicht zum Privatdetektiv.

Frustriert legte er die *Le Monde* auf den Bistrotisch und öffnete den ersten Hosenknopf. Er war unvorsichtig gewesen und hatte sich nach dem Mittagessen noch ein Stück Schokoladenkuchen gegönnt, der ihm jetzt wie ein Pflasterstein im Magen lag. Ein guter Anlass, um diese bescheuerte Mission mit hartem Geschütz auf Eis zu legen. Anisschnaps lautete das Allheilmittel der Franzosen, das vermischt mit Wasser jene milchige Konsistenz bekam, die gegen alles half: Erkältung, Magenschmerzen, Liebeskummer. Und gegen das Gefühl, versagt zu haben.

»Pastis, Mathéo. Einen doppelten.«

Der Kellner, der ihn heute wie einen Stammgast im Au Clairon des Chasseurs begrüßt hatte, schaute ihn mitleidig an. »Wieder nichts?«

»Wieder nichts.« António zog das Gesicht, das der junge

Mann von ihm erwartete, nachdem er ihn gestern Abend in einem spontanen Anfall portugiesischer Mitteilsamkeit ins Vertrauen gezogen hatte.

»*Putain!*« Mathéo schnalzte. »Es ist doch immer dasselbe mit den Frauen.«

Gut, vielleicht hatte er Mathéo nicht die ganze Wahrheit erzählt. Er wollte ja nicht, dass sein neuer Freund ihn für verrückt hielt. Ihn oder seinen Großvater, obwohl er allmählich befürchtete, dass er einem Hirngespinst nachjagte. Vovôs Hirngespinst, aber welchen Unterschied machte das schon? Er saß längst mit im Boot, umspült von Hunderten Gesichtern, von denen keins zu dem Polaroid in seiner Brieftasche passte.

Missmutig schirmte António die Augen vor der Sonne ab. In Paris war das Licht kühler als in Lissabon, Farbe befand sich hier hauptsächlich auf der grellbunten Kleidung der Touristen. Paris selbst hielt es lieber gedeckt, das betraf das Straßenbild als auch seine Bewohner, bei denen zurückhaltendes Schwarz, Grau oder Marineblau angesagt war. Diese Überlegung half ihm dabei, nach Französinnen Ausschau zu halten, die jedoch auf der Place du Tertre dünn gesät waren. Unter den Künstlern hatte er nicht eine Frau entdeckt, die der Beschreibung seines Großvaters entsprach. Die meisten waren weit über dreißig und weder zierlich noch elegant.

Nun denn, er würde eine letzte Runde drehen, bevor er sich in sein Hotel zurückzog und sein Scheitern zusammen mit seinen Habseligkeiten in den Koffer packte. Vielleicht würde er sich auf der Dachterrasse noch einen Pastis genehmigen, um sich stilvoll von der Seine und dem Eiffelturm zu verabschieden.

Tut mir leid, Vovô. Ich hab's ehrlich versucht.

Das hatte er tatsächlich, und es erstaunte ihn, dass es ihm schwerfiel, seinem Großvater eine entsprechende Nachricht zu schicken. Er starrte auf das leere Display und steckte das Mobiltelefon zurück in die Jackentasche. Den Pastis, den Mathéo ihm servierte, leerte er mit zwei langen Zügen.

»Der geht heute aufs Haus, *mon ami*.« Mathéo wehrte ab, als er die Brieftasche zückte, und deutete mit dem Kinn zum Künstlerplatz. »Ein letzter Versuch?«

Er nickte und bemerkte, dass der junge Mann sich versteifte, als er ihn zum Abschied umarmte. Ständig vergaß er, dass die spröden Franzosen mit der portugiesischen Herzlichkeit nichts anzufangen wussten. In seiner Heimat war es normal, dass Männer sich umarmten oder küssten, ohne gleich für schwul gehalten zu werden. Um den Fauxpas wettzumachen, boxte er Mathéo in die Seite.

»Melde dich, falls du mal in Lissabon bist. Wir haben sehr hübsche Mädchen, die dir sicher gefallen werden.« Damit verließ er die Brasserie und ließ sich von den Menschen mitziehen, die um den Gemeindeplatz mit den alten Bäumen kreisten, vorbei an Marktschirmen, unter denen alles Platz fand, was es mit Sicherheit niemals in eine Galerie schaffte. Später würde er sich an kein einziges Bild mehr erinnern, so angestrengt musterte er die Künstler.

Dieselbe Prozedur seit drei Tagen, der stets die ernüchternde Erkenntnis folgte, dass er das Gesuchte nicht finden würde. António löste sich aus dem Strom, um zwischen den Staffeleiplätzen umherzuschlendern. Abgelenkt von einigen streitenden Elstern im Baumgeäst legte er den Kopf in den Nacken und stolperte über die spindeldürren Beine eines Mannes mit spitzen Schuhen, der sich auf seinem Kinderschemel sichtlich unwohl fühlte.

»Entschuldigung«, murmelte er, während ihn der Maler unter der Schirmmütze finster ansah. Als António zurückwich, bohrte sich ein harter Gegenstand in seinen Rücken.

»He! Sie müssen aufpassen, wohin Sie gehen, Monsieur.« Irritiert drehte António sich um.

Du wirst sie erkennen, wenn du sie siehst. Dunkles Haar, ihre Augen sind blau. Blau wie Azulejo-Kacheln. Vovôs Worte waren das Letzte, was ihm in den Sinn kam, bevor sich seine Denkfähigkeit in Luft auflöste.

Das Mädchen, das gar kein Mädchen mehr war, hob die Brauen. Sie waren dicht, ungezupft und eine Nuance dunkler als die Locke, die sie sich mit einem kohlegeschwärzten Handgelenk aus der Stirn strich. In der anderen Hand hielt sie einen Grafitstift, der ihr anscheinend als verlängerter Zeigefinger gedient hatte.

»Hat es Ihnen die Sprache verschlagen?«

»*Desculpe*, Senhora...« *Que merda.* Er stotterte, und das nicht nur, weil ihm ihre schleppende Art zu sprechen seltsam vorkam. Aber diese Augen versöhnten ihn sogar mit dem ausgeleierten Baumwollkleid, das ihrem Körper jegliche Rundungen stahl. »*Excusez-moi, Mademoiselle*, aber ich wollte nicht...«

»Stopp.« Der Stift wackelte hin und her. Nicht barsch oder belehrend, sondern wie der Taktstock eines Dirigenten, der ein Instrument behutsam in die richtige Tonspur brachte. »Sie müssen langsamer sprechen. Und deutlich. Ich bin taub.«

Vielleicht war es das Wort *taub*, das den Kiesel löste, der zwischen die Zahnräder seines Gehirns geraten war. Er kam augenblicklich zur Besinnung.

»Dann passen wir ja gut zusammen. Sie sind taub, und ich habe offenbar das Sprechen verlernt.«

»Aber Sie sprechen doch«, erwiderte sie, das Azulejo-Blau zu einem schmalen Streifen verengt. »Oder war das ironisch gemeint?«

António geriet aus dem Konzept. »Das war es«, sagte er und fühlte sich wie ein Idiot. »Tut mir leid, ich war unhöflich.«

Sie nickte, womit das Thema für sie offenbar erledigt war.

»Jedenfalls müssen Sie hier aufpassen. Sie hätten beinahe meine Staffelei umgeworfen.«

Erst jetzt bemerkte er den Holzständer mit den bunten Kreiden und Künstlerstiften auf der Ablage. Doch während die anderen mit folierten Arbeitsproben um Kunden warben, war ihr Platz leer – vom Skizzenblock abgesehen, der blütenweiß und unschuldig auf der Staffelei wartete. Nebenan schüttelte der Mann mit den dünnen Beinen dem Maler mit der Schiebermütze überschwänglich die Hand. Schwer zu sagen, ob er sich über das mäßig gelungene Porträt freute oder einfach nur froh war, nicht länger auf dem harten Schemel sitzen zu müssen.

»Sind Sie Künstlerin?« Eine rhetorische Frage, aber die unverfänglichste, die António einfiel.

»Schon möglich.« Sie lachte auf, wobei ihm die unerwartete Ähnlichkeit mit der kokett lächelnden Frau auf Vovôs Polaroid den letzten Zweifel nahm.

Ich habe sie gefunden, Vovô. Und sie ist keine fixe Idee von dir, sondern eine Frau aus Fleisch und Blut.

»Wollen Sie ein Porträt, Monsieur? Eine Kohlezeichnung vielleicht? Ich mache einen fairen Preis.«

Unschlüssig sah António sich um. Eigentlich legte er keinen Wert darauf, sein Gesicht auf Papier zu sehen. Andererseits hatte er kaum drei Nachmittage auf einem unbequemen

Eisenstuhl verbracht, um unverrichteter Dinge abzuziehen. Zwar hatte er Vovôs Fata Morgana gefunden, aber seine eigentliche Mission lag noch vor ihm.

»Okay.« Er setzte sich mit einem unbehaglichen Lächeln auf den Klapphocker, den das Mädchen flugs vor der Staffelei aufgestellt hatte.

Eine Weile geschah gar nichts. Sie musterte ihn mit verschränkten Armen, starrte abwechselnd auf den jungfräulichen Skizzenblock und zu ihm. *Ausgeliefert.* So also hatte sich der Mann mit den dünnen Beinen gefühlt.

»Sie müssen stillhalten.«

»Aber Sie haben doch noch gar nicht angefangen.«

Sie legte den Finger auf den Mund. »Nicht reden, nicht die Stirn knittern. Sonst sehen Sie nachher auf dem Bild aus, als ob Sie Magenschmerzen hätten.«

Verflucht, er *hatte* Magenschmerzen. Wegen des Schokoladenkuchens von vorhin und ganz grundsätzlich, weil er Kaffee konsumierte wie ein Kettenraucher Zigaretten. Die Frau nahm ein Kohlestück aus der Stiftablage und wog es in der Handfläche.

»Denken Sie an etwas Schönes«, sagte sie ernst und ließ die flache Hand über der Brustmitte kreisen. »An etwas, das Sie lieben.«

Er rutschte unangenehm berührt auf dem Hocker herum.

War es für ihn als Mann normal, dass keine Frau vor seinen Augen auftauchte, sondern eine verlebte Schönheit mit heruntergekommenen Häusern in den Farben von Bonbons und Pfirsichen? Wenn ihm das Wellenmuster der Calçada Portugesa auf dem Rossio in den Sinn kam und die engen Gassen der Alfama, die ein einziges Labyrinth aus Treppen und wäschebehangenen Fenstern waren? Dass er hinter dem

Triumphbogen am Praça do Comércio den Tejo sah, tagsüber ozeanblau und abends ein Meer aus Stroh unter rosafarbenem Dunst, über das der Cristo Rei vom anderen Ufer aus mit ausgebreiteten Armen wachte?

Sein Herz weitete sich, weil ihm klar wurde, dass es keinen Ort gab, dem er sich mehr verbunden fühlte als seiner Heimatstadt. Was konnte dem Gefühl von Liebe näher sein?

»So ist es viel besser.« Die junge Frau setzte einige schwungvolle Linien auf das Blatt. »Ist sie hübsch?«

Er lachte auf. Nicht nur, dass dieses gehörlose Mädchen sprach wie eine Hörende – man musste wirklich sehr genau hinhören, um die feinen Unsauberkeiten in ihrer Satzmelodie zu bemerken –, sie war vor allem ziemlich direkt. Das brachte ihn in Verlegenheit, was einer Frau normalerweise nur selten gelang.

»So hübsch, wie eine Stadt nur sein kann, die man als sein Zuhause bezeichnet.«

»Erzählen Sie mir von dieser Stadt.«

»Ich dachte, ich soll nicht reden.« António gab sich belustigt, obwohl sein Puls in die Höhe schnellte. Lieferte ihm die Frau tatsächlich eine Steilvorlage für das, was er vorhatte? »Sie heißt Lissabon. *Lisboa.* Man spricht es weich aus, mit einem langen *Sch* in der Mitte«, fuhr er vorsichtig fort. »Es ist die Hauptstadt von Portugal.«

»Lisboa.« Sie berührte ihre Kehle und wiederholte den Namen. »Das fühlt sich wirklich nach einer wunderschönen Stadt an.«

»Oh, das ist sie. Sie ist bunt und fröhlich, voller Musik. Außerdem leben dort sehr freundliche Menschen.« Er überlegte, ob die Erwähnung von Musik taktlos gewesen war, doch sie nickte, als ob sie genau wüsste, was er meinte.

»Lebt Ihre Familie auch in Lisboa?«

»Mein Großvater und Angela, meine Schwester. Das heißt, eigentlich lebt sie derzeit überall und nirgends. Sie ist Stewardess«, erklärte er schmunzelnd. »Darüber hinaus gibt es noch eine Menge anderer Verwandte. Zu viele, um sie aufzuzählen.«

Sie rieb mit dem Daumen über das Blatt und wählte einen anderen Stift aus. »Ich komme aus der Bretagne, und meine Familie zähle ich an einer Hand ab.« Ohne aufzusehen, hielt sie drei geschwärzte Finger in die Höhe, Daumen und Zeigefinger balancierten den Kohlestift. »Maman und meine Schwester Gwenaelle. Außerdem meine Tante Valérie, bei der ich hier in Paris wohne.« Über ihr fein geschnittenes Renaissancegesicht flog ein sehnsüchtiger Ausdruck. »Ich vermisse das Meer sehr. Auch wenn ich Paris mag, aber ich fühle mich oft unfrei in dieser Stadt.«

»Lissabon liegt am Atlantik! Also fast.« António wunderte sich, wie offen sie einem Fremden ihr Innerstes preisgab, ohne dabei allzu vertrauensselig zu wirken. Sie sprach so selbstverständlich über ihre Gefühle wie andere Leute über ein Bund Suppengemüse, das sie im Supermarkt in den Einkaufswagen legten. »Wir haben einen Fluss, den Tejo. Man sagt, er sei der einzige Fluss in Europa, der wie das Meer aussieht.«

»Wirklich?«

»Sie sollten Lissabon kennenlernen. Die Reise lohnt sich.«

Das läuft fast zu gut, um wahr zu sein.

»Ich bin noch nie über Frankreich hinausgekommen.«

»Dann wird es Zeit.«

Ihr Lachen war sehr laut und ein bisschen sperrig, nicht wirklich schön. Trotzdem riss es ihn mit, weil es nichts Kokettes hatte und so ungeniert aus ihrem Mund kam. Einem schönen, weiblichen Mund.

46

»Das geht nicht. Ich kann nicht einfach verreisen«, sagte sie, nachdem sie sich gefangen hatte. Es lag Bedauern in ihren Worten – und auch wieder nicht.

»Warum nicht?«

Sie schraffierte, verwischte, schraffierte erneut. Rieb sich die Nase und hinterließ einen Kohlestreifen auf der porzellanblassen Haut.

»Weil Tante Valérie sich den Arm gebrochen hat. Ich muss mich darum kümmern, dass wir die Miete bezahlen können und nicht noch mehr Schulden machen. Außerdem studiere ich Kunst. Das heißt ...« Sie stockte und fuhr achselzuckend fort: »Momentan gehe ich nicht zu Vorlesungen. Bis wir wieder Geld haben.«

António atmete aus. Das hier war in der Tat ein erstaunliches Gespräch. Es vermittelte ihm den Eindruck, diese Frau zu kennen, obwohl er nicht mal ihren Namen wusste. War es das, was das Fehlen des Gehörs aus den Menschen machte? Dass Hirn und Herz eins wurden und sie deshalb ohne Scheu über Dinge sprachen, die Hörende allenfalls engen Freunden anvertrauten? Und er? Konnte er hingehen und dieses Wissen einfach so für seine Zwecke ausnutzen?

Lass dir was einfallen. Mach ihr ein Angebot, das sie nicht ablehnen kann, hörte er Vovôs spöttische Stimme und überlegte, ob es nicht besser wäre, wenn er sich höflich verabschiedete.

Doch seine Neugier war stärker. Entgegen ihrem händewedelnden Protest erhob er sich und trat hinter die Staffelei. Bestürzt musterte er die halb fertige Zeichnung, die schonungslos seine ewige Bettfrisur abbildete. Darunter erkannte er die Narbe in den Brauen, die er dem Deckenbalken über seiner Wohnungstür verdankte, die römische Nase und ein eckig an-

gedeutetes Kinn. In den Augen – die eindeutig seine waren –
spiegelten sich das silbrige, kühle Licht des Pariser Himmels
und jene Melancholie, für die es nur im Portugiesischen das
passende Wort gab. *Saudade*. Er bekam eine Gänsehaut.

»Es ist noch nicht fertig, Monsieur.«

António straffte den Rücken und wandte sich ihr zu, damit
sie von seinen Lippen ablesen konnte.

»Mein Name ist António.« Er bemühte sich sehr, jeden
einzelnen Buchstaben zu betonen.

»Maelys.« Belustigt imitierte sie seinen Buchstabierver-
such. »Ich heiße M-ä-h-l-i-s-s.«

Er sammelte sich, dann tippte er den ersten Dominostein
an, der die Ereignisse in Gang setzte – Ereignisse, von denen
er nicht ahnte, wohin sie führen würden.

»Also Maelys. Jetzt, da wir uns kennen … Wie viel müsste
ich Ihnen bezahlen, damit Sie nach Lissabon kommen und
ein Porträt von meinem Großvater anfertigen?«

Maelys.

Als sie nach Hause kam, roch die Wohnung noch immer
durchdringend nach Hummer. Maelys schloss die Haustür
hinter sich und betastete automatisch die Rocktasche ihres
Hängerkleids, ehe sie sich bückte und die Sneakers in die
Lücke zwischen Valéries Pumps stellte. Dann holte sie die
Visitenkarte hervor, auf deren Vorderseite die klassizistische
Fassade eines schicken Hotels abgebildet war. Auf die Rück-
seite hatte António seine private Handynummer geschrieben, der sie mit den Fingerspitzen nachfühlte, weil sie nicht
glauben konnte, dass sie wirklich da war.

Sie atmete tief durch und ging durch den Flur zum Wohnzimmer. Valérie hockte barfuß auf dem Teppich, den die damals siebenjährige Maelys bei ihrem ersten Parisbesuch mit einem tellergroßen blauen Farbfleck verziert hatte, der bis heute zu sehen war. Ihre Tante hatte sie noch nicht bemerkt oder wollte sie nicht bemerken, was man bei Valérie nie genau wissen konnte. Maelys reckte den Hals, um die schwarzen Blockbuchstaben auf dem Plakat zu lesen. *Je suis contre! Ich bin dagegen!*, stand da, und Valérie malte soeben das reichlich überdimensionierte Ausrufezeichen aus, dem sie die Form eines Bajonetts verpasst hatte.

»Was machst du da?«

»Wonach sieht es denn aus?« Ihre ungeduldige Gebärde schloss Valérie ab, indem sie sich die zinnoberroten Haare raufte. Maelys' Nase zuckte, als sie den abgeschraubten Besenstiel und das Klebeband auf dem Boden bemerkte.

»Du bastelst ein Demoplakat? Gegen was protestierst du diesmal?«

»Gibt es nicht immer irgendwas, wogegen man sich auflehnen sollte?«

»Schon.« Maelys verschränkte die Arme vor der Brust. »Solange ich dich nicht schon wieder auf der Polizeistation abholen muss. Der Commissaire hat gesagt, er lässt dich beim nächsten Mal nicht so glimpflich davonkommen.«

Valérie hob eine gezupfte Braue. »Sich für eine Sache einzusetzen heißt, ein paar unangenehme Konsequenzen auszuhalten, *ma chère*. Vergiss nicht, dass gerade deine Generation ihre Freiheiten einigen mutigen Frauen verdankt, die keine Angst vor einer Gefängnisspritsche hatten.« Ihr Filzstift malte ein Ausrufezeichen in die Luft. »Es lebe die Revolution!«

»Um was geht es also?«

»Tiefkühlkost.« Sie machte ein Gesicht, als schmecke das Wort nach saurer Milch.

»Wie bitte?«

»Ist es nicht unsäglich?« Valérie blies die Backen auf. »Die Gemeinde will an der École élémentaire in unserer Straße Tiefkühlkost einführen. Billige Convenience-Küche statt Frischkost, und das bei Grundschulkindern! Das ist der Niedergang der französischen Genusskultur, sag ich dir. Ich musste eine ganze Stunde lang auf dem Friedhof spazieren gehen, bis ich mich beruhigt hatte.«

Maelys konnte das Kichern nicht länger unterdrücken. Sie kannte wirklich keinen Menschen, der sich Gräber ansah, wenn er sich aufregte.

»Wieso schreibst du nicht einfach ›Ich bin gegen Tiefkühlkost‹ auf das Plakat?«

»Aus rein praktischen Gründen.« Valérie begutachtete ihr Werk skeptisch. »Ein ›Ich bin dagegen‹ kann ich nochmals verwenden. Für die nächste Kundgebung.«

»Was wäre eigentlich, wenn du nicht zu dieser Demo gehen könntest?« Maelys' Finger zitterte nur ganz leicht, als sie auf das Schild zeigte. Die Worte waren ihr herausgerutscht, dabei wollte sie das Gespräch viel geschickter angehen. Aber das Drumherumreden lag ihr genauso wenig wie diese Ironiesache.

»Wieso sollte ich nicht an ihr teilnehmen?« Valérie schürzte die Lippen, noch immer ruhte ihr Blick auf dem Pappschild, als handele es sich um die Tafel mit den Zehn Geboten. Valéries zehn Gebote, die mit der göttlichen Richtschnur wenig gemein hatten.

»Weil wir nach Portugal fliegen. Ich habe eine Auftragsarbeit, die uns viel Geld einbringen wird.«

»Hast du einen Sonnenstich, Kind?«

»Nein, aber eine Telefonnummer. Wenn ich António bis morgen früh eine Nachricht schicke, besorgt er uns zwei Flugtickets, damit ich in Lissabon ein Porträt von seinem Großvater male.«

Maelys wusste nicht viel über die Stille, weil sie seit ihrem dritten Lebensjahr allgegenwärtig für sie war. Jetzt bekam sie ein Gefühl dafür, was sie für Hörende bedeutete. Ihre Tante hockte auf dem Teppich wie eine schwarze Katze, die einer Maus auflauerte. Unter ihrem eng anliegenden Hosenanzug regte sich kein Muskel, selbst das Atmen schien sie eingestellt zu haben.

»Portugal«, sagte sie ein wenig ungläubig und musterte die Visitenkarte, als sei sie vom Teufel persönlich. »Und wer ist dieser António?«

»António de Alvarenga. Er ist nett.«

»Das war nicht die Frage. Was weißt du noch über ihn?«

»Ich denke, er ist ein guter Mensch«, antwortete Maelys schlicht und dachte an das atlantikblaue Augenpaar, das bretonischer nicht hätte sein können und in dem die gleiche Traurigkeit schwamm, die sie manchmal fühlte.

Es würde mir wirklich viel bedeuten, wenn du meinen Großvater malen würdest.

Aber warum ausgerechnet ich?

Weil du ihn sehen wirst, wie er wirklich ist. Ich möchte nicht irgendein Porträt von ihm. Ich will ein Porträt, das atmet, und es ist mir egal, was es mich kostet. Komm nach Lisboa. Ich verspreche, du wirst es nicht bereuen.

»Ich fürchte, Nettsein reicht nicht, *ma belle*«, sagte Valérie milde und klopfte neben sich auf den Boden. Maelys sank auf den Teppich und fragte sich, wie die Tante es schaffte, mit verknoteten Beinen immer noch elegant zu wirken.

»Du bist ein liebes Mädchen, und ich bewundere es, wie unvoreingenommen du den Menschen begegnest. Aber die Welt da draußen ...«, Valérie drückte Maelys' Hand, bis das Blut in ihren Fingerspitzen pochte, »sie ist nicht immer das, was sie vorgibt zu sein. Oft sagen die Menschen Dinge, meinen und tun aber etwas vollkommen anderes. Gerade die Worte von Hörenden verfolgen ständig irgendwelche Ziele, und die sind selten mit guten Absichten verbunden. Ich möchte deine Einschätzung nicht infrage stellen, aber vielleicht irrst du dich. Der junge Mann könnte sonst was mit dir vorhaben, hast du daran mal gedacht?«

»Ich bin taub und nicht dumm, Valérie. Deshalb hab ich auch gesagt, dass ich zwei Flugtickets haben möchte. Eins für mich und eins für dich. Du passt auf mich auf.«

Valérie lachte. »Stellst du dir das nicht ein bisschen zu einfach vor?«

»Und du? Stellst du es dir nicht ein bisschen zu schwierig vor?« Grimmig reckte Maelys das Kinn, ihre Hand flatterte in der Luft wie ein Kanarienvogel, der sich durch das Fenster ins Zimmer verirrt hatte. »Wie soll man denn wissen, ob man jemandem vertrauen kann, wenn man es gar nicht erst versucht?«

»Was ist mit deinem Studium? Du hast ein Stipendium und kannst nicht einfach mitten im Semester verschwinden.«

»Es ist nur für zwei, höchstens drei Wochen, Valérie. Ein schöner, langer Urlaub.« Ihre Kehle verengte sich. *Wenn du wüsstest, dass ich schon viel länger keinen Fuß mehr in die Kunsthochschule gesetzt habe.*

»Ich mache garantiert keinen Urlaub in Portugal. Schon gar nicht in Lissabon.« Ihre Tante zog das Wort *Lissabon* mit den Fingern in die Länge wie ein Gummiband und machte

dabei ein Gesicht, als handele es sich um einen besonders
abscheulichen Ort. Sie zitterte, und ihre Wangen waren ganz
rot geworden.

»Aber wir brauchen das Geld, Valérie.«

»Brauchen wir nicht.«

»Doch, das tun wir.«

»Und wieso schafft dieser António seinen Großvater dann
nicht nach Paris, damit du ihn malen kannst?«

»Er ist krank. António sagt, er kann nicht reisen.«

»Ich bin auch krank.« Valérie tippte auf ihren Gipsarm,
vergaß vor Entrüstung jedoch die passende Leidensmiene.

»Wenn du mit der Schlinge auf eine Demo gehen kannst,
wirst du es sicher auch in ein Flugzeug schaffen.« Maelys verstand nicht, warum Valérie so stur war. Ausgerechnet sie, die
sich ansonsten für jedes Abenteuer begeisterte.

Kurz war sie versucht, ihre Tante mit der Wahrheit zu
konfrontieren, die sie seit Monaten mit all den ungeöffne-
ten Briefumschlägen in der Altpapierkiste entsorgte. Rech-
nungen, Mahnungen, eine Räumungsklageandrohung. Doch
das bedeutete auch, Valérie zu beichten, dass sie das Studium
auf Eis gelegt hatte, um in Hadirs Garküche zu arbeiten. Sie
würde gestehen müssen, dass sie mit ihrem Lohn die Miet-
rückstände beglich, damit sie nicht auf der Straße landeten.
Nicht nur der Gedanke an Valéries Enttäuschung bereitete
Maelys Bauchschmerzen. In erster Linie fürchtete sie den
Zorn ihrer Tante, immerhin hatte sie sich ungefragt in deren
Angelegenheiten eingemischt.

Fünfzehntausend Euro für ein Porträt in Öl. Zuerst hatte
sie gedacht, er mache Witze, weshalb António ihr mehr-
fach versichern musste, dass er sein Angebot ernst meinte.
Ihr blieb keine Wahl. Sie musste es versuchen, dabei hatte sie

seit Monaten keine Farben mehr angerührt. Aber António glaubte an sie, und obwohl sie seinen Großvater nicht kannte, den er zärtlich Vovô nannte, rührte sie die Vorstellung an den herzkranken alten Mann.

»Ich fliege, Tante Valérie. Auch ohne dich.«

»*Saperlotte*, Maelys. Du bist achtundzwanzig und damit erwachsen. Tu, was du nicht lassen kannst«, gab Valérie zurück. Ihr Zitronenmund mit dem säuerlichen Lächeln war ein deutliches *Je suis contre!* »Behaupte aber später nicht, ich hätte dich nicht gewarnt, Mademoiselle.«

Maelys erhob sich und schaute auf den zinnoberrot zerzausten Schopf herab. Valéries sonst so gelöste Körperhaltung wirkte steif und verkrampft, was sicher ihrer kleinen Auseinandersetzung geschuldet war, doch da war noch etwas. Maelys spürte eine winzige emotionale Schwingung, die sie nicht recht einordnen konnte und die ihr klarmachte, wie wenig sie über Mamans Schwester wusste. Valérie Aubert, die der Bretagne vor rund fünfzig Jahren den Rücken gekehrt und bis heute kaum ein Detail aus ihrer Pariser Vergangenheit preisgegeben hatte, war für ihre ganze Familie ein Geheimnis geblieben. Selbst Maelys' Schwester Gwenaelle hatte das Rätsel um die exzentrische Grande Dame, die fast nur Schwarz trug, nie gelüftet, obwohl sie sozusagen bei Valérie aufgewachsen war.

Sie war jedoch nicht wie Gwenaelle. Dort, wo andere weghörten, weil sie sich um ihre eigenen Sachen kümmerten, hatte sie von Kindheit an gelernt, genauer hinzusehen. Nicht einmal, sondern auch ein zweites oder drittes Mal, wenn nötig.

Erneut betrachtete sie Valéries zugeknöpfte Miene und unterdrückte ein Lächeln. Welche Erinnerungen auch immer in ihr ruhten, sie spürte, dass noch längst nicht das letzte Wort gesprochen war.

3. Kapitel

BRETAGNE, IM JULI 1966.

Valérie.
Brieuc Guézennec war ein kräftiger Bursche mit schwarz-braun gepfefferten Haaren und schlickfarbenen Augen, die so klebrig waren wie seine Handflächen. Valérie hielt den Atem an und duckte sich tiefer in das Halbdunkel hinter dem Konservenregal. Den Blick an ein Dosenetikett geheftet, presste sie die Lippen zusammen und betete inständig, Brieuc möge sein trauriges Grasnelkensträußchen nehmen und den kleinen Lebensmittelladen verlassen. Oder sich am besten gleich an Ort und Stelle in Luft auflösen.

Leider war das mit dem Gehörtwerden von höchster Instanz so eine Sache, seit sie sonntags lieber im Bett in ihren Modezeitschriften schmökerte, statt sich auf der Kirchenbank die Knie wundzuscheuern. Seitdem war Gott nicht mehr gut auf sie zu sprechen. Das behauptete jedenfalls Maman, die jedes zerbrochene Gurkenglas, jede aufgerissene Mehltüte und überhaupt jedes Missgeschick, das ihrer Tochter im Lebensmittelladen passierte, mit einem vorwurfsvollen »Pfarrer Morin hat dich am Sonntag sehr vermisst, Valérie« kommentierte. Dabei meinte sie gar nicht den Pfarrer. Vielmehr ging es darum, dass Maman den braven Bür-

55

gern von Moguériec immer öfter Rede und Antwort stehen musste. Was um Himmels willen bloß mit ihrer Ältesten los sei? Valérie war doch stets so ein liebes Mädchen gewesen, zurückhaltend und adrett, noch dazu eins der hübschesten im Dorf, eine echte bretonische Schönheit mit bernsteinfarbenen Augen und niedlichen Zöpfen.

Niedlich, pah. Unwillig strich Valérie sich das Haar aus der Stirn, das schon lange nicht mehr gescheitelt und geflochten war. In Paris trugen die Frauen Kurzhaarfrisuren wie Twiggy oder, was derzeit en vogue war: einen mit viel Haarspray toupierten Bienenkorb à la Brigitte Bardot. Papa hatte ihr derartige Experimente allerdings verboten und angedroht, ihr im Falle einer solchen Frisur Hausarrest zu verpassen, bis sie entweder zur Vernunft kam oder heiratete. Das war auch der wahre Grund für ihre Kirchenverweigerung: Ihr Vater war so wild entschlossen, sie unter die Haube zu bringen, dass er sogar den armen Pfarrer in die Pflicht genommen hatte.

Nur aus Respekt vor dem Geistlichen hatte sie sich den Sermon geduldig angehört, der sich wochenlang von der Kanzel über ihr ergossen hatte wie dickflüssiger Haferschleim. *Die Ehe steht unter dem Schutz Gottes… Zwei sind allemal besser dran als einer allein… Eins mit Leib und Seele, bla, bla.* Brav hatte sie nach dem Gottesdienst jede schwitzige Jungenhand geschüttelt (von Männern konnte kaum die Rede sein) und stets höflich die Einladungen zum Tee bei den Schwiegereltern in spe abgelehnt.

Das hatte Papa nicht gefallen. Es kam zum Streit, und eines Sonntagmorgens hatte sie sich geweigert aufzustehen. Da ihr Vater sie schlecht im Nachthemd in die Kirche schleifen konnte (immerhin war er nicht nur der Besitzer des einzigen Krämerladens in Moguériec, sondern auch angehender Bürgermeister), hatte er sich eine neue Strategie überlegt. Er lud die potenziellen Ehemänner, die Valérie noch vor ein paar Jahren beim Armdrücken besiegt hatte, kurzerhand zu einem Kaffee oder zu einem Cidre in den Lebensmittelladen ein. Einen nach dem anderen, natürlich ganz unverbindlich und sehr zu ihrem Verdruss, weil sie ihnen hier kaum entkommen konnte.

»Ich werde auf keinen Fall heiraten«, schimpfte sie vor sich hin. Trotzdem steckte sie den Zeigefinger in die Lücke zwischen zwei Tomatenkonserven und schob die Büchsen auseinander, bis der Spalt breit genug für einen heimlichen Blick zur Verkaufstheke war. Zuerst tauchte Brieucs Öljackenbauch in dem Guckloch auf und dann sein fleischiges Gesicht. Verdammt, das konnte Papa doch nicht ernst meinen.

»Valérie, *ma minette!* Komm nach vorn, du hast Besuch.«

Er meinte es ernst. Ihr Vater nannte sie sonst nie *mein Kätzchen*. Blitzschnell zog sie die Hand zurück und sah sich nach einem Fluchtweg um. Unvorsichtig geworden, stieß sie mit dem Ellenbogen gegen den Sardinenbüchsen-Aufsteller, das Pappgestell schwankte. Drei Blechdosen fing sie geistesgegenwärtig auf, doch der verräterische Rest fiel mit einem ohrenbetäubenden Scheppern aufs Linoleum. Sie schloss die Augen.

»Valérie? Was zum Teufel treibst du dahinten?«

»Ich komme ja schon«, rief sie fröhlicher, als ihr zumute war, und dann kam sie doch, die hilflose Verzweiflung, die sie nur nachts ins Kissen weinte. Wie sie diesen Ort verabscheute! Alles missfiel ihr, der stickige Laden und die Wohnung darüber, in der es außer ein paar Magazinen und Büchern nichts gab, das sie inspirierte oder beflügelte. Obwohl sie diesen Sommer einundzwanzig wurde, teilte sie sich das

Zimmer mit einer Neunjährigen, und Papa gab ihr immer noch Hausarrest. Auf dem Gymnasium war sie Jahrgangsbeste gewesen, trotzdem räumte sie in einem winzigen Dorfladen Regale ein, während Maman und Papa darauf warteten, dass sie das tat, was alle anderen Mädchen in Moguériec taten: heiraten und Kinder kriegen.

Dabei wollte sie so dringlich nach Paris, in die Stadt mit den prachtvollen Boulevards und Alleen, dem Eiffelturm, Notre-Dame, Sacré-Cœur. Wie Coco Chanel würde sie in Hosen die Champs-Élysées entlangspazieren, einen *café crème* im Café de Flore trinken, in dem Simone de Beauvoir mit Jean-Paul Sartre Händchen gehalten hatte. Einmal nur wollte sie Boheme sein, einen feengrün schimmernden Absinth an der Bar im Les Deux Magots bestellen, wo Oscar Wilde mit dem Bleistift auf Servietten schrieb. Sie würde Gauloises rauchen und dabei die Boote auf der Seine oder die Künstler am Montmartre betrachten, würde die smarten, bartlosen Herren und die in Haute Couture gekleideten Damen anstarren wie exotische Tiere im Zoo.

O ja. Valérie Aubert wünschte sich brennend, ein Teil dieses Pariser Lebensgefühls zu sein, von dem sie bislang nur in Zeitschriften gelesen hatte. Sie wollte Hüte von Yves Saint-Laurent und einen Minirock von Mary Quant tragen, in Absatzschuhen tanzen und lachen, sich für eine Nacht verrückt verlieben, sie wollte … frei sein.

Sie wäre beinahe in Tränen ausgebrochen, als ihr einfiel, dass Brieuc einen Bart trug. Keinen ordentlich gestutzten Oberlippenbart wie Clark Gable in *Vom Winde verweht*, sondern einen Fischerbart, der aussah wie der Ginsterbusch, hinter dem der alte Schmugglerpfad zum Strand führte.

»*Mince alors*, Valérie! Wo bleibst du denn?«

»Ich komme, Papa.« Sie wischte sich mit dem Handrücken über die Augen, ordnete die Schürzenträger und erinnerte sich daran, dass sie gerade stehen musste. Dann tat sie das, was sie immer tat, wenn sie sich für eine schwierige Situation wappnete: Sie holte den Klappspiegel und den Lippenstift aus der Brusttasche und malte sich einen roten Mund, ehe sie zur Verkaufstheke eilte.

»Valérie. Schau, wer da zufällig auf einen *café* vorbeigekommen ist«, sagte Papa heiter, versäumte es jedoch nicht, ihr einen warnenden Blick zuzuwerfen.

Sie seufzte. »*Salut,* Brieuc.«

»*Salut,* Valérie.« Eine flammende Röte überzog den nicht zugewachsenen Teil von Brieucs Gesicht. Das lilafarbene Sträußchen, ganz sicher aus irgendeinem Vorgarten gemopst, zitterte in seiner ausgestreckten Hand.

»Die sind für dich«, murmelte er und räusperte sich ein paarmal, woraufhin Papa ihm aufmunternd die kleine rote Kaffeetasse zuschob.

Mitleidig starrte Valérie die hängenden Blüten an. Sie sahen genauso aus, wie sie sich fühlte.

»Danke, Brieuc. Die sind wirklich sehr hübsch.«

Brieuc lächelte erleichtert. Valéries Puls beschleunigte sich. »Aber ich kann sie leider nicht annehmen«, fuhr sie mutig fort und ignorierte das Geräusch, das aus Papas Richtung kam. *Notre-Dame, Sacré-Cœur, Opéra Garnier…*

Brieuc schaute ratlos.

»Natürlich nimmt sie die verdammten Blumen an!«, polterte es hinter der Kasse los.

Panthéon, Place de la Bastille, Eiffelturm… Valérie versenkte den Blick in Brieucs arglosen Augen, die sie ein bisschen an die von Napoleon, dem Kaninchen ihrer Schwester

Yvonne, erinnerten. Er tat ihr ehrlich leid. Doch sie konnte nicht aus ihrer Haut.

»Du solltest sie einem Mädchen schenken, das sie mehr verdient hat als ich«, sagte sie sanft und ohne auf ihren Vater zu achten, der puterrot angelaufen war.

»Ach ja?« Brieuc zwirbelte seinen Bart und überlegte. Das tat er lange, was sie nicht überraschte. Guézennec hatte schon in der Schule nicht zu den Schnellsten gehört. Als er endlich begriff, sank das Grasnelkensträußchen herab, zusammen mit den breiten Schultern, die bestimmt mühelos einen Lastwagenreifen stemmten.

»Tut mir leid, Brieuc.«

Arc de Triomphe, Louvre, Jardin du Luxembourg... Sie senkte die Lider und zählte stumm weiter auf. Papas letzter Anwärter hatte vierzehn Pariser Sehenswürdigkeiten durchgehalten. Brieuc Guézennec trat bei Nummer siebzehn, dem Friedhof Père-Lachaise, unter dem Himmelsgeläut der Ladentürglocke den Rückzug an.

»Wenn das mal kein göttliches Zeichen ist«, murmelte sie und nahm sich fest vor, am nächsten Sonntag in die Kirche zu gehen. Sekunden später platzte ihrem Vater der Kragen.

»Glaub ja nicht, dass ich mein Pulver schon verschossen habe, Mademoiselle!«, brüllte er und deutete erbost auf die alte Madame Hinault, die noch auf der Türschwelle eine Kehrtwende vollzog und mit wehendem Einkaufsnetz davoneilte. *Oh, là, là,* das würde Maman nicht gefallen. Erst gestern hatte sie die Hinault als fürchterliche Klatschbase bezeichnet. Ihr Vater, dem offenbar der gleiche Gedanke gekommen war, rang schnaufend um Fassung.

»Nachher schaut Louan Le Guen vorbei«, knurrte er leiser,

wenn auch nicht weniger drohend. »Und du wirst den Teufel tun und sein Grünzeug ablehnen.«

»Louan?« Sie hob eine Braue. »Der ist doch mit Armella verlobt. Der Tochter des Bäckers, du erinnerst dich?«

»Na und? Verlobt ist nicht verheiratet, eh?«

»Papa, bitte. Lass es einfach sein.« Sie bekam feuchte Augen. »Ich möchte nicht heiraten. Nicht heute, nicht morgen und auch nicht übermorgen.«

»Ach nein? Was willst du stattdessen tun? Möchtest du Regale abstauben, bis dich keiner mehr will?«

Es fiel ihr schwer, sich diesem dürren, zornigen Mann mit der schiefen Brille auf der Nasenspitze zu widersetzen, den sie so furchtbar lieb hatte.

»Ich will nur ein bisschen mehr vom Leben. Mehr als das hier.« Sie deutete zögernd in den leeren Verkaufsraum.

»Kommst du jetzt wieder mit dieser fixen Parisidee?«

»Es ist keine fixe Idee.«

»Gut, dann setz dein Geschwätz endlich in die Tat um, damit wir eine Sorge weniger haben.«

Es wurde sehr still in dem kleinen Laden.

»Weißt du, was, Papa?« Valérie holte Luft. Sie schmeckte Kartoffelerde, Essigreiniger und Blut, da sie sich vor lauter Anspannung in die Unterlippe gebissen hatte. »Das tu ich jetzt auch. Ich gehe nach Paris. Für immer.«

»Dann solltest du dich beeilen. Im Radio haben sie Regen angesagt, und du hast immerhin einen Sechshundert-Kilometer-Fußmarsch vor dir.« Seine Kiefermuskeln zuckten. »Du kommst sowieso nur bis zu Monsieur Léons Tankstelle am Ortsschild. Wie beim letzten Mal.«

Seine lieblosen Worte taten ihr weh. Er verspottete sie. Nahm sie nicht ernst, weil sie ein Mädchen war. Als wären

61

ihre Träume und Wünsche nur schäumende Gischt am Kiel eines Schiffs, das ihr Vater eisern auf Kurs hielt.

»Das werden wir ja sehen«, flüsterte sie und streckte das Kinn nach vorn. Sie war bereit. Bereit, aus den Schaumkrönchen eine gewaltige Jahrhundertwelle zu machen, die ihr Boot geradewegs zum Eiffelturm spülte.

Schwer zu sagen, wer in diesem Augenblick mehr erschrak. Sie, weil sie die ehrliche Sorge in den flammenden Augen erkannte, die sie früher immer so zärtlich angeschaut hatten. Oder Papa, dem vielleicht erst jetzt aufging, dass er die Macht verloren hatte, die ein Vater seiner Meinung nach über sein Kind besitzen sollte.

Sie schluchzte auf und presste den Laut in ein falsches Lachen, damit Papa die Traurigkeit darin nicht hörte. Und da er sie auch nicht sehen sollte, fuhr sie herum und rannte zur Hintertür, hinter der die schiefen, ausgetretenen Planken einer Holztreppe in den ersten Stock führten.

Die Zweifel kamen zuverlässig wie der Regen, der den Asphalt zuerst mit harmlosen Tröpfchen sprenkelte, sich aber rasch darauf besann, dass man in dieser Gegend Frankreichs ein wenig mehr von ihm erwartete. Valérie war bis auf die Haut durchnässt, als sie endlich das letzte Haus im Dorf erreichte. Das flaue Gefühl, das sie bis zu dem von Schneeballhortensien gesäumten Lattenzaun begleitet hatte, hatte sich zu einer heftigen Übelkeit gesteigert, die der Fischvergiftung ähnelte, die sie sich letzten Sommer zugezogen hatte. Außerdem ließ sie der Gedanke nicht los, dass sie irgendetwas Wichtiges vergessen hatte.

Da sie selbst keinen Kleiderkoffer besaß, hatte sie sich Yvonnes Puppenkoffer ausgeliehen und dabei erfahren, was es rein praktisch bedeutete, wenn jemand seine Siebensachen packte. Tatsächlich hatte nicht viel mehr in das mit bunten Blumen bedruckte Pappding hineingepasst. Ihr Erspartes, Unterwäsche und das Schminktäschchen, dazu zwei Kleider und ein Nachthemd. Die Marlene-Dietrich-Hose natürlich, selbst genäht nach einem Schnittmuster in der *Marie Claire*, und die Pumps mit den Riemchen, die sie nur ein einziges Mal angezogen hatte, weil sie Blasen machten. Den Rest trug sie am Leib, das blau gemusterte Baumwollkleid und die Strickjacke unter dem senfgelben Lieblingsmantel. Die Kombination war sogar für den kühlen bretonischen Sommer viel zu warm.

Valérie umfasste den Griff des Köfferchens fester, während sie im Gehen die weiß getünchten Zaunlatten zählte. Es war gar nicht leicht, stur geradeaus zu marschieren und dabei nicht zu dem sich bewegenden Vorhang hinter Madame Hinaulds Küchenfenster zu schielen.

Sie war froh, als sie das Ende des Gatters erreicht hatte und vom Gehsteig auf den staubigen Feldweg wechseln konnte, der an Monsieur Léons Tankstelle endete. Hinter dem gelben Kassenhäuschen am Ortsschild führte eine neu asphaltierte Straße über die Nachbardörfer zur Schnellstraße nach Morlaix. Genau dort begann ihr neues, aufregendes Leben. Was kümmerte es sie schon, wenn es mit Magendrücken, aufgeweichten Schnürschuhen und einem albernen geblümten Puppenkoffer begann. Alles konnte nur besser werden. Solange niemand sie aufhielt.

»Paris, ich komme«, trällerte sie vor sich hin und schickte sicherheitshalber den Refrain von Édith Piafs »*Je ne regrette rien – Ich bereue nichts*« hinterher.

»Valérie! He, Valérie«, rief eine helle Stimme hinter ihr.

Sie senkte den Kopf und ging schneller.

»Warte auf mich!«

Sie begann zu laufen. Der Koffer trommelte gegen ihren Schenkel und würde sicher blaue Flecke hinterlassen. Doch das enervierende Rattern, das von einer schlecht geölten Fahrradkette herrührte, kam näher. Valérie rannte über den Tankhof, an der einzigen Zapfsäule vorbei, vor der ein rotes Cabriolet stand, und sah bald ein, dass sie den Wettlauf nicht gewinnen konnte. Yvonne und ihr wimpelgespicktes Klapprad waren einfach schneller. Keuchend sank sie auf die überdachte Holzbank vor dem Tankstellenhäuschen und erinnerte sich daran, wie Papa sie letzten Herbst hier schon einmal aufgelesen hatte. Instinktiv rutschte Valérie zur Seite, als das Kinderfahrrad wenige Zentimeter vor ihr bremste.

»Yvonne! Was fährst du im Regen rum? Du holst dir einen Schnupfen«, blaffte sie das Mädchen mit den verschmierten Brillengläsern an.

»Das ist meiner.« Yvonne zeigte vorwurfsvoll auf das Köfferchen. »Ich hab dir nicht erlaubt, ihn zu nehmen.«

Valérie verdrehte die Augen. »Ich hab ihn gebraucht.«

»Du hättest fragen können.«

»Dazu war keine Zeit.«

»Aha.« Yvonne spielte an ihrer Fahrradklingel und überlegte. Im Denken war sie wesentlich schneller als Brieuc Guézennec. »Hast du was zum Essen da drin?« *Pling!*, machte die Klingel.

»Was zum Essen?«

»Na, sechshundert Kilometer sind doch ganz schön weit. Ohne ein Pausenbrot ist das nicht zu schaffen.« *Pling, Pling!*

»Du hast gelauscht.«

»Das war nicht nötig. Papas Geschrei hat man bis auf die Straße gehört. Er war ganz schön sauer.«

»Was du nicht sagst«, murmelte Valérie und sah auf, als Monsieur Léon aus der Tür trat. In seiner Begleitung befand sich ein junger Mann, etwa in ihrem Alter. Verwirrt starrte er auf einen Straßenfaltplan, während der Tankstellenbesitzer abwechselnd in verschiedene Richtungen zeigte. Monsieur Léon sprach ausschließlich Bretonisch und nuschelte, weshalb selbst Valérie Mühe hatte, dem zu folgen, was anscheinend eine Wegbeschreibung sein sollte. Der dunkelhaarige Fremde runzelte die Stirn. Sie musste grinsen und bemerkte, dass ihre kleine Schwester vom Rad gestiegen war.

»Was ist das?« Argwöhnisch musterte sie den ausgebeulten Stoffbeutel, den Yvonne ihr entgegenhielt. Bei diesem Mädchen wusste man nie, was es als Nächstes anstellte. Letzten Monat hatte sie in einem ähnlichen Beutel einen Wurf Katzenbabys mit nach Hause gebracht, sehr zum Verdruss von Maman, die an einer Katzenhaarallergie litt.

»Das ist der *far breton*, den Maman für den Kirchenbasar morgen gebacken hat. Aber ich finde, der Kuchen ist bei dir besser aufgehoben … jetzt, wo du doch nach Paris ausreißt.« Yvonne klang sachlich, trotzdem hörte Valérie das Zittern, das sich wie ein Haarriss durch ihre Stimme zog. »Den Koffer kannst du übrigens behalten. Ich bin eh zu groß, um noch mit Puppen zu spielen.«

»Das ist nett von dir.«

Mist! Jetzt wurde ihr doch die Kehle eng, und das nicht nur, weil Yvonne einen Pflaumenkuchen für sie gestohlen hatte. Ihr fiel mit Schrecken ein, dass sie sich nicht von Maman verabschiedet hatte. Ihre Schwester musterte stumm ihre baumelnden Füße. Sie trug zwei unterschiedliche Socken, einen in Rosa und einen in Grün.

Non, je ne regrette rien. Valérie zwang sich, standhaft zu bleiben. Sie würde Maman einen langen, sehr lieben Brief schreiben, sobald sie in Paris angekommen war, nahm sie sich vor. Sofort fühlte sie sich besser.

Monsieur Léon hatte indes begonnen, die Wegbeschreibung, wohin auch immer sie führte, unter vollem Körpereinsatz zu verdeutlichen. Vor den verständnislosen Augen des Fremden ruderte er mit den Armen, streute Orts- und Straßennamen wie Hühnerfutter über den Hof und bohrte den Finger in die Wolken, als würde Gott es schon irgendwie richten.

»Bist du ganz sicher, dass du abhauen willst, Valérie? In Paris kann man nirgends strandfischen gehen.«

Außerdem gibt es keine Leuchttürme, keine Dünen, keinen Strandhafer. Keine Meeresluft, die im Haar und auf der Haut juckt und köstlicher riecht als Chanel N° 5. Es gibt keine schwarzen Felsen, in denen Sturmmöwen und Sandpfeifer nisten, keine Salzwiesen mit grasenden Kühen und Wollschafen und...

Yvonne schaute sie jetzt direkt an, ihre goldbraunen Augen wirkten wie durch Lupengläser vergrößert. Ihr Puls beschleunigte sich. Sie war sich sicher. Bis gerade eben jedenfalls, bevor ein neunjähriges Gör sie daran erinnert hatte, dass zu Hause nicht alles zum Weglaufen war. Und dass das Heimweh erst kam, wenn man fort war.

Der Faltplan raschelte. Der junge Mann hob den Kopf und deutete auf die Straße, die ins Dorf führte. »Sind Sie wirklich sicher, dass Paris in dieser Richtung liegt?«

Valérie erstarrte, und während Monsieur Léon zu einem erneuten Erklärungsversuch ansetzte, musterte sie den Fremden mit ungläubiger Aufmerksamkeit. Besonders kräftig war er nicht gerade, zumal der Schnitt der Anzugjacke seine

66

schmalen Schultern noch betonte. Allerdings war da etwas in seiner Haltung, das ihn älter wirken ließ, als er war: eine Lässigkeit, die man nur bei Menschen mit großem Selbstvertrauen fand. Ihr Mund öffnete sich schneller, als sie denken konnte.

»Ich kenne den Weg nach Paris!«

Der junge Mann nickte Monsieur zu und kam herübergeschlendert. Ein paar Schritte vor ihr blieb er stehen und musterte sie von Kopf bis Fuß. Seine Augen waren braun, klug und neugierig. Valéries Wangen brannten. Vor Scham, weil sie normalerweise keine fremden Männer ansprach, aber auch vor Erregung. War es möglich, dass ihr das Schicksal zur Abwechslung mal keine Felsbrocken vor die Füße warf?

»*Bonjour, Mademoiselle.*« Sein Blick streifte Yvonne und blieb am Puppenkoffer hängen. »Es wäre schön, wenn Sie mir helfen könnten. Ich fürchte, mein Bretonisch ist ein wenig eingerostet.« Er schaute zu Monsieur Léon, der um den Alfa Romeo Spider herumspazierte und das Verdeck tätschelte, als handele es sich um den Rücken einer preisgekrönten Kuh.

Ob es am Klang seiner akzentgefärbten Stimme lag oder an dem hilflosen Lächeln, das vollkommen frei von bösen Absichten wirkte? Plötzlich wusste Valérie genau, was sie tun würde. Sie würde dafür sorgen, dass Papa heute umsonst in seinen klapprigen Peugeot steigen würde, um sie von der Tankstelle abzuholen.

»Natürlich kann ich Ihnen helfen.« Sie schob die Schulterblätter zusammen und wandte sich ihrer kleinen Schwester zu, die sie traurig ansah.

»Mach bloß meinen Koffer nicht kaputt«, murrte Yvonne, aber Valérie bemerkte trotzdem, dass sie am liebsten geweint hätte.

»Sei nicht traurig, Sandfloh.« Sie umschloss das Kindergesicht mit den Händen und pustete auf Yvonnes Himmelfahrtsnase, die sich unwillig kräuselte. »Eines Tages bring ich dir dein Köfferchen zurück, und es wird bis zum Rand mit Süßigkeiten gefüllt sein. In Ordnung?«

»Himbeerbonbons. Die mag ich am liebsten.«

»Ich weiß, meine Kleine.« Valérie schenkte Yvonne ein aufmunterndes Lächeln und ging mit weichen Knien auf den Fremden zu, den Stoffbeutel mit Mamans Kuchen und den Kinderkoffer fest an die Brust gedrückt.

»Ich zeige Ihnen den Weg nach Paris, Monsieur. Aber nur, wenn Sie mich mitnehmen.«

4. Kapitel

PARIS, 1966

Valérie.
Er hieß Frederico Almeida, war Portugiese und hatte neben seinem wenig ausgeprägten Orientierungsvermögen ein Faible für hohe Geschwindigkeiten. Valérie, die zum ersten Mal in einem Sportwagen fuhr, beobachtete staunend die in Chrom eingefassten Instrumente im Armaturenbrett.

Ihr Chauffeur entpuppte sich als recht schweigsamer Reisegefährte, was vielleicht daran lag, dass sie nach der gegenseitigen Vorstellung wie ein Häuflein Elend in dem engen Ledersitz gesessen und sich an ihrem Köfferchen festgeklammert hatte. Doch als kurz hinter Saint-Malo die Sonne durch die Wolken brach und Frederico anhielt, um das Verdeck zu öffnen, kehrte das Leben in sie zurück. Sie schlüpfte aus der Strickjacke, band die Haare zu einem Pferdeschwanz zusammen und hob die Nase in den Fahrtwind, während Felder und Ortschaften an ihnen vorbeisausten wie fliegende Teppiche. *Paris, ich komme. Mademoiselle Aubert ist auf dem Weg.* Kurz darauf fiel ihr siedend heiß ein, dass *Mademoiselle* nicht die geringste Ahnung hatte, was genau sie in Paris tun sollte.

»Sie sehen gar nicht wie jemand aus, der Frederico heißt«, schrie sie gegen das Dröhnen des Motors an, was sie hauptsächlich deshalb tat, um die Furcht niederzuringen, die ihr Herz zusammenquetschte wie die Cola-Blechdosen im Fußraum. Anscheinend mochte ihr Reisegefährte die süße Limonade, von der ihr Vater behauptete, sie sei so gefährlich wie Marihuana.

»Sehe ich nicht?«

»Nein.« Skeptisch musterte sie sein dunkelbraunes Haar, das Stirn, Ohren und Nacken bedeckte. Sein marineblauer Anzug mit den Manschetten sah neu aus, als habe er ihn erst kürzlich für einen wichtigen Anlass gekauft. »Sie sind eher ein Carlos. Oder ein José.«

»Lustig. Mein Vater heißt Carlos. Carlos João Afonso Tiago Bastiano de …«

»*Saperlotte!*« Valérie riss die Augen auf, was Frederico zum Lachen brachte. Er hatte ein tiefes Lachen, das ein bisschen vibrierte, genau wie der Motor.

»Das ist in portugiesischen Familien normal. Wir tragen die Namen unserer Väter, Großväter und Urgroßväter. Mir persönlich genügt Frederico vollkommen, aber wenn Sie einen besseren Vorschlag haben, nur zu.« Er verringerte das Tempo, bis das Motorengeräusch eine normale Gesprächslautstärke ermöglichte.

»Frédo. Ich nenne Sie Frédo.«

»Frédo? Ernsthaft?«

»Wir fahren nach Paris, da muss auch ein Name her, der ein bisschen französisch klingt.«

»Aha. In diesem Fall sollten wir uns besser duzen. Frédo und *Sie* klingt für mich wie Kaffee ohne Zucker.«

»Das geht für mich in Ordnung.«

»Damit wäre das also geklärt, Valérie.«

Überrascht bemerkte sie, dass sie es mochte, wie er ihren

Namen aussprach, mit diesem Akzent, der Wörter weich wie Samt machte.

»Ja. Aber ich frage mich, wie du in Moguériec gelandet bist. Von Lissabon aus liegt die Bretagne überhaupt nicht auf dem Weg nach Paris.«

»Ich hab mich nicht verirrt, falls du darauf anspielst.«

»Hast du nicht?«

»Ursprünglich wollte ich nur an der französischen Küste entlangfahren, bis ich mich an die Vorstellung gewöhnt habe, dass ich ...« Er grinste verlegen. »Vielleicht habe ich mich ein wenig mit der Entfernung vertan, ich bin nicht gerade ein geübter Autofahrer. Andererseits würdest du jetzt nicht neben mir sitzen, also wird der Umweg schon für etwas gut gewesen sein.« Seine braunen Augen blickten sie nachdenklich an.

Valéries Herz schlug schneller. »Und was hast du in Paris so vor?«

»Ich trete morgen eine Stelle als Hilfskoch an. In einem Grandhotel im ersten Arrondissement.« Er klang gelassen, als wäre ein Job in einem solch feudalen Etablissement keine große Sache für ihn. Valérie setzte sich ruckartig auf.

»Du arbeitest im Ritz? Dort, wo Coco Chanel wohnt?«

»Da muss ich dich leider enttäuschen. Das Hotel heißt Le Châtelier und hat nicht ganz so illustre Gäste. Aber Alain Dupré, der Küchenchef, war zusammen mit Paul Bocuse ein Schüler von Eugénie Brazier.« Er zwinkerte ihr verschwörerisch zu. »Großes Kochkino sag ich dir. Dupré hält derzeit zwei Michelin-Sterne, und es heißt, einen davon verdanke er einer Omelette.«

»Uh. Ich habe keine Ahnung, wer die alle sind und was das für dich bedeutet. Es klingt jedenfalls beeindruckend.«

»Zunächst wird es lange Tage und kurze Nächte mit viel Schweiß und wunden Fingern bedeuten, schätze ich.« Frédo spitzte die Lippen wie Maman, wenn sie über ein neues Kuchenrezept nachdachte. »Aber das ist es wert. Mein Vater ... Ich wollte schon immer mehr über die Haute Cuisine erfahren.«

»Arbeitest du in einer Gaststätte in Lissabon?«

Er zögerte kurz. »Das kann man so ausdrücken. Das Lokal gehört meiner Familie und ist für Pariser Verhältnisse recht überschaubar«, sagte er leichthin, wobei sein Blick erneut das Puppenköfferchen streifte, das den Dosen im Fußraum Gesellschaft leistete. Möglicherweise ruhten seine Augen ein paar Sekunden zu lang auf ihren Beinen, weshalb sie verstohlen an ihrem Rock herumzupfte, bis der blau gemusterte Baumwollstoff ihre Knie bedeckte.

»Nun genug von mir. Was treibt dich aus der wunderbaren Bretagne in die Stadt, Mademoiselle Aubert?«

»Ich besuche einen Freund.« Sie hatte keine Ahnung, warum sie log, aber es kam ihr passend vor.

»Er ist zu beneiden. Wenn ich ein Mädchen hätte, das sich für mich im Regen mit einem winzigen Koffer auf den Weg machen würde ...« Frédo bedachte sie mit einem anerkennenden Lächeln. »Es ist schön, wenn man jemandem so viel bedeutet. Ich hoffe, er weiß das zu schätzen.«

»Oh, das tut er. Er ist ... äh, einfach wunderbar.« Ihre Wangen schmerzten, weil sie die Mundwinkel krampfhaft nach oben zog. »Ganz wun-der-bar.«

»Dann sorgen wir mal dafür, dass dein Freund dich rasch wiedersieht.« Frédo schielte in den Seitenspiegel und betätigte den Blinker. Die Schaltung gab ein hässliches Geräusch von sich, der Alfa schnellte aus der Spur und setzte zum Überholen an. Vor Vergnügen hob sie die Arme und tauchte die Hände tief in das Blau des Himmels, der vom Kondensstreifen eines Flugzeugs in ein symbolhaftes Vorher und Nachher geteilt wurde. *Wie auch immer dieses Abenteuer ausgehen wird, ich werde nicht eine Sekunde davon bereuen. Keine einzige.*

»Adieu, Moguériec«, schrie sie in den Fahrtwind und dachte an den grünen Leuchtturm und die Bucht mit den schwarzen Felsen, von denen man den Fischerbooten beim Ausfahren zusehen konnte. »Adieu!«

Tatsächlich fühlte es sich wie ein echtes Lebewohl an.

Paris begrüßte sie nicht so stilvoll, wie sie gehofft hatte. In den Randbezirken gab es nur trostlose Bauten, keine Spur vom Charme alter Häuser und Plätze, dem Frieden gepflegter Parks oder dem Esprit luxuriöser Modegeschäfte. Alles war grau, eintönig und sehr laut, nachdem sie auf die stark befahrene Schnellstraße in Richtung Zentrum abgebogen waren. Frédo drückte auf die Hupe, als ein Lieferwagen aus der Zufahrt schoss und sich reifenquietschend vor den Alfa in eine Lücke drängte, in die nach ihrem Empfinden kein Motorroller gepasst hätte.

Mon Dieu. Ein einziges Inferno aus Abgasen und Beton, dachte sie und fühlte sich betrogen, während sie das brettebene Land musterte, auf dem sich eine futuristische Kulisse aus Hochhäusern und Baukränen erhob. Die Banlieues, die neuen Großbauprojekte der Regierung.

»Licht und Schatten. Auch das ist Paris.« Frédo schenkte ihr ein aufmunterndes Lächeln und nahm einem eierschalenfarbenen Citroën die Vorfahrt. Die Beschimpfungen des Fahrers ignorierte er geflissentlich. »Mach dir keine Sorgen. Das Licht liegt direkt vor uns.«

73

Er sollte recht behalten. Bereits eine halbe Stunde später überquerten sie die taubenblaue Seine, auf der Ausflugsboote und kleine Frachtkähne schipperten. Sie lehnte sich aus dem Fenster und hielt den Atem an, von einem jähen Glücksgefühl überwältigt. Da ragte sie majestätisch in den Himmel und schaute stumm auf ihre Stadt herab: *la Dame de fer*, jenes Monument, das die Pariser liebevoll »eiserne Dame« nennen. Der Eiffelturm. *Es ist wie nach Hause kommen*, dachte sie verzückt. Wie wunderschön er doch war. Hundertmal schöner als in Hochglanzmagazinen.

»Sieht aus wie ein Dinosaurierskelett.« Ihr Reisegefährte lachte auf, als sie ihm einen missbilligenden Klaps verpasste. Dann schlüpfte sie aus den noch immer feuchten Schnürschuhen und holte die Absatzschuhe aus dem Puppenkoffer. Sie schloss die Riemchen um die Fesseln und fühlte sich sofort ein bisschen *parisienne*.

Weitaus gemächlicher fuhren sie durch Viertel mit Alleebäumen, Restaurants und Geschäften. Schon wurden die Straßen breiter, und sie entdeckte die ersten Haussmann-Häuser mit ihren Blei- und Schieferdächern. Vor den Cafés saßen Menschen behaglich in der Sonne, während das glitzernde Band der Seine das rote Cabriolet unbeirrt an den Grünflächen der Tuilerien und am Louvre vorbei zu seinem Ziel dirigierte: dem Grandhotel Le Châtelier in der Rue de Rivoli.

Frédo parkte in einer Seitenstraße. Gegenüber präsentierte sich ihnen die sandfarbene Fassade des Hotels über den Arkadengängen in jener dezenten Eleganz, die für Paris so typisch war: je teurer, desto schlichter. Aus halb geschlossenen Lidern musterte sie die schmiedeeisernen Balkone an den Fenstern. Vor der gläsernen Drehtür, flankiert von Buchsbäumchen, stand ein Herr mit Zylinder, Frack und Zigarre. Er plauderte mit dem livrierten Portier, der sich plötzlich hastig verabschiedete und den Kofferwagen zu einem heranfahrenden Taxi schob.

»Na ja. Es ist nicht das Ritz«, sagte sie in das leise Klicken hinein, mit dem der Motor sich in die Unbeweglichkeit verabschiedete, nachdem Frédo den Zündschlüssel abgezogen hatte.

»Es ist nicht das Ritz«, wiederholte Frédo.

Wie zur Bestätigung fiel etwas von oben auf den Kotflügel und blieb als schmutziger Fleck liegen. Der graublau gefiederte Übeltäter auf dem Dach gurrte verwundert und suchte flatternd das Weite.

Ihre Blicke kreuzten sich, dann fingen sie an zu lachen. Das taten sie wesentlich aufgekratzter und länger, als gerechtfertigt war – immerhin waren sie keine Halbwüchsigen mehr. Sie wischte sich mit dem Handrücken über die Augen, als Frédo aus dem Wagen stieg, um dem Taubenmalheur mit Spucke und Taschentuch zu Leibe zu rücken. Danach hielt er ihr mit einer übertriebenen Verbeugung die Tür auf. Sie kletterte aus dem Auto, den Griff des Puppenkoffers fest in der Hand. Frédo betrachtete sie nachdenklich, bevor sein Blick zur anderen Straßenseite wanderte, wo weitere Taxen hielten und den Portier und seinen Wagen mit zahllosen Gepäckstücken an die Grenzen der Belastbarkeit brachten.

»Geh schon«, forderte sie ihn fröhlich auf, auch wenn ihr überhaupt nicht mehr fröhlich zumute war. Zwar kannte sie den Portugiesen erst wenige Stunden, aber sie mochte ihn. Sie mochte ihn wirklich, diesen besonnenen jungen Mann mit den ehrlichen Augen und der nachlässigen Beatlesfrisur, in der sie ihre eigene Aufsässigkeit wiedererkannte. Er war anders als die jungen Männer aus dem Dorf zu Hause, aber es fiel ihr schwer, den Unterschied in Worte zu fassen. Frederico Almeida war ... Er war jemand, dem man sich anvertraute. Jemand, mit dem sie unter Umständen gern befreundet gewesen wäre, hätte sie an eine Freundschaft zwischen Mann und Frau geglaubt. Davon abgesehen war er der einzige Mensch, den sie in Paris kannte.

Sie schluckte, als die Übelkeit zurückkehrte und ein paar unangenehme Kumpane zu ihrer Ich-fange-ein-neues-Leben-an-Party mitbrachte: Ungewissheit. Furcht. Schuldgefühle. War sie allzu übereilt geflüchtet? Hätte sie besser planen sollen? Paris war ein teures Pflaster, und blauäugig, wie sie war, hatte sie sich weder um eine Anstellung noch um eine Unterkunft gekümmert. Zweifelsohne würde ihr Erspartes bald aufgebraucht sein, und ... was kam dann?

»Bist du dir sicher, dass ich dich nicht zu deinem Freund fahren soll?«, unterbrach Frédos Stimme ihre Gedanken. »Mir ist nicht wohl dabei, dich hier auszusetzen wie eine herrenlose Katze.«

»Kein sehr schmeichelhafter Vergleich.« Sie zog eine Grimasse. »Aber wenn du ihn schon bemühst, müsstest du beruhigt sein. Katzen besitzen bekanntlich neun Leben.«

»Und sie fallen immer auf alle vier Pfoten.« Er wirkte nach wie vor besorgt, trotz der niedlichen Grübchen, die sich in seine Mundwinkel drückten. »Ich muss später sowieso ins Marais rüberfahren. Mein Cousin Miguel hat mir angeboten, bei ihm zu wohnen. Wenn ich die Formalitäten im Hotel erledigt habe, könnte ich dich ein Stück mitnehmen.«

Valérie fühlte sich hundsmiserabel, Katze hin oder her, aber das half ihr keinen Schritt vorwärts. »Die Angst ist noch nie ein guter Ratgeber gewesen«, hatte ihr Vater damals zu ihr gesagt, als sie heulend zusehen musste, wie er die Stützräder von ihrem Kinderfahrrad entfernte.

Wieso muss ich jetzt ausgerechnet an Papa denken?

»Sag schon Adieu, Frederico Almeida«, sagte sie, ohne auf sein Angebot einzugehen. »Ich muss eine Métro bekommen.«

Sie starrte auf ihre Hand, die Frédo ein paar Sekunden zu lange festgehalten hatte. Er schien noch etwas hinzufügen zu wollen, tat es aber nicht, weshalb sie sich umdrehte und die Rue de Rivoli hinuntermarschierte. Das Pflaster fühlte sich seltsam weich unter ihren klappernden Absätzen an.

»Ehrlich gesagt gefiele mir ein *Auf Wiedersehen* sehr viel besser!«, rief er ihr nach. Es klang aber nicht so, als ob er wirklich eine Antwort erwartete.

Sie senkte den Kopf und ging schneller.

Es dauerte keine zehn Minuten, bis sie einen brennenden Schmerz am linken Knöchel spürte, wo ihr der Lederriemen die Haut aufscheuerte. Fünfzehn Minuten später fiel ihr ein, dass sie es überhaupt nicht eilig hatte, weil es niemanden gab, der auf sie wartete. Valérie verlangsamte ihre Schritte, um die Schaufenster der Boutiquen, Juweliergeschäfte und Antiquariate zu bestaunen. Der Geruch von Kaffee und buttrigen Croissants strömte aus den geöffneten Ladentüren der Cafés und Pâtisserien. Ein Junge mit Hosenträgern und Schiebermütze heulte protestierend auf, als seine Mutter ihn am Eiswagen eines Straßenverkäufers vorbeibugsierte. Die Luft war schwül und schwer, eine träge dahinwabernde Blase, in der Abgase, Stimmen und das Hupen der Autos eingefangen waren. Valérie kam es vor, als spaziere sie mitten durch die lebendig gewordenen Fotos aus den Magazinen, die sie unter ihrem Bett gestapelt hatte.

Ob Yvonne sie eines Tages liest? Oder werden sie im Herbst dran glauben müssen, wenn Papa alte Zeitungen zusammensucht, um den Ofen anzufeuern?

Aufmerksam musterte sie die Menschen, die ihr entgegenkamen. Sie waren allesamt schlank und elegant gekleidet, Männer wie Frauen, aber die meisten von ihnen wirkten gehetzt. Kaum jemand lächelte, was das flaue Gefühl in ihrem Bauch verstärkte. Mittlerweile humpelte sie und wurde von überholenden Passanten angerempelt, weshalb sie an einer Fußgängerampel stehen blieb. Neben ihr wartete eine blonde junge Frau im Minirock, der einen atemberaubenden Blick auf ihre knochigen Knie erlaubte. Stöhnend stellte Valérie ihr Köfferchen ab und bückte sich, um den Lederriemen zu lockern. Als sie aufsah, begegnete sie einem petersiliengrünen Augenpaar, das mitfühlend ihre Füße musterte.

»Neue Schuhe?«

»Neues Leben«, antwortete Valérie lakonisch und hätte sich am liebsten dafür geohrfeigt.

»Kenne ich. Beides.« Die junge Frau, ungefähr so alt wie sie selbst, verzog den Mund – und schenkte Valérie das erste echte Lächeln einer Pariserin.

Die Ampel sprang auf Grün und danach zurück auf Rot, doch die Fremde beachtete weder das Signal noch die Leute. Der betörende Geruch von Chanel und Mentholzigaretten strömte in ihre Nase, während die Frau in ihrer Handtasche wühlte und dabei sehr unbetörend fluchte. Endlich fand sie das Gesuchte und drückte Valérie ein gelbes Flugblatt in die Hand.

Pour Liberté, égalité et solidarité féminine.
LÉSF mouvement féministe.

Für Freiheit, Gleichheit und Schwesterlichkeit.
LÉSF Frauenbewegung.

»Es gibt für uns Frauen keinen Grund, nicht das zu sein, was wir gerne sein wollen. Auch für dich nicht.« Die Fremde blickte sich verstohlen um, als sei sie im Begriff, ein Staatsgeheimnis zu verraten. »Wir treffen uns jeden Dienstagnachmittag im Chez Marianne in der Rue Froissart. Wenn du magst, komm doch auf einen Pastis vorbei. Zwar sind wir nur eine kleine Gruppe, haben aber für die nächsten Jahre Großes im Sinn.« Ihre Petersilienaugen leuchteten auf. »Für alle Frauen Frankreichs.«

Valérie, die wie paralysiert auf den Handzettel starrte, spürte eine Berührung auf dem Oberarm, ein champagnerperlendes Lachen ging im Motorengeräusch eines vorbeifahrenden Busses verloren. Als sie aufsah, war die junge Frau verschwunden, untergetaucht im Gewühl aus Jacken und Mänteln.

Es gibt für uns Frauen keinen Grund, nicht das zu sein, was wir gerne sein wollen. Auch für dich nicht.

Minutenlang stand Valérie wie angewurzelt an der Ampel, die unbeirrt ihr Zweifarbenspiel mit den Menschen und ihren Fahrzeugen veranstaltete, und horchte auf ihr wild pochendes Herz. Plötzlich wusste sie es. Sie wusste, wohin sie gehen würde. In Windeseile schlüpfte sie aus den Schuhen, ohne die ältere Dame zu beachten, die pikiert ihr Hündchen mit der Leine an ihre Waden zog, als fürchte sie, Valérie könne ihren rosabeschleiften Liebling stehlen. Barfuß, das Köfferchen in den Armen, rannte Valérie los, in die Richtung, aus der sie gekommen war. Zurück zum Le Châtelier.

79

Gustave Renard verrichtete seit nunmehr fünfunddreißig Jahren seinen Dienst im Le Châtelier. Er bezeichnete seinen Beruf als Berufung, obwohl er mehr über die Menschheit wusste, als ihm mitunter lieb war. Zu viele hatte der Concierge in den Zeiten des Verfalls und Aufbaus kommen und gehen sehen: Pagen und Hoteldirektoren, trunksüchtige Pianisten und Filmstars, Industrielle und hackenschlagende Nazioffiziere. Er verstand die Kraft großer Hoffnungen und das Wesen zerplatzter Träume, den Rausch des heimlichen Kusses und die Zerstörungskraft betrogener Liebe. Gustave hatte die Macht des Geldes erlebt und die Ohnmacht angesichts von Depression, Krankheit und Krieg. Er kannte die Namen zu den Gesichtern, wusste um die Abgründe und Geheimnisse, die sich hinter makellosen Fassaden befanden. Aber obwohl sein Wissen jede Halbwahrheit in den Boulevardblättern erschüttert hätte, war niemals ein Wort über seine Lippen gekommen.

Was ihm in seiner gesamten Dienstzeit allerdings noch nicht untergekommen war, war eine barfüßige junge Frau, die in einem zerknitterten Kleid und mit einem Kinderkoffer im Arm durch die gläserne Eingangstür des Le Châtelier marschierte – so selbstverständlich, als sei sie mit Präsident de Gaulle verabredet.

All das wusste Valérie natürlich nicht, als sie nun mit besenstielgeradem Rücken auf dem roten Teppich vor der Rezeption stand und energisch den Hoteldirektor zu sprechen verlangte. Die beiden Rezeptionsdamen warfen ihr hämische Blicke zu und tuschelten hinter vorgehaltenen Händen. Der Concierge hingegen, ein Zwei-Meter-Mann mit Halbglatze und klugen Augen, musterte sie mit ausdrucksloser Miene.

»Es tut mir leid, aber Monsieur le Directeur ist derzeit

nicht abkömmlich. Kann ich Ihnen behilflich sein, Mademoiselle?«

Immerhin setzte er sie nicht direkt auf die Straße, weshalb sie das Kinn ein wenig höher hob.

»Ich möchte arbeiten. Hier, in diesem Hotel.«

Sein Mundwinkel zuckte, doch sie war wild entschlossen, sich nicht verunsichern zu lassen.

»Bevor Sie fragen – nein, ich besitze weder eine Ausbildung noch irgendwelche Referenzen«, fuhr sie fort. »Aber ich habe einen hervorragenden Schulabschluss und zwei sehr starke Arme. Ich bin ehrlich, fleißig und pünktlich und würde mich für den Anfang mit freier Kost und Logis begnügen. Wenn Sie nach drei Monaten noch zufrieden mit mir sind, möchte ich ein richtiges Gehalt. Und eine Krankenversicherung.« Sie schielte auf das Namensschild am Revers seines dunkelblauen Anzugs. Die Goldknöpfe polierte er bestimmt jeden Morgen. »Das ist ein sehr gutes Angebot, Monsieur Renard. Sie sollten zuschlagen.«

Ersticktes Kichern drang aus der Ecke, in der die Rezeptionistinnen zusammenstanden.

»*Les dames* haben offenbar keine Arbeit zu verrichten«, fuhr Valérie die beiden an. Die Frauen schwiegen verdutzt, während Monsieur Concierge noch immer reglos hinter der Rezeption stand. Ob sie ihr Glück vielleicht doch lieber in einem weniger feudalen Etablissement versuchen sollte? Irgendjemand würde sie schon einstellen, und wenn sie zur Not in irgendeiner Spelunke am Montmartre kellnerte. Mit alkoholisierten jungen Männern kannte sie sich aus.

»Sie tragen keine Schuhe, Mademoiselle«, sagte der Concierge unvermittelt. »Das ist in diesem Haus eher unüblich.«

»Mag sein«, antwortete Valérie geistesgegenwärtig. »Aber

81

Ihr Teppich sieht nach einem Teppich aus, auf dem man barfuß laufen sollte, um ihn zu würdigen.«

Renard musterte sie, als sei sie geradewegs von einem anderen Stern auf die Erde gefallen, bis er endlich nach dem Fernsprechapparat griff. Er telefonierte leise und mit abgewandtem Kopf. Es war ein kurzes Gespräch mit vielen Pausen, ehe er den Hörer zurück auf die Gabel hängte.

»Wie heißen Sie, Mademoiselle?«

Valérie war jetzt so nervös, dass Renard seine Frage wiederholen musste. Ihr Puls schnellte in die Höhe, als ihr aufging, dass er den Sicherheitsdienst oder die *Police nationale* verständigt haben könnte. Oder ein Krankenhaus für Leute, die nicht mehr ganz richtig im Kopf waren.

»Valérie.« Sie kratzte mit dem Daumennagel über die marmorne Theke. »Mein Name ist Valérie Aubert, und ich komme aus der Bretagne.«

Ihren Worten folgte ein langes Schweigen, das lediglich vom behäbigen Rattern einer Schreibmaschine gestört wurde, hinter der sicher keine geübte Sekretärin saß. Nach einer gefühlten Ewigkeit erklangen auf der Treppe Trippelschritte, die zu einer jungen Frau gehörten, die ein schwarzes Zimmermädchenkleid mit weißer Rüschenschürze trug. Ihr rotblondes Haar wehte im Luftstrom des Deckenventilators.

»*Trés bien*, da ist sie ja schon.«

Valérie erkannte verblüfft, dass Renards Gesicht weich geworden war. Seine blutleeren Wangen hatten sogar ein wenig Farbe bekommen, wie es oft bei Männern der Fall ist, wenn sie eine Schwäche für jemanden haben. Die junge Frau blieb abwartend am Fuß der Treppe stehen und musterte Valérie neugierig. Valérie mochte sie sofort, weil sie weder dem Kinderkoffer noch ihren nackten Füßen besondere Aufmerksamkeit schenkte. Stattdessen schaute sie ihr direkt in die Augen – und schenkte ihr das zweite, echte Lächeln.

»Das ist Mademoiselle Petit. Sie wird Ihnen Ihre Unterkunft zeigen und Sie mit den Gepflogenheiten unseres Hauses vertraut machen.«

»Ist das ein Ja?« Valérie hielt die Luft an. »Heißt das, ich darf bleiben?«

»Nun denn, es ist vorläufig kein Nein.« Renard blätterte geschäftig in einem Aktenordner, machte aber nicht den Eindruck, als wolle er tatsächlich darin lesen. »Zufällig kommt Ihre Anfrage zum richtigen Zeitpunkt. Unter dem Personal grassiert eine Grippewelle, und da wir in den nächsten Wochen ausgebucht sind, ist uns jede Unterstützung willkommen. Wir setzen Sie auf Etage ein, auch dort wird Mademoiselle Petit Ihre Ansprechpartnerin sein. Dienstbeginn ist morgen früh um sechs. Nach einer angemessenen Probezeit werde ich Sie Monsieur Montéclair vorstellen, unserem Hoteldirektor.«

Obwohl Valérie auf den Knall hätte gefasst sein müssen, mit dem er den Ordner zuklappte, zuckte sie zusammen.

»Haben Sie noch Fragen, Mademoiselle Aubert?«

Sie schüttelte benommen den Kopf, aber ihr Magen verkündete lautstark, dass sie seit heute früh keinen Bissen gegessen hatte. Renard wirkte zum ersten Mal amüsiert.

»Auch darum werden wir uns kümmern.« Er warf dem Zimmermädchen einen Seitenblick zu, das beflissen nickte.

»*Merci*, Monsieur. Ich werde Sie nicht enttäuschen«, rief Valérie fröhlich und wartete erst gar nicht auf eine Reaktion, die über das knappe Nicken hinausging. Flink griff sie sich ihr Köfferchen und lief zur Treppe, bevor der Concierge seine Meinung änderte.

»*Salut*. Ich heiße Valérie«, wisperte sie atemlos.

»Ich bin Yvette«, antwortete das Mädchen lächelnd und wies sie an, ihr nach oben zu folgen.

Mit klopfendem Herzen starrte Valérie auf die Schleife unter Yvettes Taille und berührte dann ehrfurchtsvoll das Geländer. Es roch nach Holzpolitur und fühlte sich glatt und edel an. Sie atmete aus, streifte sich mit einem Seitenblick auf Renard die Schuhe über die wundgescheuerten Füße und nahm zwei Stufen auf einmal. Die beiden Frauen hatten den ersten Treppenabsatz bereits erreicht, als Renards strenge Stimme sie zurückrief.

»Mademoiselle Aubert?«

»Ja, Monsieur?«

»Beim nächsten Mal benutzen Sie bitte den Personaleingang. Er befindet sich rechts vom Hotel, in der Rue Perrault.«

»Jawohl, Monsieur.«

»Noch was, Mademoiselle Aubert.«

»Ja?«

»Willkommen in Paris.«

5. Kapitel

LISSABON, IM MAI 2019.

António.
»Willkommen in Lissabon!«, prangte in großen Buchstaben über dem Flughafengebäude, einem modernen Bau, der die ankommenden Fluggäste vom überdachten Vorplatz aus direkt in den weit aufgerissenen Drachenrachen der Métrostation schleuste. António de Alvarenga zog das Telefon aus der Tasche seiner Leinenhose und stellte fest, dass er sich umsonst abgehetzt hatte. Der Flug aus Paris war erst vor wenigen Minuten mit einer halbstündigen Verspätung gelandet. Seufzend zwang er sich zu einem Lächeln, hatte ihm seine Assistentin Manuela doch zu verstehen gegeben, dass er immer viel zu verkniffen aussah. Würde er eben noch eine *bica* bestellen, egal, was sein Magen von der heutigen Koffeindosis hielt.

An den Tresen der Cafeteria gelehnt, schielte er abwechselnd von der hübschen Bedienung hinter der Theke zum Taxistand. Sein schwarzer Mercedes stand im Halteverbot, aber außerhalb der Ferienzeit herrschte hier wenig Betrieb. Er hoffte, dass niemand sich an dem Wagen störte, der auf den Seitenflächen das Emblem des Gloriosa trug. Nervös war er trotzdem, was jedoch nicht daran lag, dass er einen Strafzettel befürchtete. Es gab *Dinge*, die ihn seit seiner Rückkehr aus Paris beschäftigten.

Während die Touristen über Lissabon herfielen wie Wespen über ein Blech mit Vanilletörtchen, *pastéis de nata*, wurde die Personaldecke im Hotel immer dünner. Anscheinend wollten die jungen Portugiesen ihr Berufsleben nicht mehr in den Dienst anderer stellen, und diejenigen, die es doch taten, schienen von Zuverlässigkeit und Pünktlichkeit nichts zu halten. António hatte im Gloriosa schon wieder selbst mit anpacken müssen, weshalb er nicht dazu gekommen war, Vovô den erfolgreichen Abschluss seiner Parismission persönlich zu berichten. Eine kurze SMS hatte genügen müssen, in der er seinem Großvater mitgeteilt hatte, dass er *den gelben Mantel gefunden* habe und *das Paket auf dem Weg* sei. Er fand seinen Geheimdienstjargon urkomisch, aber Vovô hatte auch auf seine heutige Nachricht (*Paket ist gelandet!*) nicht reagiert.

Dann war da noch Maelys. Maelys Durant aus der Bretagne, ein taubes Mädchen, das einen nachhaltigen Eindruck bei ihm hinterlassen hatte. So nachhaltig, dass er sich nächtelang durch verschiedene Internetseiten gescrollt hatte, auf der Suche nach Informationen, Erfahrungsberichten Gehörloser, nach … Verstehen. Er hatte eine Menge gefunden. Gerade deshalb fühlte er sich unsicherer denn je.

Eine halbe Stunde später hatte António zwei weitere Espressotassen geleert, und die blonde Bedienung mit blauen Augen hatte ihm eine auf den Kassenbon gekritzelte Telefonnummer zugeschoben. Endlich öffnete sich die Schiebetür und entließ die ersten Fluggäste aus der Ankunftshalle. Als müsste er sich von dem Flirt mit der Kellnerin freikaufen, gab er ihr ein üppiges Trinkgeld und ertappte sich bei dem

Gedanken, den er sich den ganzen Tag verboten hatte: *Vielleicht bin ich umsonst gekommen.*

Die Vorstellung wurde zur Möglichkeit, als er kein Gesicht entdeckte, das ihm bekannt vorkam, die Möglichkeit zur Gewissheit, als Menschen und Koffer in Taxen oder im rot lackierten Schlund der Métrostation verschwunden waren. Nach zehn Minuten schloss sich die Schiebetür hinter einer Großfamilie. Benommen sah António ihnen nach. Dem Vater, der finster mit zwei Überseekoffern kämpfte, der Mutter, die den Kinderwagen schob, gefolgt von einem Mädchenbataillon, nach Größe sortiert. Die Älteste wischte auf ihrem Handy herum, Nummer zwei heulte. Die Zwillinge hielten Händchen und trugen T-Shirts mit dem Aufdruck »*Paris, je t'aime*«.

António atmete enttäuscht aus, trotzdem richtete er seinen Blick in der Hoffnung auf ein Versehen gen Himmel. Eine Maschine der TAP Air Portugal setzte über der Mündung des Tejo zum Landeanflug an und bot ihren Passagieren den spektakulärsten Ausblick auf die pastellfarbene Stadt der sieben Hügel. Zögernd ging António zum Wagen zurück – und hielt abrupt inne, als sich etwas in seinen Rücken bohrte.

»He, Sie müssen achtgeben, Monsieur. Es können schlimme Unfälle passieren, wenn man beim Gehen in die Luft guckt.« Eine belustigte Stimme hinter ihm, die ein wenig verwaschen klang. Und sehr vertraut, obwohl er erst ein Mal mit ihr gesprochen hatte.

Erleichtert drehte António sich um. Sie trug ein figurbetontes Kleid mit winzigen blauen Blumen und weißem Kragen, das sehr viel hübscher an ihr aussah als das unförmige Teil von der Place du Tertre. Für einen Moment verlor er sich in Maelys' azurblauen Augen, die niemanden unberührt lassen konnten. Seinen Großvater nicht. Und ihn auch nicht.

»Herzlich willkommen in Lissabon«, sagte er und gebärdete die französische Grußformel, die er mithilfe eines Videos gelernt hatte. Auf der entsprechenden Internetseite hatte er zudem erfahren, dass es keine internationale Gebärdensprache gab, was er bedauerlich fand. Zuerst wirkte Maelys überrascht, doch dann vertiefte sich ihr Lächeln, was ihn ein klein wenig stolz machte.

»Es heißt doch Lisboa.« Sie stellte ihre Reisetasche ab und wiederholte beim Sprechen die Handzeichen, wobei sie die portugiesischen Ausdrücke mit den Fingern buchstabierte. »*Bem-vindo à Lisboa*. Und ich bin jetzt keine Mademoiselle mehr, sondern eine *menina*.«

Beide fingen an zu lachen.

»Meine Güte!« Jemand stöhnte hörbar entnervt auf. »Wenn die Herrschaften das diplomatische Protokoll abgearbeitet hätten, wäre ich Monsieur sehr dankbar, wenn er sich dieses Kindersargs annehmen würde, der sich Koffer schimpft.«

Die alte Dame schien direkt aus Vovôs Märchenbuch herausgefallen zu sein: eine gealterte Mary Poppins, nur zierlicher, rothaarig und eben ganz in Schwarz gekleidet. Mit graziös übereinandergeschlagenen Beinen thronte sie auf einem Reisekoffer, der eindeutig aus einer Zeit stammte, in der Kofferträger noch gutes Geld verdienten. Die Rabenfeder auf ihrem Hut wippte ungehalten, als sie aufstand und ihre Zigarette auf dem Boden austrat – etwas ungelenk wegen des Gipsarms, der in einer Halteschlaufe an ihrer Brust ruhte. Anstalten, António zu begrüßen, machte sie nicht, stattdessen starrte sie das sperrige Gepäckstück an, als erwarte sie von ihm eine Entschuldigung.

»Ist das deine Tante?«, fragte António und fand es sehr

praktisch, dass Maelys ihn auch verstand, wenn er lautlos die Lippen bewegte. Sie nickte und verdrehte die Augen.

»Was ist, junger Mann? Wollen Sie den ganzen Tag da rumstehen und mit meiner Nichte schäkern?«

»Was hat sie gesagt?«, fragte Maelys.

António hob verlegen eine Schulter und spürte, dass er rot geworden war, was ihm irgendwie unangebracht schien. Mit ihren schwindelerregend hohen Absätzen reichte ihm die alte Dame gerade mal bis zur Brust, und trotzdem fühlte er sich wie ein kleiner Junge, als er zu ihr herabschaute und den Namen aus seiner Erinnerung kramte, den Maelys ihm für das Flugticket genannt hatte.

»*Bonjour*, Madame Aubert. Ich bin António de Alvarenga, und ich freue mich sehr, Sie in meiner Heimatstadt begrüßen zu dürfen«, sagte er förmlich und packte das Lächeln aus, das seine Großmutter einmal dazu gebracht hatte, ihm eine *tarte de limão* zu backen, obwohl er mit dem Fußball das Küchenfenster zerschossen hatte. »Hoffentlich hatten Sie einen angenehmen Flug.«

»Sehe ich so aus, als hätte ich einen angenehmen Flug gehabt?«, lautete die verdrießliche Antwort. »Keine Ahnung, was mit euch Portugiesen nicht stimmt. Dieses alberne Gelächter aus dem Cockpit, nachdem der Kapitän etwas von *kleinen Turbulenzen* ins Mikrofon genuschelt hat, war furchtbar pietätlos. Es soll Leute geben, die um ihr Leben fürchten, wenn ein Flugzeug sich gebärdet wie eine klapprige Achterbahn.«

»Ach, das. Das machen die jedes Mal, sobald das Meer in Sicht kommt.« Er unterdrückte ein Schmunzeln, weil Valérie Aubert auf ihn nicht wie eine Frau wirkte, der irgendetwas Angst einjagte, ganz im Gegenteil. »Galgenhumor«, erklärte er. »Wir mögen zwar eine Seefahrernation sein, aber tatsächlich können die wenigsten Portugiesen schwimmen.«

»So?« Madame Aubert hob die Sonnenbrille und bedachte ihn mit einem eisigen Blick, der ihm verdeutlichte, dass sein Humor an ihr abperlte wie Regen am Lack seines Mercedes. Beherzt griff er nach dem Koffer. Es war ihm ein Rätsel, wie die beiden das schwere Ding ohne Kofferwagen von der Gepäckausgabe bis zum Ausgang geschafft hatten.

»Ich nehme an, Sie brauchen keine Hilfe, so wie Sie gebaut sind, Senhor de Alvarenga.«

»Nein, Madame.« Ergeben schleppte er den Koffer zu seinem Wagen, wo ihm eine Politesse soeben einen Strafzettel hinter die Windschutzscheibe klemmte. *Que merda.* António wusste nicht, weshalb er darin plötzlich ein schlechtes Omen sah. Er war nicht abergläubisch wie die meisten seiner Landsleute, dennoch beschlich ihn das sichere Gefühl, dass Valérie Aubert in den nächsten Tagen für einigen Wirbel in der Quinta de Alvarenga sorgen würde. Doch das war zum Glück nicht mehr sein Problem. Er hatte bloß ein *Paket* abzugeben und würde sich danach hoffentlich seinem Alltag im Gloriosa widmen können.

Maelys.
Die Stadt Sintra, in der Antónios Großvater lebte, befand sich eine halbe Autostunde von Lissabon entfernt. Während der Fahrt klebte sie unablässig mit der Nase am Beifahrerfenster, obwohl es auf der dreispurigen Autobahn, die sie vorwiegend durch Gewerbegebiete führte, nicht viel zu sehen gab.

Doch für Maelys, die nie zuvor ausländischen Boden betreten hatte, war jedes Straßenschild, jedes Graffitikunstwerk an einer Fabrikfassade und jede in der Sonne funkelnde Stahl- und Glaskonstruktion eine Offenbarung. Noch immer konnte sie es kaum fassen, dass sie tatsächlich nach Portugal geflogen war, den Vorbehalten ihrer Tante zum Trotz, die erst in letzter Minute mit Märtyrermiene aus ihrem Schlafzimmer getreten war und den Taxifahrer dazu verdonnert hatte, ihren Koffer nach unten zu schleifen.

Durch den Rückspiegel beobachtete Maelys, wie Valérie sich auf dem Rücksitz den Lippenstift nachzog. Ihre Tante war weiterhin wütend auf sie, weshalb sie heute nur das Nötigste gesprochen hatten. Doch sie hatte bemerkt, dass Valérie Gefallen an António gefunden hatte – auch wenn sie vorhin nicht besonders nett zu ihm gewesen war.

So war Valérie eben. Sie trug das Kinn ständig ein wenig höher, als notwendig wäre, beschwerte sich über alles und jeden, sogar ein vergessenes Zuckerpäckchen zum bestellten *café crème* brachte sie in Rage. Sie war barsch zu Menschen, die ihr sympathisch waren, und katzenfreundlich zu all jenen, die sie verachtete.

Aber es gab auch Momente wie diesen. Wenn ihre Tante sich unbeobachtet fühlte, frischte sie ihren Lippenstift auf, als könne nur ein roter Mund sie vor den Unwägbarkeiten des Lebens schützen. Danach gab sie sich Tagträumen hin. Ihr Blick folgte dabei stets den Wolken am Horizont, wanderte über die Dächer von Paris oder das gekräuselte Wellenband der Seine – oder wie jetzt aus dem Autofenster, hinter dem die betongraue Vorstadtkulisse den pinienbedeckten Hügeln der Serra da Sintra gewichen war. Dann verlor ihr Gesicht seine harten Linien und Kanten und gestattete dem heimlichen Beobachter einen Blick auf eine junge Frau, die sie einmal gewesen war.

Ob Valérie das Meer manchmal genauso vermisste wie sie? Sie hätte zu gern gewusst, was im Kopf ihrer Tante vorging. Worüber sie nachdachte, wenn sie nachts in der Wohnung umherwanderte. Was sie in die Clairefontaine-Hefte schrieb, die sie nach Farbe sortiert und mit hübschen Schleifenbändern versehen in ihrem Bettkasten aufbewahrte. Warum sie überwiegend schwarze Kleidung trug und woher die steile Falte kam, die ihre Stirn in zwei Hälften teilte wie eine Narbe.

Eine Berührung auf ihrem Arm, zart und flüchtig wie der Strich eines Marderhaarpinsels, schreckte Maelys aus ihren Gedanken auf. António zeigte zu einem bewaldeten Berg, auf dem ein Märchenschloss mit Kuppeln und Türmchen in Blau, Gelb und Rosa thronte.

»Der Palácio Nacional da Pena«, erklärte er ihr halb zugewandt, damit sie ihm von den Lippen ablesen konnte.

»Wohnt dein Großvater auch in einem Schloss?« Sie wusste, dass die Frage dumm war, noch bevor sie aus ihrem Mund gehüpft war wie ein übermütiger Fisch aus dem Goldfischglas. Das passierte ihr oft. Jemand machte eine beiläufige Bemerkung, und sie irritierte ihr Gegenüber mit einer vermeintlich unpassenden Gegenfrage. Für sie als Gehörlose war die Verknüpfung jedoch ganz logisch: Nach dem, was António ihr über seinen Vovô erzählt hatte, stellte sie sich diesen mit einer Krone auf dem Kopf vor. König. Dementsprechend gebärdete sie den Namen von Antónios Großvater, während sie für seinen Enkel die Geste für »Atlantikblau« verwendete, abgeleitet von der Farbe seiner Augen.

»In einem Schloss wohnt er nicht.« António schien ihre Frage nicht seltsam zu finden. »Aber für meine Schwester und mich war die Quinta de Alvarenga immer ein Königspalast. Du wirst gleich sehen, warum.«

Ihr gefiel die Art, wie er lächelte. Es wirkte so natürlich.

Nachdem sie die Autobahn verlassen hatten, durchfuhren sie eine Landschaft aus Wäldern und Flusstälern. Die Luft war tropisch feucht und roch nach Moos und Zitrusfrüchten; Korkeichen und Eukalyptusbäume bedeckten die Hänge. Hinter efeubewachsenen Grundstücksmauern versteckten sich pastellfarbene Dornröschenvillen, die sogar Tante Valérie dazu verführten, den Kopf aus dem Fenster zu stecken. In einer Kolonne von Reisebussen folgten sie der Estrada da Pena zum Pálacio, bis António unvermittelt auf einen gepflasterten Weg mit dem Hinweisschild *area privada* abbog. Wie von Geisterhand öffnete sich ein elektrisches Stahltor, das in einen terrassenförmig angelegten Palmengarten führte.

António steuerte den Wagen den Berg hinauf, und bereits nach wenigen Minuten tauchte das Herrenhaus zwischen den Bäumen auf. Es besaß drei Stockwerke, eine umlaufende Loggia mit steinernen Arkadenbögen – und sah mit seinen Erkern, den Sprossenfenstern und Stucksäulen am Eingangsportal tatsächlich wie ein Palast aus. Das hinreißende Anwesen war jedoch nicht der einzige Grund, weshalb Maelys wie vom Donner gerührt sitzen blieb, als António hielt und ausstieg, um Valérie aus dem Wagen zu helfen. Ihre Finger, sie ... sie kribbelten!

Sie schluckte. Das war ihr schon seit Monaten nicht mehr passiert. Nicht mehr seit jenem schicksalhaften Februarmorgen, als Professor Ledoux ihr die Semestermappe zurückgegeben hatte.

»Da ist wohl noch etwas Luft nach oben, Mademoiselle«, hatte er gesagt, und wie so oft hatte sie ihn nicht gleich verstanden, weil er sie nie anschaute, wenn er mit ihr redete. Er wiederholte das Gesagte mehrmals und anscheinend sehr laut, was ihr die Blicke aller Studenten im Saal sicherte, während sie, zutiefst beschämt, ihre Bleistiftzeichnungen entgegengenommen hatte: die bretonischen Küstenlandschaften, den Marktstand mit den Seeigel- und Austernkörben, die freche Mantelmöwe, die auf der Reling eines Fischkutters hockte und auf ein spätes Frühstück hoffte. Nie zuvor hatte Maelys sich so verloren gefühlt. Nie hatte sie sich weiter weg von diesem nach Terpentin, Angstschweiß und Herablassung riechenden Ort gewünscht. Und dann hatte das Schicksal ihr die Androhung einer Räumungsklage von Valéries Vermieter in die Hände gespielt.

Nur zu genau erinnerte sie sich an die Erleichterung, die ihren ersten Schrecken verdünnte wie Wasser einen zu kräftig geratenen Farbklecks. Die Zahlungsrückstände ihrer Tante lieferten ihr einen triftigen Grund, Ledoux' Studiensaal vorläufig nicht mehr betreten zu müssen. Und jetzt war sie dank eines verrückten Zufalls in Lissabon gelandet und wusste nicht, ob sie froh oder erschüttert sein sollte, weil ihre Finger nach einem Zeichenstift verlangten.

Gern hätte sie ein bisschen geweint, doch António öffnete die Beifahrertür und schaute sie fragend an. Reflexhaft schob sie die Sonnenbrille von ihrem Haar auf ihre Nase. Es war ihr peinlich, dass sie plötzlich so rührselig war.

»Ist alles in Ordnung?«

Sie nickte und kletterte aus dem Auto, bevor er ihr eine Hand reichen konnte. Seine Nähe brachte sie durcheinander und rief eine beunruhigende Reaktion in ihr hervor, die sie mit Bauchschmerzen und Abschiedstränen verband. Sie fand es klüger, ein wenig Abstand zu António zu halten.

Valérie musterte rauchend das obere Stockwerk des Herrenhauses. Automatisch folgte Maelys ihrem Blick, konnte jedoch nichts Außergewöhnliches entdecken. António wurde an der Eingangstür von einem sehr alten Mann in einem schwarzen Anzug empfangen, in dem sie Albio, den Butler seines Großvaters, vermutete.

»Können wir bitte wieder Freunde sein?« Vorsichtig stupste sie ihre Tante an der Schulter an und zeigte auf den Garten mit seinen Steinskulpturen, in dem Orchideen, Farne und Palmen wuchsen. »Es ist doch ganz hübsch für einen Erholungsurlaub, findest du nicht?«

»Erholungsurlaub?« Valérie rümpfte die Nase. »Du meinst gähnende Langeweile zwischen lauter Grünzeug, das man nicht mal essen kann.«

»Komm schon. Es gibt sogar einen Pool, und während ich an dem Porträt von Antónios Großvater arbeite, darfst du den ganzen Tag in der Sonne liegen und dich ausruhen.«

»Das klingt ja furchtbar.« Stirnrunzelnd blickte Valérie zu den Männern hinüber. António war tiefrot geworden und gestikulierte mit den Händen, während der alte Mann wiederholt zu ihnen herüberschaute und den Kopf schüttelte.

»Was ist da los?«, fragte Maelys automatisch und vergaß, dass Valérie kein Portugiesisch sprach. Dabei war eine Übersetzung gar nicht nötig. Sie fühlte, dass da drüben etwas schieflief, und dieses Etwas hatte eindeutig mit Valérie und ihr zu tun.

»Dicke Luft, würde ich sagen.« Ihre Tante zog heftig an ihrer Zigarette und schnippte den Filter in ein Rosenbeet. Wie eine flinke Eidechse kletterte ihr Blick erneut die sandfarbene Hausfassade hinauf, und endlich bemerkte auch Maelys den Vorhang, der sacht hinter einem Fenster im dritten Stock hin- und herschwang. Valéries Lächeln war dünn wie fettfreie Milch. Diesen Gesichtsausdruck hatte ihre Tante nur, wenn sie Plakate schwenkte und Parolen schrie.

»Hinter jedem wackelnden Vorhang verbirgt sich ein Geheimnis, *ma petite*. Was auch immer da los ist, wir werden es herausfinden. Davon abgesehen sterbe ich, wenn ich nicht in den nächsten zehn Minuten einen anständigen *café crème* und irgendwas mit Schokolade bekomme.« Valérie rückte ihren Hut zurecht, bis die Rabenfeder wie eine Bajonettspitze in den Himmel ragte. Das Kinn nach vorn geschoben, marschierte sie aufs Eingangsportal zu, als habe jemand zum Sturm auf die Bastille geblasen.

»Es lebe die Revolution«, murmelte Maelys und fischte den weggeworfenen Zigarettenstummel aus dem Rosenbeet. Als sie sich aufrichtete, zog sich ein blutiger Dornenkratzer über ihren Arm. Valérie war auf halbem Weg stehen geblieben.

»Da du vorhin gefragt hast… Natürlich sind wir wieder Freunde«, malten ihre Finger in die Luft. »Aber glaub ja nicht, dass ich dir jemals verzeihe, dass ich wegen dir in eine fliegende Seifenkiste steigen musste.«

António.

»Das ist ein Scherz, oder?« António holte scharf Luft. Er war weiß Gott niemand, der schnell aus der Fassung geriet. Doch das, was er gerade eben zu hören bekommen hatte, machte ihn nicht nur ratlos, sondern wütend.

»Ich bedaure, aber ich habe meine Anweisungen. Senhor de Alvarenga möchte heute keinen Besuch empfangen«, wiederholte Albio mit versteinerter Miene.

»Sie verstehen nicht, Albio. Das sind keine Besucher, die

mal eben auf einen Kaffee vorbeischauen. Mein Großvater hat die Damen aus Paris einfliegen lassen.«

»Ich verstehe durchaus.«

»Dann lassen Sie uns gefälligst rein.«

»Aber Senhor de Alvarenga hat ausdrücklich gesagt...«

»Ich werde dieses Missverständnis mit meinem Groß-vater klären.« Grimmig schob António sich an Albio vorbei. »Würden Sie die Damen bitte solange in den Salon begleiten und Rosária anweisen, ihnen eine Erfrischung...« Er atmete aus und fuhr schuldbewusst fort: »Sie wissen schon.« *Als ob er Albio Tavares irgendwelche Anweisungen erteilen könnte, der wie ein guter Geist an seinem Bett gewacht hatte, wenn er aus dem Schlaf hochgeschreckt war und nach seinen Eltern gerufen hatte.*

Albio betrachtete ihn schweigend, ehe er den Kopf im Schildkrötentempo zur Treppe wandte, wo Madame Aubert stand und sie argwöhnisch musterte.

»Gibt es irgendein Problem, Monsieur de Alvarenga?«

»Kein Problem, Madame«, versicherte António und warf Albio einen beschwörenden Blick zu. Täuschte er sich, oder hatte der Alte eben die Augen verdreht? »Ich muss...« *Que merda.* Ihm fehlten vor lauter Anspannung tatsächlich die Worte. »Ich muss nur eben mit meinem Großvater sprechen. Senhor Tavares wird sich um Ihre Wünsche kümmern.«

»Wie Senhor befiehlt.« Angesäuert fixierte der Butler Madame Auberts Federhütchen, als könnte es jeden Augen-blick davonflattern.

Nur Maelys, die vor Vovôs manuelinischen Steinsäulen stand und staunend die eingemeißelten Meeresungeheuer betastete, bemerkte nichts von der aufgeladenen Stimmung. Winkend machte António auf sich aufmerksam und deu-

tete auf Albio. Maelys nickte und hob den Daumen. Erneut
fiel ihm auf, wie unkompliziert die Verständigung mit der
Gehörlosen war – obwohl er ganz anderes erwartet hatte.
Momentan gab es jedoch Dringlicheres, als sich mit dem be-
unruhigenden Gefühl auseinanderzusetzen, das ihre Gegenwart in ihm auslöste. Er musste herausfinden, was zum Teufel
in seinen Großvater gefahren war.

Minuten später drückte António die Klinke von Vovôs
Schlafzimmertür und musste feststellen, dass sie abgeschlossen war. Solange er denken konnte, hatte es in diesem Haus
niemals eine verriegelte Tür gegeben. Niemals. Selbst damals
nicht, als er das erste Mädchen mit nach Hause gebracht
hatte.

»Vovô? Mach auf, ich bin's.« Ungeduldig trommelte er
mit der Faust gegen die zweiflügelige Holztür, bis auf der
anderen Seite schlurfende Pantoffelschritte zu hören waren.
Der Schlüssel drehte sich im Schloss, im Türspalt erschienen
eine Nase und ein blutunterlaufenes Auge.

»Bist du allein?«

Bevor António zu einer Antwort ansetzen konnte, wurde
er grob am Hemdsärmel ins Halbdunkel gezerrt. Die Tür
krachte hinter ihm zu, ein krummer Zeigefinger bohrte sich
in seine Brust.

»Das war so nicht abgemacht!«

»Guten Tag erst mal.« António hob eine Braue, als er den
süßlich-scharfen Portweingeruch bemerkte, den sein Großvater verströmte. »Hast du etwa getrunken?«

»Nicht genug«, knurrte Eduardo und marschierte zu dem
Louis-seize-Vertiko neben dem Himmelbett. Er nahm die
Portweinflasche von der Kommode, trank im Gehen und

linste zwischen den Vorhängen nach draußen. Seine Hand, die den dunkelgrünen Brokatstoff beiseitedrückte, zitterte.

António runzelte die Stirn. Es sah Vovô überhaupt nicht ähnlich, nachmittags schon zu trinken – schon gar nicht aus der Flasche. Für gewöhnlich hockte er auch nicht bei strahlendem Wetter in einem stickigen, abgedunkelten Zimmer wie ein Vampir, der auf den Sonnenuntergang wartet. Argwöhnisch musterte António den abgewetzten Morgenmantel, den sein Großvater wie einen altmodischen Gehrock über seinem blauen Zweireiher trug. In der Ecke neben Dona Sofias Nachttisch lagen, achtlos hingeworfen, ein Paar braune Budapester. Vovô hatte sich frisiert, den Bart gestutzt und roch nach dem holzigen Parfum, das António ihm einmal heimlich für ein Date aus dem Badezimmerschrank gemopst hatte. Alles wies darauf hin, dass der alte Mann sich für die Ankunft seiner Gäste zurechtgemacht hatte.

»Um auf deine Eingangsfrage zurückzukommen ...«, insistierte António vorsichtig. »Ich habe dir deine Künstlerin mitgebracht. Sie freut sich sehr darauf, dich kennenzulernen.«

Vovô starrte aus dem Fenster, als befürchte er, jeden Moment von der politischen Polizei PIDE verhaftet zu werden. Dabei war der »Neue Staat«, der Salazarismus, seit 1974 Geschichte, und Antónios Urgroßvater Carlos, der sich vor der Nelkenrevolution mit Salazars Geheimpolizei angelegt hatte, ruhte zusammen mit all den furchtbaren Dingen, die das diktatorische Regime ihnen angetan hatte, in der Familiengruft.

»Sie heißt übrigens Maelys und ist gehörlos.«

»Ist mir einerlei, ob sie taub, blind oder stumm ist«, sagte Eduardo missmutig. »Sie hätte allein kommen sollen. Ohne ihre Großmutter.«

»Madame Aubert ist ihre Tante. Davon abgesehen verstehe ich dein Problem nicht, Vovô. Du hattest früher nie etwas gegen zusätzliche Gäste, und Madame ist wirklich«, António hüstelte, »eine interessante Persönlichkeit.«

Sie ist ein Besen. Aber das wirst du schon noch herausfinden.

Eduardo starrte ihn an, und es schien, als hätte er noch ein wenig mehr Farbe verloren. Er öffnete den Mund, aber es dauerte eine kleine Ewigkeit, bis etwas herauskam.

»Sie ist nicht ... ihre Großmutter?«

»Soweit ich weiß, hat Madame Aubert keine eigenen Kinder. Macht das einen Unterschied?« António zuckte die Achseln. »Selbst wenn sie die Königin von Saba wäre ...« Vovôs unwirsche Handbewegung ließ ihn verstummen.

»Ich kann da jetzt nicht runtergehen. Ich muss nachdenken.«

»Das ist jetzt nicht dein Ernst.«

»Klinge ich, als ob ich Spaß mache, Junge?«

Ungläubig verfolgte António, wie Eduardo einen gierigen Schluck aus der Portweinflasche nahm. Er überlegte, ob es an der Zeit war, wütend zu werden, aber cholerische Menschen waren Vovô ein Gräuel. »Darf ich dich daran erinnern, dass du mich in einen Flieger nach Paris gesetzt hast, um Maelys zu finden?«

»Eine Schnapsidee«, murmelte Eduardo.

»Lass mich zusammenfassen«, gab António sarkastisch zurück. »Du hast die junge Frau hergeholt, willst sie aus einem unerfindlichen Grund aber nicht empfangen. Was genau soll ich mit den beiden Damen machen, nachdem ich ihnen erklärt habe, dass mein Großvater leider kurzfristig den Verstand verloren hat?«

»Schick sie zurück nach Frankreich. Alle beide.«

Es war still im Raum bis auf das aufdringlich laute Ticken der Wanduhr, das ihn schon gestört hatte, als er noch ein kleiner Junge gewesen war. Lebenszeit, die in monotonen Hammerschlägen verrinnt. António zählte mit, die Augen auf das gewölbte Uhrglas gerichtet, während sein Großvater in der Zimmermitte stand wie ein Möbelstück, das jemand von seinem Ursprungsplatz verrückt und aus reiner Bequemlichkeit stehen gelassen hatte.

»So läuft das nicht, Vovô«, sagte er ruhig, als der Sekundenzeiger die Zwölf berührte. »Du hast die Suppe auf den Herd gestellt und wirst sie auch auslöffeln, egal wie heiß sie ist. Maelys Durant ist auf deinen Wunsch nach Lisboa gekommen, um ein Porträt von dir anzufertigen. Ich stehe bei ihr im Wort, dass sie für ihre Arbeit entlohnt wird.«

»Dann zahl sie eben aus.«

António lachte gequält auf. »Wenn es kein Bild gibt, wird sie keinen Cent von uns annehmen. Und ebendeshalb, weil sie weiß, was Anstand ist, werden *les dames* deine Gäste sein. So lange, bis dein sauertöpfisches Lächeln in einem Rahmen neben Dona Sofia hängt!«

Für einen Sekundenbruchteil meinte António, Anerkennung in Vovôs Augen aufflackern zu sehen, bevor kindlicher Trotz seine Züge verhärtete.

»Pah«, schnaufte er. »Du wirst mich kaum dazu zwingen können, dieses Zimmer zu verlassen.«

»Stimmt. Doch vor vielen Jahren hat jemand, den ich sehr schätze, in einer ähnlichen Situation etwas sehr Kluges zu mir gesagt. *Die fette Katze kann nichts dafür, dass sie nicht durchs Mauseloch passt. Aber sie besitzt etwas, das die Maus nicht hat: eine Menge Zeit.*«

»Du vergisst, dass ich keine Maus bin.« Vovô gähnte so

ausgiebig, dass António die Goldkronen in seinem Unterkiefer zählen konnte, und ließ sich rücklings aufs Bett fallen. Dort blieb er liegen, den Blick auf den Baldachin geheftet, der noch aus Dona Sofias Zeiten stammte.

Wie viele ältere Frauen hatte seine Großmutter eine Schwäche für Rüschen und Spitzenbordüren besessen. Viele ältere Frauen, nicht alle. Antónios Mundwinkel zuckten, als Valérie Auberts hochmütige Miene vor ihm auftauchte. Maelys' Tante verstand unter dem Wort *Spitze* garantiert etwas völlig anderes.

»Wir werden sehen«, sagte er knapp und wandte sich nach einem letzten Blick auf seinen dahingestreckten Großvater zum Gehen.

6. Kapitel

PARIS, IM AUGUST 1966.

Valérie.

Paris schwitzte in einem nie da gewesenen Jahrhundertsommer, der sich wie ein Saunatuch über die Stadt legte und alles erstickte. Die Straßen waren leise und träge geworden, gleißende Hitze stach in die Augen und behinderte das Atmen, färbte Rasenflächen und Balkonpflanzen braun. Sogar das Gurren der Tauben unter den Dächern war verstummt.

An jenen Tagen traf man in der Stadt kaum einen Menschen an, der in ihr wohnte. Für die Touristen, die in den Warteschlangen vor dem Louvre ausharrten oder in Bussen von einer Sehenswürdigkeit zur nächsten gekarrt wurden, hatte man nur ein Kopfschütteln übrig. August in Paris hieß Flucht aus Paris, und wer es sich leisten konnte, packte die Koffer und fuhr zur Sommerfrische an die Côte d'Azur oder in die Bretagne. Die Daheimgebliebenen saßen mit einem Picknickkorb im Jardin du Luxembourg, genossen die klimatisierte Luft im Grand Rex beim neusten Truffaut-Film oder lagen im Schatten von Palmen auf einem Liegestuhl am Paris-Plage an der Seine. Wer jedoch wie die Angestellten des Châtelier keine Wahl hatte, erlebte am eigenen Leib, wie es sich anfühlte, wenn der Zauber von Paris in der Mittagssonne verdunstete.

Valérie fasste sich stöhnend in den Rücken, an dem der dicht gewebte Baumwollstoff der Zimmermädchenuniform klebte. Die auf Etage geltenden Bekleidungsvorschriften des Hotels ärgerten sie maßlos. Es ergab überhaupt keinen Sinn, sein Personal mit hochgeschlossenen, wadenlangen Schürzenkleidern und blickdichten Strümpfen zu gängeln, wenn es Bäder schrubben und Betten beziehen musste. Schon gar nicht bei fünfunddreißig Grad im Schatten. Nicht zum ersten Mal sehnte Valérie sich nach dem luftigen Kittel, den sie in Papas Krämerladen getragen hatte, manchmal sogar ganz ohne Unterwäsche, aber das war ihr Geheimnis.

Sie bückte sich, um eine Falte in dem Laken glatt zu streichen, das gar keine Falten hatte, und schielte zu Yvette, die kleine Perrier-Flaschen in die Minibar einsortierte. Den Augen ihrer Kollegin entging nichts: kein nachlässig aufgezogenes Betttuch, keine Staubfluse unter dem Nachttisch und kein Haar auf den Marmorfliesen. Ergeben sammelte Valérie die Wäsche vom Boden auf und trug sie zum Etagenwagen. Unterwegs zog sie die Flasche aus dem Champagnerkühler auf dem Sekretär – und stellte fest, dass sie nicht ganz leer war.

»Es gibt zwar nicht den einen Moment für ein Gläschen Champagner, aber ganz sicher gibt es den passenden Champagner für jeden Moment«, murmelte sie, dachte an das verkniffene Pferdegesicht von Madame Lafour, der Etagenleiterin, und setzte die Flasche an die Lippen.

»*Sacrebleu*, Valérie! Nicht schon wieder. Irgendwann erwischen sie dich, und du fliegst in hohem Bogen raus«, ertönte Yvettes entrüstete Stimme in ihrem Rücken.

Valérie verschluckte sich und musste husten. »Was heißt, sie erwischen mich? *Uns* muss es heißen, *ma chère*.« Grinsend hielt Valérie ihr die Flasche entgegen. »Davon abgesehen, wer sollte uns schon erwischen? Madame Lafour, die garantiert schon Mittagspause macht? Renard, der rein zufällig dein Onkel ist? Oder Monsieur Montéclair, der seit den drei Wochen, die ich hier arbeite, keinen einzigen Schritt aus seinem verräucherten Direktorenbüro gemacht hat?« Valérie schnaubte. »Ich bitte dich, Yvette. Nach dreiunddreißig Zimmern haben wir uns eine Pause verdient, auch wenn unser Getränk schon ein bisschen schal ist. Aber es wäre doch zu schade, einen noblen Barons de Rothschild in den Ausguss zu schütten, findest du nicht?«

Yvette schaute zur offen stehenden Zimmertür, auf deren Außenseite die goldene Zahl 233 prangte. Unschlüssig trat sie näher, um das Flaschenetikett zu studieren, wobei sich eine ihrer zartblonden Brauen respektvoll hob. Sie atmete tief ein, und drei, vier hastige Schlucke später verschwand die leere Champagnerflasche in einem Kasten auf dem Etagenwagen.

»Du bist wirklich unglaublich, Mademoiselle Aubert. Einfach unmöglich.« Yvette zog eine Grimasse, die eindeutig mehr Begeisterung als Schuldgefühl ausdrückte.

»Das Leben ist zu kurz, um einen vergnüglichen Moment auszulassen«, erwiderte Valérie leichthin und steuerte den Kleiderschrank an, der die gesamte Wand der Suite einnahm. Zu ihrem Bedauern erinnerte sie die Frau in der Spiegeltür eher an eine Gouvernante als an die vornehme Dame, die sie gern sein wollte. Eine *Grande Dame* wie Dauergast Nummer 233, eine androgyne Schönheit mit onduliertem Goldhaar. Valérie hatte sie nur einmal kurz im Flur gesehen, während sie selbst so unsichtbar geblieben war, wie es das Châtelier von seinen Zimmermädchen verlangte.

Irgendwann werde ich die Frau auf der anderen Seite sein.

Diejenige, die man sieht. Bedächtig rückte sie ihr Spitzenhäubchen zurecht, das nie so gerade auf ihrem Dutt saß wie bei Yvette, und fingerte den Lippenstift aus der Schürzentasche. Skeptisch beäugt von ihrer Freundin malte sie sich einen roten Mund, steckte den Lippenstift in ihre Schürze zurück und öffnete schwungvoll die Schranktür.

»*Saperlotte!*«

Mit offenen Mündern starrten die beiden Mädchen auf ein Meer aus schimmernder Seide und Satin, wattezartem Tüll und Chiffon, besticktem Tweed und glänzendem Brokat.

»Mach bloß die Tür wieder zu«, hauchte Yvette, ohne sonderlich überzeugt zu klingen.

Valérie streckte die Hand aus. Sogar das Klackern der Holzbügel klang nobel, als sie behutsam über die edlen Stoffe strich. Hosen, Blusen, Röcke und Kleider. Unglaublich viele Kleider, als sei es für den Gast aus der Suite 233 unerlässlich, sich mehrmals am Tag umzukleiden.

»Das ist bestimmt alles Haute Couture.« Verzückt schnupperte Valérie am Chiffonärmel eines knielangen schwarzen Seidenkleids. »*Mon Dieu*, es ist von Coco Chanel!«, rief sie aus, als sie im Kragen das Schildchen mit den beiden ineinander verschlungenen C entdeckte. »Ohh, ich wollte schon immer ein Kleid von Coco tragen.«

Yvette, die ein turmalingrünes Paillettenkleid befingerte, als handele es sich um ein exotisches Reptil, bei dem man sich nicht sicher sein konnte, ob es beißen würde, hob alarmiert den Kopf. »Nein, Valérie! Denk nicht mal dran.«

»Aber ich denke doch gar nicht«, murmelte Valérie und löste die Schürzenschleife im Rücken, kurz darauf fiel das Gouvernantenkleid vor Yvettes ungläubigen Augen zu Boden. Flink öffnete Valérie den Reißverschluss des Haute-

Couture-Kleids, und dann war ihr, als spränge sie kopfüber ins Meer. Der Seidenstoff floss kühl über ihre nackte Haut und schmiegte sich schwerelos an sie, als habe er nur auf ihren Körper gewartet.

Mit einem breiten Lächeln trat sie vor den Spiegel und begegnete einer Frau, die, vom Spitzenhäubchen abgesehen, wie ein normaler Hotelgast aussah. Ein Hotelgast der Sorte, wie er im Châtelier abstieg, vielleicht sogar im Ritz. Es war verrückt, doch in diesem Augenblick war Valérie sich sicher, einen verheißungsvollen Blick in die Zukunft zu werfen.

Wie berauscht vor Glück drehte sie sich zu Yvette um – und reagierte rein instinktiv auf ihre Freundin, die mit weit aufgerissenen Augen zur Tür blickte. Valérie warf sich auf den Bauch und war Sekundenbruchteile später, als Gustave Renard die Suite betrat, bereits unters Bett gekrochen. Mit angehaltenem Atem starrte sie das polierte Herrenschuhpaar an, das direkt auf sie zusteuerte und neben dem Bettpfosten stehen blieb. Verdammt, er war so nah, dass sie nur die Hand hätte ausstrecken müssen, um den gebügelten Saum seines Hosenbeins zu berühren.

»*Salut*, Onkel Gustave.« Yvettes Stimme klang erstaunlicherweise vollkommen unaufgeregt.

»Du weißt, du sollst mich im Dienst nicht Onkel nennen.«

»Tut mir leid, Onkel Gustave.«

Einer kurzen Pause folgte Renards unverkennbares Räuspern, das immer so klang, als sei ihm ein Pfefferminzdrops im Hals stecken geblieben. »Ich suche Mademoiselle Aubert. Du hast sie nicht zufällig gesehen?«

Das Schuhpaar drehte sich um neunzig Grad. Valérie biss sich in die Unterlippe und hätte vor Schmerz beinahe aufgeschrien.

»Ich habe sie in die Wäscherei geschickt, um Handtücher zu holen«, kam es wie aus der Pistole geschossen zurück.

Überrascht hob Valérie den Kopf und wäre fast gegen den Matratzenrost gestoßen. *Meine Freundin ist mit allen Wassern gewaschen, wenn es darauf ankommt*, dachte sie. Doch allein die Vorstellung von Yvettes stoischer, womöglich sogar erstaunter Miene genügte, dass unaufhaltsam ein nervöses Kichern in ihrer Kehle aufstieg, das sie mit einer fest auf den Mund gepressten Hand zu ersticken versuchte.

»Kann ich ihr etwas ausrichten, Onkel… Monsieur Renard?« Yvette lief im Zimmer hin und her, schüttelte das penibel geglättete Federbett auf, rüttelte an Schubladen und ließ die Jalousien herunterrattern. Im Vorbeigehen schob sie die Zimmermädchentracht mit dem Fuß unters Bett und verpasste Valérie einen kräftigen Tritt.

»Das können Sie in der Tat, Mademoiselle Petit.« Der Concierge klang wachsam. Beunruhigend wachsam. Mit fest zusammengekniffenen Augen schickte Valérie ein stummes Stoßgebet in Richtung Matratzenfedern. »Bitte teilen Sie Ihrer Kollegin mit, dass Monsieur Montéclair sie sprechen möchte. Sie soll sich nach Dienstschluss in seinem Schreibzimmer einfinden.«

»In Ordnung, ich gebe es weiter.«

Die darauffolgende Stille fuhr in Valéries Körper wie ein Stromschlag, ihre Fingerspitzen und Zehen fühlten sich taub an. Sie lag vollkommen reglos da, doch ihr Herz klopfte so laut, dass sie meinte, Renard müsse es hören.

»Ich bin sehr stolz auf dich, Yvette. Du bist ein großer Gewinn für das Hotel, selbst wenn ich mir für dich etwas anderes gewünscht…« Renards Stimme stockte. »Dein Vater wird sicher irgendwann zur Vernunft kommen.«

»Ich hoffe es, Onkel Gustave«, antwortete Yvette leise, während die schwarzen Herrenschuhe aus Valéries Blickfeld verschwanden.

»*Putain bordel de merde!*« Valérie stöhnte erleichtert auf, als die Tür sich hinter dem Concierge geschlossen hatte.

Über ihr quietschten die Matratzenfedern, dann erschien kopfüber Yvettes Gesicht. Auf ihren geröteten Wangen erkannte man die zarten Sommersprossen kaum noch.

»Mal ehrlich, Valérie. Mein Leben war ja vorher schon ziemlich kompliziert. Aber seit du darin aufgetaucht bist, ist es auch noch gefährlich geworden. Ich sehe uns schon vor der Métrostation sitzen und um Münzen betteln.«

Valérie grinste und warf ihrer Freundin einen Luftkuss zu. »Ich kann dich echt gut leiden, Yvette Petit. Mehr, als du dir vorstellen kannst.«

Ein paar Stunden später saß sie auf einem grünen Samtstuhl vor dem Schreibtisch des Hoteldirektors und wartete, während Émile-Auguste Montéclair übertrieben gründlich den Inhalt eines schwarzen Hefters studierte, in dem sie ihre Personalakte vermutete.

Kleine Männer in Machtpositionen neigen zur Gemeinheit, hatte Maman einmal behauptet, nachdem sie mit Maart Morvan, einem Großmarkthändler, wegen seiner Austernpreise in Streit geraten war. Diese Worte hatte Valérie nicht vergessen, zumal der Hoteldirektor anscheinend recht genau dem Persönlichkeitsbild entsprach, das ihre Mutter gezeichnet hatte.

Der Mittfünfziger war ein untersetzter Mann mit Halbglatze und farblosen Augen, die sie über die Akte hinweg ausdruckslos anstierten und sie sofort in Alarmbereitschaft versetzten. Sein Gesicht hatte die ungesunde Farbe eines Menschen, der zu viel rauchte und sich gern in abgedunkelten Räumen aufhielt, eingepfercht zwischen antiken Möbeln, riesigen Vasen und drakonischen Jagdszenen in Goldrahmen. Eine Zigarette qualmte in dem übervollen Aschenbecher auf dem Schreibtisch vor sich hin und füllte die ohnehin schon stickige Luft mit blauem Dunst, der in den Augen brannte.

Seltsam, dass Valérie ausgerechnet jetzt an den portugiesischen Koch denken musste. Ihr Reisegefährte war ihr bisher kein einziges Mal über den Weg gelaufen. Plausibel, da er außerhalb des Hotels wohnte, und für eine zufällige Begegnung während der Dienstzeit befand sich die Küche zu weit von ihren Bereichen entfernt. *Frédo.*

Valérie spürte ein unangenehmes Kribbeln in den Fingern und bezwang das Bedürfnis, sich in die Haare zu fassen. Montéclair glotzte auf ihre Waden, als würde sie gleich aufspringen und einen Cancan um den Schreibtisch tanzen. Erst kürzlich hatte ihr Yvette von den Avancen erzählt, die der Hoteldirektor ihr und einigen anderen Mädchen gemacht hatte. Gott sei Dank hatte sie auf den Rat ihrer Freundin gehört und sich den Lippenstift abgewischt!

»Nun denn, Mademoiselle Aubert …« Der Schreibtischsessel knarzte unter Montéclairs Gewicht. »Was ich hier lese, ist im Großen und Ganzen recht erfreulich. Der gute Renard lobt Sie in den höchsten Tönen, und die Etagenleitung bezeichnet Sie als fleißig und freundlich. Außerdem kam mir zu Ohren, dass Sie sich für die Belange Ihrer Kolleginnen einsetzen. Kostenfreie Getränke für die Zimmermädchen. *Chapeau*, Mademoiselle. Klingt, als hätten Sie Ambitionen, die weit übers Kissenschütteln hinausgehen … trotz Ihrer rustikalen Herkunft.«

110

Rustikale Herkunft. Sie war zu perplex, um auf seinen herablassenden Tonfall zu reagieren, bereute es aber sofort, das Personalformular wahrheitsgemäß ausgefüllt zu haben.

»Mein Vater wird bald Bürgermeister«, rutschte es ihr eine Spur hochnäsiger heraus als beabsichtigt.

»In einem Einhundert-Seelen-Dorf.«

»Moguériec hat genau dreihundertvierzehn Einwohner, Monsieur le Directeur. Die Touristen nicht mitgerechnet.«

»Wie beeindruckend.« Montéclair schnalzte und schrieb etwas in ihre Akte. »Aber wir haben schließlich alle mal klein angefangen, nicht wahr?«

Valérie kniff die Augen zusammen. Sie hatte das Gefühl, dass er auf etwas Bestimmtes hinauswollte, und befürchtete, dass es nichts Gutes war.

»Um auf Ihre Ambitionen zurückzukommen ... Ich hoffe, Ihnen ist klar, dass ich die Hotelleitung bin.«

»Das ist mir bewusst, Monsieur le Directeur.«

»*Bon.*« Montéclair klappte den Hefter zu. Die süffisante Freundlichkeit in seinem Gesicht war wie ausradiert. »Dann lassen Sie sich für die Zukunft gesagt sein – sofern Sie eine Zukunft in diesem Hause anstreben –, dass alles, was das Châtelier und seine Angestellten betrifft, ausschließlich über meinen Schreibtisch geht. Damit meine ich auch jede einzelne Perrier-Flasche, an wen immer diese ausgeschenkt wird.«

»Ich verstehe.« Valérie ballte die Fäuste unterm Tisch. Sie wusste, wie eine Drohung klang, die man in Höflichkeit kleidete. Wie zur Bekräftigung erhob sich Montéclair und umrundete mit raubtierhafter Langsamkeit seinen Schreibtisch, bis er hinter ihrem Stuhl stand. Nah genug, dass sie seinen Schweiß roch, und viel zu nah, als schicklich gewesen wäre. Ihr Herz klopfte.

»Natürlich können Sie sich dennoch jederzeit mit Ihren Ideen an mich wenden. Ich habe immer ein offenes Ohr für junge Damen, die bestrebt sind, in meinem Hotel in Lohn und Brot zu stehen.« Seine Finger strichen über ihre Schulter, wie zufällig streifte sein Daumen ihren bloßen Nacken. »Vor allem, wenn sie hübsch sind.«

Obwohl sie spontan versucht war, die Hand wegzuschlagen wie ein dreistes Insekt, verharrte Valérie bewegungslos. Sie brauchte diese Anstellung, und Montéclair nutzte seine Machtposition schamlos aus. Aber bei Valérie Aubert klopfte der schlüpfrige Émile-Auguste an die falsche Tür. Sie würde verdeutlichen, dass sie nicht gewillt war, den Preis zu bezahlen, der diesem lächerlichen Zwerg vorschwebte. Außerdem wollte sie verdammt sein, wenn irgendein anderes Mädchen es tun musste.

»*Merci,* Monsieur le Directeur«, antwortete sie kühl und neigte sich leicht zur Seite. »Mein Verlobter wird bestimmt erfreut sein, wenn er hört, wie viel Verständnis Sie für Ihr Personal aufbringen. Besonders, wenn es sich um junge, unschuldige Mädchen handelt. Er ist übrigens Journalist und immer an guten Berichten interessiert.«

Unbeugsam, furchtlos. So oft hatte Papa diesen Zug an ihr, seiner älteren Tochter, kritisiert. In diesem Augenblick wäre er bestimmt stolz auf sie gewesen, auch wenn der Verlobte erlogen war. Valérie hob eine Braue, um der subtilen Fass-mich-an-und-ich-beiße-Botschaft hinter ihren Worten Nachdruck zu verleihen.

»Wäre das alles, Monsieur?«

Die Hand rutschte von ihrer Schulter. Ein kleiner Sieg, dessen Folgen nicht absehbar waren.

»Vorläufig wäre es das«, erwiderte Montéclair leichthin und

kehrte zu seinem Schreibtischstuhl zurück. Sie war bereits an der Tür, als seine Stimme erneut ertönte, schneidend und ohne Freundlichkeit. »Von heute an behalte ich Sie im Auge, Mademoiselle Aubert. Seien Sie sich dessen bewusst.«

Der Moment war perfekt. Das fühlte Valérie in dem Augenblick, als sie die Dachkammer betrat, die sie sich mit Yvette teilte, sich rasch umzog und den Puppenkoffer unter ihrem Bett hervorholte. Mit einem Anflug von Wehmut strich sie über die aufgedruckten Blumen auf dem Pappdeckel. Ob es Yvonne gefallen würde, wenn sie wüsste, dass das Köfferchen nun der Hüter all der kleinen Dinge war, die ihre große Schwester auf ihren Streifzügen durch Paris ergatterte? Die versprochenen Himbeerbonbons zum Beispiel, einen Eiffelturm-Schlüsselanhänger und ein paar hübsche Bildpostkarten, die sie Maman schicken wollte. Da war auch die fleckige Papierserviette aus dem Café de Flore, wo sie eine Tasse heiße Schokolade getrunken hatte, und das blaue Notizheft von Clairefontaine, in dem sie ihre besonderen Paris-Augenblicke festhielt. Dazu ein Teelicht vom Opferkerzenschrein in Notre-Dame, ein Stadtplan, auf dem sie alle Orte vermerkt hatte, die sie besucht hatte. Das Flugblatt des Petersilienmädchens und ein Päckchen Zigaretten, das sie sich für einen besonders guten oder besonders schlimmen Tag in ihrem neuen Leben aufgehoben hatte.

Sie spitzte die Lippen. O ja. Heute war der perfekte schlimme Tag für ihre erste Gauloises, dafür genügte allein der Gedanke an Montéclairs widerlich klebrige Hand in ihrem Nacken. Andererseits war es auch der perfekte gute Tag – weil sie ihrem Arbeitgeber die Stirn geboten und dadurch gehörig an Selbstwertgefühl gewonnen hatte.

Heute habe ich den Hoteldirektor kennengelernt. Wir werden keine Freunde sein, schrieb sie in das blaue Heft. Dann schob sie die Zigaretten zusammen mit einem Streichholzbriefchen in die Rocktasche und den Puppenkoffer zurück unters Bett.

Barfuß huschte sie durch den Flur, an der Bügelstube vorbei, drückte die Tür zum Besenschrank auf und kletterte flink die Stiege zur Dachterrasse empor, die sie vor einigen Tagen ganz zufällig auf der Jagd nach Spinnweben entdeckt hatte. Die zwischen Dachgauben und Ziegelkaminen versteckte Plattform war voller Gerümpel und Taubendreck. An der Stirnseite, in deren Nähe sich ein zweiter Aufgang befand, stand sogar ein Gartenhäuschen, aus dem behäbiges Gackern erklang – wer war bloß auf die verrückte Idee gekommen, auf dem Dach Hühner zu halten? Valérie lächelte. Zwar war ihr Zufluchtsort alles andere als romantisch, doch die Aussicht war einfach fantastisch! Hinter der hüfthohen Eisenbrüstung lag ihr Paris im Spielzeugformat zu Füßen: das Quartier Latin, Saint-Germain-des-Prés und das Montparnasse-Viertel, bewacht vom allgegenwärtigen Eiffelturm, laut Frédo ein Dinosaurierskelett.

Frederico Almeida. Sie runzelte die Stirn, weil sie heute schon zum zweiten Mal an ihn dachte. Vielleicht war es doch an der Zeit, dass sie sich rein zufällig in die Küche verirrte, auch wenn sie damit ein weiteres Gespräch im Hoteldirektorenbüro riskierte. Alain Dupré, der Küchenchef, galt als extrem schwierig und launenhaft. Außerdem duldete er nur sein eigenes Personal in der Küche, die er mit gelbem Klebeband auf der Schwelle vom dilettantischen Rest der Welt schützte. Man munkelte, einmal habe er sogar Montéclair hinausgeworfen, als dieser es gewagt hatte, die gelbe Markierung unaufgefordert zu übertreten.

Ich glaube, ich mag diesen Dupré, beschloss Valérie spontan, ließ sich im Schneidersitz im verschlissenen Polsterstuhl nieder, der vermutlich aus irgendeinem Gästezimmer ausgemustert worden war, und nestelte das Gauloises-Päckchen aus der Rocktasche. Selbst am frühen Abend staute sich die Hitze in dieser Stadt wie unter einer überdimensionalen Käseglocke. Nicht eine Regenwolke störte den makellosen Himmel, und es war vollkommen windstill, weshalb es ihr gleich beim ersten Versuch gelang, das Streichholz anzuzünden. Feierlich inhalierte sie den ersten Zug und erstarrte mit rauchgefüllten Wangen, als sie fröhliches Pfeifen und das Geklapper von Eimern vernahm. Gleich darauf bekam sie einen heftigen Hustenanfall. Das Pfeifen verstummte.

Merde. Tränenblind rang sie nach Luft und rutschte tiefer in den Polsterstuhl, während sich Schritte ihrem Versteck näherten.

»Ich werd verrückt. Was zum Teufel machst du auf dem Dach, Valérie aus der Bretagne?«, ertönte eine tiefe Stimme, die ihr Herz aus unerfindlichem Grund höherschlagen ließ.

»Könnte ich dich nicht genau dasselbe fragen, Frederico aus Lissabon?« Der zweite Zug brannte genauso widerlich in ihrer Kehle wie der erste. Sie versuchte, den Rauch in kleinen Kringeln auszublasen, was ihr jedoch nicht gelang. Derweil starrte Frédo sie dermaßen verblüfft an, als sei sie eine Erscheinung.

»Ich arbeite hier«, sagte sie, bemüht, einen erneuten Hustenanfall zu unterdrücken und sich ihre eigene Verwirrung nicht anmerken zu lassen.

»Hier?«

»Nicht auf dem Dach. Im Hotel. Ich gehöre zur Etagenmannschaft.«

115

»Du bist Zimmermädchen? Ernsthaft?«

Sie nickte stolz.

»Und …« Jetzt wurde sein Blick wachsam. »Seit wann?«

Da sie wusste, worauf seine Frage abzielte, war sie spontan versucht, ihn ein wenig anzuflunkern. Doch in seinen warmen Augen lag ehrliche Besorgnis. Es wäre ihr unfair vorgekommen, ihm nicht die Wahrheit zu sagen.

»Es gab nie einen Freund in Paris«, gestand sie verlegen. »Ich wusste nicht, wohin, und da du der einzige Mensch warst, den ich hier kannte …« Valéries Wangen brannten. Ihr war es nie leichtgefallen, Gefühle in Worte zu fassen, erst recht nicht, wenn sie jemanden mochte. »Ich fand die Vorstellung beruhigend, in deiner Nähe zu sein. Also bin ich einfach ins Hotel marschiert und habe nach einer Anstellung gefragt.« Sie zuckte die Schultern. »Na ja, und da bin ich.«

Frédo hob eine Braue. Er sagte kein Wort, während er sie musterte, sie und ihr verwaschenes Lieblingskleid, das sie auch an dem Tag getragen hatte, als sie von zu Hause ausgerissen war. Sie atmete ganz flach, weil sie auf einmal einen dumpfen Schmerz in der Brustmitte spürte. *Heimweh.* Es kam manchmal, unverhofft und ungestüm wie ein bretonischer Küstenschauer, mit dem man auch nie rechnete.

»Darf ich mich zu dir setzen?« Frédo stellte die Eimer ab – offenbar enthielten sie Hühnerfutter, was die Frage beantwortete, wer sich auf dem Dach Federvieh hielt – und hockte sich neben dem Polsterstuhl auf den Boden. Dabei kam er Valérie nah genug, dass sie seinen Geruch wahrnahm: Küchendunst, Kernseife und Getreide. Fragend zeigte er auf das Zigarettenpäckchen in ihrem Schoß.

Sie nickte und verfolgte stumm, wie der Portugiese sich eine Gauloises anzündete und das Gesicht der Sonne zuwandte. Er rauchte mit geschlossenen Augen, langsam und genussvoll, als wäre jede Sekunde des Nichtstuns ein kostbares Geschenk.

Er sieht angestrengt aus, dachte sie, *blass und müde, und sein Haar ist kürzer, als hätte sich seine Frisur ebenfalls dem strengen Regiment Duprés gebeugt. Doch die Kochjacke steht ihm, mit dem goldenen Châtelier-Wappen und den silbernen Reversknöpfen, dazu das rote Halstuch…*

»Weißt du, Valérie aus der Bretagne«, murmelte er träge, »es ist gut, dass du im Châtelier untergekommen bist. In Paris kann selbst ein mutiges Mädchen wie du schnell verloren gehen. Im besten Fall hat man Freunde, die auf einen achtgeben.« Er drehte den Kopf in ihre Richtung und lächelte sie an. »Ich könnte ein solcher Freund für dich sein.«

»Das klingt nach einem guten Plan«, sagte Valérie leise nach einer kleinen Pause. Nicht aus Angst, verloren zu gehen oder weil sie meinte, sie bräuchte einen Aufpasser. Vielmehr gefiel ihr die Vorstellung, mit Frederico Almeida befreundet zu sein. Sie gefiel ihr sogar so sehr, dass sie vergaß, dass sie eigentlich nicht an eine Freundschaft zwischen Mann und Frau glaubte.

7. Kapitel

SINTRA, IM MAI 2019.

Maelys.
Der Vogel, der im Steinbrunnen ein Bad nahm, war winzig. Kaum eine Handvoll blaugraue Federn, ein graphitschwarzer Kegelschnabel, Brust und Bauch leuchteten rosenrot. *Oder ist es doch eher ein Florentinerrot?* Geblendet von der Sonne, kniff Maelys die Augen zusammen.

Seit dem Morgengrauen saß sie mit dem Skizzenblock auf einer Bank im Palmengarten der Quinta und sah zu, wie sich der Himmel über den Baumwipfeln zartrosa verfärbte. Dieser Ort war so friedlich, so ruhig. Da waren nur der Wind, das Sonnenlicht und der Duft der Natur, feuchtschwer und erdig süß. Sie spürte nicht die leiseste Vibration von einem Fahrzeug oder einem anderen Geräusch. Es gab kein städtisches Dauerdröhnen, keinen Schall, der aufs Trommelfell drückte und in ihr das Bedürfnis weckte, mitten auf der Straße stehen zu bleiben und sich die Ohren zuzuhalten.

Sie ließ den Bleistift sinken. Der Dompfaff hüpfte im flachen Wasser des Beckens herum und zierte sich, für sie still zu sitzen. »Zeichne nicht, was du siehst. Mach sichtbar, was verborgen ist!«, schien er ihr zuzurufen, als hätte er am geöffneten Fenster von Professor Ledoux' Klasse gesessen und genau zugehört. Mit geschlossenen Augen betastete sie die Rillen im Papier, suchte die Stelle, an der das weiße Kragenband unter dem Vogelköpfchen verlief. Die nächsten Striche wusste sie intuitiv, dennoch zitterte der Stift. *Da ist noch etwas Luft nach oben,* las sie auf Ledoux' Lippen, und das Gesagte kratzte wie die harte Seite eines Spülschwamms an ihrem Selbstbewusstsein.

Maelys hob den Kopf und begegnete einem erschrockenen Augenpaar, das einem älteren Herrn mit Strohhut und Stock gehörte. Stocksteif stand er im Morgenmantel auf dem Kiesweg. Ganz offensichtlich hatte er nicht damit gerechnet, jemanden zu so früher Stunde im Garten anzutreffen. Als sie ihm zuwinkte und überlegte, wo sie das bärtige Gesicht schon mal gesehen hatte, sah er sich unbehaglich um. Er schien sich nur mühsam auf seine Erziehung zu besinnen, die ihn die Hand heben ließ, um ihren Gruß zu erwidern. Dann zog er den Kopf ein und eilte davon.

Ob das Antónios Großvater gewesen war? Die Vermutung lag nahe, da er nicht wie ein Tourist ausgesehen hatte, der sich auf einem Spaziergang in den Palmengarten verlaufen hatte. Zweifellos kannte er sich auf dem Grundstück aus, zielstrebig wie er auf dem verzweigten Pfad zwischen den Hecken und Blumenbeeten verschwunden war.

Stirnrunzelnd sah sie ihm nach. Sagte António nicht, der alte Mann sei bettlägerig? Ein paar Tage, um wieder zu Kräften zu kommen, habe sein Großvater sich erbeten, sie sollten sich währenddessen auf der Quinta bitte wie zu Hause fühlen. Dann war António zurück in die Stadt gefahren und hatte Valérie und sie der Obhut Albios überlassen.

Sie musste schmunzeln. Senhor Tavares gefiel seine neue Aufgabe anscheinend nicht besonders, zumal Valérie schon beim Abendessen begonnen hatte, sich zu langweilen. Zuerst löcherte sie den Butler mit Fragen, der mit einem Mal kaum ein Wort Französisch beherrschte. Als er sich nach der *cataplana* – einem deftigen Eintopf mit Fleisch, Fisch und allerlei Gemüse – vollends in mürrisches Schweigen hüllte, hatte ihre Tante kurzerhand auf eigene Faust das Haus erkundet: die Küche und die Wirtschaftsräume im Erdgeschoss, das Wohnzimmer und die Bibliothek auf der ersten Etage, die Gästezimmer auf der zweiten. Zu ihrem Unmut verwehrte Albio ihr den Zutritt in den dritten Stock, wo sie bei »O Senhor« nach dem Rechten sehen wollte. Zuletzt hatte sie sich beleidigt aufs Zimmer zurückgezogen, in Gesellschaft einer Flasche Ginjinha, portugiesischen Kirschlikörs, und der französischen Ausgabe von Shakespeares *Viel Lärm um nichts*, die sie in der Bibliothek gefunden hatte.

Einer plötzlichen Eingebung folgend, überblätterte Maelys die halb fertige Vogelillustration. Nur wenige Bleistiftstriche genügten, bis sie die gebeugte Gestalt mit Hut auf ein neues Blatt gebannt hatte. Den Stock, den Morgenmantel, darunter die Schlafanzughose, deren Hosenbeine auf dem Kiesweg schleiften, das faltige Gesicht, das kantige Kinn. Die Augen schraffierte sie in einem hellen Grauton, und als die Zeichnung samt Brunnen, Vogel und Blumenrabatten fertig war, schlenderte sie gedankenverloren zum Haus zurück.

Sie war froh, dass es Antónios Großvater offenbar besser ging, da sie möglichst rasch mit der Arbeit anfangen wollte. Ein Ölporträt brauchte letztlich viel mehr Zeit, als sie veranschlagt hatte. Sie musste zunächst eine grobe Skizze von Eduardo anfertigen und auf eine mit Acrylfarben grundierte Leinwand übertragen, bevor sie mit dem eigentlichen Porträt anfing. Ölfarben trockneten nur langsam. Selbst wenn sie eine

Technik anwandte, bei der das Bildnis in ein bis zwei Arbeitsgängen gemalt wurde, würde sie es feucht aufhängen müssen … falls sie überhaupt so weit kam. Sie fürchtete sich davor, dass ihre Finger sie im Stich ließen, sobald sie zum Pinsel griff.

Eine Bewegung in den Büschen ließ sie innehalten. Sie machte einen Schritt zur Seite und spähte misstrauisch in das Hortensienbeet neben der Terrasse.

»Tante Valérie? Was machst du da?«

Zwischen den malvenfarbenen Blütenbällen erschien zuerst der Rabenfederhut, dann das gerötete Gesicht ihrer Tante, die sich genauso nervös umsah wie der alte Mann vor wenigen Minuten. »Wohin ist er gegangen?«

»Wohin ist wer gegangen?«

»Na, er. Der Mensch mit dem Hut.« Valérie wedelte mit der Hand, als sei allein die Frage eine Beleidigung. »O Senhor, der angeblich sterbenskrank ist.«

Maelys überlegte, ob sie vorgeben sollte, sie hätte keine Ahnung, wovon Valérie da redete. Aber sie war zu schlecht in diesen Dingen. Ironie, Ausflüchte, Lügen. Man sah ihr sofort an, wenn sie flunkerte.

»Er ist in Richtung Gartenlaube gelaufen.« Sie griff nach Valérie, die sich mit den Armen rudernd aus dem Hortensienbusch befreite. »Allerdings glaube ich, dass er im Moment keine Lust auf Gesellschaft hat.«

»Lass gefälligst meinen Gipsarm los, Maelys.«

»Wir sollten reingehen. Wir wollen Rosária doch nicht verärgern, indem wir zu spät zum Frühstück kommen. Oder Senhor Tavares.«

»Dieser Monsieur Tavares ist ein Phantom.« Argwöhnisch sah Valérie sich um. »Taucht wie aus dem Nichts auf, bevor ich überhaupt darüber nachdenke, den Fuß über irgendeine

Türschwelle zu setzen. Außerdem zischt er, sobald ich im Haus irgendetwas anfasse. *Kss-kss*, macht er wie eine Natter. *Kss-kss*. Gruselig ist das, eigentlich gehört er in den Keller der Opéra Garnier.«

»Hast du dich deshalb im Blumenbeet versteckt? Um Albio zu entkommen? Oder spionierst du Senhor de Alvarenga hinterher?«

»Ich habe mich nicht versteckt. Ich habe mich günstig positioniert.«

»Um unseren Gastgeber zu bespitzeln.«

»Deine Direktheit ist anstrengend.« Valérie schürzte die Lippen. »Habe ich nicht allen Grund, misstrauisch zu sein? Hier stimmt was nicht. Deinem António habe ich gestern an der Nasenspitze angesehen, dass er gelogen hat. Wieso sind wir hier, Maelys? Wohl kaum, um ein Bild zu malen, wenn das Motiv sich derart ziert.«

»Senhor de Alvarenga fühlte sich gestern nicht gut«, antwortete Maelys milde. »Davon abgesehen ist António nicht *mein* António, sondern einfach António. Pierre war mein Pierre. Bevor wir Schluss gemacht haben.«

»Wie auch immer.« Valérie blies die Backen auf. »Findest du es nicht seltsam, dass O Senhor sich in aller Herrgottsfrühe aus dem Haus schleicht? Deine Gutgläubigkeit in allen Ehren, Maelys, aber dieser de Alvarenga ist nicht krank. Doch ich werde herausfinden, warum sie dich zuerst einfliegen und dann aus heiterem Himmel fallen lassen wie eine heiße Kartoffel. Dieses Verhalten gehört zu den Portugiesen wie die Olive ins Martiniglas.«

»Wieso bin ich eine Kartoffel?« Maelys runzelte die Stirn. Der erregte und mit Vergleichen gespickte Redeschwall ihrer Tante überforderte und verwirrte sie.

122

Valérie seufzte. »Entschuldige, *ma petite*. Lass einfach meinen Arm los, damit ich … Senhor Tavares!« Ihr überschwängliches Lächeln zeigte wenig Mund und viele Zähne. »Gerade habe ich mich gefragt, wo Sie stecken. War ganz ungewohnt, Sie nicht in meiner Nähe zu wissen.«

Der Butler trat aus dem Schatten einer Kübelpflanze.

»Rosária lässt ausrichten, dass das *petit-déjeuner* im Salon bereitsteht. Es gibt *café crème* und frisch gebackene Hörnchen … Croissants.« Er korrigierte sich hüstelnd.

»Das ist so reizend von Ihnen. Allerdings sollten Sie nicht jedes Klischee glauben. Wir Franzosen essen gern und viel, und das zu jeder Tageszeit.« Valérie klimperte mit den Wimpern. »Wen also muss ich hier flachlegen, um ein perfektes Drei-Minuten-Ei zu bekommen?«

»Ein Drei-Minuten-Ei. Sehr wohl, Madame.« Albio nickte ausdruckslos.

»Ach, und falls Rosária noch die Vanilletörtchen von gestern dahaben sollte, diese …«

»*Pastéis de nata.*«

Valérie strahlte. »Die waren köstlich! *Merveilleux!*«

»Ich sehe, was ich tun kann.«

»Übrigens bin ich schwer beeindruckt von Ihnen, Senhor Tavares. Ihr Französisch ist über Nacht tadellos geworden. Sie scheinen ein Naturtalent zu sein.«

Albio verließ mit einem gequälten Lächeln und gebeugtem Rücken die Terrasse. Maelys, die das Gespräch lippenlesend verfolgt hatte, konnte sich ein Grinsen nicht verkneifen.

»Was stehst du hier rum und amüsierst dich?«, fuhr Valérie sie an. »*Vite, vite*, lass uns reingehen. Ich traue ihm zu, dass er die Törtchen aufisst, um mir eins auszuwischen.«

Gehorsam folgte sie ihrer Tante ins Haus, blickte aber

noch einmal zum Steinbrunnen zurück, dessen Wasserfontäne einen Regenbogen auf den Gehweg sprühte. Doch der Vogel hatte seine Morgentoilette längst beendet und war davongeflogen – und auch der alte Mann mit dem Strohhut war nirgendwo mehr auszumachen.

António.
Zweifellos war das Gloriosa das schönste und vornehmste Hotel in der Lissabonner Altstadt. Dass es darüber hinaus auch eines der ältesten war, bedeutete für sie alle ein kleines Wunder. Es hatte die Diktatur überlebt, als das Geld für die Instandhaltung an allen Ecken und Enden fehlte, und war sogar von dem Großbrand verschont worden, dem 1988 etliche historische Gebäude zum Opfer gefallen waren. Somit befand sich das ehemalige Stadtpalais mit der auffälligen Kachelfassade seit fünf Generationen unbeschadet im Familienbesitz. Und das sollte auch so bleiben, denn Vovô bedeutete der alte Kasten mehr als alle anderen Hotels zusammen.

António hatte es sich angewöhnt, das Gebäude stets durch den Haupteingang zu betreten und mit den Augen eines Gastes zu betrachten. Bereit, tief in die Tasche zu greifen, erwartete dieser vom Gloriosa sowohl traditionell portugiesisches Flair als auch exzellenten Service. Ein Widerspruch in sich, wie er wusste, seit Vovô ihm die Leitung seines Augapfels übertragen hatte.

Er war früher dran als sonst. Dank der gestrigen Ereignisse und einer Horde angetrunkener Jugendlicher, die auf der Straße vor seiner Wohnung randaliert hatten, war an Schlaf kaum zu denken gewesen. Gegen sechs Uhr morgens, als das katzenähnliche *Maau-Maau* der Pfauen im nahen Park des Castelo de São Jorge ertönte, hatte er auf seinem Mobiltelefon die erste Nachricht. Ihr folgten sechs weitere, alle von Vovô und in einheitlichem Wortlaut:

Deine Gäste nehmen mein Haus auseinander. Ich bestehe darauf, dass du dich um das Problem kümmerst. Imediatamente! *Sofort!*

António verdrehte die Augen. *Deine Gäste.*

Seine Laune besserte sich nicht, als er feststellen musste, dass die Rezeption verwaist war. Ein älteres Ehepaar stand diskutierend neben seinen Koffern, und ein Mann in Anzugjacke und Westernstiefeln ging telefonierend im Wartebereich auf und ab. Aus dem Nebenzimmer schallte das Geräusch eines Fernsehers, das von erregten Stimmen übertönt wurde. Kurz darauf marschierte Paula, die Köchin, durch die Tür, gefolgt von Manuela. Seine Assistentin sah genauso genervt und übermüdet aus, wie António sich fühlte.

»Es ist zum Verrücktwerden!«, schleuderte Paula ihm anstelle einer Begrüßung entgegen und stapfte auf ihren kräftigen Beinen in Richtung Restaurant davon. Nichts Neues. Die kaum einen Meter fünfzig große Portugiesin und Mutter vier erwachsener Kinder war für ihre kurze Lunte bekannt. Paula bekam regelmäßig Tobsuchtsanfälle, bei denen man am besten in Deckung ging und wartete, bis der Rauch sich verzogen hatte.

Angesichts Manuelas Gesichtsausdruck verkniff er sich den Tadel wegen des Fernsehapparats, der in seiner Abwesenheit immer wieder den Weg vom Personalraum ins Büro fand. Manuela liebte ihre brasilianischen Seifenopern, deren Handlung sie stets mit »Phhh! Wie dämlich ist das denn!« kommentierte. Dennoch versäumte sie keine Folge, was bei

125

ihren Arbeitszeiten zwangsläufig bedeutete, dass sie das Fernsehverbot überging, das er dem Personal während des Dienstes erteilt hatte.

Er fing Manuelas trotzigen Blick auf, während sie das Ehepaar ausbuchte und danach mit dem schwarzen Wählscheibentelefon ein Taxi rief. Der Flirtversuch des Cowboys prallte an ihrem unverbindlichen Lächeln ab, als sie ihm den Zimmerschlüssel aushändigte und zu den Fahrstühlen zeigte. Erst nachdem sich die Aufzugtür hinter dem Mann geschlossen hatte, lehnte sie sich mit verschränkten Armen gegen die Rezeptionstheke. Ein aufsässiges »Du bist zu früh« kam aus ihrem kirschroten Mund, von dem er wusste, dass er unglaublich gut küssen konnte.

Er schmunzelte. *Furchtlos* hatte Vovô sie genannt, und er musste seinem Großvater zustimmen. Telenovelas hin oder her, Manuela Nascimento war ein guter Griff für das Gloriosa. Dass sie darüber hinaus Berufliches strikt von Privatem trennte, war ihm nur recht. Von ihrer kleinen Affäre wusste niemand, abgesehen von den Pfauen, die manchmal auf der Eisenbrüstung vor seinem Schlafzimmer hockten und selbstverliebt mit ihrem Spiegelbild in der Fensterscheibe schnäbelten.

»Dicke Luft in der Küche?«

»Ist da nicht seit Wochen dicke Luft?« Manuelas zierliche Nasenflügel bebten. »Der Aushilfsspüler hat sich seit drei Tagen nicht mehr blicken lassen, und Mário weigert sich, Doppelschichten zu schieben. Ich hab ihm sogar mehr Gehalt angeboten, aber das interessiert ihn nicht. Und Paula spuckt Gift und Galle, weil der Hase verschwunden ist, den sie gestern Abend mit der letzten Flasche Alvarinho mariniert hat.« Sie hob die Hand, um ihn an einer Entgegnung zu hindern. »Frag nicht. Ich habe keine Ahnung, in wessen Ofen das beschwipste Vieh gehoppelt ist.«

»Ich kümmere mich darum.«

Manuela verzog den Mund. »Meinst du den Hasen oder unsere fuchsteufelswilde Köchin?«

»Ich denke, ich fange mit einem Kaffee im Frühstücksraum an und taste mich von dort aus vorsichtig in die Küche.«

»Nimm besser gleich zwei davon. Du wirst sie brauchen.« Achselzuckend wandte sich seine Assistentin dem Computer zu und tippte mit den Nägeln, ebenfalls kirschrot, auf der Tastatur herum. Er musterte sie eine Weile stumm.

Manuela sah auf. »Was noch?«

»Lass den Fernseher ruhig im Büro stehen. Du hast dir die nächste Folge von *A Herdeira* verdient.«

Ob sie überrascht war, dass er ihre Lieblingssendung kannte, ließ Manuela sich nicht anmerken. Von beruflichen Themen und gelegentlichem Sex abgesehen teilten sie nicht viel miteinander. Dennoch spürte er ihren Blick im Rücken, als er sich zum Frühstückssalon aufmachte.

Viel Betrieb herrschte nicht in dem lichtdurchfluteten Raum, der mit dem Kronleuchter, den Samtvorhängen und den verblichenen Gemälden eine bewusst inszenierte, verlebte Eleganz ausstrahlte. Der Duft nach Kaffee, Milchbrötchen und geröstetem Speck beruhigte ihn sofort. Freundlich begrüßte er die anwesenden Gäste, schnappte sich ein *pão de Deus* vom Buffet und lauschte dem Mahlgeräusch der Kaffeemaschine. Als er seinen Stammplatz an der Kaffeebar eingenommen hatte, empfing er auf seinem Handy eine weitere Textnachricht. Vovô. Wer sonst.

Ich rufe jetzt Inspektor Coelho an, damit er sich der Sache annimmt. KEIN SCHERZ!

127

António fluchte leise, weil er zu spät bemerkt hatte, dass der Kaffee in der Porzellantasse zu heiß war, um ihn in einem Schluck herunterzustürzen. Widerwille und eine leise Ungeduld mischten sich in sein Unverständnis für Vovôs Verhalten. Er benahm sich, als hätte er, sein eigener Enkel, eine Horde Landstreicher in der Quinta einquartiert, dabei war es doch Eduardo selbst gewesen, der die Französinnen hergeholt hatte. *Der Maelys hergeholt hat*, korrigierte er sich insgeheim, und es schnitt ihm ins Herz, dass sein Großvater das gehörlose Mädchen, das ihn so faszinierte, nicht mal kennenlernen wollte. Eigentlich hatte er gehofft, dass es Maelys' Tante mit der Zeit schon gelänge, Vovô aus seinem Exil im Schlafzimmer zu locken. Nur ein paar Tage länger und ... Aber sein Großvater meinte es tatsächlich ernst, wenn er mit seinem alten Schulfreund drohte. António seufzte. Wollte er riskieren, dass die beiden Frauen im Polizeiauto zum Flughafen chauffiert wurden? Natürlich nicht.

In Ordnung, Vovô. Du hast gewonnen, schrieb er und drückte rasch auf die Sendetaste, bevor er es sich anders überlegte. Dann fingerte er seine Brieftasche, in der sich die Visitenkarte von Artur Pimentel befand, aus der Jacke. Artur war ein alter Freund der Familie und führte ein Reisebüro. Mit viel Glück würde er für heute Abend zwei Flüge nach Paris buchen und dem ganzen Spuk ein Ende bereiten können. Bedauerlich für Maelys und ihre Tante. Aber die einfachste Lösung für ihn selbst.

Arturs Karte suchte er jedoch vergeblich, stattdessen fand er etwas, das er längst vergessen hatte. Sein Herz klopfte schneller, weil ihm das Gesicht auf Vovôs Polaroid nicht länger fremd vorkam. Auch wenn kein Zweifel bestand, dass die Frau nicht Maelys war, eine Ähnlichkeit war dennoch vorhanden. Dieselben Kinngrübchen, die hohe Stirn. Dasselbe einnehmende Lächeln, das man einfach erwidern musste, auch wenn einem gerade nicht danach war.

Komm nach Lisboa. Ich verspreche, du wirst es nicht bereuen.

Für einen Moment saß er reglos da, und als sein Entschluss feststand, spürte er Befreiung und Widerspruchsgeist zugleich. Er schob das Foto in die Brieftasche, steckte das Handy ein und verließ die Kaffeebar. Mit langen Schritten eilte er an die Rezeption, wo Manuela zu überrascht war, um auf sein hastiges »Ich muss weg. Ich vertraue darauf, dass du das mit Paula regelst« zu reagieren.

Als er auf die Straße trat, sog er die salzhaltige Luft ein, die nach Flusswasser und Algen schmeckte. Vom Largo do Chiado schallten rhythmische Gitarrenklänge herüber. *Lissabon morgens um neun,* dachte er und spürte das vertraute warme Gefühl in sich aufsteigen. Es wurde geklatscht und getanzt, Stimmen und Gelächter waren zu hören. Irgendwo knatterte eine Vespa und übertönte die heiseren Rufe der Erdbeerhändler, und gegenüber, an einem Tisch vor dem Café A Brasileira, blickte ein bronzener Fernando Pessoa unbeeindruckt in die Handykameras der Touristen.

António lächelte grimmig und setzte sich seine Sonnenbrille auf. Er war kein Mann, der Versprechen brach. Das war er nie gewesen. Und er würde, verdammt noch mal, auch heute nicht damit anfangen.

Maelys.

Sie war es bald leid, Valérie dabei zuzusehen, wie sie mit Todesverachtung das dritte Frühstücksei köpfte, nur um Albio zu demonstrieren, dass es wieder nicht auf den Punkt gegart war. Der Butler wusste ja nicht, dass ihre Tante gar keine Eier mochte, schon gar nicht zum Frühstück, das bei ihnen zu Hause höchstens aus einem trockenen Baguette bestand, das man in den Kaffee stippte.

Seufzend schob sie die Salz- und Pfefferstreuer auf der mit Blumen bestickten Tischdecke hin und her. Ihre Aufmerksamkeit galt längst nicht mehr dem kindischen Machtspielchen, das Valérie und Albio veranstalteten. Sie dachte an António, während sie Pfeffer und Salz einander umkreisen ließ wie zwei Liebende, die sich ihrer Gefühle nicht sicher waren. *Ob er wiederkommen würde?*

Als er sich gestern vor dem Abendessen von ihnen verabschiedet hatte, wirkte er regelrecht erleichtert. Auch hatte er mit keinem Wort erwähnt, ob sie sich wiedersehen würden, was ihr im Nachhinein einen Stich versetzte. Die meisten Hörenden fühlten sich nach einer gewissen Zeit in Gegenwart von Gehörlosen unwohl. Irgendwann fehlten ihnen die Wörter, dabei hatten sie doch so viele. Allein deshalb hatte sie nicht erwartet, dass António daran interessiert sein könnte, Zeit mit ihr zu verbringen. Aber gehofft hatte sie es insgeheim doch.

Versonnen stellte sie die Porzellanstreuer so nebeneinander, dass sie sich berührten. Ihr gegenüber bekam Valérie gerade eine ungesunde Gesichtsfarbe, als Albio Ei Nummer vier vor sie stellte und sich auf seinen Posten neben der Anrichte zurückzog. Dort verharrte er reglos wie eine Stehlampe, den Blick auf Valéries schwarzen Rüschenkragen gerichtet. Vermutete ihre Tante zu Recht, dass hier irgendetwas nicht stimmte? Obwohl Valérie sich alle Mühe gab, dem Butler derart auf die Nerven zu gehen, damit er sie in Ruhe ließ, verfolgte Albio sie auf Schritt und Tritt – und sorgte mal mehr, mal weniger höflich dafür, dass ihre Neugier vor der Treppe in den dritten Stock endete. *Aber warum?*

Um sich von dem leisen Unbehagen abzulenken, das sie beim Gedanken an den erschrockenen alten Mann im Palmengarten befiel, stand Maelys auf und begann, das Geschirr abzuräumen. Valérie gab ihr händefuchtelnd zu verstehen, sie solle sich wieder auf den Stuhl setzen, aber Maelys steuerte mit den schmutzigen Tellern und dem Rest von Rosárias Mandelkuchen unbeirrt die Zimmertür an. Albio verfolgte sie mit wachsamem Blick, bis sie verkündete, sie wolle Rosária in der Küche helfen und Valérie möge in Ruhe ihr Frühstücksei aufessen.

Stolz, weil ihr der Zitronenblick der Tante sagte, dass sie die Sache mit der Ironie gemeistert hatte, betrat sie den Flur. Ihr Blick blieb an dem kleinen Fotorahmen über der Chaiselongue haften. Schon gestern war er ihr aufgefallen, weil es im Haus zwar jede Menge Gemälde, aber kaum Fotografien gab.

Kurzerhand stellte sie die Teller auf den Boden, schlüpfte aus den Ballerinas und stieg auf das verschlissene grüne Samtpolster. Sie stützte sich an der Tapete ab, die so alt und vergilbt war, dass das florale Muster Blasen schlug, und betrachtete neugierig die vier Menschen auf dem Foto. Sie lächelten so angestrengt in die Kamera, wie es oft bei Bildern der Fall war, für die man einen professionellen Fotografen bestellt hat.

Die Frau saß auf einem Stuhl, auf dem Schoß ein etwa vierjähriges Mädchen, das Maelys an die Gänseblümchenprinzessin vom Marché des Enfants Rouges erinnerte. Die Kleine war blond und blauäugig wie Ledoux' Tochter, besaß jedoch einen weitaus energischeren Mund. Den gleichen Mund fand sie beim Vater wieder, einem hageren Mann mit Nickelbrille. Er stand hinter dem Stuhl, seine Hände ruhten besitzergreifend auf den Schultern der Frau. Den Jungen, der im Schneidersitz auf dem Teppich hockte, erkannte sie sofort. António. Wie alt mochte er da gewesen sein? Neun? Zehn?

Eine Berührung an der Taille ließ sie erschrocken herumfahren, im selben Moment gab das ausgeleierte Polster unter ihren Füßen nach. Sie schrie auf, ruderte hilflos mit den Armen und fiel, ohne zu fallen. Sekunden später baumelten ihre Beine wie die kaputten Glieder einer Puppe in der Luft, während sie mit aufgerissenen Augen in Antónios Gesicht starrte. Ein süßlich-herber Duft stieg von seinem Hemdkragen auf, der sie an Kiefernwälder, Bäche mit weißen Schaumkronen und an die Lagerfeuer erinnerte, die sie und ihre Schwester am Strand gemacht hatten.

Eine gefühlte Ewigkeit verging, bis António sie endlich auf den Boden setzte – langsam und sich vergewissernd, dass sie sicheren Stand fand, bevor er sich von ihr löste.

»Guten Morgen.« Er steckte die Hände in die Hosentaschen und wirkte genauso überrascht wie sie über die unerwartete körperliche Nähe. Sein Blick ruhte auf ihrem Mund, während sie verlegen ihr Kleid glatt strich.

»Deine Eltern sehen sehr nett aus«, sagte sie, weil ihr nichts Besseres einfiel.

Wie betäubt starrte António auf ihre kleinen Finger, die sich bei der Gebärde für »Eltern« ineinander verhakt hatten. Er ahmte die Geste nach und hob unbehaglich die Schultern.

»Sie leben nicht mehr. Ein Autounfall.«

»Wie schade. Papa ist auch gestorben. Er ist beim Fischen ins Meer gefallen. Da war ich sieben Jahre alt.«

»Das tut mir leid.«

»Aber er ist immer noch hier.« Sie tippte an ihre Schläfe. »Da drin. Ich kann ihn hören.«

»Und was sagt er?«

»Er sagt, ich soll aufhören, mir andauernd Sorgen zu machen.«

António antwortete erst nach einer Pause, in der er die Fotografie betrachtete, ohne sie wirklich anzusehen. »Tja ... das sollten wir beide«, sagte er.

Sie formte mit Daumen und Zeigefinger ein O für Okay. »Wegen Tante Valérie und mir musst du dir keine Sorgen machen. Wir sind okay, und deinem Vovô scheint es auch besser zu gehen.«

»Ach ja?« Er hob eine Braue und musterte die Treppe, die in den dritten Stock führte. »Ihr seid euch begegnet?«

»Er war heute Morgen im Garten spazieren.« Maelys schürzte die Lippen. »Allerdings war er nicht besonders gesprächig. Ich glaube, er ...« Sie brach ab, weil sie sich daran erinnerte, was Valérie ihr einmal über den *richtigen Zeitpunkt* gesagt hatte, wenn man heikle Themen ansprechen wollte. Ein weiteres Mysterium der Hörenden, das sie nicht verstand. Warum warten, wenn eine Frage wie ein Ziegelstein auf den Bauch drückte? Was war das überhaupt, der *richtige* Zeitpunkt, und worin unterschied er sich von dem falschen?

»Meine Tante behauptet, hier stimmt was nicht«, sagte sie hastig. »Hat sie recht, António? Möchte dein Vovô uns gar nicht hierhaben? Ist es euch lieber, wir fahren nach Paris zurück? Du kannst es mir ruhig sagen. Ich wäre nicht böse.«

»Wie kommst du darauf, dass wir euch zurückschicken wollen?«, erwiderte er betroffen.

»Es ist nur ein Gefühl.« Sie blinzelte. António war wirklich ein gut aussehender Mann. Schöner als Pierre, und selbstbewusster war er auch. Er schaute nie auf den Boden, wenn sie mit ihm sprach. »Ist es ein falsches Gefühl?«

»Nun, es ist …« Stirnrunzelnd zog er sein Handy aus der Jackentasche und musterte das Display. »Ich muss da kurz drangehen«, sagte er entschuldigend und wandte sich ab.

Sie setzte sich auf die Chaiselongue und wartete geduldig, während António im Flur auf und ab schritt und mit der freien Hand wild gestikulierte. Das tat er immer, wenn er sich aufregte. Als er das Gespräch beendete, hatte er eine Sorgenfalte auf der Stirn und sah aus wie jemand, der fieberhaft über ein Problem nachdachte.

»Schlechte Nachrichten?«, fragte sie mitfühlend.

»Eigentlich wollte ich dich fragen, ob ihr, du und deine Tante, heute mit mir einen Ausflug nach Lissabon machen wollt.« António sank neben sie auf das Sofa und zeigte auf das Telefon. »Das war meine Assistentin Manuela. Im Hotel hat die Spülmaschine den Geist aufgegeben, und unser Spüler ist gegangen, weil er das Geschirr von Hand spülen sollte.« Er fasste sich in den Nacken. »Heute ist Sonntag. Da bekomme ich in ganz Lissabon keinen Techniker her, selbst wenn ich mit ein paar Extrascheinen winke. Dabei ist das Restaurant heute Abend bis auf den letzten Tisch ausgebucht, verdammt!«

»Dann sollten wir ins Hotel fahren und mit anpacken.«

»Wir?«

»Natürlich.« Sie grinste und zeigte ihm ihre Handflächen. »Denkst du etwa, die Schwielen kommen vom Pinselhalten? Spülen ist sozusagen meine zweite Berufung.«

»Auf keinen Fall. Du bist unser Gast, keine Bedienstete.«

»Aber ich langweile mich, wenn ich nichts zu tun habe. Nimm mein Angebot an, du wirst sehen, ich bin gut.«

»Das bezweifele ich nicht«, sagte er rasch, wobei sein Blick die Treppe streifte. »Es ist nur... Hältst du es für eine gute Idee, deine Tante hierzulassen?«

»Ach, die beschäftigt sich schon. Valérie hat eine Menge Spaß mit Albio. Die beiden sind bereits richtig gute Freunde geworden.«

»Ich hoffe, du spülst besser, als du lügst, Mademoiselle Durant.«

»Lass es darauf ankommen, Senhor de Alvarenga.«

Sie stand auf und hielt António die Hand hin. In seinem Blick las sie Unbehagen und eine mühsam unterdrückte Unruhe, aber auch Zuneigung. Letztere war nicht gespielt, das spürte sie an dem sanften Druck, mit dem sich seine Finger um ihre schlossen.

»Ich verstehe selbst nicht so recht, was hier passiert, Maelys«, sagte er mit besonders deutlichen Lippenbewegungen. »Aber zweifle bitte nicht daran, dass du in diesem Haus ein willkommener Gast bist.«

Erst als sie schüchtern nickte, ließ er sich von ihr aufhelfen – und weil er ihre Hand länger festhielt, als notwendig gewesen wäre, fühlte es sich für einen Moment tatsächlich so an, als sei sie endlich in Portugal angekommen.

8. Kapitel

LISSABON, IM MAI 2019.

António.
Gib mir ein wenig Zeit, um das Problem zu lösen, Vovô. Nur ein paar Tage, in Ordnung?

Zum wiederholten Mal trocknete António sich die Hände ab, um das Postfach seines Handys zu überprüfen. Bisher hatte Vovô nicht auf seine SMS reagiert, und es sah so aus, als wolle er sich auch weiterhin in Schweigen hüllen. Er schob das Telefon in seine Jeanstasche zurück und wünschte, er hätte den letzten Kaffee nicht getrunken. Er spürte förmlich, wie das Gebräu seine Magenschleimhaut verätzte. Vermutlich war er nicht weit entfernt von einer Gastritis.

Seufzend warf er das nasse Geschirrtuch in den Wäschekorb neben dem Spültisch und schielte zu Maelys, die ein paar Meter entfernt bis zu den Ellenbogen ins Spülwasser eingetaucht war. Sie arbeitete seit Stunden konzentriert und mit sicheren Handgriffen, ohne sich von den schmutzigen Tellern und Schüsseln beeindrucken zu lassen, die Paula auf der Ablage stapelte.

Sie schafft es sogar auszusehen, als hätte sie Spaß an dieser undankbaren Arbeit. Er musterte die Soßenspritzer und Fettflecke an der Fliesenwand, um sich von den feuchten Locken abzulenken, die sich aus Maelys' Haarknoten gelöst hatten und im Nacken kringelten. Gerne hätte er diesen weißen, zarten Nacken unter der Schürzenschleife berührt. *Ob er so weich ist, wie er aussieht?* Er wurde rot, als sich ihre Blicke kreuzten. Schmunzelnd hob Maelys eine schaumbedeckte Hand und ließ weiße Flöckchen in die Luft aufsteigen, als würde sie einen Zauberstab schwingen.

»Vom Rumstehen trocknet das Geschirr aber nicht«, rief sie fröhlich und zeigte zum Abtropfgitter, auf dem ein neuer Tellerstapel auf ihn wartete.

António brummte, massierte sich den Rücken und fühlte sich wie ein alter Mann. Ein ziemlich ungeschickter alter Mann, wenn er die unausgesprochene Botschaft in den Augen von Paula richtig deutete, die das Geschehen in der Spülecke mit Argusaugen verfolgte. Ihr Wohlwollen Maelys gegenüber war beinahe ein kleines Wunder, denn eigentlich hielt Paula alle Französinnen für vornehme Damen, die Schwämme allenfalls zum Baden benutzten.

»Sehr wohl, Madame Général!« Er schlug salutierend die Hacken zusammen, worüber Maelys sich vor Vergnügen fast ausschüttete. Eine weitere Eigenschaft, die den eher spröden Frauen aus seiner Vergangenheit fehlte: Das taube Mädchen war so unglaublich leicht zum Lachen zu bringen. Eine Grimasse, eine alberne Geste, schon füllte das sperrige Geräusch ihres Entzückens den ganzen Raum.

Wie auch immer. Er lehnte sich gegen die Spültheke und zog sein Handy hervor. Noch immer keine Antwort von Vovô. Als er aufsah, bemerkte er Manuela, die an der Küchentür stand und ihn zu sich winkte. Froh über die Zwangspause schlenderte er zu ihr hinüber, den Blick auf ihre schlanken Waden gerichtet.

»Alles in Ordnung?« Er band sich die Schürze ab und deutete auf Manuelas zitronengelbe Unterschriftenmappe, in der Manuela alle Schreiben verwahrte, die Rücksprache mit der Hotelleitung erforderten. Er hasste Papierkram, aber zu seinem Glück sah er die Mappe immer seltener, je selbstständiger seine Assistentin arbeitete.

»Dasselbe wollte ich eigentlich dich fragen.«

Er kannte wirklich keine Frau, die auf diese Weise die Brauen heben konnte – zu einem perfekten Halbmond über den langen Wimpern. Ihr Blick streifte sein schweißgetränktes Hemd, dann schielte sie angespannt zur Küche, wo eine Stichflamme zischend an der Abzugshaube leckte. Das Missfallen über Manuelas kurzen Rock stand Paula auf die Stirn geschrieben, betont durch das laute Scheppern des Pfannendeckels.

Niemand im Gloriosa wusste so genau, wieso die Chemie zwischen den beiden nicht stimmte. Er vermutete, dass der streng katholischen Paula die unorthodoxe Lebensführung ihrer selbstbewussten Landsmännin suspekt war. Umgekehrt verabscheute Manuela den rauen Küchenjargon, weshalb sie die Küche weitgehend mied.

Er zeigte Paula sein Jungenlächeln, gegen das keine Frau über fünfzig immun war, und dirigierte seine Assistentin auf den Gang. Durch die Glaswand konnten sie das Geschehen in der Küche verfolgen, ohne das reizbare Gemüt der Küchenchefin zu stören.

»Na? Wie macht sich dein französischer Gast?«, fragte Manuela. António, der erst jetzt realisierte, dass er andauernd zur Spülküche sah, drehte der gläsernen Wand den Rücken zu.

»Sie spült wie der Teufel. Und Paula mag sie.«

»Paula mag sie?« Manuela verzog den Mund und tippte auf ihre Mappe. »Dann gib dem Mädchen rasch einen Arbeitsvertrag. Mário hat gekündigt, und ich habe keine Ahnung, woher ich so schnell einen neuen Spüler nehmen soll.«

»Ernsthaft?« António seufzte. Nicht zum ersten Mal beendete Mário mit einem handgeschriebenen Zweizeiler sein Arbeitsverhältnis unter irgendeinem fadenscheinigen Vorwand, meist direkt nach der Gehaltszahlung am Monatsende. Der Junge machte ihn wahnsinnig, sosehr er ihn mochte.

»Ich spreche mit ihm«, murmelte er.

»Du bist zu weich, António.« Manuela atmete hörbar aus. »Wie viel willst du dir von diesem Nichtsnutz noch gefallen lassen?«

»Er hat zwei kleine Kinder, Manuela.«

Du bist zu weich. Es war schon merkwürdig. Was Manuela ihm als Schwäche vorwarf, war in *Mamãs* Augen seine große Stärke gewesen. »Du bist weich und sensibel, mein Sohn. Versuche das niemals zu ändern, denn es macht dich unglaublich liebenswert«, hatte sie oft gesagt, wenn sie ihn beim Zubettgehen trösten musste, weil ihm ein Streit mit seiner kleinen Schwester nachging. Sein Herz zog sich zusammen. Obwohl er längst erwachsen war, vermisste er seine Mutter so schmerzlich, als wäre der Unfall erst ein paar Monate her.

»Genau das ist das Problem, António. Mário hat zwei kleine Kinder – für die du nicht verantwortlich bist. Das Gloriosa ist ein Hotelbetrieb und keine soziale Einrichtung.«

Er zuckte mit den Schultern. Wirtschaftlich betrachtet hatte Manuela natürlich recht, doch er konnte trotzdem nicht anders. Er kannte Mário einfach zu lange, um ihn den Dämonen zu überlassen, die ihn ins Reich der Dunkelheit rissen, sobald seine Taschen gefüllt waren. Nun seufzte Manuela,

139

während sie den Zettel mit der ungelenken Handschrift zurück in die Mappe schob.

»Du bist der Chef«, sagte sie und drückte damit in einem Satz aus, was er an seinem Job am meisten hasste. Der autoritäre Führungsstil, den sein Großvater in dem alteingesessenen Hotel praktiziert hatte, lag ihm einfach nicht. Vovô hätte Mário vermutlich am Kragen zurück ins Hotel gezerrt und ihm unterwegs einen gepfefferten Vortrag über Loyalität und Pflichttreue gehalten. Er hingegen übernahm lieber Mários Job und schrubbte Teller, bis sein Spüler seinen Lohn versoffen hatte und aus freien Stücken – reumütig wie immer – an seinen Arbeitsplatz zurückkehrte.

Das Problem war nur, dass seine Vorstellung von Führung selten zur Mentalität seiner Mitarbeiter passte. Wenn er ehrlich war, passte das ganze Hotel nicht zu seinen Vorstellungen, und hätte er die Wahl gehabt, hätte er es gern mit einem eigenen, sehr viel kleineren Projekt versucht. Ein Café oder ein kleines, familiäres Restaurant vielleicht, mit zwei, drei engagierten Angestellten, die ihm menschlich nahestanden, und Stammgästen, die immer wiederkamen … *Hätte. Wäre. Wenn.* Mit leisem Bedauern riss er sich von seinen Gedanken los und wandte sich dem Küchenfenster zu.

Maelys hatte sich zu Paula gesellt und verfolgte neugierig, wie die Köchin *bacalhau* wässerte. Getrockneter Stockfisch war in Portugal sehr beliebt und durfte demzufolge auf der Karte des Gloriosa nicht fehlen. Der stechende Fischgeruch vor und während des ausgiebigen Entsalzens war allerdings nicht jedermanns Sache – was sich bestätigte, als Maelys die Nase rümpfte und Paula damit zum Lachen brachte.

Er fand es schön, Paula fröhlich zu sehen. Jetzt holte sie sogar einen Silberlöffel aus der Schublade, um Maelys von ihrem berühmten *frango piri-piri* probieren zu lassen, ein Hähnchengericht mit einer scharfen Würzpaste nach altem Familienrezept, das jede Portugiesin in der Küchenschublade hatte.

»Bei dem Anblick wird einem ja ganz warm ums Herz«, hörte er Manuela sagen. Zwar klang sie spöttisch wie immer, doch er hörte in ihrem Tonfall auch eine gewisse Traurigkeit, vielleicht sogar Neid heraus.

»Jeder weiß, dass du hier einen großartigen Job machst.« Obwohl sie es außerhalb seines kleinen Apartments vermieden, einander mehr als kollegial zu berühren, streichelte er aus einem spontanen Bedürfnis heraus Manuelas Wange. »Und Paula weiß das auch.«

»In einer halben Stunde löst Fabiana mich an der Rezeption ab.« Das Lächeln, das sie aufsetzte, geriet ein wenig schief. »Hast du noch irgendwas für mich, oder kann ich Feierabend machen? Ich bin nachher verabredet.«

Gespielt entrüstet riss er die Augen auf.

»Du hast ein Date?«

»Wäre das ein Problem für dich?«

»Natürlich wäre es das«, log er und grinste.

»Gute Antwort.« Sie deutete ein Nicken an und fügte mit einiger Verzögerung leise hinzu: »Ich denke, es wird nicht sehr spät bei mir. Du weißt ja, wo ich wohne.« Damit machte sie auf dem Absatz kehrt und eilte in Richtung Lobby davon.

Er sah ihren wiegenden Hüften nach, bis ein energisches Klopfen seine Aufmerksamkeit auf die Glaswand richtete. Maelys stand so nah, dass die Scheibe von ihrem Atem beschlug und er das tropfenförmige Muttermal neben ihrem Mundwinkel sah, welches ihm vorher nie aufgefallen war. Sie tippte auf eine imaginäre Armbanduhr und wies auf das vollgestellte Abtropfgitter, dann malte sie einen Smiley mit nach unten gebogenem Mund auf die Scheibe.

»Was beweist, dass Worte völlig überbewertet werden«, murmelte er belustigt, was Maelys mit einem Stirnrunzeln beantwortete. Eine deutlichere Aufforderung brauchte er nicht, um sich eilig die Schürze umzubinden – auch wenn er sich ein bisschen wie der Junge von damals fühlte, den sein Großvater jedes Wochenende zum Rasenmähen genötigt hatte. Aber Vovô war eben nicht Maelys, und ihm gefiel die forsche Art dieses Mädchens. Sie gefiel ihm sogar so sehr, dass er zur Not ein ganzes Fußballfeld gemäht hätte, um sie milde zu stimmen. *Eh páh*, was waren dagegen schon ein paar lächerliche Teller und Schüsseln?

Maelys.
»Fertig. Du hast es geschafft, António.« Befriedigt sah Maelys sich in dem Raum um. Was für ein wunderbarer Anblick eine aufgeräumte Küche nach getaner Arbeit doch war! Schimmernde Edelstahlflächen, feuchtes Linoleum, das den Geruch von Essigreiniger verströmte. Auf den Arbeitsplatten befanden sich nur die Schneidebretter, während Kellen, Kochlöffel und frisch geschärfte Messer nach Größe sortiert und bereit für den nächsten Tag in den Schubladen lagen.

Äußere Ordnung führt zur inneren Ordnung. Wenn du durcheinander bist, räum dein Zimmer auf, und du wirst hinterher klar denken können. Das hatte Maman immer gesagt, und sie hatte recht gehabt – zumindest kurzzeitig. Aber das lag daran, dass ihre innere Unordnung einfach zu groß war.

Noch einmal vergewisserte sie sich, dass kein Kalkfleck das Becken verunzierte, als António ihr den Spüllappen aus der Hand nahm. Sein Lächeln war vor Erschöpfung ganz schief.

»Nicht ich, *wir* haben es geschafft. Du hast genug getan. Den Rest erledigt Paula.«

Sie nickte. Der Tag im Gloriosa war weitaus anstrengender gewesen als alles, was sie bisher in Hadirs Garküche erlebt hatte. Es war eine Sache, robuste Teller zu waschen, bei denen es nicht schlimm war, wenn einer zu Bruch ging, der ohnehin schon einen Sprung hatte. Die langstieligen Gläser und das mit Blütenranken verzierte Porzellangeschirr erforderten hingegen sehr viel mehr Umsicht. Sie hatte ihren Job unbedingt gut machen wollen – um Paula zu beeindrucken, die sie anfangs ein wenig eingeschüchtert hatte. Außerdem war es ein schönes Gefühl, António helfen zu können.

Du solltest damit aufhören, allen Menschen helfen zu wollen, gebärdete Valérie in ihrer Vorstellung.

Wenn ich dir helfe, beschwerst du dich nie, Valérie.

Ich bin ja auch deine Tante. Ich würde deine Freundlichkeit nicht ausnutzen.

António täte das auch nicht.

Woher willst du das wissen?

Ich spüre es einfach.

Sie musste schmunzeln.

»Alles in Ordnung bei dir?« António wirkte sichtlich stolz, weil er sich die Gebärde für die Frage gemerkt hatte, die sie ihm vorhin beim Spülen demonstriert hatte.

Findest du nicht, dass er eine sehr hübsche Assistentin hat?, insistierte Valérie mit einem breiten Lächeln.

»Bestens.« Maelys blinzelte, trotzdem blieb das Bild von Manuelas dunkelbraunen langen Haaren, die um ihre schön geformten Schultern tanzten wie in einer Shampoowerbung, in ihrem Kopf.

»Es ist zwar schon spät, aber...« Er blickte auf die Wanduhr. »Ich bin noch nicht müde. Hättest du Lust, dir Lissabon zeigen zu lassen?«

»Du willst mit mir ausgehen?« Sie deutete auf ihre fleckige Bluse. »Ich sehe aus wie Aschenputtel.«

»Du vergisst, dass wir nicht in Paris sind. Die Leute hier geben nicht so viel auf Äußerlichkeiten.« António lächelte. »Aber wenn die schmutzige Bluse dein einziges Problem ist, können wir das lösen.«

»Bedeutet das, du hast hier etwas zum Anziehen für mich?« Ihr Puls beschleunigte sich. Nur allzu gern würde sie mehr Zeit mit António verbringen, und von der Stadt hatte sie bisher auch kaum etwas gesehen.

»Jedes gute Hotel besitzt eine sogenannte Kammer des Vergessens. Ob Pantoffeln, Ladekabel, Anzugjacken oder sogar Nachthemden... Es ist faszinierend, was manche Gäste bei ihrer Abreise zurücklassen und nicht mehr wiederhaben wollen. Ich bin sicher, wir finden dort etwas Passendes für dich.«

Sie riss die Augen auf. »Im Nachthemd gehe ich aber nicht auf die Straße«, erwiderte sie hastig und wurde rot.

»Natürlich nicht.« Er wirkte kurz irritiert, doch dann begriff er, dass sie die Aufzählung wörtlich genommen hatte. »Vertrau mir einfach. Ich sehe nach, was die gute Fee für Aschenputtel dagelassen hat. In Ordnung?«

Vertrau mir einfach – was für ein schöner Satz. Er erinnerte sie an ihre eigenen Worte, die sie im Streit zu Valérie gesagt hatte: *Wie soll man denn wissen, ob man jemandem vertrauen kann, wenn man es gar nicht erst versucht?* Der Versuch ihrer Tante, sie von dieser Reise abzuhalten, war erst ein paar Tage her, doch Maelys kam es vor, als wäre Paris bereits Wochen entfernt.

Es stimmt, Valérie. Seine Assistentin ist hübsch, und sie mag ihn. Ich bin mir nur nicht sicher, ob er das auch tut.

»Okay, Senhor de Alvarenga«, sagte sie würdevoll. »Du gehst, und ich warte.« Damit setzte sie sich auf den Hocker neben der Spüle und legte die Hände in den Schoß. Stumm sah sie ihm nach. An der Tür angekommen, drehte er sich noch einmal nach ihr um und hob fragend die Hände.

»Wie sagt man in Gebärdensprache: ›Ich finde, dass du ein sehr hübsches Aschenputtel abgibst‹?«

António.

Die Nacht war mild, voller Menschen und Musik. Obwohl das Tablett schwer war, das ihm der Kioskbesitzer über die Theke geschoben hatte, hielt er einen Augenblick lang auf dem Kiesweg inne und betrachtete die von Olivenbäumen und Rasenflächen gesäumte Aussichtsplattform. Er war nicht sonderlich fantasiebegabt oder poetisch veranlagt – sehr zur Enttäuschung seiner Großmutter Dona Sofia, die sich zeitlebens einen Fernando Pessoa in der Familie gewünscht hatte –, doch die Festungsanlage des Castelo de São Jorge hatte schon immer eine magische Anziehungskraft auf ihn ausgeübt.

Sein Vater, dem viel an der Bildung seiner Kinder gelegen hatte, war früher oft mit Angela und ihm hierhergekommen, um eine Ausstellung in der Burg zu besuchen. Danach kauften sie am Kiosk ein Eis und spazierten zu diesem Aussichtspunkt, um den Sonnenuntergang zu betrachten. Dass er die alten Feldkanonen an der Festungsmauer viel spannender fand als den atemberaubenden Blick über die Stadt, hatte Papá ihm nie übel genommen. Stattdessen hatte er seine Kinder rittlings auf ein Kanonenrohr gesetzt und ihnen Geschichten erzählt: von Seefahrern und Meeresungeheuern, von den Königen, die im Castelo residierten. Und von den Römern, die lange vor dem Einfall der Mauren von hier aus auf den Tejo geblickt hatten.

Kurz vor Mitternacht und lange nach Schließungszeit befanden sich nur noch wenige Touristen in der Gartenanlage der Burg. Lediglich an den Kiosktischen spielten ein paar alte Männer Backgammon, ein Pärchen hockte eng umschlungen auf dem Rasen und lauschte einem Bongospieler. Die schlanke Gestalt, die im Schein einer Straßenlaterne mit angezogenen Knien auf einer Bank kauerte, erinnerte ihn daran, dass es sehr lange her war, dass er ein Mädchen mit zu diesem Ort genommen hatte.

Langsam tastete er sich mit seiner Last unter den Baumschatten bis zum asphaltierten Hauptweg, der an der Festungsmauer entlangführte. Er schlug bewusst einen Bogen und näherte sich Maelys von vorn, damit er sie nicht erschreckte. Unnötigerweise, wie er schnell feststellte. Sie zeichnete, den Blick abwechselnd auf den Skizzenblock auf ihren Knien und die glitzernden Lichter der Stadt gerichtet.

Er schmunzelte leicht, als er das Tablett auf der Bank abstellte. Tatsächlich war er in der Kammer des Vergessens fündig geworden, doch das einzige Kleidungsstück in ihrer Konfektionsgröße war ein schwarzer Hauch von Stoff gewesen, der das Gewicht einer Feder besaß. Er wusste nicht genau, wie man diese Art von Kleid nannte, doch es hätte besser in ein Opernhaus gepasst als in einen Park, wo man biertrinkend auf dem Rasen herumlümmelte. Sie hatten beide gelacht, als er es ihr mit feierlicher Miene überreichte und eine im Nachhinein reichlich uncharmante Bemerkung über ihre Turnschuhe fallen ließ. Fünf Minuten später, als sie aus der Besenkammer trat, hatte er allerdings nicht mehr gelacht. Trotz der Turnschuhe.

Auch jetzt fiel es ihm schwer, sie nicht unentwegt anzustarren wie ein fremdartiges Wesen, das beim Durchblättern eines Märchenbuchs den Seiten entstiegen war. Sie hatte den Haarknoten am Hinterkopf gelöst, wild und ungekämmt fielen ihr die dunklen Locken in den Rückenausschnitt. Der eng anliegende Stoff zeigte kaum Haut und verbarg doch nichts. Nicht die spitzen Schultern, nicht die niedliche Rundung ihres Bauchs. Auch nicht die dünnen, aber muskulösen Arme, von denen er wusste, wie entschlossen sie zupacken konnten. Einer davon zeigte nun zum Horizont.

»Ist dort das Meer?«

Er schob das Tablett beiseite und setzte sich. »Das ist der Tejo. Er mündet in den Atlantik«, erklärte er. »Am anderen Ufer steht unsere Christusstatue, der Cristo Rei. Man hat ihn errichtet, weil Portugal vom Zweiten Weltkrieg verschont wurde. Direkt unter uns liegt übrigens die Alfama, die Altstadt. Dort wohne ich.«

»Wunderschön. Lisboa ist wunderschön.«

Ein plötzlicher Windstoß fuhr in ihre Haare. Das Verlangen, sie anzufassen, war so übermächtig, dass er die Hände in den Hosentaschen vergrub. Ihm war nie zuvor ein Mensch begegnet, der so viel Gefühl in derart kurze Sätze legen konnte. Anfangs war ihm ihre Sprache sehr einfach und unvollständig vorgekommen – bis er erkannte, dass man gar nicht viel brauchte, um auszudrücken, was im Leben wirklich zählte. Keine Füllwörter, Weichmacher oder Doppeldeutigkeiten. Schon gar keine Andeutungen. Verstohlen musterte er Maelys von der Seite. Schon in Paris hatte sie ihn neugierig gemacht. Jetzt, unter dem Sternenhimmel von Lissabon, verwirrte sie ihn. Und er wusste nicht, ob das gut oder schlecht war.

»Hast du Hunger?« Zerstreut griff António nach dem Tablett, auf dem zwei Flaschen Sagres-Bier, ein paar Sandwiches und eine Schachtel mit *bolinhos de bacalhau* lagen, die bestimmt schon kalt waren. »Es gab nur Bier, und ich wusste nicht, ob du Fisch magst.« Er nestelte seinen Hausschlüssel aus der Jacke, öffnete mit einer geübten Hebelbewegung die Kronkorken und hielt Maelys die Pappschachtel entgegen. Sie verströmte den typisch durchdringenden Fischgeruch, der ihn bereits ein Leben lang begleitete. »Stockfischkroketten. Daran kommt man in Portugal nicht vorbei.«

»Wohnt Manuela auch in deiner Wohnung?«

Er verschluckte sich an dem Bier und hustete.

»Was?«

Sie legte den Skizzenblock beiseite, schnupperte argwöhnisch an einer Krokette und biss hinein.

»Ich habe gefragt, ob deine Freundin auch in deiner Wohnung wohnt«, wiederholte sie kauend, als würde sie eine beiläufige Bemerkung zum Wetter machen. Irgendwo im Dunkel kreischte eine schrille Mädchenstimme, die in albernes Kichern wechselte.

So viel also zu seiner *heimlichen* Liaison. Maelys hatte ihn höchstens ein paar Minuten zusammen mit seiner Assistentin gesehen. Wenn sogar sie zu einer solchen Schlussfolgerung kam, wollte er sich nicht ausmalen, was alle anderen dachten. Vovô hatte ihn noch vor seinem ersten Arbeitstag eindringlich gewarnt: Beziehungen innerhalb des Hotels seien verpönt, gerade als Hotelchef solle er sich davor hüten, ein Verhältnis mit einer Angestellten anzufangen. Er richtete sich gerade auf, als habe ihm Dona Sofia den knochigen Finger in den Rücken gebohrt, damit er keinen Buckel beim Essen machte.

»Manuela ist nicht meine Freundin.« Seine Antwort stolperte und fühlte sich gelogen an, obwohl sie wahr war. Halbwegs zumindest.

»Gut.« Das winzige Lächeln, das ihre Züge entspannte, ließ sein Herz schneller schlagen. Teufel noch mal, entwickelte er tatsächlich Gefühle für Maelys? Er kannte sie doch kaum! Er trank von seinem Bier und dachte fieberhaft über einen Themenwechsel nach.

»Du magst deinen Job im Gloriosa nicht besonders, oder?«, kam sie ihm zu Hilfe, als ob sie seine Verlegenheit spürte.

»Ist das so offensichtlich?« Er erinnerte sich daran, wie stolz sein Großvater gewesen war, als er ihm vor drei Jahren den Zentralschlüssel des Hotels übergeben hatte. Am 22. Mai 2016. Ein Datum, das ihm deshalb so präsent war, weil er seitdem keine Nacht mehr durchgeschlafen hatte.

»Warum bleibst du in diesem Job, wenn er dich unglücklich macht?« Sie klang überhaupt nicht verständnislos wie Manuela, mit der er erst vor Kurzem darüber diskutiert hatte. Nur interessiert.

»Ich weiß nicht genau.« Er runzelte die Stirn. »Vermutlich, weil es Vovô glücklich macht.«

»Das verstehe ich gut.«

»Das kannst du gar nicht verstehen, weil du unsere Familiengeschichte nicht kennst.« Er biss sich auf die Lippen.

Eigentlich hatte er nicht vor, sich vor diesem Mädchen und ihren mitfühlenden Azulejo-Augen zu rechtfertigen. »Mein Großvater hatte neben drei Töchtern nur einen Sohn – João, meinen Vater. Er war der geborene Gastronom: durchsetzungsstark, fleißig und freundlich. Vor allem war er genauso verrückt nach dem Gloriosa, wie Vovô es zeitlebens war.« Er zuckte mit den Schultern. »Aber Papá ist gestorben, und ich bin sein einziger Sohn. Wie hätte ich nein sagen können, als Vovô mich bat, den alten Kasten zu übernehmen?«

»Er hätte deine Schwester fragen können.«

»Angela?« António lachte auf und schüttelte den Kopf. »Die war gedanklich schon auf Weltreise, bevor sie laufen gelernt hat.«

Ein Vibrieren in seiner Hemdtasche teilte ihm den Eingang einer Kurznachricht mit. *Wenn man vom Teufel spricht.* Er entschuldigte sich, holte das Mobiltelefon heraus. Offenbar hatte Vovô beschlossen, dass er seinen Enkel lange genug auf die Folter gespannt hatte.

Zeit? Du willst Zeit? Dann gib den Damen ein Zimmer im Gloriosa. Dort kannst du sie meinetwegen zwei Wochen lang bei Laune halten. Hochachtungsvoll, dein Großvater.

»Mein Großvater«, erklärte er und schälte sich aus seinem Sakko, als er bemerkte, dass sie fröstelte. Dankbar nahm sie die Jacke entgegen.

»Hast du Streit mit ihm?«

»Wir haben Meinungsverschiedenheiten.«

»Wieso habt ihr Hörenden nur so viele Begriffe für ein und dieselbe Sache?«

Zuerst war er verblüfft, doch dann fiel er in ihr eigenwilliges Gelächter mit ein. Ohne lange zu überlegen, nahm er ihre Hand, und ihre Finger verschränkten sich wie selbstverständlich mit seinen. Ein ungewohntes Gefühl, zumal sie sich nicht wie Frauenhände anfühlten. Zwar waren sie klein, aber rau und voller Schwielen.

Eine Weile blieb es still, bis das metallene Rattern durch die Nacht hallte, mit dem der Kioskbesitzer die Jalousie schloss. Er atmete tief ein.

»Falls es meinem Großvater morgen nicht besser geht ... Könntest du dir dann vorstellen, mit deiner Tante ins Gloriosa umzuziehen und stattdessen ein Porträt von mir zu malen?«, fragte er leise und beugte sich nach vorn – ein halber Weg zu ihrem Mund, um herauszufinden, ob sie ihm entgegenkam.

Sie kam. Und hielt nur wenige Zentimeter vor seinem Gesicht inne.

»Ja, das kann ich, Senhor de Alvarenga. Wenn du versprichst, dass du mir Lisboa bei Tag zeigst. Und den Fluss, der wie das Meer aussieht.«

António blinzelte, als sie sich unvermittelt von ihm zurückzog und aufstand. Im Laternenlicht glänzte ihr Haar wie Kupfer, und der sinnliche Mund, der eben nur wenige Zentimeter von seinem entfernt war, verzog sich zu einem Grinsen.

»Vielleicht küsse ich dich morgen«, sagte sie leichthin, packte den Skizzenblock ein und schulterte die Handtasche. *Zeit zum Gehen*, sagte ihr Blick. Unmissverständlich wie immer.

Auf dem Weg zum Auto, das er wie üblich im Halteverbot geparkt hatte – weniger aus Ignoranz, sondern weil ganz Lissabon ein einziges Halteverbot war –, rauschte ihm das Blut in den Ohren.

Vielleicht küsse ich dich morgen.

Es dauerte eine Weile, bis er kapierte, dass seine Benommenheit sicher nicht der halben Flasche Bier zuzuschreiben war, die er getrunken hatte. António de Alvarenga, vierunddreißig Jahre alt, hatte zum ersten Mal in seinem Leben einen Korb von einem Mädchen bekommen.

Maelys.
Eine Dreiviertelstunde später huschte sie barfuß, die Turnschuhe in der Hand, durch das schwach beleuchtete Foyer der Quinta de Alvarenga. An der Freitreppe fuhr sie mit den Fingerspitzen über das glatt polierte Geländer und horchte ein paar Herzschläge lang in das Gebäude hinein.

Ein schlafendes Haus war nicht still, wie die meisten Hörenden glaubten. Es atmete und bewegte sich, besonders alte Häuser redeten im Traum. Auch jetzt spürte sie unter den Sohlen die leichte Erschütterung, für die sie das Wort *Dielenflüstern* erfunden hatte. Irgendwo war ein Fenster oder eine Tür geöffnet, und der flüchtige Geruch von Bratfett und Zwiebeln erinnerte sie daran, dass sie heute zu wenig gegessen hatte.

Unschlüssig sah sie den holzgetäfelten Gang hinunter, der zur Küche und den Wirtschaftsräumen führte. Das Ziffernblatt der Standuhr zeigte lange nach Mitternacht an, doch vom Schlaf war sie weit entfernt. Im Geiste ließ sie den Tag in der Spülküche des Gloriosa Revue passieren, der ihr wirklich Spaß gemacht hatte. Dann hatte sie ein Prinzessinnenkleid geschenkt bekommen und mit António einen magischen Ort besucht, der ihr das Gefühl vermittelt hatte, alles im Leben erreichen zu können, wenn sie es nur brennend genug wollte. Den Beinahekuss hätte sie in dieser Nacht gern in einen echten verwandelt, wäre vor ihrem inneren Auge nicht Valéries Zitronenlächeln aufgetaucht.

Wie auch immer. Jetzt war sie hellwach und ihr Magen knurrte. Ohne länger zu überlegen, stellte sie die Turnschuhe auf den Treppenabsatz und machte sich auf den Weg in die Küche.

Die Tür zu Rosárias Refugium war nur angelehnt, dahinter empfingen sie Dunkelheit und der Geruch kalter Asche, der von dem altmodischen Kohlenherd stammte. Noch auf der Schwelle tastete sie nach dem Lichtschalter, der sich ihrer Erinnerung nach links an der grob verputzten Wand befand. Die Halogenlampen an der Decke flackerten auf. Maelys zwinkerte in grellweißes Licht und stellte erschrocken fest, dass sie nicht allein war.

An dem großen Holztisch am Fenster saß der alte Mann vom Palmengarten und sah ihr mit hochgezogenen Brauen entgegen. Offenbar hatte er sie kommen gehört, weshalb sich die Überraschung auf seinem bärtigen Gesicht in Grenzen hielt. Sehr erfreut wirkte er trotzdem nicht, was sie ihm nicht übel nahm. Wer wollte schon im Morgenmantel und mit Bettfrisur bei einem heimlichen Nachtmahl erwischt werden?

»Pardon, Monsieur, ich wollte nicht stören.«

Er nahm seinen Löffel und aß weiter.

Was sollte sie jetzt tun? Die ihr von Maman anerzogene Höflichkeit verlangte einen raschen Rückzug, doch die war schon immer machtlos gegen das Erbe ihrer Tante gewesen: die Neugierde. Also nahm sie ihren Mut zusammen und ging auf den alten Mann zu, der ganz ohne Zweifel Antónios Großvater war. Sein Enkel hatte seine Nase und den gleichen spöttischen Mund.

»Wir haben uns einander noch nicht vorgestellt, Senhor

de Alvarenga. Ich bin Maelys Durant. Meine Tante Valérie und ich sind seit gestern Ihre Gäste. Ihr Enkel hat mich aus Paris hergeholt, damit ich Sie male.«

Unwillkürlich wanderte ihr Blick zu der Suppenschüssel, an der Tausende von Mahlzeiten ihre Spuren hinterlassen hatten. Daneben lag, in ein Küchentuch eingeschlagen, ein goldfarbenes Maisbrot, *broa de milho*, mit aufgebrochener Kruste. Peinlich berührt legte sie die Hand auf ihre Bauchdecke, unter der es heftig rumorte.

Eduardo hob den Kopf. Er musterte sie schweigend, dann erhob er sich und schlurfte zur Anrichte, um mit einem gemusterten Teller und einem Löffel zurückzukehren. Nachdem er das Geschirr auf dem Tisch abgestellt hatte, setzte er sich ungelenk auf seinen Stuhl und fuhr mit seiner Mahlzeit fort.

Ohne zu zögern, ließ Maelys ihre Tasche zu Boden gleiten und nahm neben ihm Platz. Ihr war vor Hunger ganz schwindelig, weshalb sie mit der Kelle auf den Tisch kleckerte. Die Suppe war grün und lauwarm, aber unglaublich gut, weshalb sie gleich zwei Portionen verspeiste. Danach lehnte sie sich mit einem zufriedenen Seufzen zurück.

»Sie haben wirklich Glück mit Rosária, Senhor. Sie ist eine sehr gute Köchin.«

Er öffnete die Lippen und schloss sie wieder, im Gesicht trug er jenen Ausdruck, den sie nur allzu gut kannte.

»Wenn Sie langsam und deutlich sprechen, kann ich Sie gut verstehen«, erklärte sie.

»Sie sehen gar nicht aus wie …« Eduardo hob die buschigen Brauen, was ihm eine gewisse Ähnlichkeit mit einem Uhu verlieh. »Taub, meine ich. Sie wirken ganz normal.«

»Was dachten Sie denn, wie wir aussehen?«

»Ich nahm an, ihr redet mit den Händen.«

Sie unterdrückte ein Schmunzeln. »Das tun wir. Untereinander.« Eduardo überlegte. »Wie sagt man: ›Trinken Sie Wein?‹«

Sie führte Daumen und Zeigefinger über das Kinn, woraufhin er die Gebärde nachahmte und auf die Flasche deutete. Als sie nickte, füllte er zwei Gläser und schob ihr eines davon zu.

»Worauf trinken wir?« Sie schnupperte. Der Wein roch säuerlich und hatte eine helle Farbe, ein stark verwässertes Indischgelb.

»Muss man immer einen Grund zum Trinken haben?«

»Nein. Aber es schmeckt besser.«

Antónios Großvater lachte auf. Seine Strenge verflog sofort mit den Spottfältchen, die sich ihm um Augen und Mund fächerten. Ihr schoss durch den Kopf, dass Valérie ihn bestimmt sympathisch fände. Vorausgesetzt, sie konnte darüber hinwegsehen, dass er Portugiese war.

Eduardo leerte sein Glas und hielt sich die Faust vor den Mund, weil er aufstoßen musste.

»*Desculpe*. Entschuldigung.«

»Ich habe nichts gehört.« Sie grinste und zeigte auf ihre Ohren, woraufhin er vor Vergnügen auf die Tischplatte schlug. Als er sich beruhigt hatte, wischte er sich mit einem Geschirrtuch den Mund ab und sah ihr über den Brillenrand hinweg prüfend in die Augen. Seine waren braun, und in ihnen schwamm die gleiche Melancholie, die in Antónios Blick lag. Eduardos Traurigkeit war nur älter, eine Art frühe Ausgabe einer Geschichte, die sein Enkel neu schrieb. *Er hat viel erlebt, und nicht alles davon hat ihn glücklich gemacht*, dachte sie und bekam eine Gänsehaut.

»Also, junge Dame. Was haben Sie für mich?«

Sie schüttelte verständnislos den Kopf, was er mit einem ungeduldigen Händewedeln kommentierte.

»Ich will mir ansehen, was Sie heute früh fabriziert haben. Im Palmengarten.« Er zeigte auf den Skizzenblock, der aus ihrer Handtasche ragte. »Das Bild«, hakte Eduardo nach und malte ein schiefes Rechteck in die Luft.

Ihre Hände waren feucht und hinterließen Fingerabdrücke auf dem Umschlag, als sie den Block auf den Tisch legte. Seit ihrer Ankunft in Sintra hatte sie oft zum Bleistift gegriffen. Neben Eduardo im Palmengarten hatte sie auch Albio Tavares gezeichnet, halb versteckt hinter einem Vorhang, und Rosária, am Herd in der Küche. Ihre jüngste Illustration zeigte ein Liebespaar vor der Silhouette einer dunkel schraffierten Stadt. Erst jetzt wurde ihr bewusst, dass sie in Paris selten Menschen zeichnete, von den Touristenporträts abgesehen.

»Es sind nur Entwürfe. Wahrscheinlich sind sie nicht besonders gelungen.« Sie fühlte sich, als hätte Antónios Großvater auf einen unsichtbaren Knopf gedrückt und sie sei durch eine Falltür direkt in Professor Ledoux' Klasse gefallen. Ängstlich verfolgte sie, wie der alte Herr durch ihre Zeichnungen blätterte. Im Anschluss begann er von vorn und sah sich jede Skizze genau an, während sie mit erhobenem Kinn auf das vernichtende Urteil wartete. Doch Eduardo legte den Block kommentarlos beiseite, angelte nach der Weinflasche und füllte sein Glas erneut.

»Das ist übrigens ein sehr hübsches Kleid«, sagte er.

Verlegen bedankte sie sich und fragte sich, worauf er hinauswollte. Hörende Menschen waren mitunter so schwer zu verstehen! Valérie zum Beispiel machte Witze über Dinge, die sie bitterernst meinte. Hadir schimpfte mit ihr, weil er sie mochte. Teilte Eduardo ihr mit dem Kompliment über das Kleid mit, dass ihm ihre Zeichnungen gefielen? Er trank den sauren Wein langsam und mit geschlossenen Augen, doch als er das Glas abstellte, spürte Maelys eine grimmige Entschlossenheit, die sich in einem weiteren Schlag auf die Tischplatte äußerte.

»Morgen früh fangen Sie mit meinem Porträt an, Mademoiselle Durant. Sieben Uhr, dritter Stock, die letzte Tür am Ende des Flurs. Kommen Sie allein und vor allem pünktlich. Ich hasse Leute, die meine Zeit verschwenden.«

9. Kapitel

PARIS, IM SEPTEMBER 1966.

Valérie.

»Ehrlich, Valérie. Das geht diesmal wirklich zu weit!«

»Ach, komm schon, Yvette. Wir borgen sie uns bloß aus. Für einen einzigen Abend.«

»Wieso sagst du eigentlich immer ›Wir‹, wenn du mal wieder einen deiner komischen Einfälle hast?«

»Schau in den Spiegel und beantworte dir die Frage selbst. Du siehst hinreißend in diesem Kleid aus. Als ob Yves Saint-Laurent es eigens für dich genäht hätte.«

Pause.

»Ich weiß nicht, Valérie. Ich hab kein gutes Gefühl dabei.«

»Miguel wird vor lauter Verzückung tot umfallen, wenn er dich in dem grünen Glitzerfummel sieht.«

»Was hast du nur immer mit Miguel und mir?«

»Keine Ahnung. Sag du's mir.«

»Nimm sofort dieses Grinsen aus dem Gesicht, Mademoiselle Aubert. Es ist widerwärtig.«

»An der Liebe ist überhaupt nichts Widerwärtiges. Schon gar nicht, wenn sie eine Frau so hübsch macht wie dich.«

»Verwechselst du da nicht was? Miguel und ich sind nur Freunde, was man von dir und Frédo nicht behaupten kann.«

»Was soll das denn jetzt heißen?«

»Keine Ahnung, sag du's mir.«

»He, das war mein Text.«

»Aber er passt viel besser, wenn ich ihn aufsage. Und leg gefälligst den Unschuldsblick ab. Man muss schon Gurkenscheiben auf den Augen haben, um nicht zu erkennen, dass da zwischen euch was läuft.« Pause. »Hör zu, ich mag die Jungs, und es macht wirklich Spaß mit ihnen. Diesen Spaß in Kleidern eines Gastes zu haben, ist allerdings … das ist Diebstahl!«

»Ach, Yvette. Du solltest aufhören, dir andauernd Sorgen zu machen. Es kann doch überhaupt nichts schiefgehen. Wir schmuggeln die Kleider gleich nach unserer Rückkehr in die Wäscherei, und voilà: Morgen früh hängst du sie mit der ersten Lieferung zurück in Schrank 233, während Madame Goldhaar im Frühstückssalon ihren Darjeeling schlürft. Niemand wird merken, dass sie weg waren.«

»Und wenn doch?«

»Dann lassen wir einen fulminanten Opernabend in einer hübschen Gefängniszelle Revue passieren.« Kichern. »Nun zieh doch kein Gesicht, Süße. Ich hab bloß einen Witz gemacht.«

»Das war aber nicht sehr witzig.«

Langes Seufzen. Sehr langes Seufzen. »Gehen wir eben nicht in die Salle Pleyel. Lassen wir die Karten verfallen, für die Frédo ein ganzes Monatsgehalt ausgegeben hat. Stattdessen krabbeln die braven Zimmermädchen früh ins Bett, damit sie am nächsten Tag frisch ausgeruht die Kissen anderer Leute schütteln können.«

»So war das nicht gemeint.«

»Nein?«

»Wir können doch trotzdem hingehen.«

»Ohne Abendkleid werden sie uns nicht reinlassen. Im Konzerthaus ist elegante Kleidung angesagt, und wenn du nicht zaubern kannst, werden wir in unserem Kämmerlein kaum ein Abendkleid finden. Und da weder du noch ich das nötige Kleingeld haben, um in den Galeries Lafayette einen Einkaufsbummel zu...«

»Schon gut. Meinetwegen. Dann machen wir es eben.«

»Ohhh, Yvette... Du bist die Beste! Ich war noch nie in einer Oper, und Montserrat Caballé singt so wundervoll!«

»Moment. Eine Frage habe ich noch.«

»Ich bin ganz Ohr.«

»Wie sollen wir bitte in Abendkleidern aus dem Hotel kommen, ohne dass jemand Verdacht schöpft?«

»Ach, das. Lass das ruhig meine Sorge sein.«

Misstrauische Pause.

»Wieso, Valérie, hab ich das Gefühl, dass du schon wieder etwas vorhast, das mir gar nicht gefallen wird?«

Gustave.

Gustave Renard besaß durchaus Sinn für schöngeistige Dinge. Er mochte die Musik von Debussy und die Romane von Flaubert und Hemingway. Einmal im Monat gönnte er sich einen Besuch in der Opéra Garnier, den er bei einem Whisky und einer Zigarre ausklingen ließ – vorzugsweise in Harry's New York Bar oder, wenn sein Bankkonto Monatsende ankündigte, auf dem Balkon seines Apartments im Quartier Latin. Als waschechter Pariser schätzte er selbstverständlich auch die Bildenden Künste, deren impressionistische Vertreter er am liebsten in barocken Goldrahmen bewunderte.

Umso mehr schmerzte es ihn, was nun im Foyer des Châtelier hing: geometrisch abstrakte, grellbunte Scheußlichkeiten, die auf den Wänden Polka tanzten. Von dem Künstler, einem unscheinbaren, bebrillten Mann polnischer Herkunft, hatte er nie zuvor gehört. Zwischen den aufgetakelten Vernissagebesuchern wirkte der Mann in seinem abgetragenen Anzug jedoch so fehl am Platz wie eine Maus, die sich in einem Raum voller Katzen unbehaglich an die Wand drückt. Er tat Gustave leid, auch wenn Józef Król sein Mitgefühl sicher nicht nötig hatte, da derzeit halb Paris über seine Werke sprach. Allen voran Montéclair, der, während sich die Taxen draußen Stoßstange an Stoßstange aneinanderreihten, die illustren Gäste höchstpersönlich an der Drehtür begrüßte – Gäste, die üblicherweise im Ritz logierten.

Gustave blätterte mit gerunzelter Stirn im Reservierungsbuch. Montéclair war ein gerissener Hund. Zwar bellte er für seine Größe zu laut, aber er wusste, wie man ein Luxushotel bis auf die letzte Besenkammer füllte. Unbehaglich blickte er zum Haupteingang, wo sich die schöne Viktorine Berthelot im Gedränge der Kunstliebhaber von Montéclair die Hand küssen ließ. *Suite 233, eine Vorliebe für Champagner, dunkle Schokolade und einen verheirateten Politiker, der das Dauerlogis seiner Geliebten aus der Portokasse zahlte.* Er ertappte sich bei einem despektierlichen Lächeln, das er pflichtbewusst korrigierte, als der Hotelmanager auf ihn zusteuerte.

»Mein Bester! Was stehen Sie hier rum wie bestellt und nicht abgeholt?« Montéclair klopfte ihm jovial auf die Schulter. »Mischen Sie sich unters Volk. Trinken Sie Champagner. Haben Sie Spaß!«

Gustave wischte sich unauffällig die Asche vom Anzugärmel, die von der Zigarette in Montéclairs gestikulierender

Hand herabgefallen war, und zwang sich zu einem Nicken, das eine Antwort schuldig blieb. Montéclair tat vor Publikum gern vertraulich mit seinen Untergebenen, und er war dieses Spiels schon seit geraumer Weile müde.

»Ich sage Ihnen, mein Freund, diese Kunstausstellung war ein brillanter Einfall«, plapperte Montéclair vergnügt weiter. »Dank dieser hässlichen Bilder wird das Châtelier morgen in aller Munde sein. Die vom Ritz werden sich in den Hintern beißen, dass sie nicht selbst auf die Idee…« Er brach ab und senkte die Stimme. »Haben Sie die Reporter von *Le Monde* und dem *Figaro* gesehen? Ich vertraue darauf, Renard, dass Sie dafür sorgen, dass die Herrschaften sich heute Abend blendend amüsieren.«

»Natürlich, Monsieur le Directeur.« Er folgte Montéclairs Finger, der ziellos über die Menge schwenkte. Sein Blick blieb jedoch nicht auf den beiden Herren mit den umgehängten Fotoapparaten haften, die sich ungeniert über das Häppchenbuffet hermachten. Er verengte die Augen. Obwohl sein Puls in die Höhe schnellte, gelang es ihm, so unbeteiligt zu wirken wie immer, während er die beiden Frauen beobachtete, die aus dem Fahrstuhl getreten waren. Sie unterschieden sich in nichts von den aufgeputzten Damen, die wie die Bienen das Foyer bevölkerten, und doch… Gustave holte scharf Luft, als die Dunkelhaarige im schwarzen Kleid ihre blonde Freundin forsch in Richtung Ausgang dirigierte.

Für einen Moment verschwanden sie in der Menge, doch die steife Haltung der Blonden im grünen Kleid hatte für ein Erkennen ausgereicht. Er hatte seine Nichte oft genug in einer solchen Aufmachung gesehen, damals, als sie noch die Vorzeigetochter seines Bruders gewesen war. Ein Schmuckstück, mit dem der Buchhalter und seine phlegmatische Gattin in der

höheren Gesellschaft glänzen konnten, in der sie so gern ver-
kehrten – und das sehr schnell an Nützlichkeit verlor, als das
Mädchen sich in einen mittellosen Taugenichts verliebt hatte.

Yvette ergriff die Hand ihrer Freundin und schaute sich
unbehaglich um, wobei sie den Blick zur Rezeption bewusst
zu vermeiden schien. Sie wirkte so aufgeregt, wie junge Mädchen eben wirken, die Verbotenes im Schilde führten. Sein
Brustkorb zog sich vor Sorge zusammen.

Seit diese Mademoiselle Aubert hier aufgetaucht war, gab
es jeden Tag einen neuen Aufreger im Haus, doch nun bezweifelte er ernsthaft, dass es eine gute Idee gewesen war,
das Mädchen im Châtelier aufzunehmen. Sympathie hin
oder her. Auch wenn sie die anstrengende Arbeit auf Etage
tadellos verrichtete, die Aubert war keine Frau, die sich führen ließ. Sie hinterfragte, diskutierte, gab Widerworte. Und
ganz offensichtlich färbte das revolutionäre Wesen der Bretonin ordentlich auf seine Nichte ab.

Er schnaubte und erkannte zu spät, dass Montéclair seinem Blick gefolgt war.

»*Oh, là, là.* Unsere Gäste werden nicht nur reicher, sondern auch immer hübscher«, sagte er mit diesem vertraulich-
schmierigen Grinsen, das Männer auflegten, wenn sie frivole
Witze erzählten.

Gustave erschauderte, als ihm bewusst wurde, was es für
seine Nichte – und für ihn – bedeuten würde, falls Montéclair
die beiden Damen erkannte und anfing, sich Yvettes Personalakte genauer anzusehen. Nicht auszudenken, wenn er he-
rausbekäme, dass Gustave seine Nichte mittels gefälschter
Referenzen ins Châtelier eingeschleust hatte, nachdem sein
verflixter Bruder das Mädchen wie eine streunende Katze vor
die Tür gesetzt hatte.

163

»Sie sind ein schlauer Fuchs, Montéclair«, sagte er geistesgegenwärtig, wobei ihm der schmeichelnde Ton einiges abverlangte. »Wir sollten tatsächlich darauf anstoßen, dass Sie denen vom Ritz eins ausgewischt haben«, raunte er Montéclair ins Ohr und betete, dass das Ablenkungsmanöver funktionierte.

Der Hotelier hob die Brauen, weniger überrascht über das Lob als vielmehr über die flapsige Ausdrucksweise seines sonst so überkorrekten Concierge. Doch die Irritation dauerte nur kurz. Montéclair ließ den Zigarettenstummel in ein leeres Champagnerglas auf der Rezeptionstheke fallen und pikste ihm einen imaginären Pistolenlauf in die Brust.

»*Peng!*«, sagte er kichernd und hakte sich bei ihm unter. Zutiefst zuwider war ihm das alles. »Kippen wir einen auf den Warnschuss, den wir der Konkurrenz verpasst haben.«

Erleichtert folgte er dem Hotelmanager in das nach Parfum, Zigarettenqualm und Haarspray riechende Meer aus Seide und feinem Zwirn. Sein letzter Gedanke galt den beiden Mademoiselles, die das Hotel soeben durch den Haupteingang verließen – als sei der rote Teppich dort eigens für sie ausgerollt worden. Ganz gewiss würde er einer von ihnen den Hals umdrehen. Er war sich nur noch nicht im Klaren darüber, welcher.

Valérie.

Sie war furchtbar aufgeregt. Die Salle Pleyel in der Rue du Faubourg Saint-Honoré war derzeit der größte symphonische Konzertsaal in Paris und hatte somit schon vielen berühmten Musikern eine Bühne geboten. Montserrat Caballé hier sehen und hören zu dürfen, war einfach fantastisch! So fantastisch, dass sie es erst bleiben ließ, auf den Fußballen zu wippen, als sie dem mahnenden Blick Yvettes begegnete, die sich in der Warteschlange vor dem Art-déco-Gebäude an Miguels Arm klammerte. Ihre Freundin war noch immer etwas blass um die Nasenspitze, weshalb sie überlegte, ob sie Yvette mit dem kühnen Abgang aus dem Hotel nicht zu viel zugemutet hatte. Dabei war es doch nur logisch, dass zwei Frauen in Haute-Couture-Kleidern dort am wenigsten auffielen, wo sie sich unter ihresgleichen mischten. Sogar an Renard waren sie in dem Vernissagedurcheinander unerkannt vorbeigekommen.

Aufmerksam verfolgte sie, wie Miguel den Regenschirm über Yvettes Kopf hielt. Eine rührende Geste, dank der er sich selbst schutzlos dem Nieselregen auslieferte. Überhaupt war Frédos Cousin ein rührender Mensch. Zu gedrungen und linkisch zwar, um in ihren Augen attraktiv zu sein, aber er hatte ein ansteckendes Lachen, das man drei Straßenblocks weit hörte. Die schüchterne Hartnäckigkeit, mit der Miguel sich um Yvette bemühte, machte ihn nahezu perfekt für ihre Freundin. Sie trauerte ohnehin schon viel zu lange ihrem Musikerfreund hinterher, der sie wegen eines anderen Mädchens sitzen gelassen hatte.

Ohne es zu wollen, schielte sie zu Frédo hinüber.

Er stand eine knappe Armlänge von ihr entfernt. Das Kinn im hochgeschlagenen Mantelkragen versteckt, starrte er wie der zugeknöpfte Held in einem Film noir in den Nacken der Frau vor ihm, während der Regen sein braunes Haar schwarz färbte und von seinem Gesicht tropfte. Sie zupfte ihn am Ärmel seines Trenchcoats und deutete auf eine Lücke, die sich an der Eingangstür aufgetan hatte. Kurz darauf schlüpfte sie an Frédos Hand in die Empfangshalle des Konzerthauses,

165

deren Kuppel ein seltsam gepudertes Licht in den Raum mit den rechteckigen Säulen warf.

»*Saperlotte!*« Überwältigt blieb sie stehen, erhielt inmitten der nachströmenden Besuchermassen jedoch keine Gelegenheit, das Ambiente auf sich wirken zu lassen. Frédo dirigierte sie zielstrebig zur Champagnerbar, wo er mit größter Selbstverständlichkeit einen Perrier-Jouët bestellte, der mit achthundert Francs zu Buche schlug. *Achthundert!*

»Gibt es Anlass zum Feiern?« Valérie hob eine Braue.

Sie hatte keine Ahnung, was die Konzertkarten genau gekostet hatten, aber Frédo war immer ausgesprochen großzügig, wenn sie zu viert unterwegs waren. Restaurantbesuche, Bootsfahrten auf der Seine, Museumsführungen und riesige Eisbecher bei Berthillon, Ausflüge auf gemieteten Vespas … Anstandslos beglich er jede Rechnung, und bisher hatte sie nie darüber nachgedacht, wie der Koch sich seine Freigiebigkeit leisten konnte. Vermutlich lief die kleine Gaststätte, die Frederico Almeidas Familie in Portugal betrieb, besser, als er zugab.

Frédo zog seine Brieftasche heraus. Sie mochte sein Lächeln sehr, ebenso gefiel ihr sein Humor, seine Spontaneität. Dass er jeden Blödsinn mitmachte, ohne sie für ihre spontanen Einfälle zu maßregeln, wie Yvette es andauernd tat.

»Wir sind hier. Gibt es einen besseren Grund?« Ungerührt zählte er einige Hundert-Franc-Scheine auf die Theke, wobei sein Blick eine schlanke Blondine streifte, die mit ihren Freundinnen auf der gegenüberliegenden Seite der Bar stand.

Valérie zuckte zusammen, als der Korken aus dem Flaschenhals ploppte und der Kellner den Champagner in die Kelche füllte. Es behagte ihr nicht, wie Frédo die andere Frau ansah, und sie verachtete sich für dieses Gefühl. Schließlich war er nur ein guter Freund, was im Umkehrschluss bedeutete, dass er tun und lassen konnte, was er wollte. Sie trank zu hastig und hustete.

»Alles okay?«, fragte er abwesend.

Die Blonde hatte seinen Blick bemerkt und strich sich mit einer langsamen Handbewegung eine Haarlocke hinters Ohr. Valérie schürzte die Lippen, drehte Frédo brüsk den Rücken zu und begegnete dem belustigten Lächeln ihrer Freundin.

»Alles in Ordnung?«

»*Mon Dieu*, was habt ihr alle bloß? Ich hab mich verschluckt, das kann jedem passieren.«

»Natürlich.« Yvette angelte nach ihrem Champagnerglas. »Der Zusammenhang ist allerdings interessant«, setzte sie hinzu, während Miguel mit seinem Glas herumspielte und offenbar nicht recht wusste, ob er zu dem Gespräch beitragen oder besser den Mund halten sollte.

»Welcher Zusammenhang?«, fragte sie misstrauisch.

Achselzuckend öffnete Yvette ihre Pochette und zog ein schmales Silberetui heraus. Zu Valéries Überraschung entnahm sie ihm eine Zigarette, ließ sich von Miguel Feuer geben und pustete den Rauch in Richtung der Blondine, die nun eindeutig mit Frédo flirtete.

Valérie rümpfte die Nase. Die Frau hatte schöne, gerade Zähne, das musste man ihr lassen. Und Frederico Almeida war zweifellos ein attraktiver Mann. Vorausgesetzt, man störte sich nicht daran, dass er dünn wie ein Streichholz war. Besonders charmant war er auch nicht, denn er hatte kein Wort über ihr Chanel-Kleid oder die raffinierte Hochsteckfrisur verloren, an die sie eine halbe Flasche Haarfestiger verschwendet hatte.

»Na, *der* Zusammenhang«, flüsterte Yvette ihr ins Ohr. »Oder sollte ich besser *die* sagen?«

Entrüstet öffnete sie den Mund, wurde jedoch von einem Klingeln unterbrochen, das zum Aufsuchen der Plätze aufforderte. Ihr Herz geriet einige Schläge aus dem Takt, als sie Frédos Hand auf ihren Schultern spürte. Er berührte sie selten und meist nur zufällig, aber wenn er es tat, brachte es sie jedes Mal durcheinander.

»Sind Mesdames bereit für den langweiligen Teil des Abends?« Er deutete zu der steilen Treppe, die wie ein dürftig ausgeleuchteter Tunnel in den Konzertsaal führte.

»Was bist du nur für ein Banause!«, fuhr sie ihn an, angestachelt von Yvettes scheinheiligem Madonnenlächeln. Wo hatte ihre Freundin bloß das verhuschte Zimmermädchen gelassen, das sich fast nicht hatte überreden lassen, in das grüne Kleid zu steigen? Aber kaum hielt Yvette ein Champagnerglas in der Hand, sprühte sie förmlich vor Charme und Selbstvertrauen. Ob es an Miguel lag? Seit wann rauchte sie überhaupt?

»Eine Oper ist eben kein Fado. Die Spanierin ist zwar nicht schlecht, aber sie ist nicht Amália Rodrigues«, unterbrach Frédo ihre Gedanken. »Die meisten Sänger drücken die Töne hier heraus«, er berührte seine Kehle und tippte danach mit dem Finger auf ihre Brustmitte. »Amália singt da.«

»Da du in Herzensdingen offenbar der Experte bist, bin ich an der Stelle raus«, sagte Valérie brüsk. Sie hatte keine Ahnung, warum sie so ungehalten war. Ihr Herz klopfte wie verrückt, und es … es tat weh. Sie leerte das Champagnerglas in einem Zug und drückte es dem verdutzten Miguel in die Hand. »Außerdem sind wir heute Abend nicht in Lissabon, sondern in Paris, meine Herren.«

»Da hat sie recht«, sagte Frédo, nachdem sich die Blicke der beiden Männer gekreuzt hatten. »Wir sind in Paris.«

Ob es an dem diffusen Licht lag? Nach ihrer Bemerkung hatten sich Frederico Almeidas Augen verdunkelt, als habe sie ihn an etwas erinnert, das ihn traurig machte. Am liebsten hätte sie sich sofort für ihre Unsensibilität entschuldigt, denn auch wenn er selten über seine Heimat sprach, wusste sie, dass er seine Familie ebenso vermisste wie sie ihre. Doch sie verpasste den richtigen Moment. Zurück blieben ein paar wirre Gedanken und ein unbestimmtes Schuldgefühl, als er ihr den Rücken zukehrte.

»Dein Kleid ist übrigens sehr hübsch, Yvette.«

»Findest du?«, erwiderte ihre Freundin und zupfte errötend an dem Paillettensaum.

»Das finde ich allerdings.« Auf der Suche nach einer Bestätigung flog Frédos Blick zu ihr hinüber.

Kein einziges Wort über mein Kleid. Obwohl sie einen Stich verspürte, kam ihr Lächeln schnell und nahtlos. Sie nickte Yvette zu und unterdrückte den Impuls, sich ins Haar zu fassen, doch Frédo beachtete sie ohnehin nicht. Er schnalzte, hakte Yvette unter und steuerte mit ihr die Treppe an, die zu den Logen führte. Miguel folgte den beiden wie ein Schatten.

Keiner von ihnen bemerkte, dass sie an der Bar zurückblieb, froh über die Gelegenheit, sich sammeln zu können. Das Foyer leerte sich, auch die Blondine war samt ihren Freundinnen verschwunden, die Kellner räumten auf. Unwillig musterte sie das Schild mit dem Hinweis, dass die Mitnahme von Getränken in den Konzertsaal verboten sei. Blitzschnell griff sie zu. Die angebrochene Flasche Perrier-Jouët verschwand unter dem gelben Mantel, den sie wie ein Schoßtier in den Armen hielt, als sie ihren Freunden nacheilte.

Valérie würde sich noch lange an die beeindruckende Darbietung der Grand Dame des Belcanto zurückerinnern, an ihr seidiges Timbre und die Pianissimi. Montserrat Caballé hatte ein rotes Brokatkleid getragen, in dem sie wie ein mütterlicher Engel ausgesehen hatte, und in ihrer Stimme hatte sie so vieles gefunden, das sie an zu Hause erinnert hatte: das Brummeln von Papa, wenn er sich über einen Teller Fischsuppe beugte, das sanfte Gesumme, mit dem Maman ihr das Haar bürstete. Yvonnes Gekicher, wenn sie für eine Gutenachtgeschichte in Valéries Bett krabbelte und ihr die eiskalten Kinderfüße zwischen die Waden schob.

Nun saßen sie in einem überheizten Taxi, das vier andächtig schweigende Menschen durch die nächtlichen Straßen von Paris chauffierte. Valérie bemerkte jedoch weder die Laternen auf der Avenue des Champs-Élysées noch das zauberhafte Spitzenkleid aus Licht, das den Eiffelturm umhüllte. Stattdessen ruhte ihr Blick auf ihrem Handrücken, den Frédo berührt hatte, als das finale *Col sorriso d'innocenza* sie zum Weinen gebracht hatte. Dabei hatte sie gar nicht geheult, weil sie Heimweh hatte. Ihr war nur klar geworden, dass sie eifersüchtig auf die blonde Frau im Foyer gewesen war. Rasend eifersüchtig. Und diese Erkenntnis veränderte alles.

Als die Stille ihre Ergriffenheit verlor und einer unangenehmeren Form des Schweigens wich, war es Miguel, der sich neben ihr auf der Rückbank zu Wort meldete.

»Für eine Spanierin war die Frau gar nicht übel.« Er erhielt keine Antwort, weshalb er tapfer fortfuhr: »Auch wenn's kein Fado war.« Er beugte sich zu Yvette auf dem Beifahrersitz vor. »Hat dir die Oper gefallen? Hat sie dich glücklich gemacht?«

»Der Abend hat mich sogar sehr glücklich gemacht. Irgendwann würde ich aber gerne wissen, was es mit eurem Fado auf sich hat.«

»Oh, das ist kein Problem.« Wie hypnotisiert starrte Miguel auf Yvettes Nacken. »Im Marais gibt es ein kleines portugiesisches Restaurant, da wird jeden Abend ...«

»Wieso hast du nichts über mein Kleid gesagt?«, entfuhr es Valérie.

Miguel schaute sie verdutzt an. »Dein Kleid? Aber ich ...«

»Nicht du! Ich meine *ihn*.« Valérie zeigte auf Frédo, der mit der Stirn am Fenster lehnte und Schlaf vortäuschte. Für sie bestand nicht der geringste Zweifel, dass er schauspielerte. Er hatte diese Wangengrübchen nur, wenn er sich das Lachen verkniff.

»Senhor Almeida? Ich warte.«

»Was hätte ich denn über dein Kleid sagen sollen?«, murmelte er mit geschlossenen Augen.

»Na das, was alle Herren ihren Begleiterinnen sagen, sofern sie Manieren haben«, erwiderte Valérie beleidigt und ignorierte Yvettes Schnauben. »Du siehst hübsch aus in diesem Kleid, Valérie. Das Kleid steht dir, Valérie. Ist der tolle Fummel von Chanel, Valérie? So schwer kann das ja nicht sein.« Sie machte ein prustendes Geräusch mit den Lippen, wohl wissend, dass sie unverhältnismäßig in Rage geraten war. »Ein schlichtes *très chic, ma belle* hätte es auch getan.«

Frédo öffnete ein Auge. »Du hättest dir also gewünscht, dass ich dir heute Abend ein Kompliment mache.«

»Nein! Ich meine ... Ja. So ähnlich.« Ihre Stimme klang schleppend wie die einer Betrunkenen, was natürlich Unsinn war. *Ich bin höchstens ein bisschen beschwipst*, räumte sie im Stillen ein und dachte an die leere Champagnerflasche unter ihrem Logensitz. »Vergiss es einfach«, sagte sie bitter und kurbelte das Fenster herunter, froh um den Fahrtwind, der ihr ein paar Regentropfen ins Gesicht sprühte und ihr überhitztes Gemüt kühlte.

»Du hast damit angefangen, also lass uns darüber reden«, widersprach Frédo. »Freunde machen das so.«

Ihr Magen zog sich zusammen. *Mon Dieu*, was hatte sie nur? War nicht sie diejenige gewesen, die immer betont hatte, dass Frédo und sie bloß gute Freunde waren? *Freund.* Wieso zum Teufel fühlte sich das Wort auf einmal an wie ein Puzzleteil, das man gewaltsam in die falsche Stelle drückte?

Miguel hüstelte. »Wir könnten auch …«

»Anhalten!«, rief Yvette unvermittelt, woraufhin der Taxifahrer das Tempo drosselte und den Wagen schließlich auf dem Seitenstreifen zum Stehen brachte. »Den Rest der Strecke gehen Miguel und ich zu Fuß.«

Mit zusammengepressten Lippen musterte Valérie das hell erleuchtete Schaufenster eines Hutgeschäfts, ohne die Auslage wahrzunehmen. Tränen stiegen ihr in die Augen, die sie angestrengt fortblinzelte.

»Aber Yvette …« Miguel war hörbar verwirrt. »Es regnet.«

»Na und? Ich brauche dringend frische Luft. Wir sehen uns in einer halben Stunde am Personaleingang. Bis dahin habt ihr die Sache hoffentlich geklärt.« Ohne Miguels Gejammer Beachtung zu schenken, schlüpfte sie aus dem Auto.

»Frauen und ihre Launen«, bemerkte Frédo trocken und stieg aus, um seinen Cousin herauszulassen, der ihn auf dem Gehsteig mit einem portugiesischen Wortschwall überschüttete.

Nervös kramte Valérie den Lippenstift aus ihrer Handtasche. Für sie war die Sprache ein einziger unverständlicher Fluss von Zischlauten und verschluckten Vokalen. Sie hätte gern verstanden, worum es ging. Miguel klang entrüstet, und Frédo schien nicht sonderlich zu gefallen, was er zu hören bekam. Nachdem er ins Auto zurückgekehrt war, warf er die Tür hart ins Schloss. Der Taxifahrer schaute fragend in den Rückspiegel.

»Zum Le Châtelier, Rue de Rivoli.« Frédo warf Valérie einen herausfordernden Blick zu. »Außer Mademoiselle möchte noch auf einen kleinen Umtrunk in einer verruchten Bar im Vergnügungsviertel Pigalle einkehren.«

Sie brachte es nicht über sich, auf das Friedensangebot einzugehen. Stumm fuhr sie fort, ihren Lippenstift aufzufrischen, was eigentlich sinnlos war. Im Dunkeln sah niemand das sündhaft teure Rot, dem Coco Chanel ihren bürgerlichen Namen gegeben hatte: *Gabrielle*.

Frédo zuckte mit den Schultern. *Der Motor klingt wie Mamans alte Nähmaschine*, dachte Valérie, als das Taxi wieder startete. In diesem Moment hätte sie nur zu gern ihre Mutter um Rat gefragt. Oder ihre nervtötend altkluge Schwester.

Ich weiß nicht, Yvonne, wie ich ihm sagen soll, dass ich ihn mag.

Frag ihn doch, ob er ein Himbeerbonbon will.

So einfach ist das bei Erwachsenen nicht.

Aber jeder mag Himbeerbonbons. Und wenn er eins genommen hat, schuldet er dir was, und du kannst ihn küssen.

Diese Himbeerbonbonsache war gar keine so üble Idee. Wenn es ein schrecklicher Kuss werden sollte, würden sie darüber lachen und ihn vergessen. Sie konnten weiterhin Freunde sein. Wenn er allerdings nicht schrecklich war ...

Angespannt suchte sie in ihrer Handtasche nach dem weiteren Bonbontütchen, das sie letzte Woche im Quartier Latin für ihre Schwester gekauft hatte, damit sie ihr Versprechen einlösen konnte, wenn sie an Weihnachten nach Moguériec fuhr.

Wenigstens das Thema bereitete ihr keine Kopfschmerzen mehr. Nach langer Überlegung hatte sie ihren Eltern das blaue Clairefontaine-Heft geschickt, in dem sie ihre ersten Wochen im Châtelier dokumentiert hatte. Ihre Ängste, ihr Heimweh, aber auch ihre Liebe zu Paris, das jetzt ihr Zuhause war. Auf der letzten Seite stand ein mit Herzchen umrahmtes »Es tut mir leid«. Maman hatte ihre Abbitte mit einem besorgt-verständnisvollen Brief beantwortet, den ihr Vater bestimmt nicht gelesen hatte. Er brauchte vermutlich noch Zeit, um ihr nicht mehr böse zu sein.

»Ich konnte mich nicht entscheiden.«

»Was?« Sie sah auf.

Frédos Augen wirkten fast schwarz, im Scheinwerferlicht entgegenkommender Fahrzeuge tanzten Lichtpunkte darin wie verirrte Glühwürmchen.

»Tatsächlich hab ich den ganzen Abend darüber nachgedacht, welches Kompliment ich dir machen soll. Keins erschien mir passend oder hätte auch nur im Ansatz ausgedrückt, was ich gedacht habe, als ich dich in diesem Kleid aus dem Hotel kommen sah. Hinreißend. Verführerisch. Wunderschön. Such dir eins aus oder«, ein scheues Lächeln flog über sein Gesicht, »nimm am besten alle drei.«

»Le Châtelier, Rue de Rivoli.« Der Fahrer trat hart auf die Bremse, als wäre er erleichtert, seine Fahrgäste loszuwerden. Nicht weiter verwunderlich, denn die Luft im Fond des Wagens knisterte wie eine defekte Glühbirne. Valérie krallte die Finger in ihre Handtasche, als könne sie ihr wie ein widerspenstiges Haustier vom Schoß springen, und starrte Frédo aus weit aufgerissenen Augen an.

Hinreißend. Verführerisch. Wunderschön.

Hätte sie unbeschwert atmen können, hätte sie vielleicht gelacht. Verlegen, ungläubig, möglicherweise sogar belustigt. Aber sie benötigte jeden Kubikmillimeter Sauerstoff, um nicht ohnmächtig zu werden.

»Fahren Sie noch eine Runde, Monsieur«, befahl Frédo ruhig.

»Geht es vielleicht genauer, junger Mann?« Der Taxifahrer hob im Rückspiegel eine Braue, um so sein ganzes Unverständnis für die moderne Welt und ihre aufsässige Jugend auszudrücken.

»Bringen Sie uns bitte auf den Montmartre«, schaltete Valérie sich mit belegter Stimme ein. »Zur Basilika Sacré-Cœur.«

»So wird's aber nix mit der halben Stunde, die sie mit Ihrer Freundin abgemacht haben«, brummte der Fahrer, ehe er sich darauf besann, dass sein Einwand nicht gefragt war. Schulterzuckend fuhr er an, und schon wenige Atemzüge später blieb das hell erleuchtete Hotel in der Nacht zurück.

Normalerweise gehörte die weiße Basilika auf dem Märtyrerhügel zu den Orten von Paris, an denen zu jeder Tages- und Nachtzeit reges Treiben herrschte. Heute lockte der Touristenmagnet allerdings niemanden auf die regennassen Stufen vor dem Kirchplatz. Es war still und menschenleer, nur ein einzelnes Pärchen war ihnen auf dem Weg zur Aussichtsplattform entgegengekommen. Eng umschlungen, kichernd und wispernd wie der Wind, der mit dem Herbstlaub spielte.

Fröstelnd knöpfte sich Valérie den Mantel zu, stützte sich auf das Geländer und betrachtete den wolkenverhangenen

Himmel. Die Luft war klar und frisch, reingewaschen vom Sommer, der so aufdringlich gewesen war wie ein Gast, der sich noch ein Glas Wein einschenkte, obwohl man bereits damit begonnen hatte, den Tisch abzuräumen.

»Unser Chauffeur schien sehr erleichtert, uns loszuwerden.«

»Du meinst, er war erleichtert, *mich* loszuwerden.«

»Unsinn.« Frédo lachte leise. »Der ist sicher ganz andere Kaliber auf seinem Rücksitz gewohnt.«

»Es tut mir leid. Ich hab keine Ahnung, was vorhin in mich gefahren ist«, murmelte sie und spürte, wie das Blut in ihrer Halsschlagader pulsierte. »Das heißt, eigentlich weiß ich es doch. Diese blonde Frau im Foyer … «

»Ja?« Er sah sie aufmerksam an.

»Zuerst war ich genervt von ihr, dann war ich wütend auf dich, und danach war ich sauer auf mich selbst.« Ihre Stimme zitterte. »Ich fand übrigens auch, dass du ganz großartig ausgesehen hast.«

Frag ihn doch, ob er ein Himbeerbonbon will. Und dann kannst du ihn küssen.

Es wird nicht funktionieren, Yvonne.

Nun mach schon. Was hast du denn zu verlieren?

»Magst du vielleicht ein Bonbon?« Nervös holte sie das Papiertütchen mit den mittlerweile recht klebrig gewordenen roten Drops hervor.

»Klar.« Frédo ließ sich nicht anmerken, ob ihn der abrupte Wechsel irritierte. »Ist es vergiftet?«

Sie schüttelte den Kopf. Ihr kam Brieuc Guézennec in den Sinn, der sich mit seinem traurigen Grasnelkensträußchen bestimmt ganz ähnlich gefühlt hatte. *Es tut mir ehrlich leid, Brieuc*, dachte sie und nahm all ihren Mut zusammen.

»Schließen wir ein Geschäft ab, Senhor Almeida. Du nimmst ein Bonbon, und ich habe einen Wunsch frei.«

Frédo kam näher. Die Tüte knisterte, als er hineingriff.

»Lecker.« Das Bonbon klackerte gegen seine Zähne, als er es im Mund hin- und herschob. »Und was wünschst du dir, Mademoiselle Aubert?«

Seltsam. Sein Ton klang vergnügt, aber in seinem Gesicht lag die Ernsthaftigkeit eines Menschen, der sich angestrengt bemühte, ihre Gedanken zu erforschen.

»Ich möchte einen Kuss.«

Das Klackern verstummte.

»*Ai, querida.* Und ich dachte schon, du fragst nie.«

10. Kapitel

SINTRA, IM MAI 2019.

Maelys.
Sie saß auf der Matratzenkante und wartete. Sieben Uhr, hatte Eduardo gesagt. Sechs Uhr achtundvierzig zeigte der Digitalwecker auf ihrem Nachttisch an.

Maelys schloss die Augen, um nicht fortwährend auf die rot leuchtenden Ziffern zu starren. Sie war schrecklich müde, weil sie sich nach dem nächtlichen Mahl mit Antónios Großvater noch stundenlang im Bett herumgewälzt hatte. Erst in der Morgendämmerung war sie eingeschlafen, bis das Lichtsignal ihres Weckers sie viel zu früh aus einem bizarren Traum gerissen hatte, in dem sie mit einer leeren Zeichenmappe in die Kunsthochschule gestolpert war, um sich von Professor Ledoux ein Kompliment für ihr Kleid machen zu lassen.

Geistesabwesend strich sie eine Falte auf dem Laken glatt und schielte zum Nachttisch. Sechs Uhr fünfzig. Ob António gestern gut heimgekommen war? Auf der Rückfahrt war er ungewöhnlich schweigsam gewesen, und auf dem Kiesplatz vor dem Herrenhaus hatten sie bei laufendem Motor lediglich einen flüchtigen Wangenkuss gewechselt. Seine Haut hatte gekratzt.

Sechs Uhr zweiundfünfzig. Er hatte wirklich gut gerochen. Ein bisschen nach Zitronenbrause, obwohl sie die Vorstellung komisch fand, dass ein Mann wie ein Kindergetränk duftete.

Sechs Uhr vierundfünfzig. Sie hätte ihn an dem Aussichtspunkt doch küssen sollen.

Um genau sechs Uhr siebenundfünfzig trat sie mit dem großen Zeichenblock und den Malutensilien unter dem Arm auf den Gang, wo ihr der Duft nach frisch gebrühtem Kaffee in die Nase wehte. Mit gesenktem Kopf und in der Hoffnung, dass niemand sie aufhielt, steuerte sie die Treppe in den dritten Stock an, hatte aber die Rechnung ohne ihre Tante gemacht, die ihr auf dem Flur entgegeneilte. Allein ihre Gesichtsfarbe genügte ihr, um zu wissen, dass sie sicher nicht pünktlich bei Eduardo an die Tür klopfen würde.

Merde. So ein Mist. Das würde Antónios Großvater bestimmt nicht gefallen.

»Gut, dass du schon wach bist!« Valérie gestikulierte erregt mit ihrer gesunden Hand in der Luft. »Wir reisen ab. Heute noch.«

Maelys' Herz setzte ein paar Schläge aus. »Was?«

»Du hast mich schon verstanden. Wir fahren mit dem Taxi zum Bahnhof und steigen in den nächstbesten Zug nach Paris. Du hast beileibe Besseres zu tun, als tagelang darauf zu warten, dass O Senhor sich bequemt, dich zu empfangen. Ich habe eingehend darüber nachgedacht. Wir werden abreisen, bevor du weiterhin die Küchenmagd für seinen Enkel spielst, diesen portugiesischen Casanova, der ...« Sie unterbrach sich mitten im Satz und beäugte argwöhnisch den Zeichenblock unter ihrem Arm. »Was hast du damit vor?«

»Ich gehe zu Senhor de Alvarenga.« Sie wies mit dem Finger zur Decke. »Er hat mich gebeten, zu ihm zu kommen. Um ihn zu malen.«

»Ach.« Valérie legte den Kopf in den Nacken, als ob Senhor de Alvarenga höchstpersönlich auf dem Kristallleuchter schaukelte. Kurz wirkte sie beleidigt wie ein Kind, das die anderen vom Spiel ausgeschlossen hatten, doch dann verhärtete sich ihr Blick. »Wir fahren trotzdem nach Hause.«

»Aber ... ich muss hier einen Job erledigen.« Zu ihrem Schrecken merkte sie, dass ihre Stimme brüchig war.

Ihre Tante neigte selten zu überstürzten Handlungen, doch wenn es einmal dazu kam, konnte niemand sie von ihrem Vorhaben abbringen. Das wussten alle in der Familie, und jeder von ihnen hatte es bereits erlebt. Sie selbst eingeschlossen.

»Du musst überhaupt nichts.« Ihre Tante köpfte mit der Handkante einen imaginären Gegner. »In Paris wartet dein Studium, und ich lasse nicht zu, dass du für ein albernes Porträt deine Zukunft wegwirfst. Kein Geld der Welt ist das wert. Also geh in dein Zimmer und pack deine Sachen, damit wir das alles hier möglichst schnell vergessen können.«

Sie hatte gewusst, dass dieser Zeitpunkt irgendwann kommen würde. Schon vor Monaten hatte sie sich die Rechtfertigungen für ihren Studienabbruch in Gedanken zurechtgelegt und immer gehofft, sie nie aussprechen zu müssen. Aber die Wahrheit drängte immer ans Licht, egal wie gut man sie versteckte.

»In Paris wartet nichts auf mich«, flüsterte sie. »Gar nichts.«

»Was soll das nun schon wieder heißen?«

»Ich ...« Sie machte eine winzige Pause, in der ihr Herz wild schlug. »Ich habe seit sechs Monaten kein Seminar mehr besucht. Nicht ein einziges.«

Es klang furchtbar, wenn man es aussprach. Ängstlich musterte sie die Falte auf Valéries Stirn. Mit einer unwirschen Geste befahl ihre Tante sie auf die Treppe, die sie längst hätte hinaufgehen sollen. Sie sank auf die unterste Stufe, den Rücken gegen die Wand gepresst. Sie brauchte Halt, um vor Valéries durchdringenden Augen bestehen zu können.

»Ich hätte gern die Wahrheit. Die ganze Wahrheit.«

»Sie wird dir nicht gefallen.«

»Damit werde ich leben müssen.«

Maelys atmete durch. Ihre Stimme versagte, weshalb sie nach den ersten holprigen Sätzen ihre Hände zu Hilfe nahm und in die Gebärdensprache wechselte. In eckigen Gesten beschrieb sie quälende Tage in der überfüllten Kunsthochschule. Sie erzählte, wie es war, nicht dazuzugehören, weil man die Zeit, die andere Kommilitonen plaudernd in der Cafeteria verbrachten, nutzen musste, um all das Gesagte, das sie nicht hatte verstehen können, nachzulesen, wenn es denn überhaupt möglich war. Dass die daraus resultierende Einsamkeit nichts gegen die Versagensängste war, die sich mit den mitleidigen Blicken ihrer Mitstudenten und der undurchdringlichen Miene von Professor Ledoux zuerst in ihr Herz und dann in ihre Hände geschlichen hatten.

Valéries Miene zeigte zunehmend Betroffenheit. Sie unterbrach sie kein einziges Mal, stattdessen füllten sich ihre Augen mit Schuldbewusstsein und Tränen, als sie ihrer Tante den Ausweg schilderte, den ihr ein achtlos im Altpapier entsorgter Mahnbrief eröffnet hatte: ihr Studium auf Eis zu legen und in Hadirs Garküche zu arbeiten, damit sie die Mietschulden begleichen konnte.

»*Mon Dieu*, Kind«, sagte Valérie benommen, als sie ihre Beichte beendet hatte und ihre Tante abwartend ansah.

»Warum hast du mir denn nie davon erzählt? Ich hätte doch...«

»Maman um Geld gebeten? Oder Gwenaelle?«, unterbrach Maelys sie bitter. »Wir wissen beide, dass das weder für dich noch für mich eine Option gewesen wäre. Trotzdem tut es mir sehr leid, dass ich dich angelogen habe. Es war kein schönes Gefühl.«

»Wag es nicht, dich bei mir zu entschuldigen!« Valérie zog ein Taschentuch aus ihrer Hosentasche und schnäuzte sich ausgiebig. »Ich habe dir Kummer gemacht, weil ich eine störrische alte Schachtel bin.« Ihre Tante tastete nach ihrer Hand und drückte sie so fest, dass es wehtat. »Ich danke dir. Wie es aussieht, hast du mir den Allerwertesten gerettet und dabei ordentlich Federn gelassen.«

»Ich kapiere zwar nicht genau, was du mit Federn meinst, aber... gern geschehen.« Eigentlich hätte sie sich viel lieber von ihrer Tante umarmen lassen, aber Valérie war nie der mütterliche Typ gewesen, weshalb ein Lächeln genügen musste, um die Dinge zwischen ihnen auf Anfang zu stellen. »Vielleicht verstehst du jetzt, dass wir noch nicht nach Paris zurückfahren können. Ich muss dieses Porträt malen, damit wir unsere Restschulden bezahlen und ich es an der Hochschule noch mal versuchen kann.« Sie wackelte mit den Fingern in der Luft und versuchte zuversichtlich auszusehen. »Ich möchte Ledoux beweisen, dass ich zu Recht an dieser Akademie studiere.«

»Du bist eine außergewöhnliche junge Frau. Ganz der Papa. Er hat auch nie aufgegeben.« Valérie wedelte ihre Tränen ungehalten mit dem Taschentuch weg. »*Saperlotte*, ich werde alt. Diese Rührseligkeit steht mir überhaupt nicht.«

Sie drehte den Kopf, um nach der Uhrzeit zu sehen, und

bemerkte Albio Tavares im Gang. Er stand im Schatten der alten Standuhr, den Blick ins Nichts gerichtet wie ein Wachposten, den man zu einer sehr langen Schicht verdammt hatte. Sie runzelte die Stirn. Schon merkwürdig, dass der Butler ihnen auf Schritt und Tritt folgte. *Konnte es sein, dass Antónios Großvater...?* Von einer Berührung Valéries aus ihren Überlegungen gerissen, verlor sie den Gedanken, der zu verrückt war, um eine Erklärung sein zu können.

»Wirst du das Porträt überhaupt malen können?« Ihre Tante deutete besorgt zur Decke.

»Ich habe António versprochen, es zu versuchen.«

Es dauerte eine Weile, bis Valérie auf ihre Antwort reagierte. Sie wirkte überrascht. Und wachsam.

»Du magst diesen Jungen.«

»Ja«, antwortete sie schlicht.

»Er wird dir das Herz brechen.«

»Warum glaubst du das? Du kennst ihn doch kaum.«

»Es genügt mir zu wissen, dass er Portugiese ist. Das ist im Übrigen kein Vorurteil, sondern eine persönliche Erfahrung, die ich dir gern ersparen würde.«

»Und wegen dieser Erfahrung nimmst du gleich ein ganzes Volk in Sippenhaft?«

»Du hast keine Ahnung, Kind.«

»Dann klär mich auf. Erzähl mir die Geschichte, die hinter deiner sonderbaren Abneigung steckt.«

»*Sonderbar* nennst du das also, ja?« Ihre Tante musterte sie eingehend, bis sie schließlich aufstand, die Hand schwer auf ihrer Schulter gestützt. »Rühr dich nicht von der Stelle«, befahl sie, verschwand in ihrem Zimmer und kehrte einige Minuten später mit verkniffenem Mund und einem Packen Schulhefte zurück.

183

Sie erkannte sie sofort. Es waren die Clairefontaines, verschnürt mit einem blauen Band. Hatte Valérie etwa alle mit nach Lissabon geschleppt? Sie hob eine Braue. Kein Wunder, dass der Koffer ihrer Tante so schwer gewesen war.

»Hier hast du deine Erklärung. Oder zumindest einen Teil davon.« Mit angespanntem Lächeln legte sie ihr das Päckchen in den Schoß und eine Hand darauf, als müsse sie es beschützen. »Du kannst sie später lesen. Jetzt solltest du nach oben gehen, bevor dein Auftraggeber ungeduldig wird. Ich würde dich ja gern persönlich zu ihm bringen, aber Senhor Tavares Leine reicht offenbar nicht bis in den dritten Stock.«

»Heißt das, wir bleiben?«

»Hab ich eine Wahl? Meine kleine Nichte, für die eigentlich *ich* sorgen sollte, regelt neuerdings meine finanziellen Angelegenheiten. Wie es ausschaut, sollte ich anfangen, meinen Teil der Verantwortung zu übernehmen.« Valérie schielte zu Albio und rückte ihren Rabenfederhut zurecht. »Weißt du, allmählich gewöhne ich mich an diesen komischen Kauz. Vermutlich werde ich ihn in Paris sogar vermissen.«

Wie sein Enkel António war Eduardo kein Mensch, der leicht zur Ruhe kam. Schon bei ihrem gemeinsamen Nachtmahl hatte er keine Sekunde still auf seinem Stuhl gesessen, und auch jetzt bewegte er sich ständig. Er zog Grimassen, zerrte an seiner Krawatte, entfernte einen Fussel vom Anzugärmel oder beugte sich zu seinem Schuh hinunter, um über einen nicht vorhandenen Fleck zu reiben. Wenn er nicht im Ohrensessel herumrutschte, schaute er aus dem Fenster oder zu dem kleinen Sekretär, über dem ein Gemälde von José Sobral de Almada Negreiros hing – ein Anblick, der sie vorübergehend aus der Fassung gebracht hatte. Zweifellos verfügten die

Alvarengas nicht nur über einen ausgezeichneten Kunstverstand, sondern konnten sich diesen auch leisten.

Sie senkte den Skizzenblock, als Eduardo sich zum dritten Mal innerhalb der letzten halben Stunde aus dem Sessel schälte und zu der Wandklappe ging, hinter der sich der Speiseaufzug befand. Er schenkte sich einen Kaffee ein und trank ihn mit der gleichen Gier, die António an den Tag legte, sobald er in die Nähe eines Espressos kam.

»Wenn Sie so weitermachen, werde ich Wochen für dieses Porträt brauchen«, sagte sie kopfschüttelnd.

Eduardo hielt mit fragendem Blick ein Croissant in die Höhe. Als sie abwinkte, biss er achselzuckend hinein und schlenderte kauend durch das in Pastelltönen gehaltene Arbeitszimmer. Er vergewisserte sich, dass die Tür zum Flur verschlossen war, und kehrte mit Märtyrermiene zum Sessel zurück. Gedankenverloren strich er über den floralen Samtstoff und sah zu ihr herab, die auf dem passenden Fußhocker kauerte, umgeben von zerknülltem Papier.

»Dieses Zimmer hat früher meiner Frau gehört.« Er deutete zu den bodentiefen Fenstern, die helles Sonnenlicht in den Raum ließen. »Sofia sagte immer, es sei viel zu schade, um nur als Ankleidezimmer genutzt zu werden.« Sein Blick wanderte zu der gerahmten Fotografie auf dem Schreibtisch. »Sie hat Gedichte geschrieben und war eine glühende Verehrerin von Fernando Pessoa. Kennen Sie unseren Nationaldichter?«

»Ich habe von ihm gehört, aber noch nichts von ihm gelesen.« Sie legte den Block auf die Knie und verabschiedete sich von dem Vorhaben, eine Skizze von Eduardo an einem Tag fertigzustellen. Wollten ältere Menschen plaudern, war es ratsam, ihnen höflich zuzuhören. Diese Lektion hatte sie von Valérie gelernt.

»Was lesen Sie dann? Mögen Sie Kriminalromane? Romanzen? Oder haben es Ihnen eher die französischen Klassiker angetan?«

Sie wurde rot. »Ich habe in Paris nicht viel Zeit für Bücher. Ich lese die Pflichtlektüren für mein Kunststudium, und nach der Arbeit bin ich oft zu müde, um ...«

»Sind Sie eine gute Studentin?«, feuerte Antónios Großvater die nächste Frage ab, ohne sie ausreden zu lassen. Ihr Magen krampfte sich zusammen.

Gute Studentin. Was bedeutete das überhaupt im Zusammenhang mit Kunst? Talent? Hingabe? Durchhaltevermögen? Oder zählte nur das Urteil eines Professors, der sich allem Anschein nach damit auskannte? Wenn Letzteres zutraf, war sie eine lausige Studentin.

»Ich weiß es nicht«, antwortete sie wahrheitsgemäß.

»Sie wissen es nicht.« Eduardo blickte sie erstaunt an. »Klingt, als würden Sie nicht an Ihr eigenes Talent glauben.«

»Na ja, ich habe ein Stipendium«, antwortete sie, »also hat wohl irgendwann einmal jemand etwas in mir gesehen.«

»Ein Stipendium.« Eduardo nickte anerkennend. »Wie sind Sie dazu gekommen?«

»Ach, das ... das ist eine lange und komplizierte Geschichte. Sie hat mit meiner Schwester Gwenaelle zu tun und mit Tante Valérie. Dank ihr wurde eins meiner Bilder bei einem Talentwettbewerb im Grand Palais ausgestellt. Die besten Werke haben die Veranstalter mit einem Stipendium belohnt. Ich hatte Glück.«

»Das Glück ist ein Fisch, den man nur in einem Netz aus Blut und Schweiß fängt.«

»Ist das eine Redensart?«, fragte Maelys stirnrunzelnd. »Ich tu mich manchmal schwer mit solchen Erklärungen.«

186

»Es bedeutet, dass Sie dringend an Ihrer Einstellung arbeiten müssen, Mademoiselle. Nachdem ich Ihre«, Eduardo malte Gänsefüßchen in die Luft, »*nicht besonders gelungenen* Skizzen gesehen habe, bin ich überzeugt, dass dieses Stipendium allein Ihr Verdienst ist. Hören Sie auf, den Zufall oder gar Dritte dafür verantwortlich zu machen.«

»Sie kennen meine Tante nicht.«

»Hat sie eigentlich eigene Kinder, Ihre … Tante?«

»Valérie?« Sie lachte. »Gott bewahre. Sie kann Kinder nicht ausstehen. Das behauptet sie zumindest.«

Eduardo quittierte ihre Bemerkung mit einem rätselhaften Blick und ließ sich in den Samtsessel fallen.

Die folgenden Minuten starrte er grübelnd vor sich hin, was sie für einige rasche Bleistiftstriche nutzte, bis sie aus dem Augenwinkel bemerkte, dass ihr Handy blinkte. Nachdem sie es vor dem Flug nach Portugal abgeschaltet hatte, hatte sie es zunächst vergessen und erst heute Morgen aktiviert, in der Hoffnung, António würde sich vielleicht bei ihr melden. Vornübergebeugt pflückte sie das Telefon vom Teppich. Ihr Puls beschleunigte sich, als sie tatsächlich Antónios Nummer auf dem Display erkannte.

Ich habe morgen Nachmittag etwas Wichtiges in der Stadt zu erledigen. Möchtest du mitkommen, damit ich mein Versprechen einlösen und dir Lissabon zeigen kann?

Ihre Mundwinkel schnellten nach oben und verdrängten das ungute Gefühl in ihrem Bauch, das sie Valéries Hirngespinsten verdankte. *Eine persönliche Erfahrung, die ich dir gern ersparen möchte, pah.* Entschlossen schob sie die Tasche, in der sich die Schulhefte befanden, außer Sichtweite und tippte ihre Antwort ins Telefon. Was auch immer in diesen Heften stand, war Valéries Geschichte. Nicht ihre.

Klar möchte ich mitkommen.

Sie drückte auf »Senden« und gab einen triumphierenden Laut von sich. »Das war António. Er zeigt mir morgen Lisboa«, erklärte sie und stellte beschämt fest, dass sie drauflosgeplappert hatte wie ein Mädchen vor ihrem ersten Rendezvous. Eduardos Miene blieb jedoch vollkommen ausdruckslos.

»Man kann nie sicher sein, wer wann plötzlich im Leben auftaucht und es durcheinanderbringt, nicht wahr?«, bemerkte er schließlich. Die Worte hatte er nicht an sie gerichtet, vielmehr schien er mit einer Person zu sprechen, die gar nicht im Raum war. Sein Brustkorb hob und senkte sich, dann lehnte er sich zurück, die Fingernägel in die Armstützen gekrallt wie ein Mensch mit Flugangst, der den Start eines klapprigen Doppeldeckers über sich ergehen ließ. Das abwesende Lächeln machte ihn jünger, weicher – und auf seltsame Art und Weise verletzlich.

»Erzählen Sie mir von Ihrer Tante. Wie ist sie so?«

11. Kapitel

PARIS, IM NOVEMBER 1966.

Valérie.
Der Himmel schimmerte wie eine Perle und legte ein blasses, hautfarbenes Licht über die Dächer, unter denen dunkle Fenster darauf warteten, dass ein neuer Tag begann. Die Frühaufsteher waren bereits auf der Rue de Poitou unterwegs, führten Hunde Gassi, warfen Zeitungen in Hauseingänge oder lieferten Waren an Läden aus. Nur an der Ecke, wo sich die Bushaltestelle Vielle du Temple befand, war das Rollgitter hochgezogen – beim maghrebinischen Lebensmittelhändler, der immer offen hatte. Jedes Mal, wenn sie den Lichtschein im Auslagenfenster sah, fragte Valérie sich, wann Monsieur Kateb eigentlich schlief.

Sie lehnte die Stirn gegen die Scheibe und beobachtete, wie ihr Atem einen Nebelkreis bildete. Mit dem Finger malte sie ein winziges Herz hinein, ehe sie den Gürtel des Morgenmantels fester um die Taille zurrte. Trotz der Pullover, die sie vor Tür und Fensterrahmen gelegt hatten, zog es aus allen Ritzen, sogar durch die Bodendielen fand der Frost seinen Weg ins Zimmer, das nach abgestandenem Wein und stehen gebliebener Zeit roch. Sie überlegte, den Kohleofen anzufeuern, aber sie wollte Frédo nicht wecken. Also öffnete sie vorsichtig das Fenster und zündete sich eine Gauloises an. Ein eisiger Luftzug kniff ihr in die Wangen, dennoch blieb sie, wo sie war: rauchend gegen den Fensterrahmen gelehnt, zu ihren Füßen verstreute Kleidungsstücke und ein unberührtes Croque Monsieur, das auf dem Teller vertrocknete.

Er schlief wie ein Engel, die Augen von den langen Wimpern beschattet. Valérie lächelte, halb spöttisch, halb liebevoll. Spöttisch, weil sie sich Pfarrer Morins Gesicht vorstellte, das hinter dem Beichtstuhlgitter immer bleicher wurde, je detaillierter sie ihm die Sünden der letzten Nacht schilderte. Liebevoll, weil sie jede dieser Sünden mit dem größten Vergnügen wiederholen würde.

Frédos Lider flatterten, mit einem Grunzen drehte er sich zur Seite. Sie blies den Rauch hinaus, eine Taube suchte mit empörtem Gurren das Weite und erinnerte Valérie an das Malheur auf der Kühlerhaube seines Autos. Im Grunde hatte sie schon damals gewusst, dass Frederico Almeida ein besonderes Kapitel in ihrem Leben sein würde.

»Hätte ich einen Funken Talent, würde ich dich malen«, erklang seine Stimme, schlaftrunken und immer noch ein wenig ungläubig, seit sie sich an jenem Konzertabend vor zwei Monaten auf den nassen Stufen von Sacré-Cœur geküsst hatten.

Nebenan in der Küche pfiff der Wasserkessel, Miguels Flüche drangen durch die Sperrholzwand, die kein Geräusch für sich behielt. Auch nicht das der Toilettenspülung. Sie warf die Zigarette hinaus und verriegelte das Fenster.

»Hättest du einen Funken Talent, würdest du mit einer Staffelei auf der Place du Tertre stehen und deinen portugiesischen Charme an hübsche Touristinnen verschwenden.« Ungehemmt musterte sie seinen nackten Körper. »Sag mal, frierst du nicht?« Sie deutete auf das Laken, das sich zwischen seinen Schenkeln knüllte. Er hatte wirklich ansehnliche Füße, was selten bei Männern war, wie sie neulich in einer Zeitschrift gelesen hatte.

»Ich mach mir warme Gedanken. Das ist leicht bei dem Anblick.« Frédo klopfte grinsend auf die Matratze. »Komm her, damit ich dich genauer ansehen kann.«

»Meine Etagenschicht beginnt um sechs«, wehrte sie ab und sammelte ihre Kleider von den Dielen auf. Die weiße Bluse, ihre Nylonstrumpfhose, die geliebte Marlene-Dietrich-Hose. Den hässlichen Baumwollschlüpfer, den Frédo gar nicht hatte sehen sollen.

»Zehn Minuten.« Er stützte das Kinn in die Hände und musterte ihren Bauch.

»Nein.«

»Fünf?«

Mit leisem Bedauern sah sie zur Wanduhr, die immer ein paar Minuten nachging, und hielt zwei Finger in die Höhe. »Zwei Minuten. Für einen Abschiedskuss. Und deine Hände bleiben unter dem Laken, Senhor Almeida.«

»Einigen wir uns auf drei, und ich nehme nur eine Hand, Mademoiselle Aubert.«

»Du bist unmöglich!«

Frédo drehte sich lachend auf den Rücken und verschränkte die Arme im Nacken, während sie die Bluse zuknöpfte und den gelben Mantel vom Haken an der Tür nahm. Renard würde sie umbringen, wenn sie schon wieder zu spät kam, trotzdem kehrte sie zum Bett zurück, setzte sich auf die Kante und strich mit dem Zeigefinger über das goldene Kruzifix an seiner Brust. Trotz Mamans Bemühungen war sie nie besonders gläubig gewesen, aber Frédo glaubte unerschütterlich an Himmel und Hölle und den übrigen Kirchenkram, mit dem Pfarrer Morin ihr stets das Leben schwer gemacht hatte. Frédo betete sogar vor den Mahlzeiten, woran sie sich erst hatte gewöhnen müssen.

»Du musst dich rasieren«, murmelte sie und drückte die Nase in seine Halsbeuge. Wie himmlisch er roch, nach Wärme, Schlaf und ... *Mon Dieu*, sie würde etliche Ave-Maria beten müssen, um Pfarrer Morin zu besänftigen. Täglich, bis an ihr Lebensende. Doch es war ihr herzlich egal.

»Schenkst du mir eine weitere Minute, wenn ich dir etwas Wichtiges sagen möchte?«

Seine heisere Stimme jagte ihr einen Schauer über den Rücken. Schon jetzt fühlte sie sich bei dem Gedanken, die Zimmertür hinter sich zu schließen, unvollständig. *Ob das Liebe ist? Sich zu fühlen, als gehe man ohne Schuhe aus dem Haus, wenn man den anderen verlässt?*

»Ich würde dir eine ganze Stunde schenken, wenn ich könnte«, sagte sie ernst. Dass seine Nähe sie immer noch durcheinanderbrachte, beglückte und verstörte sie gleichermaßen.

Er musterte sie aufmerksam und ohne zu blinzeln. Ihr Herz klopfte schneller.

»Ist alles in Ordnung?«

»Ich weiß es nicht«, bekannte er. »Nein, eigentlich ist nicht alles in Ordnung.« Frédo fuhr versonnen über die Linien auf ihrem Handteller. »Es ist kompliziert. Meine Familie ist kompliziert.«

Konservativ. Erzkatholisch. Und sehr portugiesisch, was immer das bedeutet.

Valérie zwang sich, stillzusitzen. Sie würde zu spät zur Arbeit kommen, aber Frédo hatte ihr in all den Monaten nur sehr wenig über seine Familie in Portugal erzählt. Natürlich hatte sie den ein oder anderen Versuch unternommen, Miguel ein paar Informationen über die Almeidas zu entlocken, doch mehr als ein »Frag ihn doch selbst«, gefolgt von etlichen Ausdrücken, die nicht nett klangen, hatte sie nicht aus Frédos Cousin herausbekommen.

»Was genau möchtest du mir sagen?«, hakte sie sanft nach. Eine dumpfe Ahnung schnitt ihr wie ein Messer in den Bauch, als er konzentriert in sich hineinhorchte wie jemand, der sich eine folgenschwere Entscheidung abrang.

Ist es so weit? Wird er mir jetzt sagen, dass unsere Beziehung ein Fehler ist?

»Ich werde dich heiraten.«

»Pardon?« Sie riss die Augen auf.

»Ist das ein Ja oder ein Ja?«, fragte er und setzte sich auf. Verstört verfolgte sie, wie er ein Päckchen aus dem Spalt zwischen Wand und Matratze zog.

»Ich habe lange darüber nachgedacht, ob ich dir einen Ring kaufen soll. Französische Männer machen das so. Sie gehen zu einem Juwelier und lassen ihre Liebe in Karat aufwiegen. Das war mir zu einfach. Zu beliebig.« Zum ersten Mal schwelte Unsicherheit in seinen warmen Kaffeeaugen, während er ihr Gesicht nach einer Antwort erforschte. »Ich werde dir in Lissabon einen Ring schmieden lassen. Einen, der wie du einzigartig ist. Bis dahin möchte ich dir das hier als Unterpfand geben.«

Sie schluckte, als sie den Gegenstand aus dem Seidenpapier wickelte. Es handelte sich um einen kupfernen Fisch, schlank und so lang wie ihr Daumen, mit kunstvoll geschmiedeten Schuppen.

»Oh, Frédo«, hauchte sie benommen. »Die Brosche ist wunderschön.«

»Ich habe sie in einem Laden in der Avenue Montagne

gefunden. Sie ist nicht besonders wertvoll, aber«, er lächelte entschuldigend, »die Sardine ist das Tier des heiligen António, des Schutzheiligen von Lissabon, und steht für alles, was ich liebe. Mein Zuhause, meine Familie. Und dich.« Er nickte, entschlossen wie ein Soldat, der sich in den Krieg aufmachte, als er die Brosche an ihr Mantelrevers heftete. Nah am Herzen. »Solange du sie trägst, werden wir einander nie vergessen. Egal, was passiert.«

Es war, als hätte er einen Vorhang vor das Fenster gezogen, der das Heute vom Gestern trennte. Am liebsten hätte sie sich sofort eine Zigarette angezündet. Mit allem hatte sie gerechnet – aber nicht mit einem Heiratsantrag. Wobei es ja gar kein richtiger Antrag war. Wie so oft stellte Frederico Almeida sie vor vollendete Tatsachen.

»Eigentlich wollte ich nie…« *Sacrebleu*, sie stammelte wie eine Schülerin, die vom Lehrer an die Tafel gerufen wurde, weil sie geträumt hatte.

Aber das hier war kein Traum. Das war echt.

Und es war eine Katastrophe.

Ich möchte nicht heiraten. Nicht heute, nicht morgen und auch nicht übermorgen. Ich will nur ein bisschen mehr vom Leben, Papa. Sie hatte deutliche Worte gefunden, bevor sie fortgelaufen war. Was geschähe mit ihren Plänen, wenn sie Frederico Almeida heiratete? Sie wollte doch die Frau auf der anderen Seite sein, diejenige, die man sah. Eine, für die man rote Teppiche ausrollte, die sicher nicht dafür gedacht waren, einen Kinderwagen darüberzuschieben.

»Du musst nicht gleich antworten. Ich verstehe, wenn du erst darüber nachdenken musst, ob du mit mir eine Familie gründen möchtest.« Frédos Stimme riss sie aus ihrer Fassungslosigkeit.

Eine Familie gründen. Kinder. Das mühsam abgerungene Nicken war sicher nicht die Antwort, die er sich gewünscht hatte. Sie sah es an dem traurigen Lächeln, das seine Lippen kaum länger berührte als der Lichtstreif einer Tür, die man öffnete und wieder schloss.

Dabei hatten sie doch erst gestern noch vor ihrem Lieblingsbistro an der Place du Tertre gesessen, hatten sich eine Wolldecke geteilt und flüsternd die Zeit vergessen, bis ein Wolkenbruch sie ins Innere des Bistros gescheucht hatte. Wie hatte sie mit Frédo geschimpft, weil er sie mit regennassem Haar und wundgeküssten Lippen auf Polaroid gebannt hatte – für eine atemlose, unbeschwerte Momentaufnahme des Glücks.

»Wir sehen uns nachher«, murmelte sie und wich seinem Blick aus. *Ich muss fort von hier. Fort von ihm.*

Sie war schon an der Tür, als er ihren Namen rief. Sie erstarrte, die Hand auf den Metallknauf gelegt, und brachte es nicht über sich, sich umzudrehen.

»Ich verspreche dir nicht, dass du den Rest deines Lebens glücklich sein wirst, *querida*«, sagte er leise. »Aber ich könnte deine Hand halten, wenn du traurig bist.«

Minuten später hetzte sie mit klappernden Absätzen und fliegenden Haaren zur Métro. Sie nahm die Treppen in den Untergrund und klammerte sich im Stehen an die Haltestange der Bahn, die Augen auf ihr Spiegelbild in der Scheibe gerichtet. Weil sie ihre Haltestation verpasste, musste sie über die Rue de Rivoli zurückrennen und kam letztlich mit einer halbstündigen Verspätung im Hotel an. Ungeachtet des von Renard ausgesprochenen Verbots stürmte sie mit gesenktem Kopf durch den Haupteingang ins Gebäude, am Empfang vorbei, die Treppe hinauf. Blind und taub für Renards pikierten Blick und das dämliche Gekicher der Rezeptionsschnepfen.

Erst in der winzigen Dachkammer, wo sie die Tür hinter sich zuwarf, sich gegen sie lehnte und in die Hocke rutschte, barg sie das Gesicht in den Händen – und begann zu weinen.

Gustave.

Gustave regte sich nicht gern auf. Sein Leben gehörte den leisen und harmonischen Tönen, eben weil er es tagtäglich mit Leuten zu tun bekam, die die Geduld anderer strapazierten, weil sie reich, schön oder berühmt waren – oder im schlimmsten Fall alles zusammen. Im Laufe seiner Dienstjahre war er zum Spezialisten im Scherbenaufsammeln und Zusammenkleben geworden, weshalb Montéclair ihm auch immer öfter Personalangelegenheiten aufs Auge drückte, obwohl ein Concierge wie er in erster Linie für das Wohlergehen der Gäste zuständig war.

Aber was blieb ihm schon anderes übrig? Émile-Auguste Montéclair war ein lausiger Chef, der übelste Zeitgenosse in einer langen Reihe Vorgesetzter, die er hatte kommen und gehen sehen. Mehr denn je fühlte er sich für die Kollegen verantwortlich und in diesem Fall ganz besonders. Denn Valérie Aubert war ein Problem, das er sich selbst aufgehalst hatte. Und das ärgerte ihn maßlos.

Als der Personal- und Lastenaufzug, der noch aus den Zwanzigern stammte, mit einem wenig vertrauenerweckenden Ruckeln im vierten Stock hielt, atmete er tief durch. Die vergitterte Kabinentür klemmte, weshalb er stets mit dem Gefühl, gewaltsam einer Gefängniszelle entkommen zu sein, den Flur betrat, der vom Personal *Le couloir des contes de fées*, Märchenkorridor, genannt wurde. Heute schenkte er den exotischen Vögeln auf der Tapete nur einen flüchtigen Blick. Seine Aufmerksamkeit gehörte dem Etagenwagen, der am Ende des Gangs vor Zimmer 427 stand.

Charles Risler. Verwitwet, Asthmatiker. Eine Vorliebe für Westernhefte und Nelkenzigaretten, dachte Gustave und rückte im Vorbeigehen ein Bild gerade, aus dem ihm das Kupferstichgesicht von Émile Zola entgegensah. In der Miene des Schriftstellers spiegelte sich all das, was er sich in diesem Augenblick in Erinnerung zu rufen suchte. Autorität, Härte, Kompromisslosigkeit. Seine heimliche Sympathie für die junge Bretonin war hier absolut fehl am Platz.

Die Tür zu Monsieur Rislers Zimmer war geschlossen. Noch ein Verstoß gegen die Etagenordnung, der verdeutlichte, dass sich das Mädchen einen feuchten Kehricht um die Vorschriften im Haus scherte. Sogar Yvette kommentierte neuerdings jede seiner Anweisungen mit einem aufsässigen »*Pourquoi? Warum?*«, seit er die Lafour gebeten hatte, Valérie auf die Vierte zu versetzen – in gutem Glauben, ein wenig Abstand täte den jungen Damen gut.

Pustekuchen. Er schnaubte. Warum, wieso, weshalb – so hießen die neuen Accessoires, auf die anscheinend keine moderne Frau mehr verzichten wollte. Zeiten waren das…

Kopfschüttelnd nestelte er den Zentralschlüssel aus der Hosentasche und öffnete die Tür. Sein Verdacht, dass Mademoiselle Aubert sich wieder mal Verbotenes leistete, erhärtete sich, als er Straßenlärm vernahm und ihm der Geruch von Zigarettenrauch entgegenschlug, wobei es sich keinesfalls um die scharfe Würze von Rislers Nelkenzigaretten handelte.

Untragbar. Er atmete tief aus, als er die zierliche Gestalt in der Zimmermädchenuniform am Balkonfenster entdeckte. Den Arm ausgestreckt, beugte sie sich so weit über die Eisenbalustrade, dass er befürchtete, sie könne vornüberfallen. Immerhin versuchte sie, die Zigarette ungeschehen zu machen, doch der blaue Dunst zog ungeachtet ihrer akrobatischen Bemühungen in den Raum. Fluchend und händewedelnd schloss sie die Tür und drehte sich um. Gustave vergaß augenblicklich, weshalb er hier war. Mademoiselle war unnatürlich blass und starrte mit rot geweinten Augen durch ihn hindurch. Sie zuckte nicht einmal zusammen, als ob er nur ein Trugbild auf der Schwelle sei.

»Monsieur Renard.«

»Mademoiselle Aubert.« Er hüstelte, drehte die Zeit im Geiste ein paar Minuten zurück und hoffte, den Vorgesetzten wiederzufinden, den er anscheinend bei Zola im Flur gelassen hatte. Aber das Mädchen kam ihm zuvor.

»Es tut mir leid. Alles. Dass ich heute Morgen nicht den Personaleingang benutzt habe. Dass ich zu spät war. Die Zigarette.« Sie kämpfte hörbar gegen die Tränen an. »Es wird nicht wieder vorkommen.«

Schach. Und matt. Gustave konnte förmlich sehen, wie sein weiches Herz eine unsichtbare Tür im Universum öffnete und all das, was nicht zu seiner Persönlichkeit passte, hinausschubste. Statt den Finger mahnend zu erheben, deutete er auf die Zigarettenschachtel in Valéries Hand.

»Ist da noch eine für mich drin?« Er wunderte sich über sich selbst. Aus gutem Grund hatte er, einst Kettenraucher, seit Jahren keine Zigarette mehr angerührt. Sie nickte zögernd und hielt ihm das Päckchen entgegen.

»Wir sollten damit aufs Dach gehen«, sagte er und fühlte eine seltsame Befriedigung, weil es ihm gelungen war, eine

Frau wie Valérie Aubert zu überraschen. »Ich war auch mal jung«, setzte er hinzu, obwohl er diese Erklärung sicher nicht nötig gehabt hätte. »Sie sind beileibe nicht die Erste, die sich bei den Hühnern eine Pause gönnt.« Damit drehte er sich auf dem Absatz um und verließ das Zimmer.

Kurze Zeit später standen sie schweigend nebeneinander auf der Dachterrasse: Gustave kämpfte gegen den Schwindel der ersten zwei Zigarettenzüge an. Valérie Aubert hielt sich selbst umschlungen und betrachtete die nebelfeuchten Dächer, als wünschte sie sich Flügel. Nach dem dritten Zug ließ der Hustenreiz nach, den vierten genoss er. Nach Nummer fünf versprach er sich selbst und seinem Arzt, dass es sich um einen einmaligen Ausrutscher handelte.

»Werden Sie mich entlassen, Monsieur Renard?«

»Sollte ich Sie denn entlassen?«

»Wenn ich Sie wäre, hätte ich mich längst gefeuert.« Ihr Kopf fuhr herum. »Ich bin all das, was ein Arbeitgeber nicht brauchen kann. Ich halte mich an keine Regeln, lasse nichts unkommentiert, will mich nicht unterordnen und hasse Ungerechtigkeiten. Ich bin ein Albtraum.«

»Da haben Sie recht. Sie sind ein Albtraum. Wenn auch ein hübscher.«

»Sie machen sich über mich lustig.«

»Das tue ich keinesfalls.« Ungeschickt trat er die Zigarette aus, sah sich nach einem Aschenbecher um und steckte den Filter kurzerhand in die Jackentasche. Immerhin hatte Mademoiselles Teint wieder Farbe angenommen, ein fleckiges, zorniges Rot, das vielleicht der Kälte geschuldet war, ihm jedoch sehr viel besser gefiel als die fahle Blässe von eben.

Erneut dehnte sich Stille zwischen ihnen aus, unterbrochen vom Hupen eines Autos und dem behäbigen Gackern der Hühner. Was die hochwohlgeborenen Gäste da unten wohl denken mochten, wenn sie wüssten, dass das Geheimnis von Alain Duprés sterngekröntem *omelette aux truffes* auf den Namen Mathilde hörte und wie ein Schoßhund gehätschelt wurde?

»Mir ist bewusst, dass die Zeiten sich ändern, Mademoiselle Aubert«, ergriff er das Wort. »Das tun sie ständig, und die Leute mögen keine Veränderungen. Zweifellos sind Sie ein Störenfried, dennoch haben Sie viel Gutes bewirkt. Es schadet nicht, wenn jemand das Personal für seine Rechte sensibilisiert, ob es nun um Arbeitskleidung, kostenlose Getränke oder besseres Personalessen geht. Steter Tropfen höhlt den Stein, sogar wenn dieser Stein einen zu engen Hoteldirektorenanzug trägt.«

»Aber ich …«

»Kein Aber.« Er hob die Hand, woraufhin Valérie gehorsam schwieg. »Außerdem hat Yvette in Ihnen eine Freundin gefunden, wofür ich Ihnen wirklich dankbar bin. Vermutlich hat meine Nichte Ihnen bereits erzählt, dass sie von ihrer Familie verstoßen wurde. Es war ein Risiko, ihr in diesem Hotel eine Anstellung zu besorgen. Montéclair ahnt nicht, dass wir verwandt sind, und ihre Zeugnisse …«, er zuckte mit den Schultern, »ich finde, Referenzen werden überbewertet, aber das wissen Sie ja bereits.« Gustave zog eine weitere Zigarette aus dem Päckchen. Auf eine mehr oder weniger kam es wirklich nicht an.

»Aber Yvette sagte, sie besitzt Zeugnisse.«

»Die hat sie. Sozusagen.«

»Verstehe. Sie haben …«

»Ich möchte, dass Sie mir etwas versprechen, Mademoiselle Aubert.« Er verzog den Mund. »Achten Sie darauf, dass

Yvette keinesfalls in die Schusslinie der Hotelleitung gerät. Das würde für alle Beteiligten unschön enden.«

»Bedeutet das, Sie sind gar nicht hier, um mich zu feuern?«, fragte Valérie verwirrt. »Sie wollen nur, dass ich mich … zurückhalte?«

»Ich hatte nicht vor, Sie zu entlassen«, bestätigte er, ohne bei der kleinen Notlüge ins Stocken zu geraten. »Erwische ich Sie allerdings noch mal dabei, dass Sie den Haupteingang benutzen oder sich während einer offiziellen Veranstaltung unter die Hotelgäste mischen, werde ich Sie nicht nur auf eine andere Etage versetzen. Ich verdonnere Sie zu Nachtschichten in der Wäscherei, und zwar ohne Überstundenausgleich. Habe ich mich klar ausgedrückt?«

»Glasklar, Monsieur«, antwortete Valérie kleinlaut.

Er unterdrückte ein Schmunzeln. »Eines Tages werden Sie es in diesem Hotel weit bringen, Mademoiselle. Ende des Monats bekommen Sie einen Arbeitsvertrag und das erste Gehalt. Sie dürfen den Kopf also ruhig wieder hoch tragen – sobald Sie die Sache mit dem jungen Mann geklärt haben.«

»Pardon?« Sie schnappte erschrocken nach Luft. Anscheinend hatte er voll ins Schwarze getroffen.

»L'amour, die Liebe. Es gibt nur wenige Dinge zwischen Himmel und Erde, die unsereins derart aus dem Gleichgewicht bringen.« Mit einem Seufzen steckte er den zweiten Zigarettenstummel in die Jackentasche und lächelte. »Also. Wie heißt der Kerl, und was hat er getan?«

Valérie.

Der kürzeste Weg vom vierten Stock zur Küche führte vom Personaltreppenhaus quer über den Hinterhof zum Lieferanteneingang. Zwar war Valérie die Stufen bereits gefühlte tausendmal hinauf- und hinuntergegangen, doch sie hatte nie mehr Zeit auf dem Hof verbracht, als nötig gewesen wäre.

Mit erhobenem Kopf eilte sie schnurgerade über den Platz. Laut eines ungeschriebenen Gesetzes gehörte der Hof mit dem überdachten Areal nur den Lieferanten und dem Küchenpersonal, vor dem alle Angestellten des Châtelier gehörigen Respekt hatten. Das war nicht nur so, weil Duprés Leute per se eine Liga höher spielten als die Zimmermädchen, Reinigungskräfte und Waschfrauen, denen man während der Dienstzeit weder eine Zigarettenpause noch einen Aufenthaltsraum zugestand. Den eigentlichen Grund für die personelle Zweiklassengesellschaft hatte Yvette einmal mit einem vielsagenden Fingertippen auf die Stirn formuliert: »Die sind nicht wie normale Sterbliche, Valérie. Die sind verrückt. Und zwar auf keine gute Art.«

Eine Bemerkung, über die Frédo lauthals gelacht hatte, als Valérie ihm davon erzählte. Später hatte er eingeräumt, dass ihre Freundin gar nicht so falsch mit ihrer Behauptung lag. Man müsse tatsächlich ein wenig verrückt sein, um an sechs Tagen in der Woche achtzehn Stunden lang nur ans Kochen zu denken, Teller mit Pinzette und Pipette anzurichten, Frösche zu zerteilen und Pekingenten mit der Luftpumpe aufzublasen. In den fensterlosen Räumen verlöre man jegliches Gefühl für die Tageszeit, sei ständig unter Zeitdruck, müsste sich vom Chef anbrüllen, von den Kollegen beleidigen lassen.

»Warum tust du dir das an?«, hatte Valérie gefragt und dabei mühsam ein Lachen unterdrückt, weil sie das Bild der schwebenden Luftballonente nicht aus dem Kopf bekam.

Frédo hatte sie in die Arme genommen und nach einer kleinen Pause in ihr Haar gemurmelt: »Weil es mich wahnsinnig glücklich macht. All die frischen Zutaten, der schönste Fisch, das zart marmorierte Filet, die perfekten Austern. Die Kräuter, die so aromatisch sind, dass ihr Duft stundenlang an deiner Haut haftet. Den ganzen Tag bereitet man diese Herrlichkeiten vor, und wenn abends der Service losgeht, gehen fehlerlos angerichtete Teller über den Küchentresen, die die Gäste zum Schwärmen und manchmal sogar zum Weinen bringen. Ja, der Job ist hart, und ich denke oft daran, alles hinzuschmeißen. Aber wenn alles wieder blitzblank ist und ich nachts die Rue de Rivoli entlang nach Hause gehe, habe ich jedes Mal das Gefühl, etwas Wunderbares geschafft zu haben.«

Valéries Herz flatterte wie ein kleiner Vogel in ihrem Brustkorb, als sie vor dem zweiflügeligen Eisentor innehielt und den Lieferwagen des Gemüsehändlers musterte. Auf der Rampe stapelten sich Holzkisten mit süß duftenden Tomaten, Gurken und Salatköpfen. Der Fahrer kritzelte stirnrunzelnd auf seinem Lieferschein herum, aus dem Lager vernahm sie das Surren der Kühlanlagen und laute, kurz getaktete Rufe wie Hundegebell. Trotzig beschwor sie Renards väterliche Stimme herauf, die sie bis hierher begleitet hatte: *Die Liebe ist etwas Wunderbares, weil sie nie eine Entscheidung verlangt. Sie ist da oder nicht, und damit erübrigt sich alles. Wenn Sie diesen jungen Mann lieben, Mademoiselle, dann verschenken Sie mit einem Ja nicht gleich Ihr Leben. Es ist immer das Nein, das wir eines Tages bereuen.*

Zögernd trat sie ins Halbdunkel und ging an einem großen Kerl vorbei, der auf einer Kiste in der Ecke saß und bei einer Zigarette schluchzte. Er war höchstens siebzehn.

Stress. Die einen fluchen, andere werfen Suppenkellen oder singen Kinderlieder, während die Zartbesaiteten rausgehen, um zu heulen. Glaub mir, querida, der Küchenhimmel ist der Hölle sehr viel näher als den Sternen.

Sie überlegte, umzukehren und den Jungen zu trösten, stellte jedoch nach einem Blick über die Schulter fest, dass er verschwunden war. Also setzte sie ihren Weg zur Stirnseite der Halle fort, wo sich die einzige Tür befand, die in keine Kühlkammer führte. Zwei Männer waren dort in eine gestenreiche Diskussion vertieft.

Instinktiv bückte sie sich nach einer Kiste, in der sich Artischocken befanden, zartgrün und viel kleiner als die, die zu Hause wuchsen. Einen Moment lang starrte sie abwechselnd auf das Gemüse und zu den Männern hinüber, die laut stritten, wie man die perfekte Grundbindung für eine helle Soße erzielte. Die Artischockenblätter sahen aus wie samtene Fischschuppen. Sie erinnerten Valérie daran, dass sie aus einer Gegend Frankreichs kam, wo man sich höchstens von einem Atlantiksturmtief einschüchtern ließ, das meterhohe Wellen über Uferpromenaden peitschte und Steine vom Strand bis an die Häuser warf. Wieso also sollten ihr zwei hässliche Kerle Respekt einflößen, die nicht wussten, wie man eine Velouté zubereitete? Das hatte Maman ihr bereits mit zehn beigebracht.

»Pardon, darf ich mal vorbei?« Sie war froh, dass ihre Stimme ruhig und bestimmt klang, als sie mit ihrer Kiste die beiden Köche ansteuerte.

»*Oh, là, là.*« Der Ältere musterte grinsend ihre Zimmermädchenuniform. »Was haben wir denn da? Artischocken mit Spitzenhäubchen?«

»Sie stehen mir im Weg, Monsieur.«

Er hob eine Braue und tauschte einen amüsierten Blick mit seinem jüngeren Kollegen. »Sie sagt, ich stehe im Weg«, echote er und stellte sich mit verschränkten Armen mittig in den Türrahmen.

Sie seufzte. »Hören Sie, ich hab keine Zeit für alberne Spielchen. Diese Lieferung soll ich bei Frédo abgeben.«

»Frédo? Nie gehört.« Der Mann grinste und zeigte auf ihre Füße. »Sehen Sie das Klebeband auf dem Boden? Kein Zutritt für Unbefugte.«

»Das Verhältnis beträgt immer dreißig zu fünfzig, Monsieur.«

»Wie bitte?«

»Dreißig Gramm Butter, fünfzig Gramm Mehl, das Ganze auf einen Liter Flüssigkeit, verfeinert mit Sahne und Weißwein. Kalbsfond, falls Sie eine neutrale Grundsoße bevorzugen, aber ich nehme lieber Fischfond«, leierte sie herunter und drückte dem verblüfften Mann die Kiste in den Arm. »Könnten Sie jetzt Frederico Almeida Bescheid sagen, dass ich ihn sprechen muss? Es ist dringend.«

Beide Kerle glotzten sie mit offenem Mund an.

»Was ist? Wollen die Herren den Artischocken beim Verwelken zusehen?«

Endlich räusperte sich der Jüngere, der sie ein wenig an Brieuc erinnerte, auch wenn er keinen Ginsterbuschbart trug.

»Ich guck mal, wo der steckt, Chef«, nuschelte er und drückte sich an seinem Kollegen vorbei. *Chef.* Sie schluckte, als sie eine ungute Ahnung überfiel.

»Wie heißen Sie, Mademoiselle?«, fragte der Größere, der sie neugierig betrachtete.

»Valérie. Ich heiße Valérie Aubert und komme aus der

Bretagne«, murmelte sie und spürte, dass ihre Wangen zu brennen begannen. Sie wusste auch nicht genau, warum sie jedes Mal ihre Herkunft erwähnte, wenn sie nervös wurde.

»Aus der Bretagne, soso.« Der Mann wies sie mit dem Kinn an, ihm zu folgen.

Im Zwischenflur nahm er eine Artischocke aus der Kiste und fuhr zärtlich mit den Fingerspitzen über die Blätter, ehe er die Knolle an die Nase hielt wie ein Parfümeur, der eine neue Duftnote testete. Er grunzte zufrieden und wandte sich ihr zu. Wie betäubt starrte sie auf die gelbe Markierung auf den Fliesen. Es war also kein Witz. Dupré markierte sein Revier tatsächlich mit Klebeband.

»Was denken Sie über die Qualität der Artischocken, Valérie aus der Bretagne?« Seine Frage klang beiläufig, war aber sicher nicht beiläufig gemeint.

»Sie sind noch zu unreif, um sie sofort zu verarbeiten, aber bei Raumtemperatur gelagert, müssten sie in drei, vier Tagen perfekt sein«, antwortete sie wie aus der Pistole geschossen. Ihr Herz klopfte, nicht nur, weil sie sich wie in einem Verhör fühlte, sondern weil der Anblick der Küche sie schlichtweg überwältigte.

Alain Duprés Refugium war riesig, größer als jede Restaurantküche, die sie je zuvor betreten hatte. Acht, vielleicht zehn Kochstellen, auf denen es brutzelte und brodelte. In den Regalen stapelten sich Kupfertöpfe und Pfannen, darunter wurde stationsweise geschält, geschnitten und angerichtet. Rund zwanzig Leute werkelten in den breiten Gängen, Spüler und Hilfskräfte nicht eingerechnet, die scheinbar orientierungslos hin und her rannten. Heißes Öl zischte, Gewürze knisterten, das scharfe Aroma von gegrilltem Knoblauch drang in Haut und Haare. Dazu Stimmen in allen Tonlagen,

Gelächter, Geschirrklappern, unterlegt vom Rauschen der Abzugshauben. Das Szenario war beängstigend und faszinierend zugleich.

Beinahe hätte sie sogar die Anwesenheit ihres Gegenübers vergessen. Er unterschied sich kaum von seinen Untergebenen, trotzdem wusste sie inzwischen mit Sicherheit, wer er war: der mit zwei Michelin-Sternen dekorierte Küchenchef, vor dem Montéclair kuschte und den Frédo als seinen Mentor bezeichnete. Und sie hatte Alain Dupré darüber belehrt, wie er eine Grundsoße zu machen hatte! Am liebsten hätte sie sich vor Scham in Luft aufgelöst.

»Ich bin übrigens Alain. Alain Dupré. Aus Lyon.«

»Es tut mir leid, ich wusste nicht, dass Sie ... Sie sehen ganz anders aus, als ich Sie mir vorgestellt habe. Also älter, meine ich ... ich dachte, Sie wären älter, Monsieur Dupré«, stammelte sie und biss sich auf die Lippen.

»Nennen Sie mich einfach Alain, in Ordnung?« Er deutete eine Verbeugung an und klatschte in die Hände wie ein Zirkusdirektor, der das Publikum auf sich aufmerksam machen wollte. »Almeida? Du hast Besuch!«

Als hätte Dupré die Pausentaste eines Tonbandgeräts gedrückt, hielt alles still, was gerade eben noch in hektischer Bewegung war. Rund zwanzig erstaunte Augenpaare richteten sich auf ihr brennendes Gesicht. Irgendwo schepperte ein einzelner Gegenstand – eine Gabel? Ein Messer? – auf die Fliesen.

»Valérie? *Fico maluca!* Was zum Teufel machst du hier?« Frédo war hochrot und mindestens so verlegen wie sie, als er von der Längsseite des Raums auf sie zueilte.

»Wegen heute Morgen, ich ... ich habe jetzt eine Antwort für dich«, sagte sie hastig, bevor sie der Mut verließ. Zu ihrem Schrecken blieb Frédo mitten in der Küche stehen, als wäre er gegen eine unsichtbare Mauer geprallt.

»Du hast eine Antwort für mich.« Er verschränkte die Arme vor der Brust. »Gut, ich höre.«

»Hier?« Sie sah sich nervös um. »Sollten wir dafür nicht rausgehen?«

»Wenn es das ist, was ich denke, habe ich kein Problem damit, wenn alle es hören«, sagte er, was ihm spontanen Beifall und ein paar Rippenstöße eintrug. Er grinste schief und rückte seine Kochmütze gerade.

Plötzlich war es wieder mucksmäuschenstill geworden. Valérie schluckte, ihr Blick streifte Dupré, der sie erwartungsvoll ansah. So wie alle anderen im Raum.

»Bist du sicher?«, fragte sie leise.

»Nun mach schon.«

»Ja«, flüsterte sie. »Ich sage ja.«

»Verzeihung?« Frédos Augen blitzten auf, als er auf sein Ohr tippte. »Es ist furchtbar laut in dieser Küche. Ich verstehe dich so schlecht.«

Es ist immer das Nein, das wir eines Tages bereuen.

Gelächter schwirrte durch den Raum wie ein Schwarm Insekten. Irgendjemand begann mit einem Silberlöffel auf der Arbeitsplatte zu trommeln, weitere Schlaginstrumente aus Kellen, Schneebesen und Topfdeckeln fielen ein. *Ramtam-tatam ramtam-tada. Wagners Hochzeitsmarsch.*

Ergriffen und überwältigt schloss Valérie die Augen und dachte an Renard, an Papa und Maman. An den Puppenkoffer, der unter dem Bett auf seine Heimkehr wartete. An ihre liebste, beste Freundin Yvette und das Petersilienmädchen, das bloß noch eine schemenhafte Erinnerung an ihren ersten Tag in Paris war. Und an den roten Teppich, den sie ganz sicher entlangschreiten würde. Eines Tages. Irgendwann.

»Ich werde dich heiraten, Frederico Almeida!«, schrie sie in den ohrenbetäubenden Lärm aus Pfiffen und Anfeuerungsrufen. »Und ich rate dir dringend, die Braut zu küssen, bevor sie sich die Sache anders überlegt.«

12. Kapitel

LISSABON, IM MAI 2019.

António.
Er durchschritt den Torbogen, der sich am Ende der Rua
Augusta zur Praça do Comércio öffnete, wie jedes Mal mit
gemischten Gefühlen. Noch vor wenigen Jahren war das
Flussufer unterhalb des Platzes ein schmuddeliger Ort mit
abbruchreifen Gebäuden und voller zwielichtiger Gestalten gewesen, den man bei Dunkelheit lieber mied. Vovô war
hier nach einer Kneipentour mit Freunden in eine Schläge-
rei geraten, und António erinnerte sich noch genau, in welchem Zustand sein Großvater heimgekommen war: betrunken, mit einem beeindruckenden Veilchen und ohne seine
Aktentasche, in der sich die Tageseinnahmen des Restaurants
befunden hatten. Dona Sofia hatte danach eine ganze Woche
lang kein Wort mit ihm geredet.

Dass die Stadt und der Fluss lange keine Freunde gewesen waren, sah man den beiden heute nicht mehr an. Auf der
Praça do Comércio herrschte ein Getümmel aus Buden und
Menschen, es roch nach Meer und Zuckerwatte, und alles
strebte zum Wasser. Bereitwillig hatte er sich von seiner Begleiterin mitziehen lassen, die beim Anblick des Tejo ent-
zückt aufgeschrien hatte und dann losgelaufen war.

Nun saß er auf den Stufen am Wasser, beobachtete, wie Maelys am Flussufer umherwatete, und spürte ein unbestimmtes Sehnen in der Brust, ausgelöst durch den rosagold schimmernden Tejo.

»He, António! Komm her, es ist herrlich!« Sie winkte, und einen Augenblick lang war er tatsächlich versucht, die Schuhe auszuziehen, bis ihm das Loch in seinem rechten Strumpf einfiel, der peinliche Beweis seines Junggesellendaseins. Er schüttelte verlegen den Kopf, und sie kam angelaufen, mit roten Wangen und leuchtenden Augen, die Füße nass und sandig unter den hochgekrempelten Jeans. Abgesehen von ihrer Pariser Blässe wirkte sie zum ersten Mal wie eine waschechte Bretonin auf ihn, ein Mädchen mit windgepeitschtem Haar und Salzkruste auf der Haut, das auf einen menschenleeren Ebbestrand voll Strandgut gehörte.

Er riss sich von ihrem Anblick los und zeigte zu dem Getränkewagen an der Promenadenmauer.

»Soll ich dir ein Limonenwasser kaufen?«

Sie sank neben ihm auf die Stufe, nah genug, dass er ihre Körperwärme spürte, und legte die Hand zutraulich auf seinen Unterarm. *Sie ist ein Mensch, der andere gern berührt*, dachte er, während er auf eine Antwort wartete. Gern und oft, und sie verfolgte damit keinerlei Absichten, was er nicht gewohnt war. Die meisten Frauen fassten ihn an, weil sie mehr wollten als bewundernde Blicke oder Geplauder. Maelys hingegen umschloss sein Handgelenk wie eine Ärztin, die den Puls ihres Patienten suchte, um herauszufinden, wie es um ihn bestellt war. Die Antwort lautete: großartig. Es ging ihm hervorragend, zumal er am Morgen eine erstaunliche Nachricht von Vovô erhalten hatte:

Um der leidigen Angelegenheit ein Ende zu bereiten, habe

ich beschlossen, mich von Mademoiselle Durant malen zu lassen. Den Rest erledigt Albio für mich, du kannst also aufhören, dir den Kopf zu zerbrechen. Vorläufig jedenfalls. Dein Großvater.

Er hatte mehrmals versucht, Vovô anzurufen, aber nur die Mailbox ging an. Anscheinend musste er sich damit abfinden, dass sein Großvater momentan die schriftliche Kommunikation bevorzugte. Dann hatte Maelys ihm vorhin im Auto erzählt, dass sie Vovô kennengelernt und in der Folge einen äußerst vergnüglichen Vormittag mit ihm verbracht hatte. Nicht, dass er mit etwas anderem gerechnet hätte, wenn sogar seine Köchin dem Charme des tauben Mädchens erlag.

Er war wirklich froh über Vovôs Sinneswandel, der vor allem bedeutete, dass er der Tortur entging, Modell sitzen zu müssen. Die Damen blieben in Sintra, und Maelys würde wie geplant das Porträt seines Großvaters malen. Alles schien sich in Wohlgefallen aufzulösen – wäre da nicht dieser merkwürdige Satz in Vovôs Nachricht gewesen.

Den Rest erledigt Albio für mich.

Wollte er herausfinden, was diese kryptischen Worte bedeuteten, würde er seinen Großvater wohl persönlich aufsuchen müssen, selbst wenn er Gefahr lief, mit Vovôs Zimmertür sprechen zu müssen.

»Ich möchte nichts trinken. Ich will mehr von der Stadt sehen!« Sie zupfte an seinem Ärmel wie ein ungeduldiges Kind auf dem Jahrmarkt. »Wohin gehen wir jetzt?«

Stirnrunzelnd sah er auf seine Armbanduhr. Er hätte das anstehende Gespräch zu gern noch ein paar Tage auf die lange Bank geschoben, aber Manuela würde ihm den Kopf abreißen, wenn er unverrichteter Dinge ins Gloriosa zurückkehrte.

»Du hast übrigens viel von deinem Vovô.«

»Inwiefern?« Er zog eine Grimasse. Er war nicht sicher, ob er die Bemerkung als Kompliment verstehen wollte. Eduardo de Alvarenga erinnerte ihn im Moment an ein stures Maultier, das zudem auch noch bissig war.

»Dein Großvater und du, ihr seid verbunden, das spürt man jedes Mal, wenn ihr voneinander sprecht. Ich finde das so wunderschön, dass ich es am liebsten malen würde«, erklärte sie. »Außerdem könnt ihr beide ziemlich böse gucken. Aber ich weiß, das ist nur Show.« Sie bekam tiefe Wangengrübchen, wenn sie lachte, und ihre Augen wurden mandelförmig. Trotzdem wirkte sie müde, als hätte sie nicht besonders gut geschlafen. Das kannte er nur allzu gut. »Ich mag deinen Großvater. Er ist nett. So wie du.«

Verblüfft spürte António, dass er rot wurde. *Ernsthaft? Du wirst verlegen, weil ein Mädchen dich nett findet?* Davon abgesehen, dass keine Frau jemals auf die Idee gekommen war, ihn mit diesem Adjektiv zu betiteln, wurde es allmählich wirklich Zeit zu gehen. Nicht dass er sich noch zu etwas hinreißen ließ, das er später vielleicht bereute.

Vielleicht küsse ich dich morgen. Er löste den Blick von ihrem Mund, stand auf und klopfte sich den Sand von der Hose. Ohne das Band ihrer sandigen Finger fühlte sich sein Handgelenk beunruhigend leer an.

»Wir gehen in die Alfama. In die Altstadt.« Er zeigte zum Hügel, dorthin, wo die honiggelben Zinnen des Castellos über den Ziegeldächern emporragten, und musterte belustigt ihre nackten Füße. »Ich denke, du solltest deine Turnschuhe anziehen, Mademoiselle Durant. Wir haben einen anstrengenden Fußmarsch vor uns.«

213

Maelys.

Im Labyrinth verwinkelter Gassen, auf abschüssigen Pflasterpfaden und ausgetretenen Steinstufen bekam sie endlich eine bildhafte Vorstellung davon, was António damals in Paris gemeint hatte, als er seine Heimatstadt als *verfallene Schönheit* bezeichnet hatte. Das Altstadtviertel wirkte ärmlich mit den aneinandergelehnten Häusern, die sich so tief unter die vorstehenden Dächer duckten, dass kein Sonnenstrahl aufs Pflaster fiel. Die buckligen Fassaden waren übersät von Pockennarben, an Fensterläden blätterte gelbe und blaue Farbe ab, zwischen den Dachgauben hatten Gras und kleine Bäume ihre Wurzeln ins Mauerwerk geschlagen.

»Al-faa-ma«, murmelte sie und legte den Kopf in den Nacken, um den nach Waschmittel duftenden Baldachin aus Küchenhandtüchern, Unterhemden und Nylonstrümpfen zu betrachten, der die Gassen überzog.

Alfama. Das ursprünglich arabische Wort fühlte sich wie ein Karamellbonbon auf der Zunge an und passte gut zu dem lebendigen Viertel, dessen Herzschlag nichts mit dem überhöhten Puls von Paris gemein hatte. Sie brauchte nicht zu hören, wie Lissabons Herzschlag klang. Sie fühlte ihn in den neugierigen Blicken, die ihnen aus den sperrangelweit geöffneten Fenstern und Türen begegneten, sah die Radioapparate auf den Simsen, die aufgerissenen Schnäbel der Kanarienvögel in den Käfigen an der Wand. Eine Greisin in Kittelschürze leerte einen Eimer auf der Straße aus, Kinder rannten durch die braune Brühe und an ihnen vorbei – barfuß, schmutzig und fröhlich.

Allmählich fiel sie auf den steilen Treppen hinter António zurück, bis sie schließlich stehen blieb und mit einem Gefühl des Bedauerns das ehemals prachtvolle Azulejo-Mosaik an einer Hausfassade berührte. Das Fliesengemälde war voller Lücken und Bruchstellen, die fehlenden Kacheln wurden vermutlich gerade auf irgendeinem Flohmarkt verhökert. *So viel verlorene Schönheit. So unendlich viele Erinnerungen, die in den Ruinen hausen wie ein verlassenes Haustier, das seit Jahren auf die Rückkehr seines Besitzers hofft...* Ein mageres Huhn stiebte aus einem Hauseingang und zwischen ihre Beine und holte sie flügelschlagend zurück in die Gegenwart. Schmunzelnd sah sie dem Tier hinterher und schloss dann eilig zu ihrem Begleiter auf, der ganz oben, am Ende der Treppe, auf sie wartete.

Er atmete nicht mal schneller, was sie ein bisschen ärgerte. Sie wusste ja, dass ihre körperliche Fitness in Paris gelitten hatte, aber heute hatte sie eine gute Ausrede parat: Letzte Nacht hatte sie mit der Lektüre von Valéries Tagebüchern angefangen. Wider Erwarten befand sich auf den Seiten eine rührende, eine fesselnde Geschichte – die sie nur schweren Herzens beiseitegelegt hatte, als die schwer lesbare Handschrift endgültig vor ihren Augen verschwommen war. Leider hatte sie heute Morgen keine Gelegenheit gefunden, das dritte und damit letzte Heft zu beenden. Sie musste unbedingt erfahren, wie es nach Valéries Ja in Alain Duprés Küche weitergegangen war. Zwar wusste sie, dass es einige Männer in Valéries Leben gegeben hatte, geheiratet hatte sie ihres Wissens jedoch nie, was im Umkehrschluss bedeutete, dass das dicke Ende der Geschichte noch kam.

Sie zwang sich, ihre Gedanken António zuzuwenden. Er hatte gesagt, dass er jemanden besuchen wollte – auch wenn er nicht so wirkte, als freue er sich besonders darauf.

Kurz darauf standen sie vor einem pfirsichfarbenen Steinhaus neben einem weiß blühenden Orangenbaum. Es gab

215

weder ein Türschild noch eine Klingel. António klopfte gegen den niedrigen, von rosa Flieder überwachsenen Türsturz und trat mit eingezogenem Kopf über die Schwelle.

Im Halbdunkel des Treppenhauses schlugen ihnen angenehme Kühle und der Geruch von Gebratenem entgegen. Als wäre er hier zu Hause, steuerte António den Holzperlenvorhang am Ende des Flurs an, wo sich der Essensgeruch verstärkte und sich mit dem allgegenwärtigen fauligen Aroma von Stockfisch mischte.

Die Perlenschnüre glitten sanft über ihre Arme, als sie hinter António durch den Vorhang schlüpfte. Der Raum, in dem sie nun standen, besaß nur ein Fenster. Die orientalischen Lampen, die von der Decke baumelten, reichten kaum aus, um das verwinkelte Zimmer vernünftig auszuleuchten. Neugierig musterte sie die Fotografien, die mit Reißzwecken an der Tapete angepinnt waren. Die meisten von ihnen zeigten Musiker, bärtige Männer mit Gitarren und Frauen mit gehäkelten schwarzen Schultertüchern sangen mit geschlossenen Augen ins Mikrofon. Unter ihnen, an der Wand, lehnte eine birnenförmige zwölfsaitige Gitarre. An einem zum Tisch umgebauten Holzfass saß ein gebeugter alter Mann und löste ein Kreuzworträtsel, zu seinen Füßen schlief ein Säugling in einer Trageschale.

Sie hielt sich diskret im Hintergrund, als die Männer einander mit Wangenküssen begrüßten. Der Lärm lockte eine Frau aus dem Zimmer nebenan. Sie war jung, höchstens Mitte zwanzig, trug einen Kittel und nachtschwarzes Haar, das von einem Tuch zusammengehalten wurde. Das etwa zweijährige Mädchen auf ihrem Arm drückte das Gesichtchen in die Halsbeuge seiner Mutter, als António ihm über die schwarzen Locken strich. Erneut wurde umarmt und geküsst. Maelys sah nicht, was gesprochen wurde, doch die Portugiesin nickte ihr zu, setzte ihre protestierende Tochter auf den Boden und verschwand mit bekümmerter Miene hinter dem Perlenvorhang.

Nachdenklich blickte Maelys ihr hinterher. Statt Antónios Aufforderung zu folgen, sich an den Tisch zu setzen, ging sie in die Hocke, bis sie sich auf Augenhöhe mit dem Mädchen befand. Es heulte und warf zornig mit Bauklötzen um sich.

»Hallo, mein Floh«, sagte sie freundlich, sammelte ein paar Klötze ein und stapelte sie aufeinander.

Es dauerte einige Minuten, bis das Kind aufhörte zu weinen und neugierig näher kam. Unverdrossen setzte sie einen Stein auf den anderen, der Turm schwankte und fiel schließlich in sich zusammen.

»*Oh, là, là!*« Sie riss die Augen auf und zog eine Grimasse, das Mädchen lachte. »Du kannst das bestimmt besser.« Auffordernd hielt sie der Kleinen einen Baustein hin.

Natürlich verstand das Mädchen kein Französisch, aber das spielte keine Rolle. Kinder verstanden ohne Worte, wenn man es ihnen nur zeigte.

Das Mädchen krallte seine pummeligen Händchen in ihre Oberschenkel und plumpste neben ihr auf den Boden. Ein Schauer rieselte über ihre Haut. Nicht wegen der plötzlichen Zutraulichkeit des Kindes oder weil es ihr gelungen war, die Kleine zu trösten. Es war Antónios Blick, der sie mitten ins Herz traf.

António.

»Hast da eine hübsche *menina* mitgebracht«, sagte der alte Eusébio mit einem Grinsen, das so unschuldig war, dass es bestimmt nicht so gemeint war.

»Sie ist nur eine gute Freundin.«

»Die Sorte kenn ich.« Mários Großvater grinste noch breiter. »Gefährlich fürs Herz«, setzte er hinzu und kritzelte ein paar Buchstaben in die Kästchen seines Kreuzworträtsels.

Verlegen sah er zum Treppenhaus und versuchte, nicht ungeduldig zu werden. Wahrscheinlich musste Carla ihren versoffenen Mann erst unter die kalte Dusche stellen, bevor er seinem Chef gegenübertreten konnte. *Seinem ehemaligen Chef.* António seufzte. Mittlerweile hatte er es aufgegeben zu zählen, wie oft er schon hier gesessen hatte, um Mário daran zu erinnern, dass seine Familie ihn brauchte. Carla, die Mädchen, Eusébio, dessen arthritische Finger schon lange keine Fischernetze mehr einholten ... Wegen ihnen hatte er den Jungen zum bestbezahlten Spüler Lissabons gemacht. Und was tat dieser Trottel? Er versenkte die Chance auf ein sorgenfreies Leben auf dem Grund einer Flasche Medronho, weil er nicht darüber hinwegkam, dass aus ihm kein berühmter Guitarrista geworden war.

Als endlich das Gepolter schwerfälliger Schritte auf der Treppe ertönte, hatte Maelys sich zu ihnen an den Tisch gesellt. Er lächelte sie an und formulierte »Mário zurückholen, Gloriosa« mit den Lippen, während er mit einem Ohr dem ungehaltenen Wortwechsel im Flur lauschte. Er hatte nicht damit gerechnet, dass Maelys ihn sofort verstand, doch sie nickte ihm aufmunternd zu. »Du schaffst das!«, sagten ihre Azulejo-Augen und ... *Fico maluca*, es lag so viel Zuversicht in ihnen, dass er fast gewillt war, ihr zu glauben. So lange, bis Carla ihren Mann durch den Perlenvorhang schubste.

António atmete scharf ein. Mário sah furchtbar aus, was nicht nur an dem diffusen Licht lag, das alles im Raum farbloser machte, als es tatsächlich war: das verblichene Baumwollhemd, nachlässig in die viel zu weite Cordhose gestopft, das ungewaschene Haar. Das hohlwangige Gesicht mit den Augen, in denen kein Glanz war. Seine Flip-Flops verursachten ein schlappendes Geräusch, als er grußlos an ihnen vorbeischlurfte, um ein Superbock aus dem Kühlschrank zu nehmen. Auf dem Weg zum Fenster hielt er inne und starrte auf die Bierflasche in seiner Hand, als habe er plötzlich vergessen, was er damit tun wollte.

Carla entfuhr ein missmutiger Laut. Sie bückte sich, pflückte das Mädchen vom Steinboden und stieß mit dem Fuß versehentlich den Turm um. Die kleine Magdalena brüllte und strampelte mit den Füßen.

»Eusébio, würdest du mir bitte oben mit den Kindern helfen?« Carla klang müde und resigniert wie eine Frau, die nichts Gutes mehr vom Leben erwartete.

António suchte Maelys' Blick. Er hatte nicht damit gerechnet, dass es diesmal so schlimm sein würde, und hätte sich gern bei ihr für die unschöne Szene entschuldigt. Aber das gehörlose Mädchen tat, als sei alles in bester Ordnung, und sein schlechtes Gewissen legte sich augenblicklich.

Nein, es ist sogar gut, dass sie hier ist. Sie ist genau richtig an diesem Ort.

Eusébio knuffte ihn in die Rippen. »Du und ich, wir fahren demnächst mal aufs Meer. *Amanhã de manhã.* Sonne. Wind. Ruhe.« Er schielte zu Carla und bückte sich nach der Trageschale mit dem Säugling. »Vor allem Ruhe.«

Als sie den Raum verlassen hatten, erhob António sich, klopfte seinem Spüler im Vorbeigehen auf die Schulter und öffnete das Fenster. Er bückte sich nach einem Bauklotz und drehte ihn nachdenklich in der Hand.

»Diesmal bist du umsonst gekommen, António.« Mários Zunge war schwer vom Schlaf und vom Alkohol.

»Wie alt ist Magdalena jetzt?«, entgegnete er, ohne den Blick von dem Holzwürfel abzuwenden.

»Zweieinhalb.«

»Genau zweieinhalb?«

»Zwei Jahre, vier Monate, eine Woche.«

»Und das Baby?«

»Amália ist zwölf Monate alt. Zwölf Monate und zwei Tage. Sie hatte vorgestern Geburtstag.«

Vaterstolz. Liebe.

»Was hat das mit deinem Besuch zu tun?«, fragte Mário misstrauisch.

»Es hat mit allem zu tun. So ist es doch, wenn man Kinder hat, oder? Der ganze verdammte Kosmos dreht sich um sie.«

Mário zuckte mit den Schultern. Argwöhnisch verfolgte er, wie Maelys ihren Skizzenblock aus der Tasche nahm und zur Gitarre ging. Im Schneidersitz ließ sie sich auf dem Flickenteppich vor der Couch nieder und begann zu zeichnen, die Augen fest auf das Instrument gerichtet. António wusste, dass die Portugiesische Gitarre Mários ganzer Stolz war.

»Wer ist das? Und was zum Teufel macht sie da?«

»Das ist Maelys. Sie ist taub … und Künstlerin. So wie du.«

»Taub?« Mários Lachen enthielt viel Leere und ging in den Husten eines Kettenrauchers über. »Dann hoffe ich, dass sie mit ihrem Bleistift mehr Erfolg hat als ich mit meinen Saiten.« Er wühlte in seiner Hosentasche und zog ein Tabakpäckchen hervor. Nachdem er sich eine Zigarette gedreht und angezündet hatte, blies er den Rauch aufsässig in seine Richtung. »War das dann alles, *chefe*?«

»Nein.« António sandte ein Stoßgebet gen Himmel und hoffte, sein Spüler würde den Köder schlucken. »Ich habe ein Angebot für dich, wenn du es dir noch einmal überlegst. Vielmehr eins für Magdalena. Und ein weiteres für deine zweite Tochter.«

Mário hob die Brauen. António bekam feuchte Hände, weil ihm bewusst wurde, dass Vovô diese Art der Mitarbeiterführung sicher nicht billigte. *Und wenn schon.*

»Ich weiß, dass du den Spüljob hasst. Ich mag meine Arbeit auch nicht besonders, und glaub mir, wenn ich nur halb so begnadete Finger hätte wie du, würde ich es auch vorziehen, im Bairro Alto für ein paar Münzen Gitarre zu spielen.« Er nickte langsam. »Der Unterschied zwischen uns beiden liegt nur darin, dass ich niemandem etwas schulde, außer mir selbst. Das ist bei dir anders. Du hast Magdalena und Amália. Vor allem hast du eine wunderbare Frau. Trotz des Kummers, den du ihr bereitest, liebt Carla dich … wobei ich mich ehrlich frage, wie lange sie das noch tun wird. Eusébio wird nicht immer da sein, um ihr den Teil der Last abzunehmen, den eigentlich du tragen solltest.« Er machte eine künstliche Pause, in der er langsam ausatmete. »Aber das hast du bei deiner Entscheidung sicher bedacht.«

Mário nahm ein paar Züge von seiner Zigarette, hastig und schnell. Sein Blick taumelte durch den kleinen Wohnraum und verhedderte sich in Maelys' Fingern, die flink über das Papier glitten.

»Was für ein Angebot soll das sein?«

Er hat angebissen. Er spürte Mários Unentschlossenheit. Jetzt musste er nur noch die Angelschnur einholen. Seufzend wiegte er den Kopf hin und her, Vovô wäre stolz auf sein Pokerface gewesen.

»Ich glaube, du hast recht«, sagte er leichthin und gab Maelys das Zeichen zum Aufbruch. »Wir lassen das besser.«

Sie schloss mit fragendem Blick den Skizzenblock und stand auf, während sein Spüler sich eine zweite Zigarette drehte. Sie waren fast am Perlenvorhang angelangt, als Mário es nicht mehr aushielt.

»Senhor de Alvarenga?«

António atmete aus und packte Maelys am Arm.

»Carla hat *caldeirada* gekocht. Sie würde es mir übel nehmen, wenn ich euch nicht zum Mittagessen einlade. Deine Freundin mag doch Stockfisch, oder?« Er war blass, verzweifelt und genau dort, wo António ihn haben wollte. Er nahm Maelys' Hand und drückte sie.

»Danke für die Einladung«, sagte er leise, als er den sanften Gegendruck ihrer Finger spürte. »Wir bleiben gern.«

Maelys.

Sie stellte die gleichmäßigen Schwimmbewegungen ein und ließ sich bäuchlings im Pool treiben, dessen Wasser in der Abendsonne golden schimmerte. Nach dem Tag in der heißen, staubigen Stadt war es herrlich, im Nass zu sein, das Gefühl der Schwerelosigkeit zu spüren, die seidige Kühle auf der Haut. Wenn sie den Chlorgeruch ausblendete, war es, als kehrte sie für ein paar Minuten heim.

Das Wasser ist dein Element, hatte Papa oft zu ihr gesagt. Sie lächelte, weil er sie immer Seestern genannt hatte. Und weil es lustig aussah, wie er da im Schneidersitz auf dem Poolgrund saß und ihr zuwinkte.

Luftbläschen quollen aus ihrem Mund und sprudelten an die Wasseroberfläche. Der Druck auf ihre Ohren und das

Bedürfnis nach Sauerstoff wurden unerträglich, auf dem Grund verblasste das geliebte Gesicht allmählich. Das geschah jedes Mal, wenn das Leben sie zurückholte und die Toten dort ließ, wo sie gestorben waren. Trotzig ließ sie sich nach unten sinken. Papa spreizte Daumen, Zeigefinger und den kleinen Finger seiner Hand. *Ich liebe dich.*

Ich liebe dich mehr, gebärdete sie zurück. Dann stieß sie sich ab und schoss an die Oberfläche. Gierig rang sie nach Luft, wischte sich das Chlorwasser aus den Augen und schwamm mit kraftvollen Zügen zum Beckenrand.

Sie zog sich aus dem Wasser, wickelte sich in ihr Handtuch und schlenderte zu Valérie hinüber, die auf einem Liegestuhl im Schatten von Palmen so tat, als wäre sie eingenickt. Dass sie nicht schlief, war offensichtlich, denn sie hielt die Luft an, als sie neben ihrer Tante stehen blieb.

Schweigend musterte sie den reglosen Körper im schwarzen Schwimmanzug, dessen Hosenbeine bis knapp an die Oberschenkel reichten. Schlank, wie sie noch immer war, stand ihr das Sechziger-Jahre-Teil ausgezeichnet, und sie fragte sich schuldbewusst, wie Valérie mit ihrem Gipsarm in diesen Badeanzug hineingekommen war. Bestimmt hatte Rosária ihr geholfen.

»Bevor du fragst, Antónios Großvater ist nett. Und der Nachmittag mit António war sehr schön«, bemerkte sie. Ihre Tante war schon immer gut darin gewesen, andere dazu zu bringen, ihr die Fragen zu beantworten, die sie nicht stellte.

Im Zeitlupentempo lupfte Valérie die Sonnenbrille.

»Ich hatte nicht vor, dich zu fragen.«

»Hattest du nicht?«

»Nicht im Entferntesten.«

»Gut, dann haben wir das ja abgehakt.« Sie deutete nun auf den Feldstecher unter Valéries Liege. »Wo hast du den her?«

Umständlich tastete Valérie nach dem Fernglas und hielt es mit gespielt verständnislosem Blick in die Höhe. Sekundenlang schien sie zwischen Wahrheit und Lüge abzuwägen, dann hob sie trotzig das Kinn.

»Aus einem Schrank. Im Salon.«

»Du schnüffelst in Schränken herum?«

»Ich schnüffle nirgendwo herum. Ich habe es gefunden. Zufällig.«

»Du meinst, der Schrank hat sich von allein geöffnet und das Ding ist herausgefallen.« Sie verdrehte die Augen. »*Putain*, Valérie, wir haben doch eine Vereinbarung.«

»Ich habe lediglich zugestimmt, dass ich hierbleibe und warte, bis du das Porträt fertig hast«, bemerkte Valérie hoheitsvoll. »Es war nie die Rede davon, dass ich aufhöre, dich zu beschützen. Ich bezweifle zutiefst, dass diese Leute hier Gutes im Schilde führen. Falls mir dieses Ding dabei hilft, den Weitblick zu bewahren, umso besser.« Sie wedelte ungehalten mit der Hand. »Davon abgesehen mag ich es nicht, wenn du dieses vulgäre Wort benutzt. Nur weil halb Paris es tut, muss ich es nicht aus deinem Mund hören.«

»Okay, Tante Valérie.« Ergeben sank sie auf den benachbarten Liegestuhl. Wie erwartet, dauerte es keine zwei Minuten, bis Valérie sich aufsetzte.

»*Putain*, wieso muss es ausgerechnet dieser António sein? Warum suchst du dir nicht einen netten jungen Mann, der so ist wie du?«

»Der so ist wie ich?«

»Ich rede von einem gehörlosen Mann. Jemanden, mit dem du etwas gemeinsam hast.«

»Wieso sollte ich mit einem Gehörlosen mehr gemeinsam haben als mit einem Hörenden?«

»Ist das nicht offensichtlich?« Der Blick ihrer Tante wurde sanft. »Gehörlose sind anders. Du bist anders – und das meine ich keinesfalls abwertend. Ein António wird dich vielleicht lieben können, aber verstehen wird er dich nicht.«

»Das ist Unsinn, Valérie. Pierre war auch nicht taub, und er hat mich sehr gut verstanden.«

»Und er hat dich für ein anderes Mädchen verlassen. Ein hörendes Mädchen.«

»Das stimmt nicht ganz.« Ihr Herz klopfte. Zu schnell und bestimmt auch zu laut. »Ich hab ihn lange vorher verlassen. Hier drin.« Sie tippte sich auf die Brust, dorthin, wo die Melancholie saß, die sie seit ihrem Umzug nach Paris nie ganz losgelassen hatte.

Pierre, der Postbote. Ein unscheinbarer, wortkarger Junge, der sie einen Sommer lang schüchtern umworben hatte, ihr selbst gepflückte Strandhaistrauße geschenkt und vor dem Sex das Licht gelöscht hatte. Die Erinnerung an ihn tat weh, aber nicht, weil er aufgehört hatte, sie zu lieben. Was geschmerzt hatte, war der Prozess des Entliebens – dokumentiert durch die immer spärlicher eingetroffenen Briefe. Täglich. Wöchentlich. Einmal im Monat. Letzten Endes hatte sie in einer lauen Pariser Sommernacht vor einem leeren Briefbogen gesessen und geheult, weil ihr Füllfederhalter keine Worte mehr für ihren Verlobten fand. Die Distanz hatte ihr klargemacht, dass das, was sie und Pierre verbunden hatte, am Strand und in den Salzwiesen von Moguériec zurückgeblieben war. Nach dieser Erkenntnis war sie sogar froh gewesen, als er nur kurze Zeit später Adieu gesagt hatte. *Leb wohl.*

Jetzt war ein anderer Mann in ihr Leben getreten, und sie

spürte eine leise Furcht in sich aufsteigen. António war so anders als Pierre, wortgewandt und gar nicht schüchtern. Ganz sicher gehörte er nicht zu den Männern, die die Lampe ausknipsten, wenn sie Liebe machten. Ein wenig schämte sie sich für ihre Schwärmerei. Sie waren ja nicht mal ein Paar. Zwischen ihnen existierten nur eine ungewöhnliche Anziehung und die Idee eines Kusses, die bis heute auf der Parkbank hockte und darauf wartete, Wirklichkeit zu werden. Trotzdem fühlte sie schon jetzt jenen bekannten Schmerz, jene Leere bei dem Gedanken, ohne António nach Paris zurückzukehren. Wie schlimm würde der Schmerz erst sein, wenn sie den Kuss Wirklichkeit werden ließ? War es danach auch nur eine Frage der Zeit, bis sie einander fremd wurden, er in Lissabon, sie in Paris?

Sie blinzelte, als ihr eine Textstelle aus Valéries Tagebuch in den Sinn kam. *Es ist immer das Nein, das wir eines Tages bereuen.* Ein Ja zu António, falls er sie fragte, wäre so leicht. Ihr wurde ganz warm ums Herz, als sie sich vor Augen führte, was er heute für Mário und seine Familie getan hatte. Wie freundlich er zu diesen Leuten gewesen war. Ohne viele Worte zu verlieren, hatte er ein Sparbuch für die Ausbildung der kleinen Mädchen auf den Fasstisch in dem Haus neben dem Orangenbaum gelegt. Carla hatte in ihre Schürze geweint, und der alte Eusébio war schweigend aufgestanden und hinausgehumpelt. Mário hatte gar nichts gesagt, aber nach dem Kaffee hatte er António umarmt. Und António hatte auf dem gesamten Rückweg zum Auto vor sich hin gelächelt.

»Es ist mir sogar recht, dass António hören kann. Er erklärt mir seine Welt und ich ihm meine. Mehr brauchen wir nicht.« Nach einer Weile fügte sie mutig hinzu: »*Es ist immer das Nein, das wir eines Tages bereuen.* Das hat Renard zu dir gesagt, und danach bist du in Duprés Küche gelaufen und hast Ja zu Frédo gesagt. Alles ist gut geworden, oder nicht?«

Valérie schwieg, doch als ihre Blicke sich kreuzten, bemerkte sie eine stumme Trauer in ihren bernsteinfarbenen Augen. Sie erschauderte, als sich wie von Zauberhand eine faltenlose, weichere Version ihrer Tante über die ältere Frau im Liegestuhl legte. Die Frau aus den Tagebüchern war jung, trug einen Strohhut und einen Bikini. Ihr Lächeln war unwiderstehlich: unbeschwert und voller Vertrauen in das Leben. Leider löste sich die Halluzination viel zu schnell in der lauen Abendluft auf.

»Der gute Renard war ein hoffnungsloser Optimist.« Valérie zupfte am Träger ihres Schwimmanzugs, als müsse sie ihn maßregeln. »Die Menschen sind nie das, was sie scheinen. Vor allem nicht, wenn es um die Liebe geht. Das wüsstest du, hättest du den Rest gelesen.«

»Dann erzähl mir die Geschichte weiter. In Gebärdensprache.« Gebannt beugte Maelys sich nach vorn.

Valérie schürzte die Lippen.

»Bitte, Tante Valérie.«

»Du bist wirklich eine Nervensäge, Nichte.«

13. Kapitel

PARIS, IM JANUAR 1967.

Valérie.

Die Winterwochen des Jahres 1967 waren mit Abstand die glücklichsten in Valérie Auberts Leben, obwohl – oder gerade weil – dieses Glück nicht von Dauer war.

Nach Weihnachten sah sie zum ersten Mal richtigen Schnee, der eine dicke Schicht aus Puderzucker auf Gehsteige und Autodächer streute – und den Laternen und Brückenpfeilern weiße Pudelmützen anzog. Unter den Sohlen ihrer Winterstiefel knirschte es. Tagelang blieb der Schnee liegen, verursachte Unfälle und Verspätungen und zerrte Wesenszüge der Pariser ans Licht, die sie zuerst erstaunten und am Ende amüsierten. Hatte sie bisher angenommen, niemand könne einfallsreicher fluchen als ein bretonischer Lebensmittelhändler, wurde sie bereits in den wenigen Minuten, die sie an einer Ampel wartete, eines Besseren belehrt. Doch was die Laune von Bus- und Taxifahrern trübte, begeisterte die Kinder, die mit ihren Schlitten in die erbitterte Schlacht um die wenigen Hügel im nahe gelegenen Park zogen oder die Stufen vor der Basilika Sacré-Cœur kurzerhand in eine Rodelbahn verwandelten.

Im Gegensatz zu all dem Aufruhr, der draußen herrschte,

war es auf den Fluren des Hotels beinahe unheimlich still geworden. Viele der Stammgäste reisten im Winter nach Chamonix oder in die Savoyen, um dort Ski zu fahren. Lediglich die Hälfte der Zimmer war belegt, während ein Magen-Darm-Virus ausgerechnet das ohnehin schon hart arbeitende Küchenpersonal außer Gefecht setzte. Da Duprés Restaurant trotzdem gut besucht war, musste Frédo für die kranken Kollegen Doppelschichten schieben.

Valérie nutzte die geschenkte Zeit für lange Spaziergänge, die sie bis ins zwanzigste Arrondissement zum Friedhof Père-Lachaise führten. Dick eingemummelt schlenderte sie an einem Nachmittag die Gehwege der Begräbnisstätten entlang, las berühmte Namen auf Grabsteinen und bestaunte die wunderschönen Bronzeengel. Manch kerzenerleuchtetes Mausoleum gewährte hier nicht nur den Toten, sondern auch den Lebenden Unterschlupf vor den eisigen Januarnächten. Minutenlang stand Valérie vor dem verlassenen Schlafplatz eines Clochards und schämte sich plötzlich für ihr eigenes Glück.

So vieles hatte sich seit Frédos Antrag für sie verändert, obwohl rein äußerlich alles beim Alten geblieben war. Nach wie vor hauste sie mit Yvette in der Dachkammer im fünften Stock des Hotels, absolvierte ihre Etagenschichten und ging abends mit Yvette, Miguel und Frédo auf einen Champagnercocktail ins Le Chat Noir am Boulevard de Clichy. Abgesehen von den freien Montagen, die sie und Frédo meist hinter geschlossenen Jalousien, zwischen Imbissschachteln und zerknüllten Bettlaken verbrachten, ging das Leben seinen gewohnten Gang – dennoch fühlte sie sich, als hätte sie den Rücken eines galoppierenden Pferdes gegen ein sanft vor sich hin schnurrendes Gefährt eingetauscht.

Sie war fröhlicher, weniger hektisch in ihren Bewegungen und nur noch halb so impulsiv in ihren Äußerungen. Sie legte an Gewicht zu, als demonstriere sogar ihr Körper, dass er genug von ihren Ecken und Kanten hatte. Zwar ging sie nach wie vor keiner Diskussion aus dem Weg, aber Frédos Liebe schien sie zu einer umsichtigeren Ausgabe ihrer selbst zu machen. Und ausgerechnet Papa hatte ihrem neuen Ich einen Namen gegeben, als sie über Weihnachten nach Moguériec gefahren war.

»Du bist erwachsen geworden, Valérie«, hatte er gesagt, nachdem er sie lange von der Eckbank in der Küche gemustert hatte, Messer und Gabel in der Hand, während sie in dem neuen taubenblauen Kostüm auf der Türschwelle stand und nicht wusste, ob sie und der prall gefüllte Puppenkoffer zu Hause willkommen waren.

Du bist erwachsen geworden.

Sie hatte genickt und ein ersticktes »Es tut mir leid, dass ich fortgelaufen bin« gemurmelt. Zwei schlichte Sätze, in denen die Liebe zwischen Vater und Tochter lag. Daraufhin war Papa aufgestanden und hatte sie wortlos in die Arme genommen, während Maman sich erleichtert bekreuzigt und Yvonne ihr mit Indianergeheul den Blümchenkoffer entrissen hatte.

Valérie lächelte. Zweifellos war dies eins ihrer schönsten Weihnachtsfeste gewesen, auch wenn sie Frédo schmerzlich vermisst hatte, der über die Feiertage nach Lissabon gefahren war. Bislang schwieg er sich darüber aus, wie seine Familie auf die Verlobung mit ihr reagiert hatte, aber sie vermutete, dass es nicht so gelaufen war, wie er es sich erhofft hatte. Nach seiner Rückkehr hatte er sich wortkarg und missgelaunt in die Zwanzig-Stunden-Schichten in der Küche gestürzt, und sie wollte ihre knapp bemessene Zweisamkeit nicht durch Probleme trüben. Frédo verhielt sich ihr gegenüber liebevoll und aufmerksam, es gab keinen Grund, er könne es sich anders überlegen. Denn erst vor zwei Tagen hatte er die drei Worte zu ihr gesagt, auf die jedes verliebte Mädchen hoffte. *Je t'aime.*

Es schneite heftiger. Sie zog die Schultern hoch und den Schal enger, der von den geschmolzenen Flocken nass und schwer war. Mamans selbst gestrickte Wollmütze und ihre Stiefel hatten dem Schnee nichts mehr entgegenzusetzen, weshalb sie beschloss, ein Taxi zum Hotel zu nehmen, damit sie sich keinen Schnupfen holte.

So kehrte sie am 11. Januar 1967 – sie erinnerte sich deshalb so genau an das Datum, weil an jenem Tag in sämtlichen Boulevardblättern zu lesen war, dass der Chansonnier Charles Aznavour in Las Vegas eine junge Schwedin geheiratet hatte – frierend, aber in aufgeräumter Stimmung ins Hotel zurück. Im Personalflur des fünften Stocks fing Yvette sie ab und teilte ihr in bedeutungsschwangerem Tonfall mit, dass sie Besuch habe.

Die Fremde gehörte zu den beneidenswerten Frauen, die diese besondere wächserne Schönheit besaßen, der weder Altersflecken noch Falten etwas anhaben konnten. Wie alt die silberhaarige Frau wirklich war, die da mit elegant übereinandergeschlagenen Beinen auf der Kante ihres Betts saß, vermochte Valérie nicht zu schätzen – zumal sie viel zu beschäftigt damit war, sich wegen des unaufgeräumten Zimmers zu schämen. Es gab nicht mal einen Stuhl, den sie ihrer Besucherin hätten anbieten können, und Yvette war keine große Hilfe, die mit verschränkten Armen neben ihr stand und die ältere Dame neugierig musterte.

231

»Sie wartet schon seit zwei Stunden auf dich«, raunte ihr die Freundin ins Ohr.

»Und da hast du ihr keinen Kaffee oder Tee angeboten?« Valéries Gedanken überschlugen sich. *Ein schlichtes Wollkostüm. Ein Seidenschal mit orientalischem Muster. Blickdichte Strümpfe und Schnürschuhe mit Blockabsatz. Neben ihr auf dem Bett liegt wie ein schlafendes Tier ein blaugrauer ... Herrje, ist das Chinchilla?* Sie zwang sich, den Blick von dem kostbaren Pelz zu lösen, der nur einen Schluss zuließ: Das Ganze handelte sich um einen Irrtum. Vermutlich war die Frau ein Hotelgast und hatte sich versehentlich in die fünfte Etage verlaufen.

»*Bonjour*, Madame. Meine Freundin sagt, Sie möchten mich sprechen?« Sie streifte Mütze, Schal und Handschuhe ab und ging forsch auf die Besucherin zu. Die alte Dame musterte ihre schlammbespritzten Stiefel, ehe ihr Blick an der Sardinenbrosche an ihrem Mantelrevers hängen blieb. Anstalten, die dargebotene Hand zu ergreifen, machte sie nicht. »Sind Sie sicher, dass Sie zu mir wollten?«, hakte Valérie vorsichtig nach.

Die Frau lächelte freundlich. Und schwieg.

»Da hast du es«, murmelte Yvette beleidigt. »Ich hätte ihr sogar ein paar Petits Fours aus der Pâtisserie gemopst, hätte sie sich dazu herabgelassen, mit mir zu reden. Was hätte ich denn tun sollen? Sie hat deinen Namen genannt und sich nicht abwimmeln lassen, also hab ich sie reingebeten.« Sie zuckte die Achseln. »Seitdem sitzt sie hier.«

Valérie schürzte die Lippen. Auf sie wirkte die Alte weder geistig verwirrt noch orientierungslos. Ein Sprachproblem schloss sie ebenfalls aus, denn die kleinen dunklen Augen, die sie an Rosinen erinnerten, waren dem Wortwechsel der beiden jungen Frauen interessiert gefolgt.

»Bist du nicht mit Miguel verabredet?«, sagte Valérie in die entstandene Stille.

»Ich? Nein, wieso?«

»Doch, du hast mir heute früh erzählt, dass du«, sie senkte die Stimme, »ein Rendezvous hast.«

Yvette schaute sie an, als sei sie verrückt geworden. Valérie hob die Brauen und deutete mit dem Kinn zur Tür.

»Ach so!« Ihre Freundin lachte ein paar Oktaven zu hoch und schaute auf ihr Handgelenk, an dem sie gar keine Uhr trug. »Richtig, ich bin verabredet. Mit Miguel.« Hastig angelte sie sich ihren Wollmantel vom Haken am Deckenbalken. »Es war mir ein Vergnügen, Madame.« Yvette deutete einen Knicks an, und beim Hinausgehen formten ihre Lippen: »Ich will nachher alles wissen. Alles!«

Das Türschloss war kaum eingerastet, als die Besucherin sich räusperte und in nahezu fehlerfreiem Französisch zur Sache kam.

»Sie sind also die Verlobte meines Enkels.«

»Und Sie sind ...« *Zut alors*, vor lauter Aufregung war ihr der Name von Frédos Großmutter entfallen. Dabei hatten sie erst vor wenigen Tagen über sie gesprochen, oder vielmehr ... sie hatte gefragt und er geantwortet. Widerstrebend und einsilbig.

»Seine Großmutter.« Ihre Stimme war sanft, was auch ihrem Akzent geschuldet war, dem weichen Sch, das alle Buchstaben ineinanderfließen ließ.

»Entschuldigen Sie, Senhora. Ihr Enkel hat mir gar nicht erzählt, dass Sie nach Paris kommen.«

»Mein Enkel weiß nichts davon. Und es wäre mir lieb, wenn es dabei bliebe.«

Aus undefinierbarem Grund klopfte ihr Herz schneller. »Aber er würde sich bestimmt sehr über Ihren Besuch freuen.«

»Das bezweifle ich. Davon abgesehen bin ich nicht hier, um ihn zu besuchen. Sondern Sie.«

»Mich?«

»Ja.« Der Blick der Frau fiel auf die Parfumproben auf dem Nachttisch. Sie griff sich eins der Glasröhrchen und hielt es gegen das spärliche Licht der Glühbirne. *Sie hat schöne, gepflegte Hände,* fuhr es Valérie durch den Kopf, während sie sich für den fehlenden Lampenschirm schämte. Und dafür, dass sich ihre Parfums in kostenlosen Chanel-Pröbchen erschöpften.

»Sie haben Geschmack, Mademoiselle Aubert. Das gilt anscheinend nicht nur für Männer.«

»Ich verstehe nicht, Madame.«

»Oh, Sie verstehen durchaus. Sie wissen nur nicht, worauf ich hinauswill.« Sie kicherte leise vor sich hin. »Nennen Sie mich Dona Maria. Dona ist in Portugal die übliche Anrede für das weibliche Familienoberhaupt. Dem einzigen Oberhaupt in unserem Fall, der Herrgott sei meinem guten João gnädig.« Sie bekreuzigte sich.

Valérie kniff die Augen zusammen. Irgendetwas passierte hier gerade, und es war nichts Gutes. »Dann … klären Sie mich bitte auf.« Sie war auf der Hut, weil sie die kühle Entschlossenheit in der Miene der alten Dame durchaus bemerkt hatte.

»Ich bin hier, um Ihnen mitzuteilen, dass mein Enkel Sie nicht heiraten kann.« Dona Maria öffnete das Röhrchen, tröpfelte sich ein wenig Parfum aufs Handgelenk und schnupperte daran. »Wunderbar«, murmelte sie, während Valérie sie entgeistert anstarrte.

»Das ist ein Witz, oder?«, entfuhr es ihr. »Handelt es sich hier um irgendein portugiesisches Ritual, mit dem neue Familienmitglieder auf die Probe gestellt werden?« Sie zeigte zur Tür. »Klopft Frédo sich da draußen lachend auf die Schenkel?«

»Frédo? Nennt er sich jetzt so?«

Dona Maria sah sie ernst an. *Kein Witz*, mahnte ihr Blick, und Valérie lief es eiskalt den Rücken hinunter. Dennoch rannte sie zur Tür, riss sie auf und steckte den Kopf raus. Der Flur war leer. Natürlich war er das, alles andere wäre auch zu absurd gewesen. Sie kehrte ins Zimmer zurück und sank benommen auf Yvettes penibel gefaltete Bettdecke.

»Ich nenne ihn so. Frédo.« Ihr Hals kratzte. Anscheinend hatte sie sich doch erkältet.

»Verstehe.« Dona Maria drückte den Deckel auf das Pröbchen. »Was zählt, ist, selbst wenn es ein wenig theatralisch klingt, dass es hier um Menschenleben geht. Wie im Mittelalter, aber ich fürchte, genau das ist derzeit Portugals traurige Realität.« Auf einmal klang sie gequält wie jemand, der selbst nicht glaubte, was er mit eigenen Augen gesehen hatte. »Ist Ihnen der Name Salazar geläufig? Natürlich ist er das«, korrigierte sie sich selbst. »Mein Enkel hält Sie trotz Ihrer Herkunft für eine gebildete Frau.«

»Salazar ist der Premierminister von Portugal.« Valérie war zu durcheinander, um sich an der Bemerkung zu stoßen, zumal der Hinweis auf ihre einfache Abstammung bei Dona Maria nicht abfällig geklungen hatte.

»Das ist korrekt. Er ist der Premierminister und gleichzeitig der Staatsführer der autoritären Diktatur des Estado Novo. Ein faschistischer Mistkerl, der sein Volk zugunsten der Oberschicht unterdrückt, um es in einfachen Worten zu sagen. Aber lassen wir die politischen Spitzfindigkeiten außen vor.« Dona Maria straffte den Rücken und legte die Hände in den Schoß. »Bestimmt fragen Sie sich, was Portugals Diktatur mit unserer Familie zu tun hat, und die Antwort darauf ist genau das, was Sie benötigen, um eine kluge Entscheidung zu treffen. Eine Entscheidung des Herzens, selbst wenn dies bedeutet, den Mann, den Sie lieben, aufzugeben.«

Das klingt wie aus einem schlechten Liebesroman.

Valérie konnte nicht anders. Sie lachte auf und schüttelte den Kopf. Vermutlich träumte sie, wie nach ihrer kopflosen Flucht nach Paris, als Papa ihr fast jede Nacht erschienen war und sie mit erhobenem Finger aufgefordert hatte, nach Hause zu kommen. Das Problem war nur, dass der durchdringende Duft nach Flieder und Puder, den die alte Frau ausströmte, viel zu real für einen Traum war.

»Mein Enkel hat Ihnen wahrscheinlich nicht viel über seine Familie erzählt.«

»Oh, er hat mir eine Menge erzählt«, log Valérie trotzig. »Von Ihnen, seinen Eltern und vier Schwestern. Und von der kleinen Gaststätte, die Ihre Familie betreibt.«

»Der kleinen Gaststätte?«, echote Dona Maria belustigt. »Vielleicht fangen wir doch mit ein paar grundlegenden Dingen an, damit Sie verstehen, aus was für einer Gesellschaftsschicht mein Enkel stammt. Ist das für Sie in Ordnung?«

Sie nickte stumm, als ob die Frau ihr tatsächlich eine Wahl gelassen hätte.

»Der Estado Novo stützt seine Macht auf ein wirtschaftlich wie politisch isoliertes Staatssystem, dem die Großgrundbesitzer, das Militär und einige einflussreiche Familien angehören. Nur sie dürfen mitreden, allen anderen sind politische Aktivitäten streng untersagt. Die Presse wird zensiert, das Geld von regimetreuen Bankiersfamilien kontrolliert, die die Großgrundbesitzer bevorteilen und die kleinen Geschäftsleute ausschalten. Wer sich als regimefeindlich erweist, verliert sein Vermögen, seinen Besitz, seinen guten Ruf.« Die alte Frau verzog verächtlich den Mund. »Die Bildung ist dabei der größte Feind unseres Regimes. Wussten Sie, Mademoiselle Aubert, dass die meisten portugiesischen Kinder nur drei Jahre zur Schule gehen?«

Valérie schluckte und schüttelte den Kopf.

»Tja, Portugal ist das Volk der Analphabeten.« Dona Marias Vortrag richtete sich längst nicht mehr an sie. Sie hörte in sich hinein, redete zu einem Schmerz, der schon viele Jahre in ihrer Brust schwelte. »Salazar hält sein Volk dumm und damit gefügsam, und dass es so bleibt, darüber wacht seine Geheimpolizei, die PIDE. Salazars Häscher haben ihre Spitzel überall. Wer sich auflehnt, und dafür genügt es bereits, in einer Bar das Wort ›Freiheit‹ in den Mund zu nehmen, der wandert ins Gefängnis. Keine Anwälte, Folter ist die Regel. Manche kommen gar nicht mehr oder als gebrochene Seelen zu ihren Familien zurück. Wie mein Sohn Carlos.«

»Was hat Frédos Vater denn getan?« Valérie beugte sich nach vorn. Sie hatte noch immer keine Ahnung, worauf Dona Maria hinauswollte.

»Er hat ein französisches Gericht auf die Speisekarte unserer *kleinen Gaststätte* gesetzt.«

»Wie bitte?«

»Es ist verboten, mit nichtportugiesischen Wörtern für ein Produkt zu werben.« Donna Maria roch erneut am Chanel-Duft. »Das klingt unglaublich, nicht wahr? Vor allem, wenn man bei einem Stück Apfeltarte in einem hübschen Pariser

Café sitzt. Ich verstehe gut, weshalb mein Enkel an diese Stadt sein Herz verloren hat – und an ein hübsches französisches Mädchen, obwohl er sich an eine andere Vereinbarung halten sollte.«

»Was ist das für eine Vereinbarung?« Benommen verfolgte sie, wie Frédos Großmutter sich von ihrem Platz erhob. Sie kam herüber und setzte sich neben sie, so dicht, dass sie die Wärme der alten Frau spürte – und ihre Anspannung, die wie ein elektrischer Impuls auf sie übersprang. Ihr Herz krampfte sich ahnungsvoll zusammen.

»Er wird ein anderes Mädchen heiraten«, erklärte Dona Maria schlicht und nahm ihre Hand. Valérie rang nach Luft, doch die alte Frau sprach unbeirrt weiter: »Sie ist die Tochter eines befreundeten Unternehmers mit großem Einfluss. Mein Enkel hat dieser Heirat zugestimmt, um unsere Existenzgrundlage zu sichern – denn die kleine Gaststätte ist ein großes, alteingesessenes Hotel im Herzen Lissabons, das sich in etwa mit diesem hier vergleichen lässt. Es ist seit Generationen in unserem Besitz. Hoch verschuldet. Und es ist alles, was wir haben.«

Nein. Nein. Nein! Valérie wollte ihr die Hand entreißen, doch Frédos Großmutter hielt sie eisern umklammert.

»Hören Sie bitte zu«, sagte sie sanft und legte den Kopf schräg, eine Geste der Sympathie, des Mitleids. »Es hat nichts mit Ihnen zu tun. Ich mag Sie, und unter anderen Umständen würde ich Sie mit Freuden in unserer Familie willkommen heißen. Aber wenn mein Enkel sein Wort bricht, werden wir dank des Umstands, dass sein Vater bei der Regierung in Ungnade gefallen ist, bald kein Hotel mehr besitzen.« Die arthritische Hand drückte fester zu, doch Valérie war zu betäubt, um den Schmerz zu spüren. »Wir werden überhaupt kein Dach mehr über dem Kopf haben, weil neben dem Hotel auch sämtliche Vermögenswerte unserer Familie gepfändet werden.«

Frédos Großmutter machte eine kunstvolle Pause, ehe sie mit gesenktem Kopf in ihrer Handtasche wühlte. Kurz darauf drückte sie Valérie ein Foto in die Hand, quadratisch und so klein, dass es gerade in ihren Handteller passte. Das darauf abgebildete Mädchen hatte schwarzbraune Locken. Und dieselben Augen wie Yvonne.

»Das ist meine jüngste Enkelin Rita. Er trägt für sie Verantwortung«, sagte Dona Maria leise. »Mag es auch eine Bürde sein, je nachdem, wie man es betrachtet.«

Ihr Magen krampfte sich zusammen.

»Rita sitzt im Rollstuhl. Sie hat es jetzt schon nicht leicht, trotzdem ist sie ein wunderbares, fröhliches Kind, das alle Chancen bekommen soll, die ihm zustehen. Dazu gehört auch eine äußerst kostspielige medizinische Versorgung, die in Portugal keine Selbstverständlichkeit ist. Sicher verstehen Sie, dass ich es nicht zulassen kann, dass meine kleine Rita in einer Vorstadt-Armensiedlung aufwächst, weil *Frédo*«, die alte Dame verzog den Mund, als ob ihr der Name zuwider sei, »sich Hals über Kopf in eine hübsche Französin verguckt hat.«

Valérie fehlten die Worte. Nicht nur, weil das Kinderfoto in ihrer Hand sie genau dort traf, wo sie am verletzlichsten war, sondern weil sie nicht im Traum damit gerechnet hätte, dass Frédo sie derart hintergehen könnte. Denn das war es für sie: Betrug. An ihr, seiner Familie und an einem unschuldigen Kind. An allem, woran sie bis vor einer halben Stunde noch fest geglaubt hatte, naiv, wie sie gewesen war.

Wie seltsam es ist, dass ein Herz zerbricht, ohne ein Ge-

räusch zu machen. Dabei müsste das Splittern bis zum Eiffelturm zu hören sein. Bis zur Basilika Sacré-Cœur, wo wir uns zum ersten Mal geküsst haben. Oder bis nach Lissabon. Bis ans Ende der Welt.

»Es ist nicht meine Art zu fordern, Valérie, aber ich weiß, dass auch Sie eine kleine Schwester haben.« Über Dona Marias Wange rannen Tränen, die sie mit dem Handrücken fortwischte, ehe sie sanft auf das Foto tippte. »Deshalb bitte ich Sie im Namen von Rita: Lassen Sie meinen Enkel gehen.«

»Und wie soll ich das anstellen?« Valérie lachte freudlos auf. Plötzlich ergab so vieles einen Sinn. Blind vor Verliebtheit hatte sie bei so manchen Dingen nicht weiter insistiert. Frédos Antworten, die ihre Fragen so geschickt umschifft hatten wie die Fischkutter die Hafeneinfahrt von Moguériec. Seine Bildung, der Sportwagen, sein selbstverständlicher Umgang mit Geld. Miguel, der nie einen Hehl daraus gemacht hatte, dass ihm Frédos Verhalten missfiel. Alle Puzzleteile ergaben ein Bild, das ihr die rosarote Brille von der Nase riss. Sie blickte auf den von Adern überzogenen Handrücken, der von einem Leben voller Entbehrungen und Kompromisse erzählte.

Abrupt befreite sie sich aus Dona Marias Griff und hob das Kinn. Während ihr einfältiges Herz noch verzweifelt die Scherben zusammenkehrte, hatte ihr Verstand längst die Kontrolle über ihre Gefühle übernommen. Denn was waren ein paar Herzsplitter gegen eine Schuld, die unweigerlich dazu führen würde, dass Frédo sie eines Tages dafür hasste, was er seiner Familie wegen ihr hatte antun müssen?

Tränenblind starrte sie auf das lächelnde Kindergesicht auf dem Foto, das so viele Risse besaß, wie ein Foto eben hatte, das man oft zur Hand nahm. Sicher liebte Frédo die kleine

Rita ebenso sehr, wie sie Yvonne liebte. Hatte er ernsthaft vor, das kleine Mädchen im Stich zu lassen? Wegen ihr?

»Ich liebe ihn. Von ganzem Herzen«, flüsterte sie und fühlte sich wie nach einer Narkose. Alles wurde weich und schien sich aufzulösen, das Zimmer, die silberhaarige Frau neben ihr, sie selbst. Einzig ihre Gedanken blieben glasklar und scharf. »Gesetzt den Fall, ich würde tun, worum Sie mich bitten, Dona Maria ...«

Ihre Hände waren so kalt. Sie hielt sie dicht vor den Mund und wärmte sie mit ihrem Atem, während ihr Blick gegen das schmutzige Fensterglas prallte, hinter dem die ersten verwaschenen Lichter von Paris aufleuchteten. Millionen von Menschen waren da draußen, und für die meisten von ihnen ging ein ganz normaler Tag zu Ende.

»Er wird nicht zulassen, dass ich ihn verlasse.« Es kam ihr vor, als gehöre diese brüchige, kraftlose Stimme gar nicht ihr.

»Dann helfen Sie ihm, das Richtige zu tun, Mademoiselle Aubert. Sorgen Sie dafür, dass er Sie verlässt.«

Valérie schloss die Augen und atmete aus.

Ein ganz normaler Tag. Nur nicht für sie.

Das Gespenst kam noch in derselben Nacht. Ein hässliches, konturloses Monster, das sich ihr als trockener Husten auf die Brust legte und ihr dann unter die Haut kroch. Zuerst fror sie, trotz der zusätzlichen Steppdecke, die Yvette über sie breitete, aber das merkte sie schon gar nicht mehr, weil das Fieber sich in rasender Geschwindigkeit in ihrem Körper ausbreitete. Schweißgebadet strampelte sie sich frei und erbrach sich mehrere Male, einmal auf die Dielen neben dem Bett. Später würde Yvette ihr berichten, dass sie geschrien, geweint und wirres Zeug gestammelt hätte. Sie sei wiederholt zum Fenster gewankt, habe es aufgerissen und minutenlang hinausgestarrt, ohne dass es ihrer verzweifelten Freundin gelungen wäre, sie zurück zum Bett zu führen.

An die darauffolgenden Tage erinnerte sie sich nur bruchstückhaft. Zusammengerollt im Bett dämmerte sie vor sich hin, dankbar gefangen in einer Welt, in der weder das Gestern noch das Morgen existierte. Alles, was sie tun musste, war atmen, obwohl es wehtat. Sie schluckte Yvettes bitteren Kräutertee, ließ sich das fiebersenkende Mittel einflößen, das der Arzt ihr verschrieben hatte, und stellte sich schlafend, wenn jemand das Zimmer betrat.

Ihre Wachphasen waren so bedeutungslos wie ein falsch buchstabiertes Wort, das man wieder wegradierte. Es waren einfach nur ein paar Stunden, in denen ihr das Zimmer zu hell und die Geräusche der Straße zu laut vorkamen, in denen sie die mit Stockflecken übersäte Tapete anstarrte und sich wünschte, nie gesund zu werden.

Die schüchternen Nachfragen ihrer Freundin, ob Frédo sie besuchen dürfe, beantwortete sie mit einem Kopfschütteln. Natürlich kam er trotzdem, mehrmals am Tag. Er war außer sich vor Sorge, und es schnitt ihr ins Herz, zu hören, wie Yvette ihn an der Tür abwimmelte, während sie sich zur Wand drehte.

Doch das Fieber ging, egal wie verzweifelt sie sich an ihm festhielt. Was blieb, war eine merkwürdige Empfindungslosigkeit und ein wiederkehrender Albtraum, in dem sie ein blasses Kindergesicht anflehte, zu tun, was getan werden musste. Sie durfte nicht zulassen, dass Frédo um ihretwillen seine Familie verriet. Vermutlich hatte er sich entscheiden müssen, hatte seiner Liebe zu ihr den Vorzug gegeben und die Rechnung ohne seine Großmutter gemacht. Eine bessere

Erklärung hatte sie nicht für sein Verhalten, und seltsamerweise versöhnte diese sie mit der Tatsache, dass er sie angelogen hatte.

An einem Morgen stand sie auf, duschte, bis das Wasser kalt wurde, und zog sich an, den Blick von dem fast blinden Spiegel über dem Waschbecken abgewandt. Blaue Wollstrumpfhose, ein wadenlanger grauer Tweedrock, zwei Pullover übereinander. Danach legte sie Lippenstift auf und tat, was Dona Maria getan hatte, bevor sie Valéries Herz in einen Scherbenhaufen verwandelt hatte: Sie öffnete eine der Parfumproben und benetzte ihre Haut mit dem glamourösen Duft, der sie daran erinnerte, welches Leben sie sich erträumt hatte, bevor ihr an dem gelben Tankstellenhäuschen ein junger Portugiese vor die Füße gestolpert war. *Frederico Almeida.*

Nur mit Mühe ließ sich sein Versprechen von ihrem Mantelrevers pflücken – als wollte die kleine Sardinenbrosche verzweifelt bei ihr bleiben. Sie ließ das Schmuckstück in die Rocktasche gleiten und ging zu der Tür, die Dona Maria vor zehn Tagen hinter sich geschlossen hatte.

Sie war jetzt so weit. Bereit für die Lüge, die groß genug war, um Frédos Betrug bedeutungslos zu machen. Grausam genug, dass er sie bis an sein Lebensende hassen würde.

Das Chez Marianne in der Rue Froissart war ein kleines, unscheinbares Café, das zwischen einem Herrenschneider und einer noblen Damenboutique hockte wie ein Kuckuckskind, das keine Ahnung hatte, dass es eigentlich nicht hierhergehörte. Valérie hatte das blau gestrichene Haus vor Monaten zufällig entdeckt, als sie auf dem Weg zu Miguels Wohnung in die falsche Straße abgebogen war. Damals war sie nicht gleich darauf gekommen, warum sie vor der blauen Fassade stehen blieb und das Schild mit dem goldenen Schriftzug musterte. Erst später, als ihr beim allabendlichen Tagebuchschreiben das Flugblatt des Petersilienmädchens in die Hände geriet, war der Groschen gefallen.

Wir treffen uns jeden Dienstagnachmittag im Chez Marianne in der Rue Froissart. Wenn du magst, komm doch auf einen Pastis vorbei. Zwar sind wir nur eine kleine Gruppe, haben aber für die nächsten Jahre Großes im Sinn. Für alle Frauen Frankreichs.

Warum sie sich ausgerechnet für diesen Ort entschied, um das vielleicht schwerste Gespräch ihres Lebens zu führen, wusste sie nicht. Ursprünglich hatte sie den Taxifahrer angewiesen, direkt zu Miguels Wohnung zu fahren, doch noch auf der Fahrt war ihr der Gedanke unerträglich geworden, in die winzige Mansarde zurückzukehren, in der sie und Frédo so viele glückliche Stunden verbracht hatten. Als das Taxi an einer roten Ampel hielt, fiel Valéries Blick auf ein Straßenschild an einer Hauswand. *Rue Froissart.*

Sie traf die Entscheidung, ohne lange nachzudenken. Nur wenige Augenblicke später fuhr das Taxi ohne seinen Fahrgast weiter, während sie mit weichen Knien die nächste Telefonzelle aufsuchte, um Frédo zu bitten, sie im Chez Marianne zu treffen.

Sie saß gerade mal fünfzehn Minuten in dem Café, das mit den dunkelroten Wänden und Samtpolsterstühlen viel gemütlicher war, als es von außen den Anschein erweckte, als er zur Tür hereinstürmte. Er entdeckte sie nicht sofort, weil sie sich bewusst für einen Zweiertisch in einer Nische in der Nähe der Waschräume entschieden hatte. Es zog im Gang, aber sie behielt lieber Mantel und Schal an, statt sich den Blicken der anderen Gäste auszusetzen. Gott sei Dank waren die kurz nach Mittag spärlich gesät, und da Montag war, erwartete sie auch nicht, dem Petersilienmädchen zu begegnen. Ihr genügte die Vorstellung, dass die junge Frau schon morgen mit ihren Freundinnen in diesem Raum sitzen würde, Pläne schmiedend und Großes im Sinn, wodurch Valérie sich seltsam gestärkt fühlte. Vielleicht genügte tatsächlich der Geist einer Idee, um Dinge in Bewegung zu setzen, auch wenn es in ihrem Fall nicht um alle Frauen Frankreichs ging. Sondern nur um ihr eigenes unbedeutendes Leben.

Mit klopfendem Herzen angelte sie nach der Getränkekarte und hörte zu, wie Frédo die Kellnerin begrüßte, kurzatmig, als sei er den ganzen Weg gerannt. Natürlich hatte sie längst bestellt, weshalb sie nur vortäuschte, die Karte zu studieren, als er an den Tisch trat.

Café gourmand, café noisette, chocolat chaud, thé noir...

»Was machst du nur, *querida*?« Er klang so erleichtert, dass ihr sofort die Kehle eng wurde.

Sie hustete und lächelte matt, erleichtert, weil die Kellnerin mit einem voll beladenen Tablett heraneilte. Die *tarte du jour* war ein flacher Kirschkuchen, der zusammen mit einer suppenschüsselgroßen Tasse *café au lait* das Gedeck vervollständigte. Valérie hatte keine Ahnung, was bei der Bestellung in sie gefahren war. Sie hatte bereits vorher keinen Appetit gehabt, aber die Frau war so freundlich zu ihr gewesen, dass sie sich hatte revanchieren wollen, wenn es ihr schon nicht gelungen war, zu lächeln.

Frédo nahm ihr gegenüber Platz, während sie der Kellnerin nachsah, die zur Eingangstür ging, um einer Mutter mit dem Kinderwagen zu helfen. Er folgte ihrem Blick, wobei er sich vorbeugte und ihre Hände nahm. Valéries Puls be-

245

schleunigte sich. Ob er bemerkte, dass sie die Brosche nicht trug?

»Ich bin froh, dass es dir besser geht.«

Er war froh? Hätte er nicht böse auf sie sein müssen, weil sie ihn tagelang hingehalten hatte, obwohl er ganz verrückt vor Sorge gewesen war? Musste er es ihr mit seiner Freundlichkeit denn so schwer machen?

Sie entzog ihm die Hände und griff nach ihrer Tasse. *Bring es endlich hinter dich*, wisperte eine Stimme in ihrem Kopf, die von ihnen allen hätte stammen können: Yvette, Yvonne, Dona Maria. Sie stellte die Tasse auf den Unterteller zurück. Es klirrte, Kaffee schwappte über den Rand der Schale.

Seine Augen sind braun. Ein warmer Ton, der zur Pupille hin ins Goldene changiert, als hätte jemand ein paar Kleckse Kondensmilch in eine Espressotasse geträufelt. Diese Farbe werde ich nie vergessen.

»Gibt es etwas, das du mir sagen möchtest?«, fragte sie mit vom Weinen wundgescheuerter Stimme und zwirbelte die Fransen am Saum ihres Wollschals zu winzigen Knoten.

»Ich denke, man sollte keine Fragen stellen, wenn man diejenige ist, die etwas zu sagen hat«, antwortete er ruhig und senkte den Blick auf die leere Stelle an ihrem Mantelkragen.

Sorgen Sie dafür, dass er Sie verlässt, Mademoiselle Aubert. Dona Marias Flüstern klang so nah, als säße die alte Dame am Tisch nebenan.

Der Verschluss der Brosche hatte sich im Futter verhakt, weshalb es ihr Mühe bereitete, sie aus der Rocktasche zu befreien. Doch als sie das Schmuckstück auf den Tisch legte, kamen die Worte, die sie tagelang in ihrem Kopf hin- und hergewälzt hatte, wie von selbst.

»Ich bin schwanger.«

»Du … was?« Er schnappte nach Luft, blinzelte.

Ihm war anzusehen, dass er mit allem gerechnet hatte, aber diese Neuigkeit schien ihm den Boden unter den Füßen wegzuziehen. Zuerst wurde er weiß wie ein Bettlaken, dann sah er sich um, als befürchte er, jemand könnte sie belauschen. Dem Entsetzen folgte nach vielen hastigen Atemzügen ein halbes Lächeln, das sich unversehens in ein Strahlen verwandelte. Eilig sprang er auf, umrundete den Tisch und küsste sie heftig.

»Sorg dich nicht, *querida*. Das bekommen wir hin.«

Die guten Dinge haben ihre eigene Harmonie, so wie die schlechten Dinge alles im Leben in Schieflage bringen können, hatte Maman einmal zu ihr gesagt. Ob sie damals ahnte, wie schnell ihre Tochter die Balance verlieren würde? Wie eine Marionette ohne Fäden lag sie in Frédos Armen, bestürzt darüber, wie leicht ihr die Lüge von den Lippen gerutscht war. Für die darauffolgenden Worte hasste sie sich schon jetzt so abgrundtief, dass sie sich am liebsten selbst geohrfeigt hätte.

»Ich werde dieses Kind nicht bekommen, Frédo.«

Sie warf es mit gleichgültiger Stimme in den Raum. Die darauffolgende Stille ließ alles zusammenschrumpfen, die rot gestrichenen Wände, die Kissen auf dem Samtsofa. Die zigarettengeschwängerte Luft, in der es plötzlich keinen Sauerstoff mehr gab. Ihr Herz.

»Was sagst du da?« Frédo lachte auf.

»Ich will es nicht. Ich möchte keine Kinder, weder heute noch irgendwann.«

Er schien noch immer nicht zu begreifen, doch schon Sekunden später fiel sein Lächeln in sich zusammen. Verwirrt fasste er sich in den Nacken. Sein Blick taumelte durch den

247

Raum und kehrte schließlich zum Tisch zurück, wo er die Sardinenbrosche von der Tischdecke pflückte wie ein Insekt.

»Aber … Warum, Valérie?«, murmelte er. »Was um Gottes willen ist nur passiert?«

Die Versuchung, ihm den Überraschungsbesuch seiner Großmutter zu gestehen, war groß. Aber welchen Unterschied würde dieses Geständnis machen, wenn das Ergebnis unterm Strich doch dasselbe blieb? Damit die kleine Rita eine Zukunft hatte, durften Frédo und sie nicht zusammen sein. Schon jetzt spürte sie das Misstrauen, das sich wie ein feiner Haarriss durch ihre Liebe zog. Darüber hinaus half es niemandem, wenn Dona Maria die Zuneigung ihres Enkels verlor, der ihr die Einmischung sicher niemals verzeihen würde. Valérie hielt es für klüger, wenn sie die Schuldige blieb, also spielte sie achselzuckend die Unbeteiligte, während ihr Puls raste, ihr Magen rebellierte und ihr Herz … Tja, um ihr Herz würde sie sich später kümmern müssen.

»Ich habe andere Pläne, Frédo. Es tut mir leid.«

Sie hörte förmlich, wie es hinter seiner Stirn arbeitete. Oh, sie kannte ihn so gut, obgleich sie in Wahrheit nicht das Geringste über diesen Mann wusste. Sie war sich nur einer Sache gewiss: So wie die Wahrheit ein Herz öffnete, war die Lüge die Tür, die es für immer verschloss.

»Andere Pläne?« Frédos Stimme war hart und schneidend. »Du vergisst, dass es hier nicht nur um dich geht.«

»Doch, das tut es«, antwortete sie. »Es ist mein Leben. Mein Körper. Meine Entscheidung.«

»Und mein Kind!«

Unser Kind. Es wäre unser Kind, wenn es existierte. Und es gäbe nichts auf dieser Welt, was mich glücklicher machen würde.

»Es tut mir leid.«

»Um Gottes willen, Valérie! Ist das alles? Ein lapidares ›Es tut mir leid‹?« Er rang um Beherrschung wie jemand, der einen gewaltigen Fausthieb verpasst bekommen hatte und am liebsten zurückschlagen würde. »Dafür, dass du alles kaputtmachst?«

»Tue ich das?« Sie senkte den Kopf und strich sich eine Strähne hinters Ohr. Schwer und ölig fühlte sie sich an. Valérie erinnerte sich nicht, wann sie das letzte Mal ihre Haare gewaschen hatte.

Nicht weinen. Es ist gleich überstanden. Gleich.

»Du kennst meine Einstellung.« Frédos Fingerknöchel traten weiß hervor, als er die Hände vor sich auf dem Tisch faltete wie zum Gebet. »Ich bin Portugiese und gläubiger Katholik. Wie könnte ich zulassen, dass meine zukünftige Frau unser gemeinsames Kind... Ich bin weiß Gott kein religiöser Eiferer, aber das... Nein. Verdammt noch mal, nein!« Seine Faust donnerte auf den Tisch, Kaffee schwappte auf das cremeweiße Tischtuch. Sie war zu erstarrt, um zusammenzuzucken.

»Du hast jederzeit die Möglichkeit zu gehen. Ich halte dich nicht auf, Frédo.«

Er starrte sie an, ungläubig und voll ohnmächtigem Zorn. Und dann geschah das Furchtbare: Seine Augen erloschen. Einfach so, als hätte jemand Luft geholt und eine Kerze ausgeblasen. Bloß dass danach niemand einen Wunsch freihatte.

»Du meinst es wirklich ernst.«

»*Oui*«, flüsterte sie.

»Ich erkenne dich nicht wieder.«

»Vielleicht hast du mich gar nie gekannt.«

Es vergingen schmerzhafte Atemzüge, ehe er aufstand. In

seiner Faust ruhte die kleine Sardine. Sie vermisste sie schon jetzt.

»Das ist gut möglich, Mademoiselle Aubert«, sagte er kalt. »Ehrlich gesagt, möchte ich dich jetzt auch gar nicht mehr kennen.«

Sie erschauderte. In seinem schockfahlen Gesicht lag keine Zärtlichkeit mehr, nur Verachtung. Benommen drehte sie den Kopf. Eine Gruppe Frauen stolperte zur Tür herein, plaudernd und lachend. Ihre Unbeschwertheit fühlte sich falsch an diesem Ort an.

»Du solltest *adeus* sagen, Frederico Almeida.«

Adeus. So lautete das portugiesische Abschiedswort, das man in seiner Heimat nur selten gebrauchte, weil es so endgültig war. Der Raum begann sich zu drehen, Valérie hustete abermals und schloss entkräftet die Augen. Ihr war hundeelend zumute.

Atmen. Du musst einfach nur atmen und darauf bauen, dass die Welt sich weiterdreht. Morgen vielleicht oder übermorgen. Irgendwann.

Wie lange sie so dasaß und die Kaffeelache auf dem Tischtuch anstarrte, wusste sie nicht. Aber als ihr der mitfühlende Blick der Kellnerin begegnete, hatte Frederico Almeida das Café in der Rue Froissart längst verlassen.

»Vertrauen Sie der guten alten Marianne. Ein Gläschen Chartreuse wirkt manchmal wahre Wunder.« Mit einem aufmunternden Schnalzen schob die Kellnerin, die offenbar die Inhaberin des Cafés war, das Likörglas über den Tresen. Eine filigrane Miniaturausgabe eines Cocktailkelchs, mit ziselierten Blüten am Rand. Valérie traute sich kaum, ihn anzufassen.

»Trinken Sie, Mademoiselle«, wiederholte Marianne mit jener Strenge, die Maman früher bemühte, wenn sie ihren Töchtern diesen widerlichen Eisensirup verabreicht hatte. Das Zeug hatte wie Blut ausgesehen und auch so geschmeckt. Mariannes Kräuterlikör hingegen roch wie Hustensaft. Er trieb ihr Tränen in die Augen, als sie ihn hinunterstürzte und sich fragte, wie sie auf den wackeligen Thekenhocker geraten war. Er und der Alkohol sorgten dafür, dass sie die Bodenhaftung vollends verlor.

»Mitunter setzt das Leben alles auf Anfang. Und das ist nicht immer das Schlechteste.« Marianne schenkte ihr nach. »Jetzt noch Gläschen Nummer vier, Lippenstift nachgelegt und dann auf Wiedersehen, Liebeskummer. Den nächsten Kerl wird's freuen.« Sie lachte zu laut und ein bisschen ordinär, aber es passte zu ihr, dem rot gefärbten Haar und den nachgemalten Brauen. Trotz der Seidenbluse war sie kein mütterlicher Typ, sondern eher die Art von Frau, die Valérie in Richtung Pigalle verortet hätte.

Aber wen kümmerte das? Die Cafébesitzerin war freundlich zu ihr. Ein Grund mehr, das vierte Glas zu leeren, zumal Valérie sich an die ersten drei kaum erinnerte und wenig Lust verspürte, nach Hause zu gehen. Gedankenverloren schielte sie auf Mariannes Perlenkette, während diese sich an einen Gast wandte, der an die Theke getreten war. Ein blumiges Gemisch aus Parfum und Mentholzigaretten drang in ihre Nase, doch letztlich war es die fröhliche Stimme des Mädchens, die sie ohne Vorwarnung zu ihrem ersten Tag in Paris katapultierte.

»Hast du noch ein Fläschchen Pastis da, Marianne?« *Mitunter setzt das Leben alles auf Anfang. Und das ist nicht immer das Schlechteste.*

Valérie straffte den Rücken, als der Blick der jungen Frau sie streifte, und spürte sofort den Stich der Enttäuschung, als sie kein Wiedererkennen in den petersiliengrünen Augen der anderen fand. *Natürlich nicht. Wir haben höchstens fünf Minuten miteinander gesprochen, und das liegt Monate zurück*, schalt sie sich und musterte das Spirituosenregal an der Spiegelwand. Ihr war schwindelig. Ob sie trotzdem eine Nummer fünf trinken sollte?

»Könnte ich bitte noch einen Likör bekommen?«, rief sie, was ihr die Aufmerksamkeit des Petersilienmädchens sicherte.

»Sag mal, kennen wir uns nicht?«

Valérie nickte und fühlte sich wie eine Vierzehnjährige, die von einem dieser Mädchen angesprochen wurde, die Kaugummi kauend in der letzten Bankreihe saßen und viel zu beliebt waren, um sich mit einer Musterschülerin abzugeben.

»Geh gar nicht auf ihr Geschwätz ein, *ma chère*. Das fragt sie jeden«, schallte es spöttisch von der Stirnseite der Theke herüber, wo Marianne die Bestellung des Petersilienmädchens auf ein Tablett stellte: eine Flasche Pastis, einen Eiswasserkrug und drei Gläser. »Kein Wunder. Élodie schummelt halb Paris ihre Flugblätter in die Handtasche. Da verliert man schon mal den Überblick.«

Élodie lachte auf und tippte mit einem cremefarbenen Fingernagel (Nudetöne waren derzeit *le dernier cri*, der letzte Schrei) gegen Valéries Likörglas.

»Was hat dir die gute Marianne da untergejubelt? Chartreuse?« Sie verdrehte die Augen. »Prüfung vermurkst? Oder Liebeskummer?«, raunte sie.

»Neues Leben«, konterte Valérie in Anspielung auf ihre erste Begegnung und überspielte ihre Betroffenheit über

Élodies Scharfsinn mit einer Grimasse. Die petersiliengrünen Augen leuchteten auf.

»Stell noch ein Glas aufs Tablett, Madame Marianne!«, rief sie und fasste nach Valéries Hand. *Ich wusste, dass ich dich kenne*, bekannten ihre Lippen lautlos, im nächsten Moment stolperte sie im Schlepptau der Blondine zu dem Fenstertisch, an dem die anderen beiden Frauen saßen.

»Das ist meine liebe neue Freundin …« Élodie verstummte und schaute sie fragend an.

»Valérie. Ich heiße Valérie Aubert und komme aus der Bretagne«, spulte sie automatisch ihren Text ab und schwor sich, diesen Blödsinn zukünftig zu unterlassen.

»Valérie Aubert aus der Bretagne«, echote Élodie fröhlich. »Das sind Fleur und Rachelle.« Sie deutete zuerst auf die zierlichere Frau, die mit ihrem Bob und den seelenvollen dunklen Augen als Zwillingsschwester von Audrey Hepburn durchgegangen wäre. Die knochige Rothaarige sah hingegen aus, als würde sie zum Frühstück kleine Kinder verspeisen.

»*Salut!*«, erwiderten die beiden unisono, was Marianne, die mit dem Tablett am Tisch erschienen war, nicht unkommentiert ließ.

»*Oh, là, là.* Die LÉFS hat Zuwachs bekommen.« Sie schürzte die Lippen und wandte sich an Valérie. »Lass dich bloß nicht zu irgendwelchem Unsinn anstiften.«

Im Nachhinein betrachtet, hätte Mariannes Unterton sie aufhorchen lassen müssen. Aber sie war zu beschäftigt, sich so aus ihrem Mantel zu schälen, dass man die offene Naht am Ärmel nicht sah. Aufatmend sank sie auf den freien Stuhl neben Fleur. Sie mochte sie sofort, weil ihre sanften Rehaugen sie an Yvette erinnerten.

»Können wir da weitermachen, wo wir aufgehört haben?«

Die Rothaarige raschelte mit ihrer Zeitung und warf ihr einen Blick zu, in dem eine unausgesprochene Warnung lag: *Ich hab nichts dagegen, wenn du hier sitzt. Aber halt um Gottes willen den Mund, wenn die großen Mädchen spielen.*

»Bitte, lasst euch nicht von mir stören.« Valérie setzte das strahlendste Lächeln auf, zu dem sie imstande war. *Mon Dieu*, diese Rachelle war furcherregend.

»Du störst nicht, Valérie.« Fleur versetzte Rachelle einen Rippenstoß.

»Was denn?«, gab die Rothaarige gereizt zurück. »Ich will bloß, dass wir die Aktion sauber über die Bühne bringen.«

»Das wollen wir doch alle. Stimmt doch, oder?« Élodie zwinkerte Valérie zu, die zustimmend nickte, auch wenn sie nicht den blassesten Schimmer hatte, wovon die Rede war.

»Also weiter im Text.« Rachelle tippte auf einen Artikel. »Die britischen Frauenrechtlerinnen haben es uns im letzten Jahr vor der Dior-Boutique in der Conduit Street in London ja schon vorgemacht.« Sie drehte die Zeitung, damit alle den Bericht mit der Schlagzeile »Ist ›Mini-Skirts forever‹ der Niedergang der Haute Couture?« begutachten konnten. Auf dem Foto trugen junge Frauen Protestplakate und äußerst kurze Röcke und Kleider.

Élodie schnaubte. »Eine Schande, dass wir nicht selbst auf die Idee gekommen sind, wo Dior doch eine französische Marke ist.«

»Es wird Zeit, dass wir denselben Zug nehmen und diesem Marc Bohan zeigen, was wir tragen wollen«, stimmte Fleur zu und nippte verträumt an der milchigen Pastis-Eiswasser-Mischung in ihrem Glas, die eklatant nach Anis roch.

»Marc Bohan? Der Chefdesigner von Dior?«, warf Valérie ein, stolz, dass sie mit dem Namen etwas anzufangen wusste.

Sie liebte die Mode von Dior. Wenn auch nicht so sehr wie die von Coco Chanel.

»Genau der.« Rachelle verzog den Mund. »Nicht so spießig wie sein Vorgänger, aber sein Knielang-Kompromiss reicht nicht. Wir wollen, dass der Minirock salonfähig wird.«

»Ach ja?«, fragte Valérie zweifelnd.

»Natürlich! Der Mini ist die Antwort unserer Generation auf das Establishment.« Élodies Augen leuchteten, als sie ihr zuprostete. »Er ist der Anfang einer Zukunft, in der Frauen sich nichts mehr vorschreiben lassen.«

War es ihre Begeisterung? Ihr Tatendrang? Oder doch eher die Prise Wahnsinn in ihrem Blick? Egal. Welchen Dämon das blonde Mädchen auch immer in sich trug, er sorgte dafür, dass Frédo aus Valéries Gedanken verschwand.

»Und was genau haben wir vier vor?«

»Wir vier?«, fragte Rachelle gedehnt.

»Na klar.« Diesmal hielt Valérie ihrem Blick stand und deutete mit ungerührter Miene zu den beiden vornehmen älteren Damen am Nebentisch. Sie teilten sich eine *tarte tatin* und plauderten sehr laut miteinander, weil sie vermutlich schon ein wenig schwerhörig waren. »Oder soll ich die beiden fragen, ob sie auch mitmachen wollen?«

»Wenn das so ist...« Rachelle lehnte sich zurück und betrachtete Valérie unter halb geschlossenen Lidern, bis ein unerwartetes Lächeln ihr Gesicht weich wie ein Samtkissen machte. »Willkommen in der LÉSF.«

»Unser Name steht für Freiheit, Gleichheit und Schwesterlichkeit«, erklärte Fleur.

»*Vive la révolution des femmes!*« Élodie klatschte in die Hände, und Fleur kicherte, wobei schwer zu sagen war, worüber sie sich amüsierte, abwesend, wie sie in ihr Glas stierte. Doch das war Valérie gleichgültig. Sie war dabei. Bei was auch immer. Ganz kurz dachte sie an Yvette, doch das schlechte Gewissen flatterte an ihr vorbei wie eine Motte, die eine Lichtquelle am anderen Ende des Raums entdeckt hatte.

»Die Aktion wird also folgendermaßen ablaufen …« Händewedelnd verschaffte Rachelle sich in der ausgelassenen Runde Gehör. »Wir holen die Plakate und Sonstiges aus der Wohnung meines Bruders. Danach beziehen wir vor dem Dior-Haus Stellung und machen ordentlich Lärm.«

»Bis die Polizei kommt«, sagte Fleur versonnen.

»Und die Presse.« Élodie tauschte einen bedeutungsschwangeren Blick mit ihren Freundinnen und begann in ihrer Handtasche zu wühlen. *Noch ein Déjà-vu*, dachte Valérie belustigt. Diesmal zog das Petersilienmädchen jedoch kein Flugblatt hervor, sondern überreichte ihr feierlich eine Nagelschere.

»Danke, aber … was soll ich damit?«

Die Mädchen lachten. Fleur tippte auf ihren Tweedrock und deutete eine Schneidebewegung mit Zeige- und Mittelfinger an. »Das ist eine Minirock-Protestaktion, Süße«, flötete sie mit ihrem engelsgleichen Hepburn-Lächeln, unter dem zum ersten Mal ein kleiner Teufel hervorschien. »Ich hoffe, du trägst eine Strumpfhose. Es ist ziemlich kalt da draußen.«

14. Kapitel

SINTRA, IM MAI 2019.

Maelys.
Ich liebe den Tejo, weil eine große Stadt an seinem Ufer liegt. Ich genieße den Himmel, weil ich ihn von dem vierten Stock einer Straße der Unterstadt aus sehe. Nichts können Landleben oder Natur mir geben, das der unebenmäßigen Erhabenheit der stillen Stadt im Mondlicht, von Graça oder São Pedro de Alcântara aus betrachtet, gleichkäme. Und kein Blumenstrauß hat für mich je die farbige Vielfalt Lissabons im Sonnenlicht.

Mit dem selbstvergessenen Lächeln, das alle Leute bekamen, wenn sie Berührendes gehört oder gelesen hatten, klappte Eduardo de Alvarenga den schmalen Band zu. »*Das Buch der Unruhe* von Pessoa. Nehmen Sie es, ich besitze noch eine weitere französische Ausgabe.«

»Für mich?« Ehrfürchtig nahm Maelys das Buch entgegen. Es war alt, und sein lederner Einband beschützte zarte Pergamentseiten, die an den Rändern bereits vergilbt waren.

»Ich schenke es Ihnen als Erinnerung an Ihren Aufenthalt und als kleinen Anreiz. Ein junger Mensch wie Sie sollte lesen. Auf Papier, nicht auf Bildschirmen.« Eduardo deutete auf ihr Handy. »Seit Sie das Zimmer betreten haben, haben Sie das Ding keine Sekunde aus den Augen gelassen.«

Sie errötete, trotzdem konnte sie das Buch nicht zusammen mit dem Telefon in die Tasche stecken, ohne vorher das Display zu überprüfen. Sie wurde enttäuscht. Keine Nachricht von António. Schon seit vier Tagen nicht.

»Das ist ein wunderschönes Geschenk, vielen Dank«, sagte sie zu Eduardo, der wie gewohnt in seinem Sessel herumzappelte.

Vier Tage sind wirklich lang.

Um sich abzulenken, ging sie zu ihrer Staffelei am Fenster und betastete die Leinwand. Die Untermalung war trocken, ebenso die wolkigen Stellen, sogenannte Weißerhöhungen, die das Bild später plastischer wirken lassen würden. Darunter schimmerten zarte Kohlestriche hervor, die ihr zur groben Orientierung dienten. Sie sah das Porträt bereits so deutlich vor sich, als wäre Antónios Großvater höchstpersönlich in die Leinwand geschlüpft, um ihr als Schablone zu dienen.

Sie trat zurück und musterte die ölglänzende Fläche, die wie das Meer an einem stürmischen Tag aussah. *Maelysblau* hatte ihre Schwester diesen Farbton genannt, der vor vielen Jahren versehentlich auf Valéries Wohnzimmerteppich geraten war. *Maelysblau.* Die Presseleute waren ganz verrückt nach diesem Wort und der dazugehörenden Anekdote aus ihrer Kindheit gewesen, obwohl nichts davon etwas über sie oder ihre Arbeit aussagte. Vielleicht war es einfach leichter, den Zufall dafür verantwortlich zu machen, wenn ein behindertes Mädchen den Preis gewann, für den andere Künstler gemordet hätten.

Sie seufzte, woraufhin Eduardo die Gelegenheit ergriff, sich aus dem Sessel zu stemmen. Als er hinter sie trat, roch sie Pfeifentabak und einen Duft, der sie ungewollt an António erinnerte. Die Hände auf dem Rücken, als seien sie dort festgebunden, beugte er sich nach vorn, bis seine Nase fast die Leinwand berührte.

»Da ist ja noch gar nichts«, sagte er enttäuscht.

Sie unterdrückte ein Lächeln. Er war so ungeduldig wie alle, egal ob sie für eine Zehn-Minuten-Kohlezeichnung auf einem Klapphocker ausharrten oder im Samtsessel einer Frau, deren Geist noch immer zwischen den pastellfarbenen Wänden des Zimmers herumspukte. *Dona Sofia.*

Ganz unwillkürlich kam ihr eine andere portugiesische Großmutter in den Sinn. *Dona Maria.* Die Frau, die Valéries große Liebe auf dem Gewissen hatte und der die letzten Zeilen gewidmet waren. Sehr zu ihrem Verdruss, denn ihre Tante hatte seit dem Nachmittag am Pool kein Wort mehr darüber verloren, was nach der furchtbaren Auseinandersetzung mit Frédo und ihrer Begegnung mit Élodie und ihren Freundinnen geschehen war. Ihre hoffnungsvolle Frage nach weiteren Aufzeichnungen hatte Valérie nicht beantwortet. Stattdessen war sie von ihrem Liegestuhl aufgestanden und mit Tränen in den Augen ins Haus geflüchtet. Seitdem hatte sie es nicht mehr gewagt, ihre Tante auf den weiteren Verlauf ihrer Geschichte anzusprechen.

»Oh, da ist ganz viel, aber das ist nicht für Sie bestimmt, Senhor de Alvarenga. Noch nicht«, nahm sie den Faden ihrer Unterhaltung mit Eduardo auf. »Wenn es schneller gehen soll, müssen Sie sich setzen und mich arbeiten lassen.«

»Aber ich langweile mich! Stillsitzen ist nichts für Leute meines Alters. Wir rosten ohnehin schon, da ist Bewegungslosigkeit das reinste Gift für den Körper.«

»Da Sie es selbst erwähnen… Vielleicht sollten Sie öfter an die frische Luft gehen. In diesem Zimmer, so hübsch es auch ist, muss man auf Dauer ja einen Lagerkoller bekom-

259

men«, entgegnete sie und verdrängte das Bauchflattern, das der Anblick der vorbereiteten Malerpalette in ihr auslöste.

»Sie tun ganz schön oberschlau für Ihr Alter.«

»Und Sie sind ganz schön anstrengend für Ihres, obwohl ich von meiner Tante einiges gewohnt bin.«

Maelys nahm den Rotmarderhaarpinsel von der Ablage und befühlte die seidenweichen Borsten. Der Griff war aus Birkenholz und steckte in einer Goldzwinge. Maman hatte ihn ihr geschenkt als Glücksbringer für ihr neues Leben in Paris. Sie hatte ihn nie benutzt. Bis heute.

»Sie sollten Valérie wirklich kennenlernen. Bestimmt würden Sie sich gut mit ihr verstehen.«

Wie Würmer sahen die Farbpasten auf der Palette aus. Dicke ölige Wesen in Ockergelb, Karminrot, Siena gebrannt und Turmalin. Sie sah auf und stellte überrascht fest, dass Eduardo aschfahl geworden war.

»Gewiss sollte ich Ihre Tante kennenlernen ... aber ich wäre im Moment kein guter Gesellschafter.« Er klopfte sich mit der Faust gegen die Brust und setzte ein gequältes Lächeln auf, das nicht wirklich leidend aussah. »Ich hatte vor zwei Jahren einen Herzinfarkt. Seitdem stottert der Motor, wenn ich mich aufrege. Und das passiert schnell, wenn ich zu viele fremde Menschen um mich habe.«

Sie nickte abwesend. *Einatmen und dann lange ausatmen. Wie ein Scharfschütze, kurz bevor er den Abzug drückt.* Sie nahm ein wenig Ocker mit der Pinselspitze auf und vermischte es mit Deckweiß und dem warmen Braunton ihrer Lieblingsfarbe. Eduardo wippte mit den Beinen, öffnete und schloss den Mund, suchte nach Wörtern.

»Ihr Handy piept.« Er deutete auf ihre Tasche.

Seufzend wischte sie den Pinsel an einem Lappen ab und

legte ihn beiseite. Anstalten, sich nach der Tasche zu bücken, machte sie allerdings nicht. Ihr Herz klopfte.

Valérie und Frédo. Das sind nicht Maelys und António. Es sind zwei völlig unterschiedliche Geschichten. Oder nicht?

»Wollen Sie nicht nachsehen, Mademoiselle Durant? Sie haben den ganzen Morgen auf das Ding gestarrt, also wird Sie wohl jemand erhört haben.«

Er wird dir das Herz brechen, hatte Valérie gesagt.

»Waren Sie schon mal verliebt? So richtig, meine ich. So, dass es hier drin wehtut.« Sie tippte sich auf die Brustmitte, ohne zu wissen, wieso sie ausgerechnet Eduardo de Alvarenga diese Frage stellte. *Zut alors*, sie hatte António noch nicht mal geküsst, benahm sich jedoch, als hätte er ihr bereits einen Verlobungsring an den Finger gesteckt.

So war es auch bei Pierre gewesen. Sie verschenkte ihre Liebe aus dem Bauch heraus und ohne groß darüber nachzudenken. Zu schnell und leichtfertig, wenn es nach Valérie ging, die gerne behauptete, ihre Nichte streue ihre Zuneigung wie Konfetti in die Welt. Aber was zum Teufel war so schlimm an ein bisschen Konfetti, wenn es das Leben bunter machte?

»Verliebt … Nun ja«, Eduardos Nasenflügel zitterten. »Ich war immerhin fünfzig Jahre lang mit derselben Frau verheiratet.«

»Das ist schön. Und irgendwie auch beängstigend. Aber das wollte ich eigentlich gar nicht wissen.«

Antónios Großvater beugte sich nach vorn und sah sie ernst an. »Ihre Frage hat nicht zufällig mit meinem Enkelsohn zu tun?«

Sie spürte, dass sie rot wurde.

»Das habe ich befürchtet.« Eduardos Miene verschloss

261

sich, als wehre er sich mit aller Kraft gegen ein Gefühl, das nicht dort sein durfte, wo es war. Er murmelte Unverständliches in seinen Bart, lockerte im Aufstehen den Krawattenknoten und verschwand im Schlafzimmer. Kurz darauf kehrte er mit einer Portweinflasche und zwei Gläsern zurück. Er ignorierte ihren Protest und schenkte ihr ein.

»Trinken Sie«, befahl er. »Wenn Sie beabsichtigen, sich mit António einzulassen, brauchen Sie das. Und sei es auch nur, um das Ganze noch mal zu überdenken.«

Aus reiner Höflichkeit nippte sie an dem Getränk, das ihres Erachtens nicht viel mit Wein gemein hatte. Es schmeckte süß wie Sirup, weshalb sie unter Eduardos aufforderndem Blick schließlich einen richtigen Schluck wagte. Der zweite trieb ihr Tränen in die Augen, der dritte wärmte ihren Bauch.

»Hatte António denn nie eine Freundin?«

»Oh, er hatte Freundinnen. Viele.« Eduardo trank sein Glas in einem Zug leer und ließ sich in den Sessel fallen. »Verstehen Sie mich nicht falsch, ich liebe António über alles. Aber Sie mag ich auch. Von daher muss ich Ihnen schon aus Gewissensgründen abraten. Mein Enkel gehört nicht zu den Männern, die achtsam mit dem Herz einer Frau umgehen. Er tut das nicht aus böser Absicht, aber er hat sich bisher nie länger als ein paar Wochen oder Monate an eine Frau gebunden. Es täte mir leid für Sie, wenn er Sie enttäuschen würde.«

»So was Ähnliches hat Valérie auch gesagt. Sie behauptet, auf portugiesische Männer sei kein Verlass.«

Merde, sie konnte einfach nicht anders. Sie bückte sich nach ihrer Tasche und holte das Handy heraus.

»Sie sollten auf Ihre Tante hören.« Ein undefinierbarer Ausdruck erschien auf Eduardos Gesicht. »Anscheinend weiß sie, wovon sie spricht.«

»Vielleicht. Wissen Sie, meine Tante hat ...« Sie unterbrach sich, als sie bemerkte, dass das Display eine neue Textnachricht anzeigte. Von António de Alvarenga.

Ich muss heute Nachmittag zum Mercado da Ribeira. Die Markthallen würden dir bestimmt gefallen. Soll ich dich zum Mittagessen dorthin entführen? António.

Ihre Mundwinkel zuckten. Seine Wirkung auf sie verblüffte sie stets von Neuem. Je mehr sie einen kühlen Kopf bewahren wollte, umso lauter jubelte ihr Herz. Und gegen ihr Herz war sie schon immer machtlos gewesen.

»Danke für Ihre ehrlichen Worte«, sagte sie und tat etwas, das ihr normalerweise zuwider war: Sie log, damit Eduardo nicht merkte, dass sie den Kampf gegen die Vernunft längst verloren hatte. »Ich werde darüber nachdenken.«

Damit tunkte sie den Pinsel in das Farbgemisch, das dem erdfahlen Teint von Eduardos Haut entsprach. Sie schloss die Lider und wartete geduldig, bis Antónios Lächeln in ihrer Vorstellung verblasste und Eduardos bärtigem Altherrengesicht Platz machte. Erst dann setzte sie die ersten Farbtupfer ins maelysblaue Meer. Zehn Minuten lang arbeitete sie konzentriert und zügig, bis Antónios Großvater winkend auf sich aufmerksam machte.

»Bevor ich Ihre Frage unbeantwortet lasse, Mademoiselle Durant ... Ja, ich war schon mal verliebt. Zweimal«, bekannte er, und sein Blick streifte das Foto auf dem Sekretär. »Eine dieser Frauen hat mir einen Sohn, drei Töchter und viele glückliche Jahre geschenkt.«

»Und die andere?«

Er holte tief Luft und sah ihr direkt in die Augen.

»Die habe ich nie vergessen.«

António.

Sie saß mit baumelnden Füßen auf der Mauer des Rosenbeets, die Mittagssonne im Rücken und den unvermeidlichen Skizzenblock auf den Knien. António schämte sich, weil er nahe dran gewesen war, die Vespa vor ihr zum Stehen zu bringen wie ein Sechzehnjähriger, der ein Mädchen mit einer Vollbremsung und aufspritzendem Kies zu beeindrucken hoffte. Schon aus Prinzip fuhr er deshalb in einem weiten Bogen um Maelys herum und parkte den Roller neben der Eingangstreppe. Er nahm den Helm ab und fuhr sich durch die Haare, während sie eilig ihre Sachen zusammenpackte und zu ihm rannte.

Sie rennt immer, wenn sie sich auf etwas freut. Oder auf jemanden.

»Fahren wir mit dem Scooter in die Stadt?« Mit leuchtenden Augen zeigte sie auf die Vespa.

»Wenn du dich traust?« Er unterdrückte ein Grinsen. *Scooter.* Nur eine Frau wie Maelys brachte es fertig, das Kultobjekt etlicher Generationen mit einem einzigen Ausdruck zum Rasenmäher zu degradieren.

»Ha! Ich steuere dir blind ein Motorboot bei Windstärke sechs durch den Atlantik. So ein kleines Ding jagt mir keine Angst ein.« Sie klappte ein imaginäres Visier nach unten. »Wo ist mein Helm?«

Er gab sich geschlagen und holte den Zweithelm unter dem Sitz hervor. Er musste ihr helfen, den Kinnriemen zu schließen, was sie ihm aber nahezu unmöglich machte, weil sie unentwegt auf den Fußballen wippte.

»Halt still!«, befahl er sanft, dann wurde ihm auf einmal bewusst, wie nah sie ihm war.

Sie roch nach Zitronen und Sonnenmilch und ein bisschen nach Terpentin und Ölfarben. Ihr Gesicht war nur eine halbe Armlänge von seinem entfernt, die makellose, blasse Haut, die ungezupften Brauen. Benommen starrte er auf ihren Mund, als das Handy in seiner Jackentasche vibrierte wie ein ungebetener Gast, der im unpassenden Moment zur Tür hereinstolperte. Er presste die Zähne zusammen und schloss Maelys' Kinnriemen.

Wenige Augenblicke später musterte er das Display und sah dann ungläubig zum dritten Stock hinauf. Sein Großvater stand auf dem Balkon, die Hände auf die Eisenbrüstung gelegt, und blickte finster auf ihn herab.

António schluckte. Bestimmt hätte er gelacht, wäre die Situation nicht so absurd gewesen. Seit Tagen spielte der verrückte alte Mann mit ihm hü und hott, hatte ihm zuerst gedroht und ihn anschließend regelrecht angefleht, Maelys und ihre Tante nach Paris zurückzuschicken. Als er ihm nicht nachgab, hatte er kurzerhand die Kommunikation eingestellt, um es sich dann aus heiterem Himmel anders zu überlegen und Maelys zu gestatten, ihn zu malen. Und nun das:

Wenn du dem Mädchen wehtust, enterbe ich dich.

António musterte Vovôs Einzeiler, bis die Buchstaben vor seinen Augen tanzten und Maelys' Stimme ihn zurückholte.

»Bin so weit!« Sie war auf die Vespa geklettert und trommelte fröhlich auf dem Ledersitz herum.

Er nickte und spürte den unvermeidlichen Trotz in sich aufsteigen, der zu seiner und Vovôs Beziehung gehörte wie das Glas Wein zu Rosárias Caldo verde. Gab es im Leben überhaupt eine Garantie dafür, ob man einen Menschen verletzte oder nicht? Zählten nicht vielmehr die Absichten, die man dem anderen gegenüber hatte? In diesem Fall konnte er seinen Großvater beruhigen: Er hatte nicht vor, Maelys auf irgendeine Art und Weise wehzutun.

Schulterzuckend kehrte er dem Herrenhaus den Rücken, stieg auf den Roller und spürte, wie sein Puls sich beruhigte, als Maelys die Arme um seine Taille schlang und sich an ihn schmiegte. Kurz darauf fuhr er mit aufheulendem Motor und Vollgas vom Hof.

Wie das Castello war der am Ufer des Tejo gelegene Mercado da Ribeira ein besonderer Ort für ihn, auch wenn das Gebäude nur noch wenig mit der Markthalle aus seiner Kindheit gemein hatte. Bevor im Westflügel ein Fresstempel entstanden war, den man heute in jedem Reiseführer fand, war es hier früher reichlich hemdsärmelig zugegangen. Er dachte trotzdem gern daran zurück, wie er zum ersten Mal an Vovôs Westenzipfel durch diese Halle gestolpert war. Freiwillig war er nicht mitgekommen, doch sein Großvater hatte sich der zeternden Dona Sofia widersetzt und entschieden, dass es an der Zeit war, seinen Enkelsohn ins Leben zurückkehren zu lassen.

Es war ein unbarmherziger Stoß in die Wirklichkeit gewesen, aber schon nach wenigen Minuten war seine anfängliche Scheu der Faszination gewichen, die jedem Alvarenga im Blut lag und zum Gastronomen bestimmte. Den Mund weit offen, verfolgte er, wie die Fischhändler rotfleischigen Thunfisch ausnahmen, zuckte zusammen, als der Metzger Knochen hackte. Der Steinboden war von Fischschuppen übersät, in den Auslagen gab es Schweineköpfe und nackte Hühner zu bestaunen. Im nächsten Gang band ein Mädchen faustdicke Korianandersträuße, Frauen priesen ihr Gemüse an, und Männer, die alt genug waren, um nicht mehr den ganzen

Tag beschäftigt wirken zu müssen, beugten sich beim Vormittagsschnaps über den Tresen. Unter der kirchenähnlichen Kuppel war es furchtbar laut, und es stank nach Innereien, Zigaretten und Zwiebeln.

Rückblickend betrachtet war es dieser Geruch gewesen, der die Trauer in ihm für alle Zeiten konserviert hatte. Von jenem Tag an begleitete er Vovô regelmäßig zum Markt, und im Laufe der Jahre wurden aus den Furcht einflößenden Gesichtern hinter den Ständen vertraute Menschen mit Namen und Geschichten. Sie nannten ihn Tóni, strichen ihm übers Haar und schenkten ihm daumendicke Wurstscheiben oder süße getrocknete Feigen.

Zu seinem Bedauern hatte der Markt heute viele der kleineren Händler verdrängt, weil sie sich die Standmieten nicht mehr leisten konnten. Doch auch wenn António nur noch gelegentlich vorbeikam, auf eine schnelle *bica* im Stehen oder wenn Paula eine Zutat ausging – diejenigen, die geblieben waren, kannte er fast alle.

»*Oi, António, tudo bem?* Wie geht es deinem Großvater?« Maria de Lourdes, die Metzgersfrau, die nach Feierabend die streunenden Hunde am Ufer mit Wurstabschnitten fütterte.

»*Tóni! Anda cá!* Komm her und sieh dir an, was uns ins Netz gegangen ist!« Nevio Solares und sein Sohn Henrique, die offenbar immer noch illegal auf dem Tejo fischten.

»*Senhor de Alvarenga, queres provar?* Möchten Sie probieren?« Ricardo Pina, der Ziegenkäsehändler, der über Nacht schlohweißes Haar bekommen hatte, als seine Frau starb.

Er umfasste Maelys' Hand fester, während sie sich an den Menschentrauben vor den Ständen vorbeizwängten, grüßte und winkte, schüttelte den Kopf und schaute seine Begleiterin verlegen an. Zum ersten Mal war es ihm unangenehm, wie ein heimkehrender Sohn begrüßt zu werden. Doch das gehörlose Mädchen war von diesem turbulenten Ort völlig eingenommen und schien nicht an Gesprächen interessiert, weshalb er sie sanft zu der Suppenbar am Ende des Gangs dirigierte, die nicht nur wegen ihrer fairen Preise ein Geheimtipp unter den Einheimischen war.

Die Bedienung hinter dem Tresen war neu, ein junger Nerd mit Brille und Hipsterbart, dessen Stirnfalten sich erst glätteten, als sein Gast sich als Landsmann zu erkennen gab. Ohne lange nachzudenken, bestellte António *cozido à Portuguesa*, ein Gericht seiner Kindheit, und suchte nach einem Platz, von dem aus Maelys das Treiben vor den Ständen beobachten konnte.

Es dauerte, bis der Nerd den Eintopf brachte, aber das Warten hatte sich gelohnt: Das Gericht war ein Fest für jeden, der es deftig mochte: Schweinebauch, Rindfleisch und Huhn, dazu verschiedene Würste und ein bisschen Alibigemüse. António war schon in Begriff, sich für seine Wahl zu entschuldigen, doch Maelys griff, ohne zu zögern, nach dem Besteck.

»Das ist lecker«, sagte sie nach einigen Bissen und fing an zu lachen, weil er wohl allzu irritiert schaute. Manuela hätte garantiert beleidigt den Stand verlassen, hätte er es gewagt, ihr Blutwurst vorzusetzen.

»Papa hat solche Eintöpfe für uns gekocht, wenn er keinen Fisch mehr mochte. Es schmeckt nach zu Hause.« Sie deutete kauend mit der Gabel in die Markthalle. »Das da hingegen hat viel von Paris. Dein Mercado ähnelt dem Marché des Enfants Rouges, obwohl der natürlich viel kleiner ist. Kennst du das Marais?«

»Ich habe sogar in diesem Viertel gewohnt.«

Maelys' Gabel verharrte in der Luft. »Im Marais? Wirklich?«

»Es hat auch Vorteile, wenn die Familie über den ganzen Globus verstreut ist. So kommt man als armer Student fast überall kostenlos unter.« Er begann an den Fingern abzuzählen. »Ich war in Paris, in London, São Paulo, München und ...«

»Meine Tante hatte früher einen portugiesischen Freund«, unterbrach Maelys ihn. »Er hat auch im Marais gewohnt.«

»Ach was.« Aus irgendeinem Grund bekam er Gänsehaut, aber er konnte nicht erklären, warum.

»Ich habe es in ihren Tagebüchern gelesen. Er hieß Frederico Almeida und stammte wie du aus Lisboa«, fuhr sie eifrig fort und tippte sich mit den Gabelzinken auf die Nasenspitze. »Ist das nicht ein lustiger Zufall?«

Er spürte, wie das Blut in seinen Ohren rauschte. *Frederico Almeida.* Der Name sagte ihm nichts, aber ihm fiel das Polaroid in seiner Brieftasche ein. Das Foto einer namenlosen Frau, die vermutlich Französin war und in irgendeinem Zusammenhang zu Maelys stehen musste. Davon war er schon überzeugt gewesen, bevor er die Maschine nach Paris bestiegen hatte. Er hatte den Gedanken nur bis jetzt verdrängt, weil ... Er spürte das schlechte Gewissen wie Nadeln auf der Haut. *Sie denkt, ich hätte sie zufällig gefunden, dabei habe ich sie gesucht. Im Auftrag meines Großvaters.*

»Es war leider keine schöne Liebesgeschichte zwischen den beiden«, fuhr Maelys fort, die seine geistige Abwesenheit nicht bemerkte. »Er hat sie belogen und betrogen, und ... Zwar fehlt mir das Ende der Geschichte noch, aber ich vermute, dass meine Tante deswegen ein Problem mit euch Portugiesen hat. Schlechte Erinnerungen.« Sie blinzelte. »Es tut mir leid, wenn sie nicht besonders nett zu dir war. Das ist sonst nicht ihre Art.«

Er nickte zerstreut, während er das Essen auf seinem Teller hin und her schob. Almeida war ein weit verbreiteter Familienname in Portugal. Tatsächlich bestand die vage Möglichkeit, dass sich in seiner Sippschaft jemand tummelte, der diesen Namen getragen hatte, mütterlicherseits vielleicht oder … Verdammt. Er ahnte, dass er in die richtige Richtung dachte. Nur den Weg sah er nicht.

»Valérie sagt, alle Portugiesen wären faul. Das Einzige, das ihr geschafft hättet, wäre, den Seeweg nach Indien zu finden und Kirchen zu bauen, weil ihr so viel Angst vor der Hölle habt«, plauderte Maelys fröhlich weiter und lachte ihr sperriges Lachen. »Außerdem behauptet sie steif und fest, ihr wärt allesamt unehrlich.« Eine winzige Pause entstand, in der sie ihn aufmerksam musterte. »Aber nicht jeder Portugiese ist ein Frederico Almeida, nicht wahr? Du würdest mich nie anlügen.«

Sein Magen zog sich zusammen, als er die schüchterne Frage hinter ihrer Feststellung hörte.

»Unehrliche Menschen gibt es in jeder Stadt und in jedem Land, Maelys«, antwortete er ausweichend. »In erster Linie sind die Portugiesen friedliche Menschen und scheuen Konflikte. Als zum Beispiel das Militär 1975 die Diktatur stürzte, kamen die Leute aus ihren Häusern und steckten Nelken in die Gewehrläufe der Soldaten.« Er brachte ein schiefes Grinsen zustande. »Die Antwort ist also ein Nein. Wir sind nicht alle wie Frederico Almeida. Bevor ein Portugiese dich anlügt oder mit dir herumdiskutiert, wird er dir aus dem Weg gehen und sich nicht mehr bei dir melden. Sieh dir Mário an. Sobald es ein Problem gibt, haut er ab.«

Vovô. Ich muss mit Vovô reden und ihn nach der Frau auf dem Foto fragen. Diesmal werde ich nicht zulassen, dass er mir ausweicht.

»Aber du haust nicht ab. Du sitzt hier. Mit mir.«

»Ich sitze hier«, bestätigte er und beugte sich nach vorn, um die Haarlocke zurückzustreichen, die Maelys' Stirnmitte für sich beanspruchte. Er hatte Kühle erwartet, aber ihre Haut war heiß und schwitzig. Sein Körper reagierte sofort, weshalb er rasch die Hand zurückzog. Eine Weile lang sahen sie einander schweigend an, bis Maelys nach ihrem Löffel griff.

»Wann wirst du mich eigentlich nach einem richtigen Rendezvous fragen? Oder willst du mich wieder vier Tage warten lassen?«, fragte sie beiläufig, während sie den würzigen Sud des Eintopfs schlürfte, geräuschvoll und wenig damenhaft.

Werde ich mich je an ihre Direktheit gewöhnen? Oder an all die Besonderheiten, die mit ihrer Gehörlosigkeit verbunden sind?

»Ist das hier nicht so was wie ein Rendezvous?« Schmunzelnd zeigte er auf die dampfenden Teller. »Du und ich. Und ein Tisch mit leckerem Essen.«

»Aber es ist mitten am Tag. Es gibt hier keine Tischdecken und keine Kerzen. Einen Musiker sehe ich auch nicht.«

»Du willst einen Musiker?«, fragte António verblüfft.

»Warum nicht?« Sie setzte eine Miene auf, die er zuletzt bei Albio gesehen hatte, als dieser ihn über die Notwendigkeit belehrt hatte, die Türglocke zu betätigen. »In Paris spielt immer jemand Geige bei einem Rendezvous. Es ist Freitagabend, das Licht ist schummrig, der Kellner trägt weiße Handschuhe und verbeugt sich andauernd. Auf der Karte stehen Weine mit komplizierten Namen, und vor dem Essen gibt es ein Amuse-Gueule aus der Küche, winzig wie Zwei-Euro-Stücke.« Ihre Augen begannen zu funkeln. »Aber das Beste ist, dass man – obwohl alle Tische besetzt sind – die ganze Zeit das Gefühl hat, dass man nur zu zweit im Raum ist.«

»Verstehe«, sagte er gedehnt und versuchte erfolglos, seinen Puls zu kontrollieren. »Du möchtest also, dass ich abends mit dir ausgehe. In ein schickes Restaurant.«

»Für einen Hörenden bist du ganz schön schwer von Begriff, Senhor de Alvarenga.« Sie legte den Löffel neben den Teller und lehnte sich zurück. »Du könntest es auch lassen. Dann gehen wir irgendwo ein Eis essen und bleiben bloß Freunde.«

Nie in seinem Leben hatte er sich derart entwaffnet von einer Frau gefühlt. Erstaunlich, dass es ihm vollkommen egal war. Ihre Geradlinigkeit machte alles so einfach. Ja oder nein. Ein Dazwischen gab es nicht.

»Wie sagt man: Eiscreme wird überschätzt?«, fragte er leise, musste aber erkennen, dass Maelys die feine Ironie in seinen Worten nicht erfasste. Also nickte er lächelnd, als sie ihm folgsam die Gebärde demonstrierte, und versuchte es direkter. »Ich führe dich morgen Abend gerne aus. Ein Restaurant mit Tischdecken und Kerzen werde ich finden, Kellnerhandschuhe und Verbeugungen kann ich dir allerdings nicht versprechen. Und was den Geiger angeht«, er raufte sich gespielt verzweifelt die Haare, »wäre ein Gitarrenspieler auch okay?«

Langsam, sehr langsam stahl sich ein Lächeln auf ihre Lippen.

* * *

EINIGE STUNDEN SPÄTER.

21:45 Uhr.
Ich muss mit dir reden, Vovô.

21:50 Uhr.
Bitte, Vovô.

21:52 Uhr.
Was willst du, Junge?
Hat das Mädchen dich abserviert?
Du wirst es verschmerzen. Wie jedes Mal.

21:55 Uhr.
Du gehst nicht ans Telefon.

22:10 Uhr.
Wieso sollte ich? Ich habe keinen Redebedarf.

22:12 Uhr.
Ernsthaft, Vovô? Du sprichst nur noch per SMS mit mir?

22:15 Uhr.
Warum nicht?
So kann ich mir wenigstens aussuchen, wann ich antworte.
Oder ob überhaupt.

22:17 Uhr.
Die Frau auf dem Polaroid. Wer ist sie?

22:20 Uhr.
Ich habe dir schon mal gesagt, dass sie keine Rolle spielt. Also vergiss es einfach.

22:22 Uhr.
Was verschweigst du mir, Vovô?

22:50 Uhr.
Verrate mir wenigstens, ob dir der Name Frederico Almeida etwas sagt.

23:35 Uhr.
Vovô?

00:10 Uhr.
Er war ein alter Freund.

00:11 Uhr.
Was heißt war?

01:23 Uhr.
Er ist gestorben. Vor über fünfzig Jahren.

15. Kapitel

LISSABON, IM MAI 2019.

António.

Zehn Minuten? Eine halbe Stunde? António war sich nicht sicher, wie lange er schon auf das pyramidenförmige Metallgehäuse starrte, das munter auf dem Schreibtisch vor sich hin klickte. Das Metronom stammte noch aus den Zeiten seines Klavierunterrichts und war ein Geschenk seiner Großmutter gewesen. Tatsächlich half ihm das behäbige Klicken (Manuela fand es *fürch-ter-lich*), sich auf seine Arbeit zu konzentrieren – Schreibtischarbeit, die er meist bis zum Wochenende vor sich herschob. An diesem Morgen war es ihm noch schwerer als sonst gefallen, sich auf den Inhalt von Manuelas Mappe einzulassen. Irgendwann zwischen Kaffee Nummer drei und vier hatte er schließlich sämtliche Schriftstücke ungelesen in den Postausgangskasten gelegt, der ironischerweise die gleiche Farbe wie Manuelas zitronengelbe Mappe besaß.

Er ist gestorben. Vor über fünfzig Jahren. In Gedanken an Vovôs letzte SMS löste er den Blick von dem Zeitmesser und drehte sich zum Fenster. Sein Büro – er hatte Monate gebraucht, um es so zu bezeichnen, weil Vovô den Raum nach seinem letzten offiziellen Arbeitstag verlassen hatte, als beabsichtige er, am nächsten Morgen wiederzukommen – lag im Erdgeschoss des Ostflügels. Er schaute auf den begrünten Innenhof mit der Restaurantterrasse. Seine Ur-Ur-Großmutter hatte den Hof damals bepflanzt, obwohl in Zeiten des allgemeinen Verfalls eigentlich kein Geld dafür übrig gewesen war. Doch die Frauen in seiner Familie waren schon immer ausgesprochen erfinderisch gewesen, wenn es darum ging, aus dem Nichts Großes zu schaffen.

Besagtes *Nichts* lag in diesem Fall direkt zu ihren Füßen, denn das Umland Lissabons, das nahe Douro-Tal und die Küstengebiete der Algarve gehörten zu den vegetationsreichsten Gegenden Portugals. Man musste sich nur bücken, um aus Trieben oder ausgegrabenen Knollen Setzlinge zu ziehen, die später in mit Pflastersteinen umsäumten Beeten ein Zuhause fanden. Alte Kochtöpfe und Zinkwannen wurden zu Kinderstuben von Oliven- und Zitronenbäumchen, Lavendelsträuchern und Jakarandas, zusammengeknotete Drähte an der Hausfassade zu Rankhilfen für tiefblaue Zierwinden und leuchtend rote Bougainvilleen. Jahre später grünte und blühte der ehemalige Müllhof wie ein verwunschener Garten. Jeder einschlägige Reiseführer lobte die fantasievoll gestaltete Grünanlage des Hotels, in der es eines der ungewöhnlichsten Azulejo-Gemälde der Stadt zu bewundern gab, dessen Scherben ebenfalls seine Ur-Ur-Großmutter damals von einer Bauschuttdeponie aufgesammelt hatte. Doch für die Alvarengas bedeutete dieser Ort viel mehr.

António tastete nach seinem kalt gewordenen Kaffee. Nummer fünf, falls er richtig zählte und völlig ohne Wirkung, dabei hatte er mit der Buchhaltung noch nicht einmal angefangen. Bilanzen, Vorsteuer, Lohnbuchhaltung. Pünktlich zum Monatsende fragte er sich, wieso er nicht wie jeder normale Hotelier einen Steuerberater beschäftigte.

Weil wir kein Geld für Leute ausgeben, die wir gar nicht brauchen, erklang Vovôs verdrießliche Stimme aus dem Off. Caramba, *du hast Betriebswirtschaft studiert, also wirst du wohl imstande sein, ein Knäuel Küchengarn zu verbuchen.*

Caramba. Natürlich war er dazu imstande, was nichts daran änderte, dass er es hasste. Er drehte sich nicht um, als die Tür in seinem Rücken geöffnet wurde. Manuela klopfte nie an, aber mittlerweile hatte er sich daran gewöhnt.

»Was hältst du von einer Fortbildung? Buchhaltung. Und Finanzen«, sagte er nachdenklich in Richtung der hellen Sonnensegel, die wie Drachenschwingen die Terrassentische beschatteten. Das zischelnde Geräusch der Sprinkleranlage drang herein, begleitet vom Duft frischen Gebäcks. Kein Wunder, dass sein Magen revoltierte. Außer Kaffee hatte er bislang nichts zu sich genommen, und bis zum Abendessen mit Maelys dauerte es noch einige Stunden.

»Ich habe zwar länger nicht mehr die Schulbank gedrückt, aber sofern Sie mir eine Bankvollmacht erteilen, bin ich dabei«, antwortete eine französische Stimme hinter ihm, die schon deshalb nicht seiner Assistentin gehören konnte, weil Sarkasmus nicht gerade zu Manuelas Stärken zählte.

Sofort hörte er auf, im Sessel zu wippen, und drehte sich mit einem gezwungenen Lächeln um.

»Madame Aubert. Was für eine Überraschung.« Eine kaum hörbare Pause versteckte sich in seinem Satz, kurz genug, um sie leugnen zu können, und ausreichend lang für die Botschaft, die ein wohlerzogener Mensch einem ungebetenen Besucher gegenüber nicht offen äußerte.

Kaum hatte er den Kaffeebecher abgestellt, saß sie bereits im Besuchersessel, eine viel benutzte Ledertasche (etwa Kroko?) auf den Knien, die arthritischen Finger ihrer gesunden Hand um die abgeschabten Henkel gekrallt. *Sie sieht immer aus, als sei sie auf dem Weg zu einer Beerdigung,* überlegte er, während er die steil emporragende Hutfeder beäugte. Wenn das Ding ein Stimmungsbarometer war, nahm er sich besser in Acht.

»Sie haben also einen Job für mich, Senhor de Alvarenga?«

»Ich ... Meine Assistentin, sie ... ich dachte, Sie wären ...« Er konnte sich nicht erklären, weshalb er jedes Mal unter dem bernsteinfarbenen Blick zusammenschrumpfte wie ein Luftballon, den man nicht fest genug zugeknotet hatte. »Nein, Madame«, murmelte er schließlich, »leider habe ich keinen Job für Sie.«

Sie schwieg, dann seufzte sie tief.

»Humor habt ihr Portugiesen also auch nicht.«

»Aber wir haben Kaffee. Sehr guten Kaffee«, wandte António ein, froh, zum Telefonhörer greifen zu können, nachdem seine unangemeldete Besucherin das Angebot mit einem gnädigen Nicken kommentiert hatte.

Weil er die falsche Durchwahl getippt hatte, landete er an der Rezeption, aber Manuela nahm die Bestellung widerspruchslos entgegen. Als er auflegte, kam Madame Aubert unumwunden zur Sache.

»Vermutlich fragen Sie sich, wieso ich hier bin.« Sie drehte den Kopf zum Fenster. Beim Anblick des Innenhofs huschte ein winziger Anflug von Erstaunen über ihr matt gepudertes Gesicht, der jedoch genauso flüchtig war wie die Hummel, die zuerst gegen die Scheibe prallte und dann mit einem verwunderten Brummen in Richtung Goldfischteich verschwand. »Hätte ich geahnt, dass die portugiesischen Taxifahrer es darauf anlegen, ihre Fahrgäste umzubringen, hätte ich es mir noch mal überlegt, Sie aufzusuchen. Und überall diese hupenden Touristen-Tuk-Tuks, man kommt sich vor wie in Bangkok.« Sie schnalzte missbilligend. »Davon abgesehen sind eure Straßen in einem erbarmungswürdigen Zustand. Von manchen Häusern gar nicht erst zu reden.«

»Das stimmt.« António war fest entschlossen, ihren provokanten Unterton zu ignorieren.

»Ihre Adresse habe ich übrigens von der Visitenkarte, die Sie meiner Nichte gegeben haben. Ihr Hotel ist recht annehmbar, wenn man von den Löchern in der Fassade und der zusammengewürfelten Einrichtung absieht.«

»Schön, dass Ihnen das Gloriosa gefällt.«

»Ich habe nicht behauptet, dass es mir gefällt.« Madame Auberts Augen bohrten sich in seine. »Aber genug von dem überflüssigen Vorgeplänkel. Welche Absichten verfolgen Sie bezüglich meiner Nichte?«

»Weiß Maelys, dass Sie hier sind?« Er hoffte, dass sie nicht bemerkt hatte, wie er kurz die Luft angehalten hatte. *Absichten. Meu Deus*, sie klang wie Vovô.

»Wäre dem so, hätte ich mich kaum in aller Herrgottsfrühe aus dem Haus geschlichen, junger Mann.« Sie hob witternd die Nase, wobei die schwarze Hutfeder jeder ihrer Bewegungen folgte. »Also, Senhor de Alvarenga. Ich warte auf eine Antwort.«

Er war nie in seinem Leben glücklicher gewesen, Manuela zu sehen, die just in diesem Moment die Tür aufstieß. Seine Erleichterung schwand jedoch, als er ihr falsches Lächeln bemerkte. Sie war sauer.

»Zwei Kaffee und zweimal *tarte de limão*.« Die randvollen Tassen schwappten über, als Manuela das Tablett abstellte.

»Hat der Herr noch einen weiteren Wunsch?« Ihre dunkelbraunen Augen blitzten angriffslustig. *Wag es ja nicht nochmals, mich zur Servierdüse zu degradieren*, lautete die unausgesprochene Botschaft, die António ein eiliges Kopfschütteln abnötigte.

»Danke, Senhora Nascimento. Ich weiß Ihre Mühe zu schätzen.«

»Natürlich tust du das, *chéri*«, konterte Manuela, was ihr sofort Madame Auberts Aufmerksamkeit sicherte.

Mit zusammengekniffenen Augen musterte sie Manuela, die sorgfältig frisierten Haare, die schlanken Waden. Man sah förmlich, wie die Zahnräder in Madames Gehirn knirschten, bis die unausweichliche Schlussfolgerung ihren Mund klein und spitz machte.

Allmächtiger, er war erledigt. Man musste schon taub sein, um von Manuelas Unterton nicht darauf zu schließen, dass ihr Verhältnis sich kaum darin erschöpfte, dass sie die Post für ihn erledigte oder Kaffee servierte. Zumindest bis vor zwei Wochen. Bevor ein Kurztrip nach Paris sein komplettes Leben auf den Kopf gestellt hatte. Er kritzelte eine Liste imaginärer Flüche auf die schwere Holztür, die seine Assistentin hinter sich ins Schloss geworfen hatte.

»Ich hoffe, Sie mögen Zitronenkuchen. Wir backen ihn nach dem Rezept meiner Großmutter, und er ist sehr beliebt bei unseren Gästen.«

Kommentarlos griff Madame nach einer Kaffeetasse und sah an ihm vorbei zur Vitrine, in der Vovôs Füllersammlung lag, bewacht von einem Halbkreis goldgerahmter Fotografien.

»Meine Nichte ist nicht wie andere Frauen, aber das haben Sie sicher schon festgestellt.« Sie hinderte ihn mit einer harschen Geste an einer Antwort. »Ich meine damit nicht nur ihre Gehörlosigkeit«, setzte sie hinzu. »Maelys hat schon als Kind öfter Abschied von geliebten Menschen nehmen müssen, als nötig gewesen wäre, und mit der Pflege ihrer depressiven Mutter trug sie mehr Verantwortung als mancher Erwachsene. Es ist ein Wunder, Senhor de Alvarenga, dass aus ihr die Frau geworden ist, die sie nun mal ist. Unvoreingenommen. Vertrauensvoll. Arglos. Voller Zuneigung, sogar für jemanden wie Sie.«

António atmete scharf ein. *Für jemanden wie ihn.*

»Bei allem Respekt, aber ich glaube, Sie schätzen mich falsch ein«, erwiderte er und ballte die Hände unter dem Tisch zu Fäusten. Zuerst Vovô, jetzt dieser Besen. Dabei hatte er das Mädchen nicht mal angerührt. Waren denn alle total verrückt geworden?

»Möglich, dass ich Sie falsch einschätze. Vielleicht aber auch nicht.« Mit einer knappen Kinnbewegung wies sie zur Tür, ehe sie ihn erneut mit ihrem seltsamen fluoreszierenden Blick musterte. »Maelys wird in Kürze das Porträt Ihres Großvaters fertigstellen und danach mit mir nach Paris zurückkehren, um ihr Studium fortzuführen. Sie war ein paar Tage in Lissabon, dann ist sie wieder weg. *C'est la vie.* So ist das Leben. Lassen Sie es einfach dabei, junger Mann. Zu unserer aller Besten.«

Damit stand sie auf und wanderte im Raum umher, vorbei am Bücherregal und an dem Schuhputzautomaten, den er schon letztes Jahr reparieren lassen wollte. Die Porzellantasse trug sie vor sich her wie ein Priester eine Hostienschale. Vor der Ledercouch machte sie kehrt und blieb schließlich vor der Vitrine stehen.

»Was, wenn ich nicht vorhabe, es dabei zu belassen, Ma-

dame Aubert?« Die Worte waren ihm herausgerutscht, ohne
dass er hätte sagen können, wo sie plötzlich hergekommen
waren. Aus seinem Kopf jedenfalls nicht, in dem die Gedanken durcheinanderwirbelten wie die Blütenblätter, die draußen durch die Frühlingsluft tanzten und den Goldfischteich
mit pinkfarbenem Konfetti besprenkelten. Die Worte hatten
ihren Ursprung tiefer. Dort, wo sein Herz jedes Mal schneller
schlug, wenn er ihren Namen hörte.

Ich möchte es definitiv nicht dabei belassen.

Verblüfft über seine eigene Erkenntnis, realisierte er erst
mit einiger Verzögerung, dass mit Maelys' Tante eine merkwürdige Veränderung vorgegangen war. Wie paralysiert
starrte sie in die Vitrine, das Gesicht wächsern und bestürzt,
als habe sie einen Geist gesehen.

Als ihre Tasse auf dem Steinboden zerbrach, sprang er aus
dem Schreibtischsessel. In zwei, drei Schritten war er bei ihr,
doch sie widersetzte sich seinem Versuch, sie zu ihrem Stuhl
zurückzuleiten. So blieb er hilflos stehen, einen erschlaff-
ten Körper im Arm und ein schweres Parfum in der Nase.

»Wer ist das?«, brachte sie schließlich hervor.

Stirnrunzelnd folgte António ihrem Finger, der wie eine
verrücktspielende Kompassnadel über die Fotografien irrte.
Neben einer Kinderaufnahme von Vovô war auch ein Abzug
jenes Fotos darunter, das Maelys in der Quinta entdeckt
hatte. Sein Innerstes zog sich beim Anblick seiner Eltern zusammen, doch Valérie Auberts Aufmerksamkeit galt dem
größeren Rahmen, der hinter den anderen thronte.

»Das ist Maria de Alvarenga. Meine Ur-Ur-Großmutter.«

Er vergewisserte sich, dass Maelys' Tante ihre Fassung
zurückerlangt hatte, und öffnete die Vitrine. Er hielt ihr den
ovalen Rahmen entgegen, doch sie starrte nur mit glasigem

Blick auf die silberhaarige Frau, deren Lächeln zu dünn war, um warm zu wirken. Selbst er konnte das Bild nie lange ansehen, ohne sich aus dem Jenseits gemaßregelt zu fühlen.

»Sie wirkt Furcht einflößend, aber das täuscht«, sagte er in dem plötzlichen Bedürfnis, seine Vorfahrin verteidigen zu müssen. »Sie hat ihre Familie sehr geliebt, und ohne sie gäbe es heute kein Gloriosa mehr ... Zumindest wäre es nicht in unserem Besitz.« Voller Stolz zeigte er zum Fenster und versuchte, den Hof mit den Augen seiner Besucherin zu sehen, was ihm nicht gelang, da er alles viel zu genau kannte. »Dona Maria war der Auffassung gewesen, man müsse dem Verfall stetes Wachsen und Gedeihen entgegensetzen. Der Garten wurde für sie zu einer Art Sinnbild für die vielen fruchtbaren Beziehungen, die sie auf wirtschaftlicher und politischer Ebene geknüpft hatte. Sie war gut darin und ziemlich kompromisslos, davon könnte Ihnen mein Großvater ein Lied singen.« Behutsam blies er die dünne Staubschicht auf dem Glas der Fotografie fort. »Nachdem sie ihn mit der Tochter eines reichen Unternehmers verheiratet hatte, behielten wir das Hotel, das kurz vor der Enteignung stand, und bekamen sogar drei weitere an der Algarve hinzu. Sie hatte wirklich ein gutes Händchen für ...« Ein Laut ließ ihn innehalten.

Madame Aubert war ans Fenster getreten und klammerte sich an den Sims, als stünde sie bei rauer See auf einem Schiff und hätte Mühe, das Gleichgewicht zu halten. Zu seiner Überraschung glitzerte eine Tränenspur auf ihrer Wange, die sie mit schroffer Geste wegwischte.

»Möchten Sie vielleicht ein Glas Wasser?«, fragte er besorgt, während er die Aufnahme von Dona Maria zurück auf ihren Platz stellte.

»Wasser ist für Kühe. Aber danke der Nachfrage.« Die ruppige Antwort beruhigte ihn.

»Was Maelys angeht ...«

»Haben Sie auch ein Foto von Ihrem Großvater?«

Er sah sie verständnislos an.

»Ein Foto«, wiederholte sie mit belegter Stimme. »Von Eduardo de Alvarenga. Da ich bisher nicht das Vergnügen hatte, seine Bekanntschaft zu machen, wüsste ich gern, mit wem ich es zu tun habe.«

»Tut mir leid, dass er sich Ihnen immer noch nicht vorgestellt hat. Mein Großvater ist derzeit ...«

»... unpässlich. Ich weiß.« Sie drehte den Kopf und sah ihn mit einem Blick an, der ihm aus einem unerfindlichen Grund einen Schauer über den Körper jagte.

»Mein Großvater ist ausgesprochen kamerascheu, weshalb ich Sie leider enttäuschen muss.« António griff sich verlegen in den Nacken. Tatsächlich erinnerte er sich nicht daran, jemals eine Aufnahme von Vovô im Erwachsenenalter gesehen zu haben. Weder im Hotel noch in der Quinta.

Sie schwieg lange, bis plötzlich ein Lächeln über ihr Gesicht glitt, als habe sie ohnehin keine andere Antwort erwartet.

»Das passt zu ihm«, sagte sie leise und sah aus, als wolle sie dem noch etwas hinzufügen, entschied sich jedoch dagegen. Stattdessen kehrte sie mit geradem Rücken zu ihrem Stuhl zurück, wo sie ihren Regenschirm von der Lehne und die Handtasche vom Sitz nahm. »Ihr Kaffee kann unserem zwar nicht das Wasser reichen, aber er war genießbar, und den Kuchen probiere ich ein anderes Mal. Mir ist gerade eingefallen, dass ich noch etwas Wichtiges zu erledigen habe.«

»Das war alles?«, rief er ihr nach und hob die Hände, in

der Hoffnung auf eine Antwort, die diesem absurden Gespräch einen Sinn verlieh. »Ich wollte Ihnen noch sagen, dass ich Maelys...« *Que merda*, er stotterte. Und wenn schon. Es kam nicht darauf an, *wie* er es sagte. Er schloss die Augen. »So verrückt es klingt, aber ich glaube, ich habe mich in Ihre Nichte verliebt.«

Die alte Dame hielt inne, die Türklinke bereits in der Hand. Aber es dauerte eine gefühlte Ewigkeit, bis sie sich zu ihm umdrehte.

»Haben Sie im Mathematikunterricht aufgepasst?«

Er schluckte. Nicht nur die Frage, sondern auch die unerwartete Milde in ihrer Stimme verunsicherte ihn. War ihr Stimmungswechsel ein gutes Zeichen? Oder sollte er besser in Deckung gehen, bevor sie ein Messer aus dem Strumpfband zog, um die Ehre ihrer Nichte zu verteidigen?

»Ich verstehe nicht, worauf Sie hinauswollen, Madame.«

»Ja, das Problem haben viele Leute.« Erneut huschte ihr Blick zur Vitrine. Ihr Seufzen war mehr zu spüren als zu hören. »Nun, wenn Sie in der Schule aufmerksam zugehört haben, müssten Sie wissen, dass die kürzeste Distanz zwischen zwei Punkten die Gerade ist. Ich für meinen Teil habe über fünfzig Jahre gebraucht, um das zu verstehen. Wie sieht es bei Ihnen aus, Senhor de Alvarenga?«

»Ist alles in Ordnung mit dir?«, fragte Manuela versöhnlich und lehnte sich mit verschränkten Armen gegen die Tür, die Madame Aubert vor einer Weile geschlossen hatte.

»Sicher, warum nicht?«, antwortete António zerstreut, seine Augen auf eine Excel-Tabelle gerichtet. Wenn er ehrlich war, wusste er nicht genau, warum er sie sich noch ansah. Manuela hatte derart gewissenhaft vorgearbeitet, dass es für ihn nichts weiter zu tun gab, als die ausgefüllte Erklärung online an die Finanzbehörde zu schicken. Mit dem Gefühl, seine Zeit verschwendet zu haben, schloss er den Deckel des Laptops und stützte das Kinn in die Hände. Manuela hatte sich zwischenzeitlich keinen Zentimeter von der Stelle gerührt. Er erinnerte sich nicht, wann er sie zuletzt schuldbewusst erlebt hatte, aber ihr Gesichtsausdruck kam dem doch recht nahe.

»Tut mir leid, wenn ich vorhin unhöflich gewesen bin.«

»Schon vergessen. Danke, dass du den Quartalsabschluss vorbereitet hast. Damit hast du mir ein paar graue Haare erspart.«

»Du meinst ein paar *weitere* graue Haare?«

Sie stieß sich von der Tür ab und kam zu ihm an den Schreibtisch. Statt auf dem Besucherstuhl Platz zu nehmen, setzte sie sich auf die Tischkante, nah genug, dass er ihr Parfum roch. Jasmine von Alvarez Goméz. Sein Lieblingsduft, den er ihr zu Weihnachten geschenkt hatte. Seltsam, dass er sich nicht entsann, ihn jemals an ihr gerochen zu haben.

Sie streichelte ihm über die Schläfe. »Ich mag deine silbernen Strähnen. Sie sind sexy.« Ihre Stimme war leise auf diese intime Art, die normalerweise sofort Wirkung zeigte. Aber was war derzeit schon normal?

»Mag sein.« Er lehnte sich zurück, erfasst von dem Bedürfnis nach Abstand. »Aber ich bin vierunddreißig, keine vierundvierzig. Es ist noch zu früh für graue Haare.«

»Solange du dich im Bett bewegst wie ein Vierunddreißigjähriger, darfst du gern zehn Jahre älter aussehen.« Sie schlug die Beine übereinander und malte aufreizend Kreise auf die Tischplatte. »Wer war die schwarze Witwe?«, fragte sie beiläufig.

Manuela hatte manchmal ein zu boshaftes Mundwerk für seinen Geschmack, aber in diesem Fall traf ihre Beschreibung sprichwörtlich ins Schwarze.

»Madame Aubert. Maelys' Tante.«

»Die Tante von der kleinen tauben Französin? Was wollte sie von dir?«

Das war der springende Punkt. Was hatte sie von ihm gewollt? Seine *Absichten* unter die Lupe nehmen, wie sie eingangs behauptet hatte? Ihn davon abbringen, sich um Maelys zu bemühen? Hätte sie sich dann nicht die letzte Bemerkung schenken müssen, die eine deutliche Aufforderung gewesen war? *Die kürzeste Distanz zwischen zwei Punkten ist die Gerade.* Meinte sie Maelys und ihn damit? Und was zum Teufel bedeutete, sie habe über fünfzig Jahre gebraucht, um …?

»Wenn du weiter so angestrengt nachdenkst, wirst du die Stirnfalten nie mehr los«, spöttelte Manuela und riss ihn aus seinen Gedanken. Er musterte ihre Knie, die genauso knochig waren wie die von Maelys, zögerte und legte schließlich eine Hand darauf.

»Wir sind doch Freunde, Manuela …«

»Aber natürlich sind wir das. Unter anderem.«

»Es ist wegen …« Verlegen brach er ab, aber der Drang, sich einem Menschen anzuvertrauen, war zu groß. »Ich bräuchte einen Rat von dir. Als Frau. Wegen einer Sache, die mir schon seit einer Weile Kopfzerbrechen bereitet.«

»Ja?« Ihr Schmunzeln vertiefte sich zu einem wissenden Lächeln. Sie kannte ihn, und das mittlerweile besser als seine Schwester, für die er ganz ähnlich empfand – von der körperlichen Sache abgesehen.

Als Manuela und er nach einer Betriebsfeier zum ersten Mal im Bett landeten, war sie neu im Gloriosa und so betrunken gewesen, dass sie mittendrin eingeschlafen war. Einen Mordsschrecken hatte sie ihm eingejagt, als sie von ihm heruntergekippt war wie ein Jockey vom Pferd. Am nächsten Morgen brachte sie ihm Kaffee ans Bett und bot ihm eine Beziehung an, die über jegliche Verpflichtungen und Besitzansprüche erhaben war. Auch wenn er sich damals vorgenommen hatte, sie trotzdem für sich zu gewinnen, war er heute froh, dass die Liebe nie zu Manuelas ehrgeizigen Plänen gehört hatte. Ihre Partner wechselte sie so häufig wie manche Leute die Pads in ihrer Kaffeemaschine, aber er war ihr Freund und Vertrauter geworden. Und da dies auf Gegenseitigkeit beruhte, war es ihm ein Bedürfnis, sein Herz bei ihr zu erleichtern – obwohl es eine Weile dauerte, bis etwas aus seinem Mund herauskam, der sich so trocken anfühlte, als hätte er vor, die Beichte abzulegen.

»Wahrscheinlich hältst du mich für total verrückt, aber ich wusste es von der ersten Sekunde an«, sagte er zögernd.

»Tatsächlich?« Manuela schob sich näher an ihn heran und neigte den Kopf, bis ihr schwarzes Haar über ihre Schultern nach vorn fiel. Ermutigt von ihrem aufmerksamen Blick, nickte er hastig. Sie war wirklich eine gute Zuhörerin.

»Dabei war unsere erste Begegnung eigentlich ein Desaster. Sie wollte mich mit einem Bleistift erstechen, und sie hat mich ordentlich heruntergeputzt, weil ich beinahe ihre Staffelei umgerannt hätte. Maelys war so … so süß, wie sie da stand und mir händewedelnd einen Vortrag gehalten hat …« Er lachte leise in sich hinein.

»Maelys.« Manuela atmete aus, und vielleicht hätte er ihren ungläubigen Unterton bemerkt, hätte sich Maelys' Gesicht nicht wie eine rosafarbene Schablone über alles geschoben, was er sah und fühlte. Beiläufig registrierte er, wie

Manuelas Hand von seiner rutschte. Steif rückte sie von ihm ab, was er der unbequemen Sitzposition auf der Schreibtischkante zuschrieb.

Mit einer katzenhaften Bewegung glitt sie vom Tisch und nahm mit gefalteten Händen auf dem Besucherstuhl Platz. Sie sah aus, als würde sie beten, während er endlich in Fahrt kam und sich alles von der Seele redete, angefangen bei jenem schicksalhaften Abend, als Vovô ihn bat, anhand eines alten Polaroids eine Frau zu suchen, die er selbst zunächst für ein Phantom gehalten hatte. Er gestand, dass er Maelys und ihre Tante unter Vorspiegelung falscher Tatsachen nach Lissabon gelockt hatte, schilderte Vovôs unerklärlichen Sinneswandel und den Moment, als ihm bewusst geworden war, dass ihm das gehörlose Mädchen zu viel bedeutete, um es in dem Glauben zu lassen, dass ihre Begegnung ein Zufall gewesen war. Wahrscheinlich müsste er froh sein, wenn Maelys danach überhaupt noch mit ihm redete. Als er seine Geschichte mit dem Überraschungsbesuch von Madame Aubert schloss, fühlte er sich seltsam befreit.

Danach herrschte zwischen ihnen Schweigen. Manuela ließ ihre langen Beine über der Sessellehne baumeln und kaute an einem Fingernagel.

»Klingt ziemlich schräg das alles, oder?« Er spürte ihren Stimmungswechsel, wusste ihn aber nicht einzuordnen.

»Schräg würde ich das nicht nennen.«

»Sondern?«

»Kommt auf den Rat an, den ich dir geben soll.«

»Ich bin heute Abend mit Maelys verabredet«, bekannte er und spürte, dass er rot wurde.

»Ihr habt ein Date?« Ihr Lid zuckte.

»Im Feitoria. Mit allem Drum und Dran.«

»Und jetzt willst du von mir wissen, ob du sie nach dem Sternedessert vögeln sollst.«

»Himmel, Manuela! Nein, natürlich nicht.« Er runzelte die Stirn, weil ihm dieses Wort, das er und Manuela früher oft benutzt hatten, noch nie in den Sinn gekommen war, wenn er an Maelys dachte. »Ich bin mir nur nicht sicher, ob es wirklich eine gute Idee ist. Wenn ich sie enttäusche... Ach verdammt, ich weiß doch selbst nicht, wohin das mit uns führen soll. Wir kennen uns kaum, und Maelys lebt in Paris. Das sind verfluchte zweitausend Kilometer zwischen einer Gehörlosen und einem Mann, der es gerade mal sechs Monate mit einer Frau aus ein und derselben Stadt ausgehalten hat. Ich hab keine Ahnung, wie man eine ernsthafte Beziehung führt. Und ich fürchte, ich bin auch nicht sehr gut darin.«

Er dachte kurz darüber nach, ob es einen Unterschied machen würde, mit einer gehörlosen Frau zusammen zu sein. Würde ihm etwas fehlen? *Nein*, beschloss er sofort. Er kannte Maelys vielleicht noch nicht lange, aber er war sich sicher, dass ihre Hände, ihre Lippen und Augen imstande waren, die gleiche Intimität auszudrücken, wie Worte es vermochten. Vielleicht sogar noch besser.

»Halleluja.« Manuela pfiff leise durch die Zähne. »Du hast dich tatsächlich verknallt.«

»Vielleicht«, bekannte er, und zum ersten Mal kam ihm ein Gedanke, der ihm bislang völlig abwegig erschienen war. »Ist das ein Problem für dich?«

Es dauerte, bis eine Reaktion von ihr kam. Schließlich lachte sie auf, laut und ein wenig schrill.

»Ich bitte dich, António!«

»War nur so ein Gefühl.« Er legte den Kopf schräg und verengte die Augen. »Du bist irgendwie komisch.«

»Ich mache mir nur Sorgen. Nicht um die kleine taub-
stumme *francesinha*, sondern um dich. Um deine Situation.«

»Sie ist nicht taubstumm, sondern gehörlos«, korrigierte
er unwillig. »Und wie lautet dein Rat zu meiner *Situation*?«

»Wenn du das *gehörlose* Mädchen wirklich magst, habe ich
eine Idee. Die klingt aber vermutlich ziemlich eigennützig.«
Mit geschürzten Lippen blickte sie zur Stuckdecke empor, als
hätte jemand ihren Text dorthin gepinselt. »Okay, die Idee ist
definitiv eigennützig.«

»Jetzt bin ich gespannt.«

»Du solltest sie nach dem Dessert vö… Du weißt schon.«
Betont gleichgültig zuckte Manuela mit den Schultern. »Danach überträgst du mir die Leitung des Gloriosa, kaufst dir
ein One-Way-Ticket nach Paris, und alle, abgesehen von der
schwarzen Witwe, sind glücklich. Aber Madame Aubert ist
wahrscheinlich auch dann unzufrieden, wenn sie den Haupt-
gewinn in der Lotterie zieht, also sollte sie nicht dein Problem
sein. Und was deinen Großvater betrifft… Tja, er wäre nicht
der erste Mann, der im Alter ein bisschen wunderlich wird.
Er wird sich schon einkriegen.«

António grinste. »Ich hab dich wirklich gern, Manuela.
Aber das war garantiert das letzte Mal, dass ich mir von dir
einen brauchbaren Ratschlag erhofft habe.«

»Keine Ursache.« Sie schwang die Beine von der Armlehne
und rutschte mit einer eleganten Drehung nach vorn auf die
Sesselkante. Überrascht erkannte er einen Ausdruck von
Schmerz in ihren braunen Augen, den sie jedoch so rasch mit
einem anzüglichen Lächeln übertünchte, dass er das Ganze
für Einbildung hielt. »Nur für den Fall, dass du es dir mit der
flachbrüstigen Französin noch mal anders überlegst, Senhor
de Alvarenga«, sagte sie. »Du weißt ja, wo ich wohne.«

Maelys.

»Tante Valérie? Bist du da?« Vorsichtig öffnete sie die Tür zu Valéries Zimmer. Es war leer bis auf den Vogel, der sich auf das Sims gewagt hatte und davonflatterte, als sie eintrat. Sie schloss das Fenster, ließ den Blick über das zerwühlte Bett und die auf dem Boden verstreuten Kleidungsstücke wandern und hastete einer plötzlichen Befürchtung folgend ins Bad, das sie jedoch ebenso verwaist vorfand. Keine Spur von Valérie.

Aus alter Gewohnheit sammelte Maelys die auf dem Waschbecken verteilten Parfumproben von Chanel N° 5 zusammen und legte sie zu den anderen Schminkutensilien. Anschließend betrachtete sie sich im Spiegel und rieb sich den rostbraunen Ölfarbenfleck von der Wange, der wie die Schatten unter ihren Augen ein Überbleibsel ihrer nächtlichen Arbeit war. *Ob ich mir Sorgen um Valérie machen muss?* Geistesabwesend kehrte sie ins Schlafzimmer zurück, las ein Spitzennachthemd vom Fußboden auf und sah sich mit einem Anflug von Schuldbewusstsein um. Valérie mochte es überhaupt nicht, wenn man ungefragt in ihre Privatsphäre eindrang. Sie konnte an einer Hand abzählen, wie oft sie das Schlafzimmer in der Rue Martel betreten hatte, seit sie dort wohnte. Und das waren immerhin zwei Jahre.

Doch was blieb ihr anderes übrig? Ihre Tante war schon den ganzen Tag wie vom Erdboden verschluckt. In jedem Winkel der Quinta hatte sie nachgesehen, war aber weder im Haus noch im Palmengarten oder am Pool fündig geworden. Sogar das Frühstück hatte sie ausfallen lassen, was wirklich sehr ungewöhnlich war. Ihre Tante verzichtete zwar häufig auf ihr Croissant, niemals jedoch auf ihre morgendliche Koffeindosis. Schwer vorstellbar, dass sie auf nüchternen Magen einen Spaziergang machte – und falls doch, dann hatte sie garantiert fürchterliche Laune.

Kurz entschlossen zog sie das Smartphone aus der Brusttasche ihrer farbverschmierten Latzhose. Sie hatte sich letzte Nacht nicht die Mühe gemacht, sie auszuziehen, bevor sie im Sessel in ihrem Zimmer eingenickt war, bewacht von Eduardo de Alvarengas scharfsinnigen Augen, die von der Leinwand auf der Staffelei auf sie herabgesehen hatten.

Sie schrieb Valérie eine Nachricht, auch wenn sie ahnte, dass sie darauf ebenso wenig eine Antwort erhalten würde wie auf die beiden SMS von heute früh. Valérie behauptete immer, sie habe ein *ambivalentes* Verhältnis zu Telefonen, die nicht mit einer Steckdose verbunden waren. Die Wahrscheinlichkeit, dass ihre Tante ihr kleines Handy bei sich trug, war demzufolge ebenso gering wie die Chance, dass der Akku geladen war.

Wo steckst du? Nachdem sie die Nachricht abgeschickt hatte, bemerkte sie aus dem Augenwinkel eine Bewegung auf dem Nachttisch – Valéries Telefon, das munter vibrierend herumtanzte. Seufzend setzte sie sich auf die Bettkante und schüttelte das Satinkissen auf. Was darunter zum Vorschein kam, ließ sie mitten in der Bewegung erstarren: ein blaues Clairefontaine-Heft, identisch mit den anderen, die sie in ihrer Schreibtischschublade aufbewahrte.

Sie wusste, dass es falsch war, trotzdem schlug sie die erste Seite auf. *Le Monde, Notiz vom 23.01.1967,* stand dort, darunter klebte ein Stück Papier, das aussah, als sei es aus einer Zeitung herausgerissen worden. Die restlichen Heftseiten waren übersät von fleckigen Stellen, an denen sich die blaue Tinte mit einer anderen Flüssigkeit vermischt hatte. *Tränen.*

Sie hielt den Atem an, bis ihr schwindelig wurde, und holte

mit einem Stöhnen Luft. *Leg es zurück*, mahnte ihr Verstand, doch ihre Hand war mutiger. Flink schob sie das Heft unter den Brustlatz und verließ Valéries Zimmer.

Auf dem Flur stieß sie auf Albio Tavares, der auf einem gefährlich wackeligen Tritt stand und an einer Wandleuchte herumfingerte. Obwohl sie mit ihrem Diebesgut am liebsten sofort in ihr Zimmer geflüchtet wäre, hielt sie pflichtbewusst inne und postierte sich nah genug an Albios Hosenbeinen, um im Notfall das Schlimmste verhindern zu können. Das Heft kratzte unter ihrem Brustlatz und an ihrem Gewissen.

»*Boa tarde*, Senhor Tavares.« Sie flüsterte, weil sie ihn nicht erschrecken wollte, und verzichtete darauf, ihm Hilfe anzubieten. Von Valérie wusste sie, dass ältere Menschen nichts mehr hassten, als von Jüngeren an ihre zunehmende Gebrechlichkeit erinnert zu werden.

Der Butler beachtete sie nicht, sondern fuhr mit unendlicher Langsamkeit fort, die Glühbirne aus der Fassung zu drehen. Sie atmete erleichtert aus, als er endlich wieder mit beiden Füßen auf dem orientalischen Läufer stand und sie über den goldfarbenen Brillenrand hinweg musterte.

Wie er wohl in jungen Jahren ausgesehen haben mochte, bevor seine Haut zu Pergament und seine dunklen Augen trüb geworden waren? Ob er Familie hatte? Kinder und Enkelkinder? Überhaupt ein Leben außerhalb dieses Herrenhauses? Vermutlich nicht.

»Haben Sie zufällig meine Tante gesehen, Senhor?«

»Senhora ist heute Morgen mit dem Taxi weggefahren.«

»Wissen Sie, wohin sie wollte?«

»Leider nein. Aber da sie nur Handtasche und einen Regenschirm dabeihatte, gehe ich davon aus, dass wir bald wieder das Vergnügen ihrer Gesellschaft haben werden.«

Der Butler schürzte die Lippen, als bereite ihm die Aussicht eher Kopfschmerzen. Dann klemmte er sich die rostige Trittleiter unter den Arm und hinkte eilig den Flur hinunter, als wolle er nicht riskieren, sich weiteren neugierigen Fragen aussetzen zu müssen. Nachdem er um die Ecke verschwunden war, legte sie die Hand auf den Brustlatz. Ganz unbeabsichtigt zog sich ihr Mund zu einem verstohlenen Lächeln auseinander. Valéries Ausflug – der vermutlich eine Shoppingtour war, die sie sich gar nicht leisten konnten – verschaffte ihr die Zeit, die sie brauchte, um zu erfahren, wie es mit Valérie und Frederico weitergegangen war. Sie hoffte von ganzem Herzen, dass die Geschichte nicht so tragisch endete, wie sie befürchtete.

16. Kapitel

PARIS, IM JANUAR 1967.

Le Monde, Notiz vom 23.01.1967.

Mit Plakaten, der Marseillaise und roter Farbe gegen das Establishment! Am Montag sorgte eine bisher unbekannte feministische Gruppe in der Avenue Montaigne für einen Aufruhr, der den Eingriff der Police nationale erforderte.

In Anlehnung an die jüngsten Proteste in London demonstrierten die vier Teilnehmerinnen zunächst friedlich vor dem Dior-Gebäude für die Akzeptanz des Minirocks. Im Verlauf der Protestaktion kam es zu Pöbeleien mit Passanten und Sicherheitskräften des Modehauses, die zu körperlichen Übergriffen mit Sprühfarbe und der Zerstörung eines Schaufensters durch einen Ziegelstein führten. Eine Demonstrantin wurde noch vor Ort verhaftet. Es gab keine Verletzten, der geschätzte Sachschaden beläuft sich auf 10 000 Francs.

Valérie.

Der Anhörungsraum besaß so gar nichts von der einschüchternden Erhabenheit des Gerichtssaals aus *Der Prozess* mit Jeanne Moreau. Obwohl sie erleichtert hätte sein müssen, fühlte sie sich ein kleines bisschen betrogen. Achtundvierzig Stunden lang hatte sie sich in ihrer Gefängniszelle den

Schrecken eines filmreifen Gerichtsprozesses im Blitzlichtgewitter der Reporter ausgemalt, und nun führte man sie in ein unaufgeräumtes Zimmer, das kaum größer als Montéclairs Büro war.

Halb enttäuscht, halb verächtlich huschte ihr Blick über den fleckigen Linoleumboden zum Regal, in dem ein liebloses Durcheinander aus Gesetzesbüchern, Aktenheftern und losen Blättern herrschte. Statt Anklagebank und Zuschauertribüne gab es vier Holzstühle, die sich vor dem Schreibtisch formierten, Stuhlbein an Stuhlbein, als hielten unsichtbare Fäden sie zusammen.

Der Polizeibeamte schloss die Tür und wies schweigend auf die Stuhlreihe. Er selbst nahm an der Fensterseite Platz, den Blick auf sein Käppi gerichtet, das er beim Eintreten abgenommen hatte. Er schwitzte, wirkte unerfahren und hatte auf der Fahrt zum Gerichtsgebäude kein einziges Mal das Wort an sie gerichtet, geschweige denn ihre Fragen beantwortet. Kein Wunder. Sie erinnerte sich dunkel, dass sie ihn getreten und als *cloche*, als Armleuchter, beschimpft hatte, ehe die Zellentür hinter ihr ins Schloss geflogen war.

Als Arthur Ducromble in Begleitung einer jungen Frau den Raum betrat, stand sie noch immer. Der Untersuchungsrichter war eine beeindruckende Erscheinung, groß und auf elegante Weise hager, mit ergrauten Haaren, die sich beginnend an der Stirn in angemessener Reihenfolge ausdünnten. Der rechte Ärmel seines beigefarbenen Jacketts war leer und mit einer Sicherheitsnadel an der Schulter befestigt. Grußlos nahm er seinen Platz ein und begann sofort in einem Aktenhefter zu blättern, während sich seine Begleiterin an der Flanke des Schreibtischs niederließ, ihren mausgrauen Kostümrock glatt zog und einen Papierbogen in die Schreibmaschine einlegte.

»Name?« Ducromble sah nicht auf.

»Valérie. Ich heiße Valérie Aubert und komme aus …« Sie biss sich auf die Unterlippe und sank auf den nächstbesten Stuhl. Der Holzsitz knarzte unter ihr und war unbequem.

»Geboren wann?«

»21. März 1945.«

»Und wo?«

»In Brest. Aufgewachsen bin ich aber in Moguériec. Das ist ein Fischerdorf, direkt an der Küste. An der bretonischen Küste.« *Verdammt noch mal, Valérie!*, schalt sie sich selbst, als ein schwer zu deutender Ausdruck über Ducrombles Gesicht huschte. Sie hätte ihn als amüsiert bezeichnet, hätte der Mann sie nicht an einen Wasserspeier erinnert.

Er bedachte sie mit einem knappen Blick und wandte sich der jungen Frau zu, die eifrig mitgeschrieben hatte. »Haben Sie das?«

Die Protokollantin nickte, und Ducromble fuhr vor sich hin murmelnd fort, seine Unterlagen zu studieren. »Hmhm. Widerstand gegen die Staatsgewalt, Verbrechen und Vergehen gegen die öffentliche Ordnung, aufrührerischer Auflauf … Sachbeschädigung, Beamtenbeleidigung …« Er runzelte die Stirn. »Ihre Stellungnahme zu den Vorwürfen, Mademoiselle Aubert?«

Ich bin unschuldig! Valérie erschauderte, als Rachelles hasserfüllte Miene vor ihr auftauchte. Sie sah auch den roten Backstein, den Élodies Freundin aus der Handtasche gezogen und in das Schaufenster der Dior-Boutique geschleudert hatte. An die Sekunden nach dem ohrenbetäubenden Knall, mit dem die Scheibe zu Bruch gegangen war, erinnerte sie sich hingegen nur verschwommen. Da war Geschrei gewesen, das Getrappel von Absatzschuhen und das Geräusch von Polizeisirenen. Ihre neuen Freundinnen waren auf einmal wie vom Erdboden verschluckt gewesen, während sie im Schwitzkasten eines mit roter Farbe besprühten Sicherheitsbeamten strampelte, vor ihr auf dem Pflaster das Plakat, zertreten von Stiefelabsätzen.

»Das ist ein Missverständnis«, erwiderte sie gefasst.

»Ist es das nicht immer?« Ducromble wechselte einen Blick mit der Protokollantin. »Mir ist nur nicht klar, wie dieses Missverständnis einen Sachschaden von zehntausend Francs verursacht hat, Mademoiselle.«

»Das mit dem Stein war ich nicht, ehrlich.« Valérie senkte den Kopf. »Ich habe bloß ein Plakat getragen und habe im Eifer des Gefechts«, sie warf dem Polizeibeamten einen Seitenblick zu, »ein paar nicht ganz so nette Sachen gesagt.«

»Nicht *ganz so nett*?« Ducromble schnaubte, als sei allein ihre Bemerkung eine Beleidigung. »Ich lese hier außerdem von Schmierereien mit Sprühfarbe. Die ist wohl auch nur *im Eifer des Gefechts* dorthin geraten, wo sie besser nicht hätte sein sollen?«

Valérie schüttelte den Kopf, spürte aber dennoch eine winzige Genugtuung, als sie an Élodies Worte dachte, die jetzt an der Fassade des größten Pariser Modehauses prangten. *Vive la révolution des femmes!*

»Bedeutet dieses Kopfschütteln, dass Sie sich für die Wandmalereien ebenfalls nicht verantwortlich fühlen?«, fragte Ducromble gelangweilt. »Oder verdeutlichen Sie mir gerade, dass Sie anderer Meinung als die Verfasserin sind?«

»Meine persönliche Meinung ist vor Gericht nicht von Belang«, sagte sie würdevoll. »Doch ich habe weder eine Sprühdose angerührt noch das Schaufenster eingeschlagen. Allerdings möchte ich mich in aller Form für«, sie zählte an

den Fingern ab, »den Armleuchter, den *flic* und den Revier-
trottel entschuldigen. Wobei ich finde, dass ich diese Respekt-
losigkeiten mit einer zweitägigen Untersuchungshaft ausreichend gesühnt habe.«

»Finden Sie.«

»*Oui, Monsieur le juge Ducromble.*«

Unter der formellen Anrede blähte der Richter die Nasenflügel und sah zu dem Polizeibeamten, der seine Mütze bis
zur Unkenntlichkeit zerknüllt hatte. »Stimmt das, Inspektor
Rodin? Sie und Ihre Kollegen haben das Mädchen zwei Tage
lang eingesperrt?«

Der junge Mann nickte verunsichert. »Es gab keinen frü-
heren Anhörungstermin«, sagte er in einem Ton, als müsse
er sich verteidigen.

Ducromble stützte das Kinn in die Handfläche. »Gibt es
Zeugen für den Vorfall in der Avenue Montaigne?«

Rodins Augenlid zuckte. »Die Angestellten des Hauses
und einige Sicherheitskräfte. Ein paar Reporter habe ich auch
gesehen und ... Passanten?«

Der Richter sah sich gespielt ratlos um. »Und wo sind die
alle?«

»Ich weiß nicht.« Der Polizeibeamte wurde rot. »In dem
Modehaus vielleicht?«

Am Protokolltisch war ein unterdrücktes Kichern zu hören, das rasch von einem beflissenen Tippen auf der Schreibmaschine übertönt wurde.

»*Mon Dieu*, Rodin. Bei dieser schlampigen Arbeitsweise
würde selbst ich ausfällig werden«, knurrte der Richter und
klappte den Aktenhefter zu. »Bleibt dennoch die Frage, wer
den Schaden bezahlt. Haben Sie dazu einen Vorschlag, Mademoiselle?«

»Ich werde niemanden anschwärzen, Monsieur.«

»Komisch, von Ihnen habe ich auch nichts anderes erwartet.« Damit bohrte Ducromble seinen Wasserspeierblick erneut in das gerötete Gesicht von Rodin. Der junge Beamte tat jetzt sogar Valérie leid – obwohl er ein Armleuchter war.

»Ich habe keine Ahnung, warum Sie und Ihre Kollegen meine Zeit verschwenden. Soweit ich sehe, hat Mademoiselle Aubert glaubhaft ihr Bedauern wegen ihrer verbalen Entgleisungen geäußert. Im Hinblick auf alle weiteren Anschuldigungen präsentieren Sie mir weder Zeugen noch andere stichhaltige Beweise.« Der Richter vergewisserte sich, dass seine Protokollantin mitschrieb, dann wurde sein Ton sachlich und emotionslos. »Hiermit stelle ich das Verfahren gegen die Beschuldigte gegen eine Haftstrafe von achtundvierzig Stunden und einem Bußgeld von zweihundert Francs für die entstandenen Verwaltungskosten ein. Die Haftstrafe betrachte ich mit der Untersuchungshaft als abgegolten, darüber hinaus spreche ich Ihnen eine ausdrückliche Verwarnung aus, Mademoiselle Aubert. Überlegen Sie sich gut, ob Sie zukünftig an derartigen Veranstaltungen teilnehmen.« Er brummte unwillig. »Wo kommen wir denn hin, wenn jetzt alle Mädchen in kurzen Röcken auf den Straßen von Paris herummarschieren und Plakate schwenken? Beim nächsten Mal wird jemand verletzt, und es wird dann nicht mehr so glimpflich für Sie ausgehen.«

Die Schreibmaschine verstummte. Valérie wandte den Kopf, weil sie den Blick der Protokollantin auf ihrem behelfsmäßig gekürzten Tweedrock spürte. Neugier, gepaart mit widerstrebender Anerkennung lag in ihren dunklen Augen.

»Wohin das alles führt, weiß ich nicht, *Monsieur le juge.*« Valérie straffte den Rücken, erstaunt darüber, dass sie plötzlich keinerlei Angst mehr empfand. Warum auch? Sie hatte

Frédo und den Glauben an die Liebe verloren, unendlich viele Stunden halb krank auf einer mottenzerfressenen Gefängnismatratze verbracht und würde wohl im Hotel ihre Koffer packen müssen. Zwei Tage unentschuldigtes Fehlen ließ Montéclair ihr bestimmt nicht durchgehen.

Ich bin doch schon ganz weit unten. Was soll mir da noch Schlimmeres passieren? Vielleicht gehe ich heim nach Moguériec. Oder ich vertraue darauf, dass der da oben Besseres mit mir vorhat.

»Ich weiß es wirklich nicht«, wiederholte sie leise, aber ihre Aufmerksamkeit gehörte längst nicht mehr dem Untersuchungsrichter, der im Gefolge des reichlich zerknirschten Polizeibeamten in Begriff war, den Raum zu verlassen. Stattdessen sah sie die junge Frau hinter dem Protokolltisch an, so beschwörend, wie Élodie sie damals an der Ampel angeschaut hatte. Auf einmal hatte sie das ebenso beunruhigende wie befreiende Gefühl, dass sie im Begriff war, ihrem Leben eine neue Richtung zu geben. Eine, in der es keinen Platz für ein gebrochenes Herz gab.

»Aber ich hoffe inständig auf eine Zukunft, in der eine intelligente Frau sich nicht mehr hinter einer Schreibmaschine verstecken muss, sondern auf einem Richterstuhl sitzt, wenn sie das möchte.« Sie nickte versonnen. »Allein diese Vorstellung wäre es mir wert, noch tausendmal auf die Straße zu gehen.«

Gustave.

Das ganze Leben war eine vermaledeite Lotterie. Man wusste nie genau, ob man gewann oder verlor, aber eins wusste er im Rückblick auf seine eigene Vergangenheit sicher: Wer einmal eine Niete gezogen hatte, vermied es besser, das Schicksal ein zweites Mal herauszufordern.

Unter Montéclairs prüfendem Blick straffte Gustave die Schultern und räusperte sich, während er die Fingerspitzen gegen das kühle Fensterglas in seinem Rücken drückte. Die Luft im Direktorenbüro war unerträglich, zigarettenrauch- und aftershavegeschwängert, konserviert von jener unheilvollen Stille, die folgte, wenn jemand eine schwerwiegende Anschuldigung ausgesprochen hat.

Der Hoteldirektor hörte auf, im Zimmer hin und her zu tigern, und ließ sich mit einem missmutigen Laut in seinen Ledersessel fallen. Gustave, der, seit er das Büro betreten hatte, das Bedürfnis verspürte, das Fenster zu öffnen, löste den Blick von Yvettes Scheitel. Er sah so harmlos aus, dieser grüne Paillettenstoff, der auf der Tischplatte lag wie die glänzende Haut einer Meerjungfrau. Montéclair verschränkte die Hände.

»Also, Mademoiselle Petit. Ich warte noch immer auf eine Erklärung, wie das Kleid eines Gastes in Ihren Kleiderschrank geraten ist. Soweit ich sehe, hat es keine Füße.« Sein boshafter Tonfall drehte ihm den Magen um. Der kleine dicke Mann genoss die Situation, daran bestand kein Zweifel, und im Stillen verfluchte Gustave seine Nichte dafür, dass sie aufschluchzte wie ein kleines Mädchen. Wie ein schuldiges kleines Mädchen, *merde alors*!

Der Hoteldirektor wechselte einen Blick mit Madame Lafour, die in ihrer Uniform fast mit der schwarz lackierten Tür verschmolz. Die Etagenleitung war eine überkorrekte, humorlose Frau in den Vierzigern und nicht gerade für ihre Herzlichkeit bekannt. Sie war diejenige gewesen, die das Corpus Delicti, wie Montéclair das grüne Kleid bezeichnete, gefunden hatte.

303

Gustave runzelte die Stirn. Er hatte ein sicheres Gespür für Intrigen, und was hier vor sich ging, stank gewaltig danach ... auch wenn es ihn überraschte. Die Lafour war Yvette bisher recht wohlgesonnen gewesen, sogar das bretonische Mädchen hatte sie stets in den höchsten Tönen gelobt.

Das Problem war nur, dass Madame Lafours unerhörter Fund das Warum und Weshalb völlig nebensächlich machte. Ganz und gar nicht nebensächlich war hingegen die Frage, wie das Kleid, von dem man vor Monaten annahm, es sei in der Wäscherei verloren gegangen, in das Personalzimmer von Yvette und Valérie gekommen war.

Er schluckte schwer, als ihm einfiel, wann er eine solch auffällige Robe zuletzt an einer Frau gesehen hatte. Und diese Frau war definitiv nicht die Eigentümerin gewesen. Er schloss die Augen und machte sich Vorwürfe, weil er nicht geschaltet hatte. Die beiden Mädchen hätten das Hotel am Abend der Vernissage niemals verlassen dürfen.

»Haben Sie Mademoiselle Aubert gefunden?«

»Sie war nicht auf ihrem Zimmer.« Madame Lafour warf Yvette einen unbehaglichen Blick zu. »Mit Verlaub, ich wollte vorgestern nach ihr sehen, nachdem mir die anderen Mädchen zugetragen hatten, sie sei krank. Ich hatte nicht den Eindruck, dass sich seither etwas in dem Raum verändert hat. Ihr Bett scheint unberührt.«

»Heißt das, sie ist seit zwei Tagen verschwunden?«

»Das nehme ich an.«

»Yvette? Weißt du etwas darüber?« Gustave mischte sich ein, da er es nicht ertrug, wie seine Nichte auf dem Stuhl in sich zusammensank. Er trat hinter Yvette und legte ihr die Hand auf die Schulter. Das Mädchen fing an zu weinen.

»Ich weiß nicht, wo sie ist, Onkel Gustave.«

Montéclair hob witternd den Kopf, aber es dauerte einen Moment, bis die Bedeutung des gestammelten Wortes bei ihm angekommen war. Als es so weit war, zündete er sich eine Zigarette an und betrachtete die Personalakten auf seinem Schreibtisch.

»*Onkel.* Wie interessant.«

»Es ist schon in Ordnung, meine Kleine.« Unbeholfen tätschelte Gustave den grob gewebten Stoff der Zimmermädchentracht. Es überraschte ihn, dass er, abgesehen von Erleichterung, gar nichts fühlte. Vermutlich hatte er insgeheim immer gewusst, dass die Wahrheit früher oder später zutage käme. Warum sonst trug er seit Monaten den Umschlag mit seiner Kündigung in der Uniformjacke mit sich herum? Er hatte sie noch am Abend der Vernissage verfasst und bisher nicht abgegeben – aus einer törichten Sentimentalität heraus, die ihn seit fünfunddreißig Jahren mit dem Hotel und seinen Menschen verband. Er holte tief Luft. Es war an der Zeit für Wahrheiten.

»Yvette, hast du das Kleid gestohlen? Oder hat Mademoiselle Aubert etwas damit zu tun?« Er spürte, wie sich die mageren Schultern unter seinen Händen zusammenzogen.

»Ich … wir … wir haben es nur ausge…«

»Natürlich hat sie es gestohlen!« Montéclair kniff die Lippen zusammen. »Und mir scheint, ich beherberge unter meinem Dach gleich eine ganze Familie von Kriminellen.« Rauch entwich seinen Nasenlöchern, als er vornübergebeugt auf Yvettes Personalakte tippte. »*Zut alors*, Renard! Sie wissen genau, dass ich keine Vetternwirtschaft in diesem Hotel dulde. Ich habe Ihnen vertraut, obwohl ich mich zugegebenermaßen über die hervorragenden Referenzen von Mademoiselle Petit gewundert habe.« Er warf Yvette einen despektierlichen Blick zu. »Zu farblos, zu gewöhnlich, Rückgrat besitzt sie auch nicht. Kein Wunder, dass sie einen Onkel braucht, der sie in eine gute Anstellung mogelt.« Erbost raschelte Montéclair in der Akte. »Haben Sie die Zeugnisse selbst geschrieben, Renard? Was wird passieren, wenn ich mich im Ritz nach Madame Petit erkundige? Oder beim englischen Konsulat, wo Ihre Nichte angeblich die rechte Hand der Hausdame war? Was, glauben Sie, mein Lieber, wird der Polizeiinspektor von all dem halten?«

Gustave senkte den Kopf. Er war wütend, sehr wütend – auf Montéclair und besonders auf sich selbst. Zwar hatte er aus ehrenwerten Gründen gehandelt, aber eine Urkundenfälschung war nun einmal das, was sie war: eine Straftat, für die er geradestehen musste. Bedauernd dachte er an seinen Freund Baptiste, der ihn seit Jahren bat, im Ritz vorstellig zu werden. Wenn er Montéclair richtig einschätzte, konnte er sein polizeiliches Führungszeugnis vergessen, doch um seine eigene Zukunft würde er sich später Gedanken machen. Zunächst galt es, Schadensbegrenzung für Yvette zu betreiben. Vielleicht durfte das Mädchen bleiben, wenn er die Schuld auf sich nahm und Montéclair inständig bat, ihr eine zweite Chance einzuräumen. Und was den Kleiderdiebstahl betraf… Gustave dachte an Valérie Aubert und spürte den leisen Stich menschlicher Enttäuschung. Anscheinend hatte die Bretonin sich aus dem Staub gemacht.

»Monsieur le Directeur, ich bedaure aufrichtig…« Der Rest seines Schuldeingeständnisses ging in dem erschrockenen Aufschrei Madame Lafours unter, die unter der plötzlich aufgerissenen Bürotür zur Seite taumelte.

»Pardon, ich wollte nicht…« Die Türklinke in der Hand, hielt Valérie Aubert auf der Türschwelle inne. Ihre Nase und

Wangen waren gerötet, und sie atmete schnell, als sei sie eine ganze Weile durch die Kälte gerannt.

Gustave spürte eine merkwürdige Art von Befreiung, die ganz sicher zum großen Teil seiner eigenen Eitelkeit geschuldet war. Er hatte sich einfach nicht vorstellen wollen, dass ihn seine Menschenkenntnis derart im Stich gelassen hatte. Eine Frau wie Valérie Aubert lief nicht einfach davon.

Sichtlich verwirrt flog ihr Blick über die Anwesenden, blieb etwas länger auf Yvette haften, die haltlos schluchzte, und verheddertte sich schließlich in dem grün schimmernden Stoffhaufen auf dem Schreibtisch. Ihre Augen weiteten sich, als sie begriff. Gustave konnte nicht mit Bestimmtheit sagen, was er in ihrer Miene las, aber sie drückte genau das aus, was er fühlte. Unendlich langsam drehte sie den Kopf, sah ihn an und nickte ihm nach einer kleinen Pause stumm zu. Erst danach richtete sie ihre Aufmerksamkeit auf Montéclair, der sie anglotzte, als sei sie wie ein Geist aus der Wand gekrochen.

»Sieh an. Die verlorene Tochter kehrt heim.« Er bemühte sich erst gar nicht, freundlich zu klingen. »Anscheinend haben Sie Ihren Schnupfen auskuriert und gleich noch einen kleinen Erholungsurlaub genommen. Es geht Ihnen hoffentlich besser, Mademoiselle.«

Valérie lächelte und kümmerte sich ihrerseits nicht darum, ob ihr Lächeln ehrlich wirkte. Was es definitiv nicht tat. Gut, sie war bleich und sah kränklich aus, aber in ihrem Blick fand Gustave keinerlei Furcht. Da war nur Stolz, gepaart mit einer ruhigen Entschlossenheit, die weder zu Valéries Alter noch zu dem ausgefransten Minirock passte, der aussah, als hätte sie ihn einem Lumpensammler abgekauft.

»Eigentlich bin ich hier, um für mein unentschuldigtes Fehlen um Verzeihung zu bitten, aber ich glaube, das tut hier nichts mehr zur Sache«, sagte Valérie höflich und kühl und zeigte auf das Corpus Delicti. »Ich habe das Kleid genommen. Mademoiselle Petit hat nichts damit zu tun. Wenn Sie also jemanden entlassen müssen«, sie schielte zu ihrer aufgelösten Freundin, »bin ich das.«

Yvettes Stuhl fiel polternd zu Boden. Gustave wollte nach seiner Nichte fassen, doch das Mädchen schüttelte seine Hand ab und war so schnell an der Tür, dass er nur noch zusehen konnte, wie es davonlief. Valérie indes wahrte mit unbewegter Miene und zusammengezogenen Schulterblättern Haltung, obwohl sie bestimmt nichts lieber getan hätte, als ihrer Freundin hinterherzulaufen.

»Yvette ist ein gutes Mädchen und eine tadellose Arbeitskraft«, schaltete er sich ein, als er die Stille im Direktorenbüro nicht mehr aushielt. »Es ist heutzutage schwer, gutes Zimmerpersonal zu finden. Sie würden sich keinen Gefallen tun, sie fortzuschicken. Das Châtelier braucht sie.« Eindringlich betrachtete er Madame Lafour, bis diese zögernd nickte.

»Das stimmt. Madame Petit ist wirklich sehr fleißig. Und schnell. Schnell ist sie auch.« Danach schaute sie zu Boden.

Stirnrunzelnd zündete Montéclair sich eine weitere Zigarette an. »Sie geben also zu, dass Sie das Kleid gestohlen haben, Mademoiselle Aubert?«

»*Oui, Monsieur.* Es gefiel mir, und ich wollte es haben.« Es war erstaunlich, wie glatt der jungen Frau die Worte über die Lippen kamen, die er eindeutig als Lüge erkannte.

Montéclair brummelte Unverständliches und wandte sich an Gustave. »Und was ist mit Ihnen? Gibt es einen triftigen Grund, der mich davon abhalten sollte, Sie der Obhut der Polizei zu übergeben?«

Gustave schüttelte den Kopf. »Keinen, Monsieur le Directeur, sieht man von meiner fünfunddreißigjährigen Dienstzeit ab.«

»Und Ihrer Menschlichkeit, Monsieur Montéclair«, fügte Valérie rasch hinzu. »Mein Vater sagt immer, dass das einen guten Vorgesetzten ausmacht. Die Menschlichkeit ist der Nährboden der Loyalität.«

»Behauptet der Noch-nicht-Bürgermeister eines Hundert-Seelen-Dorfs«, entgegnete Montéclair und klickte mit seinem Kugelschreiber.

»Es sind dreihun…«

»Sie werden die richtige Entscheidung treffen«, unterbrach Gustave, der eine winzige Chance witterte.

»Sie werden dieses Hotel noch heute verlassen, Mademoiselle Aubert«, sagte Montéclair kalt, der aufgehört hatte, mit dem Stift herumzuspielen. »Dasselbe gilt für Sie, Renard. Damit ist diese unerquickliche Angelegenheit für mich erledigt… Was nicht heißt, dass ich mich nicht doch noch an die Polizei wende. Vorläufig kann das Châtelier jedoch keinen Skandal brauchen. Ich habe Großes mit diesem Hotel vor, woran Sie, mein lieber Renard, bedauerlicherweise keinen Anteil mehr haben werden.«

»Bedeutet das, meine Nichte kann bleiben?« Gustave tauschte einen raschen Blick mit Valérie.

Montéclair zuckte die Achseln. »Sie haben es selbst gesagt. Gutes Zimmerpersonal ist schwer zu finden. Ich gehe davon aus, das ist Ihnen menschlich genug.«

Valérie.

Herrgott! Wenn dieser Tag ein Fisch wäre, würde ich ihn ins Meer zurückwerfen. Mit einem leisen Gefühl von Wehmut sah Valérie sich in der kleinen Dachkammer um.

Ehrlich gesagt, hatte sie sich hier nie richtig zu Hause gefühlt. Im Winter war es bitterkalt, der Dielenboden war undicht, die Tapete zerfiel in Fetzen, und im Sommer kam man vor Hitze fast um. Dennoch verband sie einige ihrer schönsten Pariser Erinnerungen mit diesem Raum, in dem man sich stets geduckt bewegte, damit man sich nicht den Kopf an den Deckenbalken stieß. Das ordentlich gefaltete Laken und die nach Größe sortierten Kissen auf ihrem Bett trugen wie immer Yvettes Handschrift. Valérie seufzte, weil sie ihrer Freundin schon so oft gesagt hatte, sie solle aufhören, hinter ihr herzuräumen. Nun, es würde das letzte Mal gewesen sein.

Ich muss sie suchen und mich von ihr verabschieden, überlegte sie, und ihr Herz zog sich zusammen. Es war schon schwer gewesen, Monsieur Renard Adieu zu sagen. Viel geredet hatte er nicht, nur ein »*Merci*« geflüstert, dem sie die Ergriffenheit angehört hatte. Dann hatte er sie unbeholfen umarmt und ihr einen letzten väterlichen Rat mitgegeben, der ihr noch lange im Gedächtnis bleiben sollte.

Ich baue darauf, dass Sie da weitermachen, wo Sie aufgehört haben, Mademoiselle Aubert. Schauen Sie mutig nach vorn, und Sie werden erkennen, dass Paris voller Möglichkeiten ist. Und sollten Sie einmal Zeit für einen Kaffee haben, schauen Sie ruhig auf ein Plauderstündchen im Ritz vorbei. Vielleicht erzähle ich Ihnen dann diese ganze verrückte Geschichte noch mal aus meiner Sicht – und wir werden gemeinsam darüber lachen.

Mit tränenverschleiertem Blick suchte sie ihre Habseligkeiten zusammen. Die Clairefontaine-Hefte, haufenweise

Modeschmuck und Kosmetik… Mittlerweile besaß sie sehr viel mehr, als in den Puppenkoffer gepasst hätte, weshalb sie sich in den Galeries Lafayette einen Koffer von Delsey gekauft hatte. Leider war er trotzdem eine Nummer zu klein, wie sie jetzt feststellte.

Ohne lange zu überlegen, sortierte sie ihre bunten Kleider, Röcke und Blusen aus und legte sie auf Yvettes Bett. Im Koffer verblieb ein schwarzer Kleidungsstapel, in dessen Mitte das verwaschene blaue Lieblingskleid seltsam fehl am Platz wirkte. *Schwarz ist gar keine Farbe*, überlegte sie und strich liebevoll über ihre Marlene-Dietrich-Hose.

Warum eigentlich nicht? Schwarz ist immer en vogue, noch dazu ist es das, was im Augenblick am besten zu mir passt. Das kann ruhig so bleiben, solange mir das Leben nicht einen guten Grund schenkt, Farbe zu tragen.

Kurz entschlossen stieg sie aus dem Tweedrock, der am Saum büschelweise Fäden zog, und stopfte ihn in den Mülleimer. Dann schlüpfte sie in die Hose, schloss den Koffer und holte Élodies Kärtchen aus dem Portemonnaie. Das Petersilienmädchen wohnte im Marais, nur ein paar Straßen von Frédos und Miguels Wohnung entfernt. Valérie ließ die Visitenkarte in die Manteltasche gleiten, straffte die Schultern und schleppte den Koffer auf den Flur hinaus. Zweifellos schuldete Élodie ihr einen Gefallen nach all dem Ärger, den ihr die Minirock-Protestaktion beschert hatte. Und wenn sie erst mal ein Dach über dem Kopf hatte, würde sich alles andere schon fügen. Vorausgesetzt, sie fand in absehbarer Zeit heraus, was sie mit dem verdammten Rest ihres Lebens anfangen sollte.

∗ ∗ ∗

Eine Zigarette rauchen, den angestauten Tränen nach einer Rüge der Lafour freien Lauf lassen oder einfach mal Luft schnappen: Im Hotel gab es nur wenige Orte, an denen sich das Etagenpersonal eine ungestörte Auszeit nehmen konnte. Valérie wusste demzufolge genau, wo sie Yvette suchen musste, auch wenn die Versuchung groß war, sich mit dem viel zu schweren Koffer einfach aus dem Staub zu machen. Kein Abschied, keine Tränen. Keine Entschuldigungen und Erklärungen, die ohnehin nichts änderten. Nur ein kurzer, schmerzloser Schnitt, der das Gestern vom Morgen trennte.

Egoistisch, herzlos, indiskutabel. Die mahnende Stimme in ihrem Kopf hörte sich nach Yvonne an, obwohl Valérie bezweifelte, dass ihre Schwester solche Vokabeln überhaupt kannte, geschweige denn benutzte. Dennoch hatte sie den Koffer folgsam unter dem Feuermelder an der Flurwand deponiert und sich auf den Weg in die Wäscherei gemacht. Als sie weder dort noch im Bügelzimmer fündig wurde, stieg sie mit klopfendem Herzen auf das Hühnerdach – wo sie der wunderbaren Aussicht auf die weiß gepuderten Dächer von Paris zum ersten Mal keinen Blick schenkte. Stattdessen verwandelte sich ihre Erleichterung, Yvette zu sehen, innerhalb von Sekundenbruchteilen in ungläubiges Entsetzen.

Sie erstarrte, die Hand noch immer auf der Klinke der Holztür, die die Besenkammertreppe von der Dachterrasse trennte. Blinzelnd strich sie sich den Pony aus der Stirn, in der stillen Hoffnung, dass sie sich die Szene nur einbildete, die sich da am Ende der Plattform abspielte. So was passierte doch nur anderen Leuten und berührte einen selbst nur so lange, bis man die Randnotiz auf der vorletzten Seite einer Lokalzeitung überflogen hatte. Doch das schreckliche Bild blieb, das Bild von ihrer besten Freundin, die über die Begrenzungsmauer der Dachterrasse kletterte. Dahinter befand sich nichts, abgesehen von dem grau verhangenen Eiffelturm und einer sechs Stockwerke tiefen Häuserschlucht.

»Yvette!« Valérie presste die Hand vor den Mund, als könnte sie den Schrei ungeschehen machen. Ihre Freundin hockte jetzt rittlings auf der Mauer, umklammerte das Eisengeländer und tastete sich mit dem Fuß auf den Mauervorsprung vor, der nur den Tauben vorbehalten war.

»*Putain*, Yvette«, fluchte Valérie stumm und ließ die Klinke los. Am liebsten wäre sie losgerannt, hätte dieses dumme Mädchen gepackt und von seinem schrecklichen Vorhaben abgehalten.

Stattdessen ging sie mit zitternden Knien auf ihre Freundin zu, langsam und den Blick fest auf Yvettes blasses, konzentriertes Gesicht gerichtet. Ihren panischen Ruf hatte sie anscheinend nicht wahrgenommen. *Merde.*

Sie sah sich auf der Plattform um, die der Schnee mit einem weißen Pelz überzogen hatte. Makellos – bis auf die Fußspuren von Yvette und ihr. Und still, unheimlich still. Sie schloss die Augen, als ihre Befürchtung zur Gewissheit wurde. Hier oben war keine Menschenseele, die ihr helfen würde. *Frédo, wo bist du?*, dachte sie. Augenblicklich zog sich ihr Herz zusammen, als ihre Freundin eine Hand von der Brüstung löste.

»Mach das nicht. Doch nicht wegen eines dämlichen grünen Fummels«, sagte sie, um jenen unbekümmert-neckenden Tonfall bemüht, der Yvette schon so oft dazu gebracht hatte, die Augen zu verdrehen.

Ihre Freundin hielt mitten in der Bewegung inne, ihr Kopf fuhr herum. Ihre Augen waren vom Weinen gerötet und wirkten seltsam starr, fast abwesend. Als befände sie sich gar nicht mehr auf dem Taubenlandeplatz, der höchstens handtuchbreit war, sondern längst im freien Fall.

Es sind nur ein paar Schritte. Vier, vielleicht fünf, und ich könnte sie am Arm packen.

Zögernd trat Valérie vor. Sie spürte weder die Nässe, die durch ihre Schuhsohlen drang, noch den eisigen Wind, der ihre Finger so gefühllos machte wie ihr Inneres, das sich bereits für das Unvermeidliche wappnete.

Lieber Gott, lass sie nicht springen. Ich schwöre, ich werde jeden Sonntag auf Knien zur Beichte rutschen, wenn du mir dieses Mädchen hierlässt. Jeden verdammten Sonntag.

»Das willst du doch gar nicht wirklich. Bitte, Yvette. Ich verstehe gut, dass du verzweifelt bist, aber… Komm bitte herüber, damit wir darüber reden können. Wir werden bestimmt eine Lösung finden. Gemeinsam, du und ich.« Ihre Zähne schlugen aufeinander, vor Kälte und Furcht, trotzdem redete sie weiter, damit sie das schreckliche Gefühl aushielt, auf der ganzen Linie versagt zu haben. »Ich bin gleich bei dir, okay? Schau, ich geh ganz langsam, und du… du musst dich einfach nur festhalten, ja?«

Yvette runzelte die Stirn, doch statt auf die Dachterrasse zurückzukehren, beugte sie sich ein Stück weiter über den Mauervorsprung. Falsche Seite.

Einen fürchterlichen Moment lang glaubte Valérie, ihre Freundin würde in den Abgrund stürzen wie ein Kleidersack in einem Wäscheschacht. Ihr schossen Tränen in die Augen. Dennoch setzte sie unbeirrt ihren Weg fort, in Gänseschritten, wie damals, als sie mit Yvonne noch Kinderspiele gespielt hatte. Sie hätte nie damit aufhören sollen. Und sie hätte Moguériec niemals verlassen dürfen.

Noch ein knapper Meter, wenn überhaupt. Jedoch eine ge-

*waltige Entfernung gemessen an dem, wie weit meine Hand
von ihrer entfernt ist.*

»Yvette, hör mir zu. Zwar verlasse ich das Hotel, aber du
darfst bleiben. Dir wird nichts passieren. Montéclair verzichtet
sogar darauf, zur Polizei zu gehen. Es ist also alles gut,
und«, ihre Stimme überschlug sich, »es tut mir so leid. Ich
hätte dich niemals alleinlassen sollen, doch wenn ich dir erzähle,
was ich in den letzten zwei Tagen ... Aber ich kann es
dir ja gar nicht erzählen, wenn du dich da runter...«

»Valérie, könntest du einfach den Mund halten und mir
helfen?«

»Ich soll was?« Sie riss die Augen auf. Es dauerte Sekunden,
bis sie begriff, doch da hielt Yvette bereits mit einem triumphierenden
Ausruf das silberne Zigarettenetui in die Höhe,
das sie vom Mauervorsprung aufgesammelt hatte – und erstarrte,
als würde sie sich im selben Atemzug der Gefahr bewusst,
in der sie schwebte. Das Etui entglitt ihr, schlug mit
einem metallischen Geräusch auf und fiel in die Tiefe.

Sie reagierte instinktiv, als ihre Freundin das Gleichgewicht
verlor. Mit drei, vier Schritten war sie bei ihr und
krallte die Fingernägel in Yvettes Uniformärmel.

»Lass mich ja nicht los«, murmelte Yvette, die sich mit
beiden Armen ans Geländer klammerte. Quälend langsam
schob sie zuerst das Knie und dann das Bein über den Mauervorsprung.
Kurz darauf fiel Valérie rücklings in den Schnee,
das beruhigende Gewicht von Yvettes Körper in den Armen.

Eine Weile blieb es still. So still, dass Valérie sogar das
Geräusch der Schneeflocken zu hören glaubte, die auf ihren
tränenheißen Wangen schmolzen. Vermutlich würde sie nie
wieder Schnee sehen können, ohne sich an diesen furchtbaren
Augenblick zu erinnern.

»Himmel, bist du schwer.« Zu geschockt, um anderes als Erleichterung zu empfinden, entschlüpfte ihr ein Kichern, das in ein Husten überging. Sie wurde ihn einfach nicht los.

»Alles in Ordnung?«, murmelte Yvette und rollte sich mit schuldbewusster Miene zur Seite.

Valérie setzte sich auf und schaute benommen auf ihre Freundin, die mit ausgebreiteten Armen auf dem Rücken lag. Ein Engel im Schnee.

»Was fällt dir ein, mir einen solchen Schrecken einzujagen? Du hättest runterfallen können!«

»Es tut mir leid«, flüsterte Yvette. »Ich hab einfach nicht drüber nachgedacht. Ich war so durcheinander, und ... ich wollte eine Zigarette rauchen ... und als mir das Etui runtergefallen ist ...« Sie hob den Kopf und blinzelte. »Du hast nicht zufällig ein Päckchen dabei?«

Valérie lachte auf.

»Wäre das nicht eigentlich mein Text?«, brummte sie schließlich und fingerte in ihrer Manteltasche herum. In dem zerknitterten Päckchen befanden sich noch zwei Gauloises.

»Aber er passt viel besser, wenn ich ihn aufsage.«

»Ein Narr, der anderes behauptet.« Sie hielt eine Zigarette in die Höhe. »Die bekommst du aber nur, wenn du mir verrätst, wie zum Teufel der grüne Fummel in unserem Kleiderschrank gelandet ist.«

Zehn Minuten später kauerten sie nebeneinander auf zwei umgedrehten Obstkisten vor dem Hühnerstall. Unter dem Wellblechdach war es immerhin windgeschützt und trocken. Begleitet von behäbigem Gackern und dem Geräusch raschelnden Strohs hingen sie ihren eigenen Gedanken nach. Sie gab nach einigen Zügen hustend auf, Yvette hingegen rauchte ihre Zigarette bis zum Filter und zerdrückte den Stummel im Schnee.

»Ich wollte das Kleid wirklich nach dem Konzert zurückgeben. Aber dann dachte ich mir, ich könnte es doch noch ein wenig behalten ... zumal es ohnehin keiner vermissen würde.« Yvette lehnte sich an sie und wärmte mit ihrem Atem die kalten Finger. »Ich habe früher viele solcher Kleider besessen, einen ganzen Schrank voll. Jedes Mal, wenn ich es angefasst habe, hat es mich an zu Hause erinnert. An Papa und Maman. An das verwöhnte Mädchen aus gutem Hause, das ich mal war, bevor dieser Mistkerl mein Leben auf den Kopf gestellt hat. Musiker, pah, dass ich nicht lache! Wenn er auf der Place Saint-Michel sang, haben sogar die Tauben Reißaus genommen.«

»Ich weiß, was du meinst.« Valérie schob ihre Hand in die ihrer Freundin. »Glaub mir, ich weiß es genau«, flüsterte sie.

»Ich hätte das Kleid nicht behalten dürfen. Doch dann ist ein Tag nach dem anderen vergangen, und irgendwann habe ich es vergessen.« Schuldbewusst senkte Yvette den Kopf. »Ich *wollte* es vergessen.«

»Es ist nur ein Stück Stoff.«

»Ein gestohlenes Stück Stoff.« Yvette kaute auf ihrer Unterlippe. »Ich werde nachher zu Montéclair gehen und ihm die Wahrheit sagen. Es ist unverzeihlich, dass ich nicht gleich den Mut dazu hatte.«

»O nein, das wirst du nicht tun!«

»Natürlich werde ich es. Ich muss es für dich und Onkel Gustave tun. Und für mich.«

Valérie widerstand dem Impuls, ihrer Freundin von Renards Kündigung zu erzählen. Sie wollte Yvettes Onkel nicht vorgreifen.

»Was, wenn Montéclair dich auf die Straße setzt?«

Yvette zuckte mit den Schultern. »Ich wollte ohnehin zurück nach Hause gehen und meine Eltern um Verzeihung bitten.«

»Das ist vielleicht gar keine so schlechte Idee.«

»Ich habe jetzt Pläne, Valérie. Dank dir habe ich verstanden, dass man um die Dinge kämpfen muss, die man haben möchte.« Yvettes Miene hellte sich auf. »Miguel arbeitet doch in dieser großen Textilfabrik. Er meinte, er könnte mir dort eine Anstellung besorgen. In den Ateliers, bei den Näherinnen. Und in ein paar Jahren möchte ich meine eigenen Kleider entwerfen.«

»Das klingt großartig, Yvette. Ehrlich.« Valérie wünschte sich, sie hätte enthusiastischer geklungen, zumal sie sich wirklich für ihre Freundin freute. Wenigstens für eine von ihnen drehte sich das Rad der Zukunft weiter.

Zukunft. Warum nur sehe ich jedes Mal Frédos Gesicht vor mir, wenn mir dieses Wort in den Sinn kommt?

»Was wirst du tun? Du bleibst doch in Paris, nicht wahr?« Yvette klang ängstlich und gleichzeitig hoffnungsvoll.

Valérie seufzte. So gern hätte sie gesagt, was Yvette hören wollte, aber sie war es müde, zu lügen. Sie war es auch müde, sich einzureden, dass es richtig gewesen war, zu tun, worum Dona Maria sie gebeten hatte. Nein, es war *nicht* richtig gewesen. Sie hatte einen Fehler gemacht, den größten ihres Lebens vermutlich. Das war ihr in den endlosen Stunden klar geworden, die sie in der Gefängniszelle verbracht hatte, allein mit sich und dem Scherbenhaufen, der einmal ihr Herz gewesen war.

»Ich weiß noch nicht, was ich tun werde, Yvette.«

Ich muss mit ihm reden. Die Dinge geraderücken, am besten

318

noch heute. Vielleicht verzeiht er mir ... Und vielleicht gibt es doch einen gemeinsamen Weg für uns, der nicht in einer Sackgasse endet.

»Ist es wegen Frédo?«, fragte ihre Freundin verzagt. »Miguel hat gesagt, er sei fortgegangen. Magst du mir erzählen, was passiert ist? Habt ihr euch gestritten?«

Valérie hob den Kopf. »Wie meint Miguel das – er ist fortgegangen?«

»Wusstest du das nicht?« Yvette runzelte die Stirn. »Frédo hat im Hotel gekündigt und ist gestern Abend zurück nach Lissabon gefahren. Miguel meinte, er habe gepackt, als sei ein Feuer in der Wohnung ausgebrochen.«

Er wird ein anderes Mädchen heiraten.

Valérie schloss die Augen.

»Nein, das wusste ich nicht.«

»*Merde!*« Yvette schlug sich die Hand vor den Mund. »Es tut mir so leid, Valérie. Ich glaubte, du hättest ... ich dachte, ihr ... oh, dieser *connard*! Ich wusste, er bekommt kalte Füße!«

»Es ist nicht seine Schuld«, presste Valérie hervor und setzte sich aufrecht hin. Wenigstens äußerlich wollte sie Haltung bewahren, wenn sie schon innerlich zusammenfiel.

Über ihnen dröhnte ein Flugzeug, das sie hinter den tief hängenden Perlmuttwolken nicht ausmachen konnte. Ihr Kopf war schwer, ihre Lider ebenfalls. Trotzdem konnte sie den Blick nicht vom Himmel abwenden. Die Wolken hatten scharfe Umrisse, wie mit Wasserfarben gemalt und dann zu schnell getrocknet.

Wohin das Flugzeug wohl fliegt?

Ob dort die Sonne scheint?

Ist es wirklich möglich, dass ein Herz zweimal bricht?

Scheu berührte Yvette ihren Handrücken.

»Was hast du denn bloß gemacht, Süße?« In ihrer Stimme lagen Mitgefühl, Verständnis und viel zu viel menschliche Wärme. Valéries Augen füllten sich mit Tränen. Sie verdiente nichts davon. Nicht nach dem, was sie getan hatte.

»Ich hab etwas getan, das sich nicht mehr rückgängig machen lässt«, flüsterte sie und drückte Yvettes Hand. »Nicht mehr.«

* * *

EINEN MONAT SPÄTER.

Valérie.

Es fühlte sich seltsam an, zu dem Haus in der Rue de Poitou zurückzukehren, wo sich nichts verändert hatte, obwohl in ihrem Leben nichts mehr wie vorher war. Immerhin war es nicht ganz so schlimm wie befürchtet: Nachdem sie eine Weile im Hausflur gestanden und den wehmütigen Fadoklängen hinter der Wohnungstür ohne Namensschild gelauscht hatte, war das Lächeln von ganz allein zu ihr gekommen. In dieser Wohnung gab es immer Musik, und sie war immer zu laut, glaubte man den Beschwerden von Madame Bonnet, die ihre ausländischen Nachbarn stets argwöhnisch beobachtete.

Auch heute spürte Valérie den Blick der alten Frau durch den Türspion, als sie anstandshalber klingelte, statt den Schlüssel zu benutzen. Sie trug ihn immer noch am Schlüsselbund, weil sie es bisher nicht über sich gebracht hatte, ihn zurückzugeben. Noch nicht. Bis heute. Am Nachmittag hatte sie offiziell den Untermietvertrag für das Zimmer in Élodies Wohnung unterschrieben.

Die Musik verstummte. Sie hielt den Atem an, als sie Schritte vernahm. Kurz darauf drehte sich der Schlüssel im Schloss.

»Na, da hol mich doch der Teufel! Valérie!« Die Überraschung auf Miguels Gesicht wechselte so unmittelbar in schüchterne Freude, dass sie über das Baumwollunterhemd hinwegsah, das sein Bäuchlein nur dürftig bedeckte. Hastig zog er den Hosenbund nach oben und stammelte: »Entschuldige, ich wollte mich gerade zur Spätschicht umziehen.«

»*Oi, Miguel, tudo bem?*« Valérie stellte fest, wie selbstverständlich sie die portugiesische Grußformel benutzt hatte. »Ich wollte nicht lange stören. Ich war zufällig in der Gegend, und da Yvette mir am Telefon gesagt hat, dass du meinen Schlüssel für deinen neuen Mitbewohner brauchst…« Hilflos klimperte sie mit dem Schlüsselbund. »Außerdem wollte ich…« *Valérie. Er ist fort. Es ist nur ein leeres Zimmer.* »In Frédos Zimmer sind noch einige Sachen von mir. Ich dachte, ich könnte sie mitnehmen.« Sie holte tief Luft. »Aber vielleicht komme ich doch besser später wieder…«

Miguel blinzelte. Anscheinend wurde ihm bewusst, wie unhöflich es war, sie vor der Tür stehen zu lassen.

»Nein, nein! Komm doch rein.« Er wirkte unschlüssig, schien nicht zu wissen, ob er ihr folgen oder ihr vorausgehen sollte. »Du kennst den Weg ja«, setzte er hinzu und deutete in das Halbdunkel des Gangs.

Valérie hatte weiche Knie, als sie den verblichenen Flurläufer betrat. Doch das war nichts gegen die Wirkung des leicht modrigen und von kalter Kaminasche durchtränkten Geruchs, der sie in Frédos Zimmer empfing. Auf der Tür-

321

schwelle verharrte sie kurz, dann ging sie schnurstracks zum Fenster, ohne dem Raum einen Blick zu schenken, der so leer war wie ihr Inneres. Sie legte die Hände flach aufs Fensterbrett und sah hinaus, betrachtete das Schaufenster des Lebensmittelhändlers. *Bei Monsieur Kateb brennt immer Licht.* Der vertraute Anblick machte sie traurig.

»Du siehst gut aus, Valérie«, sagte Miguel, der neben sie getreten war.

»Schwarz ist immer *en vogue*, habe ich mal gelesen.«

»Ich meinte nicht das Kleid.«

Sie lehnte sich gegen das Fenster.

»Wie geht es ihm?« Es war seltsam, aber sie fühlte nichts, als sie diese Frage stellte. Als wäre sehr viel mehr als nur ein Monat vergangen. *Vier Wochen. Achtundzwanzig Tage. Und ein halber.*

Miguel ließ sich Zeit mit der Antwort, die eigentlich keine war, weil sie nur aus einem Achselzucken bestand.

»Hör mal, Valérie«, seine Stimme war rau, »es tut mir leid, was passiert ist. Mein Cousin ist …« Er machte eine Pause, wägte ab, was er sagen und was er besser verschweigen sollte. »Er hat dich geliebt.«

»Tja.« Sie hätte so gern eine geistreiche Bemerkung hinzugefügt, aber ihr fiel nichts ein.

»Ich muss jetzt los«, unterbrach Miguel das Schweigen, das typisch für die Art von Schweigen war, das sich einstellte, wenn zwischen zwei Menschen alles ausgesprochen war. »Leg den Schlüssel einfach auf den Küchentisch, bevor du gehst, in Ordnung?«

Sie bejahte stumm, während Miguel ihr einen flüchtigen Abschiedskuss auf die Wange gab. Er war schon im Flur, als er sich noch einmal umdrehte und zu ihr zurückkehrte.

»Mein neuer Mitbewohner kommt erst am Wochenende«, sagte er und rang sich ein Lächeln ab, in dem sie für eine Schrecksekunde Frédo erkannte. »Lass dir also alle Zeit, die du brauchst für ... Du weißt schon.«

Dann war er fort, zusammen mit seinem Unbehagen und einem schleifenden Geräusch, das die Haustür auf den von der Feuchtigkeit aufgequollenen Flurdielen verursachte. Sie sollte ihn nie wiedersehen, denn wenige Wochen später sollte Miguel Almeida eine nächtliche Begegnung mit einem angetrunkenen Autofahrer auf der Rue de Poitou mit dem Leben bezahlen.

Seufzend drehte Valérie sich um und ließ den Blick durch das Zimmer wandern, über den Klapptisch, an dem sie manchmal eine Runde Piquet gespielt hatten, den bunten Flickenteppich, auf dem sie sich öfter geliebt hatten als im Bett. Kissen und Decken lagen zerknüllt auf der Matratze, niemand hatte sich die Mühe gemacht, sie abzuziehen.

Wirklich seltsam. Es fühlt sich an, als würde er gleich nach Hause kommen, nach Küchendunst und Schweiß riechend, ein müdes Lächeln auf dem Gesicht.

Im Wandschrank fand sie zwischen leer geräumten Kleiderbügeln ihren Schal. In der Sockenschublade lag neben ihrem Necessairetäschchen ein in Seidenpapier eingeschlagenes Päckchen, in dem sie ihre Wäsche vermutete. Valérie trug ihre Habseligkeiten zum Tisch, sich aufs Bett zu setzen, vermied sie bewusst. Wahrscheinlich hätte sie nicht widerstehen können und an der Bettwäsche gerochen, und sie hatte in den letzten Wochen wirklich genug geweint. *Genug für ein ganzes Leben.*

Sorgfältig faltete sie den Schal zusammen und öffnete das Seidenpapier, um ihn zu den anderen Sachen zu legen. Als ihre Finger einen harten Gegenstand berührten, stockte ihr zuerst der Atem, dann stolperte ihr Herz. Im Körbchen ihres BHs lag die Sardinenbrosche. Der gebogene Fischleib verschwamm vor ihren Augen, während sie über ihn strich wie eine Blinde, die in den winzigen Unebenheiten der Schuppen zu lesen versuchte.

Die Sardine ist das Tier des heiligen António, des Schutzheiligen von Lissabon, und steht für alles, was ich liebe. Mein Zuhause, meine Familie. Und dich. Solange du sie trägst, werden wir einander nie vergessen, egal, was passiert.

Wie gut es tat, sich diesen Moment zu vergegenwärtigen, obwohl ihr seine Worte schon damals merkwürdig vorkamen, weil sie für einen Heiratsantrag ein wenig zu unheilschwanger geklungen hatten. Die Brosche in der Hand, ging sie erneut zum Fenster.

Dass sie ausgerechnet jetzt Trost in Frédos Liebeserklärung fand, besaß etwas unfreiwillig Komisches. Sie gluckste leise in sich hinein und öffnete den Verschluss der Brosche. Draußen dämmerte es bereits, und da sie darauf verzichtet hatte, das Licht anzuschalten, dauerte es eine Weile, bis sie die Sardine am Revers ihres gelben Mantels befestigt hatte. An dem Platz, den Frédo schon einmal für das Schmuckstück ausgesucht hatte. Nah an ihrem Herzen.

Eine ganze Weile stand sie reglos vor ihrem Spiegelbild im Fensterglas und musterte die Frau, die ihr entgegensah. Kurz geschnittene, blauschwarz gefärbte Haare, ein knochiges Dekolleté und spitze Schultern. Ihre Miene war ernst, nahezu streng, aber sie erkannte darin auch die unbändige Willenskraft eines Menschen, der allen Widrigkeiten des Lebens trotzte. Der Angst vor dem Morgen. Dem Kummer von gestern. Der Traurigkeit, die ständig da war. Und auch der Liebe, wenn es sein musste.

»Du wirst Frederico Almeida bestimmt nicht vergessen, Valérie Aubert«, sagte sie laut und bohrte ihrem Spiegelbild den Zeigefinger in die Brust. »Aber genug ist genug. Ab heute wirst du aufhören, wegen ihm zu weinen. *Pigé?* Kapiert?«

17. Kapitel

LISSABON, IM MAI 2019.

António.
Seit er vor genau einem Jahr, drei Monaten und vierzehn Tagen das Rauchen aufgegeben hatte, war dies der erste Moment, in dem er ganz sicher schwach geworden wäre, hätte ihm jemand im Vorbeigehen eine Zigarette angeboten.

Er war nervös, zwanzig Minuten zu früh, und bei jedem Blick auf sein Smartphone fragte er sich, wieso er nicht darauf bestanden hatte, Maelys in Sintra abzuholen. Stattdessen hatte sie ihm heute Nachmittag per WhatsApp mitgeteilt, dass sie früher nach Lissabon fahre – mit Rosária, die ihre Mutter besuchen wolle und so nett sei, sie in ihrem kleinen roten Auto in die Innenstadt mitzunehmen. *Rosária und ihr kleines rotes Auto. Ausgerechnet.* Vovôs Haushälterin war der Grund dafür, dass jeder Reiseführer behauptete, die Portugiesen seien grässliche Autofahrer.

Missmutig vergrub António die Fäuste in den Hosentaschen und warf einen flüchtigen Blick auf die Speisekarte im Glaskasten. Er überlegte, ob er an der Weinbar des Restaurants einen Aperitif nehmen sollte, verwarf den Gedanken jedoch, da er nicht riskieren wollte, dass Maelys draußen auf ihn wartete, weil sie sich nicht traute, allein das Lokal zu betreten.

Das Feitoria im Stadtteil Belém war eines der wenigen Restaurants im gehobenen Preissegment, das bescheiden genug daherkam, dass auch er sich dort wohlfühlte – und das nicht nur, weil er mit dem Koch ab und an eine *bica* im Mercado da Ribeira trank. José Cordeiros Küche war hervorragend und kam ohne Showeffekte und blasiertes Servicepersonal aus. Bei der Einrichtung hatte der Inhaber auf Holztöne, Edelstahl und Designermöbel gesetzt, und die bodentiefe Fensterfront eröffnete einen atemberaubenden Blick über den Tejo. Dennoch war António unsicher, ob er mit dem Feitoria die richtige Wahl getroffen hatte. Nach der kurzen Zeit wusste er einfach zu wenig über Maelys, um ihre Reaktionen verlässlich vorherzusagen. Jede Begegnung mit ihr war ein Blindflug für ihn, neu, aufregend und ebenso verunsichernd, da er so gern alles richtig machen wollte.

Bestimmt zum dritten Mal vergewisserte er sich, dass er sein Telefon auf lautlos gestellt hatte, bevor er es zurück in die Innentasche des Jacketts schob und aus dem Schatten des Vordachs trat. Nahtlos blau war der Himmel, man konnte sich darin verlieren, wenn man zu lange hineinschaute.

»He, Senhor. Sie wissen doch, wie gefährlich es ist, wenn man beim Rückwärtsgehen in die Luft guckt.«

Er drehte sich grinsend um – und erstarrte. Er fühlte sich wie ein Teenager, der zum ersten Mal ein Mädchen ausführte, das sich für ihn zurechtgemacht hatte. »Du siehst sehr hübsch aus«, brachte er schließlich heraus, was er mit einer unbeholfenen Geste wiederholen musste, weil Maelys sein Gestammel nicht gleich verstand. Dabei wurde ihm bewusst, dass *hübsch* nicht annähernd das war, was er zum Ausdruck hatte bringen wollen.

Sie trug das schwarze Kleid aus der Fundkammer des

Gloriosa, ihre Riemchenpumps hielt sie in der Hand. Obwohl er Maelys schon einmal in diesem Kleid gesehen hatte, sah sie im Licht der Abendsonne so anders aus, beinahe fremd. Lag es am Lippenstift? An der Hochsteckfrisur, zusammengehalten mit silbernen Spangen, die trotzdem nicht alle Locken zu bändigen vermochten? Oder war es eher der Umstand, dass sie ohne Schuhe vor dem Eingang eines Gourmettempels stand, völlig unbekümmert? António wusste es nicht. Er wusste nur, dass er diese barfüßige Frau äußerst begehrenswert fand.

»Ich finde auch, dass du sehr hübsch aussiehst, António.«

Bei jeder anderen Frau hätte ihn die Wortwahl amüsiert oder sogar irritiert, doch Maelys brachte ihn mit dieser Bemerkung in Verlegenheit. *Meu Deus*, wenn das so weiterging, brauchte er spätestens nach der Vorspeise ein Beruhigungsmittel.

»Bist du etwa den ganzen Weg von der Innenstadt bis hierher gelaufen?« Mit dem Finger malte er eine Linie am Ufer entlang in Richtung Stadt, wo sich auf halber Strecke der Torre de Belém aus dem rosa-goldenen Wasser erhob.

»Ich musste nachdenken«, erklärte sie achselzuckend. »Das funktioniert am besten, wenn ich zu Fuß gehe.«

»Erzählst du mir, was dich beschäftigt hat? Drinnen vielleicht, bei einem Glas Champagner?«

»Es gibt Champagner?« Sie kräuselte die Nase und brachte ihn damit zum Lachen.

»Ein echtes Rendezvous mit allem Drum und Dran. Das hast du dir doch gewünscht, oder?«

Zögernd schielte sie zu der gläsernen Schiebetür, in der sich das Licht der Wandfackeln im Foyer spiegelte. »Das Restaurant sieht ziemlich teuer aus.«

»Lass uns ausprobieren, ob du dich dort wohlfühlst. Falls nicht«, er sah auf seine Armbanduhr und deutete zum Parkplatz, »ist es noch früh genug am Abend, um uns in die nächste verräucherte Tasca zu flüchten. Da bestellen wir uns dann Superbockbier und eine Wurstplatte.«

»So machen wir es«, antwortete sie in der für sie so typischen Ernsthaftigkeit. »Aber bevor wir wie feine Herrschaften da reingehen, muss ich noch zwei Dinge erledigen.«

Sie hielt sich an seinem Arm fest, während sie sich bückte, die Pumps über die Füße streifte und die Goldschnallen der Riemchen schloss. Anschließend trat sie von einem Bein auf das andere, als müsse sie prüfen, ob die Pfennigabsätze auch wirklich ihr Gewicht trugen.

»War das Nummer eins?« António schielte auf ihre Hand, die nach wie vor auf dem Ärmel seines Jacketts ruhte. Er nahm die Berührung kaum wahr, und doch hatte er das Gefühl, die Wärme ihrer Haut durchs Jackett zu spüren.

»Das war Nummer eins«, bestätigte Maelys und kam näher, den Blick fest auf sein Kinn gerichtet, das er am Morgen so gewissenhaft rasiert hatte wie seit Jahren nicht. »Nummer zwei ist allerdings komplizierter.«

Er bemerkte, dass ihre Azulejo-Augen leicht gerötet waren, was von der steifen Brise am Flussufer kommen mochte oder die Folge von Schlafmangel war. Vielleicht hatte sie auch geweint, was in ihm das überwältigende Gefühl auslöste, sie beschützen zu wollen.

»Wie sagt man: Eigentlich ist es gar nicht kompliziert?« Er flüsterte, weil sein Mund trocken war und es keinen Grund gab, laut zu sein.

Und dann geschah alles viel zu schnell. Er spürte den seidigen Film von Creme auf ihren Fingern, als sie seine Wange berührte. Im nächsten Moment stellte sie sich auf die Zehenspitzen und schlang ihm die Arme um den Hals. Ein paar quälende Sekunden lang atmete sie an seinen Lippen, bis ihm schwindelig von ihrem Parfum wurde und er dem Impuls einfach nachgeben musste. Er presste Maelys Durant an sich und küsste sie.

Hinter dem Panoramafenster stand die Sonne tief und überzog alles mit Gold: den Tejo, die Brücke des 25. April, die Stadt und ihre Kirchkuppeln, Häuserschluchten und Hügel. Lissabon leuchtete, aber António hatte nur Augen für die Frau auf dem Stuhl gegenüber, die soeben von der Kellnerin die Speisekarte entgegennahm. Er bestellte eine Flasche Veuve Clicquot und starrte wie gebannt auf die winzige Falte zwischen Maelys' Brauen, während sie das Menü studierte. Schließlich lachte sie auf und legte die Karte beiseite.

»Ist nichts dabei, was dir gefällt?«, fragte er enttäuscht. Offenbar hatte er mit dem noblen Schuppen tatsächlich die falsche Wahl getroffen.

»Keine Ahnung«, antwortete sie und schielte zu der Kellnerin, die zur Theke geeilt war. »Die Karte ist auf Portugiesisch, weshalb ich dir die Wahl überlassen werde, Senhor de Alvarenga.«

»Oh, das tut mir leid ... Soll ich dir übersetzen? Oder ... Ich lasse dir eine französische Karte bringen«, murmelte er, schob die Brieftasche unter seine Serviette und winkte der Kellnerin.

»Nein!« Sie streckte die Hände aus. »Ich möchte, dass du für mich bestellst«, sagte sie sanft und fügte nach einer kleinen Pause hinzu: »Hör bitte auf, dir Sorgen zu machen. Es gefällt mir hier. Das würde es überall, solange du da bist.«

António starrte auf ihre schmalen Finger, die sich in der Tischmitte – zwischen dem Kerzenständer und der Pfeffermühle – mit seinen verflochten hatten. *Solange du da bist.* Es waren nur vier harmlose Wörter, dennoch besaßen sie genügend Kraft, um den Ziegelstein von seiner Brust zu schubsen. Sauerstoff strömte in seine Lunge, und mit ihm kehrte auch die Gelassenheit zu ihm zurück.

»So geht es mir auch, Maelys.«

Sie schwieg, aber ihr verklärtes Lächeln war ihm Antwort genug. Das war es ihnen beiden.

Die Kellnerin brachte den Champagner, dazu Brot, eingelegte Oliven und Fischpastete. António ließ José einen Gruß ausrichten und entschied sich aus Respekt für den Sternekoch für ein dreigängiges Menu *ao sabor do cozinheiro* – nach Lust und Laune des Kochs. Um Letztere war es offenbar bestens bestellt, wenn er dies an dem beflissenen Nicken der Restaurantmitarbeiterin festmachte.

Nachdem sie angestoßen hatten, nippte Maelys ehrfürchtig an dem blau eingefärbten Glaskelch. Sein eigenes Glas stellte er hingegen unberührt auf den silbernen Untersetzer zurück. Er war weder durstig noch hungrig, obwohl er den ganzen Tag nichts gegessen hatte. Im Augenblick genügte ihm Maelys' Nähe – dass sie ihm gegenübersaß, geräuschvoll Champagner schlürfte und sich mit halb offenem Mund umsah. Nah genug, um ihre rosigen Wangen zu berühren, wenn ihm danach war.

»Also, Mademoiselle Durant. Worüber hast du auf deinem Zehn-Kilometer-Fußmarsch nachgedacht?« Zur Veranschaulichung ließ er die Finger über den Goldrand seines Tellers tänzeln und tippte sich danach an die Stirn, eine spontan erfundene Gebärde für *Gehen und Denken*, auf die er ein bisschen stolz war.

»Ich mag es, wie du gebärdest.« Maelys' Lächeln wirkte gezwungen, als hätte er an eine Erinnerung gerührt, die sie eigentlich lieber für sich behielt. Geduldig wartete er ab, bis sie den Blick von den rostbraunen Holzlamellen an der Wand löste. »Ich habe die restliche Geschichte von Valérie und Frédo gelesen. Sie endet ziemlich traurig.«

»Und das hat dich auch traurig gemacht.«

»Ich mag Geschichten mit Happy End lieber.« Sie sah ihn versonnen an, was prompt dafür sorgte, dass sein Puls sich beschleunigte. Er überlegte, ob er von dem morgendlichen Besuch ihrer Tante erzählen sollte, verwarf den Gedanken jedoch, weil es im Grunde nichts zur Sache tat, was die alte Dame von ihrer Beziehung hielt.

»Valérie behauptet andauernd, das Leben sei auf Flugblätterverteilen und nicht auf Reiswerfen ausgelegt«, fuhr Maelys fort und zog die Schultern hoch, als habe ein kalter Windstoß das Fenster in ihrem Rücken aufgerissen. »Ich hab nie verstanden, was sie damit meint. Bis heute.«

Sie schlug die Augen nieder. Und dann sagte sie völlig zusammenhanglos den Satz, vor dem er sich fürchtete, seit sie in der Quinta vom Sofa gefallen und in seinen Armen gelandet war.

»Das Porträt deines Großvaters ist fertig.«

Die Stille, die ihren Worten folgte, ließ für ihn alle Geräusche im Raum unnatürlich laut wirken. Das leise Geschirrklappern, das Surren der Klimaanlage, die gedämpften Gespräche der anderen Gäste.

»Bist du zufrieden damit?« Mehr wusste er nicht zu sagen. Sie hätte ihm ebenso gut mitteilen können, dass sie morgen zum Mond flog. Unter dem Strich blieb das Ergebnis dasselbe.

»Ich denke schon. Aber es ist vielleicht nicht ganz das, was du erwartet hast.« Mit einem rätselhaften Lächeln wich sie seinem Blick aus, abgelenkt von der herbeieilenden Kellnerin, die den Geruch von Muscheln, Weißwein und Koriander mitbrachte.

Amêijoas à bulhão pato waren eine beliebte Vorspeise, und António nahm es als Kompliment, dass José ihnen das einfache, aber nichtsdestotrotz köstliche Gericht servierte – ein Essen, das man mit Freunden und nicht um einer Auszeichnung willen genoss. Trotzdem schmeckten die Venusmuscheln irgendwie fade, und auch Maelys stocherte in ihrem Schälchen herum, als wäre ihr plötzlich der Appetit vergangen. António legte das Besteck beiseite und wartete, bis sie Augenkontakt aufnahm.

»Das hier ist keine Geschichte, die ein trauriges Ende nehmen wird.« Er wünschte sich brennend, sie hätte die Zuversicht in seiner Stimme gehört. Aber das gehörte zu den Dingen, die zwischen ihnen niemals möglich sein würden. Auch hätte er sie gern erneut geküsst, aber das wäre ihm in dieser Situation unpassend vorgekommen. Also streckte er die Hand aus und streichelte ihren Unterarm, sanft und zärtlich. »Wie sagt man: ›Vertrau mir‹?«, fragte er und hielt den Atem an.

Es dauerte. Viel zu lange. António spürte einen Kloß im Hals und befürchtete schon, seine Botschaft hätte Maelys nicht erreicht. Aber dann begannen ihre wunderschönen Augen zu schwimmen.

»Nicht weinen, Liebes«, murmelte er mit belegter Stimme.

»Aber ich weine doch gar nicht«, flüsterte sie. »Ich heule nur ein bisschen.«

Gott sei Dank, sie lächelt. Sie lächelt tatsächlich. Befreit lehnte António sich zurück und bemerkte eine hochgewachsene, schlanke Frau am Eingang, die eindringlich auf ihr Mobiltelefon einredete und sich dabei suchend umsah.

Das ist jetzt nicht wahr. Instinktiv sank er tiefer in seinen Sitz, in der törichten Hoffnung, er könne sich unsichtbar machen. Ihre Blicke kreuzten sich, und auf dem vertrauten Gesicht erschien ein Ausdruck, der zweifellos von einem Menschen aufgesetzt wurde, der wusste, dass er nicht erwünscht war, jedoch keine Wahl hatte. Manuela beendete das Gespräch und setzte sich mit erhobenem Kinn und klappernden Absätzen in Bewegung.

Sie war kaum am Tisch angekommen, als sich ein Wortschwall über ihn ergoss, der mit »Warum, verdammte Scheiße, gehst du nicht ans Telefon, António?« begann und mit etlichen, wenig damenhaften Verwünschungen endete. Danach blieb ein seltsames Plätschern zurück, auf dessen Oberfläche Wörter wie *Mário, der Idiot, Polizei* und *Gefängnis* schwammen wie tote Fische. Wie betäubt starrte er Manuela an, die soeben theatralisch seufzte. Das Gehörte ergab keinerlei Sinn für ihn und wirkte in diesem Raum so fehl am Platz wie seine Assistentin in der blauen Bluse, auf der das Gloriosa-Emblem prangte.

»Jetzt, António. Du musst *jetzt* zur Polizeistation in der Rua da Prata fahren und Mário da rausholen.« Sie schüttelte das Telefon in der Luft, als sei das Gerät an allem schuld. »Ich würde ihn ja ein paar Tage in seiner Zelle schmoren lassen, aber Carla ist vollkommen außer sich. Und da sie dich nicht erreichen konnte, hab ich ihr versprochen, dass du dich darum kümmerst. Sofort.« Endlich glitt ihr Blick auch zu Maelys, die sie bislang ignoriert hatte. »Tut mir leid.«

António erhob sich wie ferngesteuert. Maelys blickte ihn fragend an, was ihm bewusst machte, dass er sicher sehr besorgt aussah. Sein Spüler war nicht sonderlich geschickt im Umgang mit den Gesetzeshütern, vor allem, wenn er getrunken hatte. Und die hiesige Polizei wiederum sprang nicht gerade zimperlich mit Leuten um, die sie beleidigte.

Während Manuela ans Fenster ging und vorgab, ein vorbeischipperndes Fischerboot zu beobachten, wandte er sich Maelys zu. Sie wartete noch immer auf eine Erklärung, geduldig wie jemand, der es gewohnt war, bei Gesprächen zuletzt über deren Inhalt aufgeklärt zu werden.

»Es gibt ein Problem mit Mário.«

»Dann musst du dich darum kümmern«, antwortete sie so selbstverständlich, als wäre es das Normalste der Welt, dass dieses Date unterbrochen werden musste. António stöhnte innerlich auf, weil ihm erneut bewusst wurde, was für ein wunderbarer Mensch sie war.

»Spätestens zum Dessert bin ich zurück. Verzeih, aber ich…« Rasch umrundete er den Tisch und nahm ihr Gesicht in beide Hände. »Warte auf mich, damit wir genau dort weitermachen können, wo wir aufgehört haben«, formulierte er tonlos, während sie so vertrauensvoll zu ihm aufblickte, dass er sich nicht entscheiden konnte, ob er vor Glück schreien oder Angst haben sollte, sie wieder zu verlieren.

Nur widerwillig löste er sich nach einem innigen Kuss von ihr, rief Manuela ein hastiges »Ruf Carla an und sag ihr, dass ich unterwegs bin« zu, und beim Hinauslaufen wäre er um Haaresbreite mit der Kellnerin zusammengestoßen, die sich mit einer dreistöckigen Meeresfrüchteplatte ihrem Tisch näherte.

Als er durch die Drehtür das Restaurant verließ und ihm der salzig-brackige Geruch des Flusswassers in die Nase stieg, hatte er noch immer den Geschmack ihres Kusses auf

335

der Zunge. *Meu Deus.* Wenn das tatsächlich Liebe war, was er da fühlte, würde er heute einige Strafzettel wegen Geschwindigkeitsübertretung in Kauf nehmen müssen.

Maelys.

»Darf ich?«

Maelys blieb nichts anderes übrig, als höflich zu nicken, denn Manuela saß längst auf Antónios Platz. Sie schlug die Beine übereinander, den Arm ließ sie über der Rückenlehne des Stuhls baumeln. Prüfend glitt ihr Blick durch den Raum, streifte das ältere Paar am Nebentisch und den Mann im grauen Anzug, der auf das Podest neben der Theke gestiegen war und dort seine Gitarre auspackte. Die mit Flusskrebsen, Austern und zwei Hummerhälften gefüllten Platten entlockten ihr ein abschätziges Lächeln.

»Er hätte Sie wirklich in ein netteres Lokal bringen sollen. Ein authentisches, irgendwo in der Alfama«, bemerkte sie. »Das hier ist nicht António.«

»Ich verstehe nicht. Was bedeutet, das hier ist nicht António?« Angestrengt starrte Maelys auf den perfekt geschwungenen kadmiumroten Mund. Manuela sprach zu schnell und bewegte ihre Lippen kaum, weshalb es mühsam war, ihrem Französisch zu folgen.

»Es bedeutet, dass er Sie offenbar beeindrucken will.«

»Aber das ist gar nicht nötig. Ich mag ihn auch so.«

Obwohl ihr die Zurückhaltung schwerfiel, wollte sie nicht allzu glückselig wirken. Irgendetwas kam ihr seltsam an Antónios Assistentin vor, an ihren eckigen Bewegungen und den Augen, die sie an Blumentopferde erinnerten. Manuelas Freundlichkeit wirkte aufgesetzt und brachte etwas mit sich, das häufig geschah, wenn Maelys verunsichert war: Ihre Tante, die sie den ganzen Tag über nicht gesehen hatte, meldete sich in ihrem Kopf zu Wort.

Die Welt da draußen ist nicht immer das, was sie vorgibt zu sein. Oft sagen die Menschen Dinge, meinen und tun aber etwas vollkommen anderes. Gerade die Worte von Hörenden verfolgen ständig irgendwelche Ziele, und die sind nicht immer mit guten Absichten verbunden.

Offenbar war ihr ein unwilliger Laut entschlüpft, denn Manuela, die soeben ungeniert eine Auster von der Platte fischte, hielt inne.

»Sie haben doch nichts dagegen, wenn ich mich bediene?«, fragte sie, und wieder hatte Maelys das Gefühl, dass ihr Gegenüber nur der Höflichkeit halber fragte und ohnehin tat, was ihr beliebte. Trotzdem deutete Maelys eine einladende Geste an und verfolgte argwöhnisch, wie diese Assistentin das Austernfleisch mit Antónios Gabel von der Schale löste.

Sie kippte es herunter, wie Valérie ihren abendlichen Likör trank. Austernwasser lief über ihr Kinn und tropfte auf das Leinentischtuch. Gleichmütig griff die Frau nach der Serviette neben dem Teller, unter der Antónios Brieftasche zum Vorschein kam. Bei ihrem Anblick hielt sie kurz inne, doch ihre Irritation war so flüchtig wie ein Wimpernschlag.

»Also, Maelys ... Ich darf doch Maelys sagen?«

Auf einmal wirkte sie so liebenswürdig, dass sie ein schlechtes Gewissen bekam. Antónios Assistentin war eben sehr hübsch und erschreckend selbstbewusst. Es war unfair, schlecht von ihr zu denken, nur weil sie selbst eingeschüchtert war und Valérie sie mit ihren ständigen Warnungen verrückt gemacht hatte.

»Gern, Manuela.« Sie spiegelte Manuelas Lächeln und

nahm ein Maisbrötchen aus dem Brotkorb. Ihr war schon ganz flau vor Hunger. Bestimmt würde António nichts dagegen haben, wenn sie den Hauptgang mit Senhora Nascimento teilte. Schließlich war sie seine engste Mitarbeiterin und verbrachte vermutlich mehr Zeit mit ihm als irgendjemand sonst.

»Also, Maelys«, wiederholte Manuela und zeigte die äußerst attraktive Lücke zwischen ihren Schneidezähnen. »Wann geht es zurück nach Paris?«

Die Frage traf sie wie eine Ohrfeige. Mühsam versuchte sie das Brotstück herunterzuschlucken, das in ihrer Kehle stecken geblieben war.

Und dann sah sie es. Das nervöse Flackern in Manuelas Augen und ihre zitternde Hand, die die Serviette zerknüllte, bis die Knöchel weiß wurden. Sie bemerkte ihren Blick, zog die Hand zurück und brachte Antónios Champagnerglas mit einer unbedachten Bewegung zu Fall.

Maelys sprang auf, fischte Antónios Brieftasche aus der Lache und bemerkte bedauernd, dass das kostbare Leder sich bereits dunkel verfärbte. Flink öffnete sie die Brieftasche und zog sämtliche Karten und Papiere aus dem durchnässten Futteral heraus, ehe sie Schaden nahmen.

»Ist nichts passiert«, murmelte sie, ob zu Manuelas oder ihrer eigenen Beruhigung, würde sie später nicht mehr sagen können. Nur Sekundenbruchteile nach ihren Worten stand die Welt plötzlich still wie der Verkehr auf einer Straße, auf der ein schrecklicher Unfall geschehen war.

Fassungslos musterte sie das Polaroid, das einmal gefaltet worden war, weil es offensichtlich nicht in das Fach hineingepasst hatte. Sie erkannte die fröhliche junge Frau auf dem Bild sofort, schließlich hatte sie oft genug in Mamans Fotoalben geblättert. Trotzdem weigerte sich ihr Verstand zu begreifen, was sie da in der Hand hielt.

Wieso sollte António ein Foto von meiner Tante mit sich herumtragen? Wie kommt er überhaupt an dieses Bild, das uralt sein muss?

Neugierig beugte sich Manuela nach vorn.

»Ah. Das ist also die geheimnisvolle Fremde, die António suchen sollte. Eine gewisse Ähnlichkeit mit Ihnen ist durchaus vorhanden, finden Sie nicht?« Manuela hob den Kopf, und als sich ihre Blicke kreuzten, weiteten sich ihre Pupillen. »O nein! Er hat es Ihnen immer noch nicht gesagt, oder?«

»Was hat er mir nicht gesagt?«, flüsterte Maelys verstört.

»Na, dass Ihre Begegnung kein Zufall war. António war nicht in Paris, um Ferien zu machen, sondern«, Manuela deutete auf das Foto, »deswegen.« Immerhin besaß sie den Anstand, zerknirscht auszusehen.

»Das ist meine Tante. Sie heißt Valérie Aubert«, erwiderte Maelys tonlos und enttäuscht.

»Ach wirklich?« Manuela wirkte ehrlich überrascht, doch dann zuckte sie die Achseln. »Keine Ahnung, was es mit dem Foto auf sich hat. Ich weiß nur, dass Eduardo de Alvarenga Sie nach Lissabon geholt hat. António gefiel sein Auftrag gar nicht, aber er scheint sich ja mittlerweile mit Ihnen arrangiert zu haben.«

Arrangiert. Eine Weile lang starrte sie auf Manuelas Mund, der das selbstzufriedene Lächeln einer Frau trug, die wusste, dass ihr Gegenüber ihr nicht gewachsen war. Doch so krampfhaft sie auch überlegte, es gelang ihr einfach nicht, den Zusammenhang zwischen Valéries Foto, sich selbst und Eduardo de Alvarenga herzustellen. Zum anderen verstand sie nicht, warum António… Sie solle ihm vertrauen, hatte er gesagt. Vor nicht mal zwanzig Minuten.

»Sie irren sich. António hat mich nach Lissabon geholt, weil er die Idee schön fand, dass ich seinen kranken Großvater male.«

»Eduardo? Krank?« Manuela lachte auf und bedachte sie mit einem Blick, den man nur sehr dummen Leute schenkte. »Ganz bestimmt nicht.«

»Aber …« Eine Träne löste sich aus Maelys' Augenwinkel. »Warum sollte António mich anlügen? Er weiß doch, wie wichtig es für mich ist, dass er ehrlich zu mir ist.«

»Reden wir Klartext, Schätzchen.« Manuela seufzte tief und zupfte ein Haar von ihrer Bluse. »António ist ein lieber Kerl, aber Ehrlichkeit ist keine Eigenschaft, die bei ihm besonders ausgeprägt ist. Er spielt gern. Vor allem weiß er, welche Knöpfe er drücken muss, um die Püppchen tanzen zu lassen. Leider verliert er rasch das Interesse an neuen Spielzeugen.«

Maelys runzelte die Stirn. Es gab nur selten Momente, in denen sie ihre Gehörlosigkeit verfluchte. Dieser gehörte eindeutig dazu.

»Ich verstehe diese Spielzeugsache nicht. Könnten Sie mir das bitte einfacher erklären?«

Manuela sah sie schweigend an. »Gut, Sie wollen es nicht anders«, sagte sie schließlich und holte Luft. »Fahren Sie nach Hause, Maelys. Vergessen Sie Ihr kleines Lissabonner Abenteuer. Ganz davon abgesehen, dass António Sie von hinten bis vorne angeschwindelt hat, ist er kein Mann, der sich an ein nettes Mädchen wie Sie bindet.« Eine winzige Pause folgte, die ihre Mundpartie hart machte. »Damit kommen wir zu einer weiteren unbedeutenden Kleinigkeit, die Antó nio Ihnen unterschlagen hat: Er gehört bereits einer anderen Frau.«

»Ihnen, nehme ich an.« Maelys legte das angebissene Brötchen vor sich auf den Teller. *Manuela ist nicht meine Freundin*, das hatte er behauptet. Sie spürte, wie ihr weitere Tränen in die Augen stiegen, aber sie drängte sie zurück. Gab sie jetzt nach, war sie verloren.

»Sie sind ein kluges Kind.«

»Ich bin kein Kind, Manuela«, erwiderte sie ruhig, konnte jedoch nicht verhindern, dass ihr Kehlkopf zitterte. Ein untrügliches Zeichen für ein unterdrücktes Schluchzen, das Manuelas Ohren sicher nicht entgangen war. »Außerdem glaube ich nicht, dass António irgendjemandem gehören will. So funktioniert die Liebe nicht, jedenfalls nicht für mich.«

»Liebe?« Manuela lachte, bis die Gäste am Nebentisch sich zu ihnen umdrehten. »Letztendlich zählt nur, unter wessen Laken er kriecht. Und nach den letzten sehr erfreulichen Nächten kann ich Ihnen versichern, dass es auch heute ganz sicher nicht Ihres sein wird. Die Einzelheiten erspare ich Ihnen lieber, ich bin nicht grausam. Fakt ist aber, dass er Sie vergessen und zu mir zurückkommen wird. Das war bisher immer so.« Sie holte Luft. »António und ich, wir lieben uns tatsächlich. Auf unsere Art.«

Ich habe dich gewarnt. Hundert-, wenn nicht tausendmal!

Nur allzu deutlich sah Maelys Valéries empörtes Gesicht vor sich und war froh, dass ihre Tante diesen sehr realen Moment nicht erleben musste.

Ich schaffe das schon, Valérie. Ich gehe mit erhobenem Kinn aus dieser Sache heraus. So wie du, als du erfahren hast, dass Frédo ein anderes Mädchen heiraten wird.

Manuela hielt nach der Kellnerin Ausschau. Ihre Fingernägel, im Farbton ihres Lippenstifts lackiert, trommelten auf der Tischdecke herum, dort, wo der Champagner einen dunklen Fleck hinterlassen hatte. Impulsiv ergriff Maelys Manuelas Hand. Antónios Assistentin sah sie überrascht an. Ihre Hand war kalt, und die Handflächen waren feucht. *Kummer. Hilfloser Zorn.* Sie wollte es nicht, aber plötzlich empfand sie Mitleid mit dieser Frau. So verschieden sie waren, im Grunde fühlten sie dasselbe. Nur dass zwischen António und Manuela keine Lügen standen.

»Es tut mir leid, dass ich Sie traurig gemacht habe.« Sie war freundlich, obwohl sie Manuela viel lieber angeschrien hätte. Ihr tat alles weh. Das Reden, das Atmen. Das verräterische Herz, das Antónios Namen flüsterte, während in ihren Ohren jene unheilvolle Stille dröhnte, unter der sie in Professor Ledoux' Studiensaal so oft gelitten hatte. Und dann kamen die Stimmen.

»Da ist wohl noch etwas Luft nach oben, Mademoiselle.«

»Wärst du meine Enkeltochter, würde ich dir verbieten, deine Zeit an einem Imbissstand zu vergeuden.«

»Putain, wieso muss es ausgerechnet dieser António sein? Warum suchst du dir nicht einen netten jungen Mann, der so ist wie du?«

»Mein Enkel gehört nicht zu den Männern, die achtsam mit dem Herz einer Frau umgehen. Es täte mir leid für Sie, wenn er Sie enttäuschen würde.«

»Das hier ist keine Geschichte, die ein trauriges Ende nehmen wird, Liebes.«

»Fahren Sie nach Hause, Maelys.«

Langsam zog sie ihre Hand zurück und legte das Besteck diagonal auf den Teller, um der Kellnerin zu signalisieren, dass sie fertig war. Mit allem.

»Bitte entschuldigen Sie mich. Ich muss nachdenken, und das kann ich am besten, wenn ich ein bisschen spazieren gehe.« Sie rang sich demonstrativ ein Lächeln ab. Es passte nicht zu dem dumpfen Schmerz in ihrer Brust, aber Valérie hatte ihr erklärt, dass es oft klüger war, wenn man sein Gegenüber nicht wissen ließ, wie es in einem aussah. Bestimmt war es eine gute Idee, ein wenig frische Luft zu schnappen.

Beim Aufstehen zitterten ihre Knie, weshalb sie das Kleid sorgfältig glatt strich und sich die Pumps von den Füßen streifte. Sie starrte so lange auf ihre Zehen, bis der kalte Steinboden ihr das zurückgab, was ihr im Laufe des Abends abhandengekommen war: die Bodenhaftung. Dann hob sie das Kinn – so wie sie es Valérie versprochen hatte – und verließ unter den befremdeten Blicken der anderen Gäste barfuß das Lokal.

António.

Es dunkelte bereits, als er den Wagen in der Rua da Prata abstellte, auf dem gelben durchgezogenen Streifen, wo Parken verboten war. Bei laufendem Motor musterte er die Milchglasfront mit den zugezogenen Jalousien, hinter denen das grelle Licht von Neonlampen leuchtete. Zwei uniformierte Beamte standen plaudernd auf dem Gehsteig, über ihren Schirmmützen stieg Zigarettenrauch auf und nebelte das Schild an der Tür ein. *Policía.*

António beschloss, einen Verweis wegen des Parkverbots zu riskieren, und stellte den Motor ab. Er stieg aus und ging mit langen Schritten auf die Beamten zu, die ihn ebenso wenig beachteten wie den Obdachlosen, der auf dem Gehsteig Zigarettenkippen einsammelte.

Gib einem Wichtigtuer immer das Gefühl, dass du ein paar Stufen über ihm auf der Leiter stehst, mein Junge. Und dann, wenn er am wenigsten damit rechnet, bestichst du ihn mit deiner Freundlichkeit oder dem Inhalt deiner Brieftasche. Auch wenn die Tage der Diktatur längst gezählt sind, Bares zieht in diesem Land immer.

Beinahe hätte er gelächelt, weil er die belehrende Stimme so deutlich hörte, als wäre Vovô neben ihn in den Lichtkegel der Straßenlaterne getreten.

»Senhores.« Ein fester Blick in die Gesichter, die aus der Nähe überraschend jung waren, genügte. Anstandslos gaben die Polizisten den Eingang frei.

Kurz darauf stand er am Empfangstresen und schaute über eine vertrocknete Topfpflanze hinweg in das Antlitz eines Beamten mit pockennarbiger Haut, der sich weder von Antónios Maßanzug noch von seinem Familiennamen beeindrucken ließ. António tastete nach seiner Brieftasche und stellte verärgert fest, dass er sie im Feitoria zurückgelassen hatte. Sollte er nach seinen Personalien gefragt werden, würde er sich nicht ausweisen können.

Doch der Beamte hatte im Augenblick offenbar größere Sorgen, als sich Antónios Identität zu vergewissern. Von irgendwo ertönte Gesang, entnervt verdrehte der Mann die Augen. »Grândola, Vila Morena«. Jedes portugiesische Schulkind kannte das Lied auswendig, das in den frühen Morgenstunden des 25. April 1974 über das Radio den Beginn der Revolution verkündet hatte. Die Baritonstimme hinter den dünnen Wänden der Polizeiwache klang allerdings ausgesprochen schief – und nicht besonders nüchtern.

»Schätze, das macht er schon den ganzen Abend«, bemerkte António.

Das Lid des Beamten zuckte. »Was kann ich für Sie tun, Senhor?«

»Eigentlich sollte die Frage eher lauten, was ich für Sie tun kann.« António schob das traurige Pflänzchen beiseite und deutete in die Richtung, aus der das Gejaule kam. »Zum Beispiel könnte ich Sie von Ihrem Leid befreien.«

»Und Sie sind noch mal wer?«

»Mein Name ist António de Alvarenga. Senhor Fernandes arbeitet für mich. Ich kenne ihn seit vielen Jahren, ihn und seine Familie. Seine Frau Carla bat mich, die Angelegenheit zu klären.«

»Ist nicht so, dass wir ihn das erste Mal erwischt hätten.« Das narbige Gesicht des Polizisten verschloss sich. »Aber wenn Sie nicht mit ihm verwandt sind, ist da nichts zu machen. Kommen Sie in zwei, drei Tagen mit seiner Frau wieder. Bis dahin hat er dem Richter vielleicht erklärt, was er mit dem Cannabis in seinem Rucksack vorhatte.«

Drei Tage. António stöhnte innerlich auf.

»Das geht nicht, Inspektor. Ich muss ihn jetzt mitnehmen. Ich brauche ihn in meinem Restaurant.« Er verfluchte sich, weil er seine Brieftasche vergessen hatte. Auch wenn der Kerl nicht so aussah, als sei er bestechlich, in diesem Augenblick hätte er gern einen Versuch gewagt.

»Sie werden ohne ihn auskommen müssen.«

»Hören Sie, der Name Alvarenga zählt etwas in dieser Stadt.« António hob die Stimme, obwohl der Polizist sich längst abgewandt hatte. »Mein Großvater, Eduardo de Alvarenga, ist ein guter Freund von Inspektor Coelho. Kann ich Mário bei seiner Ehefrau abliefern, verspreche ich Ihnen, dass er garantiert die Abreibung bekommt, die er verdient. Sie wissen ja, wie wütende Frauen sein können.« Er versuchte sich an einem konspirativen Grinsen, das sein Gegenüber leider nicht erwiderte. »Darüber hinaus gebe ich Ihnen mein Wort, dass ich ihn persönlich vorführen werde, sobald ein Anhörungstermin feststeht. Ich habe meine Brieftasche zwar nicht dabei, aber«, er senkte die Stimme, »ich bezahle für Ihr Entgegenkommen.«

Der Beamte lachte und winkte kopfschüttelnd ab. Resigniert zupfte António ein welkes Blatt von dem Gerippe der Pflanze und schielte auf den breiten uniformierten Rücken. Dabei fiel ihm ein Foto auf, das auf dem Bildschirmrand des Computers klebte: ein Brautpaar, jemand hatte ein Herz um die strahlenden Gesichter gemalt. Eines davon gehörte dem Mann, der gerade angestrengt in den Monitor starrte, als gäbe es dort ein Verbrechen aufzuklären. Ein echtes Verbrechen, an dem man nicht seine Zeit verschwendete. António holte Luft.

»Ich war nicht ehrlich zu Ihnen, Inspektor.«

Der Beamte sah auf. »Waren Sie nicht?«

»Nein. Im Grunde genommen ist es mir nämlich vollkommen gleichgültig, was mit Mário ist. Meinetwegen kann er Ihre Polizeiwache noch eine ganze Woche lang mit seinen Sangeskünsten beglücken. Er ist Guitarrista, sein Liederrepertoire dürfte problemlos dafür ausreichen.«

Äußerlich war er jetzt ganz ruhig, obwohl sein Herz wie verrückt klopfte. Doch das lag nicht an der natürlichen Autorität des Uniformträgers oder daran, dass er im Begriff war, sein Gefühlsleben auf die Theke zu schmettern wie den entscheidenden Trumpf bei einem Kartenspiel. Er wappnete sich für die Wahrheit.

António schielte zu dem Foto am Bildschirm. Hoffentlich hielt der Polizeibeamte ihn nicht für genauso verrückt wie

Mário. Aber auch das gehörte zur Wahrheit: Wenn es sein musste, würde er für Maelys sogar auf dieser Theke tanzen, den Blumentopf auf dem Kopf.

»Da ist ein wunderschönes Mädchen, das in einem Restaurant in Belém sitzt und auf mich wartet. Ich kann nicht zu ihr zurück, bevor ich Senhor Fernandes nach Hause gebracht habe, und …« Er unterbrach sich und lockerte seinen Krawattenknoten, aber seine Stimme blieb rau wie Schleifpapier. »Glauben Sie mir, ich habe viel Zeit verloren, bis ich kapiert habe, wie einzigartig diese Frau ist. Aber seit heute weiß ich, dass jede weitere Minute, die ich nicht mit ihr zusammen sein kann, nicht nur die längste, sondern auch die am meisten verschwendete meines Lebens ist.«

Sein Gegenüber schwieg, den Blick ins Leere gerichtet.

Als er endlich einsah, dass er nicht zu dem Mann durchdringen würde, hob dieser eine Braue und zeigte auf Antónios Handgelenk.

»Ist das da eine echte Rolex, Senhor?«

18. Kapitel

SINTRA, AM SELBEN ABEND.

Valérie.

Sie saß aufrecht in dem Polsterstuhl, die Arme vor der Brust verschränkt, wobei sie mit der gesunden Hand den Gips in der Schlaufe stützte. *An und für sich kein ungewöhnliches Bild*, überlegte Valérie. In der Vorstellung vieler Leute gehörten alte Damen und verschlissene Polstersessel irgendwie zusammen, auch wenn Letztere eher selten in der Mitte eines zugigen Hausflurs standen.

Ein bisschen stolz war sie schon auf sich. Es hatte einige Mühe und ordentlich Muskelkraft gekostet, das antike Möbelstück vom Fenster am Ende des Gangs bis zu Eduardo de Alvarengas Zimmertür zu schleifen. Vor allem, wenn man bedachte, dass sie sich mit nur einem Arm und einem knacksenden Hüftgelenk hatte behelfen müssen.

Senhor Tavares hatte natürlich keinen Finger gerührt, sondern war beleidigt abgezogen, weil er sie dieses Mal nicht von ihrem Vorhaben abbringen konnte. »Versuchen Sie es gar nicht erst, Albio!« Sie war ihm mit erhobener Hand ins Wort gefallen, als er ihr nach ihrer Rückkehr aus der Stadt den Zutritt in den dritten Stock verwehren wollte. Wie eine Königin war sie um ihn herumstolziert und hatte ihn am Treppenabsatz zurückgelassen. Seitdem quälte er seine arthritisgeplagten Knochen alle halbe Stunde zu ihr herauf, musterte mit wehleidigem Blick die Schrammen, die die Stuhlbeine auf dem Parkett hinterlassen hatten, und zog kopfschüttelnd Leine. *Sacrebleu*, er war beileibe nicht der erste Kerl, der sich an Valérie Auberts Ausdauer die falschen Zähne ausbiss – obwohl sie ihm den Kaffee hoch anrechnete, den er ihr vorhin gebracht hatte.

Valérie verengte die Augen und sah auf die Wanduhr, deren Zeiger sich kaum vom Fleck bewegt hatten, seit sie zum letzten Mal daraufgeschaut hatte.

»Ich bin noch hier, falls du dich fragst, ob die Luft inzwischen rein ist«, sagte sie laut zu der Mahagonitür.

Ich bin hier. Seit vier Stunden und einundzwanzig Minuten sitze ich in diesem Stuhl und kann nicht glauben, dass uns nach all den Jahren nur eine lächerliche Tür voneinander trennt. Glaubst du allen Ernstes, ich würde es nicht viele Stunden länger aushalten? Meinetwegen warte ich Tage. Denn ich habe alle Zeit der Welt, jetzt, da ich weiß, wer du bist.

Bis auf ihren eigenen Atem und das Geklapper von Geschirr zwei Stockwerke tiefer, wo Rosária den Tisch fürs Abendessen deckte, war es still. Nicht ihr Abendessen, wie es aussah, aber sie hatte ohnehin keinen Appetit.

»Denkst du wirklich, du kommst mit deiner Vogel-Strauß-Taktik durch, Frédo? Oder sollte ich dich besser Eduardo nennen?« Valérie schürzte die Lippen. »Davon abgesehen, dass du mir seit zweiundfünfzig Jahren eine Erklärung schuldest, kannst du nicht ewig da drinbleiben. Du musst dich deiner Vergangenheit stellen, wenn du sie dir schon selbst ins Haus holst.«

Ihm gegenüber brauchte sie nun wirklich nicht so zu tun,

als könne sie nicht eins und eins zusammenzählen. Und sie hatte seit ihrem Besuch im Gloriosa eine Menge Zeit zum Zählen gehabt. Wie die Dinge sich doch fügten, wenn man das entscheidende Puzzleteil in der Hand hielt – auch wenn ihr momentan eine Likörflasche lieber wäre.

»Aber das war ein Versehen, stimmt's? Mit mir hast du überhaupt nicht gerechnet.«

Das knarrende Geräusch einer Bodendiele. So verstohlen wie der Mann, der in ihrer Vorstellung auf Zehenspitzen im Zimmer hinter der Tür hin und her schlich. Vielleicht stand er jetzt an dieser, nur Zentimeter entfernt, und lauschte. Seltsam, dass es ihr nicht gelang, das Bild eines Vierundsiebzigjährigen vor ihrem inneren Auge heraufzubeschwören. Gebeugt, weißhaarig, mit vielen Furchen und Riefen, die das Alter auch in ihre Haut gezeichnet hatte. Zögernd stand Valérie auf und legte die Hand auf die Tür, dorthin, wo sie sein Gesicht vermutete.

»Warum wolltest du Maelys hierhaben?«, flüsterte sie, obwohl sie die Antwort längst kannte. Sie spürte sie tief in ihrem Innern, ebenso wie sie die bittere Enttäuschung nachempfand, die er gefühlt haben musste, als er seinen Irrtum erkannte.

Dem Geräusch hinter der Wand folgte kein zweites. Ob er jetzt den Schlüssel anstarrte und darüber nachdachte, ihn im Schloss umzudrehen? Zwischen ihnen befand sich nur eine Holzplatte, dennoch kam es ihr vor, als wären sie so weit voneinander entfernt wie die beiden Städte, in denen sie zu Hause waren. Paris und Lissabon. Aber was war ein solches Zuhause schon wert, wenn man nur mit einem halben Herzen darin wohnte? Sie dachte an Maelys und António und fühlte sich schuldig.

»Du weißt, dass wir reden müssen. Das hätten wir damals

schon tun sollen, anstatt voreinander wegzulaufen.« Sie versuchte es erneut und kümmerte sich nicht darum, dass ihre Stimme eine Oktave zu hoch war. »Bitte, Eduardo.« *Bitte, Frédo.*

Vier Stunden und dreißig Minuten. Ihr Arm schmerzte, der Rücken tat ihr weh vom langen Sitzen, von ihrem knochigen Hinterteil gar nicht zu reden. Valérie streckte die Hand aus und drückte die Klinke. Die Tür war abgeschlossen. *Dieser sture portugiesische Esel!*

Sie erstarrte, als sie eilige Schritte vernahm, diesmal ganz deutlich, als sei der alte Mann endlich des Versteckspiels überdrüssig, das er seit Tagen veranstaltete. Ein seltsames Klappern und Rattern ertönte, wie von hektisch hochgezogenen Jalousien. Kurz darauf polterte es, als wäre ein schwerer Gegenstand zu Boden gefallen. *Oder ein Körper.* Valéries Hand umklammerte die Klinke jetzt so fest, dass die Fingerknöchel unter der Haut weiß hervortraten. Kurze Zeit später hörte sie einen gequälten Laut, der ihr zuerst das Blut gerinnen ließ und sich dann mit ihrem eigenen, entsetzten Aufschrei vermischte.

* * *

LISSABON, ZUR GLEICHEN ZEIT.

António.
»Grândola, vila morena... em cada rosto igualdade... o povo é quem mais ordena... ordeeeheeenaaa!«

Mit zusammengebissenen Zähnen bugsierte António den

unverdrossen singenden Mário die steilen Treppen des Beco das Farinhas hinauf. Der schmale, schlecht ausgeleuchtete Pfad war ihm nie so lang vorgekommen wie an diesem Abend, zumal Mário alle drei Stufen auf einer Verschnaufpause bestand, die António ihm widerwillig gewähren musste. Sein Spüler war schwer wie ein Kartoffelsack und brachte ihn an den Rand seiner Kräfte.

»*Que merda*, Mário«, presste er hervor, als das schiefe gelbe Haus mit dem Orangenbaum endlich in Sichtweite kam. »Ich hab keine Ahnung, was in dich gefahren ist, aber das war das letzte Mal, dass ich dich aus der Polizeistation geholt habe. Wenn das noch mal passiert, helfe ich den *bófias* dabei, dich windelweich zu prügeln.«

»*Grândola, vila*…« Mário verstummte so abrupt, als hätte er einen Flaschenkorken verschluckt. »Du bist ein echter *amigo*, weißt? Ein echter Freund«, nuschelte er weinerlich, bevor er zusammenbrach und auf allen vieren zur nächsten Stufe krabbelte.

»Ob du das nachher auch noch denkst, wenn ich dich bei Carla abgeladen habe?« António fluchte abermals, als ihm bewusst wurde, dass er umsonst auf sein Handgelenk geschaut hatte. Wenn er den Inspektor richtig einschätzte, hatte er seine Uhr heute zum letzten Mal gesehen.

»Carla is 'n tolles Mädchen. Für ein solches Mädchen tut ein Mann alles. Aaalles!«

»Ja. Marihuana verkaufen zum Beispiel«, knurrte António und wandte den Kopf ab. Mário stank nach Schnaps, als hätte er darin gebadet.

»Nein!« Mário sah ihn mit weit aufgerissenen Augen an. »Ich wollte das Gras gar nich verkaufen. Das mach ich schon lang nich mehr.«

»Schon klar.«

»Ehrlich! Ich hab es …« Er überlegte. »Also da war dieser Typ am Rossio. Hat gesagt, wenn ich ein bisschen mehr nehme, macht er mir 'nen Sonderpreis. Na ja, ich dachte …«

»Du hast überhaupt nicht gedacht. Stattdessen hast du hundert Gramm von dem Zeug mit dir rumgetragen, du Blödmann. Das sind Dealermengen!«

Mário nickte traurig. »Den Rucksack ham se mir auch weggenommen. War ein Geschenk von Carla. Oje«, er runzelte die Stirn, »das wird sie mir übel nehmen.«

»Sei froh, wenn sie dir nur das übel nimmt.«

»António?«

»Hm?«

»Du hast nicht zufällig was zum Rauchen dabei? Jetzt, wo sie mir doch den Rucksack wegge …«

»Vergiss es. Von dem Zeug bin ich längst weg.«

»Okay. Also keine Musik, kein Joint. Mein Leben ist …«

»… wunderbar, Mário, wenn du es zulassen würdest«, unterbrach António ihn. »Warum gehst du nicht nach Hause, nimmst deine Gitarre und spielst deinen kleinen Mädchen ein Gutenachtlied vor? Und morgen gehst du ins Gloriosa und tust das, was du die ganze Zeit schon tun wolltest.«

»Und was könnte das sein?«

»Ein guter Vater sein. Einer, der für seine Familie sorgt.«

Das metallische Schleifen einer Tram durchschnitt die Stille. Die Linie 28, fiel ihm ein, fuhr gar nicht weit von hier.

»Du bist ein guter Mann, Senhor de Alvarenga«, murmelte Mário und sackte in sich zusammen.

»Da bin ich mir manchmal nicht so sicher.« António seufzte und bückte sich, um Mário auf die Beine zu helfen. »Jetzt komm.« Er wies zum Ende der Straße, wo eine offene

Tür einen Lichtschein in die Häuserschlucht warf und in der eine zierliche Frauengestalt auf der Treppe saß. »Deine Frau wartet auf dich.«

Er blieb zurück, als Mário sich von ihm löste und mit taumelnden Schritten die Stufen erklomm, wobei er sich mal rechts, mal links an den Wänden abstützte. Erst als die zwei Silhouetten zu einer verschmolzen waren und Sekunden darauf das klatschende Geräusch einer Ohrfeige erklang, wandte er sich ab.

Sie war schon ein merkwürdig launisches Ding, die Liebe. Sie konnte viele Hürden überwinden, aber auch allzu oft an den dunklen Seiten der Menschen scheitern. Obwohl er es Mário und Carla wünschte, dass sie keine Bruchlandung erlitten, hegte er ehrlicherweise keine großen Hoffnungen für die beiden. Unwillkürlich beschleunigte er seine Schritte. Es war an der Zeit, dass er sich um seine eigene Zukunft kümmerte und herausfand, ob er es besser machen konnte. Und ob es darin einen Platz für dieses wunderbare französische Mädchen gab, das ihm nicht mehr aus dem Kopf ging.

Er war schon fast beim Auto angekommen, als auf seinem Handy eine Nachricht einging. Er war nervös, weshalb ihm das Gerät beim allzu hastigen Herauskramen aus der Innentasche seiner Anzugjacke aus der Hand fiel. Fluchend bückte er sich und musterte das Display, über das sich ein Spinnennetz feiner Risse zog. Gott sei Dank funktionierte es noch. Er rief das Postfach auf und starrte dann sekundenlang auf den Bildschirm, als wäre die Nachricht genauso bruchstückhaft wie das Glas darüber.

Ein Notfall, Senhor António. Kommen Sie heim.

Er hatte das Gefühl, wieder jenen Abend zu erleben, als ihn eine fast gleichlautende Nachricht von Vovô erreicht hatte. Er

musste lachen. Erst beim zweiten Durchlesen begriff er, dass
die SMS gar nicht von seinem Großvater stammte, sondern
von Albio, und die Bedeutung schnürte ihm die Kehle zu.
Ohne es verhindern zu können, schossen ihm Tränen in die
Augen.

Diesmal ist es wirklich ein Notfall.

Er ließ bereits den Motor an, als die Anrufmelodie ertönte,
Atrevido, blechern und schrill, weil er den Klingelton auf
höchste Lautstärke gestellt hatte. Er würgte den Popsong mit
der Rufannahmetaste ab und klemmte das Telefon zwischen
Kinn und Schulter, um die Hände am Steuer zu behalten.

»Ich bin unterwegs, Albio!«, rief er und touchierte beim
Ausparken einen Bodenpfeiler. Ungeduldig riss er am Schalt-
knüppel, das Getriebe knirschte.

»António? Ist alles in Ordnung?« Eine nervöse weibliche
Stimme drang an sein Ohr. Er legte den ersten Gang ein und
schoss mit Vollgas aus der Gasse heraus.

»Gut, dass du anrufst, Manuela. Sag Maelys bitte, dass
es eine Planänderung gibt. Wir müssen sofort nach Sintra
fahren. Sie soll vor dem Feitoria auf mich warten, damit ich
sie ...«

»Sie ist nicht mehr hier, António.«

Immerhin besaß er die Geistesgegenwart, den Mercedes
auf den Seitenstreifen zu lenken, bevor er in die Bremsen
stieg. Hinter ihm quietschten Reifen, das Fahrzeug scherte
aus und überholte ihn mit einem wütenden Hupen.

»Sie ist gegangen?« Verwirrt sah er in den Rückspiegel und
nahm das Telefon in die Hand. »Aber wohin denn?«

»Es tut mir leid«, erwiderte Manuela zögernd.

Nicht gut. Gar nicht gut.

»Was ist passiert?«

»Eigentlich wollte ich dir nur sagen, dass ich die Rechnung bezahlt und deine Brieftasche mitgenommen habe. Du kannst sie nachher bei mir abholen, wenn du ...«

»Herrgott, Manuela. Die blöde Brieftasche interessiert mich gerade wirklich nicht. Ich muss ...«

»Sollte sie aber. Sie ist der Grund dafür, dass Maelys abgehauen ist.«

»Red Klartext.«

»Das Foto.« Manuela schnaubte. »Sie hat das Polaroid gefunden und festgestellt, dass das Mädchen darauf die schwarze Witwe ist. Sie ist aus dem Restaurant gerannt, als wäre der Teufel hinter ihr her. Ich sag's ja nur ungern, António, aber ... Vergiss das Ganze besser. Die Kleine ist verrückt.«

»Nein! Die Frau auf dem Polaroid ist Madame Aubert?« Er fühlte sich wie jemand, der sich stundenlang durch einen dunklen Keller getastet und plötzlich den Lichtschalter gefunden hatte.

Nicht Maelys ist das Geheimnis. Es ist ihre Tante, du Idiot. Valérie Aubert ist der Grund, weshalb Vovô seit Tagen verrückt-spielt. Wie dämlich konnte man nur sein, die Lösung des Rätsels wochenlang in der eigenen Brieftasche mit sich herumzutragen? Er widerstand der Versuchung, mit der Stirn gegen das Lenkrad zu schlagen, und begnügte sich stattdessen mit seinem Handballen.

Ich hätte es sehen müssen, verdammt noch mal. Oder wenigstens auf mein Bauchgefühl hören sollen. Ich wusste, dass etwas mit dem Foto nicht stimmte, und es gab Hunderte von Gelegenheiten, Maelys davon zu erzählen. Ihr zu gestehen, weshalb sie in Lissabon ist. Stattdessen war ich egoistisch und feige, weil ich Angst hatte, dass sie sauer auf mich sein würde. Und jetzt ist sie fort.

»Bist du dir ganz sicher, dass sie nicht mehr im Feitoria ist?« Es hätte das entnervte Aufstöhnen am anderen Ende der Leitung nicht gebraucht, um ihm zu verdeutlichen, dass es vergebene Liebesmühe sein würde, selbst nachzusehen. »Gut.« *Gar nicht gut. Überhaupt nicht gut.* »Danke, dass du mich informiert hast, Manuela.«

»Hör zu, António, ich ...«

Er legte auf und starrte anschließend auf das Display, in dem sich sein Gesicht gesplittert spiegelte.

Du bist wirklich ein Vollidiot, António.

Er widersprach seinem inneren Zensor nicht. Wie auch? Nicht nur, dass er Valérie nicht erkannt hatte – was im Nachhinein unverzeihlich war, selbst wenn die alte Frau kaum Ähnlichkeit mit ihrem strahlenden, jungen Ich besaß. Nein, er hatte auch die Bedeutung des Fotos unterschätzt.

Maelys' Tante hatte einen portugiesischen Freund gehabt, Frederico Almeida. Blieb nur noch die Frage, in welcher Beziehung sein Großvater zu dem Mann gestanden hatte, der laut Vovô vor fünfzig Jahren gestorben war ... Aber warum sprach er dann nicht mit Valérie über den gemeinsamen Bekannten, sondern ließ sich verleugnen? *So war das nicht abgemacht.* Vovô war vollkommen außer sich gewesen, weil er nicht mit zwei Gästen aus Paris gerechnet hatte. *Weil er nicht mit Maelys' Tante gerechnet hatte.*

António schüttelte den Kopf, als könnte er so seine innere Ordnung wiederherstellen, aber seine Gedanken drehten sich weiterhin wild im Kreis. Dann wurde ihm plötzlich bewusst, dass Maelys in diesem Augenblick allein durch Lissabon irrte. Verwirrt, enttäuscht. Wegen ihm.

Ich kann es dir erklären, tippte er in sein Handy, um die Nachricht gleich darauf zu löschen.

Wo bist du, Liebes?, schrieb er stattdessen, schickte die Nachricht ab und wartete. Starrte auf den Bildschirm, bis er einsehen musste, dass es sinnlos war. Das Display blieb dunkel.

Maelys.

Die lederne Rückbank des Taxis roch nach Rizinusöl. Die Musik im Auto war laut, die Bässe vibrierten im ganzen Körper, von dem Fahrer sah sie nur die kurz geschnittenen Haare im Nacken. Bestimmt wunderte er sich, dass der Lärm sie nicht störte. Doch selbst wenn er das Radio ausgestellt hätte, ihre Aufmerksamkeit gehörte allein dem Anhänger am Rückspiegel, einer mit Pailletten verzierten Sardine, die funkelnd die vorbeihuschenden Lichter der Stadt reflektierte. *Man könnte fast seekrank von ihrem Geschaukel werden*, dachte sie, während sie die Handtasche an sich drückte und das Gewicht ihres Skizzenblocks darin spürte.

Wie lange war sie unterwegs gewesen, bis sie in der Nähe des Bahnhofs in das schwarze Taxi geklettert war? Seit sie das Feitoria verlassen hatte, hatte sie jegliches Zeitgefühl verloren, die Umgebung schien in einem Nebelschleier versunken. Auch jetzt nahm sie nur die monotonen Beats wahr und die Gerüche, die durchs Fenster ins Wageninnere krochen. Gegrilltes, von dem ihr übel wurde, der faulige Gestank des vorausfahrenden Müllwagens, den sie erst kurz vor der Autobahnauffahrt überholten – und endlich die süßlich-feuchte Tropenluft von Sintra. Einmal glaubte sie, in ihrer Tasche ein sanftes Beben zu fühlen, aber sie verspürte nicht den Drang nachzusehen, ob António ihr eine Nachricht geschickt hatte.

Als das Taxi auf dem Vorplatz der Quinta de Alvarenga

hielt und der Fahrer einen fragenden Blick in den Rückspiegel warf, war sie noch genauso ratlos und desorientiert wie in dem Moment, als Manuela all die vernichtenden Dinge gesagt hatte. *Fahren Sie nach Hause, Maelys*, war alles, woran sie sich noch erinnerte.

Der Taxifahrer drehte sich zu ihr um. Was er sagte, verstand sie nicht, aber sie senkte den Blick und nestelte einen Fünfzig-Euro-Schein aus ihrem Portemonnaie.

»Sprechen Sie Französisch?«, fragte sie und holte tief Luft, als er nickte. »Würden Sie freundlicherweise warten? Ich komme gleich zurück, um...« *Es ist falsch wegzulaufen*, flüsterte ihr Herz. *Du musst mit António reden, dir seine Version der Geschichte anhören.*

Musste sie das? Was sollte seine Erklärung schon ändern, die in Hörendenmanier die Wahrheit dehnte und verdrehte? Diese nutzlosen Wörter waren wie Centmünzen, die heruntergefallen und unter einen Schrank gerollt waren. Es lohnte nicht, sie aufzuheben.

Sie schloss die Augen. Sie war es so müde. In ihrer Welt gab es keine Wortklaubereien. Dort zählte nur, dass Valérie mit ihren Bedenken von Anfang an recht gehabt hatte: Schon in Paris war António nicht ehrlich zu ihr gewesen, wie das Polaroid in seiner Brieftasche nur allzu deutlich bewies. Auch Eduardo hatte sie an der Nase herumgeführt, was sie besonders traurig machte. Doch das Warum und Wieso war letztlich bedeutungslos. Das fertige Porträt stand auf der Staffelei in ihrem Zimmer und wartete nur darauf, dass sie es an seinen vorgesehenen Platz hängte. Sie hatte ihren Auftrag erfüllt, und für Valérie und sie gab es keinen Grund mehr, die widerwillige Gastfreundschaft Eduardo de Alvarengas länger zu strapazieren.

Und sein Enkel? Sie schnaubte und kramte entschlossen einen weiteren Geldschein für den Taxifahrer hervor. Ihretwegen konnte António ruhig weiterhin unter das Laken seiner Assistentin schlüpfen, während er anderen Frauen mit falschen Versprechungen das Herz brach. So einfach war das.

»Ich bin in einer halben Stunde mit einem zweiten Fahrgast zurück, Senhor. Dann fahren Sie uns bitte zum Flughafen.«

19. Kapitel

SINTRA, DREI STOCKWERKE HÖHER.

Valérie.
Drei Menschen, die ratlos auf eine Tür starren. Hätte ich das in einer Komödie von Shakespeare gelesen, hätte ich mich köstlich amüsiert. Aber das hier ist kein blödes Bühnenstück. Das ist die Wirklichkeit, und sie ist überhaupt nicht amüsant, Herrgott!

»Tun Sie doch irgendwas«, krächzte Valérie in dem erfolglosen Versuch, ihre Panik zu unterdrücken.

Albio Tavares wechselte einen Blick mit Rosária. »Mit Verlaub, ich bin kein Einbrecher, Madame Aubert.«

»*Zut alors*, Tavares! Hier geht es vermutlich um Leben und Tod«, herrschte sie ihn an. »Also lassen Sie sich gefälligst was einfallen!«

»Ich habe Senhor António benachrichtigt«, erwiderte Albio würdevoll. »Er ist sicher bereits auf dem Weg.«

»Na großartig!« Valérie verdrehte die Augen. »Und was soll António tun? Sich wie Jean Reno gegen die Tür werfen?«

»Nun, ich kenne diesen Senhor Reno nicht, aber ich bin sicher, Senhor António wird das Richtige…«

»Mein Cousin Afonso ist Schlosser«, bemerkte Rosária, die auf den Fußballen wippte, im Rhythmus eines Lieds, das nur sie hörte. »Ich könnte ihn anrufen.«

»Und dann tänzeln Sie noch hier rum?« Valérie wedelte mit den Händen. »Rufen Sie ihn an!«

»Er wohnt in Coimbra, und es würde gut zwei Stunden dauern, bis er hier wäre.« Rosária beugte sich vor und begutachtete das rostige Türschloss. »Der Schlüssel steckt«, murmelte sie.

»Was Sie nicht sagen.«

Rosária richtete sich auf und zog sich die Stöpsel aus den Ohren. »Ich hab da neulich einen schwedischen Krimi gesehen. Sehr düster, sehr spannend«, sagte sie eifrig. »Der ermittelnde Kommissar war in einer ganz ähnlichen Situation, eingeschlossen in einer Nähstube, kurz nachdem er herausgefunden hat, wer der Mörder ist. Der arme Kerl. Es war ausgerechnet das Mädchen, in das er sich verliebt hat, so ein kleiner blonder Engel. Allein die Vorstellung, dass sie zu so einer grausigen Tat fähig ...«

»Sie sollten bei portugiesischen Filmen bleiben, Rosária«, stöhnte Valérie.

»Ach, die. Die sind immer viel zu lang und furchtbar melancholisch, und danach will man sich am liebsten selbst umbringen. Da sind mir die eiskalten Schweden lieber.« Rosária grinste und stöpselte ihre Kopfhörer wieder ein. »Ich hab eine Idee. Bin gleich wieder da«, rief sie und huschte die Treppe hinunter. Albio seufzte und schüttelte den Kopf.

»Immerhin tut sie was«, fuhr Valérie ihn an, woraufhin der Butler sich bemüßigt fühlte, vorsichtig an die Tür zu klopfen.

»Senhor de Alvarenga? Ist bei Ihnen alles in Ordnung?«, fragte er in einem Ton, als störe er den Hausherrn beim Mittagsschlaf.

Noch mehr Material für die schlechte Komödie. Valérie schnaubte und konzentrierte sich darauf, wütend zu sein, weil es so viel besser war, als sich von Angst überwältigen zu lassen. Wie lange standen sie schon untätig auf diesem Flur herum? Zehn Minuten? Eine halbe Stunde? *Mon Dieu*, wenn Frédo einen Herzanfall erlitten hatte, konnte es längst zu spät sein!

»Da bin ich wieder.«

Ungläubig blickte Valérie die Haushälterin an. »Eine Zeitung und eine Stricknadel? Ist das Ihr Ernst?«

»Im Film hat es funktioniert. Wenn Sie freundlicherweise beiseitetreten, Madame?«

Rosária schob die Zeitung der Länge nach unter dem Türspalt hindurch. Ungläubig verfolgte Valérie, wie die junge Frau in die Hocke ging, die Nadel in das Schloss einführte und behutsam den Schlüssel drehte.

»Wer sagt's denn.« Rosária lächelte und bekam dadurch kleine Fältchen auf ihrer spitzen Nase. »Jetzt brauchen wir nur ein kleines bisschen Glück.« Mit zusammengepressten Lippen steckte sie die Stricknadel erneut ins Schlüsselloch, kurz darauf polterte der Schlüssel zu Boden. Grinsend zog Rosária die Zeitung unter dem Türspalt hervor. Valérie schluchzte erleichtert auf, als der Schlüssel auf dem Konterfei des Fußballspielers Cristiano Ronaldo zum Vorschein kam.

»Soll noch einmal jemand behaupten, Fernsehen mache dumm«, sagte Rosária mit einem Seitenblick auf Albio, während Valérie bereits die Tür aufschloss.

Hoffentlich ist es nicht zu spät, betete sie, bevor sie in das Halbdunkel des Zimmers stolperte. Der vertraute Duft seines Aftershaves traf sie mit der Kraft eines Fausthiebs, der jeden Zweifel ausräumte.

Wo bist du?

Schwer atmend stand sie vor dem Doppelbett und sah sich

363

um. Ein gehäkelter Bettüberwurf in Rosa, ein Bücherstapel auf dem Nachttisch, eine Portweinkaraffe auf der Kommode. Kein Frédo.

Der Butler schlurfte nach nebenan, Rosária schlich sich von hinten an und legte ihr die Hand auf die Schulter. Eigentlich ertrug Valérie die Berührung nicht, war aber zu benommen, um die gut gemeinte Geste abzuschütteln, die junge Leute bemühten, wenn sie es mit verwirrten Alten zu tun bekamen. Sie hatte Monate gebraucht, um Maelys diesen Blödsinn abzugewöhnen.

»Frédo?«, rief sie leise, und ihr war, als atme jede Fuge im Raum und jedes Staubkorn, das im Sonnenlicht über dem Parkett flirrte, ihre Furcht ein.

Albio kehrte aus dem Nebenzimmer zurück. Ohne Valérie zu beachten, überprüfte er die geschlossenen Fenster, warf sogar einen Blick unter das Bett – *mon Dieu*, diese rosafarbene Tagesdecke war wirklich hässlich! – und schüttelte schließlich den Kopf.

Er ist nicht hier. War es vielleicht nie, und es war alles nur Einbildung, geboren aus dem Wunschdenken einer törichten Alten, die ein verlorenes Glück wiederzufinden glaubte.

Valérie schloss die Augen und atmete den fast vergessenen Duft ein, der vor vielen Jahren an ihrer eigenen Haut gehaftet hatte, nachts und frühmorgens, wenn sie die kleine Wohnung im Marais verließ, um zur Arbeit ins Le Châtelier zu gehen. Nein. Ganz sicher hatte sie sich Frédos Anwesenheit nicht eingebildet. Sie hatte die knarrenden Bodendielen gehört, seinen Atem.

»Ich fühle, dass du in der Nähe bist«, murmelte sie und inspizierte aufmerksam die geblümte Tapete, als könne sich in der Wand eine verborgene Tür auftun, wenn sie nur lange genug hinsah. Albio räusperte sich, aber es war Rosária, die das Wort ergriff.

»Senhor de Alvarenga macht oft einen Spaziergang im Park vor dem Abendessen«, sagte sie laut. »Vielleicht ... «

»Schsch!« Valérie hielt einen Finger an die Lippen und gab Rosária zu verstehen, die Musik auszuschalten. Gehorsam fummelte die junge Frau an ihrem Handy herum.

Und dann hörten sie es.

Ein Rumpeln, gefolgt von einem Laut, der wie ein unterdrücktes Fluchen klang.

»*Pelo amor de Deus!* Es kommt aus der Wand!« Rosária, die vor Schreck ganz bleich geworden war, bekreuzigte sich. Valérie fuhr zu Albio herum.

»Haben Sie eine Erklärung dafür?«

»Wie meinen?«, erwiderte er unschuldig.

Valérie kniff die Augen zusammen. »Sie haben Ihren Job bisher wirklich hervorragend erledigt, Albio«, sagte sie mit jener aalglatten Freundlichkeit, die sie nur für Menschen erübrigte, die sie nicht ausstehen konnte. »Aber das Versteckspiel endet hier. Sie brauchen O Senhor nicht länger vor mir zu beschützen.« Sie hob die Stimme. »Ich weiß Bescheid, Frédo! Davon abgesehen ist es nicht lustig, uns allen eine solche Angst einzujagen. Du bist vierundsiebzig, wenn ich mich recht erinnere, also benimm dich gefälligst nicht wie ein Schuljunge und komm aus deinem Versteck!«

Stille.

»Wer ist Frédo?«, flüsterte Rosária verstört.

»Ich würde ja rauskommen, wenn ich könnte«, erklang es dumpf aus der Wand.

Die Köchin quiekte entsetzt auf, Valérie verdrehte die Augen. *Was für ein Theater!*

365

Albio hob die Hand, als sei sie zu schwer für die Geste, und zeigte widerstrebend nach nebenan. Valérie stolzierte an ihm vorbei, als erwarte sie einen gedeckten Tisch mit Kerzenlicht. Doch auch das Nebenzimmer, bei dem es sich wohl um das Schreibzimmer einer Frau handelte, war leer.

Ihr Blick flog über den Sekretär, die sorgsam drapierten Vorhänge, die Porzellanfigürchen auf den mit Spitzendeckchen geschmückten Regalen. Alles in diesem Raum hatte seine weibliche Ordnung. Was nicht dazu passte, war das Kuchentablett auf dem Boden. Ungläubig starrte Valérie auf die in der Wand eingelassene Metallklappe, ehe sich ein Lachen aus ihrer Kehle löste.

»Der Speisenaufzug? Du benutzt den Speisenaufzug, um vor mir zu flüchten? Das ist doch ein Scherz.«

»Hätte aber funktioniert, wenn das Ding nicht stecken geblieben wäre«, lautete die dumpf klingende Antwort, die von überall und nirgendwo hätte stammen können.

Valérie schob die Klappe nach oben und beugte sich in den Aufzugschacht. Herrje, da unten war es stockfinster. Allein der Gedanke, dass er dort zusammengekauert in einem winzigen Kasten festsaß, war …

»Ist mit dir alles in Ordnung? Nicht, dass es mich wirklich interessieren würde. Ich frage nur der Form halber, damit wir den Notarzt entsprechend informieren können.«

»Charmant wie eh und je.« Heiseres Gelächter kletterte zu ihr hinauf und sorgte dafür, dass sie eine Gänsehaut bekam.

Er lacht sogar noch genau wie früher.

»Als ob du etwas von Charme verstündest«, erwiderte sie eingeschnappt. »Aber da du offenbar wohlauf bist, möchte ich gern wissen, was diese Inszenierung soll.«

»Müssen wir das jetzt diskutieren? Schick lieber Albio in

den Keller, damit er im Verteilerkasten nachsieht, ob eine Sicherung durchgebrannt ist. Ich habe nämlich keine Lust, in dieser Schuhschachtel zu ersticken.«

»Glaubst du, ich lasse mir die Gelegenheit entgehen, dass du mir nicht weglaufen kannst? Also ja, wir müssen.« Sie nickte, wissend, dass er es nicht sah, und zuckte kurz darauf zusammen, als ihr jemand auf die Schulter tippte. »Jetzt nicht, Rosária. Senhor de Alvarenga und ich haben Vertrauliches zu besprechen, weshalb es sehr nett wäre, wenn Sie und Senhor Tavares ...«

»Was machst du da, Tante Valérie?« Maelys. Ihre Stimme klang dünn und verwaschen wie die eines verzweifelten Menschen, der dringenden Redebedarf hatte.

Valérie zog den Kopf aus dem Schacht, drehte sich um und betrachtete unwillig ihr Publikum: Albio in seiner üblichen krummen Stehlampenhaltung, neben ihm Rosária, Kaugummi kauend. Dazu ihre Nichte, die aussah, als habe sie verdorbenen Fisch gegessen.

Liebeskummer. Saperlotte, *mir bleibt wirklich nichts erspart.*

»Hat man in diesem noblen Kasten denn keinerlei Privatsphäre?«, sagte sie finster, was von einem hohlen Lachen aus dem Schacht kommentiert wurde.

»Willkommen in der Quinta de Alvarenga.«

»Zu dir komme ich gleich, also halt den Mund!«, fuhr sie die Wandklappe an, was immerhin bei Rosária die gewünschte Reaktion hervorrief.

Die Köchin verzog sich mit einem gemurmelten »Ich seh mal nach der Suppe« und nahm Gott sei Dank den Butler mit, auch wenn der alte Mann sich nur widerwillig am Jackenärmel wegzerren ließ. Vermutlich sah er aber ein, dass er zum Sicherungskasten musste, um O Senhor aus seiner misslichen Lage zu befreien. Nur ihre Nichte blieb mit hängenden Schultern neben einem Sessel stehen.

»Bist du nicht mit António verabredet?« In diesem Augenblick wünschte Valérie sich, dass Maelys wie ein hörender Mensch die Situation erfassen, ihr eigenes Bedürfnis hintanstellen und sich taktvoll zurückziehen möge. Stattdessen schoss ihre Nichte ein Arsenal erregter Gebärden in den Raum, denen Valérie kaum folgen konnte. Sie wirkte wie ein aufgeschreckter Vogel, der wild umherflatterte, weil eine Katze um sein Nest schlich.

»Wir reisen ab, heute Abend noch. Draußen wartet ein Taxi, das uns zum Flughafen fährt.«

»Ich fahre nirgendwohin.«

»Aber ich möchte nach Hause!« Maelys versuchte erfolglos, die Tränen zurückzuhalten. »Sofort!«

Valérie stöhnte innerlich auf. *Nicht zu fassen. Ausgerechnet jetzt dreht das Kind durch.* Natürlich hatte sie ein schlechtes Gewissen, weil sie dem offensichtlichen Kummer ihrer Nichte kaum Aufmerksamkeit schenkte, aber sie konnte nicht anders. *Fünfzehn Minuten. Viel länger wird es nicht dauern, bis Albio den Sicherungskasten gefunden hat.* Sie schloss die Augen und schüttelte entschieden den Kopf.

»Wir müssen später über dein Problem sprechen, Liebes. Ich habe jetzt wirklich keine Zeit«, sagte sie sanft, ohne die Wandklappe aus den Augen zu lassen. Wie sollte sie ihrer Nichte nur erklären, dass sie über fünfzig Jahre auf diesen Moment gewartet hatte?

Maelys gab einen erstickten Laut von sich. Ihr Blick torkelte durch den Raum, dann fasste sie nach Valéries Schulter. Ihre Finger gruben sich so tief in ihr Fleisch, dass Valérie schmerzerfüllt aufschrie.

»Valérie, bitte! Ich muss…«

»Himmel, Maelys! Es geht nicht immer nur um dich!« Machtlos gegen den Zorn, der sich durch die verzweifelte Berührung ihrer Nichte Bahn brach, schüttelte Valérie Maelys' Hand ab. »Du bist erwachsen und damit fähig, deine eigenen Entscheidungen zu treffen. Wenn du also unbedingt abreisen willst, dann hindere ich dich nicht daran.«

Maelys starrte sie erschrocken an. Ihr entwich ein Geräusch, das sich wie der Klagelaut eines kleinen Tieres anhörte, dann drehte sie sich um und stürmte aus dem Raum.

Valérie atmete auf und fühlte sich im selben Augenblick schuldig, weil sie erleichtert war. Wahrscheinlich würde ihre Nichte eine Weile in ihrem Zimmer schmollen, bis sie sich wieder beruhigt hatte. Sie würde später nach ihr sehen… und sich für die harten Worte entschuldigen. *Später.* Valérie rieb sich die Schulter, in der ein dumpfer Schmerz nachhallte, und konzentrierte sich dann auf das, worauf sie seit dem Tag wartete, an dem Yvette ihr eröffnet hatte, dass Frederico Almeida nach Portugal zurückgekehrt war.

»Frédo? Bist du noch da?«, rief sie und hätte sich am liebsten dafür geohrfeigt.

Verflucht, Valérie. Er sitzt in einem Aufzugschacht fest. Wo hätte er denn zwischenzeitlich hingehen sollen?

»Ich bin da.« Er klang nicht so, als ob er sich über ihre alberne Frage amüsierte, wofür sie ihm zutiefst dankbar war.

»Ich… ich habe die Sardinenbrosche immer noch«, flüsterte sie, wenn auch völlig aus dem Zusammenhang gerissen. Aber es war das Erste, das ihr in den Sinn kam.

»Das weiß ich. Sie steckt am Kragen deines Mantels.«

»Wo hast du…«

»Ich habe sie an Maelys gesehen. Letzten Winter, als ich

zu Besuch in Paris war.« Er lachte rau. »Ist das nicht verrückt? Da geht man der guten alten Zeiten wegen auf dem
Montmartre einen Espresso trinken und trifft ein Mädchen
in einem gelben Mantel, das aussieht wie du. Wenn das kein
Zufall ist.«

Zufall. Oder Schicksal. Valéries Augen wurden feucht.

»Warum hast du Maelys nach Lissabon geholt, Frédo?«

»Was glaubst du wohl?«

»Du hast gedacht, sie sei meine Enkelin«, sagte sie und
korrigierte sich zögernd. »Unsere Enkelin.«

»Was sich bedauerlicherweise als Irrtum herausgestellt hat.
Aber da war es schon zu spät. Als ich von António erfahren
habe, dass du nicht ihre Großmutter bist, wart ihr bereits hier
und mein Enkel hat dem Mädchen ein Versprechen gegeben,
das er nicht brechen wollte. So blieb mir nichts anderes übrig,
als in Deckung zu gehen und die Sache auszusitzen.« Er klang
sachlich. Nüchtern. Und in seinem Unterton schwang alter,
verbitterter Groll mit.

Ihr Brustkorb zog sich zusammen. So fühlte es sich also
an, wenn man nach Jahrzehnten erfuhr, dass ein Plan aufge-
gangen war. Frédo, der heute Eduardo hieß, hasste sie, weil
er annahm, dass sie sein Kind getötet hatte. Früher oder später würde sie ihn fragen, was es mit dem falschen Namen auf
sich hatte, aber zunächst war sie diejenige, die ein Geständnis
schuldete – ihm und sich selbst.

*Ich habe gelogen, Frédo. Ich bin nie schwanger gewesen.
In Wahrheit hat das Unglück in Gestalt einer alten Frau an
meine Tür geklopft und mir keine andere Wahl gelassen, als
dich gehen zu lassen. Deine Großmutter. Dona Maria.*

»Da gibt es eine Sache, die ich dir sagen muss ...«, presste
sie hervor, während sie sich in den Schacht beugte, bis ihr

schwindelig wurde. Es war ihr egal. Kein Wort durfte verloren gehen. Nicht ein einziges.

»Es wird kaum schlimmer sein als das, was du mir vor zweiundfünfzig Jahren zum Kaffee serviert hast«, bemerkte er lakonisch.

Wie seltsam es doch war, ihm nach dieser unendlich langen Zeit so nah zu sein... und ihn trotzdem weder sehen noch berühren zu können.

Ein summendes Geräusch durchbrach die Stille im Schacht. Als das Führungsseil sich spannte und die Kabine in Bewegung setzte, schloss Valérie die Augen und holte Luft wie jemand, der die letzte Chance ergriff, um mit der Welt seinen Frieden zu machen.

António.

Das Taxi schoss mit derart überhöhter Geschwindigkeit aus der Einfahrt der Quinta, dass ein folgenschwerer Zusammenstoß unvermeidbar gewesen wäre, hätte er nicht geistesgegenwärtig das Lenkrad nach rechts gerissen. Wie in Zeitlupe flog die dicht belaubte Böschung auf ihn zu, während er mit aller Kraft in die Bremsen stieg und gegensteuerte. Der Mercedes schlingerte und brach schließlich hinten aus, wodurch ihn der Kotflügel des anderen Fahrzeugs, das dreist die Kurve schnitt, nur haarscharf verfehlte. Es rappelte unter ihm, raschelte über ihm, Äste schrammten den Lack seiner Beifahrerseite. Als er den Wagen quer auf der Fahrbahn zum Stehen brachte, hatte er schweißnasse Hände und abgerissene Zweige auf der Windschutzscheibe, von dem Taxi sah er nur noch die Rückleuchten.

Er schimpfte noch immer lauthals vor sich hin, als er wenig

später neben Vovôs schwarzem Jaguar parkte, beim Aussteigen mit der Tür eine Delle in die Beifahrertür der Limousine schlug und im Laufschritt die Treppe zur Eingangstür nahm. Im Foyer trat er mechanisch die Schuhe auf der Fußmatte ab und hob den Blick zu Dona Sofia, die ihn wie üblich milde anlächelte, obwohl er fluchte wie ein Hafenarbeiter und mit seinem verschwitzten Hemd und den zerrauften Haaren vermutlich genauso aussah. Dass seine Großmutter da oben nicht mehr allein war, realisierte er erst Sekundenbruchteile später. Das, was er sah, radierte die Geschehnisse der letzten Minuten augenblicklich aus seinem Gedächtnis.

»Da hol mich doch der Teufel«, murmelte er fassungslos und trat einen Schritt zurück, um das Gesicht seines Großvaters auf der Leinwand zu betrachten – und sein eigenes, das mit liebevollem Lächeln auf das schlohweiße Haupt von Eduardo de Alvarenga herabsah. Seine Kehle schnürte sich zu, als er begriff.

Es ist vielleicht nicht ganz das, was du erwartet hast.

Nein, das war es nicht. Ganz sicher hatte er keine Liebeserklärung erwartet, auf die eine unvergleichliche Art, wie sie nur Maelys machen konnte.

Dein Großvater und du, ihr seid verbunden, das spürt man jedes Mal, wenn ihr voneinander sprecht. Ich finde das so wunderschön, dass ich es am liebsten malen würde.

Sie hatte es gemalt. Und das Ergebnis war absolut einzigartig, angefangen bei den liebevoll geführten Pinselstrichen, die jede Pore, jede Falte in den Gesichtern erfasst hatten, bis zu dem blau glänzenden Hintergrund, der an eine nächtliche Bootsfahrt auf dem Tejo erinnerte und den Betrachter förmlich ins Bild sog, damit auch er ein Teil davon wurde.

Es fiel ihm unsagbar schwer, sich loszureißen und sich

darauf zu besinnen, weshalb er hergekommen war. Viel lieber hätte er jetzt jeden verdammten Winkel der Stadt nach dem Mädchen durchkämmt, das ihm mehr bedeutete, als jede andere Frau es je getan hatte. Und das nun umso mehr. Er musste lächeln. Ja, es stimmte, so verrückt es sich anhörte, und er würde die Sache zwischen ihnen in Ordnung bringen – sobald er sich vergewissert hatte, dass es seinem Großvater gut ging.

Damit wandte er sich von dem Gemälde ab und hetzte ins Obergeschoss, zwei, drei Stufen auf einmal nehmend. António schnaubte leise, als er sich daran erinnerte, dass Vovô ihn schon des Öfteren auf diese Art und Weise nach Sintra beordert hatte. Dass er den treuen Albio dafür missbrauchte, war allerdings neu.

Im dritten Stock und vor Vovôs Schlafzimmer umrundete er irritiert den alten Polstersessel, der mitten im Flur stand, als hätten die Möbelpacker ihn dort vergessen. Auf dem Läufer lagen eine Ausgabe der *A Bola* und ein umgekippter Kaffeebecher. Obwohl die Tür nur angelehnt war, klopfte er an und horchte. Als ihm nur Stille antwortete, drückte er die Tür auf und trat ein. Das Zimmer war leer, aber von nebenan vernahm er leise Stimmen, denen er zögernd folgte – um noch auf der Schwelle des Arbeitszimmers wie vom Donner gerührt zu verharren. Dort stand sein Großvater. Und er küsste Madame Aubert.

Er zog sich zurück, auf Zehenspitzen und mit wild pochendem Herzen. Wie in Trance schlich er an dem Bett mit dem spitzenbesetzten Baldachin und an der Kommode vorbei, wo er beim Anblick von Vovôs Portweinflasche fast der Versuchung erlag, sich einen kräftigen Schluck hinter die Binde zu kippen. Doch er hatte den Gedanken kaum zu Ende gedacht, als er bereits im Flur stand.

Vovô und Madame Aubert.

Er versuchte, seine widersprüchlichen Gefühle zu sortieren, doch es gelang ihm nicht. Es war zu befremdlich, Vovô in inniger Umarmung mit einer Frau zu sehen, die nicht seine Großmutter war. Andererseits ... Eine Gänsehaut überlief ihn, als er sich das rührende Bild ins Gedächtnis zurückrief: sein Großvater, der die etwas größere Madame Aubert hielt, während sie mit gebeugtem Kopf an seiner Schulter schluchzte.

»Halt mich fest, Frédo.«

»Ich habe dich nie losgelassen, querida.«

Die zärtlich geflüsterten Worte waren sicher nicht für Antónios Ohren bestimmt gewesen, doch was wie der Refrain eines eingängigen Musikstücks in ihm nachhallte, war der Name, den Valérie so ungläubig ausgesprochen hatte, als habe sie nicht damit gerechnet, ihn jemals wieder sagen zu dürfen.

Frédo. Die französische Koseform von Frederico.

António lachte auf und schüttelte den Kopf. Wie das Polaroid von Valérie Aubert hatte sich auch das letzte fehlende Puzzleteil die ganze Zeit über direkt vor seiner Nase befunden. Er war einfach nicht auf die Idee gekommen, dass Frederico Almeida und Eduardo de Alvarenga ein und dieselbe Person waren ... warum auch immer sein Großvater sich in Paris für jemand anderen ausgegeben hatte.

Noch einmal musterte António die Tür, ehe er die Treppe in den zweiten Stock herabstieg, zuerst langsam und dann immer eiliger, weil ihm einfiel, dass die vage Möglichkeit bestand, Maelys könnte in der Zwischenzeit zurückgekehrt sein. Sein Herz stolperte. *Maelys.* Nach dieser unglaublichen Entdeckung musste er noch viel dringlicher mit ihr sprechen als ohnehin schon.

Im Speisezimmer traf er jedoch nur auf Rosária, die ihm statt einer Begrüßung einen vorwurfsvollen Blick zuwarf, den er sich nicht recht erklären konnte. Noch viel weniger verstand er das missmutige »Wieso stellen sich eigentlich alle so an, wenn es um die Liebe geht?«, das sie vor sich hin murmelte, während sie tellerklappernd den Tisch abräumte. Das Geschirr war noch unbenutzt. Niemand hatte an diesem Tag vermutlich zu Abend gegessen.

»Eigentlich wollte ich nur fragen, ob du Mademoiselle Durant heute Abend gesehen hast. Ich meine …«, António zögerte, »nachdem du sie in die Stadt gefahren hast.«

Rosária hielt inne und funkelte ihn angriffslustig an.

»Wieso? Hast du sie im Restaurant verloren?«

Ein Räuspern seitens der Tür unterbrach das seltsame Gespräch, das ihm verdeutlichte, dass eine halbstündige Fahrt in einem kleinen roten Auto eine Menge Zeit für zwei Frauen war, die sich gut verstanden. Was auch immer Rosária wusste, es genügte, um ihm ein schlechtes Gewissen zu machen. Schließlich hatte er Maelys tatsächlich irgendwie … verloren. Froh über den Vorwand, widmete António sich Albio, der an der Tür stand.

»Senhor António, Sie sind hier.«

»Das bin ich, Albio. Allerdings frage ich mich, warum.« António zeigte mit dem Finger zur Zimmerdecke empor. »Es ist zwar etwas bizarr, den eigenen Großvater in flagranti mit einer Frau zu erwischen, aber von einem *Notfall* kann wohl kaum die Rede sein.«

Rosária und Albio wechselten einen Blick.

»Ihr Part, Senhor Tavares«, bemerkte Rosária trocken. »Ich bin bloß für das leibliche Wohl der Herrschaften zuständig.«

»Der Notfall, ja.« Albios Lid zuckte, das einzige Zeichen, dass er sich unbehaglich fühlte. »Der hat sich sozusagen modifiziert, Senhor.«

»Der Notfall hat sich modifiziert? Was soll das denn heißen?«

»Die junge Mademoiselle ist vorhin abgereist.«

Abgereist. Es dauerte eine Weile, bis die Bedeutung des Wortes bei António ankam. Er blickte zur Wanduhr über dem Kamin, die soeben mit einem Gong zur vollen Stunde schlug. Der tiefe Ton drang ihm bis in die Eingeweide.

»Wann genau?«, fragte er, dabei kannte er die Antwort doch schon längst. *Sie hat in dem verdammten Taxi gesessen, das mich vorhin fast ins Jenseits befördert hätte.*

»Vor ungefähr einer halben Stunde, Senhor. Wenn ich mir die Anmerkung erlauben darf ... Sie wirkte recht aufgelöst.«

»Maelys war stocksauer, António«, schaltete Rosária sich ein. »Wenn dir etwas an ihr liegt, würde ich an deiner Stelle nicht länger hier rumstehen und nach Luft schnappen wie eine Makrele auf dem ...«

Den Rest hörte António nicht mehr. Er rannte.

20. Kapitel

LISSABON, IM MAI 2019.

Maelys.

»*Está tudo bem? A senhora está muito pálido.*« Verständnislos schüttelte Maelys den Kopf, deutete auf den Behindertenausweis und ihren französischen Pass. Die dunkelhaarige Frau hinter dem Flugschalter der Air France sah sie mitfühlend an und tippte sich schließlich auf die Wange.

»Sie sind sehr blass, Madame«, wiederholte sie in perfektem Französisch. »Ist alles in Ordnung mit Ihnen?«

Maelys nickte und kramte ihr Flugticket aus der Handtasche, ohne dabei ihren Koffer aus den Augen zu lassen. »Ist es möglich, dass Sie mein Flugticket umbuchen? Ich möchte nach Hause, und ... ich nehme jede Maschine, wenn sie nur heute Abend noch abfliegt«, stotterte sie in dem Bewusstsein, dass der mitleidige Ausdruck auf dem Gesicht ihres Gegenübers nicht von ungefähr kam. Kurz nach ihrer Ankunft in der Abflughalle hatte sie die Toiletten aufgesucht und eine Weile gebraucht, bis sie begriff, dass die Frau mit den rot verweinten Augen, die ihr im Spiegel entgegenblickte, sie selbst war.

»Ich sehe nach, was ich tun kann.« Die Frau tippte etwas in ihren Computer. »Zu Hause ist Paris, nehme ich an?«

Die beiläufige Frage traf Maelys derart unvorbereitet, dass sie die Frau nur anstarrte.

Zu Hause ... wo ist das überhaupt?

Zuerst kam ihr das Haus in den Dünen in den Sinn, in dem sie aufgewachsen war. Sie sah das Meer und seine Strände vor sich, die schwarzen Felsen, vor denen Sandregenpfeifer nisteten und wo Pierre sie zum ersten Mal geküsst hatte. Sie waren mit den Zähnen zusammengestoßen, und der Kuss hatte nach Salz und Mamans Räucherfisch geschmeckt. Moguériec ... Oder war ihr Zuhause jetzt doch Paris?

Ich baue darauf, dass Sie da weitermachen, wo Sie aufgehört haben, Mademoiselle Aubert. Schauen Sie mutig nach vorn, und Sie werden erkennen, dass Paris voller Möglichkeiten ist, hatte Renard damals zu Valérie gesagt, als Montéclair ihr gekündigt hatte. Diesen Rat hatte ihre Tante beherzigt und in Paris ein Zuhause gefunden, selbst wenn sie vielleicht nicht alle Möglichkeiten hatte ausschöpfen können und heute ihren Lebensunterhalt als Putzfrau bestritt. Dennoch hatte sie nie einen Zweifel daran gelassen, dass sie die Lichterstadt an der Seine und ihre Menschen über alles liebte.

Auch Maelys spürte dieses besondere Ziehen in ihrer Brust, wenn sie an Hadir in seiner dampfgeschwängerten Garküche und an die Bewohner der Rue Martel dachte, die immer ein gutes Wort und ein Lächeln füreinander übrighatten. Monsieur Poupart zum Beispiel, der gutmütige Bäcker, der Valérie seit über vierzig Jahren jeden Morgen einen *café crème* servierte, auch wenn sie andauernd anschreiben ließ. Madame Vidal, die zärtlich mit ihren Petunien flüsterte, Silvio von der Eisdiele, der immer zum Plaudern aufgelegt war, oder der Obdachlose, der sein Essen mit seinem dreibeinigen Hund teilte. Das war *ihr* Paris. Ein Ort, an dem es sich gut mit einem halben Herzen leben ließ.

»Ja, Madame. Ich möchte nach Paris.« Diesmal war das Lächeln echt, das sie der Air-France-Mitarbeiterin schenkte, die geduldig auf ihre Antwort wartete. »Es gibt dort nämlich eine ganze Menge für mich zu tun.«

Zwar fühlte sie sich nicht unbedingt besser, aber zuversichtlicher. Ein gebrochenes Herz heilte früher oder später. Vielleicht war die Erfahrung mit António sogar eine Chance für sie und ihre Kunst. Ab sofort würde sie aufhören, den Kopf in den Sand zu stecken, und die Möglichkeiten nutzen, die Paris ihr bot. Immerhin besaß sie ein Stipendium für eine der begehrtesten Kunsthochschulen Europas. Nicht ohne Grund, solange sie nur selbst fest daran glaubte.

Eine halbe Stunde später legte sie ihre Handtasche in eine Wanne auf dem Fließband der Sicherheitskontrolle und zeigte ihre Bordkarte vor. Tatsächlich hatte man noch einen Platz in der letzten Maschine nach Paris für sie reservieren können. Wegen eines Stopovers in Mailand würde sie zwar erst am frühen Morgen in Paris landen – aber sie war definitiv auf dem Weg nach Hause. *Man muss auch mal Glück haben*, dachte sie mit gezwungener Fröhlichkeit, während sie von einer uniformierten Beamtin abgetastet wurde.

Nach der Abfertigung kaufte sie am Tresen einer Cafeteria eine Flasche Wasser und ein in Plastik verschweißtes Sandwich. Beim Bezahlen fand sie das blaue Clairefontaine-Heft in ihrer Tasche, jenes Exemplar, das sie aus Valéries Zimmer gestohlen hatte. Sie hatte völlig vergessen, es zurückzulegen.

Sie wollte die letzten Seiten noch ein zweites Mal lesen, während sie auf das Boarding wartete. Besonders der letzte Eintrag, der das Geschehen nach Valéries Besuch in Miguels

Wohnung beschrieb, beschäftigte sie nachhaltig. Wie stark Valérie damals gewesen war, und das, obwohl sie alles verloren hatte. Im Stillen hoffte Maelys, dass ihr das Beispiel dieser herzensklugen und doch so unbeugsamen Frau ein wenig Mut machen würde.

Sie stellte die Wasserflasche auf einem Stehtisch ab und starrte gedankenverloren auf den Posteingang ihres Handys. Mehrere neue Nachrichten. Alle stammten von António de Alvarenga. Ungelesen löschte sie diese, dann suchte sie Valéries Nummer und tippte drauflos.

Es tut mir leid. Ich war völlig neben mir. Bin jetzt am Flughafen. Meine Maschine wird bald aufgerufen. Wir reden später ;-) Bisous Maelys.

Als sie die SMS abgeschickt hatte, fühlte sie sich sofort besser. Sie atmete tief ein und so lange aus, bis sich das leichte Schwindelgefühl einstellte, das man nach einem Zug an einer Zigarette bekam. Eine imaginäre Gauloises für einen besonders guten oder einen besonders schlechten Tag im Leben.

António.

Eine enervierend lange Kolonne von Taxen schob sich an diesem späten Abend zum Abflugterminal des Flughafens, als hätte sich die halbe Stadt zu einem spontanen Wochenendtrip entschlossen. Fluchend trommelte António auf dem Lenkrad herum, bremste, beschleunigte und presste unentwegt eine Hand auf die Hupe. Ein Taxifahrer zeigte ihm einen Vogel, eine ältere Fahrerin schüttelte mitleidig den Kopf und machte ihm sogar Platz, sodass er eine Wagenlänge Vorsprung gewann, die ihm nicht das Geringste nützte. Danach ging minutenlang gar nichts mehr, und er musste geduldig ausharren, bis eine Großfamilie ihren halben Haushalt aus dem Taxi geschafft und das Kleingeld gezählt hatte.

Als er den Mercedes endlich in eine Parklücke zwängte, die selbst für einen Fiat-Fahrer eine Herausforderung gewesen wäre, musste er feststellen, dass er nicht aus dem Auto herauskam, weil er förmlich an der Flanke des benachbarten Wagens klebte. Entnervt legte António den Rückwärtsgang ein und ließ den Wagen auf die Fahrbahn zurückrollen. Er zog die Handbremse und ignorierte beim Aussteigen die wüsten Beschimpfungen der Taxifahrer, die mit ihren Fahrgästen auf der blockierten Spur nicht weiterkamen.

»Sie können hier nicht parken, Senhor.« Der Sicherheitsbeamte, der ihn vor der Drehtür zur Abflughalle abfing, war ein Hüne von einem Mann. Den Arm aus dem Griff seiner Pranke zu winden, das konnte er vergessen.

»Wie Sie sehen, kann ich das sehr wohl.«

»Nötigen Sie mich nicht dazu, unfreundlich zu werden«, knurrte der Mann.

Verzweifelt verrenkte António den Hals nach den Schaltern in der lichtdurchfluteten Halle, wo selbst zu so später Stunde Hochbetrieb herrschte. Was zum Teufel war nur los mit den Leuten? Mussten sie alle ausgerechnet heute den lang ersehnten Jahresurlaub antreten?

»Aber ich muss ...«

»Wir müssen alle, Senhor.« Der Beamte blieb unerbittlich, weshalb António kapitulierte. Selbst mit einem gezielten Schienbeintritt hätte er den Kürzeren gezogen.

Zehn Minuten später hatte er den Mercedes etwa hundert Meter weiter im absoluten Halteverbot abgestellt und betrat im Schutz einer Reisegruppe, die gerade einem Shuttlebus entstiegen war, die Halle. Nervös sah er auf die Anzeigentafel und eilte an den Warteschlangen vor den Air-France-Schaltern vorbei zum Check-in für die Businessclass.

»Darf ich Ihr Ticket und den Personalausweis sehen, Senhor?« Die Frau hinter dem Schalter beäugte ihn über den Rand ihrer Hornbrille hinweg. Sie war brünett, nicht allzu jung und wäre sicher sein Typ gewesen – vorher, in dem anderen Leben, in dem er die Liebe scherzhaft mit einer *bica* verglichen hatte. Sie wurde kalt, wenn man sie nicht schnell genug trank.

Widerwillig setzte er sein Flirtlächeln auf und beugte sich über die Theke. »Da habe ich schon mal zwei Probleme. Ich besitze weder-noch, aber Sie könnten mir trotzdem einen Gefallen tun«, er schielte auf ihr Namensschild, »Inês.«

Inês hob die Brauen. »Und welcher Gefallen könnte das sein?«, fragte sie mit einem Seitenblick auf ihre üppige Kollegin, die Kaugummi kauend auf ihrem Smartphone herumtippte.

»Meine Freundin hat vor Kurzem in eine Maschine nach Frankreich eingecheckt, eine Umbuchung nach Paris. Könnten Sie bitte auf Ihren Passagierlisten nachsehen, welchen Flug sie nimmt?«

»Leider bin ich nicht befugt, Auskunft über unsere Fluggäste zu geben.«

»Waren Sie schon mal verliebt, Inês?« Er senkte die Stimme. »Sehen Sie es mal so. Die besagte Dame wird gar nicht Ihr Fluggast sein, weil ich verhindern werde, dass sie in diese Maschine steigt. Ihre Vorschriften gelten also nicht für sie.«

»Tut mir leid, ich darf es trotzdem nicht. Datenschutz.«

»Bitte, Inês. Es ist ein echter Notfall«, flehte António und legte eine Hand auf seine Brust. »Sie heißt Maelys Durant. Mir würde ein klitzekleiner Hinweis genügen.«

Sie seufzte schwer. »Senhor, ich kann wirklich nicht …«

»Inês! Kein Hahn kräht nach den bescheuerten Vorschriften. Gib dem armen Kerl schon die Flugnummer«, zischte es von rechts.

Inês sah ihre Kollegin irritiert an, ehe sie sich ihrem Computer zuwandte. Sie tippte auf der Tastatur herum und hob schließlich den Kopf.

»Es ist die AF 1125. Das Boarding beginnt in fünfzehn Minuten.« Sie kniff die Lippen zusammen. »Ohne Bordkarte werden Sie allerdings nicht durch die Sicherheitskontrolle kommen, Senhor.«

»Danke, das vergesse ich Ihnen nie.« Den letzten Teil seines Satzes richtete er jedoch nicht an Inês, sondern an ihre dunkelhaarige Kollegin, die weiterhin nicht von ihrem Mobiltelefon aufgesehen hatte. Das tat sie auch jetzt nicht, doch ihm genügte das winzige Zucken ihrer Mundwinkel.

Nun hatte er die Gewissheit, dass Maelys tatsächlich nach Paris flog – wegen eines Polaroids und einer halben Lüge. Lächerlich. Solch eine heftige Überreaktion passte überhaupt nicht zu der Frau, die er kennengelernt hatte. Es musste sich um ein Missverständnis handeln, eine falsche Schlussfolgerung womöglich, die sie aufgrund ihrer Gehörlosigkeit gezogen hatte. Was auch immer der Grund für ihren Zorn war, notfalls würde er den nächsten Flieger nehmen, um die Sache richtigzustellen.

Seine Gedanken überschlugen sich, während er die Sicherheitskontrolle ansteuerte und im Laufen nach seinem Handy tastete. Er würde Manuela anrufen, damit sie ihm online einen Flug buchte. Und er brauchte seinen Pass. Sie hatte noch immer seine Geldbörse. Wenn er Glück hatte, schaffte er es bis zum Gate. Vielleicht konnte er Maelys zur Umkehr bewegen. Er musste sich nur etwas einfallen lassen.

Schon wenig später beschlich ihn das ungute Gefühl, dass er nicht nur Glück brauchen würde, um an dem Kontrolleur vor der Sicherheitsschleuse vorbeizukommen, der wie ein Klon des Wachmannes vor den Taxiständen aussah, mit übernächtigten Augen und einer Schusswaffe am Hüftgürtel. Garantiert brachte der kein Verständnis für Leute auf, die seine Autorität missachteten. António entschied sich für den Angriff nach vorn.

»Ich habe keine Bordkarte, aber ich muss dringend da rein.« Beschwörend zeigte er hinter den Glaskasten, wo die abgefertigten Passagiere ihre Laptops, Mobiltelefone und Gürtel aus den Wannen fischten und die unbehaglichen Gesichter machten, die Menschen eben machten, wenn Fremde in ihren persönlichen Sachen wühlten. »Ich muss meiner Freundin etwas sehr Wichtiges sagen. Drücken Sie ein Auge zu, Senhor… Für die Liebe. Ich bin gleich wieder zurück, versprochen.«

Der Wachmann sah mit leerer Miene durch ihn hindurch. Er antwortete nicht, stattdessen schob er sich mit seinem massigen Körper erstaunlich schnell mittig in den Durchgang. Sein stummes »Vergiss es« war gegen das Wort *Liebe* völlig immun.

»Sie überlegen es sich wahrscheinlich nicht anders, wenn ich behaupte, dass es um Leben und Tod geht?« Ein letzter peinlicher Versuch, über den António fast selbst gelacht hätte, hätte er nicht längst Plan B entwickelt.

Gut, dann eben Paris.

Es dauerte eine gefühlte Ewigkeit, bis jemand am anderen Ende der Leitung abnahm. Zuerst hörte er Musik, zu getragen und melancholisch für Manuelas Geschmack, weshalb er zunächst annahm, er hätte sich verwählt.

»António?« Ihre Stimme klang, als habe er sie geweckt.

»Tut mir leid, wenn ich störe, Manuela.«

»Du störst nie, António. Das weißt du.« Jetzt klang sie wach. Und hörbar alarmiert. »Ist ganz schön laut bei dir«, sagte sie misstrauisch. »Was ist passiert? Wo bist du? Hast du das Problem mit Mário geklärt?«

»Ich habe ihn nach Hause zu Carla gebracht. Jetzt bin ich am Flughafen. Hör zu, die Details erkläre ich dir gern später. Du musst mir einen Gefallen tun, am besten sofort. Ich brauche ein Ticket für den nächsten Flug nach Paris. Check mich online ein und schick mir die Bordkarte aufs Smartphone. Danach springst du ins Auto und bringst mir meine Brieftasche. Terminal 1. Ich warte an der Sicherheitskontrolle.«

»Hast du getrunken, António? Oder sollte ich besser fragen, wie viel?«

»Glaub mir, ich war nie nüchterner.«

Die Musik im Hintergrund verstummte abrupt.

»Es ist wegen ihr, oder? Wegen der kleinen taubstummen *francesinha*.«

»Maelys ist nicht taubstumm, sondern …«

»Um Gottes willen, António!« Manuela lachte auf. Es war ein aggressives Lachen, eins von der Sorte, wie er es nie von ihr gehört hatte. »Erzählst du mir gerade allen Ernstes, dass du dem Mädchen nach Paris hinterherfliegen willst? Wozu? Die Sache ist so durch wie die Sprungfedern in meiner Couch.«

António kniff die Augen zusammen. Etwas stimmte nicht mit diesem Gespräch. Er spürte die unheilvollen Schwingungen, die Manuela aussandte.

»Wie kommst du darauf, dass *die Sache* durch sein könnte?«, fragte er langsam.

»Wenn du es genau wissen willst: Nicht *die Sache* ist durch, sondern Maelys ist durch. Mit dir.« Manuela schnaubte, dann wurde ihre Stimme plötzlich leise und einschmeichelnd. »Lass das Mädchen gehen und komm nach Hause, Tónio. Ich habe einen Tinta Pinheira kalt gestellt. Er wartet nur darauf, dass du ihn aus meinem Bauchnabel trinkst.« Sie lachte, wieder zu schrill. Und verzweifelt.

Ein kalter Schauer kroch über seinen Rücken und stellte ihm die Nackenhaare auf, als er sich in Erinnerung rief, was vor Maelys' überstürzter Abreise geschehen war. Er hatte sie im Feitoria zurückgelassen – mit Manuela. Irritiert nahm er das Telefon vom Ohr und starrte auf Manuelas Foto, das ihn vom Display anlächelte. Sexy, verführerisch. Seine Assistentin, seine beste Freundin, seine Geliebte. *Seine Ex-Geliebte.* Und dann fiel endlich der Groschen.

»Was hast du zu ihr gesagt, Manuela?«

In der Leitung blieb es still. Er presste das Telefon gegen die Schläfe und wartete, obwohl er das Gerät am liebsten gegen die Wand geworfen hätte.

»Ich liebe dich, António.«

»Das ist nicht die Antwort auf meine Frage«, sagte er nach einer Pause, die er benötigte, um seine entgleisten Gesichtszüge unter Kontrolle zu bekommen. »Was hast du zu Maelys gesagt, nachdem ich weggefahren bin?«

»Na, genau das«, antwortete sie trotzig. »Dass ich dich liebe, dass wir uns lieben. Auf unsere Art.«

»Herrgott, Manuela!« Er schloss die Augen.

»Es tut mir leid, *amorzinho.* Ich hätte es dir früher sagen sollen, aber ...« Sein Bedürfnis, ihr Lachen nie wieder hören zu müssen, wurde übermächtig. »Du kennst mich doch. Ich war unentschlossen. Aber dann habe ich dich mit ihr gese-

386

hen, und mir ist klar geworden, dass ... Also, ich wäre unter
Umständen bereit, die Spielregeln unserer Beziehung ein
wenig enger zu fassen. Natürlich nur, sofern wir das Beruf-
liche außen vor ...«

Er nahm den Hörer vom Ohr, angewidert schickte er Manuelas Stimme ins Nichts. Danach stand er eine geraume
Weile mit hängenden Schultern vor der Sicherheitskontrolle
und folgte den Wannen auf dem Band, das die Habseligkeiten unzähliger Passagiere zum Scanner fuhr. Der Kasten erinnerte ihn an die Spülmaschine im Gloriosa – und an ein
wunderschönes Mädchen, das in Paulas Küche herumtanzte
und mit Seifenblasen spielte. Seine Brust zog sich zusammen.
Es war das zweite Mal in seinem Leben, dass er einen derart schmerzhaften, alles durchdringenden Verlust fühlte. Nur
dass heute niemand gestorben war.

*Wenn Sie in der Schule aufmerksam zugehört haben, müss-
ten Sie wissen, dass die kürzeste Distanz zwischen zwei Punkten die Gerade ist*, flüsterte eine Stimme in seinem Kopf. *Ich
für meinen Teil habe über fünfzig Jahre gebraucht, um das zu
verstehen. Wie sieht es bei Ihnen aus?*

Wie viele Minuten (oder waren es doch nur Sekunden?)
er benötigte, um die zwingende Konsequenz aus Valérie Auberts rätselhaften Worten zu ziehen, würde er im Nachhinein nicht mehr genau sagen können. Als er aufblickte, war
es Viertel nach elf, auf der Anzeigetafel über seinem Kopf
blinkte das grüne Boardinglicht für die Air France 1125.
Maelys' Maschine.

Der penibel getrimmte Kinnbart des kahlköpfigen Wach-
mannklons war das Letzte, was António bewusst wahrnahm.
Er drängte sich an dem überraschten Beamten vorbei, taub
für den Alarm des Metalldetektors und den Aufschrei einer

Frau, die reflexartig ihren Laptop an die Brust drückte, als er an ihr vorbeihastete. Am Ende der Schleuse verstellte ihm ein zweiter Wachmann den Weg, nicht minder gut gebaut, die Hand am Holster. Instinktiv wich António seitlich aus und sprang über die Sicherheitsschranke.

Ein markerschütterndes »Halt! Stehen bleiben!« fegte über ihn hinweg, aber was ihn eigentlich hätte aufhalten sollen, bewirkte das genaue Gegenteil. Mit gesenktem Kopf sprintete er los. Es war falsch und verboten, eine verzweifelte Kurzschlussreaktion, für die man ihn in eine Zelle sperren würde.

Und dennoch – als António de Alvarenga sich wie ein Handtaschendieb in die Menschenmassen zwängte, hatte er das ebenso beunruhigende wie befreiende Gefühl, dass er sein Leben zum ersten Mal ganz in die eigenen Hände nahm. Ohne Vovôs mahnenden Finger, ohne die erdrückenden Verpflichtungen, ohne jemand zu sein, der er gar nicht sein wollte. Er wollte nur Maelys, mit allem Wenn und Aber und dem winzigen *Vielleicht* zwischen ihnen, das wohl die schwierigste Hürde darstellen würde.

Doch was für ein Mann wäre er, wenn er es nicht wenigstens versuchte?

21. Kapitel

PARIS, IM JANUAR 1967.

Valérie.

Es hatte wieder zu schneien begonnen. Ein eisiger Wind wehte durch ihre Nylonstrümpfe, als Valérie die Haustür der Rue de Poitou Nummer 67 zum letzten Mal hinter sich schloss und mit ihren Habseligkeiten auf die Straße trat. Ihr war bewusst, dass sie nicht mehr in Miguels Wohnung zurückkehren würde. Nicht heute, nicht morgen. Nicht dieses und auch nicht nächstes Jahr.

Sie berührte die Sardinenbrosche unter dem Pelzkragen, legte den Kopf in den Nacken und spürte, wie die winzigen Flocken, die mehr Regen als Schnee waren, auf ihrem Gesicht zerplatzten.

Zuerst kommt der Schnee, dann der Regen – und wenn es Frühling wird, scheint auch wieder die Sonne. Bis dahin werde ich mir die Zeit mit Dingen vertreiben, die das Leben amüsant machen. Amüsant, aufregend und einzigartig. Genau deswegen bin ich doch nach Paris gekommen, oder nicht?

Im Gehen steckte sie sich eine Zigarette in den Mundwinkel – natürlich war es die letzte – und schob das leere Päckchen in die Manteltasche. Die Flocken schmolzen auf dem Trottoir, in ihren Haaren, im Nacken. Sie schlug den Man-

389

telkragen hoch und suchte Schutz in einem Bushaltestellenhäuschen, wo sie leise fluchend in ihrer Handtasche nach
dem silbernen Feuerzeug suchte, das Yvette ihr geschenkt
hatte. Es war ein boshaftes kleines Ding, das sich stets einen
Spaß daraus machte, sich in irgendeiner Taschenfalte vor ihr
zu verstecken.

»Wenn ich Mademoiselle behilflich sein dürfte?«

Es klickte zweimal, ein Benzinfeuerzeug flammte vor
ihren Augen auf. Gierig saugte Valérie an dem weißen Filter, bis endlich der wohltuende Rauch in ihre Lunge strömte.
Beim Ausatmen hob sie das Kinn, um in eisblaue Augen zu
sehen, die sie belustigt musterten. Der Mann, zu denen sie
gehörten, war ausgesprochen gut aussehend, eine stattliche
Erscheinung in einem eleganten Kaschmirmantel, mit von
Pomade glänzenden blonden Haaren und einem Mund, der
zum Spotten wie gemacht war.

Das Feuerzeug klickte erneut. Er rauchte eine amerikani-
sche Marke, wie sie nach einem Blick auf sein Päckchen feststellte, außerdem trug er eine Ausgabe des *Wall Street Journal*
unterm Arm. Er roch förmlich nach Geld und wirkte zwischen den dick vermummten und eher einfach gekleideten
Menschen an der Haltestelle völlig fehl am Platz.

»Sind Sie Amerikaner? Oder wollen Sie nur wie einer aussehen?«, entfuhr es ihr, bevor sie realisierte, dass es nicht sehr
schicklich war, einen Fremden auf offener Straße anzusprechen, derart flapsig noch dazu.

Er blies ein paar Rauchkringel in die Luft und fing an zu
lachen.

»Pardon, das war jetzt vermutlich sehr unhöflich von mir.«
Erklärend zeigte sie auf seine Zeitung, wusste aber, dass sie
nicht sehr schuldbewusst geklungen hatte.

»Das war es allerdings.« Der Mann musterte sie mit neu entfachtem Interesse. »Und Sie sollten unbedingt dabeibleiben, Mademoiselle.«

»Sie finden, ich sollte unhöflich sein?«

»Sie sagen, was Sie denken. Ist selten heutzutage.« Sein kultivierter Tonfall klang enttäuschend französisch. Valérie räusperte sich und trat die Zigarette aus.

»Tja, dann werde ich mal...«

»Was halten Sie davon, wenn ich Sie zu einem *café* einlade?«, unterbrach er sie und deutete zu dem Bistro auf der anderen Straßenseite. »Ich hätte Lust, noch ein wenig mit Ihnen zu plaudern.«

»Aber ich kenne Sie doch erst seit zwei Minuten.«

»Geben Sie mir zehn weitere, und Sie werden den Nachmittag mit mir verbringen wollen. Und den Abend gleich dazu.«

»Sie sind ja ganz schön von sich überzeugt.«

»Nein, eigentlich nicht. Ich bin nur jemand, der sich gern vom Leben überraschen lässt. Und wenn diese Überraschung so hübsch ist wie Sie...« Er zuckte mit den Schultern. »Man muss zugreifen, wenn sich unverhoffte Gelegenheiten bieten. Davon abgesehen verdient Ihre kühne Frage eine ehrliche Antwort.«

Ein typisch zurückhaltender Duft, den nur sehr teure Rasierwasser verströmten, drang in Valéries Nase, als der Mann sich zu ihr herabbeugte. Er war bestimmt fast zwei Meter groß.

»Sie haben mich erwischt«, raunte er ihr ins Ohr. »Ich gebe tatsächlich nur vor, Amerikaner zu sein. Sie wissen schon. Limousine mit Chauffeur, Glitzerkram von Tiffany, eine Show am Broadway... Die französischen Frauen lieben diesen American Way of Life, dabei heißt es doch immer, die Franzosen seien die größten Verführer der Welt.«

Valéries Mundwinkel zuckten. »Sie sind lustig.«

»Ja, das höre ich oft.« Er fasste sich gespielt zerknirscht in den Nacken. »Leider beschleicht mich das Gefühl, dass ich bei Ihnen trotzdem auf Granit beiße, egal aus welchem Land ich stamme.«

Solange es nur nicht Portugal ist.

»Schon möglich«, murmelte Valérie, abgelenkt von einem schwarzen Jaguar, der mit Warnblinklichtern vor der Bushaltestelle hielt.

»Also, Mademoiselle? Darf ich Sie auf einen *café* einladen? Oder sind Sie eher der Champagnertyp?«

»Sie sind nicht nur selbstbewusst, sondern auch ziemlich aufdringlich.« Neugierig musterte sie die Limousine, die jetzt mit laufendem Motor auf dem Bus- und Taxistreifen stand. Der Fahrer ließ die getönten Scheiben herunter und drückte zweimal kurz auf die Hupe.

»Tut mir leid, dass ich zu spät komme, Mr Williams. Der verdammte Verkehr«, rief er und winkte.

Valérie hob eine Braue.

»Ich hab keine Ahnung, wen er meint.« Der Mann im Kaschmirmantel lächelte sie unschuldig an.

»Mr Williams?« Es hupte erneut. Die Leute an der Bushaltestelle flüsterten und warfen ihnen verstohlene Blicke zu. Er verdrehte ergeben die Augen.

»Laufen Sie nicht weg, Mademoiselle. Ich bin sofort zurück.« Damit drückte er ihr die Zeitung in die Hand und ging mit großen Schritten auf den wartenden Wagen zu.

Nach einem knappen Wortwechsel mit dem Chauffeur klopfte er mit der flachen Hand auf das Dach, und der Wagen scherte ein paar Meter weiter in eine Parklücke ein. Einen Moment lang stand Mr Williams reglos im Schneeregen und starrte auf die blinkenden Warnleuchten. Es waren nur Sekunden, in denen seine hochgewachsene Gestalt etwas in Valérie anrührte, und als er zu ihr zurückkehrte und sich die Schneeflocken vom Ärmel wischte, spürte sie, wie ihr Widerstand schmolz. Zweifellos war dies hier eine sehr interessante Begegnung.

Amüsant, aufregend und einzigartig. Hast du dir nicht vorhin noch gewünscht, dass dein Leben so sein soll? Wer sagt denn, dass du nicht jetzt gleich damit anfangen kannst?

Valérie überlegte. Wenn sie Mr Williams' Einladung annahm, würde sie zu spät zu ihrer Schicht im Chez Marianne kommen, und sie wollte ihre neue Chefin nicht verärgern, die ihr ohne Zögern eine Anstellung gegeben hatte. Das amüsant-aufregende Leben musste demnach noch ein wenig auf sie warten.

»Es tut mir wirklich leid, Mr Williams, aber ich fürchte, Sie haben Ihren Chauffeur umsonst weggeschickt.« Sie zog seinen Namen absichtlich in die Länge, was ihren Worten eine feine Ironie verlieh. »Ich muss zur Arbeit.«

»Jean-Luc«, sagte er mit einem spitzbübischen Lächeln, das ihn sehr viel jünger erscheinen ließ, als er offensichtlich war. »Nennen Sie mich bitte Jean-Luc. Und ich schwöre«, er hob die Hand, »ich habe nur ein bisschen geflunkert. Mein Vater ist tatsächlich Amerikaner, aber meine Mutter stammt aus Paris. Und dieses protzige Auto gehört mir gar nicht.«

»Verstehe.« Valérie nickte und reichte ihm seine Zeitung. »Danke, dass Sie mir Feuer gegeben haben, Jean-Luc Williams.« Mit einem höflichen Nicken wandte sie sich ab.

»Sie brechen mir das Herz, Mademoiselle«, rief er ihr hinterher, während sie sich unbeirrt den Weg durch die ihr entgegeneilenden Passanten bahnte.

Der Versuchung, sich nach ihrer Zufallsbekanntschaft umzudrehen, widerstand sie. Aber plötzlich war ihr danach, in eine der kleinen Pfützen auf dem Trottoir zu springen. Wie früher, als sie noch zu jung war, um sich um ein Paar teure Schuhe zu kümmern. Was auch immer dieser Mann in ihr ausgelöst hatte, es fühlte sich erstaunlich gut an. Leicht und unbeschwert.

»Mademoiselle! Geben Sie mir wenigstens einen Namen, damit ich mich auf die Suche machen kann.«

Er war wirklich ausdauernd. Das Herz klopfte ihr bis zum Hals, als sie stehen blieb. Langsam drehte sie sich um.

Der große blonde Mann war aus dem Bushaltestellenhäuschen getreten und stand auf der Mitte des Gehwegs, die Arme ausgebreitet wie ein Prediger, der den Allmächtigen anrief. Ihn kümmerten weder der Schneeregen noch die Passanten, die ihn verwundert betrachteten. Aus der Entfernung konnte sie seine Gesichtszüge nicht erkennen, aber sie wusste auch so, dass er lachte. Alles an Jean-Luc lachte, seine Augen, sein Mund, seine Seele. Und das machte ihn unwiderstehlich.

»Warum eigentlich nicht«, murmelte Valérie.

»Pardon, könnten Sie sich vielleicht ein bisschen beeilen? Mein Chauffeur, der gar nicht meiner ist, macht sich sonst Sorgen um meinen Geisteszustand.« Jean-Luc presste die Hand auf seine Brust und taumelte auf dem Trottoir herum, als sei er von einer Pistolenkugel getroffen worden. »Einen Namen, Mademoiselle! Bitte. Ich möchte nur einen Namen.«

»Valérie. Ich heiße Valérie Aubert und komme aus der Bretagne!« Wie eine Blechbüchse schepperten ihre Worte übers Pflaster, rollten die Haussmann-Fassaden hinauf und fielen als Echo von den Bleidächern. Als sich ihre Stimme in der Schneeluft aufgelöst hatte, formte Valérie mit den

Händen einen Trichter. Sie lauschte in sich hinein, lächelte und atmete tief ein. Viel tiefer als beim ersten Mal, bis sie das Gefühl hatte, ihre Lunge müsste platzen. »Champagner! Ich bin definitiv der Champagnertyp!«

* * *

Lissabon, am Flughafen.

Maelys.
Lächelnd schloss sie das Tagebuch und wischte sich mit dem Daumen eine Träne aus dem Augenwinkel. Eine passende Reaktion auf das Gelesene. Zwischen Lachen und Weinen hin- und hergerissen, so war das Leben ihrer wunderbaren Tante gewesen. Das war es bis heute, und wie es aussah, trat Maelys geradewegs in die Abdrücke, die Valéries Pfennigabsätze auf dem Pflaster von Paris hinterlassen hatten. Mit dem winzigen Unterschied, dass sie kein Faible für Pumps hatte.

Sie stieß einen Laut aus, der sich wie ein Schluckauf anfühlte, und zog damit die Aufmerksamkeit ihres Gegenübers auf sich. Er war ihr schon aufgefallen, als sie einen Sitzplatz in der Wartezone von Gate sechsundzwanzig gesucht hatte. Nicht weil er sonderlich attraktiv war, sondern weil er die *Le Monde* las und die unverwechselbar elegant-lässige Kleidung französischer Männer trug. Nur deshalb erwiderte sie sein Grinsen. Aber auch, weil er ungefähr in ihrem Alter war und ihr seine Frisur, als wäre er gerade aus dem Bett gekrochen, und die roten Sneakers zur Anzughose gefielen – und weil man eben freundlich war, wenn man in einem fremden

395

Land jemandem begegnete, der dieselbe Sprache sprach. Der junge Mann rollte die Zeitung zusammen und beugte sich nach vorn, die Unterarme auf die Knie gestützt.

»Paris?«, fragte er.

Eine seltsame Frage in Anbetracht dessen, dass sie zusammen mit rund zweihundert Passagieren auf das Boarding für einen Flug nach Paris warteten. Er bemerkte ihren automatischen Blick auf die Anzeigentafel, mit dem sie sich vergewisserte, ob sie sich am richtigen Gate befand.

»Kommen Sie aus Paris, meine ich.«

»Nein, ich komme nicht *aus* Paris, ich fliege *dorthin*«, erwiderte sie höflich und verstaute das blaue Heft in ihrer Tasche. Dann tippte sie auf ihr Ohr, eine Geste, durch die sich ein unerwünschtes Gespräch meist schnell beenden ließ. »Ich bin gehörlos.«

Aber statt sich unter einem fadenscheinigen Vorwand abzuwenden, musterte der Mann sie umso interessierter. Er hatte freundliche braune Augen. Umbra gebrannt, mit karamellfarbenen Einsprengseln. Dann antwortete er. In Gebärdensprache.

»Zeigen Sie mir Ihre Skizzen? Ich habe Ihnen vorhin beim Zeichnen zugesehen und bin neugierig.«

Völlig überrumpelt nickte sie, woraufhin er seine Lederumhängetasche vom Boden fischte und zu ihr schlenderte. »*Salut*. Ich bin Jérôme, wohne in Paris und bin Gebärdendolmetscher«, gebärdete er und hielt ihr die Hand hin.

»Ich heiße Maelys, wohne auch in Paris und bin…« Sie zögerte nur den Bruchteil einer Sekunde, bevor sie ihre Zurückhaltung über Bord warf. Seine Hand war unerwartet weich und roch nach Desinfektionsmittel. »Ich studiere Kunst. An der ENSBA.«

Jérôme buchstabierte »Wow!« und ließ sich neben ihr auf die Bank fallen, so selbstverständlich, als seien sie alte Bekannte. »An der ENSBA. Das ist ziemlich cool.«

Maelys musste lächeln. Das Wort *cool* hatte sie seit ihrer Schulzeit nicht mehr in Zeichensprache gesehen. »Ich finde es ziemlich *cool*, dass du Gebärdendolmetscher bist. Wie bist du dazu gekommen?«

»Meine Eltern sind taub, und da ich sozusagen mein ganzes Leben lang nichts anderes gemacht habe … Es bot sich einfach an.« Jérôme wirkte gelangweilt, als sei ihm die Frage schon allzu oft gestellt worden. »Darf ich?« Als wolle er rasch vom Thema ablenken, zeigte er auf ihre Zeichenmappe, tippte sich auf die Brust und gebärdete mit zwei Fingern das Wort *Sehen*.

Während er durch ihre Skizzen blätterte, fiel ihr auf, dass sie ihn nicht darauf hingewiesen hatte, dass sie nicht besonders gut waren. Auch war sie weder aufgeregt noch ängstlich, wie es üblicherweise der Fall war, wenn sich jemand ihre Zeichnungen ansah. Sie war nur neugierig auf seine Reaktion.

Als er die Mappe schloss, lächelte er sie an. »Das sind tolle Bilder. Sie gefallen mir.«

»Ja. Mir gefallen sie auch.« Sie war überrascht, wie selbstverständlich sie das sagte.

Jérôme schwieg. Dachte nach. »Würdest du in Paris mal einen Kaffee mit mir trinken?«, fragte er.

Unwillkürlich schielte Maelys auf ihre Handtasche, in der sich Valéries Tagebuch befand. Sie erschauderte, bekam Gänsehaut und feuchte Handflächen. Plötzlich verstand sie, wie es Valérie damals ergangen war, als sie Jean-Luc Williams begegnet war – dem Mann, dem sie laut eigener Aussage sowohl die zehn besten als auch die zehn schlechtesten Jahre ihres Lebens verdankte.

Warum sich nicht vom Leben überraschen lassen? Was hast du schon zu verlieren?

Wie paralysiert starrte sie in Jérômes braune Augen, aber alles, woran sie denken konnte, war eine Palette von Blautönen. Aquamarin, Türkis, Indigo, Cyan. Und Atlantikblau von ungeheurer Intensität.

»Tut mir leid«, sagte sie leise. »Ich trinke zurzeit keinen Kaffee.«

Eine groß gewachsene Blondine in der dunkelblauen Uniform der Fluggesellschaft öffnete das Absperrband zur Gangway. Sofort kam Bewegung in die Wartenden. Bücher und Tablets wurden in Taschen gepackt, Handys für einen letzten Anruf oder eine Nachricht gezückt. Während die ersten Passagiere zum Boarding strebten, blieben die Gelasseneren sitzen. Seufzend erhob sie sich, zog ihre Strickjacke an und sammelte ihr Gepäck zusammen. Es war Zeit, nach Hause zu kommen. »Adieu, Jérôme. Danke, dass dir meine Zeichnungen gefallen haben.«

»Du gefällst mir noch viel besser, Maelys.« Jérôme zwinkerte ihr zu und zog einen Kugelschreiber aus seiner Ledertasche. Ehe sie reagieren konnte, schrieb er seinen Namen und eine Telefonnummer auf ihre Zeichenmappe.

»Man kann nie wissen, oder?«

Eins musste sie ihm lassen. Er trug den Korb, den sie ihm gegeben hatte, mit müheloser Leichtigkeit. Auch typisch für französische Männer. Sie nahm die Mappe entgegen und lächelte.

»Stimmt. Man kann nie wissen.«

António.

Zu Schulzeiten war er kein besonders guter Langstrecken-
läufer gewesen. Nicht, dass es ihm an Talent, Kraft oder Ausdauer gemangelt hätte, er hatte einfach nie einen Sinn darin
gesehen, wieso er für eine Blechmedaille stundenlang im
Kreis laufen sollte. Zweifellos wäre sein Sportlehrer überrascht gewesen, hätte er miterlebt, was die richtige Motiva-
tion bei seinem ehemaligen Schüler bewirken konnte.

António flog geradezu durch den von Cafés, Restaurants
und Shops gesäumten Gang, die Augen fest auf die Gatenummern gerichtet. *Fünf, sechs, sieben.* Er wich einem Kinderwagen aus, bremste, schlug Haken wie ein Kaninchen.
Acht, neun, zehn. Die Warteschlange für die Maschine nach
Rom reichte bis über den Gang. Italien war ein weißer Fleck
auf seiner persönlichen Landkarte, er war noch nie dort gewesen.

António verringerte das Tempo und machte den Fehler,
sich nach seinen Verfolgern umzusehen. Als er den Kofferwagen bemerkte, der mitten im Gang stand, war es zu spät.
Er strauchelte, ein brennender Schmerz fuhr durch sein
Schienbein, kurz darauf lag er bäuchlings auf dem grauen
Linoleum. Nachdem er sich fluchend aufgerappelt hatte, befand er sich unversehens auf Augenhöhe mit einer Fünfjäh-
rigen, die ihn aus großen Augen anstarrte und losheulte, als
ihre Mutter sie am Arm packte und von ihm wegriss. António rang sich ein entschuldigendes Lächeln ab, das vermutlich ein bisschen irre aussah – und nutzte die entstandene
Lücke zwischen den Wartenden.

Hinter Gate vierzehn bog er instinktiv nach links ab und
suchte Schutz hinter einem Getränkeautomaten. Den Hinterkopf gegen das kühle Metall gelehnt, wartete er, bis die Wach-

399

männer an ihm vorbeigerannt waren. Beide hatten hochrote Gesichter und brüllten in ihre Walkie-Talkies. Lange würden sie nicht mehr zu zweit sein.

Er zählte bis zehn, ehe er hinter seinem Versteck hervortrat, immer noch schwer atmend und mit der lähmenden Gewissheit, dass er sich mit einem Bein im Gefängnis befand. Nervös blickte er auf die Anzeigentafel. Er musste zu Gate sechsundzwanzig und hatte gerade mal die Hälfte des Wegs geschafft.

Verdammt, das verfluchte Gate könnte sich genauso gut am anderen Ende der Stadt befinden, und vielleicht ... vielleicht ist es ohnehin zu spät und sie sitzt längst im Flugzeug.

»Sind Sie in Schwierigkeiten, Mister?«, fragte jemand in englischer Sprache.

Das Geräusch klickender Handschellen bereits im Ohr, fuhr António zusammen, doch da stand nur ein Kaugummi kauender Teenager. Der Junge warf Münzen in den Automaten und grinste ihn unter seiner Baseballkappe an.

»Kann man so sagen.« Verstohlen schielte António den Gang hinunter. Die Wachmänner konnte er zwischen den Reisenden nicht ausmachen, aber es lag auf der Hand, dass er nicht ungesehen an ihnen vorbeikommen würde.

»Was haben Sie ausgefressen? Dope geschmuggelt?«

Bei aller Verzweiflung musste er lächeln.

»Wenn's nicht wegen Marihuana ist«, der Junge nahm eine Coladose aus dem Ausgabefach und sah ihn neugierig an, »dann garantiert wegen 'ner Lady.«

»Du bist sehr scharfsinnig.«

»Und wieso stehen Sie dann noch hier rum, Mann?«

»Hast du die Uniformierten gesehen? Die haben nicht nur Muskeln, sondern auch Waffen.«

»Na und? Sie haben Grips, oder?«, konterte der Kappenträger und sah ihn eine Weile lang schweigend an. Dann seufzte er und nahm die Baseballmütze ab. »Ziehen Sie die Spießerjacke aus und nehmen Sie das.« Er hielt António die Mütze hin. »Ist 'n Geschenk«, fügte er lässig hinzu.

Es dauerte, bis António begriff, dass man ihm soeben die letzte Möglichkeit aufgezeigt hatte, unbehelligt ans Gate zu kommen. Zu Maelys. Sein Puls beschleunigte sich. Es könnte einen Versuch wert sein. *Nein*, korrigierte er sich lautlos. *Es ist jeden Versuch wert.*

»Ich kann Uniformierte nämlich nicht leiden.« Der Junge nahm den Kaugummi heraus und drückte ihn mit dem Daumen in den Münzschlitz, ehe er zu Gate fünfzehn schlenderte. London Heathrow.

»Danke, Kumpel!«, rief António ihm nach und zog hastig das Jackett aus. Die Kappe war zu klein für seinen Kopf, aber sie saß. Er knöpfte den Hemdkragen auf, krempelte die Ärmel hoch und stopfte mit einem Anflug von Bedauern seine Maßanzugjacke in den Müllbehälter neben dem Automaten. Seinen jungen Helfer konnte er zwischen den Reisenden nicht mehr ausmachen, also zog er das Cap tief in die Stirn und mischte sich unter die Passagiere im Gang.

Gate siebzehn, achtzehn. Sein Herz geriet aus dem Takt, als er einen der Wachmänner erspähte, das Funkgerät an den Mund gepresst, während sein Kollege die Bankreihen inspizierte. António richtete den Blick zu Boden und ging an ihnen vorbei.

Er blieb unbehelligt, während weitere Gatenummern an ihm vorbeizogen. Doch dann unterlief ihm ein weiterer, ein fataler Fehler. Er löste sich aus dem Schutz der Menge und begann zu laufen. Das Szenario, das sich daraufhin eröffnete,

401

hätte sicher großartig in eine von Manuelas melodramatischen Serien gepasst. In seinem Rücken erscholl ein bellender Befehl, Leute schrien auf, liefen auseinander. Ein Sturmtrupp Sicherheitsbeamte, sechs oder sieben Mann, bahnte sich den Weg durch die entstandene Schneise. Und dann verlangsamte sich plötzlich alles. Sein Herzschlag, seine Beine. Er hielt inne, seine Knie zitterten.

Gate sechsundzwanzig. Letzter Aufruf. Hinter dem Panoramafenster sah er den Rumpf der weißen Air-France-Maschine, das Boarding für den Airbus nach Paris lag bereits in den letzten Zügen. Bis auf ein gutes Dutzend Reisende, die geduldig darauf warteten, an die Reihe zu kommen, war der Wartebereich nahezu leer gefegt. Doch Antónios Aufmerksamkeit galt ohnehin nur der zierlichen Frau im schwarzen Kleid, die am Eingang der Gangway stand und sich mit einer Mitarbeiterin der Fluggesellschaft unterhielt. Himmel, ihr Lächeln war ihm so schmerzlich vertraut. Auch hatte sie sich nicht mal die Mühe gemacht, sich vor ihrer Abreise umzuziehen, so dringlich wollte sie fort. Fort von ihm.

»Maelys!« Sein verzweifelter Ruf sicherte ihm die Aufmerksamkeit sämtlicher Fluggäste in der Wartezone. Einige von ihnen wirkten erschrocken, manche beunruhigt, die meisten neugierig. Die Airlinemitarbeiterin wechselte einen alarmierten Blick mit ihrem Kollegen. Nur Maelys hörte ihn nicht.

António erwachte aus seiner Starre, setzte zum letzten, entscheidenden Sprint an – und schnappte nach Luft, als ihm ein stechender Schmerz in die Schulter fuhr.

»Halt, Senhor! Sie befinden sich unbefugt in einem Sicherheitsbereich.« Jemand riss ihn grob zurück, im nächsten Moment strampelte er auch schon im Schwitzkasten eines muskulösen Körpers.

Der andere Wachmann kam seinem Kollegen zu Hilfe und drehte António die Arme auf den Rücken. Stöhnend brach er in die Knie, sein Schultergelenk machte ein hässliches Geräusch. Obwohl ihm schwarz vor Augen wurde, kämpfte er verbissen darum, freizukommen. Doch sie rissen ihn auf die Füße und schleiften ihn rückwärts aus der Wartezone. *Falsche Richtung, verdammt. Ganz falsche Richtung!*

»Geben Sie mir eine Minute, bitte!« Er schmeckte Blut, weil er sich auf die Unterlippe gebissen hatte. »Ich muss…«

»Machen Sie es nicht schlimmer, als es ist, Senhor«, unterbrach ihn eine harsche Stimme, zu der es kein Gesicht gab, das er irgendwann wiedererkennen würde. Die Gangway, die ihm wie das Licht am Ende eines Tunnels vorkam, entfernte sich unbarmherzig von ihm, während Maelys am Kontrollschalter die eingescannte Bordkarte entgegennahm und nichts von dem Tumult bemerkte, der hinter ihr ausgebrochen war.

»Maelys! Warte!«, schrie er und erhielt für sein Aufbegehren sofort die Quittung: einen harten Rippenstoß. Er spürte den Schmerz kaum, gab aber dennoch die sinnlose Gegenwehr auf, um sich mit aller noch vorhandenen Kraft auf den schlanken Rücken zu konzentrieren, den er so gern berührt hätte.

Maelys schob die Bordkarte in ihre Jackentasche und wandte sich dem schlauchförmigen Gang zu. António fiel innerlich in sich zusammen, trotzdem löste er den Blick nicht von ihr. Seine Augen brannten, weil er nicht zu blinzeln wagte, aus Angst, den letzten hauchdünnen Faden zu verlieren, der sie miteinander verband. Es war nur noch eine Frage von Sekunden, bis sie fort sein würde.

Sieh mich an.

In diesem Moment hob sie den Kopf, als hätte sie seine Gedanken tatsächlich gehört. Sie drehte sich um, zeitgleich zog eine Funkdurchsage die Aufmerksamkeit seines Peinigers auf sich. António nutzte die unverhoffte Gelegenheit und riss sich von dem Mann los. Atemlos richtete er sich auf, ihre Blicke trafen sich.

Bitte. Geh nicht. Er wusste nicht, ob er die Worte laut ausgesprochen, geflüstert oder nur gedacht hatte. Sie wirkte nicht überrascht, ihn zu sehen – aber die Leere in ihren porzellanblauen Augen war wie ein Faustschlag in seine Magengrube.

Himmel, sag doch irgendwas! Tu was, du Idiot! António holte Luft und merkte zu seiner Bestürzung, wie seine Entschlossenheit bröckelte. Erneut packten ihn die Wachmänner am Arm. Als die Handschellen um seine Handgelenke einrasteten, zuckte er nicht einmal. Es gab tausend Dinge, die er ihr mitteilen wollte. Wörter. So viele Wörter, die sich in seinem Kopf zu beschwörenden, flehenden und erklärenden Sätzen aneinanderreihten. Keiner davon erschien ihm bedeutend genug – bis auf den einen, den er noch nie zu einer Frau gesagt hatte.

Vielleicht bildete er es sich nur ein, doch sie schien einen winzigen Moment zu zögern. Aber dann glitt ein Ausdruck von Trauer über ihr blasses Gesicht, flüchtig wie ein Lichtstrahl, der mit einer sich öffnenden und wieder schließenden Tür in einen Raum fällt. Sie unterbrach den Augenkontakt und wandte sich mit gesenktem Kopf ab, als wäre er bloß eine Halluzination gewesen.

»Ich liebe dich. Und ich habe eine Höllenangst davor«, flüsterte er im Wissen, dass der Mensch, dem dieses Geständnis galt, es weder hören noch sehen konnte.

Maelys war fort. Endgültig. Er starrte auf den Platz, an dem sie gerade noch gestanden hatte, das Streifenmuster auf dem Linoleum verschwamm vor seinen Augen.

»Netter Versuch, aber sie trinkt zurzeit keinen Kaffee.«

Die fremde Stimme traf ihn wie eine Nadel. Ein Kerl mit roten Turnschuhen grinste ihn mitleidig an und machte eine Geste mit der flachen Hand, die an ein abstürzendes Flugzeug erinnerte. *Puff!*, formten seine Lippen, als die imaginäre Maschine auf dem Linoleum zerschellte. Dann folgte er Maelys in die Gangway.

Verwirrt blickte António ihm nach. Er hatte keine Ahnung, was der Mann ihm hatte mitteilen wollen, aber es war ihm ohnehin gleichgültig. Nichts berührte ihn mehr, weder das Geschrei der Wachmänner noch das Loch, das sie ihm in den Kragen gerissen hatten, und auch nicht die scheuen Blicke der Leute, die in weitem Bogen um den Tross aus Sicherheitsleuten herumgingen. Widerstandslos ließ er sich abführen, in Handschellen wie ein Schwerverbrecher und erfüllt von der schmerzhaften Gewissheit, dass er seine Chance vertan hatte.

Er war ein verdammter Feigling. Nichts anderes zählte.

22. Kapitel

PARIS, IM JULI 2019.
NEUNUNDZWANZIG TAGE SPÄTER.

Maelys.
Valéries Vermieter war ein untersetzter Mittfünfziger mit einer auffälligen Pigmentstörung, die sein Gesicht in zwei Hälften teilte. Stirn und Schläfen waren sonnengebräunt, unterhalb der Augenbrauenlinie hingegen war seine Haut milchweiß wie die eines Säuglings. François Tantoste, von dem Valérie immer behauptete, der liebe Gott habe ihn vergessen, als er den Charme unter den Menschen verteilt hatte, war kein besonders freundlicher Mann. Trotzdem gelang es Maelys nie, ihn ohne Sympathie zu betrachten, weil er sie an den gescheckten dreibeinigen Hund des Obdachlosen erinnerte. Und wer konnte einem solch armen Wesen schon anderes als Nachsicht entgegenbringen, selbst wenn es die Zähne fletschte?

Als Monsieur Tantoste an diesem Morgen, genau neunundzwanzig Tage nach ihrer Rückkehr aus Lissabon, an der Tür der Dachgeschosswohnung in der Rue Martel klingelte, trug er einen grauen Anzug und den Gesichtsausdruck eines Bestattungsunternehmers. Ihr Lächeln beantwortete er mit einem säuerlichen »*Bonjour!*« und wehrte händewedelnd ab, als sie ihn hereinbitten wollte.

»Nicht mal auf einen kleinen *café*, Monsieur Tantoste?« Sie sprach langsam und ohne ihre Hände zu benutzen. Ihr Vermieter gehörte zu der Sorte Mensch, die hochgradig verunsichert im Umgang mit Gehörlosen waren. Zudem hatte er einen Heidenrespekt vor Valérie, weshalb er seine Besuche stets so kurz wie möglich hielt.

»Zeit ist Geld, Mademoiselle!« Er schrie. Das tat er immer, als könne er mit der richtigen Lautstärke schon zu ihr durchdringen. »Womit wir gleich beim Thema wären. Sie haben letzten Monat die vereinbarte Tilgungsrate nicht bezahlt. Ich muss Sie nicht erinnern, welche Konsequenz das nach sich ziehen wird.« Tantoste sah sich um, als sei ihm das eigene Gebrüll peinlich. »Der Wohnungsmarkt steckt in der Krise, Mademoiselle Durant. Die ganze französische Wirtschaft ist eine einzige Krise. Ich kann es mir nicht leisten, eine Summe von ...«

»Dreitausendzweihundertsechsundsiebzig Euro«, unterbrach Maelys ihn und hielt ihm das Kuvert entgegen, harmlos und lindgrün, eins der hübschesten, das sie in Valéries Briefpapierschatulle gefunden hatte. Seit Tagen lag es auf dem kleinen Tisch unterhalb der Garderobe. Maelys wühlte in ihrer Rocktasche und förderte eine Handvoll Fünf- und Zweicentstücke zutage. Zugegeben, sie wollte ihn ein bisschen ärgern, weil er diese eigenwillige Vorliebe für krumme Zahlen hatte. »Und achtundsechzig Cent. Ich glaube, damit wären wir quitt, Monsieur.«

»Oh.« François sah sie verdutzt an, als wäre sie ein Kind, das einen unerwartet klugen Satz gesagt hat. »Es sind nur zweiundvierzig Cent.« Seine blasse Nase zuckte. »Ich bin ein korrekter Mann«, erklärte er und wirkte nicht besonders glücklich darüber.

»Behalten Sie den Rest ruhig, Monsieur Tantoste. Wegen der Krise«, antwortete sie und fragte sich insgeheim, wann sie angefangen hatte, diese Sache mit der Ironie zu kapieren.

Argwöhnisch lächelte er, als er die Münzen in seine Leinenhose steckte und Maelys die Übergabe des Umschlags quittierte. Danach verschwand er so rasch im Treppenhaus, dass sie nicht einmal *Merci* oder *Au revoir* sagen konnte.

Vorbei. Kaum zwei Minuten hatte ihre Entlassung in die Schuldenfreiheit gedauert.

Sie fühlte sich dennoch kein bisschen erleichtert, als sie die Wohnungstür schloss und in die Küche ging. Dort holte sie ihr Handy aus der Schublade, in der Valérie alles verwahrte, was zum Wegwerfen zu schade war, jeden Mantelknopf, jeden Streichholzbrief. Sie stand vor dem alten Küchenbuffet und überlegte, ob sie das Telefon anschalten sollte. Seit ihrer Abreise aus Lissabon hatte António ihr zweimal täglich eine Nachricht geschrieben, eine morgens um neun, eine abends um zehn. Jede einzelne hatte sie ungelesen gelöscht. Warum sie seine Nummer nicht blockierte, wusste sie selbst nicht genau. Dann hatte sie sich eines Morgens dabei ertappt, auf das vertraute Blinksignal zu warten, woraufhin sie zornig das Telefon ausgeschaltet und in die Schublade verbannt hatte.

Das war vor zehn Tagen gewesen, kurz nachdem Valérie ihr per SMS mitgeteilt hatte, dass sie ihr wegen des Vorfalls in Sintra nicht böse sei, sondern sich im Gegenteil bei ihr entschuldigen müsse. Dennoch beabsichtige sie, ihren Aufenthalt in Portugal auf unbestimmte Zeit zu verlängern.

Auf unbestimmte Zeit. Auf eine Erklärung wartete Maelys bis heute, aber sie ahnte bereits, dass der Sinneswandel ihrer Tante mit Eduardo de Alvarenga zu tun hatte. Sie gönnte ihrer Tante ihr spätes Glück – auf die Verbindung zu Antó-

408

nios Familie hätte sie unter den gegebenen Umständen jedoch liebend gern verzichtet.

Zögernd schaltete sie ihr Handy ein. Ihr Herz klopfte zu schnell, als sie in Valéries Zimmer zurückkehrte, während das Gerät hochfuhr. Sie konnte den Raum noch immer nicht betreten, ohne das Gefühl zu haben, in die Privatsphäre ihrer Tante einzudringen. Dabei war sie schon vor drei Wochen von der Couch im Wohnzimmer ins Schlafzimmer umgezogen. Und weil es sich an Valéries Sekretär unter dem Dachfenster viel besser arbeiten ließ als an dem winzigen Küchentisch, waren ihr nach und nach auch ihre Habseligkeiten gefolgt.

Das Gerät vibrierte. Nervös schielte Maelys auf das Display. Eine neue Nachricht. Vier Tage alt und von Valérie, nicht von António. Geistesabwesend öffnete sie die SMS und ärgerte sich über sich selbst. Sie sollte froh sein, dass er es damit endlich aufgegeben hatte. Stattdessen war sie enttäuscht. *Merde.*

Sie seufzte, nachdem sie die Nachricht ihrer Tante gelesen hatte. Danach wandte sie sich dem riesigen Kleiderschrank zu, der sich nur öffnen ließ, wenn man das Bett so weit nach links rückte, bis es die Zimmertür blockierte. Valérie bat sie darum, ihr ein paar Abendkleider zu schicken, woraus unschwer zu schließen war, dass Madame Aubert nicht gedachte, ihren Urlaub in absehbarer Zeit zu beenden.

Abgesehen von einigen bunten Seidentüchern waren alle Kleidungsstücke schwarz und legten damit ein stummes Zeugnis von Valéries Trauer über den Verlust ihrer großen Liebe ab. Ganz hinten, in Folie eingewickelt, hing der gelbe Mantel, den die Tante ihr letzten Winter geliehen hatte, weil kein Geld für einen neuen warmen Mantel da gewesen war. Ob Valérie vergessen hatte, dass Frédos Sardinenbrosche noch immer am Revers steckte?

Vorsichtig zog Maelys den schweren Tweedstoff aus dem Schrank und legte ihn aufs Bett. Jetzt, da sie um die Geschichte hinter dem Schmuckstück wusste, kam es ihr vor, als sähe sie die Brosche zum ersten Mal. Ihre Finger zitterten, als sie die winzigen Schuppen des Fischs betastete.

Die Sardine ist das Tier des heiligen António, des Schutzheiligen von Lissabon, und steht für alles, was ich liebe. Mein Zuhause, meine Familie. Und dich. Solange du sie trägst, werden wir einander nie vergessen, egal, was passiert.

Die eigene Trauer, die sie seit Wochen verdrängt hatte, überwältigte sie so überraschend, dass sie nach Luft schnappte. Sie rang um Fassung, doch es war zu spät. Tränen liefen ihr die Wangen herunter, während Antónios Gesicht vor ihr auftauchte, am Gate auf dem Flughafen. Die Bitte in seinen umschatteten Augen. Die Hand, die er nach ihr ausgestreckt hatte, als sich ihre Blicke berührt und viel zu schnell wieder verloren hatten. Sie hatte gehofft, dass er sie aufhalten würde. Doch er hatte nichts gesagt. Kein Wort.

Zorn und Enttäuschung. In den Wochen seit ihrer Rückkehr hatte sie alles unternommen, um nichts darüber hinaus zu empfinden. Lissabon war weit weg, und Paris erforderte Aufgaben, die ihr keinen Raum zum Nachdenken ließen. Frühmorgens machte sie Gymnastik, putzte die Wohnung und gönnte sich nach einer ausgiebigen Dusche einen *café au lait* in Monsieur Pouparts Boulangerie. Den Rest des Vormittags spazierte sie auf den Spuren ihrer Tante durch Paris, wo sie Stunden auf Parkbänken, Kirchenstufen und am Ufer der Seine verbrachte und das blaue Tagebuch ihrer Tante mit Buntstiftskizzen verzierte, die Valéries und Frédos tragische Geschichte zum Leben erweckten.

Sie zeichnete alles, was ihr einfiel: den geblümten Puppenkoffer, das rote Cabrio und das Petersilienmädchen an der Ampel. Renard in seiner Conciergeuniform hinter der Rezeption, Montéclair, rauchend, die Füße auf dem Schreibtisch. Frédo, wie er mit hochgeschlagenem Mantelkragen im Regen vor dem Opernhaus wartete, Yvette, die eine Champagnerflasche hinter der Rüschenschürze versteckte. Den Kuss auf den Stufen von Sacré-Cœur, ein zerwühltes Bett im Licht einer einzelnen Kerze. Alain Dupré, der an einer Artischocke schnupperte, Fleur und Rachelle, die in Miniröcken vor dem Schaufenster von Dior aufmarschierten. Einen Wasserspeier mit Richterperücke. Und Dona Maria auf der Matratzenkante, den Chinchilla abgelegt wie ein Schoßhündchen.

Um zwölf Uhr mittags radelte sie zum Marché des Enfants Rouges, um in Hadirs Garküche zu spülen. Am Spätnachmittag porträtierte sie Touristen auf der Place du Tertre, abends arbeitete sie an der Mappe für das kommende Semester, um schließlich gegen Mitternacht todmüde ins Bett zu fallen. Sie träumte von Professor Ledoux' überfülltem Studiensaal, in dem es keinen Sitzplatz für sie gab – und manchmal auch von António, der sich von Manuela eine dreistöckige Austernplatte ans Bett bringen ließ.

Abgesehen von den Albträumen funktionierte ihre Verdrängung hervorragend. Auch wenn sie sich manchmal einsam in der leeren Wohnung fühlte, befand sie sich doch in einem Zustand ohne besondere Höhen und Tiefen, in dem es sich gut leben ließ. Zumindest hatte sie sich das bis vor wenigen Minuten einreden können.

Zorn und Enttäuschung. *Sacrebleu*, wie war es nur möglich, dass der Anblick einer einfachen Kupferbrosche genügte, um all die anderen ungebetenen Gäste ins Haus zu holen, die sie so erfolgreich ausgesperrt hatte? Traurigkeit,

Schmerz. Und Sehnsucht. Eine verzweifelte Sehnsucht nach dem abgesplitterten Stück ihres Herzens, das in Lissabon zurückgeblieben war. Bei António.

»*Merde, merde, merde!*«, schimpfte sie vor sich hin, wischte sich mit dem Handrücken über die Augen und hängte den Mantel in den Schrank zurück. Wahllos nahm sie einige der schwarzen Kleider von der Stange und warf sie samt Bügel in Valéries kleinen Reisekoffer. Gleich morgen früh würde sie ihn zur Post bringen.

Sie blickte zur Wanduhr, deren Zeiger sich nicht von der Stelle bewegten, was bestimmt daran lag, dass sie heute freihatte. Ihr wäre es nur recht, jeden Tag im Imbiss zu arbeiten, solange Semesterferien waren, aber Hadir bestand darauf, dass seine Mitarbeiter einen Tag pausierten. Trotzdem beschloss sie, ins Marais zu radeln. Frische Sommerluft, ein paar freundliche Gesichter und ein Glas Minztee waren eine gute Ablenkung. Und wenn Hadir eine Zigarettenpause einlegte, würde er zu ihr an den hübschen Mosaiktisch unter dem Sonnensegel kommen und mit ihr plaudern.

Beflügelt von dem Gedanken, der Wohnung zu entkommen, die ihr plötzlich viel zu groß und aufgeräumt vorkam, zog sie sich ein marineblau-weiß gestreiftes Kleid und Sandalen an. Im Badezimmer malte sie sich mit Valéries Chanel-Lippenstift einen roten Mund und ließ eiskaltes Wasser über ihre Handgelenke laufen, bis sie im Spiegel das nichtssagende Lächeln wiederfand, mit dem sie der Welt in den letzten neunundzwanzig Tagen demonstriert hatte, dass alles in bester Ordnung war.

Irgendwann wird der Schmerz schon vergehen. Ich muss nur geduldig sein.

António.

Die ehemalige Crêperie befand sich im Quartier Latin, in einer ruhigen Seitengasse, die von der belebten Place de la Contrescarpe abzweigte. Da es an dem Gebäude keine Hausnummer gab, war er zunächst daran vorbeigegangen. Jetzt stand er vor der graffitibeschmierten Fassade, die Hände in den Taschen seiner Jeans vergraben, und musterte die mit Spanplatten vernagelten Fenster und das verrostete Ladenschild an der Hauswand. Die tannengrüne Tür hatte etliche Kratzer und keine Klinke, was ihm wider Willen ein Lächeln entlockte. Während seiner Studienzeit hatte er oft gedacht, dass Lissabon und Paris einander gar nicht so unähnlich waren. Die Stadt an der Seine verstand sich einfach nur sehr viel besser darauf, ihre Makel zu überschminken und sich in ein glamouröses Licht zu rücken.

Seine Verabredung ließ sich Zeit. Nachdem er tagelang versucht hatte, die Hausbesitzerin ans Telefon zu bekommen, wunderte ihn das ebenso wenig wie die Tatsache, dass das Ladenlokal nicht längst vermietet war. Zwar war die Lage ausgesprochen exponiert, aber die Pacht war unverschämt hoch. Zudem schien diese Madame Roussell ein harter Knochen zu sein, so unfreundlich, wie sie am Telefon geklungen hatte. Wenn er ehrlich war, wusste er selbst nicht so genau, warum er auf den Besichtigungstermin gedrängt hatte. Aus Neugier vielleicht oder wegen des seltsam vertrauten Gefühls, das ihn beim Anblick der Bilder auf der Immobilienplattform im Internet ergriffen hatte.

»Damit Sie es gleich wissen, junger Mann: Das Ganze ist auf dem Mist meiner Tochter gewachsen und vollkommene Zeitverschwendung. Ich habe nicht vor, den Laden zu vermieten.«

Er drehte sich überrascht um. Die Frau, die ihn angesprochen hatte, war klein und sehr schlank, trug ein schlichtes Kostüm und ein türkisfarbenes Tuch, das sie sich wie einen Turban um den Kopf gebunden hatte. Die Hälfte ihres faltigen Gesichts wurde von einer Sonnenbrille bedeckt. Sie machte sich weder die Mühe, diese abzunehmen, noch ihm die Hand zu reichen. Wäre ihr Französisch nicht akzentfrei gewesen, hätte er gewettet, sie sei Spanierin oder Portugiesin. Vor allem aber gehörte sie zu den Frauen, mit denen er sein ganzes Leben lang zu tun gehabt hatte: selbstbewusste, stolze Patriarchinnen, die nichts mehr hassten, als wenn andere Leute ihnen Entscheidungen abnahmen.

»Das trifft sich gut, Madame Roussell. Ich habe Ihr Objekt auch nicht wirklich in Betracht gezogen.« Er ließ den Blick über die Hausfassade wandern. »Ich kann es mir schlichtweg nicht leisten.«

»Ach ja? Und wieso sind wir dann hier?«

»Die Frage gebe ich gern an Sie zurück, Madame.«

Sie starrte schweigend auf die klinkenlose Tür. António straffte die Schultern und begann lautlos zu zählen. Bei sechs schob sie die Brille hoch und musterte ihn aus bestechend intelligenten Augen, die ihn an die von Valérie Aubert erinnerten. Als er bis zehn gezählt hatte, seufzte sie, bei dreizehn zog sie eine messingfarbene Türklinke aus der Handtasche. Er biss sich auf die Zunge, um nicht laut aufzulachen.

»Wenn wir schon mal hier sind, können wir auch reingehen. Wie war Ihr Name doch gleich?«

»António. António de Alvarenga.«

»Sie sind kein Franzose.«

»Portugiese.«

»Und was haben Sie in Paris so vor, Monsieur de Alvarenga?«

Sein Herz schlug schneller. Jetzt hatte sie ihn also doch erwischt. Eine einzige harmlose Frage und er kehrte gedanklich in die Bibliothek der Quinta zurück, wo er endlich das längst fällige Gespräch mit seinem Großvater führte, nachdem dieser ihn aus dem Gefängnis geholt hatte.

Es war eine Aussprache auf Augenhöhe gewesen, bei der sich keiner von ihnen seiner Gefühle geschämt hatte. António nicht, als er gestand, wie sehr ihm die Verantwortung für das Gloriosa zusetzte, und auch Eduardo nicht, der zwar keinen Hehl aus seiner Enttäuschung gemacht hatte, es aber zu guter Letzt mit Fassung trug, dass sein Enkel nicht in seine Fußstapfen treten wollte. Nach diesem Abend hatte António sich unendlich befreit gefühlt – und ebenso allein wie der elternlos gewordene Junge, der er einmal gewesen war, bevor er sich im Mercado da Ribeira an Vovôs Westenzipfel gekrallt hatte.

»Ehrlich gesagt, bin ich mir noch nicht sicher. Ich habe einen Plan, weiß aber nicht, ob er funktionieren wird«, sagte er aufrichtig.

Die alte Dame quittierte seine Worte mit einem Lachen, das wie Backpapier knisterte.

»Man kann zumindest nicht behaupten, dass sie Angst davor hätten, die Wahrheit zu sagen. Die Gastronomie war noch nie ein sicheres Geschäft. Glauben Sie mir, niemand weiß das besser als ich.« Ein Schatten verdunkelte ihr Gesicht, bevor sie die Klinke in das dazugehörige Schloss steckte. »Passen Sie auf den Türsturz auf, der hat schon manch großspurigem Kerl einen schmerzhaften Denkzettel verpasst«, sagte sie lakonisch und warf ihm einen prüfenden Blick über die Schulter zu. »Tun Sie das wegen einer Frau?«

»Nicht nur«, antwortete António, ehe er den Kopf einzog

und Madame Roussell auf ausgetretenen Treppenstufen in den schummrigen Gewölbekeller folgte. Es roch nach morschem Holz, Staub und verloren gegangenen Träumen – die perfekte Voraussetzung, eigene zu erschaffen. »Es soll ein Neuanfang sein«, fügte er leise hinzu. »Zumindest hoffe ich das.«

Maelys.

»Das ist eine gute Geschichte. Du solltest ein Buch daraus machen.«

Maelys schüttelte verlegen den Kopf. Sie fühlte sich benommen, aber auch seltsam leicht. Wie lange saßen sie schon an dem Mosaiktisch, das drei Bierdeckel unter dem Eisenfuß benötigte, um nicht zu wackeln? Zwei oder drei Stunden? Ihr fehlte jegliches Zeitgefühl, aber es war lange genug gewesen, um sich ihrem väterlichen Freund anzuvertrauen. Und wenn sie in Hadirs zimtfarbene Augen schaute, fragte sie sich, warum sie es nicht schon viel früher getan hatte.

»Ich glaube nicht, dass es Tante Valérie gefallen würde, wenn jeder ihre Tagebücher lesen könnte.«

»Von dieser Geschichte rede ich auch nicht.« Hadir schmunzelte, während Zigarettenrauchringe über seinem grauen Kraushaar aufstiegen und sich im Blassblau des Mittaghimmels auflösten. »Ich meinte deine.«

Sie spürte, wie sich ihre Miene verschloss. »Ich habe nichts, was sich aufzuschreiben lohnt. Nichts, das ein vernünftiges Ende hätte, du hast es doch gerade selbst gehört.«

»Ein vernünftiges Ende? Das haben die wenigsten wahren Geschichten.« Er gähnte und zeigte seine goldenen Backenzähne. »Dem Leben ist es nämlich ganz egal, ob du Honig oder Zitrone in deinen Tee träufelst. Leider trauen sich die meisten Menschen nur nicht, den Löffel in die Hand zu nehmen.«

»Hadir, ich habe keine Ahnung, was du mir damit sagen willst. Aber es klingt sehr poetisch.«

»Das Leben *ist* Poesie. Sieh dich doch um.« Er deutete auf die Imbissbuden, über denen bunte Lampions und der verheißungsvolle Duft ferner Länder schwebten.

In dem überdachten Hinterhof, der früher einmal zu einem Waisenhaus gehört hatte, kamen täglich Menschen aus verschiedensten Ländern zusammen, um einzukaufen, zu essen und zu plaudern. Selbst wenn die meisten von ihnen nicht dieselbe Sprache sprachen, schienen sie doch durch ein unsichtbares Band der Wertschätzung verbunden, das nach Lamm-Tajine, Pasta Milanese und Crêpes schmeckte. Wenn es Orte gab, an denen Lieder und Geschichten geboren wurden, dann gehörte der Marché des Enfants Rouges mit Sicherheit dazu.

»Wenn du mich fragst«, Hadir beugte sich nach vorn und tippte auf ihre Zeichenmappe, »befindet sich das passende Ende zu deiner Geschichte direkt vor dir. Stellt sich nur die Frage, ob du es erkennen wirst, *menina*.«

»Du sprichst Portugiesisch?«

»Manchmal.« Er zuckte die Achseln. »Wir sind im Marais, schon vergessen?«

»Nein. Das habe ich nicht vergessen.«

»Dann ist es ja gut.« Der Alte tätschelte ihren Arm und erhob sich schwerfällig von dem Eisenstuhl. »Ich fühle mich sehr geehrt, dass du mir deine schönen Bilder gezeigt hast, Maelys. Jetzt gehe ich besser mal rüber, bevor uns die neue Aushilfe sämtliche Teller zerschlägt, weil sie die Augen nicht

417

von meinem Enkel lassen kann. Es wird schwer sein, einen guten Ersatz für dich zu finden, wenn du im Herbst wieder in die Schule gehst.«

Sie sah ihm nach, wie er, steif vom langen Sitzen, zur Garküche humpelte, es jedoch unterwegs nicht versäumte, seine Gäste nach weiteren Wünschen zu fragen. Hadir war ein Vollblutgastronom wie Eduardo de Alvarenga, bei dessen Anblick sich früher bestimmt auch sämtliche Mitarbeiterrücken gestrafft hatten.

Gedankenlos strich sie über die Rillen, die Jérômes Kugelschreiber in den Schutzumschlag der Mappe gedrückt hatte. Sie kannte seine Telefonnummer mittlerweile auswendig, da sie die Zahlenfolge tagtäglich vor Augen hatte.

Das passende Ende zu deiner Geschichte befindet sich direkt vor dir. Meinte Hadir damit, dass sie sich bei ihrer Zufallsbekanntschaft vom Flughafen melden sollte? Valérie wäre sicher begeistert, schließlich war Jérôme Gebärdendolmetscher und das Kind gehörloser Eltern. Er kannte und verstand ihre Welt. Und er war nett.

Warum eigentlich nicht?

Weil nett nicht reicht. Es hat schon bei Pierre nicht gereicht, oder hast du das schon vergessen?

Sie betrachtete die Beine und Füße der Marktbesucher. Helle, dunkle, dünne, dicke. Röcke, Hosen, Kleider. Sandalen, Flip-Flops oder elegante Schnürschuhe. Sie hätte gern gewusst, welche Geräusche sie auf dem Pflaster machten.

Vielleicht rufe ich Jérôme morgen an. Oder nächste Woche. Schließlich muss ich noch einige Zeichnungen für das kommende Semester fertigstellen. Ja, nächste Woche ist gut.

Entschlossen zog sie einige Skizzen aus ihrer Mappe und breitete sie auf dem Tisch aus, bis die Mosaikplatte ganz von ihnen bedeckt war. Es war schon seltsam. Seit sie beschlossen hatte, Professor Ledoux' Bemerkung »Da ist wohl noch mehr Luft nach oben« nicht als Kränkung, sondern als Hinweis, ja sogar als Ermutigung zu verstehen, war eine sonderbare Veränderung mit ihr vorgegangen.

Angefangen hatte es mit dem Bild von Eduardo am Vogelbrunnen, dessen Hintergrund sie eines Abends mit Pastellkreiden koloriert hatte, um das sanft-verwaschene Morgenlicht von Sintra einzufangen. Danach hatte sie den alten Mann mit Zeichenkohle und Buntstiften aus der Zweidimensionalität des Blatts befreit, auch wenn er sich – ganz Eduardo – ordentlich dagegen gesträubt hatte. Erst jetzt, mit zeitlichem Abstand, erkannte sie, wie gut die neue Mischtechnik funktionierte: Man roch die feucht-schwere Waldluft der Serra de Sintra auf dem Papier förmlich, und Eduardo blickte so erschrocken unter der Hutkrempe hervor, als hätte man ihn dabei erwischt, eine Leiche im Palmengarten zu vergraben.

Noch eine Erinnerung, die sie mit Wehmut erfüllte. Bedauernd dachte sie daran, dass sie sich nicht von Antónios Großvater verabschiedet hatte. Niemandem hatte sie Adieu gesagt, weder Eduardo noch Senhor Tavares und auch nicht Rosária, der sie am Tag ihrer überstürzten Abreise noch ihre Adresse gegeben hatte. Die Köchin hatte so von Paris geschwärmt. »Eines Tages, wer weiß«, hatte Rosária augenzwinkernd geantwortet, aber nicht so ausgesehen, als nähme sie die Einladung für bare Münze. Ihre Reaktion glich ihrer eigenen, damals, als António seine private Handynummer auf die Visitenkarte des Gloriosa geschrieben hatte. *Komm nach Lisboa*, hatte er gesagt. *Ich verspreche, du wirst es nicht bereuen.*

Das Verrückte war, dass sie es tatsächlich nicht bereute. Keine Sekunde.

Maelys stützte das Kinn in die Handflächen und starrte auf das kaugummigetupfte Pflaster zwischen den Ständen, bis das Brennen in ihren Augen nachließ. Dann atmete sie tief ein und schloss für einen Moment die Lider.

Taub zu sein hatte *einen* großen Vorteil. Es brauchte nicht viel, um augenblicklich allein zu sein. Man machte einfach die Augen zu, und es war, als hätte man in einem viel zu hellen Zimmer den Lichtschalter heruntergedimmt. Plötzlich war man von wohltuender Dunkelheit umgeben.

Erst nach einer geraumen Weile bemerkte sie, dass ein Schatten auf ihr Gesicht gefallen war. Anscheinend war jemand vor ihrem Tisch stehen geblieben, hatte sie vielleicht sogar angesprochen. Sie schirmte die Augen mit der Hand vor der Sonne ab und blinzelte, bis die tanzenden Punkte auf ihrer Netzhaut verschwanden und die Silhouette des Mannes ein Gesicht mit Bart und Brille bekam. Ihr Herz geriet für einen winzigen Moment aus dem Takt, als sie Sébastien Ledoux erkannte.

António.

Er war noch immer benommen, als er zwei Stunden nach der Unterschrift, die er unter den Pachtvertrag für Madame Roussells Laden gesetzt hatte, vor dem Au Clairon des Chasseurs hin- und her ging und nach einem freien Tisch Ausschau hielt. Wie schon in den letzten Tagen ein nahezu unmögliches Vorhaben, weil schätzungsweise hundert andere Leute dieselbe Idee hatten.

Touristen. In den Sommermonaten fielen sie wie die Heuschrecken über das am höchsten gelegene Viertel der Stadt her, das neben seiner weißen Basilika und dem berühmten Künstlerplatz noch etliche andere Sehenswürdigkeiten zu bieten hatte.

»*Putain*, António!«, hörte er eine Stimme sagen. Als er sich umdrehte, grinste ihn ein Kellner mit Schiebermütze an. »Sag bloß, du bist noch immer auf der Suche nach deinem Polaroidmädchen.«

»Ja und nein«, antwortete António lächelnd.

»Heißt das, du hast sie gefunden?«

»Die Frau auf dem Foto habe ich tatsächlich gefunden. Sie war nur nicht die, die ich wollte.«

Mathéo glotzte ihn mit offenem Mund an, dann schlug er ihm so heftig auf den Rücken, dass ihm die Luft wegblieb.

»Du portugiesisches Schlitzohr!«, rief er und wirkte so beeindruckt, dass António sich eine Erklärung ersparte. Sollte der Franzose ihn ruhig für einen Casanova halten, solange er ihm einen Stuhl und einen Pastis mit Eiswasser besorgte.

Nur ein Glas. Zur Beruhigung. Er sah auf sein Smartphone. Viertel nach vier. Gegen fünf würde Maelys ihre Staffelei unter den Bäumen aufstellen. Er hatte feuchte Hände, obwohl er sich tagelang auf diesen Moment vorbereitet hatte. Heute würde er es wagen – und es bei einem Versuch belassen, weil er sie keinesfalls belästigen wollte. Er fühlte sich schon unwohl genug damit, dass er sie wie ein abgewiesener Verehrer aus der Ferne beobachtet hatte, aber er hatte die Zeit gebraucht. Er schloss die Augen, dachte an das kleine portugiesische Spezialitätenrestaurant im Quartier Latin, das bisher nur in seiner Vorstellung existierte. *Sie mag mich, das weiß ich genau. Ich muss dieses Mal einfach nur alles richtig machen und hoffen, dass es nicht zu spät ist.*

»Hier ist noch ein Stuhl frei, Monsieur! Der junge Mann kann sich gern zu uns setzen.« Die Stimme kam ihm vage bekannt vor.

»Das ist überaus freundlich von Ihnen, Madame.« Mathéo klopfte António auf die Schulter. »Heute ist kein Tag, um wählerisch zu sein, *mon ami*. Nimm den Platz, die alten Leutchen hocken da schon seit Stunden und halten Händchen. Sie verschwinden sicher bald ins Hotel«, raunte er belustigt, ohne das überfreundliche Lächeln zu unterbrechen, das ein französischer Kellner nur dann für einen Gast erübrigte, wenn dieser ihm in puncto Kaltschnäuzigkeit das Wasser reichte. Und das war zweifellos eine von Valérie Auberts leichtesten Übungen.

Was zum... Zu benommen, um sich zu widersetzen, ließ António sich von Mathéo zu dem Tisch neben der Eingangstür der Brasserie schieben. Er blinzelte, doch die Halluzination war keine.

»Vovô? Madame Aubert?«, sagte er entgeistert. »Was macht ihr denn hier?«

Maelys.
Eigentlich hatte sie viel früher damit gerechnet, ihrem Professor erneut im Marché zu begegnen. Schließlich wohnte er im Viertel, und als waschechter Pariser ging Sébastien Ledoux selbstverständlich nicht im Discounter um die Ecke einkaufen. Doch es war eine Sache, sich gedanklich für die Begegnung mit einem Menschen zu wappnen, dem man aus unerfindlichem Grund eine bedeutsame Rolle im eigenen Leben zuschrieb – und eine völlig andere, wenn die betreffende Person plötzlich leibhaftig vor einem stand.

Er war dünner, als sie ihn in Erinnerung hatte, und wirkte

erschöpft, als koste ihn das Gewicht seines Weidenkorbs zu viel Energie, um mehr als ein schiefes Lächeln für sie zu erübrigen. Allein dieses Lächeln brachte Maelys derart durcheinander, dass sie nicht imstande war, es zu erwidern.

»*Bonjour*«, sagte er.

»*Bonjour, Monsieur Ledoux*«, murmelte sie.

Ein Ausdruck von Verunsicherung erschien auf seinem kantigen Gesicht, aber diesmal suchte er keinen Vorwand, um rasch weitergehen zu können. Zu ihrer Überraschung stellte er den Einkaufskorb ab und zeigte zu Hadirs Garküche hinüber. »Sie arbeiten heute nicht?«

»Nein. Ich habe heute frei«, sagte sie. »Das heißt, ich habe nicht wirklich frei«, verbesserte sie sich. »Ich fahre gleich zur Place du Tertre, um Touristen zu malen. Ein Porträt mit Kohlestiften kostet zwanzig Euro, aber manchmal mache ich auch einen Sonderpreis. Je nachdem.«

Mon Dieu, sie plapperte drauflos wie die einundzwanzigjährige Valérie aus den blauen Tagebüchern. Fehlte nur noch, dass sie ihm der Vollständigkeit halber mitteilte, dass sie aus der Bretagne kam.

Er nickte stumm, während sein Blick auf ihre Zeichnungen fiel. Ihr Puls schoss in die Höhe, aber sie widerstand dem Reflex, sie mit den Armen zu bedecken. Stattdessen griff sie nach einem Bleistift, setzte eine schwungvolle Signatur unter die nächstbeste Skizze und sah ihn herausfordernd an.

»Ich habe Sie seit einiger Zeit nicht mehr gesehen, Mademoiselle Durant.«

Sie war so verblüfft, weil er sie mit Namen angesprochen hatte, dass ihr der Bleistift aus den Fingern fiel. Er rollte über ihre Zeichnungen und blieb kurz vor der Tischkante liegen, Millimeter vom freien Fall entfernt.

Ledoux wusste, dass sie seine Studentin war. Er wusste es.

»Ich war ... äh ... im Urlaub. In einem sehr langen Urlaub. Lissabon.«

»Ach wirklich?« Seine Augen wanderten erneut über den Tisch, während Maelys innerlich aufstöhnte.

Hatte sie ihrem Professor gerade tatsächlich erzählt, dass sie ein halbes Semester lang die Akademie geschwänzt hatte, um Urlaub zu machen? *Merde.* Warum faltete sie nicht gleich ein Schiffchen aus ihrem Stipendium und ließ es die Seine herunterschippern?

»Offensichtlich hat Ihnen die Auszeit gutgetan.«

»Pardon?« Maelys riss die Augen auf. Von allen möglichen Reaktionen war Verständnis das, was sie von Ledoux am allerwenigsten erwartet hätte.

»Ich kenne Lissabon nicht, aber es scheint mir eine inspirierende Stadt zu sein.« Ledoux ließ den Zeigefinger über den Tisch wandern. »Das wiederkehrende Element ist eine schöne Idee. Es gibt den Stadtansichten eine persönliche, emotionale Note.«

Er nickte beifällig, als gefiele ihm wirklich, was er sah. Das Seltsame war, dass er nicht mal überrascht wirkte. Sie hingegen fühlte sich kurz vor einer Ohnmacht – wegen des unerwarteten Lobs und weil sie viel zu flach atmete.

»Das ist sie«, sagte sie leise. »Lisboa ist wirklich wunderschön.« Damit war alles gesagt. Das wusste sie in dem Moment, als Sébastien Ledoux sich nach dem Einkaufskorb bückte.

»Dann sehen wir uns im September, Mademoiselle Durant?«

»Wir sehen uns im September«, bestätigte sie und ärgerte sich, dass sie nicht imstande war, mehr als ein Echo seiner Worte zu sein.

»Das freut mich.« Er zwinkerte ihr zu. »Den Preis für Ihre Porträts sollten Sie übrigens überdenken. Sie sind sicher mehr wert als zwanzig Euro. Immerhin sind Sie eine Studentin der ENSBA.«

»Ich werde darüber nachdenken.« Endlich fühlte sich ihr Lächeln echt an, auch wenn Ledoux es nicht mehr sah, weil er ihr bereits den Rücken zugewandt hatte. »Monsieur Ledoux?«, rief sie ihm nach. »Entschuldigen Sie, falls die Frage dumm sein sollte, aber ... welches wiederkehrende Element haben Sie gemeint?«

Er kehrte an den Tisch zurück und begann die Blätter auf dem Tisch hin und her zu schieben. Dann tippte er nacheinander auf die neu angeordneten Bilder.

»Der junge Mann. Er taucht ständig in Ihren Zeichnungen auf. Oft bestimmt er das Hauptmotiv, auf anderen Bildern muss man ihn erst entdecken. Aber er ist immer da.«

Er ist immer da. Noch Minuten später, nachdem der Professor gegangen war, starrte sie auf ihre Zeichnungen.

António auf der Vespa. Das Liebespaar auf der Aussichtsplattform. António am Fuß einer steilen Treppengasse unter einem Baldachin von Betttüchern. António in der Spülküche und auf den Steinstufen am Tejo. Sogar unter den eingemeißelten Steinfiguren an Eduardos Vogelbrunnen befindet sich sein Gesicht.

Sie atmete jetzt stoßweise, und ihr wurde ein bisschen übel. Ledoux hatte recht, und auch Hadir hatte es gesehen. Nur sie nicht. In Lissabon hatte sie ganz automatisch und bei jeder Gelegenheit zum Bleistift gegriffen, weil es so viele schöne Momente gab, die sie unbedingt hatte festhalten wollen. Sie war einem Gefühl gefolgt, ohne groß darüber nachzudenken, was sie da eigentlich zeichnete, geschweige denn,

425

warum. Dass António de Alvarenga offenbar ein wichtiger Teil, wenn nicht sogar der Auslöser für dieses Gefühl war, war ihr entweder nicht bewusst gewesen oder sie hatte es verdrängt. Bis heute.

Hadir warf ihr über die Theke einen fragenden Blick zu. *Alles in Ordnung? Brauchst du was?* Maelys schüttelte den Kopf. Dann schloss sie die Augen und erlaubte sich zum ersten Mal seit Wochen, ehrlich mit sich selbst zu sein.

Ich vermisse ihn. Ich vermisse António so sehr, dass es überall wehtut, auch dort, wo es eigentlich gar nicht wehtun sollte. An den Haarwurzeln, zwischen den Brauen, in den Fingerknöcheln. Sogar im kleinen Zeh. Und natürlich weiß ich genau, welches Ende ich meiner Geschichte geben würde, wenn ich die Wahl hätte.

Das Problem ist bloß, dass ich keine Ahnung habe, was ich mit dieser Erkenntnis anfangen soll.

23. Kapitel

PARIS, PLACE DU TERTRE, ZUR SELBEN ZEIT.

António.

Meu Deus, die beiden hatten ihm gerade noch gefehlt!

»Ich warte auf eine Antwort«, sagte António finster und verschränkte die Arme vor der Brust. Sein Großvater und Madame Aubert wechselten einen Blick.

»Willst du dich nicht erst mal setzen?«, fragte Vovô und rückte mit dem Fuß einen Stuhl beiseite. Seine Hände hatte er nicht frei, da sein linker Arm um Valérie Auberts Schultern lag, die rechte Hand ruhte auf ihrem Knie.

António zögerte, schielte auf sein Handy und dann zum Künstlerplatz, der ein einziges Gewusel war.

»Für einen Kaffee reicht es. Oder du bestellst dir einen Pastis, auch wenn es eigentlich noch zu früh dafür ist«, sagte Madame Aubert.

Er hatte keine Ahnung, was ihn mehr irritierte: dass sie ihn duzte oder ihr hintergründiges Lächeln, das mehr zu wissen schien als das Pokergesicht, zu dem es gehörte.

Widerwillig ließ er sich auf dem Stuhl nieder. »Ihr seid doch nicht ernsthaft nach Paris gekommen, um mir hinterherzuspionieren? Woher wusstet ihr überhaupt, dass ich auf der Place du Tertre sein würde?«

427

»Oh, das wussten wir nicht.« Valérie Auberts Mund wurde ganz schief, so offensichtlich bemühte sie sich, nicht laut loszulachen. »Aber ich kenne meine Nichte. Sie ist so berechenbar wie ein Reh, das jeden Tag zur selben Uhrzeit auf der Lichtung erscheint.« Wieder tauschten die beiden den bedeutungsschweren Blick zweier Verschwörer, die nicht nur über einen Schulterschluss verbunden waren.

»Du oder ich?« Beiläufig strich Eduardo mit dem Daumen eine rote Strähne hinter das Ohr seiner Freundin. Die Geste war zärtlich und so intim, dass António wegsehen musste. Sein Blick blieb an der Kragenschleife von Madame Auberts lavendelblauem Kleid haften, in dem die alte Dame ungewohnt mädchenhaft wirkte.

»Ich lasse dir gern den Vortritt«, raunte sie und lehnte den Kopf an Vovôs Schulter, als ob er genau dorthin gehörte.

Eduardo nickte. »Wir sind aus verschiedenen Gründen hier. Spontan übrigens, schließlich weiß man nie, wie lange es noch …«

»*Sacrebleu*, Édou!« Valérie gab ihm einen unsanften Klaps. »Komm jetzt nicht mit der albernen Greisennummer um die Ecke. Du bist gesund und in bester Kondition.«

»Du musst es ja wissen.« Vovô grinste anzüglich und führte Madame Auberts Hand an die Lippen.

»Stopp!« António fühlte sich unbehaglich und verwirrt. »Können wir bitte zur Ausgangsfrage zurückkehren?«

»Es gibt Neuigkeiten, die dich interessieren dürften.«

»Und deshalb fliegt ihr extra nach Paris? Hätte es nicht ein Anruf getan?«

»Ist es heutzutage nicht mehr üblich, einander ins Gesicht zu sehen, wenn man miteinander spricht?« Vovô deutete verächtlich auf Antónios Handy. »Was ist nur los mit euch jungen Leuten? Man möchte meinen, ihr könntet ohne diese Dinger nicht mehr atmen.«

»Das sagt ja der Richtige«, konterte António. »Ich erinnere mich dunkel, dass du bis vor Kurzem ausschließlich mit mir übers Telefon kommuniziert hast.«

»Das lag an den Umständen.« Eduardo wurde rot, während Valérie Aubert mit einem vernehmlichen Räuspern nach ihrer Kaffeetasse griff.

Aus irgendeinem Grund fühlte António sich ertappt. Vermutlich lag es an seinen Schuldgefühlen, immerhin hatte er von heute auf morgen beschlossen, das Familienunternehmen zu verlassen, um er selbst sein zu können. Er ließ sie alle im Stich, Mário, Paula, Manuela ... und besonders Vovô. Das machte ihn fertig.

»Dann spann mich nicht länger auf die Folter.« Er wollte eigentlich einlenken, aber sein Ton klang genervt. »Was ist so wichtig, dass du es mir persönlich mitteilen musst?«

Vovô schob die buschigen Brauen zusammen. Er wirkte gekränkt, aber bevor ihm eine bissige Entgegnung entschlüpfte, schaltete sich Maelys' Tante ein.

»Sag es ihm schon, Édou. Denk daran, wie froh du gewesen wärst, hätte dir damals jemand die Möglichkeit gegeben, deinem Herzen folgen zu dürfen.«

Es dauerte einen Moment, bis Vovôs Blick sich klärte. Seine kurze geistige Abwesenheit und das *damals* in Madame Auberts Worten erinnerten António daran, dass es immer noch ein Rätsel bezüglich Vovôs Vergangenheit gab, über das ihn bis heute niemand aufgeklärt hatte. Allerdings musste er wohl noch eine Weile darauf warten, bis er erfuhr, warum Eduardo de Alvarenga in Paris zu Frederico Almeida geworden war. Es war, als wollten die beiden das Geheimnis, das

429

mitverantwortlich für das Scheitern ihrer jungen Liebe gewesen war, noch ein wenig vor der Welt beschützen.

Nun, ihm sollte es egal sein. Alles, was er wollte, lag vor ihm, zum Greifen nah. Angespannt blickte er auf die Uhrzeit auf seinem Handy. In zwanzig Minuten würde er sich zu den Staffeleien begeben, zusammen mit einer Armee von Schmetterlingen in seiner Brust.

»Du hast wie immer recht, *querida*.« Vovô tätschelte zärtlich Madame Auberts Handrücken. Seine Stimme hatte belegt geklungen, als sei ihm genau derselbe Gedanke gekommen. *Wir sind hier. Was war, ist nicht mehr von Bedeutung.* Dann holte er Luft und verkündete würdevoll: »Deine Schwester wird die neue Geschäftsführerin im Gloriosa.«

»Angela?« António lachte auf. »Weiß sie davon? Oder hast du das beschlossen?«

»Ich bitte dich. Natürlich habe ich mit ihr gesprochen.«

»Mit oder ohne vorgehaltene Waffe?«

»Ob du es glaubst oder nicht, es war ihr Vorschlag.«

»Aber Angela liebt ihren Job als Stewardess. Sie wollte nie...«

»Manchmal ändern sich die Dinge eben, Junge. Dir muss ich wohl kaum erklären, was passieren kann, wenn die Liebe ins Spiel kommt. Offenbar gibt es da einen jungen Mann in Lissabon, der es nicht länger einsieht, eine Menge Geld in Interkontinentalflüge zu investieren, um mit Angela zusammen zu sein. Ich bin also fein raus.« Vovô lächelte verschmitzt. »Jemand hat deiner Schwester den Heim-und-Herd-Revolver an die Brust gedrückt. Ihre Entscheidung überrascht uns alle ein wenig, aber was für ein Großvater wäre ich, wenn ich sie nicht unterstützen würde, zumal ich gerade zufällig eine freie Stelle zu vergeben habe?«

430

António schwieg. Was sollte er auch dazu sagen? Dass er unendlich froh und erleichtert war, aber auch Bedenken hatte? Obwohl seine Schwester wie er im Gloriosa aufgewachsen war, war sie immer ein rastloser Geist gewesen. Sie hatte hundert Dinge begonnen und selten etwas zu Ende gebracht. Zu glauben, dass sie es länger als ein paar Monate am selben Ort aushielt, fiel ihm schwer. Doch war nicht auch er vor Kurzem noch ein anderer gewesen? Vielleicht war es ja so, wie Vovô sagte, und die Liebe veränderte alles. In seinem Fall traf das sicher zu, warum also nicht auch bei Angela? Er konnte sich sogar vorstellen, dass seine Schwester gut mit Manuela auskäme, und was Mário anging ... Er würde Angela bitten, dass sie ihm eine Chance gab. Mehr konnte er nicht für ihn tun, denn auch im Gloriosa drehte die Uhr sich weiter. Es war Zeit, dass er losließ.

»Hör auf, dir den Kopf zu zerbrechen, *meu filho*«, sagte Vovô, als hätte er seine Gedanken gelesen. »Eröffne dein Restaurant. Und hol dir verdammt noch mal das Mädchen, damit du mich nicht später am Sterbebett fragen musst, warum ich dir damals nicht in den Hintern getreten habe.«

Er konnte sich nicht erinnern, wann Vovô ihn zuletzt *mein Sohn* genannt hatte. Es berührte ihn und machte ihm bewusst, dass der alte Herr, der da ungewohnt leger in knielanger Hose und Poloshirt vor ihm saß, immer mehr Vater als Großvater für ihn gewesen war.

»Woher wollt ihr denn wissen, ob ich mir das Mädchen nicht schon längst geholt habe?« Er bemühte sich, spöttisch zu klingen, doch seine Stimme klang verräterisch belegt.

»Wir verfolgen dein Versteckspiel schon seit ein paar Tagen«, antwortete Madame Aubert trocken. »Anfangs war es amüsant, aber allmählich ermüdet es ein wenig, dir dabei zuzusehen, wie du im Baumschatten um meine Nichte herumschleichst. Sie ist schließlich kein Hase.«

»Seit ein paar Tagen? Also habt ihr mir doch hinterherspioniert!«

»Wir haben dich im Auge behalten«, korrigierte Vovô nach einem raschen Seitenblick auf seine Freundin.

»Euch beide«, ergänzte Madame Aubert.

»Was im Ergebnis auf dasselbe herauskommt.«

António verfolgte argwöhnisch, wie Maelys' Tante sich eine Zigarette anzündete. Sie nahm genussvoll einen Zug und musterte ihn mit dem gewohnt eindringlichen Blick, der all seine Fehler aufdeckte. Er wusste, dass er müde aussah, nervös und … furchtsam.

»Ich habe Angst, dass Maelys mich nicht mehr will«, brach es aus ihm heraus. Es tat so gut, es auszusprechen, auch wenn Vovô vorgab, als interessiere er sich brennend für die Spatzen, die unter den Tischen nach Krümeln pickten.

»Ich weiß.« Valérie Aubert nickte und fügte mit einiger Verzögerung hinzu: »Du bist ein feiner Kerl, António de Alvarenga. Ich habe mich in dir getäuscht.«

Er grinste gequält. »Und Sie … du … bist bei weitem nicht der Besen, für den ich dich gehalten habe.«

»Das nehme ich als Kompliment«, erwiderte sie und zog ein dreieckiges Papiertütchen aus der Handtasche. Sie blickte zu Eduardo hinüber, als müsse sie sein Einverständnis einholen, dann legte sie das Päckchen auf den Tisch, so vorsichtig, als befände sich darin etwas sehr Kostbares. »Nun, António, was auch immer du vorhast, um meine Nichte für dich zu gewinnen – dein Großvater und ich sind der Meinung, dass du ein kleines bisschen Hilfe aus der Vergangenheit gebrauchen könntest.«

Maelys.

Sie war tief in Gedanken versunken, als sie das Rad vor der Weinhandlung in der Rue Poulbot, nur zwei Straßen von der Place du Tertre entfernt, an den Laternenpfahl kettete. Der Ladenbesitzer saß auf der Holzbank vor dem Schaufenster und schenkte ihr den üblichen prüfenden Blick über den Zeitungsrand. Er war kein besonders redseliger Mensch, aber ein guter Beobachter. Und weil er nicht länger mit ansehen wollte, wie »die zarte Mademoiselle« ihre Staffelei mit dem Fahrrad transportierte und womöglich einen Unfall riskierte, hatte er ihr eines Tages angeboten, das »sperrige Dingsda und den anderen Kram« in seinem Hinterhof zu lagern.

»Na? Geht's zur Arbeit?« Jeden Tag stellte er ihr die exakt gleiche Frage.

»Es geht zur Arbeit«, bestätigte sie, als hätte sie den Text ebenfalls auswendig gelernt.

»Dann gutes Gelingen.«

»*Merci, Monsieur.*«

Lächelnd bog Maelys in die Seitengasse neben der Weinhandlung ein. Sie war dunkel und so schmal, dass sich die gegenüberliegenden Dächer der Häuser berührten. Dort befand sich eine Holztür, die direkt in den Hof führte. Wenige Minuten später trat sie mit der Staffelei, ihrem Klapphocker und einigen Leinwänden unter dem Arm zurück auf die Straße. Sie winkte dem Weinhändler zu und machte sich zu Fuß auf den Weg zum Künstlerplatz.

Heute kam ihr die kurze Strecke ungewöhnlich lang vor, was nicht nur an dem Menschenstrom lag, der ein Vorankommen in der engen, von Souvenirläden, Galerien und Bistros gesäumten Rue de Norvins zu einer mühsamen Angelegenheit machte. Nach dem Gespräch mit Hadir und der

433

überraschenden Begegnung mit ihrem Professor schwirrte ihr der Kopf.

Sie musste das Ende ihrer Geschichte neu schreiben. Auf diese Erkenntnis lief alles hinaus. Eine Erkenntnis, die sich richtig anfühlte, sie aber auch ein wenig ängstigte. Wo sollte sie den imaginären Stift ansetzen, den Professor Ledoux ihr dank einer beiläufigen Bemerkung gereicht hatte?

Er ist immer da.

Sie hatte längst aufgegeben, sich gegen den Gedanken zu wehren, einfach weil er der Wahrheit entsprach. António war immer bei ihr, einen Herzschlag oder einen Pinselstrich entfernt, egal wie viele Kilometer sie trennten. Und er wusste nichts von ihren Gefühlen, weil sie ihn am Flughafen einfach stehen gelassen und danach seine Kontaktversuche vehement ignoriert hatte. Wie eine kleine trotzige Göre – so hätte Valérie es ausgedrückt. Das fühlte sich nicht gut an. Gar nicht gut.

Wie wäre es, wenn du Valéries Koffer nicht mit der Post nach Lissabon schickst, sondern gleich selbst hinfliegst, um es António zu sagen? Das hatte ihr eine Stimme in ihrem Kopf geraten, die zu dem Ich gehörte, das damals stur in der Bankreihe sitzen geblieben war, während der andere Teil von ihr aus Ledoux' Studiensaal geflüchtet war.

Wenn sie ehrlich war, war sie seit diesem Tag immer nur halb gewesen. Halb so unerschrocken, halb so spontan und auch nur halb so zuversichtlich wie das Mädchen, das vor zwei Jahren aus einem winzigen Dorf in der Bretagne in die Stadt gekommen war. Da hatte sie noch geglaubt, etwas Besonderes zu sein.

»Gesetzt den Fall, ich würde wirklich nach Lissabon fliegen …«, murmelte sie, »was mache ich, wenn Manuela die Wahrheit gesagt hat? Wenn sie und António ein Paar sind?«

*Na und? Dann wirst du ihn anlächeln und ihm alles Glück
dieser Welt mit diesem Miststück wünschen. Aber du wirst dir
später nicht vorwerfen können, es nicht wenigstens versucht
zu haben.*

»Jetzt klingst du schon wie Valérie. Davon abgesehen wäre
das ein sehr trauriges Ende für meine Geschichte.«

Dann verpatz es eben nicht.

Sie musste über sich selbst lachen, weil sie Selbstgesprä-
che führte wie die alte Bettlerin, die den ganzen Tag einen
Einkaufswagen die Rue de Clichy hoch- und wieder runter-
schob. Aber obwohl Maelys ihren Stammplatz unter der großen Linde längst erreicht hatte, dachte ihr zweites Ich nicht
daran, sie in Ruhe zu lassen. Es stieß und schubste sie, bohrte
ihr den Finger in die Brust, dort, wo es am meisten wehtat.

Mit einem gezwungenen Lächeln begrüßte sie Charlotte,
die nebenan ihre Staffelei aufgestellt hatte. Sie sah immer so
aus, als halte sie lieber eine Zigarette zwischen den nikotinge-
färbten Fingern als einen Pinsel. Der bärtige Jean-Paul zwinkerte ihr zu und widmete sich sofort wieder seiner Kund-
schaft, einem jungen Touristenpärchen. Die beiden sahen
aus, als hätten sie gerade miteinander gestritten gehabt und
wollten sich nun mit dem Bild wieder versöhnen.

Sie baute ihre Staffelei auf, stellte eine Leinwand darauf
und bückte sich nach den Zeichenutensilien im Rucksack.
Als sie sich aufrichtete, hatte sich Jean-Paul bereits auf seine
nächsten Opfer gestürzt, ein asiatisches Ehepaar, das längst
über die anfänglichen Stolperschritte einer frischen Beziehung hinaus war.

Ob sie und António auch irgendwann einen richtigen
Streit gehabt hätten?

Da wir beim Thema sind… Was brauchst du denn noch,

435

um das Richtige zu tun? Ihr anderes Ich, das noch immer im Studiensaal herumlümmelte, meldete sich.

»Ich weiß nicht genau«, antwortete sie stumm und ließ den Blick über den Platz wandern, der in goldenes Sonnenlicht getaucht war. Alles an diesem Ort wirkte warm und freundlich, und die Farben auf den Bildern leuchteten. Menschen aller Nationalitäten schlenderten die Bürgersteige entlang und gafften die Künstler an wie Tiere im Zoo, ahnungslos, dass es hier vor Taschendieben nur so wimmelte. Gelegentlich blieb jemand vor ihrer Staffelei stehen, ging dann aber enttäuscht weiter, weil es außer jungfräulichem Papier nichts zu sehen gab.

Maelys störte sich nicht weiter daran. Sie war eben nicht wie Charlotte, Jean-Paul oder die anderen Porträtisten, die wie am Fließband zeichnen konnten. Lieber wartete sie auf das eine, besondere Gesicht, das ihre Fingerspitzen zum Kribbeln brachte. Bei António war ihre körperliche Reaktion fast unheimlich gewesen, so intensiv hatte sie seine Melancholie gespürt, die er damals wie einen kaputten Rollkoffer hinter sich hergeschleift hatte. *Saudade* hatte er es genannt und ihr erklärt, dass es keine Übersetzung dafür gab.

»Vielleicht warte ich auf ein Zeichen«, fügte sie hinzu und schämte sich wegen ihrer Unentschlossenheit.

Ein Zeichen, echote Maelys Nummer zwei prompt. *Sind wir hier in einem Märchen mit Kristallkugeln, guten Feen und all dem anderen Blödsinn?*

»Das fände ich gar nicht mal so übel.« Sie hob eine Braue. »Im Märchen bekommt die Prinzessin immer den Prinzen.«

Sie amüsierte sich insgeheim über den Schlagabtausch mit sich selbst, als ihr der blonde Junge auffiel, der vor ihrer Staffelei stehen geblieben war und sich unschlüssig umsah. Wieder so ein armes Kerlchen, das im Gewühl seine Eltern verloren hatte, auch wenn er nicht besonders ängstlich wirkte.

»Kann ich dir helfen, junger Mann?«, fragte sie freundlich und überlegte, dass es eine Herausforderung wäre, ihn zu porträtieren, weil er wie ein Mädchen aussah.

Der Junge verschränkte die Arme vor dem Poloshirt und legte den Kopf schräg.

»Ich bin sieben, Mademoiselle«, antwortete er schließlich mit kindlicher Entrüstung. »Das bedeutet, dass ich noch ein Kind bin.«

»Du hast recht, wie dumm von mir. Entschuldige.«

»Schon okay.« Erneut sah er sich um. Neugierig folgte Maelys seinem Blick, konnte aber auf dem Platz niemanden ausmachen, der so aussah, als wäre ihm ein Kind abhandengekommen.

»Wo ist deine Mutter?«

»Maman und Papa sitzen dahinten, im blauen Bistro.« Er tat, als müsse er gähnen. »Das machen die andauernd. Irgendwo rumsitzen und was trinken.«

»Verstehe. Und weil dir langweilig war, bist du ein bisschen spazieren gegangen.«

»Nein, Mademoiselle. Ich hab 'nen Job zu erledigen.« Er holte stolz einen zerknitterten Fünf-Euro-Schein aus der Hosentasche. »Maman hat's erlaubt. Ausnahmsweise. Und weil's für 'ne schöne Sache ist.«

»Wow, das ist eine Menge Geld. Und was musst du dafür tun?«

Diesmal war sein Blick kritischer, als könnte sie ihm den begehrten Schein wieder wegnehmen.

»Sind Sie Maelys?«

Ihr Puls beschleunigte sich. »Woher kennst du meinen Namen?«

»Also, sind Sie's oder sind Sie's nicht?«

Sie nickte und schaute argwöhnisch zur Terrasse des Au Clairon des Chasseurs hinüber.

»Okay.« Die Hand des Jungen verschwand erneut in der Tasche der ausgebeulten Cargohose. »Die alte Frau hat gesagt, dass ich Ihnen das hier geben soll. Und sie hat gesagt, dass ich langsam reden muss, weil Sie taub sind und vielleicht nicht gleich alles verstehen.« Er schien krampfhaft zu überlegen, ehe sein Gesicht aufleuchtete. »Sie meinte, dass Sie mir bestimmt eins abgeben würden und ... Die Roten sind die besten, aber das wissen Sie ja, weil Sie die blauen Hefte gelesen haben.«

Valéries Tagebücher. Maelys Herz klopfte noch schneller, als er ihr eine Bonbontüte hinhielt. Das auf dem weißen Papier eingestanzte Emblem von Fouquet erkannte sie sofort. Ihre Tante schickte regelmäßig einiges aus dieser Confiserie nach Moguériec, um ihrer Schwester Yvonne eine Freude zu machen. Maman besaß eine Schwäche für Himbeerbonbons – bis heute.

Sie versagte kläglich bei dem Versuch, den Jungen anzulächeln, der sie erwartungsvoll anschaute. Weder auf der Straße noch vor den unzähligen Cafés war die vertraute schwarz gekleidete Gestalt auszumachen. War Valérie wirklich hier, auf der Place du Tertre?

»Die Frau, die dir diese Tüte gegeben hat ... Wo ist sie?« Ihre Finger zitterten, als sie dem Jungen ein paar der bunten, gepuderten Kugeln auf die Handfläche schüttete.

»Sie sollen sich nicht die Mühe machen, nach ihr zu suchen«, antwortete er, als habe er bereits auf die Frage gewartet. »Jetzt ist erst mal jemand anderes an der Reihe, hat sie gesagt.«

Die Erleichterung in seinem Gesicht verdeutlichte, dass er seinen Auftrag erfüllt hatte. Ohne sich zu verabschieden, flitzte der Knirps davon, die Faust mit den Bonbons triumphierend in die Luft gereckt. Kurz spielte Maelys mit dem Gedanken, ihm hinterherzulaufen, doch dann blickte sie stirnrunzelnd auf das Bonbontütchen. Sie verstand nicht, was hier vor sich ging, aber sie kannte ihre Tante gut genug, um zu wissen, dass sie nie etwas ohne Grund tat. Wenn sie wirklich in Paris war und sich bislang nicht bei ihr hatte blicken lassen, dann war diese Tüte eine Botschaft.

Sie fischte ein Bonbon heraus. Es sah aus wie eine echte Himbeere, die versehentlich in eine Schüssel Puderzucker gefallen war, und erinnerte sie sofort an ihre Lieblingsstelle aus den Tagebüchern. Damals hatte Valérie auf den Stufen von Sacré-Cœur ein Himbeerbonbon gegen einen Kuss getauscht und damit Frederico Almeidas Herz gewonnen.

Jetzt ist erst mal jemand anderes an der Reihe.

Sie steckte sich das Bonbon in den Mund, und als sie die säuerliche Süße spürte, die nach einer längst vergangenen Sehnsucht schmeckte, geschah es. In dem Moment, als Maelys begriff, wer dieser Jemand sein musste, durchströmte sie ein Glücksgefühl.

Er ist hier. Sie brauchte nicht aufzusehen, um es zu wissen. Sie fühlte es, so wie sie früher, wenn sie mit ihrem Vater auf dem Meer war, am plötzlich auffrischenden Wind erkannt hatte, dass ein Gewitter aufzog, obwohl kaum ein Wölkchen am Himmel war. Dann hatte sie einen wortlosen Blick mit ihm getauscht, und er warf die letzte Reuse über Bord und gab ihr zu verstehen, dass es Zeit sei, zum Hafen zurückzukehren: Daumen an die Wange, Zeigefinger an die Schläfe, dann eine kurze Geste in Richtung Felsenküste, wobei Daumen und Finger sich berührten. *Nach Hause.*

Maelys schluckte. Noch nicht allzu lange war es her, dass sie darüber nachgedacht hatte, was das für sie bedeutete. *Nach Hause.* Doch erst jetzt, als sie den Kopf hob und in Antónios Augen blickte, wurde ihr klar, dass es nicht nur den Ort bezeichnete, an den man gehörte. Auch ein Mensch konnte ein Zuhause sein.

António.

Plötzlich war es vollkommen windstill auf dem Platz. Das Rascheln der Blätter verstummte, als hielten sogar die Bäume den Atem an, um ja nichts von dem zu verpassen, was da gerade unter ihren ausladenden Ästen geschah. Er hatte die Hände tief in den Hosentaschen vergraben, als er in respektvoller Entfernung stehen blieb. Nah genug, damit Maelys ihn bemerkte – aber mit genügend Abstand, damit er nicht in Versuchung geriet, das zu tun, was er sich mehr als alles auf der Welt wünschte.

Zögernd ging er weiter, mit jedem Schritt fiel ihm das Atmen schwerer. Als er endlich vor Maelys stand, konnte er kaum noch Luft holen. Seit Wochen hatte er von ihren Augen geträumt, von diesem besonderen Blau, das die irritierende Eigenschaft besaß, seinen Farbton zu verändern, je nachdem, ob Maelys froh, nachdenklich oder traurig war. Jetzt tatsächlich in sie zu sehen, war … Teufel, es erschütterte ihn mehr, als er erwartet hatte.

»*Salut,* Maelys.« Ihm schoss durch den Kopf, wie müde sie aussah – und dann passierte ausgerechnet das, wovor er sich seit der furchtbaren Szene am Flughafen am meisten gefürchtet hatte. Er vergaß seinen Text. *So eine Scheiße.*

Sie hob eine Braue und verdeutlichte ihm damit, dass er laut gedacht hatte. Er wurde rot.

»Ich… ich wollte sagen… du… ich…« Es war sinnlos, weiterzustottern. Er verstummte.

Maelys hob das Kinn, verschränkte die Arme vor der Brust und sah ihn herausfordernd an.

»Möchte Monsieur vielleicht ein Porträt? Für seine Freundin?« Sie klang, als wollte sie etwas vollkommen anderes sagen. Nichts sehr Schmeichelhaftes, wenn er ihr Mienenspiel richtig deutete.

Aber dass sie überhaupt mit ihm sprach… Ihm wurde schwindelig, so heftig klopfte sein Herz. Gleichzeitig fühlte er, wie Panik in ihm aufwallte, weil Maelys wie immer ohne Umstände zur Sache gekommen war.

Ein Porträt für seine Freundin. Eine Ohrfeige hätte kaum mehr Schlagkraft haben können.

António starrte sie sekundenlang an. Dann setzte er sich entschlossen auf den Klapphocker, der vor Maelys' Staffelei stand.

»Ein Porträt ist eine gute Idee. Eine Freundin habe ich zwar nicht, aber ich kenne da ein Mädchen, dem ich das Bild schenken könnte… Obwohl es ein bisschen schade darum ist, weil sie es vermutlich als Dartscheibe benutzen wird.« Er versenkte seine Augen in ihren und versuchte sich an einem Lächeln. »Ich arbeite daran, dass sie mir nicht mehr böse ist.«

Ihr unergründlicher Gesichtsausdruck veränderte sich. Er las nun Überraschung und angestrengtes Verstehenwollen in ihrer Miene, Misstrauen. Und dann… eine schüchterne Hoffnung. Für einen winzigen Moment bildete er sich so-

gar ein, dass Zärtlichkeit in ihren kachelblauen Augen auf-
glomm.

Dann senkte sie den Kopf und sortierte ihre Kohlestifte,
wählte einen davon aus, den Blick ins Leere gerichtet.

Als ihm bewusst wurde, dass er diese Situation schon einmal erlebt hatte, überkam ihn plötzlich eine tiefe innere Ruhe.
Früher hatte Dona Sofia ihm und seiner Schwester oft aus dem
Buch *Der kleine Prinz* von Antoine de Saint-Exupéry vorgelesen, im Original, damit sie Französisch lernten. Es ging darin
um einen Piloten, der in der Wüste einem Jungen von einem
fernen Planeten begegnete, der eine Blume liebte und Freundschaft mit einem Fuchs schloss. Als Kind hatte er dem hoch-
philosophischen Werk wenig abgewinnen können, trotzdem
war ihm ein Satz daraus hängen geblieben. *Du bist zeitlebens
für das verantwortlich, das du dir vertraut gemacht hast.*

Erst jetzt, als er Maelys' zierliche Gestalt betrachtete –
das marineblau-weiß gestreifte Kleid war ihr eindeutig eine
Nummer zu groß und ließ sie besonders klein und zerbrech-
lich wirken –, verstand er die Botschaft hinter den Worten.
Es kam nicht auf den Satz selbst an. Ausschlaggebend war
die Konsequenz, die ihm folgte, wenn man ihn sich zu Herzen nahm. Wenn ein Mensch einem etwas bedeutete, musste
man sich an ihn binden, ohne Angst, ihn vielleicht einmal zu
verlieren. Diese Bindung hatte er immer gescheut – seit dem
Tag, an dem seine Eltern gestorben waren. Und dann war
eine gehörlose Frau in sein Leben gestolpert.

»Was ist das für ein Mädchen?«, fragte Maelys, als hätte es
die Gedankenpause in ihrem Gespräch nie gegeben.

»Sie ist *mein* Mädchen. Das weiß sie nur noch nicht.«

»Warum haben Sie es ihr nicht einfach gesagt?« Sie setzte
mit eckigen Bewegungen einige Linien auf das Blatt.

António beugte sich nach vorn. Jetzt kam es darauf an.

»Weil ich ein Feigling war.«

»Das ist ärgerlich.« Der Kohlestift kratzte heftig, und die Staffelei wackelte, was ihm seltsam stimmig erschien.

»Sehr. Zumal sie glaubt, ich hätte sie angelogen.«

»Haben Sie das denn nicht?«

»Nein. Nie. Nicht im Hinblick auf meine Gefühle für sie.« Einen Moment lang ließ er das Gewicht seiner Worte wirken, ehe er fortfuhr: »Manuela und ich waren nie ein Paar. Seit ich dir begegnet bin, gab es immer nur dich.«

Die Hand, die den Stift hielt, sank herab.

»Und welche Gefühle sind das genau?« Sie blieb verhalten, aber ihre Sprachmelodie war unsauber, als fiele es ihr schwer, die Stimmbänder zu kontrollieren.

Ohne lange zu überlegen, stand António auf. Er schwankte, als hätte Mathéo ihm etwas in den Pastis gemischt. Im Gegensatz dazu waren seine Gedanken glasklar. Sosehr Maelys sich bemühte, ungerührt zu wirken, ihr Körper verriet sie. Sie wirkte wie versteinert, atmete zu schnell, und ihre Augen glänzten verdächtig feucht. So sah man niemanden an, der einem gleichgültig war.

Und plötzlich war alles ganz einfach.

Scheiß auf den Text. Er betrachtete seine Hände, dann versenkte er seinen Blick in ihr Gesicht.

»Wie sagt man ›ich liebe dich‹?«

Der Kohlestift fiel zu Boden. Sie schlug die Hand vor den Mund und starrte ihn an.

»Ich muss es wissen, denn ich möchte es dir in deiner Sprache sagen«, fügte er hinzu. »Das und noch viel mehr. Wenn du mich lässt.«

Sie wurde noch eine Spur blasser, falls das überhaupt möglich war. Ein paar wenige Schritte, und António hörte sie atmen, nah an seinem Ohr. Er roch ihr Parfum und kämpfte erfolglos gegen das Verlangen an, ihre schmale Taille zu umfassen.

»Jetzt wäre ein guter Zeitpunkt, um mir eins dieser Bonbons anzubieten, Liebes.« Seine Stimme war rau wie Sandpapier. Noch während er Maelys an sich zog, wappnete er sich für die Möglichkeit, dass sie ihn zurückstieß. »Deine Tante meinte, sie hätten Zauberkräfte.«

Sie stieß ihn nicht zurück. Stattdessen entwich ihr ein Geräusch, halb Seufzen, halb Wimmern. Einen Moment lang barg sie das Gesicht in seiner Halsbeuge, dann beugte sie sich etwas zurück, damit sie ihn ansehen konnte.

»Ich dachte, du kommst früher.« In ihren tränenerstickten Worten lag viel mehr als ein vermeintlicher Vorwurf. *Ich habe auf dich gewartet.* António bekam eine Gänsehaut, überwältigt von seinen Gefühlen.

»Wein nicht, Liebes. Ich war doch die ganze Zeit bei dir.«

Maelys nickte und fuhr sich mit dem Handrücken über die Augen, dann legte sie einen Finger auf ihre Brust.

»Ich…«, sagte sie und ließ die Handfläche über ihrem Herzen kreisen, »liebe…«, sie tippte auf seinen Brustkorb, »…dich.« Und nach einer winzigen Pause setzte sie ein lautloses »auch« hinzu. *Ich liebe dich auch.*

»Vergiss das Bonbon«, presste er hervor und tat endlich das, was er schon damals am Flughafen hatte tun wollen: Er umfasste Maelys' Gesicht mit beiden Händen und küsste sie.

Sicher war es der leidenschaftlichste und hingebungsvollste Kuss, den der Platz auf dem Montmartre jemals erlebt hatte. Ein Kuss, der sogar die Leute dazu brachte, stehen zu bleiben und zu applaudieren. Was ihr Publikum nicht wissen konnte, war, dass Maelys' Lippen nach Sommer und gezuckerten Himbeeren schmeckten – und nach einem Versprechen, das vielleicht schon bald in einem kleinen portugiesischen Ladenlokal im Herzen des Quartier Latin ein Zuhause finden würde. Vorausgesetzt, er stellte sich nicht allzu blöd dabei an.

Er lachte leise, als er sich von ihr löste. Maelys sah sich benommen um, als wäre sie gerade aus einem Traum erwacht.

»Wo ist meine Tante? Sie ist doch hier, oder nicht?«

»Ich fürchte, das ist eine längere Geschichte, die unter anderem auch von einem gewissen Frederico Almeida handelt …« António drehte den Kopf und sah zum Au Clairon des Chasseurs hinüber. Doch der kleine Tisch am Eingang der Brasserie, an dem er mit Vovô und Valérie gesessen hatte, war leer. *Natürlich ist er das.*

»Da bin ich gespannt. Ich mag lange Geschichten.« Maelys nickte, als ob sie genau verstünde, wovon er sprach. »Besonders, wenn sie ein Happy End haben.«

»Oh, die Geschichte von Valérie und ihrem portugiesischen Freund hat letztlich noch ein sehr gutes Ende gefunden, rührend geradezu. Und du wirst überrascht sein, welche Rolle mein Großvater dabei spielt«, sagte er geheimnisvoll. Dann küsste er sie erneut, länger und sehr viel sanfter als beim ersten Mal. »Ich finde allerdings, wir sollten uns zuerst um unser eigenes Happy End kümmern, bevor wir uns mit Dingen beschäftigen, die fünfzig Jahre zurückliegen.«

Sie lachte ihr sperriges Lachen, das nicht wirklich schön war. Für António jedoch war es ein Geräusch, das er keinen Tag mehr missen wollte. Keinen einzigen.

»Das trifft sich gut, Senhor de Alvarenga.« Sie schob ihre Hand in seine, und ihre Finger verflochten sich fest miteinander. »Genau das wollte ich auch gerade vorschlagen.«

Epilog

LISSABON, IM MÄRZ 1966.

Eduardo.

»Eduaaardo … komm doch und hol mich!«

Schmunzelnd bog er nach links ab, obwohl er das Knirschen der Speichenräder eindeutig rechts verortet hatte. Ein Mädchenkichern flimmerte durch die Morgenluft, die bereits nach Frühling roch, aber noch zu kühl war, um die Knospen der Bäume zu öffnen und ohne Jacke aus dem Haus zu gehen. Er stieß mit dem Fuß gegen einen Blumenkübel und änderte mit dem Scheppern die Richtung, die Hände ausgestreckt. Dass er den gewundenen Kiesweg durch den porösen Stoff der Augenbinde sehen konnte, wusste seine Spielgefährtin natürlich nicht.

»Kalt. Gaaanz kalt!«, krähte Rita vom Goldfischteich herüber, der gar kein Goldfischteich war, sondern ein altes Kinderplanschbecken, in dem seit letztem Herbst zwei Makrelen wohnten. Sein Vater hatte die Fische aus dem Tejo geholt, und sie waren eigentlich fürs Restaurant gedacht gewesen – hätte Carlos nicht den fatalen Fehler begangen, seiner Jüngsten zu erlauben, ihnen Namen zu geben. *Romeo und Julia*. Damit war Makrele auf der Menükarte gestrichen, Papa musste das Liebespaar im Planschbecken aussetzen, und wie durch ein Wunder hatten die zähen Fische sogar den Winter darin überstanden.

Eduardo wandte sich absichtlich in die entgegengesetzte Richtung, was erneut das ausgelassene Kinderlachen provozierte, das er so gern hörte.

»Du musst dir schon ein bisschen mehr Mühe geben, wenn du mich fangen willst.«

»Aber das ist unfair, *menina*. Du hast vier Räder, und ich hab bloß zwei Beine, wie soll ich da hinterherkommen?«

»Tja, dann wirst du wohl noch den ganzen Vormittag im Dunkeln tappen. Mein neuer Freund ist übrigens viel besser im Fangen, du lahme Ente. Quak-quak!«

»Na warte, du freches Ding!« Knurrend warf Eduardo sich herum, woraufhin Rita kreischend die Flucht ergriff.

Leider hatte er nicht mit dem Tulpenbeet seiner Großmutter gerechnet, das letzten Sommer noch nicht da gewesen war. Er stolperte über die Beeteinfassung, ein scharfer Schmerz fuhr in seinen Knöchel. Tapfer humpelte er weiter durch den schattigen Innenhof, das enervierende Quietschen des Rollstuhls in den Ohren.

Das blöde Ding ist viel zu schwer für sie, dachte er, während er seiner kleinen Schwester einen Vorsprung ließ, groß genug, damit sie sich ihm ebenbürtig fühlte, und klein genug, dass sie keinen Verdacht schöpfte. Rita besaß ausgesprochen feine Antennen für alles, was um sie herum geschah. Besonders sensibel reagierte sie auf mitleidige Blicke, übertriebene Rücksichtnahme oder – wie in diesem Fall – auf die gespielte Hilflosigkeit ihres großen Bruders, der viel zu sportlich war, um ein Wettlaufen gegen eine Neunjährige und ihren Rollstuhl zu verlieren. Schon bald hatte er sie eingeholt und schnitt ihr den Fluchtweg zu den Kaninchenställen ab.

»Hab dich!« Er zog die Augenbinde nach unten, bis sie ihm wie eine Gangstermaske über Nase und Mund lag. »Gestehe, Dona Rita. Wer ist dieser geheimnisvolle junge Mann, den du mir noch nicht vorgestellt hast?«, fragte er streng, obwohl er die traurige Antwort bereits kannte. Seine kleine Schwester hatte viele Freunde und Freundinnen, die alle eins gemeinsam hatten: Sie existierten nur in ihrem Kopf.

Den Arm auf Ritas Armlehne gestützt, ging er in die Hocke, wobei er den Blick auf die weißen skelettdürren Beine vermied, die so gar nicht zu dem fröhlichen Mädchengesicht passten, das von der anstrengenden Hatz glühte.

»Also? Wie heißt er?«

Sie machte ein prustendes Geräusch und sah mit erhobenen Brauen auf ihn herab. Die hohen Wangenknochen, die zierliche Nase, die kohlschwarzen Augen. *Herrje, sie wird einmal eine Schönheit werden.* Der Gedanke brach ihm fast das Herz.

»Du darfst es aber niemandem verraten. Vor allem nicht der Großmutter. Avó kann meine Freunde nämlich nicht leiden, weil sie immer so viel Blödsinn anstellen.«

»Und dein neuer Freund ist ein besonders ungezogenes Exemplar, nehme ich an.«

Rita überlegte. Zu seiner Überraschung schüttelte sie den Kopf. »Nein, ungezogen ist er eigentlich nicht«, antwortete sie nachdenklich. »Er will nur tun und lassen können, was er will. Da ist er ein bisschen wie du, aber das sollte er besser nicht hören, sonst wird er eifersüchtig.«

»Jetzt hast du mich neugierig gemacht, *menina.*«

Sie kniff argwöhnisch die Augen zusammen. »Du wirst es ganz sicher niemandem weitersagen?«

»Meine Ohren sind offene Fenster, mein Mund eine verriegelte Tür«, zitierte er den Spruch aus dem Märchenbuch, aus dem Mamá ihnen früher vorgelesen hatte. Damals, als ihre Welt noch in Ordnung war und sie einen Vater hatten, der nicht in einem dunklen Zimmer saß und Löcher in die von Zigarettenrauch geschwängerte Luft starrte.

»Na gut. Er heißt …« Sie krümmte den Zeigefinger und bedeutete ihm, näher zu kommen, bis ihr Mund sein Ohr berührte. Mit geschlossenen Augen lauschte Eduardo ihrem Flüstern, das nach dem Honigbrötchen roch, das sie heute Morgen gegessen hatte. Dann lehnte sie sich zurück und wartete auf seine Reaktion.

»Das ist ein guter Name.« Eduardo nickte ernst. »Und ich verrate ihn keiner Menschenseele, verspro…«

»Eduardo Diogo de Alvarenga! Was zum Teufel treibst du mit Rita da draußen? Bring das Kind sofort ins Haus, bevor es sich den Tod holt. Außerdem möchte ich mit dir sprechen. Jetzt!«

Er zog automatisch den Kopf ein. Die herrische Stimme fegte wie eine Windbö durch den Innenhof und schüttelte jegliche Freude aus den Sträuchern. Jedes Mal, wenn Dona Maria ihn beim vollen Namen nannte, wusste er, dass er ihre Geduld besser nicht strapazierte. Seufzend zupfte er ein Blütenblatt aus Ritas widerspenstigem dunklem Haar und erhob sich.

»Wir sollten besser reingehen.« Eduardo schnitt seiner Schwester eine Grimasse, ehe er den Kopf in den Nacken legte. Aber sein charmantes Lächeln prallte an der geschlossenen Balkontür ab.

Rita grinste scheinheilig. »Hast du etwa Angst vor Avó?«

»Wie verrückt. Du nicht?«

»Wie Hölle.«

»Es gibt nur einen kleinen Unterschied zwischen uns beiden«, sagte er milde. »Dir macht sie Zitronenlimonade und mir Vorhaltungen.« Er wandte sich zum Gehen, damit sie seinen Gesichtsausdruck nicht sah. »Ich nehme an, du rollst dich selbst rein, bevor du einen Schnupfen bekommst?«

»*Claro!*«, rief sie ihm hinterher und setzte mit einiger Verzögerung ein scharfes »Eduardo?« hinzu, das dem Ton ihrer Großmutter mehr ähnelte, als ihm lieb war.

Er blieb stehen. »Ja?«

»Ich geb dir nachher was von meiner Limonade ab.« Sie nickte ernst, fast feierlich. »Nicht wegen Avó, sondern weil du mein Lieblingsbruder bist.«

Eduardo lächelte immer noch, als er an der Tür zum Arbeitszimmer klopfte und darauf wartete, dass seine Großmutter ihn hereinrief. Sie ließ sich Zeit, was nur eine der perfiden Strategien war, mit denen sie sowohl dem Hotelpersonal als auch sämtlichen Familienmitgliedern ins Gedächtnis rief, dass sie in der Hierarchie der Alvarengas ganz oben stand. Leider hatte sie stets Erfolg damit: Nach einer Weile hatte Eduardo das unkontrollierbare Bedürfnis, mit den Augen ein Loch in die eisenbeschlagene Mahagonitür brennen zu wollen. Danach folgte der zweite Teil von Dona Marias Zermürbungstaktik, der vollends dafür sorgte, dass man sich wie ein Dummkopf fühlte: Sie öffnete die Tür und blickte ihn verwundert an.

»Was stehst du da draußen rum?«

Schuldbewusst, obwohl er sich keines Vergehens bewusst war, folgte Eduardo ihr in das einzige Zimmer des Hotelkomplexes, das stets abgedunkelt war. Lediglich ein schmales Band aus Licht fiel durch den Spalt in den Vorhängen und teilte den Gründerzeitschreibtisch in zwei Hälften. Auf dem Sofa an der Wandseite saß sein Vater und blätterte in einem Kochbuch. Mittlerweile besaß er Dutzende dieser schweren Bände, die ihm ein alter Freund aus Frankreich schickte. Normalerweise befanden sie sich im Safe, denn die Spitzel der Geheimpolizei lauerten überall, selbst dem eigenen Personal konnte man nicht trauen. Nicht auszudenken, wenn durchsickerte, dass der Chefkoch des Gloriosa sich nach wie vor mit der französischen Kochkunst beschäftigte – obwohl er bereits eine deutliche Verwarnung erhalten hatte, die ihm zwar nicht das Leben, aber seine seelische Gesundheit gekostet hatte.

»Hallo, Papá«, begrüßte Eduardo ihn. Er wusste, dass er keine Antwort erhalten würde, dennoch hielt er hoffnungsvoll den Atem an.

Carlos nahm keinerlei Notiz von seinem Sohn – wie erwartet. Kein Impuls von außen vermochte die unablässigen Lippenbewegungen zu unterbrechen, mit denen er die Wörter auf dem Papier einsog, als wäre es die einzige Art zu atmen, die sich noch lohnte. In Momenten wie diesen beschlich Eduardo das Gefühl, dass Papá nie aus dem Gefängnis entlassen worden war. Stattdessen hatte ihnen die Geheimpolizei, die PIDE, einen Fremden zurückgegeben, der nicht sehr gut darin war, die Lücke zu füllen, die der einst so charismatische Carlos de Alvarenga hinterlassen hatte.

Seine Großmutter nahm hinter dem Schreibtisch Platz, auf dem Lehnstuhl, der einmal ihrem Sohn gehört hatte. Die Art, wie sie ihn, ihren ältesten Enkel, musterte, schnürte Eduardo die Kehle zu. Trotzdem hielt er dem Blick ihrer klugen dunkelbraunen Augen stand – vielleicht, weil er einen Funken Mitgefühl darin zu lesen glaubte.

Mit ihren zweiundsiebzig Jahren war Dona Maria noch immer eine schöne Frau. Ihr silbriges Haar schimmerte, die fast faltenfreie Haut zeugte davon, dass sie nie länger als nötig mit der Sonne in Kontakt gekommen war. Makellos war ihre Erscheinung, kein Hinweis darauf, dass sie, die Witwe, einen kräftezehrenden und verzweifelten Kampf um das Hab und Gut ihrer Familie führte, das sich die Konkurrenz nur zu gern einverleibt hätte. Sie hatte Jahre gebraucht, um ein Netz nützlicher Beziehungen zu weben, das sogar bis in die Regierungsebene reichte – und das ausgerechnet ihr eigener Sohn zerriss, als er einem Hauptmann der Geheimpolizei ein französisches Gericht auf der Speisekarte des Gloriosa empfohlen hatte.

Seit jener Winternacht, in der fremde Männer seinen Vater aus dem Bett gezerrt hatten, war nichts mehr wie zuvor. Bereits wenige Tage nach Carlos' Inhaftierung kündigte die Bank alle Kredite und forderte innerhalb einer lächerlich kurzen Frist das Geld zurück. In Dona Marias illustrem Bekanntenkreis gab es plötzlich niemanden mehr, der bereit war, ihnen zu helfen. Niemanden bis auf Rodrigo da Câmara, ein schwerreicher Unternehmer, Mitglied der Einheitspartei und Vater einer Tochter, die dringend einen standesgemäßen Ehemann brauchte.

Eduardo nickte müde. Es war also so weit. Jetzt war es an ihm, die Kastanien aus dem Feuer zu holen. »Ich weiß nicht mal, wie sie heißt«, sagte er leise und wagte es, das verkrümmte Handgelenk seines Vaters zu berühren. Die Venen unter der vernarbten Haut waren blau und dick, im Gegensatz dazu wirkte seine sonnengebräunte Hand geradezu absurd lebendig.

»Sie heißt Sofia. Ein nettes Mädchen, du wirst gut mit ihr zurechtkommen.«

Nett. Zurechtkommen. Beinahe hätte Eduardo aufgelacht.

Er war kein Romantiker, aber diese Wörter hatte er bisher nicht mit der Frau in Verbindung gebracht, die er einmal heiraten würde. Trotzdem nickte er und bemühte ein Lächeln, das seine Augen nicht erreichte.

»Dann werde ich nachher einen Anruf tätigen.« Dona Maria wich seinem Blick aus und schrieb etwas auf ein Blatt Papier. »Wir sollten einen Empfang für Sofia und ihre Eltern geben, damit du deine Braut kennenlern...« Sie verstummte mitten im Satz, als ein merkwürdiger Laut vom Sofa kam. Das Geräusch war auch für Eduardo so ungewohnt, dass er es zunächst gar nicht für ein Lachen hielt.

»*Omelette aux truffes* von Alain Dupré!« Aufgeregt beugte Carlos sich über das Buch auf seinen Knien, bis ihm fast die Brille von der Nase fiel. »Alains Name steht in einem Standardwerk der Haute Cuisine... unter einem Rührei!« Er lachte wieder, wobei sich Eduardo nicht sicher war, ob er nicht in Wirklichkeit schluchzte, überwältigt von seinen Erinnerungen. »Der Mistkerl. Er hatte schon immer ein Faible für Hühner, ob mit oder ohne Federn.«

»Zeig mal her, Papá«, flüsterte Eduardo, als könnte ein zu lautes Geräusch ihn in die katatonische Starre zurückwerfen.

Carlos hob den Kopf. Zum ersten Mal seit Monaten sah er ihn wirklich an, die Augen klar und prüfend wie die des Vaters, den er so schmerzlich vermisste. »Du musst zu meinem Freund Alain nach Frankreich gehen, mein Sohn. Er wird dir alles beibringen, was du wissen musst.«

Eduardo war so erschüttert, dass er weder antwortete noch den Augenkontakt halten konnte. Hilfesuchend wandte er sich an seine Großmutter, die kerzengerade auf ihrem Stuhl saß und ihren Sohn anstarrte, als sei er von den Toten auferstanden. Eduardo hielt den Atem an, als er sah, wie sich ihre

Augen mit Tränen füllten. Doch sie wäre nicht sie selbst gewesen, wenn sie sich nicht rasch gefangen hätte.

»Wissen wofür, Carlos? Willst du deinen einzigen Sohn jetzt auch ins Unglück stürzen?« Ihre Stimme war scharf wie ein Schinkenmesser. »Warum gibst du ihn nicht gleich in der Rua António Maria Cardoso ab, damit sie ihn dort in eine Zelle sperren können?«

Carlos beachtete sie nicht. Konzentriert ruhte sein Blick auf Eduardo, während seine Finger die Kochbuchseite betasteten, als sei der Text in Blindenschrift verfasst.

»Ich soll nach Frankreich gehen?« Eduardos Herz schlug auf einmal viel zu schnell.

»Was ist schon ein Jahr, gemessen am Rest deines Lebens.«

»Unsinn! Eduardo geht nirgendwohin.« Dona Maria marschierte um den Schreibtisch herum und baute sich vor ihrem Sohn auf, die Hände in die Hüften gestemmt. »Außerdem interessiert er sich überhaupt nicht für die französische Küche.« Sie presste ihre ohnehin schon schmalen Lippen zu einer granatroten Linie zusammen. »Haute Cuisine im Gloriosa, *páh*. Deine fixe Idee hätte uns beinahe alles gekostet, was wir besitzen. Und sie tut es noch, solange sich diese teuflischen Bücher in unserem Haus befinden.« Sie bekreuzigte sich.

Eduardo atmete scharf ein, als er sah, wie Carlos die Hände auf das Kochbuch legte, als müsse er es beschützen. Die unbeholfene Geste, in der die ganze Verlorenheit eines Mannes lag, der ein Leben lang für eine Sache gebrannt hatte, rüttelte ihn aus seiner Sprachlosigkeit.

»Was, wenn es mich doch interessiert?« Dona Marias Augen wurden eng, trotzdem zwang er sich, weiterzureden. »Ich würde gern dem Rat meines Vaters folgen. Was wäre ich für ein Sohn, wenn ich es nicht täte?«

Ein Jahr in Frankreich. Ein Jahr Galgenfrist, bevor ich den Rest meines Lebens das tun werde, was alle von mir erwarten. Ein Jahr Freiheit.

»Dein Vater ist nicht bei Sinnen. Sieh ihn dir doch an.«

»Und doch ist er mein Vater.«

»Das Hotel heißt Le Châtelier«, nuschelte Carlos und begann mit gesenktem Kopf an den Fingern abzuzählen. »*Quatro estrelas.* Vier Sterne. Vier.«

»Ich mache es, Papá.« Eduardo atmete aus und wandte sich Dona Maria zu.

Sie schäumte vor Wut.

»Lade Sofia und ihre Eltern zum Abendessen ein, Avó. Ich werde das Mädchen heiraten, versprochen«, versicherte er und hielt seiner Großmutter die Hand hin, mit der größtmöglichen Ernsthaftigkeit, zu der er sich mit seinen einundzwanzig Jahren imstande fühlte. »Ein Jahr für mich, den Rest meines Lebens für die Familie. Das ist ein faires Geschäft, finde ich.«

»Ein faires Geschäft?« Dona Maria musterte seine Hand, als böte er sie ihr zu einem völlig überteuerten Preis zum Kauf an. »Du vergisst, dass wir diese Hochzeit jetzt brauchen. Nicht erst in einem Jahr.«

»Ich werde mit meinem zukünftigen Schwiegervater sprechen. Câmara ist Geschäftsmann. Sicher kann ich ihn davon überzeugen, dass mein Lehrjahr im Ausland dem Hotel, in das er eine Menge Geld investieren wird, nur zugutekommt.« Eduardo straffte die Schultern, weil es ihm auf einmal wichtig erschien, größer zu wirken, als er tatsächlich war. »Und falls ihm das Wort eines Alvarenga nicht genügt, unterschreibe ich eine Erklärung, auf die er jeden Stempel drücken kann, den er für nötig hält.«

»Und was wird dein zukünftiger Schwiegervater wohl davon halten, dass du ausgerechnet nach Frankreich willst?«

Eduardo sah zu seinem Vater hinüber.

»Frankreich?«, gab er nach einer winzigen Pause scheinheilig zurück. »Wieso Frankreich? Wer muss denn wissen, dass ich nach Frankreich gehe?«

Die eingetretene Stille war nervenaufreibend. Dona Maria schüttelte schließlich den Kopf.

»Du solltest deinen Cousin Miguel anrufen. Soweit ich weiß, hat er ein Gästezimmer in seiner Wohnung. Ich werde dir Geld anweisen, damit du in Paris ein Auskommen hast. Außerdem hat dein Vater ...« Mit einem Blick, in dem viel verzweifelte Mutterliebe lag, betrachtete sie Carlos' Scheitel. Sie kehrte zum Schreibtisch zurück, kramte in der Schublade und förderte ein schmales, in Leder gebundenes Heftchen zutage. »Dein Vater hat Geld für dich angelegt. Ich nehme stark an, dass du es jetzt bekommen sollst.«

»Das kann ich nicht annehmen. Du solltest das Geld für das Gloriosa ...«

»Ich will nichts davon hören! Es ist dein Geld, schon bevor wir in Schwierigkeiten geraten sind. Für das Hotel wäre die Summe ohnehin nur ein Tropfen auf dem heißen Stein, aber dir dürfte es ein angenehmes Jahr in Paris bereiten.« Sie schnaufte, als sie ihm das Sparbuch hinwarf, auf dem das Emblem der französischen Geschäftsbank Société Générale prangte. Es klatschte auf den Tisch, genauso ungehalten, wie seine Großmutter geklungen hatte. »Kauf dir ein Auto, wenn du es ins gelobte Frankreich geschafft hast, oder tu sonst was damit, es ist mir einerlei. Bring mir aber nur nicht noch mehr französische Kochbücher ins Haus, wenn du zurückkommst.«

»Das werde ich nicht«, erwiderte er und lauschte danach noch lange dem Stakkato ihrer Absätze, nachdem sie hocherhobenen Hauptes aus dem Zimmer stolziert war.

Erst als außer dem Geräusch raschelnder Buchseiten nichts mehr die Stille im Raum störte, ergriff ihn plötzlich ein Glücksgefühl, gespeist aus einer unbändigen Sehnsucht nach Leben. Am liebsten wäre er aus dem Zimmer gerannt, um sofort den Koffer zu packen. Doch er ging zur Balkontür, zog die Jalousien hoch und öffnete die Fensterflügel. Frischluft strömte ins Zimmer und in seine Lunge.

Es überraschte ihn nicht, dass Rita noch immer draußen war. Sie hatte den Rollstuhl ans Makrelenbecken gerollt und planschte mit der Hand im Wasser herum, während Senhor Tavares auf sie einredete. Ein wenig mitleidig verfolgte Eduardo, wie die erdfahle Gesichtsfarbe des neuen Butlers allmählich die der roten Fassadentonziegel annahm, da es ihm offensichtlich nicht gelang, Rita ins Haus zu holen. Der Ärmste konnte ja nicht wissen, dass seine Schwester schon immun gegen die Anweisungen von Erwachsenen gewesen war, bevor aus ihren Säuglingsschreien Wörter wurden.

Ich werde das kleine Monster vermissen. Er hob den Blick in den Himmel. Nie war er ihm so blau, weit und endlos vorgekommen.

»Ich werde das Jahr gut nutzen, Papá«, sagte er, obwohl Carlos längst nicht mehr im Raum weilte. Sein Vater befand sich dort, wo er die letzten Monate verbracht hatte, an einem geheimen Ort, zu dem nur er Zugang besaß. Trotzdem hatte er es geschafft, für ein paar Minuten zurückzukehren, um seinem Sohn ein Geschenk zu machen, das man mit keinem Geld der Welt kaufen konnte.

»Ich werde zu deinem Freund Alain gehen. Aber nicht als

dein Sohn. Ich möchte es ganz alleine schaffen, verstehst du? Am liebsten wäre ich ...« *Jemand anderes.*

Eduardos Puls beschleunigte sich, als er das Sparbuch in seiner Hand betrachtete. Trotz des leisen Schuldgefühls, das ihn überfiel, hatte er einen Gedanken, der so unerhört war, dass er ihm wie die natürliche Konsequenz seiner Entscheidung vorkam. In ihm machte sich ein Gefühl von Freiheit breit, noch schüchtern und kaum greifbar. Aber es war da.

»Heute habe ich Ritas neuen Freund kennengelernt, Papá. Eigentlich sollte ich das für mich behalten, doch ich glaube, bei dir ist das Geheimnis gut aufgehoben. Du würdest ihn mögen und ... Er hat einen guten Namen.«

Einen perfekten Namen. Eduardo schloss die Augen und erinnerte sich an Ritas süßen Honigatem, der ihn am Ohr gekitzelt hatte.

»Er heißt Frederico. Frederico Almeida«, flüsterte er. »Aber sag es niemandem weiter.«

Menue portugués

ZUM APERITIF

Bolinhos de bacalhau
Stockfischkroketten aus dem Mercado Ribeira

ZUTATEN (FÜR 4 PERSONEN):

500 g Kartoffeln, mehligkochend
350 g Kabeljaufleisch, gekocht
1 süße Zwiebel
2 Knoblauchzehen
1 Bund glatte Petersilie
1 Bund Minze
Saft von einer Zitrone
2 Eier
Muskat
Salz
Pfeffer
2 Liter Raps- oder Sonnenblumenöl

ZUBEREITUNG:

Den Kabeljau in Salzwasser kochen, bis er von selbst zerfällt. Die Kartoffeln kochen, heiß pellen, durch die Presse drücken und ausdampfen lassen. Den Kabeljau mit der Gabel zerdrücken. Zu den Kartoffeln geben. Zwiebel, Knoblauch und Kräuter fein hacken und mit dem Zitronensaft unter die Masse geben. Mit Pfeffer, Salz und Muskat würzen. Die Eier nach und nach hinzugeben und zu einer festeren Masse rühren. Das Öl auf Frittiertemperatur erhitzen. Mit Esslöffeln Nocken von der Masse abstechen und in heißem Öl kross frittieren. Auf Küchenkrepp abtropfen lassen und heiß zum Apéro servieren.

VORSPEISE

Caldo verde

Rosárias berühmte grüne Kohlsuppe

ZUTATEN (FÜR 4 PERSONEN):

1 Zwiebel, fein gewürfelt
2 Knoblauchzehen, in feine Scheiben geschnitten
1 EL Olivenöl
400 g Kartoffeln, geschält und in Stücke geschnitten
1 Lorbeerblatt
1 Chouriço (Rohwurst), in Scheiben geschnitten
250 g Grünkohl oder Kohlrabiblätter
4 EL bestes Olivenöl
Salz
Pfeffer
Muskatnuss

ZUBEREITUNG:

Einen Esslöffel Öl in einem Topf erhitzen, Zwiebeln und Knoblauch darin glasig dünsten. Kartoffelstücke und Lorbeerblatt hinzugeben und kurz mitdünsten. Mit einem Liter Wasser aufgießen. Die Kartoffeln gar kochen, das Lorbeerblatt herausnehmen, anschließend mit dem Stabmixer pürieren. Die Suppe bei mittlerer Hitze langsam zum Kochen bringen. Inzwischen die Blattrippen des Kohls entfernen, die Blätter zusammenrollen und in möglichst feine Streifen schneiden. Sobald die Suppe kocht, den Kohl hinzugeben und ca. 15 Minuten mitkochen, bis er weich ist. Die Chouriço-Scheiben hinzufügen und einige Minuten mitkochen. Gegebenenfalls mit etwas Wasser verdünnen. Dann die Suppe von der Kochstelle nehmen und das restliche Olivenöl einrühren. Mit Salz, Pfeffer und Muskatnuss abschmecken. Mit einigen Wurstscheiben garniert in Suppentellern servieren. *Bom apetite!*

HAUPTSPEISE

Frango piri-piri
Paulas Chilihähnchen mit Rosmarinkartoffeln

ZUTATEN (FÜR 4 PERSONEN):

4 große Hähnchenschenkel
200 ml Olivenöl
Saft von 6 Limetten
2 EL Paprika, edelsüß
1 TL Salz
2 EL Zucker
Pfeffer aus der Mühle
4–6 rote Chilischoten
4 Lorbeerblätter
1 EL Koriander, gemahlen
1 Bund Frühlingszwiebeln, grob gehackt
1 Bund Petersilie, fein gehackt
6 Knoblauchzehen, fein gehackt
100 ml Portwein
8–10 Kartoffeln, festkochend
6 Rosmarinzweige
Meersalz

ZUBEREITUNG:

Das Olivenöl mit dem Limettensaft, dem Knoblauch, der Petersilie, den Frühlingszwiebeln und sämtlichen Gewürzen im Standmixer zu einer Piri-Piri-Paste mixen. Die Hähnchenteile waschen, trocken tupfen, mit einem großen Küchenmesser teilen. Die Teile mit der Hälfte der Marinade einreiben, auch unter der Haut. Mindestens eine halbe Stunde lang kühl stellen.

Die Kartoffeln bissfest kochen und in dicken Scheiben ungeschält auf ein tiefes Backblech geben, mit grobem Meersalz und frischem Rosmarin vermischen. Die eingelegten Hähnchenteile darüber verteilen, mit Portwein beträufeln und bei 175 Grad Umluft für 40–50 Minuten im vorgeheizten Backofen garen. Zwischendurch das Fleisch mit der Piri-Piri-Paste einpinseln. Den Ofen am Schluss 10 Minuten zum Überbräunen auf Grillstufe schalten.

Hähnchen und Kartoffeln heiß auf dem Teller anrichten, die übrige Piri-Piri-Paste als Soße auf den Tisch stellen. Dazu passt ein schönes Glas Portwein.

DESSERT

Pasteis de nata
Valéries heiß geliebte Vanilletörtchen

ZUTATEN FÜR 12 FÖRMCHEN ODER EIN MUFFIN-
BACKBLECH:

1 Rolle Blätterteig aus dem Kühlfach
200 ml Vollmilch
6 Eigelb (Größe M)
2 EL Speisestärke (mit etwas Milch anrühren)
125 g feiner Zucker
2 Becher Schlagsahne à 200 g
2 Päckchen Vanillezucker
1 Prise Salz
1 Prise Safran (optional)
Zimtzucker zum Bestreuen

ZUBEREITUNG:

Die gebutterten Förmchen mit dem Blätterteig auslegen,
Ränder andrücken. Förmchen auf ein Backblech stellen.
Milch, Eigelbe, Zucker und Speisestärke in einem Topf glatt
verrühren. Vanillezucker, Safran und eine Prise Salz hinzufügen. Die flüssige Sahne hinzugeben und auf kleiner Flamme
ein paar Minuten unter ständigem Rühren köcheln lassen,
bis eine puddingähnliche Masse entsteht. Ein paar Minuten
abkühlen lassen.

Den Ofen auf 250 Grad (Umluft) vorheizen. Die Puddingmasse zu 3/4 in die Blätterteigförmchen füllen und ca. 20 Minuten backen, bis die Törtchen eine dunkelbraune Kruste bilden. Nach dem Abkühlen mit Zimtzucker bestreuen. Warm oder kalt genießen, am besten mit einem Espresso, der in Portugal *bica* heißt.

Glossar portugiesischer Ausdrücke

Amêijoas à Bulhão Pato
Eine beliebte Vorspeise in Portugal, bei der Venusmuscheln
mit Zwiebeln, Weißwein, Knoblauch und Koriander gekocht
und in kleinen Schälchen gereicht werden. In den köstlichen
Sud tunken Sie am besten viel knuspriges Weißbrot.

Azulejos
In Handarbeit hergestellte, bunt bemalte Keramikfliesen, die
wie ein Mosaik zusammengefügt ein Bild oder großflächiges
Muster ergeben. Seit der maurischen Besatzerzeit findet man
Azulejos auf der gesamten Iberischen Halbinsel. So auch in
Lissabon: an Hausfassaden, in Klöstern, an Treppenwän-
den oder als Gemälde in Hinterhöfen. Leider sind die Fliesen heute eine begehrte Schwarzmarktware, weshalb immer
mehr Azulejos in Lissabon verschwinden – heimlich abge-
schlagen von den Wänden und verkauft.

Bacalhau
Der getrocknete Stockfisch, traditionell Kabeljau, ist der be-
liebteste Speisefisch Portugals. Vor der Zubereitung wird er
bis zu drei Tage lang gewässert. Nach dem Wässern kann er
wie frischer Fisch verwendet werden: gekocht, gebraten, frit-
tiert oder zerkleinert in Aufläufen oder als Füllung in Teig-
taschen. Der Portugiese behauptet stolz, es gäbe 365 Rezepte
für Bacalhau – exakt so viele, wie das Jahr Tage hat.

Bica

Eine Bica ist eine portugiesische Kaffeevariante und speziell in Lissabon die Bezeichnung für einen starken Espresso, der 1905 zum ersten Mal im Café A Brasileira im Chiado-Viertel Lissabons serviert wurde. Es heißt, die ersten Kunden hätten nach dem ersten Schluck sofort um Zucker gebeten, wodurch der kleine bittere Kaffee seinen Namen erhielt: *Beba Isto Com Açúcar* (»Trinke dies mit Zucker«). Mittlerweile ist es in ganz Portugal üblich, sich zwei-, dreimal täglich in seinem Stammcafé eine Bica zu genehmigen.

Bolinhos de bacalhau (pastéis de bacalhau)

Frittierte Stockfischkroketten. Der Bacalhau wird mit gestampften Kartoffeln, Zwiebeln und Kräutern vermengt und in heißem Fett ausgebacken. Die bei Einheimischen und Touristen gleichermaßen beliebten knusprigen Fischbällchen gelten als populärstes Streetfood in Lissabon.

Broa de milho

Ein Maisbrot aus dem Steinofen mit einer sehr festen, gebräunten Kruste. In Portugal isst man es traditionell mit gegrillten Sardinen, etwas Salz, gutem Olivenöl – und natürlich einem Gläschen Rotwein.

Caldeirada

Ein portugiesisches Fischergericht aus verschiedenen Fischen und Meeresfrüchten, ähnlich der Bouillabaisse, das bis heute an Bord gekocht wird. Das Rezept variiert von Stadt zu Stadt und ist stark abhängig vom Tagesfang der Fischer, weshalb sich oft eher ungewöhnliche Fischsorten in der Suppe finden: Muränen, Rochen, Seeaal oder Katzenhai.

Caldo verde

Unter einer Caldo verde (portugiesisch für *grüne Brühe*) versteht man eine Suppe aus dem Norden Portugals, die zu den Nationalspeisen des Landes gehört. Die Basis ist eine Kartoffelsuppe, in der Räucherwurst, Knoblauch und Grünkohl mitgegart werden. Serviert wird die heiße Suppe mit einem Schuss Olivenöl und einer Scheibe Maisbrot.

Cataplana

Ein würziges Eintopfgericht, dessen Name sich von dem Topf ableitet, in dem es zubereitet wird, einer Art Wok aus Kupfer. Cataplana gibt es in allen Variationen, mit Fleisch, Wurst, Fisch, Meeresfrüchten und verschiedenen Muscheln. Es ist ein Gericht, das an eine Liaison zwischen der französischen Bouillabaisse und einer marokkanischen Tajine erinnert.

Cozido à Portuguesa

Ein deftiger Kohleintopf aus Schweine-, Rind- und Hühnerfleisch sowie verschiedenen Würsten, Kartoffeln, Möhren und Kohlgemüse. Das Pendant zum französischen Potaufeu ist ein Gericht, das man aufgrund der schweren Zutaten nicht unbedingt abends essen sollte. Ein Medronho (> Medronho) ist zur Verdauung ratsam … oder zwei, was soll's.

Chouriço

Eine grobe, mit Knoblauch und Paprika gewürzte Rohwurst vom Schwein, die sowohl in Konsistenz als auch Farbe ein wenig an eine feste Salami erinnert. Die Wurst wird in Portugal vielfältig verwendet: als Aufschnitt, Antipasti, in Eintöpfen oder pur gegrillt. Ich habe in Lissabon sogar eine flambierte Variante gegessen, die ganz schön schwer im Magen lag. Im Gegensatz zur spanischen Chorizo ist die portugiesische Chouriço nämlich wesentlich fetthaltiger.

Ginjinha

Ein süßer Kirschlikör, der wahlweise mit oder ohne Obsteinlage serviert wird. Es gibt auch Ginjinha mit Schokoladengeschmack, den man in einer winzigen Ginjinha-Bar am Largo de São Domingos, im Zentrum der Stadt, probieren kann.

Medronho

Ein Schnaps von den Früchten des Erdbeerbaums, der nur an der Algarve und im südlichen Alentejo wächst. Beim Medronho, den man auch den Grappa Portugals nennt, hat die Schwarzbrennerei Tradition und wird sogar von der Polizei stillschweigend geduldet.

Pão de Deus

Süßes Milchbrötchen mit Kokoskruste, das meist mit Butter, Käse und Schinken gegessen wird. Aber auch mit Marmelade oder Honig lässt sich das fluffige Backwerk genießen.

Pastéis de nata (Sg.: Pastel de nata)

Die knusprigen Blätterteigtörtchen mit ihrer süßen Vanille-Eiercreme-Füllung sind eine der köstlichsten Spezialitäten, die Lissabon für Schleckermäuler zu bieten hat. Unbedingt probieren, mit einem Pastel de nata ist der strahlend blaue portugiesische Himmel noch viel näher als ohnehin schon. Das Originalrezept finden Sie unter den Rezepten.

Piri-Piri

Ist in Portugal die allgemeine Bezeichnung für scharfe Chilis.

Die portugiesischen Seefahrer und Kolonialherren trugen sie in alle Welt, speziell nach Afrika, wo sie mitunter auch Peri-Peri oder Pili-Pili genannt werden. Die kleinen roten Schoten sind die Grundlage für eine typisch portugiesische Würzpaste, mit der Grillfleisch mariniert wird.

Portwein
Ein portugiesischer Süßwein, der ursprünglich aus Großbritannien stammt. Im 18. Jahrhundert kamen britische Seefahrer auf die Idee, Wein haltbarer zu machen, indem sie die Gärung durch Zugabe von Traubenbranntwein vorzeitig abbrachen. Das Ergebnis war ein süßer und alkoholstarker Wein, der lange Transportwege gut überstand. Die Portweinproduktion konzentriert sich in Portugal hauptsächlich um die Städte Porto und Vila Nova de Gaia. Portwein reift traditionell in gebrauchten Holzfässern. Dort liegen die Tropfen ein paar Jahre, manche sogar Jahrzehnte. *Tipp aus der Autorenküche: Bei Schmorfleischgerichten statt normalem Rotwein Portwein benutzen. Ein Gedicht!*

Sagres und Superbock
Die bekanntesten Biersorten in Portugal.

Tarte de limão
Ein köstlicher flacher Kuchen mit einer Creme aus Zitronen und süßer Kondensmilch, getoppt mit einer Baiserhaube.

Tremoços
Die in Salzlake eingelegten Lupinenkerne sehen aus wie dicke Bohnen und werden in Portugal gerne zusammen mit anderen Knabbereien zum Aperitif gereicht.

Danksagung

Dieser Roman ist ein besonderes Buch für mich. Schon lange trug ich mich mit dem Gedanken, einer gehörlosen Protagonistin eine Geschichte zu schenken, hatte mich aber bisher immer davor gescheut. Als Kind gehörloser Eltern kenne ich die Welt der Gehörlosen nicht nur gut, sondern weiß auch sehr genau um ihre Besonderheiten. Ich hatte ordentlichen Respekt davor, eine Romanfigur zu erschaffen, die einerseits möglichst authentisch sein sollte, andererseits aber auch ein Mensch sein musste, den hörende Leser verstehen können – sowohl in seinem Denken als auch in seinen Gefühlen. Denn die Lebenswelt eines gehörlosen Menschen ist nun einmal eine völlig andere als die eines hörenden Menschen.

Von daher ist es mir wichtig zu betonen, dass Maelys Durant nicht die typische Gehörlose ist. Ich sehe sie als eine Botschafterin, eine Vermittlerin zwischen der Welt der Hörenden und der Gehörlosen: eine Frau, die ungefiltert sagt, was sie denkt und fühlt, Unabänderliches hinnimmt, Fehler verzeiht und ohne Furcht immer wieder einen Neuanfang wagt. Eine, die sich der Welt der Hörenden verbunden fühlt, sind die Schwierigkeiten auch noch so groß.

Mein erster Dank gehört meinen Eltern, weil sie meine Inspiration waren und damit Teil von Maelys' Persönlichkeit sind. Mama, die so leicht zum Lachen zu bringen ist und ein unerschütterliches Vertrauen in das Gute im Menschen hat. Mein kluger Papa, der noch immer damit hadert, dass Wörter nicht immer das bedeuten, was sie aussagen – und der trotzdem nie resigniert hat, auch wenn er sich an der Welt der Hörenden oft eine blutige Nase gestoßen hat. Euch ist dieses Buch gewidmet, zusammen mit einem riesengroßen Dankeschön für den Gebärdensprache-Auffrischungskurs und dafür, dass ihr mich zu der Frau gemacht habt, die ich heute bin – obwohl es auf beiden Seiten nicht immer leicht war. Sorry, ich war ein grauenvoller Teenager.

Im Schaffensprozess von *Wie sagt man ›ich liebe dich‹?* hatte ich darüber hinaus viele weitere Weggefährten, die mich bei der Arbeit an diesem Projekt unterstützt haben. Ich danke, nicht zum ersten Mal:

– Michaela und Klaus Gröner, meinen Literaturagenten von der erzähl:perspektive, und dem gesamten Team des Goldmann Verlags. Ihr glaubt unerschütterlich an mich und meine Bücher und seid wunderbare, verlässliche Partner.

– Ganz besonders meiner Lektorin Claudia Negele, ohne die ich mit Sicherheit nicht dort stünde, wo ich jetzt stehe. Danke, dass du mit mir die sonnigen Momente des Autorendaseins genießt – und immer einen Regenschirm dabeihast, wenn mal dunkle Wolken aufziehen.

– Meiner Lektorin Regina Carstensen, die liebevoll und umsichtig Hand an den Text gelegt hat und sich dabei weder von Bandwurmsätzen noch von meinen sprachlichen Eskapaden beeindrucken ließ. Die Zusammenarbeit hat mir nicht nur Freude gemacht, ich habe auch viel gelernt.

– Manuela Alvarenga, der Namenspatin der Alvarengas, die mir nicht nur eine wundervolle Hochzeitsfrisur gezaubert hat, sondern sich auch stundenlang von mir zu portugiesischen Gepflogenheiten löchern ließ und wertvolle Informationen über Land und Leute parat hatte. Ich hoffe sehr, du findest etwas von deiner Heimat in diesem Buch wieder.

- Julia Dessalles. Du warst mein Plotengel, der mir das Licht am Ende des Tunnels gezeigt hat. Als ich dachte, nichts geht mehr, hast du mit mir die Schlussszenen erarbeitet und mir mit deinen Ideen auf den letzten Metern wieder auf die Beine geholfen. Außerdem hast du als Französischexpertin liebevoll und konstruktiv Hand angelegt. *Je t'aime, ma puce.*

- Meinem kleinen, liebevollen Autorennetzwerk. Julia Dessalles, Silvia Konnerth und Katie Jay Adams, ihr seid nach wie vor meine Best Buddies, danke, dass ihr als Ratgeber, Fachexperten und Freundinnen für mich da seid, nicht nur in den sektlaunigen, sondern auch in den dunklen Stunden des Autorendaseins.

- Meinen Testleserinnen Jil Aimée Bayer und Vera Heine für die wertvollen Anmerkungen. Ihr habt großen Anteil daran, dass mein Verlag ein sauberes Manuskript bekommen hat.

- Elisa Hähner von www.rorezepte.com, die meine versierte Partnerin beim Thema Buch & Genuss ist. Danke für deine tollen Ideen und die zuverlässige Umsetzung – mit dir macht Kochen richtig Spaß.

- Meinen Wintigirls, die ohnehin die Kirschen auf meinem Eisbecher der Buchwelt sind. Danke, dass ihr bei und mit mir seid, dass ihr meine Bücher in euren Buchbesprechungen in die Welt tragt und dabei auch noch eine so liebenswerte Truppe seid, dass ich furchtbar gerne Zeit mit euch verbringe.

- Jochen Lang, die PCs laufen dank dir wie Schweizer Uhrwerke, sodass auch du deinen Anteil daran hast, dass dieser Roman in Schriftform vorliegt. Du weißt gar nicht, wie sehr ich deine immerwährende Hilfsbereitschaft schätze.

Und ganz am Schluss, weil er sich nie gerne in den Vordergrund drängelt, danke ich meinem Mann Michael. Dir gehört eine der Textstellen in diesem Roman, die ich mit am schönsten finde:

Die Liebe ist etwas Wunderbares, weil sie nie eine Entscheidung verlangt. Sie ist da oder nicht, und damit erübrigt sich alles.

Zum guten Schluss

Dieses Buch erhebt keinen Wirklichkeitsanspruch, obwohl reale Orte, Personen und Institutionen darin erwähnt werden. Auch die historischen Zusammenhänge, die ich nach bestem Wissen und Gewissen recherchiert und dargestellt habe, erheben keinen wissenschaftlichen Anspruch und sind gegebenenfalls der Handlung des Romans angepasst.

Bei dem vorliegenden Werk handelt es sich um einen Unterhaltungsroman, dessen beschriebene Figuren, Begebenheiten, Gedanken und Dialoge fiktiv sind. Sollten sich dennoch Parallelen zur Wirklichkeit auftun, handelt es sich um bloßen Zufall.

Unsere Leseempfehlung

400 Seiten
Auch als E-Book
erhältlich

Claire Durant hat sich auf der Karriereleiter nach oben geschummelt. Niemand ahnt, dass die Französin weder eine waschechte Pariserin ist noch Kunst studiert hat – bis sie einen Hilferuf aus der Bretagne erhält, wo sie in Wahrheit aufgewachsen ist. Claire reist in das kleine Dorf am Meer und ahnt noch nicht, dass ihre Gefühlswelt gehörig in Schieflage geraten wird. Denn neben ihrem Freund Nicolas aus gemeinsamen Kindertagen taucht auch noch ihr Chef auf. Claire muss improvisieren, um ihr Lügengespinst aufrechtzuerhalten – und stiftet ein heilloses Durcheinander in dem sonst so beschaulichen Örtchen Moguériec ...

www.goldmann-verlag.de
www.facebook.com/goldmannverlag

GOLDMANN
Lesen erleben

Unsere Leseempfehlung

416 Seiten
Auch als E-Book
und Hörbuch
erhältlich

Kurz vor Josefines Hochzeit brennt ihre Cousine nach Schottland durch, den Familienring im Gepäck, den Josefine bei der Trauung tragen sollte. Als ihre Großmutter daraufhin der Ehe ihren Segen verweigert, reist Josefine dem schwarzen Schaf der Familie hinterher und gerät von einem Schlamassel in das nächste. Nicht nur einmal muss der charismatische Aidan ihr aus der Patsche helfen – dabei ist dieser Charmeur der Letzte, vor dem sie sich eine Blöße geben möchte. Aber der Zauber Schottlands lässt niemanden unberührt, und schon bald passieren seltsame Dinge mit Josefine, die so gar nicht in ihren Lebensplan passen ...

www.goldmann-verlag.de
www.facebook.com/goldmannverlag

Unsere Leseempfehlung

340 Seiten
Auch als E-Book
erhältlich

Hannas Leben könnte so wunderbar sein. Hätte sie nur nicht diese Restaurantkritik geschrieben, wegen der eine italienische Gutsherrin einen Herzinfarkt erlitten hat! Als sie dann auch noch versehentlich in den Besitz der Urne gelangt, reist Hanna nach Italien – und wird zum unfreiwilligen Opfer eines Testaments, das es in sich hat. Denn selbst über ihren Tod hinaus verfolgt Giuseppa Camini nur ein Ziel: ihren Enkel Fabrizio endlich zu verheiraten. Eine Aufgabe, die ein toskanisches Dorf in Atem hält, ein Familiendrama heraufbeschwört und Hannas Gefühlswelt komplett durcheinanderwirbelt!

www.goldmann-verlag.de
www.facebook.com/goldmannverlag